Von David Weber sind bei Bastei Lübbe Taschenbücher u. a. lieferbar:

NIMUE ALBAN:

23322	Bd. 1:	Operation Arche
23324	Bd. 2:	Der Krieg der Ketzer
23331	Bd. 3:	Codename: Merlin

In Vorbereitung. 23332 Bd. 4: Die Flotte von Charis

HONOR HARRINGTON

23194	Bd. 1:	Auf verlorenem Posten
23199	Bd. 2:	Die Ehre der Königin
23205	Bd. 3:	Ein schneller Sieg
23211	Bd. 4:	Mit Schimpf und Schande
23217	Bd. 5:	Im Exil
23223	Bd. 6:	Ehre unter Feinden
23229	Bd. 7:	In Feindes Hand
23235	Bd. 8:	Die Siedler von Sphinx (D. Weber u. a.)
23241	Bd. 9:	Der Stolz der Flotte
23247	Bd. 10:	Die Baumkatzen von Sphinx (D. Weber u. a.)
23253	Bd. 11:	Wie Phönix aus der Asche
23264	Bd. 12:	Die Raumkadettin von Sphinx (D. Weber u. a.)
23276	Bd. 13:	Ein neuer Krieg
23277	Bd. 14:	Honors Krieg (zweiter und abschließender Teil von »Ein neuer Krieg«)
23287	Bd. 15:	Die Spione von Sphinx (D. Weber u. a.)
23292	Bd. 16:	Der Sklavenplanet (D. Weber u. a.)
23305	Bd. 17:	Um jeden Preis
23309	Bd. 18:	Auf Biegen und Brechen
23318	Bd. 19:	Der Schatten von Saganami
23319	Bd. 20:	An Bord der Hexapuma

Weitere Bände sind vom Autor geplant

DIE ABENTEUER DES COLIN MACINTYRE

23299	Bd. 1:	Der Mond der Meuterer
23301	Bd. 2:	Das Armageddon-Vermächtnis
23311	Bd. 3:	Die Erben des Imperiums

Über den Autor:
David Weber ist ein Phänomen: Ungeheuer produktiv (er hat zahlreiche Fantasy- und Science-Fiction-Romane geschrieben), erlangte er Popularität mit der HONOR-HARRINGTON-Reihe, die inzwischen nicht nur in den USA zu den bestverkauften SF-Serien zählt. David Weber wird gerne mit C. S. Forester verglichen, aber auch mit Autoren wie Heinlein und Asimov. Er lebt heute mit seiner Familie in South Carolina.

David Weber

CODENAME: MERLIN

Aus dem Amerikanischen von
Ulf Ritgen

BASTEI
LÜBBE

BASTEI LÜBBE TASCHENBUCH
Band 23 331

1. Auflage: April 2009

Vollständige Taschenbuchausgabe

Bastei Lübbe Taschenbücher in der Verlagsgruppe Lübbe

Deutsche Erstausgabe

Titel der Originalausgabe: »By Schism Rent Asunder« (Teil 1)

This work was negotiated through Literary Agency
Thomas Schlück GmbH, 30827 Garbsen,
on behalf of St. Martin's Press, L. L. C.
Lektorat: Uwe Vöhl/Ruggero Leò
Titelillustration: Arndt Drechsler
Umschlaggestaltung: Gisela Kullowatz
Satz: Urban SatzKonzept, Düsseldorf
Gesetzt aus der Baskerville
Druck und Verarbeitung: CPI – Ebner & Spiegel, Ulm
Printed in Germany
ISBN: 978-3-404-23331-1

Dieses Buch habe ich für Sharon geschrieben.
Na ja, eigentlich alle anderen auch, und normalerweise
schreibe ich auch keine öffentlichen Liebesbriefe,
aber dieses Jahr mache ich eine Ausnahme.
Ich danke Dir, dass Du mich immer wieder
heiraten würdest.
Ich liebe Dich.

Prolog

An Bord des Aufklärer-Schwebebootes herrschte völlige Stille.

So war es im Orbit eigentlich immer, von gelegentlichen Audiosignalen des Flugdatenrechners einmal abgesehen, und dieses leise Piepsen schien die Stille eher zu betonen als sie zu stören. Der Mann, der einst Nimue Alban gewesen war, lehnte sich im Pilotensessel zurück, blickte durch das Panzer-Plastik seiner Kanzel auf den Planeten hinab, über den er gerade hinwegflog, und genoss die ruhige, friedliche Stille.

Ich sollte wirklich nicht hier sein, ging es ihm durch den Kopf, während er die atemberaubend schöne, blau-weiß gemaserte Murmel des Planeten Safehold betrachtete; stetig hielt sein Schwebeboot auf die dunkle Linie des Terminators zu. *Es gibt viel zu viele Dinge, die ich dringend in Tellesberg erledigen müsste. Und eigentlich ist es auch überhaupt nicht* sinnvoll, *dass ich jetzt hier oben herumschwirre, getarnt oder nicht.*

Das alles stimmte, und zugleich war es bedeutungslos. Besser gesagt: Es war nicht bedeutsam genug, um ihn davon abzuhalten, weiter hier oben zu bleiben.

In gewisser Weise bestand überhaupt keine Notwendigkeit für ihn, sich tatsächlich *körperlich* hier oben aufzuhalten. Die Selbsttätig Navigierenden, Autonomen Aufklärer- und Kommunikationsplattformen, die er ausgesetzt hatte, konnten ihm exakt das gleiche Bildmaterial liefern, ohne dass er es wirklich mit eigenen Augen hätte betrachten müssen … wenn man überhaupt behaupten konnte, dass er genau das gerade tat. Und die SNARCs waren deutlich kleiner und noch ungleich besser getarnt als sein Aufklärer-Schwebeboot. Wenn das System für die kinetische Bombardierung, das der wahnsinnige Langhorne im Orbit rings um Safehold installiert hatte, tatsächlich über Grenzbereich-Passiv-Sensoren verfügte, dann war es sehr viel weniger wahrscheinlich, dass diese eine SNARC orten würde als ein Schwebeboot, und das war dem Piloten dieses Schiffes auch bewusst.

Und doch gab es Zeiten, in denen er diese ruhigen, friedlichen Momente einfach *brauchte,* diesen Rückzug in seinen Horst im klaren Vakuum, von dem aus er auf diesen letzten Planeten hinabblicken konnte, den die Menschheit jemals in Besitz genommen hatte. Er musste sich daran zurückerinnern, wer – was – er in Wirklichkeit war, und was er diese Menschen würde lehren müssen, die sich auf jenem Planeten drängten, der so unendlich tief unter ihm lag. Und er musste auch die Schönheit dieser Welt sehen, um … seine Gedanken zu ordnen und seine Entschlusskraft zurückzugewinnen. Er verbrachte so viel Zeit mit den Daten, die ihm sein Netzwerk aus SNARCs lieferte, und damit, die Berichte seiner Spione durchzuarbeiten und die Pläne und Verschwörungen all der Feinde des Königreiches zu belauschen, das er sich zur Heimat gewählt hatte, dass es ihm manchmal so schien, als bestehe das ganze Universum aus nichts anderem. Dass alleine schon der Einfluss seiner zahllosen Gegner, die ihn von allen Seiten zu erdrücken drohten, einfach zu groß war – viel zu stark, als dass ein einzelnes Wesen sich ihm hätte entgegenstellen können.

Das Volk jenes Reiches, dieses Volk, dem zu helfen er gekommen war, stellte das *wahre* Heilmittel gegen die Verzweiflung dar, die ihn zu übermannen drohte, wann immer er über die immense Tragweite der Aufgabe nachdachte, die man ihm übertragen hatte. Sie waren diejenigen, die ihn immer wieder daran erinnerten, dass die Menschheit es *wert* war, für sie zu kämpfen, und sie erinnerten ihn auch an die gewaltigen Errungenschaften, zu denen die Menschheit in der Lage war, an den Mut und die Opferbereitschaft – und das Vertrauen –, zu dem der *Homo sapiens* fähig war. Obwohl man ihre Geschichte und ihre Religion in so zynischer Art und Weise manipuliert hatte, waren sie so stark, so lebendig und so mutig wie alle anderen Menschen in der Geschichte der Spezies, der auch er selbst einst angehört hatte.

Und dennoch gab es Zeiten, da all das einfach nicht ausreichte. Wenn er sich bewusst wurde, wie gering ihre Überlebenschancen standen, wenn die erdrückende Verantwortung auf ihm lastete und er über die unerträgliche Einsamkeit nachdachte, die damit einherging, dass er zwar sehr wohl *unter ihnen* lebte, aber doch niemals *zu ihnen* gehören würde. Wenn er die Last spürte, die seine theoretische Unsterblichkeit ihm aufbürdete, gerade angesichts dieser nur zu vergänglichen Lebensspanne, zu der sie alle verurteilt waren, und ihn schmerzliche Trauer erfasste ob all der Verluste, die ihm bevorstanden. Wenn ihm erneut bewusst wurde, dass er ganz alleine für diese Welle der Glaubenskriege verantwortlich war, die allmählich diese ganze blauweiße Murmel erfassten. Und wenn die Frage, wer – und was – er eigentlich war, ihn in eine Einsamkeit stürzte, die an seiner Seele zerrte wie jenes Vakuum, durch das sein Schwebeboot immer weiter seine Bahn zog.

Und genau gegen derartige Augenblicke und Gedanken halfen Momente wie dieser: Er blickte auf die Welt hinab, die jetzt in *seiner* Obhut lag, für die jetzt *er* verantwortlich war. Erneut musste er der Wirklichkeit ins Auge sehen, musste die aufkeimende Zukunft erkennen, die all diese harschen Anforderungen letztendlich lohnenswert machten.

Es ist wirklich eine wunderschöne Welt, dachte er fast schon verträumt. *Und wenn man sie von hier oben betrachtet, dann rückt das tatsächlich alles wieder ins rechte Licht, nicht wahr? So schön diese Welt auch sein mag, so wichtig mir die Spezies der Menschheit ist, so ist es doch nur eine Welt unter Milliarden, nur eine Spezies von hunderten von Millionen – mindestens. Wenn Gott sich mit Seinem Universum so viel Mühe gibt, dann kann ich ja wohl verdammt noch mal genau das tun, was Er von mir verlangt, oder nicht? Und* – er verzog die Lippen zu einem schiefen Grinsen – *und ich kann mir wenigstens ziemlich sicher sein, dass Er das auch verstehen wird. Wenn Er all dies hier zusammenfügen und mich dann dort mitten hineinsetzen kann, dann muss ich doch wohl davon ausgehen, dass Er genau weiß, was Er tut. Und das bedeutet, ich brauche nur noch herauszufinden, was* ich *nun tun sollte.*

Er stieß ein belustigtes Schnauben aus; im lautlosen Cockpit klang es fast widernatürlich laut, dann schüttelte er den Kopf und stellte die Lehne seines Pilotensitzes wieder senkrecht.

Genug der Planetenschau, Merlin, rief er sich zur Ordnung. *In drei Stunden bricht über Tellesberg der Tag an, und Franz wird sich schon fragen, wo seine Ablösung wohl bleibt. Es wird Zeit, deinen MolyCirc-Hintern nach Hause zu schaffen – da gehört er ja schließlich hin.*

»Owl?«, sagte er laut.

»Jawohl, Lieutenant Commander?«, meldete sich über eine abgesicherte Kommunikationsverbindung fast augenblicklich die KI aus ihrem Versteck unter dem höchsten Berg von Safehold.

»Ich mache mich auf den Heimweg. Sondier das Gelände rings um Basis Alpha in einem Umkreis von einhundert Kilometern und sorg dafür, dass niemand in der Nähe ist, der zuschauen könnte, wie das Schwebeboot in der Garage einparkt. Und überprüf auch meinen Balkon. Sieh zu, dass niemand beobachten kann, wie du mich absetzt.«

»Jawohl, Lieutenant Commander«, bestätigte die KI, und Merlin streckte die Hände nach den Instrumenten des Schwebeboots aus.

Mai, im Jahr Gottes 892

.I.

Eraystor Bay, Fürstentum Emerald

Die helle Morgensonne spiegelte sich auf den gekreuzten goldenen Szeptern, die den Mittelpunkt im grünen Banner der Kirche des Verheißenen bildeten. Das Kurierschiff mit den zwei Masten, über denen dieses Banner im Wind flatterte, während eine steife Brise es stetig vorantrieb, war ein wenig länger als siebzig Fuß; es war auf Geschwindigkeit ausgelegt, nicht auf Ausdauer ... geschweige denn auf Widerstandsfähigkeit gegen stärkeren Seegang oder Stabilität. Ihre sechzigköpfige Besatzung wäre für jede Galeere kaum ausreichend gewesen, selbst für ein derart kleines Schiff wie dieses, doch ihr schlanker, leichter Rumpf war sehr gut dafür geeignet, rasch gerudert zu werden, und unter ihren Lateinersegeln durchschnitt es zügig die schäumende Gischt. Das Sonnenlicht glitzerte auf dem Wasser; schaumgekrönte Wellen brandeten über den dreißig Meilen breiten Kanal zwischen Callie's Island und der Nordostküste der Eraystor Bay hinweg.

Pater Rahss Sawal, der Kommandant des kleinen Flottenschiffs, stand auf der winzigen Schanz, die Hände hinter dem Rücken verschränkt, und mühte sich nach Kräften, Zuversicht auszustrahlen, während er zu den Seevögeln und Wyvern aufblickte, die über den geradezu schmerzhaft gleißend-blauen Himmel zogen. Es fiel ihm deutlich schwer, das Ausmaß an Zuversicht zu zeigen(es wäre unziemlich gewesen, es als ›Arroganz‹ zu bezeichnen), die dem Kapitän eines

Kurierschiffes von Mutter Kirche angemessen war, und der Grund dafür gefiel Sawal ganz und gar nicht.

Die Boten des Tempels, ob sie nun über Land reisten oder die Meere durchkreuzten, genossen in jeder Hinsicht absolute Priorität und konnten sich ganz nach Gutdünken frei bewegen. Sie überbrachten die Botschaften und Befehle Gottes Selbst, mit der Autorität der Erzengel persönlich, und kein Sterblicher war so verwegen, ihnen den Weg verwehren zu wollen, wohin auch immer Gott oder Seine Kirche sie auch schicken mochten. Das war im wahrsten Sinne des Wortes schon seit Anbeginn der Zeiten so, seit dem Tag der Schöpfung, und niemand hatte jemals gewagt, das in Frage zu stellen oder zu bestreiten. Bedauerlicherweise war sich Sawal mittlerweile nicht mehr sicher, dass diese jahrhundertealte Unantastbarkeit der Boten von Mutter Kirche immer noch Gültigkeit hatte.

Dieser Gedanke war … verstörend, und das in mehr als einer Hinsicht. Zunächst einmal wirkte es sich natürlich auf ihn persönlich aus – schließlich hätte es ernstliche Konsequenzen auf seine eigene derzeitige Mission. Langfristig gesehen war es verstörend, weil ein Aufgeben dieser Unantastbarkeit schlichtweg undenkbar wäre. Sich der Autorität der Kirche Gottes zu widersetzen konnte nur *eine* Konsequenz für die Seelen eben jener haben, die es wagten, und wenn das Vorbild Einzelner andere dazu verführte, ebenfalls der Sünde anheimzufallen …

Erneut verdrängte Sawal diesen Gedanken. Er versuchte sich selbst nach Kräften davon zu *überzeugen* – welcher Wahnsinn auch immer das Königreich Charis befallen haben mochte, Gott würde doch niemals zulassen, dass er sich über die Grenzen von Charis hinaus ausbreitete. Die unbeschränkte Autorität von Mutter Kirche war der Dreh- und Angelpunkt nicht nur der Welt, in der er lebte, sondern auch Gottes eigenen Plans für das Heil der ganzen Menschheit. Würde diese Autorität in Frage gestellt – würde dieser Plan scheitern –, so wären die Konsequenzen schlichtweg undenkbar. Angesichts dieser Vorstellung musste sich Shan-wei, die verlorene und verdammte Mutter alles Bösen, schon die Reißzähne lecken – in jener dunklen, feuchten Ecke der Hölle, in die der Erzengel Langhorne sie einst für ihre Sünden verbannt hatte. Schon in diesem Augenblick musste sie die Gitterstäbe ihres Gefängnisses prüfen, die Stärke ihrer Fesseln, wann immer sie den anmaßenden, sündigen Stolz all jener spürte, die ihr eigenes, fehlbares Urteilsvermögen über das Urteil Gottes Selbst stellten. Langhorne persönlich hatte das Tor hinter ihr versperrt, mit der unumstößlichen Autorität der Ewigkeit, doch der Mensch besaß einen freien Willen. Selbst jetzt konnte er jederzeit den Schlüssel in jenem Schloss herumdrehen, so er das wünschte, und wenn er das tat ...

Diese verdammten *Charisianer*, dachte Sawal verbittert. *Begreifen die denn überhaupt nicht, welches Tor sie da gerade öffnen? Ist denen das* egal? *Sehen die einfach nicht ein ...*

Seine Kiefer mahlten, und der Kommandant zwang sich dazu, die Schultern wieder ein wenig zu entspannen, dann atmete er tief durch, um sich zu beruhigen. Besonders hilfreich war es nicht.

Die Anweisungen, die ihm Bischof-Vollstrecker Thomys erteilt hatte, waren völlig eindeutig gewesen: Sawal sollte die Depeschen des Bischof-Vollstreckers um jeden Preis zu Bischof-Vollstrecker Wyllys in Eraystor bringen. Diese Formulierung – ›um jeden Preis‹ – war niemals zuvor zu Sawals Anweisungen aufgetaucht. Bislang hatte auch niemals eine Notwendigkeit dafür bestanden, doch jetzt ...

»Achtung!« Der Ruf erscholl aus dem Krähennest. »Achtung! Drei Segel Backbord voraus!«

»So, so«, murmelte Commander Paitryk Hywyt von der Royal Charisian Navy, während er durch das Fernglas spähte. »*Das* dürfte interessant werden.«

Er ließ das Fernglas sinken und legte nachdenklich die Stirn in Falten. Seine Anweisungen in dieser Hinsicht waren eindeutig. Als er sie empfangen hatte, war ihm dabei alles andere als wohl gewesen, doch die Anweisungen waren völlig eindeutig, und nun entdeckte er, dass er sich sogar darauf *freute*, sie zu befolgen. Sonderbar. Er hätte nicht für möglich gehalten, dass es jemals dazu kommen würde.

»Ja, das ist wirklich ein Kurier der Kirche«, sagte er etwas lauter, und Zhak Urvyn, der First Lieutenant der HMS *Wave*, stieß einen Laut aus, der unverkennbar verriet, wie unwohl er sich in seiner Haut fühlte.

»Einigen der Männer wird das wohl kaum gefallen, Sir«, sagte Urvyn leise. Hywyt blickte ihn von der Seite an, dann zuckte er mit den Schultern.

»Ich habe das Gefühl, die Einstellung der Männer könnte uns durchaus überraschen, Zhak«, sagte er nüchtern. »Sie sind immer noch so übelgelaunt, wie ich es noch nie zuvor bei ihnen erlebt habe ... und die wissen ganz genau, für wen dieser Kurier hier *wirklich* unterwegs ist.«

Urvyn nickte, doch er blickte noch düsterer drein als zuvor, und Hywyt verzog ein wenig das Gesicht. Es waren nicht die *Männer*, die mit den Anweisungen ein Problem hatten: Es war Urvyn selbst.

»Bringen Sie sie bitte drei Strich Backbord, Lieutenant«, sagte Hywyt und sprach dabei deutlich förmlicher, als er das eigentlich zu tun pflegte. »Gehen Sie auf Abfangkurs.«

»Aye aye, Sir«, bestätigte Urvyn mit besorgter Miene, doch er salutierte und gab den Befehl an den Rudergänger weiter, während andere bereits über die Holzplanken des Decks stapften, um sich um Segel und Brassen zu kümmern.

Die *Wave* änderte den Kurs, glitt hart am Wind über die Wellen hinweg, und Hywyt verspürte erneut den vertrauten Stolz darüber, wie gut sich sein Schiff steuern ließ. Der schlanke Zweimast-Schoner mit dem Glattdeck war auf der Wasserlinie etwas über fünfundneunzig Fuß lang; er war mit vierzehn Dreißig-Pfund-Karronaden bewaffnet. Anders als einige ihrer Schwesternschiffe war die *Wave* vom Kiel aus als leichter Kreuzer für die Royal Charisian Navy gebaut worden. Ihr revolutionärer Segelriss machte sie schneller und gestattete es, deutlich härter am Wind zu segeln als jedes andere Schiff, das Hywyt jemals erlebt hatte, geschweige denn selbst befehligt, und seit der Schlacht im Darcos-Sund hatten sie bereits ganze sieben Prisen gemacht – fast die Hälfte aller Schiffe, die das gesamte Blockadegeschwader hier in den emeraldianischen Gewässern bislang eingefangen hatte. Genau das war der Sinn von Geschwindigkeit und Gewandtheit – und die beachtlichen Prisengelder, die ihnen so zugefallen waren, hatte dazu beigetragen, jegliche Bedenken, die seine Mannschaft vielleicht noch hegen mochte, ein für allemal auszuräumen. Schließlich sind sie ja allesamt Charisianer, dachte der Commander mit einem Anflug von Belustigung. Die zahlreichen Kritiker des Königreiches Charis, die sich nur zu gerne in Verunglimpfungen ergingen, bezeichneten das Land als ein ›Königreich von Krämern und Geldverleihern‹ – und wenn sie es aussprachen, klang es alles andere als beifällig. Jahrelang hatte sich Hywyt ihren erbitterten

Neid angehört, und er musste zugeben, dass dieses Klischee, Charisianer seien stets auf der Jagd nach dem schnellen Geld, zumindest nicht ganz von der Hand zu weisen war.

Natürlich sind wir dabei auch ziemlich gut, *oder etwa nicht?*, sinnierte er, und er lächelte vor sich ihn, als er sah, wie rasch das Kurierschiff mit der dunkelgrünen Flagge näher und näher kam.

Der Commander konnte sich nicht sicher sein, dass dieses andere Schiff wirklich von Corisande aus aufgebrochen war, doch jede andere Erklärung wäre ihm doch sehr unwahrscheinlich erschienen. Dieses Depeschenboot war ganz offensichtlich durch die ›Straße der Delfine‹ gekommen, und das bedeutete zweifellos, dass es auch die Zebediah-See durchquert hatte. Kein Kurier von Haven oder Howard wäre aus dieser Richtung gekommen, und Hywyt bezweifelte, dass Sharleyan von Chisholm sonderlich daran interessiert war, mit Nahrmahn von Emerald zu korrespondieren. Und wenn man berücksichtigte, dass der Bursche am Steuer sich für die Meerenge zwischen Callie's Island und der Küste von Emerald entschieden hatte, wurde ganz offensichtlich, dass er es *ganz und gar nicht* darauf anlegte, die Aufmerksamkeit des Blockadegeschwaders auf sich zu ziehen.

So bedauerlich das für ihn auch sein mochte: Genau das hatte er bereits getan, und es war unverkennbar, dass sein Schiff, so schnittig es auch gebaut sein mochte, unter den gegebenen Umständen doch ein wenig langsamer war als die *Wave.*

»Klar zum Gefecht«, sagte Hywyt und schaute zu, wie der Abstand zwischen den beiden Schiffen kleiner und kleiner wurde, während an Bord die ersten Trommelwirbel dröhnten.

Mühsam verkniff sich Rahss Sawal einen Fluch, als der charisianische Schoner auf ihn zuhielt. Offensichtlich waren die Informationen, die er zusammen mit seinen Anweisungen von Bischof-Vollstrecker Thomys erhalten hatte, noch deutlich veralteter, als ohnehin schon befürchtet. Er hatte nicht damit gerechnet, tatsächlich in der Eraystor Bay selbst auf charisianische Kriegsschiffe zu stoßen. Andererseits hatte er auch nicht damit gerechnet, den goldenen Kraken auf schwarzem Grund – die charisianische Flagge – über der Festung auf Callie's Island wehen zu sehen, die doch einst zum Königreich von Emerald gehört hatte.

Dass die charisianischen Kriegsschiffe ausschwärmten, war der deutlichstmögliche Beleg für ihren überwältigenden Sieg bei der Schlacht am Darcos-Sund. Wie schwer sie die Flotte tatsächlich geschlagen hatten, war noch nicht ganz klar gewesen, als Sawal von Manchyr aus aufgebrochen war. Dass es eine vernichtende Niederlage gewesen war, das war ganz offensichtlich, doch jeder in Corisande hatte sich an die Hoffnung geklammert, ein Großteil der Schiffe, die nicht zurückgekehrt waren, hätten vielleicht Zuflucht in Emerald gefunden und dort Nahrmahn dabei unterstützt, ihren Ankerplatz zu verteidigen.

Wohl nicht, dachte Sawal säuerlich.

Mittlerweile konnte er vier Schiffe erkennen – den Schoner mitgezählt, der geradewegs auf das Fahrzeug zuhielt, das ihm unterstellt war –, und sie alle fuhren unter charisianischer Flagge. Zudem fuhren sie in breitem Abstand zueinander, um die Bay so weit wie möglich abzusichern, und das hätten sie *niemals* getan, hätte die Gefahr bestanden, irgendjemand könne auch nur in Erwägung ziehen, sie anzugreifen. Das und die Tatsache, dass sämtliche Befestigungsanlagen auf der Insel, die Sawal von seiner Schanz aus erkennen konnte, ganz eindeutig mittlerweile *charisianische* Stützpunkte geworden waren, machte ihm deutlich klar, dass es keine ›Verbündeten-Flotte‹ mehr gab … geschweige denn eine, die immer noch ihren Ankerplatz verteidigen würde.

Noch nie zuvor hatte Sawal einen dieser neuen Schoner der Charisianer erlebt, und er war zutiefst erstaunt, als er begriff, wie hart am Wind diese neuen Schiffe fahren konnten. Und Gleiches galt auch für die Größe und die Leistungsfähigkeit ihres Segelrisses. Sein eigenes Schiff verfügte über die gleiche Anzahl Masten, doch die Segelfläche dieses Schoners der Charisianer war mindestens doppelt so groß. Zudem war dieses Schiff stabil und groß genug, derart viel Segel auch auszunutzen, und unter diesen Umständen fuhr der Schoner ungleich schneller, als sein eigenes Schiff es jemals würde schaffen können.

Die Anzahl der Geschützpforten, über die gesamte Längsseite des Schiffes verteilt, war mindestens ebenso beeindruckend, und Sawal spürte, wie sich sein Magen zusammenkrampfte, als er die stummeligen Mündungen der Kanonen sah, die nun aus den Geschützpforten herausragten.

»Pater?«

Er blickte zu seinem ersten Offizier hinüber. Diese Frage, nur ein einziges Wort, verriet die Anspannung des anderen Priesters nur allzu deutlich, und Sawal konnte es ihm nicht einmal verübeln. Nicht, dass er eine Antwort auf das wusste, was der Mann ihn eigentlich fragen wollte – das war ihm bewusst.

»Wir werden sehen, was geschieht, Bruder Tymythy«, sagte er daher nur. »Halten Sie den Kurs.«

»Er ändert nicht den Kurs«, sagte Urvyn.

Selbst für eine unnötige Beschreibung des Offensichtlichen war das noch eine ganz besondere Leistung, schoss es Hywyt durch den Kopf.

»Nein, tut er nicht«, stimmte der Commander unter Aufbietung sämtlicher Selbstbeherrschung zu, als der Abstand sich stetig verringerte. Jetzt betrug er nur noch weniger als dreihundert Fuß, und er wurde noch kleiner, so dass sich der Commander fragte, wie weit der andere Skipper wohl dabei gehen wollte, ihn dazu zu zwingen, bei diesem Spiel hier Farbe zu bekennen; er musste fest davon überzeugt sein, die *Wave* wolle nur bluffen. »Geben Sie dem Schützen Anweisung, bereit für einen Schuss vor dem Bug zu sein.«

Urvyn zögerte. Es dauerte nur einen Sekundenbruchteil. Jemand anderes hätte es wohl kaum bemerkt, doch Urvyn war bereits seit mehr als sechs Monaten Hywyts First Lieutenant. Einen Augenblick lang glaubte Hywyt schon, er müsse seinen Befehl wiederholen, doch dann wandte sich Urvyn mit schwerfälligen Bewegungen ab und hob sein ledernes Sprachrohr.

»Bereit für einen Schuss vor den Bug, Master Charlz«, rief er, und der Schütze der *Wave* hob die Hand, um kundzugeben, dass er verstanden hatte.

»Ich glaube, er will ...«

Bruder Tymythy brachte den Satz nicht zu Ende. Es war nicht notwendig. Der dumpfe Knall einer einzelnen Kanone unterbrach ihn, und Sawal schaute zu, wie die Kanonenkugel über die Wellen hinwegraste und das Weiß der Schaumkronen so scharf und säuberlich durchschnitt wie die Rückenflosse eines Kraken.

»Er hat auf uns *geschossen!*«, sagte Tymythy stattdessen. Seine Stimme klang vor Entrüstung unnatürlich schrill, und er hatte die Augen weit aufgerissen, als sei er allen Ernstes überrascht, dass selbst *Charisianer* es wagen sollten, Mutter Kirche derart zu beleidigen. Und vielleicht war er es auch tatsächlich. Sawal hingegen musste feststellen, dass es *ihn selbst* nicht im Mindesten überraschte.

»Ja, das hat er«, stimmte ihm der Unterpriester deutlich ruhiger zu, als er sich eigentlich fühlte.

Ich hätte es wirklich nicht für möglich gehalten, dass sie es tun würden, dachte er. *Und warum überrascht mich das hier dann nicht? Das ist der Anfang vom Ende der Welt, um Gottes Willen!*

Erneut dachte er über die Depeschen nach, die er mit sich führte: an wen sie gerichtet waren, und auch warum. Er dachte an die Gerüchte, die allmählich die Runde machten, was genau sich Prinz Hektor und seine Verbündeten eigentlich erhofft hatten … welche Belohnungen ihnen die Kirche versprochen hatte.

Nein, nicht die Kirche, ermahnte sich Sawal selbst. *Die Ritter der Tempel-Lande. Es gibt da* sehr wohl *einen Unterschied!*

Und so sehr er sich selbst das auch einzureden versuchte, er wusste es besser. Welcher *technische* oder *rechtliche* Unterschied zwischen diesen beiden Dingen auch existieren mochte, Pater Sawal wusste es besser. Und das, so begriff er jetzt zu seinem eigenen Entsetzen, war auch der Grund dafür, dass er über die Entwicklung hier eigentlich nicht überrascht war.

Selbst jetzt konnte er es nicht einmal für sich selbst in Worte fassen, er brachte es nicht über sich, sich dieser Erkenntnis zu stellen, doch er wusste es. Was auch immer ›die Wahrheit‹ gewesen sein mochte, *vor* diesem gewaltigen Angriff, den Prinz Hektor und seine Verbündeten gegen das Königreich von Charis geführt hatten: Die Charisianer wussten genauso gut wie Sawal, wer in Wahrheit dahinter gesteckt hatte. Sie alle wussten, welche zynischen Überlegungen man angestellt hatte, wie bereit man gewesen war, nahezu beiläufig das Blut eines ganzen Volkes zu vergießen und dabei alles in Schutt und Asche zu legen, und sie wussten auch, welche Arroganz diese Angreifer erfüllt und inspiriert hatte. Dieses Mal hatte sich die ›Vierer-Gruppe‹ zu weit aus den Schatten herausgewagt, und das, was sie als ein einfaches kleines Attentat auf ein unliebsames Königreich angesehen hatten, hatte sich zu etwas völlig anderem entwickelt.

Charis wusste sehr wohl, wer schon die ganze Zeit über der *eigentliche* Feind gewesen war, und das erklärte auch genau, warum dieser Schoner hier bereit war, das Feuer auf ein Schiff zu eröffnen, das unter der Flagge von Gottes Eigener Kirche fuhr.

Der Schoner war ihnen jetzt noch näher gekommen, er krängte unter den gewaltigen Segelmassen; vor ihrem Bug schien das weiße Wasser zu kochen, im Sonnenlicht schimmerte die Gischt zahllosen schwebenden Edelsteinen gleich in allen Farben des Regenbogens. Mittlerweile konnte Sawal einzelne Besatzungsmitglieder sehen, die sich hinter das niedrige Schanzkleid kauerten; er erkannte auch den Captain in seiner Uniform: Dort stand er, achtern, nahe dem Steuer. Und gleichzeitig sah Sawal, wie die Geschützbedienung die vorderste Kanone der Steuerbord-Breitseite nachlud. Der Kommandant blickte zu seinen eigenen Segeln auf, dann betrachtete er erneut die Anmut, mit der dieser Schoner über die Wellen dahinglitt wie ein gewaltiger Kraken. Sawal holte tief Luft.

»Streichen Sie die Flagge, Bruder Tymythy«, sagte er.

»*Pater?*« Bruder Tymythy starrte ihn an, als könne er nicht glauben, was er soeben gehört hatte.

»Streichen Sie die Flagge!«, wiederholte Sawal mit festerer Stimme.

»Aber, der Bischof Vollstrecker ...«

»*Streichen Sie die Flagge!*«, fauchte Sawal.

Einen Augenblick hatte der Kommandant des Schiffes den Eindruck, Tymythy wolle diesen Befehl verweigern. Schließlich kannte Sawals Stellvertreter die Anweisungen ebenso gut wie er selbst. Doch natürlich fiel es einem Bischof ungleich leichter, einem Unterpriester den Befehl zu erteilen, ›um jeden Preis‹ die Autorität von Mutter Kirche zu wahren. Schließlich müsste dazu nicht er selbst, sondern eben Pater Rahss Sawal die gesamte Besatzung seines Schiffes in den Tod führen – in einer nutzlosen, völlig vergeblichen Schlacht.

Wenn auch nur die geringste Hoffnung für uns bestünde, unsere Depeschen doch noch abzuliefern, würde ich die Flagge nicht streichen lassen, sagte er zu sich selbst, und gleichzeitig fragte er sich, ob das tatsächlich die Wahrheit war. *Aber es ist ganz offensichtlich, dass wir vor ihnen nicht fliehen können, und wenn diese Leute da drüben so feuerbereit sind, wie es mir scheint, werden sie mit einer einzigen Breitseite dieses Schiff hier in einen treibenden Haufen Zahnstocher verwandeln – allerhöchstens mit* zwei *Breitseiten. Es hat überhaupt keinen Sinn, meine eigenen Männer für nichts und wieder nichts abschlachten zu lassen, und wir sind nicht einmal bewaffnet.*

Die Flagge der Kirche flatterte im Wind; langsam sank sie nun von der Mars des Kurierschiffes herab – diese Flagge, die noch nie zuvor angesichts einer Streitmacht Sterblicher gestrichen worden war. Sawal schaute zu, wie sie eingeholt wurde, und ein eisiger Wind schien ihm geradewegs ins Mark zu fahren.

In so vielerlei Hinsicht war dieser kleine, bestickte Stofffetzen nur eine bedeutungslose Kleinigkeit. Doch so begannen alle Katastrophen, nicht wahr? Mit einer Kleinigkeit, wie den ersten fallenden Kieseln, denen ein gewaltiger Erdrutsch folgte.

Vielleicht hätte ich sie doch *dazu zwingen sollen, das Feuer auf uns zu eröffnen. Dann hätte es wenigstens keinerlei Fragen mehr gegeben, keinerlei Zweifel mehr. Und wenn Charis tatsächlich bereit ist, sich Mutter Kirche entgegenzustellen, dann hätten einige tote Matrosen das nur noch klarer verdeutlicht.*

Vielleicht wäre das so gewesen, und vielleicht hätte er die Charisianer *tatsächlich* dazu zwingen sollen, sie anzugreifen, doch er war nun einmal Priester, kein Soldat, und er hatte es einfach nicht tun *können.* Und, so sagte er sich, alleine schon die Tatsache, dass Charis das Feuer auf ein Schiff eröffnet hatte, das unter der Flagge der Heiligen Mutter Kirche stand, sollte mehr als genug Beleg sein. Es war wirklich nicht erforderlich, dass er selbst dafür auch noch seine Männer in den Tod führte.

Zweifellos reichte das aus, und während er sich das noch einzureden versuchte, wusste Pater Rahss Sawal es doch besser.

Die Menschenleben, die er an diesem Morgen gerettet hatte, würden so bedeutungslos werden wie Senfsamen im Sturm, wenn sie erst einmal die entsetzlichen Berge des Todes überschritten hatten, die vor dem Himmel des morgigen Tages aufragten.

.II.

Königlicher Palast,
Manchyr,
Fürstentum Corisande

Mit dem Zeh blieb Hektor Daykyn an einer splittergesäumten, tiefen Scharte hängen, die eine Kanonenkugel der Charisianer in das Deck der Galeere *Lanze* gefräst hatte. Es war eine Scharte unter vielen, und nun fuhr der Prinz von Corisande vorsichtig mit der Hand über ein geborstenes Schanzkleid, auf das der gesplitterte Mast heruntergestürzt war.

»Captain Harys hatte alle Hände voll zu tun, sie wieder nach Hause zu bringen, Euer Hoheit«, sagte mit ruhiger Stimme der Mann, der neben ihm ging.

»Ja. Ja, das hatte er wohl«, stimmte Hektor zu, doch seine Stimme klang sonderbar abwesend, und sein Blick galt etwas, das nur er alleine sehen konnte. Dass er so in die Ferne starrte, rief bei Sir Taryl Lektor, dem Grafen Tartarian, beträchtliche Besorgnis hervor. Nachdem nun bestätigt war, dass Graf Black Water während der Schlacht den Tod gefunden hatte, war Tartarian selbst der ranghöchste Admiral der Corisandian Navy – oder dem, was davon noch übrig geblieben war –, und es gefiel ihm ganz und gar nicht, dass die Gedanken des Prinzen gelegentlich … abzuschweifen schienen. Das passte so gar nicht zu Hektors normalem, entschiedenem Auftreten.

»Vater, können wir jetzt *gehen?*«

Nun nahmen Hektors Augen wieder seine Umgebung wahr, und er blickte den Jungen an, der neben ihm an Deck stand. Der junge Bursche hatte Hektors dunkle Augen und auch das charakteristische Kinn seines Vaters, doch das kupferrote Haar hatte er von seiner verstorbenen Mutter, die aus den Nordlanden stammte. Wahrscheinlich würde der Junge eines Tages auch eine ähnliche Statur aufweisen wie sein Vater, doch noch war es zu früh, sich dessen sicher zu sein. Mit seinen fünfzehn Jahren musste Kronprinz Hektor immer noch ein gutes Stück wachsen.

In mehr als nur einer Hinsicht, ging es seinem Vater düster durch den Kopf.

»Nein, können wir nicht«, sagte er dann laut. Der Kronprinz legte die Stirn in Falten und zog die Schultern hoch, als er die Hände tief in die Taschen seiner Kniebundhosen schob. Es wäre nicht ganz gerecht gewesen, seinen Gesichtsausdruck als ›Schmollen‹ zu bezeichnen, doch Prinz Hektor fiel kein Wort ein, das besser gepasst hätte.

Irys, du bist ein Dutzend mal mehr wert als er, dachte der Prinz. *Warum, oh warum nur, konntest du nicht als* Junge *auf die Welt kommen?*

Bedauerlicherweise hatte das nun einmal nicht sein sollen, und so konnte Hektor sich nicht auf Prinzessin Irys verlassen, sondern musste sich mit seinem Namensvetter begnügen.

»Pass gut auf!«, sagte er jetzt kühl und warf dem Jungen einen recht gestrengen Blick zu. »Es sind Männer *gestorben*, um dieses Schiff hier nach Hause zu bringen, Hektor. Vielleicht kannst du ja etwas aus dem Beispiel, das sie uns gegeben haben, lernen.«

Angesichts dieser öffentlichen Rüge schoss dem jüngeren Hektor das Blut ins Gesicht. Mit einer gewissen Befriedigung nahm sein Vater sein Erröten zur Kenntnis, doch dann rief er sich wieder ins Gedächtnis zurück, dass es wahrscheinlich keine gute Idee war, das Kind, das eines Tages selbst auf seinem Thron sitzen und über dieses Fürstentum herrschen würde, öffentlich zu demütigen. Prinzen, die sich an derartige Dinge erinnerten, neigten dazu, das an ihren eigenen Untertanen auszulassen, und die Ergebnisse konnte man sich schon im Vorhinein ausmalen.

Auch wenn die Chancen nicht allzu gut standen, dass dieser Kronprinz hier auch nur die Gelegenheit haben würde, irgendetwas in jener Art überhaupt zu tun. Und das hatte auch viel mit dem Schaden zu tun, den die angeschlagene Galeere genommen hatte, auf der Hektor hier stand.

Er machte auf dem Absatz kehrt und blickte der Länge nach über das Deck des Schiffes hinweg. Dieses Schiff in den heimatlichen Hafen zu schaffen musste ein wahrer Albtraum gewesen sein. Selbst jetzt noch, obwohl die *Lanze* längst vor Anker lag, arbeiteten die Lenzpumpen mit aller Kraft. Die lange Heimreise vom Darcos-Sund, fast siebentausend Meilen, hatte diese Galeere nur im Kriechtempo hinter sich bringen können: ein Schiff, dessen Rumpf unter der Wasserlinie mindestens ein Dutzend Mal durchschlagen worden war und von dessen Besatzung die charisianische Artillerie mindestens ein Drittel abgeschlachtet hatte. Das war der Stoff, aus dem Legenden gemacht wurden. Hektor hatte nicht einmal versucht, die Einschläge oberhalb der Wasserlinie zu zählen, doch er hatte sich bereits fest vorgenommen, Captain Zhoel Harys eine Beförderung angedeihen zu lassen.

Wenigstens sind ja für eine Beförderung jetzt wieder genügend Planstellen frei, nicht wahr?, ging es Hektor durch den Kopf, während er die dunklen Flecken an Deck der *Lanze* betrachtete; das Blut zahlloser Menschen war tief in das Holz eingezogen.

»Also gut, Hektor«, sagte er. »Ich denke, wir können jetzt gehen. Du kommst sowieso schon zu spät zur Fechtstunde.«

Einige Stunden später saßen Hektor, Admiral Tartarian, Sir Lyndahr Raimynd – Hektors Schatzmeister – und Graf Coris – der Leiter seiner Spionageabteilung – in einem kleinen Ratszimmer, von dessen Fenster aus man den Hafen einblicken konnte.

»Wie viele ergibt das, Mein Prinz?«, fragte Graf Coris.

»Neun«, antwortete Hektor deutlich harscher, als er eigentlich beabsichtigt hatte. »Neun«, wiederholte er dann in deutlich ruhigerem Ton. »Und ich bezweifle, dass wir noch viele weitere von denen sehen werden.«

»Und laut der letzten Nachrichten, die uns vom Großherzog erreicht haben, hat es bislang noch keine der von Zebediahnern bemannten Galeeren nach Hause geschafft.«

»Das ist mir nicht entgangen.«, gab Hektor zurück.

Und es überrascht mich auch nicht sonderlich, dachte er. *Allzu viele waren das ohnehin nicht – und was auch immer Tohmys sagen mag, ich wäre dennoch bereit zu wetten, dass seine geschätzten Captains sich fast ebenso rasch ergeben haben wie Sharleyans Chisholmer.* Er verkniff sich ein spöttisches Schnauben. *Schließlich lieben die mich ja fast genauso wie Sharleyan selbst.*

Eigentlich ist das ein wenig ungerecht, sinnierte er. Mehr als zwanzig Jahre waren vergangen, seit er den letzten Prinzen von Zebediah besiegt, abgesetzt und dann hatte hinrichten lassen. Und der war schon vor der Eroberung seines Reiches kein sonderlich guter Regent gewesen, auch *mit* seinem Kopf, wie selbst die hartgesottensten Patrioten von Zebediah eingestehen mussten. Hektor mochte vielleicht eine gewisse Skrupellosigkeit an den Tag gelegt haben, wenn es darum ging, potenziellen Widerstand auszumerzen und dafür zu sorgen, dass die gesamte bisherige Dynastie ein für allemal ausgerottet wurde, und er hatte sich auch gezwungen gesehen, seitdem an dem einen oder anderen allzu ehrgeizigen

Adeligen ein Exempel zu statuieren. Doch wenigstens hatten die Zebediahner eine anständige Regierung erhalten, seit sie zu Untertanen von Corisande geworden waren, und ihre Steuern waren eigentlich auch nicht viel höher als zuvor. Natürlich wurde ein Großteil dieser Steuern tatsächlich für *Corisande* ausgegeben, nicht für Zebediah, aber wenn man unbedingt Kriege verlieren will, kann man eben nicht alles haben.

Und was auch immer das gemeine Volk denken mochte: Tohmas Symmyns, der Großherzog von Zebediah, und die anderen Aristokraten, die überlebt hatten, wussten ganz genau, wo es etwas zu holen gab. So war Symmyns Vater beispielsweise nur ein einfacher Baron gewesen, bevor Hektor ihn in den neu geschaffenen Stand eines Großherzogs erhoben hatte, und dieser derzeitige Großherzog wusste auch genau, dass er diesen Titel nur so lange würde führen können, wie er Hektors Vertrauen genoss. Dennoch war unbestreitbar, dass seine zebediahnischen Untertanen doch weniger begeistert darüber waren, ihr Blut im Dienste des Hauses Daykyn zu vergießen, als die gebürtigen Corisander.

Das hatte vermutlich irgendetwas damit zu tun, wie viel von ihrem Blut im Laufe der letzten Jahrzehnte *durch* das Haus Daykyn vergossen worden war.

»Um ehrlich zu sein, Euer Hoheit«, sagte Tartarian, »sollte es mich verwundern, wenn wir noch weitere davon zu Gesicht bekämen, ob die Mannschaft nun aus Corisandern oder Zebediahnern besteht. Die *Lanze* ist kaum mehr als ein Wrack. Wenn man bedenkt, welche Schäden sie davongetragen hat und wie viele Verluste ihre Mannschaft erleiden musste, ist es ein echtes Wunder, dass Harys sie überhaupt noch in die Heimat hat schaffen können ... und das auch nicht gerade in Rekordzeit.« Der Admiral schüttelte den Kopf, und seine

Miene wirkte sehr grimmig. »Wenn es noch weitere Schiffe gibt, die möglicherweise noch schwerer beschädigt wurden, so sind die höchstwahrscheinlich längst in den Fluten versunken. Oder sie sind zumindest auf irgendeiner Insel irgendwo zwischen ihrem Heimathafen und dem Darcos-Sund auf Grund gelaufen.«

»Das denke ich auch«, stimmte Hektor zu und holte tief Luft. »Und das bedeutet, wann auch immer Haarahld uns erreicht, werden wir über keinerlei Flotte verfügen, mit der wir ihn abhalten könnten.«

»Wenn die Berichte wirklich zutreffen, Euer Hoheit, könnte eine gewöhnliche Galeeren-Flotte ihn ohnehin nicht aufhalten«, gab Tartarian zu bedenken.

»Stimmt. Also werden wir uns wohl eine eigene Flotte dieser neumodischen Galeonen bauen müssen.«

»Wie wahrscheinlich ist es denn, dass Haarahld uns die dafür erforderliche Zeit lässt, Mein Prinz?«, fragte Coris nach.

»Das kann ich genauso wenig sagen wie Sie, Phylyp. Tatsächlich ...« – Hektors Lächeln wirkte sehr verbittert – »... hatte ich sogar gehofft Sie wären im Raten deutlich *besser* als ich.«

Coris begann zwar nicht zu zittern, doch auch sein Gesichtsausdruck wirkte nicht sonderlich glücklich. Ebenso wie sein Gegenstück in Charis war auch Phylyp Ahzgood nicht in den Adelsstand hineingeboren. Man hatte ihm seinen Titel in Anerkennung seiner Arbeit als Leiter der Spionageabteilung im Dienste Prinz Hektors verliehen (nachdem sich herausgestellt hatte, dass sein bedauerlicherweise verblichener Vorgänger, der letzte Graf Coris, in den letzten ernstzunehmenden Versuch, ein Attentat auf Hektor zu verüben, verwickelt gewesen war); und man konnte in Ahzgood am ehesten etwas ähnliches wie einen ›Ersten Ratgeber‹ Hektors sehen. Doch er war im Ansehen des Prinzen deutlich gesunken, als nach und nach schmerzlich klar wurde, in welchem Ausmaß man die seefahrtstechnischen Neuerungen Haarahlds von Charis unterschätzt hatte. Es war sehr gut möglich, dass sein Kopf nur deswegen immer noch seinem Körper Gesellschaft leisten durfte, weil *alle anderen* davon im gleichen Maße überrascht worden waren.

»Tatsächlich denke ich, dass uns zumindest noch ein wenig Zeit bleibt, Euer Hoheit«, sagte Tartarian jetzt. Dem Admiral schienen die Untertöne im Gespräch zwischen seinem Prinzen und Coris zu entgehen, auch wenn Hektor ernstlich bezweifelte, dem sei tatsächlich so.

»Und ich bin sogar geneigt, Ihnen beizupflichten, Admiral«, sagte der Prinz. »Allerdings bin ich neugierig zu erfahren, ob Sie dafür die gleiche Begründung anführen, die ich mir selbst überlegt habe.«

»Es hängt sehr viel davon ab, über welche Ressourcen Haarahld verfügt und wie präzise er seine Strategie beibehalten kann, Euer Hoheit. Um ehrlich zu sein, lassen die Berichte, die uns bislang erreicht haben, zumindest vermuten, dass er nicht allzu viele dieser verwünschten Galeonen verloren hat – wenn überhaupt welche. Andererseits hatte er auch schon *vor* dieser Schlacht nicht gerade eine übermäßig große Zahl davon. Sagen wir einfach, er hätte noch dreißig oder vierzig Schiffe. Das ist eine sehr schlagkräftige Flotte, vor allem mit dieser neuen Artillerie. Sie könnte wahrscheinlich jede Flotte auf ganz Safehold besiegen. Doch sobald der diese Flotte aufteilen muss, um mehrere Angriffsziele gleichzeitig abzudecken, wird sie das deutlich schwächen. Und trotz all dem, was unseren Flotten widerfahren ist, muss er doch zumindest einige Vorsichtsmaßnahmen treffen, um seine heimatlichen Gewässer und seine Handelsschiffe zu schützen.

So wie ich das sehe, bedeutet das *wahrscheinlich*, dass er immer nur eine einzige Offensive starten kann, nicht jedoch mehrere zur gleichen Zeit. Natürlich wäre es mir sehr recht, wenn er sich an mehreren Feldzügen gleichzeitig versuchen würde, aber ich glaube nicht, dass er dafür dumm genug ist. Und wenn wir schon über die Art Feldzüge nachdenken, auf die er sich einlassen könnte, sollten wir auch nicht vergessen, dass er eigentlich überhaupt keine Armee besitzt – und Corisande ist nicht gerade ein kleiner Fleck auf der Landkarte. Von Wind Hook Head bis nach Dairwyn sind es mehr als siebzehnhundert Meilen, und beinahe zweitausend von Cape Targan bis nach West Wind Head. Wir mögen deutlich weniger dicht besiedelt sein als Harchong oder Siddarmark, aber das ist immer noch ein beachtliches Territorium, das man da abdecken muss. Wenn er es wirklich darauf anlegt, kann Haarahld sehr wohl eine Armee aufstellen, mit der er sowohl gegen uns als auch gegen Emerald marschieren kann, aber das wird dauern und einen Shan-wei-hohen Preis fordern. Und zugleich wird es ihn auch daran hindern, weiterhin seine *Flotte* entsprechend zu vergrößern.

Selbst im besten Falle – und das meine ich jetzt ganz aus *seiner* Sicht – wird es mehrere Fünftage oder sogar Monate brauchen, bevor er bereit wäre, irgendwelche ernstzunehmenden Übersee-Angriffe zu starten. Und selbst wenn es so weit käme, liegt Emerald Charis doch immer noch deutlich näher als wir. Haarahld wird nicht zulassen, dass ihm Prinz Nahrmahn ungehindert im Nacken sitzt, während er einen Großteil seiner Flotte und jeden einzelnen Marine, den er nur auftreiben kann, gegen *uns* in den Krieg schickt. Und das bedeutet, dass er sich wahrscheinlich zunächst um Emerald kümmern wird. Und auch wenn ich nicht allzu viel von der Emeraldian Army halten mag, so *existiert* sie eben doch. Wenn sich Haarahld also für einen Kampf entscheidet, wird ihn das mindestens einige weitere Monate kosten, einfach nur, um zumindest die größten Häfen und Städte einzunehmen. Und wenn er das ganze Land erobern will, so wird es noch deutlich länger dauern – vorausgesetzt natürlich, Nahrmahns Untertanen halten ihm weiterhin die Treue.

Wenn er sich also für eine konventionelle Strategie entscheidet, halte ich es für äußerst unwahrscheinlich, dass er sich überhaupt noch im Laufe dieses Jahres um uns kümmern wird.«

»Das sind überzeugende Argumente«, sagte Hektor. »Und alles in allem muss ich sagen, dass ich Ihnen beipflichte. Aber bitte vergessen Sie eines nicht: Haarahld von Charis hat bereits einmal bewiesen, dass er sehr wohl bereit ist, sich für *un*konventionelle Strategien zu entscheiden, Admiral.«

»Oh, das vergesse ich nicht, das versichere ich Euch, Euer Hoheit. Niemand, der irgendetwas mit der Navy zu tun hat, wird das so bald vergessen.«

»Gut.« Hektor lächelte ihn frostig an, dann hob er die Hand.

»Aber gehen wir doch im Augenblick davon aus, Ihre Einschätzung der Lage sei hinreichend treffend. Und selbst, wenn dem doch nicht so sei, bleiben uns zweifellos immer noch mindestens ein Monat oder zwei, bevor Haarahld hier vorstellig werden wird. Natürlich werden wir vielleicht schon früher den einen oder anderen Kreuzer sehen, der sich vor der Küste herumtreibt und jedes Handelsschiff abfängt, das töricht genug ist, sich zu nähern, aber Haarahld wird doch länger dafür brauchen, eine ernstzunehmende Expedition aufzustellen. Und wenn er lange genug dafür braucht, werden wir vielleicht auch die eine oder andere unschöne Überraschung für ihn bereithalten können, wenn er schließlich hier auftaucht.«

»Welche Art ›Überraschung‹, Mein Prinz?«, fragte Coris nach.

»Zumindest sind Black Waters Depeschen mit den Skizzen der neuen charisianischen Kanonen sicher hierher gelangt«, merkte Hektor an. »Es ist eine Schande, dass die eigentlichen Prisenschiffe letztendlich aus irgendeinem geheimnisvollen Grund in Eraystor gelandet sind, aber dank seiner Skizzen und Captain Myrgyns begleitenden Berichts wissen wir jetzt von diesen neuen Lafetten und den abgepackten Pulverladungen. Ich würde zu gerne auch mehr über dieses neue Schießpulver erfahren, das die verwenden, aber ...«

Hektor verzog das Gesicht und zuckte kaum merklich mit den Schultern. Das war der einzige Teil von Myrgyns Bericht, der nicht absolut vollständig gewesen war.

»Ich denke, wir können selbst ohne das immer noch ausnutzen, was wir über ihre Verbesserungen auf dem Gebiet der Artillerie in Erfahrung gebracht haben«, sprach er nach kurzem Zögern weiter. »Die Frage ist nur, wie viel Zeit uns bleibt, das auch in die Tat umzusetzen.«

»Ich habe über diese neuen Kanonen schon mit dem Artilleriemeister gesprochen, Euer Hoheit«, sagte Tartarian nun. »Er ist genauso wütend darüber wie ich, dass wir nicht von alleine auf diese Ideen gekommen sind. Sie sind so verdammt *einfach*, dass ...«

Der Graf hielt inne und schüttelte den Kopf.

»Ich bitte um Verzeihung, Euer Hoheit.« Er räusperte sich. »Worauf ich hinauswollte, das war, dass er bereits an den Gussformen für die ersten Kanonen in diesem neuen Stil arbeitet. Natürlich wird er dabei einige Versuche durchführen müssen, und man muss die neuen Kanonen auch noch bohren und auf die Lafetten aufbringen. Dennoch ist er der Ansicht, er könne die ersten innerhalb von anderthalb Monaten abliefern. Ich habe ihm gesagt ...« – Tartarian blickte Hektor geradewegs in die Augen – »... ich sei mir der Tatsache bewusst, dass dies nur eine erste Schätzung sei, und er müsse nicht mit negativen Konsequenzen rechnen, sollte sich seine Schätzung trotz größter Bemühungen als übermäßig optimistisch herausstellen.«

Erneut verzog Hektor das Gesicht, doch er nickte dabei zustimmend.

»Während der Artilleriemeister daran arbeitet«, fuhr Tartarian fort, »habe ich mich bereits daran begeben, mir zu überlegen, wie man die Galeonen so umbauen könnte, dass sich die neuen Waffen auch montieren lassen. Ich denke nicht, dass es einfach möglich ist, nur neue Geschützpforten in die Seitenwände zu schneiden, und ich will zu diesem Zeitpunkt nicht einmal wagen, eine Schätzung darüber abzugeben, wie lange es wohl dauern wird, ein Schiff tatsächlich damit auszustatten. Wir geben unser Bestes, aber eine Flotte, die in der Lage sein kann, sich Haarahld entgegenzustellen, werden wir frühestens in einem oder zwei Jahre aufstellen können, Euer Hoheit. Es tut mir Leid, aber so ist es nun einmal.«

»Verstanden. Ich bin über diese Zahlen ebenso wenig glücklich wie Sie, Admiral, aber wir werden in der Zeit, die uns bleibt, einfach versuchen das Beste zu erreichen, was wir nur können. Ich denke, das wird bedeuten, zumindest kurzfristig gesehen, dass diese neuen Kanonen, wenn sie aus der Gießerei kommen, zunächst einmal in unseren wichtigsten Geschützbatterien an der Küste eingesetzt werden, und erst danach an Bord neuer Schiffe der Flotte.«

»Wenn Ihr gestattet, Euer Hoheit, würde ich Euch gerne

einen anderen Vorschlag unterbreiten«, erwiderte Tartarian. »Ich stimme zu, dass die Geschützbatterien an der Küste eindeutig vorrangig sind, aber jede Kanone, die wir auf See einsetzen können, wäre ebenso lohnenswert. Ich bin der Ansicht, wir könnten relativ rasch schwimmende Geschützbatterien konstruieren – ich rede hier von im Prinzip nichts anderem als großen Flößen, mit Schatzkleidern, die der Besatzung Schutz vor kleineren Schusswaffen und leichter Artillerie bieten. Diese schwimmenden Geschützbatterien könnten die Verteidigung unserer wichtigsten Häfen unterstützen. Und jede Galeone, die wir mit den neuen Kanonen ausstatten, wäre bei der Verteidigung der Hafenanlagen geradezu unschätzbar wertvoll.«

»Ich verstehe.«

Hektor schürzte die Lippen, dachte konzentriert über diesen Vorschlag nach. Dann zuckte er mit den Schultern.

»Sie mögen durchaus Recht haben, Admiral. Ich gehe zwar davon aus, dass dieser Aspekt zumindest anfänglich irrelevant sein wird. Sobald wir erst einmal damit beginnen, Galeonen zu bauen, die diese neuen Kanonen an Bord nehmen können, werden wir selbstverständlich darüber nachdenken müssen, was letztlich Vorrang haben wird.«

»Jawohl, Euer Hoheit.«

»Und damit kommen wir zu Ihnen, Lyndahr«, fuhr Hektor fort und wandte sich seinem Schatzmeister zu. »Mir ist sehr wohl bewusst, dass wir nicht einmal ansatzweise über die Gelder verfügen, die für eine vollständig neue Flotte erforderlich wären. Andererseits ist es vermutlich kostengünstiger, eine neue *Flotte* zu kaufen als ein neues Fürstentum. Also werden Sie sich etwas einfallen lassen müssen.«

»Ich verstehe, Mein Prinz«, erwiderte Raimynd. »Und ich habe darüber bereits ausgiebig nachgedacht. Das Problem ist: Die Schatzkammer enthält einfach nicht genug Geld, um auch nur ansatzweise ein derartig gewaltiges Rüstungsprogramm zu finanzieren. Oder vielleicht sollte ich lieber sagen, dass *unsere* Schatzkammer nicht genügend Geld dafür enthält.«

»Ach?« Fragend hob Hektor eine Augenbraue, und Raimynd zuckte die Achseln.

»Ich denke, Mein Prinz«, sagte er recht geziert, »die Ritter der Tempel-Lande werden vom Ergebnis des letzten Feldzuges nicht sonderlich ... erbaut sein.«

»Das ist wohl noch milde ausgedrückt«, gab Hektor trocken zurück.

»Ich habe mir das bereits gedacht, Mein Prinz. Und mir kam der Gedanke, unter den gegebenen Umständen könnten die Ritter der Tempel-Lande wohl erkennen, dass es ein ... sagen wir ... gewisses, berechtigtes Interesse gibt, das sie mit dem Fürstentum gemein haben. Tatsächlich glaube ich, dass es durchaus vernünftig von uns wäre, ihre Hilfe zu erbitten, um die Kosten tragen zu können, die unsere gemeinsamen Bemühungen verursacht haben.«

Raimynd hätte Diplomat werden sollen, ging Hektor durch den Kopf, und nicht bloß ein Geldzähler.

»Ich pflichte Ihnen bei«, sagte er laut. »Bedauerlicherweise sind die Ritter der Tempel-Lande recht weit von uns entfernt. Selbst mit Hilfe des Semaphorensystems und der Depeschenboote der Kirche dauert es mehrere Fünftage, um auch nur einfache Nachrichten hin und her zu schicken, von Gold oder Silber ganz zu schweigen. Und wenn Haarahld erfährt, dass tatsächlich Barren verschifft werden, weiß ich schon jetzt *ganz genau*, wo er seine Kreuzer als Nächstes zum Einsatz bringen wird.«

»Damit habt Ihr Recht, Mein Prinz. Bischof-Vollstrecker

Thomys hingegen befindet sich hier in Manchyr. Ich glaube, wenn Ihr Euch an ihn wenden und ihm unsere Bedürfnisse genau schildern würdet, könntet Ihr ihn davon überzeugen, uns Unterstützung für unsere Bemühungen zukommen zu lassen.«

»Und wie genau stellen Sie sich das vor?«, fragte Hektor nach.

»Ich glaube, wenn der Bischof-Vollstrecker willens ist, könnte er entsprechende Kreditbriefe zu Lasten der Schatzkammer eben der Ritter der Tempel-Lande ausstellen. Vielleicht werden wir gewisse Abstriche hinsichtlich des Nennwertes hinnehmen müssen, aber tatsächlich halte ich es sogar für wahrscheinlich, dass sie ihren vollen Wert beibehalten werden, schließlich weiß jeder, dass die Zahlungsfähigkeit völlig außer Frage steht. Dann könnten wir *unsererseits* Kreditbriefe ausstellen, die durch die des Bischof-Vollstreckers gedeckt wären, um das notwendige Rüstungsprogramm zu finanzieren.«

»Und wenn der Bischof-Vollstrecker nicht willens ist, einer derartigen offiziellen Verbindlichkeit der Ritter der Tempel-Lande zuzustimmen?«, fragte Tartarian sofort. Raimynd blickte ihn an, und der Admiral zuckte mit den Schultern. »Ich stimme jedem einzelnen Punkt Ihrer Argumentation voll und ganz zu, Sir Lyndahr. Bedauerlicherweise könnte der Bischof-Vollstrecker der Ansicht sein, er sei nicht befugt, in dieser Weise die Schatzkammer der Ritter der Tempel-Lande zu belasten. Und, um ganz ehrlich zu sein: Wäre ich ein Gießereibesitzer oder ein Schiffsbauer, würde es mich selbst auch durchaus nervös machen, einen Kreditbrief der Tempel-Lande zu akzeptieren, der nicht *im Vorhinein* durch die Ritter der Tempel-Lande selbst gebilligt wurde. Ich denke, Sie verstehen, was ich meine.«

»Ein verständlicher Einwand«, merkte nun Hektor an. »Aber ich denke nicht, dass er völlig unüberwindbar ist. Lyndahr, ich halte das für eine sehr gute Idee, der wir unbedingt nachgehen sollten. Und wenn Bischof-Vollstrecker Thomys sich als zögerlich erweist, wenn wir mit ihm sprechen, sollten wir – so denke ich zumindest – darauf hinweisen, dass er, auch wenn er nicht berechtigt ist, die Schatzkammer der Ritter der Tempel-Lande zu belasten, *sehr wohl* über die Ressourcen der Erzdiözese zu verfügen befugt ist. Ihm steht genau hier, in Corisande, alles für einen hinreichend umfassenden Kreditbrief zur Verfügung, um die Kosten der ersten Monate zu decken. Bis dahin werden wir zweifellos von den Rittern der Tempel-Lande selbst eine Antwort erhalten haben. Ich denke, sie werden die Logik Ihres Vorschlages erkennen und dieser Abmachung zustimmen. Und wenn sie das nicht tun, werden wir uns eben *dann* eine andere Vorgehensweise überlegen müssen.«

»Jawohl, Euer Hoheit.« Raimynd neigte den Kopf zu einer angedeuteten Verbeugung.

»Also gut«, sagte Hektor und schob seinen Sessel zurück. »Ich denke, damit hätten wir alles besprochen, was an diesem Abend zu besprechen lohnenswert gewesen sein dürfte. Ich möchte Berichte – *regelmäßige* Berichte – im Hinblick auf alles, was wir bislang besprochen haben. Mir ist sehr wohl bewusst, dass unsere Lage im Augenblick, sagen wir, recht … wenig beneidenswert ist.« Er verzog die Lippen zu einem angespannten Grinsen. »Aber wenn Haarahld sich nur lange genug Zeit damit lässt, Emerald einzunehmen, sollten wir, so denke ich, in der Lage sein, genug zu bewirken, um ihm zumindest heftige Bauchschmerzen zu verursachen, wenn er sich dann schließlich Corisande zuwendet!«

.III.

Kathedrale von Tellesberg, Tellesberg, Königreich Charis

Es war sehr still in der Kathedrale von Tellesberg.

Der gewaltige Rundbau war überfüllt, fast so wie bei der Totenmesse für König Haarahld; doch die Atmosphäre, die hier herrschte, war völlig anders geartet als bei jener Begebenheit. Immer noch gab es diese Stimmung voller Zorn, Entrüstung und Entschlossenheit, doch jetzt war noch etwas anderes hinzugekommen – etwas, das an die drückende Stille vor einem gewaltigen Gewitter erinnerte. Eine Anspannung, die in den Fünftagen seit dem Tode des alten Königs nur noch größer und bedrohlicher geworden war.

Captain Merlin Athrawes von der Charisian Royal Guard hatte vollstes Verständnis für diese Anspannung. Während er vor dem Eingang zur königlichen Loge wartete und über König Cayleb und seine beiden jüngeren Geschwister wachte, wusste er ganz genau, was diese gewaltige, nicht ganz lautlose Menschenmenge gerade dachte und was ihr Sorgen bereitete. Doch er wagte es noch nicht einmal, darüber Mutmaßungen anzustellen, wie sie wohl reagieren würde, wenn der langerwartete Augenblick schließlich gekommen war.

Was, so dachte er trocken, *in etwa fünfundzwanzig Sekunden der Fall sein wird.*

Als hätte dieser Gedanke die Wirklichkeit erst heraufbeschworen, öffneten sich die Türen der Kathedrale. Zu diesem Anlass gab es weder Musik noch einen Chor, und das metallische Klacken des Riegels hallte wie ein Musketenschuss schier endlos in der Stille des gewaltigen Baues wider. Lautlos und sanft schwangen die Türblätter auf ihren wohlgeölten, sorgsam gewarteten Scharnieren zur Seite, und dann trat ein einzelner Szepterträger hindurch. Auch Thuriferare gab es an diesem Tag nicht, ebensowenig wie Kerzenträger. Es war eine schlichte Prozession – für die wichtigste Kathedrale eines ganzen Königreiches relativ klein. Nach und nach betraten Priester im vollen, funkelnden Ornat der Kirche des Verheißenen das Gotteshaus.

Sie durchquerten den Sonnenstrahl, der durch die Buntglasfenster der Kathedrale fiel, und die Stille schien noch weiter zuzunehmen; in Wellenbewegungen schien sie sich von ihnen über die gesamte versammelte Gemeinde auszubreiten. Die Spannung wuchs und wuchs, und Captain Athrawes musste seine rechte Hand davon abhalten, zum Heft seines Katana zu wandern.

Die Prozession bestand aus zwanzig Priestern; angeführt wurde sie von einem Mann, der die orangefarben abgesetzte, weiße Soutane eines Erzbischofs trug. Darüber prunkte ein atemberaubend bestickter, steifer Chorrock, von goldenen Fäden durchwirkt und mit zahllosen Juwelen geziert. Die rubinbesetzte, goldene Krone, die er anstelle des bischöflichen Diadems trug, das sonst in seiner Kathedrale für ihn üblich war, verriet seine Stellung ebenso wie seine Soutane, und an seiner Hand blitzte der Rubinring seines Amtes.

Die anderen neunzehn Männer trugen nur geringfügig weniger majestätische Chorröcke über ihren weißen Soutanen, die allerdings nicht in der charakteristischen Farbe eines Bischofs abgesetzt waren, doch statt Kronen oder Diademen ruhten auf ihren Häuptern nur die schlichten, weißen Kopfbedeckungen mit Kokarden, wie es sich für Bischöfe geziemte, die die Kathedrale eines anderen Prälaten betraten. Ihre Mienen wirkten nicht so gelassen wie die ihres Anführers. Tatsächlich wirkten einige von ihnen sogar deutlich angespannter und besorgter als die Laien, die hier ihrer Ankunft harrten.

Stetig und mit gleichmäßigen Bewegungen zog die Prozession weiter; die Priester schritten den Mittelgang hinab, dann traten die einzelnen Bischöfe zur Seite. Der Mann in der Soutane eines Erzbischofs nahm auf dem Thron Platz, der dem Statthalter des Erzengels Langhorne in Charis vorbehalten war, und hier und dort brandete leises Gemurmel auf, als der sichtlich ranghöchste Gottesmann sich setzte. Captain Athrawes wusste nicht, ob der Erzbischof sie gehört hatte. Falls ja, so ließ er es sich nicht anmerken, während er darauf wartete, dass auch die Bischöfe ihre Plätze in den reich verzierten, und doch deutlich bescheideneren Sitzen einnahmen, die so aufgestellt waren, dass sie den Thron des Erzbischofs zu beiden Seiten flankierten.

Schließlich hatte sich auch der letzte Bischof gesetzt, und wieder herrschte in der Kathedrale völlige Stille; sie schien vor Bedeutsamkeit und Anspannung fast zu knistern, als Erzbischof Maikel Staynair den Blick über die Gemeinde schweifen ließ.

Für einen Safeholdianer war Erzbischof Maikel recht hochgewachsen; er hatte einen beeindruckenden Bart und eine auffallende Nase, seine Hände waren groß und kräftig. Zudem war er der einzige Mensch in der ganzen Kathedrale, der tatsächlich völlig ruhig wirkte. Der höchstwahrscheinlich sogar ruhig *ist*, ging es Captain Athrawes durch den Kopf, und er fragte sich, wie dieser Mann das nur fertigbrachte. Selbst der Glaube musste doch seine Grenzen haben. Vor allem, wenn Staynairs Recht, diese Krone und die Soutane zu tragen, die er angelegt hatte, keineswegs durch den Rat der

Vikare der Kirche bestätigt worden war. Und es bestand auch nicht einmal der Hauch einer Hoffnung, dass die Vikare ihn *jemals* in seinem neuen Amt bestätigen würden.

Was natürlich die Anspannung *aller anderen* in dieser Kathedrale sehr wohl erklärte.

Schließlich, endlich, ergriff Staynair das Wort.

»Meine Kinder«, erfüllte seine kräftige, perfekt ausgebildete Stimme die ganze Kathedrale und vertrieb die völlige Stille der wartenden Gemeinde, »wir sind uns wohl bewusst, wie besorgt, wie beunruhigt und sogar verängstigt viele von euch angesichts dieser beispiellosen Veränderungen sein müssen, die in den vergangenen Monaten über Charis gekommen sind.«

Etwas, das noch nicht einmal Captain Athrawes mit seinem einzigartigen Gehör als einen ›Laut‹ bezeichnet hätte, brandete über die lauschenden Gemeindemitglieder hinweg, als die Worte des Erzbischofs ihnen erneut diesen Eroberungsversuch ins Gedächtnis zurückriefen, der ihren König das Leben gekostet hatte. Und dass Staynair das kirchenrechtlich bedeutsame Wort ›wir‹ verwendete, betonte zusätzlich, dass er hier tatsächlich *ex cathedra* sprach und somit auch förmlich die offizielle, rechtsgültige und bindende Doktrin und Ordnung seiner ganzen Erzdiözese verkündete.

»Veränderung ist etwas, bei dem es gilt, Vorsicht walten zu lassen«, fuhrt Staynair fort, »und Veränderung nur um der Veränderung willen gilt es stets zu vermeiden. Doch selbst das Offizium der Inquisition von Mutter Kirche hat in der Vergangenheit anerkannt, dass es Zeiten gibt, in denen Veränderung sich nicht vermeiden *lässt.* Großvikar Tohmys' Lehrschrift *Über Gehorsam und Glauben* hat vor fast fünf Jahrhunderten festgelegt, dass es Zeiten gibt, in denen jeglicher Versuch, die Konsequenzen notwendiger Veränderungen zu leugnen oder zu vermeiden, selbst zur Sünde wird.

Und eine derartige Zeit ist nun angebrochen.«

Als er dann schwieg, war die Stille in der Kathedrale vollkommen. Was Anspannung gewesen war, verwandelte sich in atemlose, völlige Konzentration; alle Augen ruhten auf Erzbischof Maikel. Der eine oder andere Kirchgänger zuckte mit dem Kopf, als sei er versucht, zur königlichen Empore hinüberzublicken, statt den Erzbischof anzuschauen, doch niemand tat es. Captain Athrawes vermutete, es sei für jeden hier in der Kathedrale derzeit schlichtweg körperlich unmöglich, den Blick von Staynair abzuwenden.

»Meine Kinder.« Sanft schüttelte der Erzbischof den Kopf, und sein Lächeln verriet tiefe Trauer. »Wir wissen sehr wohl, dass viele von euch besorgt sind, möglicherweise sogar erzürnt, angesichts der Gewänder, die wir angelegt haben. Es betrifft die Kleidung des Priesteramtes, in das wir berufen wurden. Und wir bringen es auch nicht übers Herz, euch das vorzuwerfen. Dennoch glauben wir, dass das, was heute in Charis geschieht, der Wille Gottes ist. Dass Gott Selbst uns in dieses Amt berufen hat. Nicht für besondere Fähigkeiten, Beredsamkeit oder Ehrenhaftigkeit, die wir wie jeder andere Sterbliche auch besitzen mögen, sondern weil es Sein Wille und Seine Absicht ist, in Seinem Haus hier auf Safehold und in den Herzen Seiner Kinder – *all unserer* Herzen – Ordnung einkehren zu lassen

Dies ist ein Tag großen Kummers und großer Trauer für uns alle, doch zugleich muss es auch ein Tag der Erneuerung und Wiedergeburt sein. Ein Tag, an dem wir – wir alle, jeder Mann und jede Frau hier – erneut bestätigen, was wahr und gut und gerecht ist, und an dem wir diese Dinge von jedem zurückfordern, der sie entweiht. Wir müssen dies tun, ohne den Versuchungen der Macht zu erliegen, ohne auf die Stimme des Eigennutzes zu hören oder uns mit Hass oder dem

Verlangen nach Rache zu besudeln. Wir müssen ruhig und bedächtig handeln, mit allem gebührenden Respekt und aller Ehrfurcht vor den Ämter und Institutionen von Mutter Kirche. Aber vor allem müssen wir *handeln.*«

Sämtliche Zuhörer lauschten jedem einzelnen Wort des Erzbischofs, und doch hatte Captain Athrawes nicht das Gefühl, ihre Spannung würde nachlassen, er verspürte keinerlei Erleichterung, trotz Staynairs ruhiger, sachlicher, beinahe schon besänftigender Stimme.

»Meine Kinder, mit König Caylebs Erlaubnis, Billigung und Unterstützung bringen wir euch heute unsere erste offizielle Botschaft für den Großvikar und den Rat der Vikare. Wir möchten nicht den Eindruck erwecken, wir würden uns in den Schatten verbergen und vor euch auch nur einen winzigen Teil dessen geheim halten, was wir hier tun, und warum wir es tun. Ihr seid Gottes Kinder. Ihr habt das Recht, alles zu erfahren.«

Der Erzbischof streckte die Hand aus, und einer der anderen Bischöfe erhob sich. Er trat an den Thron des Erzbischofs heran und legte seinem Hirten ein reich verziertes, versiegeltes Dokument in die ausgestreckte Hand. Bunte Bänder, Wachs und metallische Siegel hingen davon herab, und das Rascheln dicken, teuren Pergaments, auf dem diese Botschaft abgefasst worden war, durchdrang die absolute Stille im Inneren der Kathedrale.

Dann las der Erzbischof vor.

»Gerichtet an Seine Durchlaucht, Großvikar Erek, siebzehnter Träger dieses Namens, achtunddreißigster Inhaber dieses Amtes, Statthalter und Diener Gottes und des Erzengels Langhorne, der Gottes Stellvertreter hier auf Safehold ist, war und sein wird, von Erzbischof Maikel Staynair, Hirte von Charis, der ihn im Namen und der Bruderschaft Gottes seinen Gruß erbietet.«

Wenn der Erzbischof etwas verlas, klang seine Stimme ebenso kräftig wie bei allen anderen Dingen, die er im Amt vortrug. Mit seiner Stimme konnte er selbst beim Verlesen des trockensten, uninteressantesten Dokuments seinen Zuhörern den Eindruck vermitteln, jenes sei von immenser Wichtigkeit.

Nicht, dass es eines besonderen Talents bedurft hätte, um seine Zuhörer an *diesem* Tage davon zu überzeugen.

»Mit tiefstem Bedauern«, fuhr Staynair fort, »müssen wir Euer Durchlaucht davon in Kenntnis setzen, dass die Ereignisse der jüngsten Zeit hier in Charis uns ein gewaltiges Übel enthüllt haben, das Gottes Eigene Kirche befallen hat.«

Die Luft in der Kathedrale bewegte sich, als hätte jeder einzelne seiner Zuhörerinnen und Zuhörer absolut gleichzeitig scharf eingeatmet.

»Die Kirche und der Rat der Vikare, die der Erzengel Langhorne in Gottes Eigenem Namen ordinierte, sind verderbt«, sprach Staynair mit der gleichen ruhigen, unerschütterlichen Stimme weiter. »Ämter, Entscheidungen, Ablässe, Schriften der Zustimmung und der Bezeugung und ebenso Schriften der Verdammnis und des Kirchenbanns werden veräußert und gehandelt, und die Autorität Gottes Selbst wird verfälscht und missbraucht, um dem Ehrgeiz, der Arroganz und dem Zynismus jener Männer dienlich zu sein, die sich selbst Vikare Gottes nennen.

Wir legen dieser Botschaft Belege bei, die jene Dinge beurkunden und bestätigen, die wir Euch nun mit unseren eigenen Worten schildern.«

Er hielt inne, wenn auch nur kurz, und blickte dann auf; nun las er nicht mehr vor, sondern rezitierte das Schreiben aus dem Gedächtnis, während sein Blick über die angespannten, schweigenden Mienen der Zuhörer wanderte, die diese gewaltige Kathedrale anfüllten.

»Wir klagen an: Zahmsyn Trynair, genannt ein Vikar Gottes und Kanzler der Kirche des Verheißenen, und mit ihm Allayn Maigwair, Rhobair Duchairn und Zhaspyr Clyntahn, ebenfalls genannt Vikare Gottes, für Verbrechen gegen dieses Königreich, diese Erzdiözese, die Heilige Mutter Kirche und Gott Selbst. Wir erbringen Euch Beweise, dass sie, gemeinschaftlich tätig unter dem Titel der ›Vierer-Gruppe‹, den kürzlich erfolgten Angriff auf das Volk von Charis vorbereitet und angeleitet haben. Wir erbringen Euch Beweise, dass Zahmsyn Trynair alleine und auch sie alle in Gemeinschaft ihre Funktion als ›Ritter der Tempel-Lande‹ dazu ausgenutzt haben, die Könige von Dohlar und Tarot, die Königin von Chisholm und die Prinzen von Emerald und Corisande, aufzuwiegeln und dazu anzuleiten, sich zu einem Bündnis zusammenzuschließen, mit dem einzigen Ziel, dieses Königreich mit Feuer und Schwert zu zerstören. Wir erbringen Euch Beweise, dass sie Gelder aus den Schatzkammern von Mutter Kirche missbraucht, wissentlich fehlgeleitet und gestohlen haben, um auf diese Weise ihren Plan, Charis zu zerstören, zu finanzieren. Wir erbringen Euch Beweise, dass sie, und andere mit ihnen, systematisch und kontinuierlich ihre Positionen und ihre Autorität missbraucht haben, um auf diese Weise ihre persönliche Macht, ihren persönlichen Reichtum, ihr persönliches Ansehen und ihren persönlichen Luxus zu mehren.

Wir können uns angesichts dieser niederträchtigen Korruption nicht länger taub und blind stellen. Die hohen Ämter von Mutter Kirche sind weder von der verhandelbaren Tugend einer Straßendirne, noch sollen sie die Beute von Räubern und Dieben sein, die in dunklen Kammern in die Obhut von Hehlern zu geben ist, verborgen vor dem Blick all jener, die noch die Ehrlichkeit schätzen. Sie sind uns von Gott Selbst anvertraut, es liegt in ihrer Aufgabe, Gottes Kindern zu dienen, doch in den Händen jener niederträchtigen Männer, die es zugelassen haben, Gottes Eigene Kirche zu vergiften, wurden sie zu Werkzeugen der Unterdrückung, des Missbrauchs und der willkürlichen und gleichgültigen Anordnung des Massenmords.

Wir, der Erzbischof von Charis, der wir im Namen und mit der Zustimmung unseres geschätzten Landesherren, König Caylebs II., sprechen, können und werden uns mit einer weiteren Entwürdigung von Mutter Kirche nicht abfinden. Die Mutter aller Männer und Frauen ist zur Hure Shan-weis selbst verkommen, denn sie hat alle in diesem Schreiben aufgezählten und belegten Übel nicht nur zugelassen, sondern noch wissentlich vorangetrieben. Entsprechend können wir weder uns selbst, noch unsere Regenten, noch die Kinder Gottes in unserer Obhut, weiterhin zur sklavischen Treue den Männern gegenüber anhalten, die die Gunst jener Hure dem Meistbietenden verkaufen. Wir sagen uns von ihnen los, und auch von Euch, und wir verbannen Euch, denn Ihr habt gestattet, dass sie gedeihen und wuchern wie Unkraut in jenem Garten, den Gott Euch anvertraut hat.

Die Erzdiözese Charis, und ebenso das Königreich Charis, weisen die Autorität von Mördern, Vergewaltigern, Brandstiftern und Dieben zurück. Wenn Ihr nicht die Kirche von derartigen Geschwüren befreien könnt, so werden wir *uns selbst* von ihnen befreien, und wir werden, so es Gottes Wille ist, zu gegebener Zeit auch Mutter Kirche von all jenen befreien, die mit jedem Atemzug, den sie tun, und mit jeder Entscheidung, die sie treffen, ihre Gewänder und die Ringe, die ihren Stand anzeigen, aufs Schändlichste entweihen.

Wir sind nicht leichten Herzens zu dieser Entscheidung

gekommen«, erklärte Maikel Staynair, an den Rat der Vikare gerichtet, der in weiter Ferne saß. Der Blick des Erzbischofs wanderte von einem Gemeindemitglied zum nächsten, schien tief in jeden Mann und jede Frau einzudringen. »Wir haben sie unter Tränen und tiefster Trauer gefällt. Wir haben sie als Kinder gefällt, die ihrer Mutter nicht mehr dienen können, so sehr sie sie stets geliebt haben, weil der einzige Ehrgeiz jener Mutter darin bestand, ein System zu errichten, das die systematische Versklavung und Ermordung ihrer eigenen Kinder zur Grundlage hat.

Und so sehr es uns schmerzt, so sehr wir uns auch wünschen, es sei anders, haben wir diese Entscheidung doch gefällt. Hier stehen wir, wir können nicht anders, und wir berufen uns als Zeugen auf den Gott, der uns alle geschaffen hat. Möge er die Wahl zwischen uns und den wahren Vätern der Korruption entscheiden.«

.IV.

Königlicher Palast, Tellesberg, Königreich Charis

In die schwarz-goldenen Farben der Charisian Royal Guard gekleidet stand Merlin Athrawes vor der Tür des Ratszimmers und beobachtete einen jungen Mann, der aus einem Fenster zum Ufer von Tellesberg blickte und zuschaute, wie die letzte Regenbö über die Howell Bay hinweg auf die Stadt zuhielt. Dieser junge Mann hatte dunkle Haare und dunkle Augen, und für einen Bewohner des Planeten Safehold war er recht hochgewachsen, vor allem für einen Bürger des Königreiches Charis. Zudem war er kaum dreiundzwanzig Jahre alt – was nur einundzwanzig Jahren auf dem Planeten entsprach, auf dem seine Spezies sich eigentlich entwickelt hatte (auch wenn dieser junge Mann davon nichts wusste). Damit war er tatsächlich sogar bemerkenswert jung, denn schließlich trug er die smaragdbesetzte goldene Kette, deren glitzerndes grünes Feuer das Zeichen eines Königs war.

Zweifellos wären viele erstaunt gewesen über seine Jugendlichkeit, und sie hätten mit Recht angemerkt, er sei – seiner bereits jetzt schon kräftigen Figur zum Trotze – eindeutig noch im Wachstum begriffen. Andere hätten vielleicht die Ruhelosigkeit bemerkt, mit der er nach einer zweistündigen Diskussion und Planungsbesprechung an das Fenster herangetreten war. Möglicherweise hätten sie diese Ruhelosigkeit fälschlicherweise mit Langeweile oder Interesselosigkeit verwechselt ... doch auch das nur so lange, bis sie seine Augen gesehen hätten, dachte Merlin. Diese Augen waren nicht mehr so jung, wie sie noch vor kurzer Zeit gewirkt hatten, und auch der Mund dieses jungen Mannes war viel schmaler geworden. Seine Mimik war die eines ungleich älteren Mannes – eines Mannes, der weiser, zaher und deutlich härter war. Dies war Cayleb Zhan Haarahld Bryahn Ahrmahk, König Cayleb II., Regent von Charis, der innerhalb eines Zeitraums von kaum drei örtlichen Monaten drei der vernichtendsten, einseitigsten Siege in der Geschichte der Seeschlachten von Safehold errungen hatte. Während dieser Zeit hatte er seinen Vater verloren, die Krone geerbt und den vier mächtigsten Männern der ganzen Welt offenen Widerstand geboten und damit den Zorn Gottes Eigener Kirche herausgefordert.

Und er war ein König, dessen Reich immer noch vor der völligen Vernichtung stehen mochte – es sei denn, er und seine Berater würden eine Möglichkeit finden, genau dies zu verhindern.

Noch einige Augenblicke lang spähte Cayleb zum strömenden Regen in der Ferne hinüber, dann wandte er sich wieder besagten Beratern zu.

Diese Männer, die dort an einem massiven Tisch saßen, stellten nicht den gesamten Königlichen Rat dar. Tatsächlich war noch nicht einmal *der Großteil* des Königlichen Rates anwesend … und gleichzeitig saßen dort auch Männer, die *nicht* dem Staatsrat angehörten. Cayleb wusste sehr wohl, dass nicht alle Räte anwesend waren und sie ihm ankreiden würden, von dieser Besprechung ausgeschlossen worden zu sein, sobald sie davon erfuhren. *Falls* sie davon erfuhren. Doch auch wenn Caylebs Vater dafür gesorgt hatte, dass der junge König von Charis sehr wohl wusste, wie notwendig es war, sich auch der Unterstützung des Volkes zu versichern, vor allem unter den gegebenen Umständen, war er dennoch durchaus bereit, diesen Groll zu ertragen.

»Also gut«, sagte er. »Ich denke, damit hätten wir alle inländischen Berichte abgeschlossen.«

Er blickte sich am Tisch um, die gehobene Augenbraue machte aus dieser Feststellung eine Frage, und der gedrungene, äußerst vornehm wirkende Mann, der am gegenüberliegenden Ende des Tisches saß, nickte zustimmend. Rayjhis Yowance, Graf Gray Harbor, hatte Caylebs Vater beinahe vierzehn Jahre lang als Erster Ratgeber von Charis gedient; nun diente er seinem neuen König in der gleichen Funktion.

»Zumindest vorerst, Euer Majestät«, sagte er. Obwohl er Cayleb im wahrsten Sinne des Wortes schon sein ganzes Leben lang kannte – oder vielleicht gerade deswegen –, legte er sehr viel Wert darauf, sich dem jugendlichen Monarchen gegenüber deutlich förmlicher zu verhalten als vor dessen Thronbesteigung. »Ich glaube allerdings, Maikel möchte noch auf einen weiteren Punkt zu sprechen kommen, auch wenn er noch einige andere Berichte abwarten möchte, bevor es so weit ist.« Die Art und Weise, wie Gray Harbors Tonfall beim letzten Teil des Satzes anstieg, verwandelte auch diese Aussage in eine Frage, und mit gehobener Augenbraue blickte er zu dem Mann hinüber, der in der weißen Soutane eines Bischofs neben dem König am Ratstisch saß.

»Dem ist so«, bestätigte Erzbischof Maikel. »Wie Sie schon sagten, Rayjhis, warte ich noch die beiden Berichte ab, die ich angefordert habe. Wenn Ihr gestattet, Euer Majestät, wäre ich Euch dankbar, wenn Ihr mir morgen oder übermorgen einige Minuten Eurer Zeit würdet widmen können.«

»Selbstverständlich«, antwortete Cayleb dem Mann, der einst der Beichtvater seines Vaters gewesen war und der nun – trotz gewisser ... technischen Schwierigkeiten – das Amt des Erzbischofs von ganz Charis bekleidete.

»Auch ich erwarte weitere Berichte von Hanth, die in

den nächsten Tagen eintreffen sollten«, sprach Gray Harbor weiter und verzog die Lippen zu einem schmalen Lächeln. »Derzeit will es scheinen, als plane Mahntayl einen hastigen Umzug nach Eraystor.«

»Wahrscheinlich das Klügste, was diesem Mistkerl seit Jahren eingefallen ist«, murmelte jemand so leise, dass selbst Merlin Schwierigkeiten hatte, es zu verstehen. Die Stimme, so stellte Merlin fest, hatte erstaunlich unverkennbar nach Graf Lock Island geklungen.

Falls Cayleb diese Bemerkung ebenfalls gehört haben sollte, so ließ er es sich zumindest nicht anmerken. Stattdessen nickte er nur.

»Also gut«, sagte er, »dann scheint es mir, als wäre es an der Zeit, uns zu vertagen. Es ist bald Essenszeit, und ich weiß ja nicht, wie es Ihnen geht, aber *ich* habe Hunger. Gibt es noch irgendetwas, das wir ansprechen müssten, bevor wir speisen?«

»Zhefry hat mich heute Morgen auf mehrere Dinge aufmerksam gemacht, Euer Majestät«, gab Gray Harbor mit einem milden Lächeln zurück. Zhefry Ahbaht war der Privatsekretär des Ersten Ratgebers, und seine Fähigkeit, Gray Harbors Zeitplan zu ›bändigen‹, war im ganzen Königreich geradezu legendär.

»Doch so sehr er auch darauf gedrängt haben mag, ich denke, ein Großteil dessen kann bis nach dem Essen warten«, fuhr der Graf fort. »Allerdings hat er betont, dass die Mitglieder der ›Vierer-Gruppe‹ in etwa innerhalb des nächsten Fünftages ihre Abschriften der Botschaft erhalten sollten.«

Einer oder zwei der Anwesenden verzog gequält das Gesicht, als sie auf diese Weise wieder an diese Angelegenheit erinnert wurden. Cayleb gehörte nicht zu ihnen.

»Er hat Recht«, stimmte der König zu. »Und ich wünschte,

ich könnte ›Mäuschen spielen‹, wenn Clyntahn und Trynair sie öffnen.« Sein Lächeln war noch verkniffener – und noch kühler – als das von Gray Harbor. »Ich glaube nicht, dass sie sonderlich erbaut darüber sein werden. Vor allem nicht angesichts der Art und Weise, wie Ihr das Feuer noch persönlich geschürt habt, Maikel.«

Einige der Männer am Tisch erwiderten das Lächeln des Königs.

»Ich kann mir nicht vorstellen, dass Sie über *irgendetwas*, was in den letzten Monaten geschehen ist, ›sonderlich erbaut‹ sein werden, Euer Majestät«, pflichtete ihm Gray Harbor bei. »Um ehrlich zu sein, ich kann mir keine einzige Botschaft Eurerseits vorstellen, die das *überhaupt* hätte ändern können.«

»Ach, ich weiß nicht, Rayjhis.« Admiral Bryahn Lock Island war der Kommandant der Royal Charisian Navy. Zudem war er ein Onkel zweiten Grades Caylebs. »Ich könnte mir vorstellen, es würde sie immens erfreuen, wenn wir ihnen eine Nachricht zukommen ließen, in der wir unseren kollektiven Selbstmord ankündigen.«

Dieses Mal war am Tisch tatsächlich leises Lachen zu hören, und Cayleb schüttelte den Kopf und warf Lock Island einen mahnenden Blick zu.

»Du bist doch wirklich ein ungehobelter, einfallsloser Matrose, Bryahn! Derartige Bemerkungen zeigen nur zu deutlich, warum es eine gute Idee war, dich so weit wie möglich von jeglicher diplomatischer Korrespondenz fernzuhalten!«

»Amen, kann man dazu nur sagen!« Lock Islands zur Schau gestellte Gottesfurcht ist zumindest zu acht Zehnteln ernst gemeint, schätzte Merlin ab.

»Und wo wir gerade von ›ungehobelten, einfallslosen Matrosen‹ sprechen«, ergriff nun Ahlvyno Pawalsyn das Wort,

»ich muss doch sagen, auch wenn ich es vorziehen würde, dieses Thema nicht anzusprechen, dass Ihre neuen Pläne, die Flotte auszubauen, mich beunruhigen, Bryahn.«

Lock Island blickte den anderen Mann an und neigte den Kopf ein wenig zur Seite. Ahlvyno Pawalsyn war zugleich Baron Ironhill … und der Intendant der Zivilliste. Damit diente er im Prinzip als Schatzmeister des Königreiches Charis.

»Ich nehme an, Sie meinen, es beunruhigt Sie, dass die entsprechenden Kosten auch *getragen* werden müssen«, gab der Admiral nach kurzem Nachdenken zurück. »Was sehr wahrscheinlich passieren würde, wenn wir auf den Ausbau der Flotte *verzichteten*, beunruhigt mich dann doch deutlich mehr.«

»Ich will doch gar nicht behaupten, dieser Ausbau sei nicht notwendig, Bryahn«, gab Ironhill mit sanfter Stimme zurück. »Aber da ich nun einmal derjenige bin, der sich eine Möglichkeit überlegen muss, ihn auch zu finanzieren, stellt mich das tatsächlich vor einige … interessante Herausforderungen.«

»Soll Nahrmahn dafür doch zahlen«, schlug Lock Island vor. »Der fette kleine Dreckskerl hat in seiner Schatzkammer noch mehr als genug gehortet, und im Augenblick hat er so gut wie gar keine Flotte mehr. Wir stehen doch schon bei ihm vor der Haustür, und er wird nicht gerade glücklich darüber sein, dass wir die Eraystor Bay so zugeschnürt haben wie einen alten Stoffbeutel. Warum sollte ich ihm jetzt nicht einfach noch den Rest des Tages versauen, indem ich ein paar Marines an Land schicke, die ihm eine höfliche Anfrage Seiner Majestät überbringen, doch freundlicherweise unsere bescheidenen Kosten zu übernehmen, bevor wir ihm sein ganzes, verdrecktes Hafenviertel unterm Hintern weg abfackeln?«

»Verführerisch«, merkte Cayleb an. »Äußerst verführerisch. Aber ich bin mir nicht sicher, dass es sich auch in die Tat umsetzen ließe.«

»Warum denn nicht?« Lock Island wandte sich wieder seinem König zu. »Wir haben gewonnen, er hat verloren. Na gut, er *wird* verlieren, sobald wir erst einmal dazu kommen, seinen fetten Arsch mit einem kräftigen Tritt von seinem Thron zu befördern, und das weiß er selbst auch ganz genau.«

»Zweifellos«, stimmte Cayleb zu. »Angenommen, wir würden Emerald dem Königreich einverleiben, müssten wir uns auch überlegen, wie wir seine Verwaltung finanzieren wollen. Und ›die Schatzkammer plündern‹ erscheint mir nicht gerade ein guter Anfang dafür zu sein. Außerdem wäre das eine *einmalige* Finanzierung, und nur die Flotte zu erweitern wird unser Problem nicht lösen, Bryahn. Irgendwie müssen wir auch ihren ganzen Betrieb finanzieren können. Wenn die Kirche sich offen gegen uns stellt, können wir es uns nicht leisten, eine große Anzahl von Schiffen einfach nur im Liegeplatz zu halten. Wir werden sie alle in den aktiven Dienst stellen müssen. Und das wiederum bedeutet eine ständige, heftige Belastung der Schatzkammern. Wir können uns nicht darauf verlassen, regelmäßig derartige ›Zuwendungen‹ wie die aus Nahrmahns Schatzkammern zu erhalten, also werden wir uns überlegen müssen, wie wir das langfristig allein mit unseren eigenen Einkünften bestreiten können.«

Lock Island hob die Augenbrauen und blickte den jungen Monarchen voller Respekt an. Ironhill hingegen strahlte regelrecht, und Gleiches galt für Gray Harbor; auch Merlin nickte zufrieden – aber nur innerlich. Nur zu viele Regenten, die gewiss doppelt so alt waren wie Cayleb, hätten sich damit begnügt, sich innerhalb kürzester Zeit lediglich das zu holen, was sie für die Schiffe selbst brauchten, ohne sich auch nur einen Deut Gedanken über die Zukunft zu machen.

»Eigentlich, Euer Majestät«, sagte nun ein anderer der Männer am Tisch, »sollte die Finanzierung der Flotte gar nicht so schwierig sein, wie es zunächst erscheint. Zumindest nicht, solange wir nicht auch noch versuchen, gleichzeitig ein stehendes Heer für den Einsatz auf dem Festland aufzustellen.«

Alle blickten sich zu dem Mann um, der gerade das Wort ergriffen hatte. Ehdwyrd Howsmyn war klein, untersetzt und stets äußerst gepflegt gekleidet. Mit seinen einundvierzig Jahren (siebenunddreißigeinhalb Standardjahre, rechnete Merlin automatisch um) war er der jüngste Mann in diesem Ratszimmer –, abgesehen von Cayleb natürlich. Zudem war er wahrscheinlich auch der wohlhabendste. In seinen Gießereien waren die gesamte Artillerie und auch die Kupferbeschläge für die Rümpfe der Galeonen gefertigt worden, mit denen Cayleb und seine Captains diesen letzten Angriff auf das Königreich so eindrucksvoll zurückgeschlagen hatten. Tatsächlich waren in seinen Werften ein halbes Dutzend dieser Galeonen auch gebaut worden. Howsmyn war kein offizielles Mitglied des Königlichen Rates, er gehörte noch nicht einmal dem Parlament an. Gleiches galt auch für Rhaiyan Mychail, den scharfsinnigen (und fast ebenso wohlhabenden) Mann, der neben ihm saß. Mychail war mindestens doppelt so alt wie Howsmyn, doch die beiden waren schon seit langer Zeit Geschäftspartner, und Mychails Textilmanufakturen und Seilerbahnen hatten praktisch das gesamte Tuch für eben diese Galeonen geliefert, ganz zu schweigen vom Tauwerk, das für die Ladung der Schiffe benötigt wurde.

»Falls Sie und Meister Mychail nicht die Absicht haben sollten, uns die Schiffe kostenlos zu bauen, werden wir uns dennoch überlegen müssen, wie wir das bezahlen sollen«, merkte Ironhill an. »Und solange wir nicht Zugriff auf die Goldminen von Desnair haben, können wir nicht einfach Münzen prägen, wann immer uns der Sinn danach steht.«

»Oh, dessen bin ich mir durchaus bewusst, Ahlvyno! Nein, ich habe nicht die Absicht, die Schiffe kostenlos zu bauen. So leid es mir auch tut.« Howsmyn grinste, und seine Augen funkelten. »Andererseits legen es weder Rhaiyan noch ich darauf an, die Schatzkammer über Gebühr zu plündern. Gerade in der derzeitigen Lage wäre das doch außerordentlich dumm von uns. Aber natürlich müssen wir unsere Arbeiter und Lieferanten bezahlen – von einem gewissen Profit für uns selbst, unsere Partner und Anteilseigner ganz zu schweigen.

Aber ich wollte auf etwas anderes hinaus: So lange die Flotte dafür sorgt, dass die Handelsschiffe sich ungehindert bewegen können, wird die aktive Handelsbilanz für beträchtliche Einnahmen sorgen. Und unter den gegebenen Umständen werden weder ich selbst noch meine geschätzten Kollegen, die anderen Schiffseigner, sich beklagen, wenn die Krone beschließen sollte, zugunsten der Flotte einige zusätzliche Zölle und Steuern einzuführen, um sicherzustellen, dass der Handel auch wirklich fortgesetzt werden kann.«

»Was die Einnahmen betrifft, bin ich mir nicht so sicher wie Sie, Ehdwyrd.« Ironhills Miene war deutlich düsterer als die Howsmyns. »Wäre ich die ›Vierer-Gruppe‹, würde ich als Erstes verlangen, sämtliche Häfen von Haven und Howard für all unsere Lieferungen umgehend zu sperren.« Er zuckte mit den Schultern. »Die müssen doch genauso gut wie wir wissen, dass der Wohlstand dieses Königreiches alleine von unserer Handelsmarine abhängt. Gewiss werden sie alles unternehmen, um ihn zu lähmen.«

Gray Harbor legte die Stirn in Falten, und einige der anderen im Ratssaal gingen sogar so weit, zustimmend zu nicken. Auf Howard und Haven, den beiden größten Kontinenten auf Safehold, lebten mindestens achtzig Prozent der Gesamtbevölkerung dieses Planeten. Die Königreiche, Fürstentümer und anderen Landstriche, in denen die Bevölkerung angesiedelt war, waren die Märkte, auf denen sich der gesamte Reichtum der Handelsmarine und Manufakturen von Charis gründete. Würde man ihnen den Zugang zu diesen Märkten verwehren, wäre der Wohlstand von Charis zum Untergang verurteilt. Doch erstaunlicherweise lachte Howsmyn nur leise.

»Die ›Vierer-Gruppe‹ kann verlangen, was immer sie will, Ahlvyno! Ich bezweifle, dass sie dumm genug sind, ein derartiges Dekret zu erlassen, aber natürlich haben sie gerade in letzter Zeit ja schon einige dumme Dinge getan, also ist es natürlich durchaus möglich, dass ich mich in dieser Hinsicht täusche. Tatsächlich hoffe ich sogar, dass sie genau das versuchen werden. Aber selbst, wenn dem so ist, wird es nicht geschehen.«

»Nein?« Ironhill lehnte sich in seinem Sessel zurück. »Warum das?«

»Warum ich das hoffe? Oder warum ich glaube, dass es nicht passieren wird, selbst wenn sie das beschließen sollten?«

»Beides.«

»Ich hoffe, dass sie das versuchen werden, weil eine der besten Möglichkeiten, die eigene Autorität endgültig zu ruinieren, eben darin besteht, Befehle zu erteilen, von denen man ganz genau weiß, dass niemand sie befolgen wird. Und der Grund dafür, dass eine derartige Anweisung nicht befolgt würde, ist einfach, weil niemand in Haven oder Howard in der Lage ist, die Waren zu liefern, die diese Märkte nun einmal benötigen. Ich meine damit nicht nur, dass niemand dort in der Lage ist, sie so preisgünstig anzubieten, wie wir das tun, Ahlvyno, auch wenn das gewiss ebenfalls stimmt. Ich meine, dass dort tatsächlich keinerlei Möglichkeit besteht, sie überhaupt anzubieten. Und selbst wenn die Möglichkeit bestünde, hätte niemand dort die Fähigkeit, diese Waren auch nur ansatzweise so günstig zu transportieren, wie wir das nun einmal können.« Howsmyn schüttelte den Kopf. »Das ist eine dieser Kleinigkeiten, die die ›Vierer-Gruppe‹ nicht berücksichtigt hat. Ich bin erstaunt, dass Duchairn die anderen drei nicht davor gewarnt hat, was passiert wäre, wenn ihr ursprünglicher Plan tatsächlich aufginge.«

»Wäre es für sie wirklich so schlimm geworden, Ehdwyrd?«, fragte Gray Harbor, und Howsmyn zuckte die Achseln.

»Es wäre auf jeden Fall schlimm geworden, Rayjhis – vielleicht nicht ganz so schlimm, wie ich mir das gerade vorstelle, das möchte ich gerechterweise zugeben. Schließlich sehe ich natürlich alles aus dem Blickwinkel meiner eigenen Geschäftsinteressen und meiner eigenen Erfahrung. Dennoch glaube ich, die meisten Leute – einschließlich vieler Leute hier in diesem Königreich – verstehen noch nicht recht, in welchem Ausmaß wir tatsächlich den Weltmarkt dominieren. Es gibt einen Grund, warum Trynair ausgerechnet König Haarahlds mutmaßliches Ziel, das weltweite Verschiffungsgewerbe ganz in seine Gewalt zu bringen, zum Vorwand genommen hat, um sich die Unterstützung von Hektor und Nahrmahn gegen uns zu sichern. Er weiß, dass es viele Leute in Dohlar, Desnair, Harchong – sogar in der Republik – gibt, die uns diese Übermacht im Verschiffungsgewerbe zutiefst verübeln. Und eine ganze Menge von denen – die Intelligenteren unter ihnen, um ehrlich zu sein – verübeln sich selbst auch, dass sie von unseren Manufakturen zunehmend abhängig werden.

Das alles mag so sein, aber dieser Unmut kann die Wirklichkeit nicht verändern, und die Wahrheit sieht nun einmal so aus, dass mehr als die Hälfte – wahrscheinlich sogar eher zwei Drittel – sämtlicher Handelsgaleonen der Welt unter charisianischer Flagge fahren. Und ebenso ist es wahr, dass in etwa zwei Drittel sämtlicher Waren, die diese Galeonen befördern, eben hier in Charis hergestellt werden. Und drittens stimmt es ebenfalls, dass es viermal so lange dauern würde und fünf- bis sechsmal so teuer wäre, wenn diese Waren über Land an ihren letztendlichen Bestimmungsort geschafft würden. Vorausgesetzt natürlich, dass es überhaupt möglich ist, sie auf dem Landwege zu verschicken. Schließlich ist es doch recht schwierig, irgendetwas in einer Kutsche von Siddarmark nach Tarot zu schaffen. Dummerweise liegt da ja noch der Tarot-Kanal im Weg.«

Einige der Anwesenden blickten Howsmyn skeptisch an. Nicht wegen der Überlegungen, die er gerade über die Herstellung und den Transport von Handelsgütern angestellt hatte. Das alles waren Dinge, die jedem Charisianer praktisch in Fleisch und Blut übergegangen waren. Derartiges verstand man hier fast instinktiv. Doch offensichtlich hielten einige der Anwesenden Howsmyns Einschätzungen für arg optimistisch. Zu ihnen schien auch Ironhill zu gehören; für Gray Harbor und Cayleb galt das nicht, und Merlin musste sich sehr anstrengen, die ungerührte Miene einer Leibgarde aufrecht zu halten: Beinahe hätte er nachdenklich die Stirn in Falten gelegt. Er war sich nicht sicher, wie sehr man sich auf diese Zahlen, die Howsmyn gerade vorgelegt hatte, verlassen konnte. Niemand auf Safehold führte diese Art Statistik, also konnte das, was Howsmyn hier gerade angemerkt hatte, kaum mehr als eine Mutmaßung sein – wenngleich zweifellos auf Sachkenntnis gestützt. Andererseits hätte es Merlin nicht im Mindesten überrascht, wenn er erfahren hätte, dass diese Mutmaßungen der Wirklichkeit äußerst nahe kamen. Niemand wurde mit internationalem Handel so wohlhabend wie Ehdwyrd Howsmyn, wenn er nicht einen ausgezeichneten Überblick über die tatsächlichen Gegebenheiten auf den Gebieten Finanzen, Transport und Herstellung der Waren hatte.

Und, rief sich Merlin ins Gedächtnis zurück, *Charis hatte ohnehin schon kurz vor einer industriellen Revolution gestanden, die einzig und alleine auf Wasserkraft basierte – obwohl die Kirche jegliche fortschrittlichere Technik verboten hat –, selbst schon, bevor ich noch meinen Senf dazu gegeben habe.*

»Im Verlaufe der letzten anderthalb Jahre«, fuhr Howsmyn fort und achtete dabei sehr sorgfältig darauf, nicht zu Merlin hinüberzublicken, »haben sich unsere Möglichkeiten drastisch verbessert, zahlreiche Waren, insbesondere Textilien, schneller und deutlich kostengünstiger zu produzieren. In absehbarer Zeit wird niemand in Haven oder Howard dieses Maß an Produktivität erreichen können, und das setzt schon voraus, dass nichts geschieht ...« – nun war er noch mehr darauf bedacht, nicht zu Merlin hinüberzublicken – »... was die Effizienz unserer Manufakturen noch weiter zu steigern vermag. Und wie ich schon sagte: Selbst *wenn* sie in der Lage wären, die Handelsgüter selbst zu produzieren, die wir hier herstellen, würde ein Transport dieser Waren über den Landweg ihre Kosten drastisch erhöhen. Nein.« Er schüttelte den Kopf. »Wäre die ›Vierer-Gruppe‹ mit ihrem Plan, Charis und die Handelsmarine zu zerstören, tatsächlich erfolgreich gewesen, so hätte sie selbst damit ein gewaltiges Problem geschaffen. Das wäre ein perfektes Beispiel dafür gewesen, die Wyvern zu erschlagen, die das goldene Kaninchen fängt.«

»Selbst wenn wir davon ausgehen, dass alles, was Sie sagen,

richtig ist, bedeutet das doch nicht, dass sie nicht versuchen werden, trotzdem genau das zu erreichen, was Ahlvyno gerade angemerkt hat«, betonte Gray Harbor und spielte ganz bewusst die Rolle des *Advocatus Shan-weii.* »Sie haben bereits einmal versucht, uns zu vernichten, trotz all der ernstlichen Konsequenzen, die das, wie Sie sagen, auch für sie selbst gehabt hätte.«

»Ich habe bereits zugegeben, dass sie einige außerordentlich dumme Dinge beschlossen haben«, erwiderte Howsmyn dem Grafen. »Und sie werden vielleicht wirklich versuchen, uns den Zugang zu ihren Häfen zu versperren. Aber wenn sie das tun, werden diese Sperren so durchlässig sein wie Siebe. Es wird einfach entschieden zu viele Leute geben – einschließlich einiger Verwalter der Vikare selbst, da bin ich mir ganz sicher –, die unsere Handelsgüter wollen und brauchen, als dass eine derartige Handelssperre durchführbar wäre. Nicht einmal der Kirche ist es bislang gelungen, jeglichen Schmuggel zu unterbinden, wie Sie wissen – und eine derartige Blockade zu versuchen wäre viel, viel schwieriger, als nur einige wenige, unabhängig agierende Schmuggler zu jagen.«

»Wahrscheinlich haben Sie damit Recht, Meister Howsmyn«, sagte Erzbischof Maikel. »Allerdings vermute ich, die ›Vierer-Gruppe‹ – und vor allem Großinquisitor Clyntahn – wird diesen Versuch sehr wohl unternehmen.«

»Ich beuge mich dieser Einschätzung angesichts Eurer größeren Erfahrung mit dem Denken des Rates der Vikare, Eure Eminenz«, gab Howsmyn zurück. »Aber ich halte an meiner Analyse fest, was geschehen wird, sollte dieser Versuch tatsächlich unternommen werden.«

»Rahnyld von Dohlar wollte schon immer seine eigene Handelsmarine ausbauen«, merkte nun Bynzhamyn Raice, Baron Wave Thunder, an.

Der kahle Wave Thunder mit seiner Hakennase hatte die Spionageabteilung König Haarahlds VII. geleitet. Nun diente er Cayleb in der gleichen Funktion, und in Besprechungen wie dieser ergriff er nur selten das Wort, es sei denn, es habe irgendetwas mit seinem eigenen Aufgabenbereich zu tun. *Doch wenn er den Mund aufmacht,* so ging es Merlin durch den Kopf, *ist es meistens ratsam, aufmerksam zuzuhören.* Und genau das galt auch dieses Mal. Der König von Dohlar war zu allen Seiten von ungleich mächtigeren Nachbarn umgeben, wie etwa dem Harchong-Reich oder der Republik Siddarmark. Es bestand für ihn auch keinerlei Möglichkeit, sein Reich zu erweitern, und deswegen mühte er sich bereits seit Jahren, den Seehandelserfolg des Königreiches Charis nachzuahmen.

»Das war schließlich einer der Vorwände, die Rahnyld dazu gebracht haben, die Pläne der ›Vierer-Gruppe‹ so begeistert zu unterstützen«, fuhr Wave Thunder fort. »Nun ja, das und die Kredite, die ihm die Kirche gewährt hat. Unter den gegeben Umständen ist die Kirche, dessen bin ich mir sicher, nur zu gern bereit, ihm einen weiteren Teil seiner Schulden zu erlassen und auch seine Bemühungen zu unterstützen, eine Handelsflotte aufzubauen, die unser eigenes Verschiffungsgewerbe deutlich schwächt. Und die Kirche verfügt über *wirklich viel* Geld. Sollte die ›Vierer-Gruppe‹ beschließen, eine derartige Verbindlichkeit einzugehen, könnte er zahlreiche Galeonen in See stechen lassen.«

»Falls mich meine Erinnerung nicht trügt, Bynzhamyn«, sagte nun Lock Island, »befinden wir uns immer noch im Krieg mit Dohlar, und es will mir scheinen, als würde das auch eine ganze Zeit lang noch so bleiben. Hatte das nicht irgendetwas damit zu tun, dass wir Rahnylds Kopf gefordert haben?«

Merlin entging nicht, dass einige der Männer am Tisch bei diesen Worten leise lachten.

»Solange dieser Krieg nicht offiziell beendet ist«, fuhr der Admiral fort, »ist jegliches Schiff, das unter der Flagge von Dohlar fährt, legitime Kriegsbeute, und selbst wenn aus irgendeinem Grund katastrophalerweise Frieden zwischen uns und Rahnyld ausbrechen sollte, hat es in den Gewässern rings um Howard schon immer ernstliche Probleme mit Piraterie gegeben. Es sollte mich doch sehr wundern, wenn nicht einige dieser ›Piraten‹ ein paar dieser netten kleinen Schoner irgendwie in ihre Gewalt bringen könnten – vielleicht sogar zusammen mit diesen neuen Kanonen an Bord?«

Das Lachen am Tisch wurde lauter.

»Ich denke, wir greifen hier zu weit vor«, sagte nun Cayleb. Er blickte Howsmyn an. »Ich halte Ihre Analyse für sehr vernünftig, Ehdwyrd. Das bedeutet nicht, dass sich nichts ändern wird, und im Laufe der letzten zwei Jahre haben wir selbst gesehen, wie rasch sich etwas ändern kann. Dennoch denke ich, dass zumindest einiges von dem, was Sie gesagt haben, höchstwahrscheinlich zutreffend ist. Flotten sind nun einmal teuer, aber solange wir im Gegensatz zu unseren Gegnern überhaupt über eine Flotte verfügen, brauchen wir dazu nicht auch noch eine große Armee. Also können wir uns zumindest diese Kosten sparen. Und unter den gegebenen Umständen können wir darauf zählen, dass wir die Flotte irgendwie schon werden finanzieren können.«

»Wenigstens vorerst, Euer Majestät«, schlussfolgerte Ironhill. »Zumindest stehen genügend Gelder für wenigstens die dreißig weiteren Schiffe zur Verfügung, die Admiral Lock Island derzeit gerade bauen lässt. Viel mehr als das können wir im Augenblick sowieso nicht bauen lassen, solange die Fertigungsstraßen nicht wieder frei sind. Aber die Fertigstellung dieser Schiffe wird zumindest sämtliche freien Gelder verschlingen, die Euer Herr Vater und Euer Herr Großvater vor dieser derzeitigen Notlage haben ansammeln können.«

»Ich verstehe.« Cayleb nickte.

»Und das bringt uns, wenn Euer Majestät mir verzeihen wollen«, sprach Lock Island deutlich förmlicher weiter, als das eigentlich seine Art war, »zu der Frage, was genau wir eigentlich mit den Schiffen unternehmen wollen, die wir bereits haben, während wir auf die Fertigstellung der anderen warten.«

»Sie meinen, abgesehen davon, die Freibeuterschiffe der anderen im Zaum zu halten und dafür zu sorgen, dass die Kirche keine überwältigende Armee an Land schafft, um unser Volk abzuschlachten, unsere Städte in Schutt und Asche zu legen und uns alle einen Kopf kürzer zu machen?«, fragte Cayleb mit ruhiger Stimme nach.

»Natürlich davon abgesehen, Euer Majestät.«

»Bryahn, mir ist sehr wohl bewusst, dass Sie Prinz Nahrmahn erledigen wollen.« In Caylebs Stimme schwang unverkennbarer, wenngleich im Zaum gehaltener, Zorn mit. »Was das angeht, so würde ich es sogar genießen, diese Aufgabe selbst zu übernehmen. Aber bedauerlicherweise besteht unsere Flotte nun einmal aus weniger als sechzig mittlerweile veralteten Galeeren und nur vierunddreißig Galeonen – zumindest so lange, bis die Fertigung der neuen Schiffe abgeschlossen ist und wir auch die Schiffe wieder aus den Werften holen können, die bei der letzten Schlacht Schäden davongetragen haben. Das würde bedeuten, dass wir unsere Kapazitäten gefährlich weit ausdehnen müssen, wenn wir gleichzeitig gegen Nahrmahn und Hektor losschlagen wollen.«

»Dann holen wir sie uns doch einen nach dem anderen«,

gab Lock Island mit – durchaus respektvoller – Sturheit zurück. »Und da Nahrmahn uns näher liegt, und da wir doch vor der Eraystor Bay ohnehin schon eine Blockade errichtet haben, sollten wir eben mit dem anfangen.«

»Ich denke, Sie haben voll und ganz damit Recht, dass wir sie uns einen nach dem anderen werden vornehmen müssen«, erwiderte Cayleb. »Bedauerlicherweise denke ich allerdings auch, dass Hektor der ungleich Gefährlichere der beiden ist. Wenn ich mich nicht allzu sehr täusche ...« – nun war er derjenige, der peinlich genau darauf achtete, keineswegs zu Merlin hinüberzublicken – »... hat er sich bereits jetzt darangemacht, so viele Galeonen umzubauen, wie er nur kann. Und wenn ihn Black Waters Berichte über unsere neue Artillerie tatsächlich erreicht haben, wird er auch wissen, wie man diese neuen Schiffe effektiv bewaffnen kann. Natürlich wird er mit diesen neuen Kanonen ganz von vorne anfangen müssen, aber ich gehe davon aus, niemand in diesem Raum ist so töricht, Hektor für dumm zu halten oder zu glauben, seine Handwerker und Mechaniker seien plötzlich in irgendeine geheimnisvolle Unfähigkeit verfallen. Nahrmahn hat noch nicht einmal ansatzweise Hektors Baukapazitäten und Gießereien, also werden wir, wenn wir uns die beiden nacheinander vornehmen, mit Corisande anfangen müssen, nicht mit Emerald. Und dann ist da noch dieses kleine Problem mit unserer Armee – die wir nicht haben. Nahrmahn irgendwelche Inseln abzunehmen und den Zugang nach Eraystor abzuriegeln ist eine Sache, aber genügend Truppen an Land zu bringen, um ihm auch noch den Rest seines Fürstentums streitig zu machen, ist leider etwas völlig anderes.«

Lock Islands Miene hatte etwas entschieden Rebellisches, und Merlin bemerkte, dass der Graf offensichtlich nicht der Einzige war, der so über ihre Lage dachte.

»Euer Majestät, zu Bryahns Unterstützung möchte ich Euch daran erinnern«, ergriff nun Wave Thunder das Wort, »wer diesen Versuch unternommen hat, ein Attentat auf Euch zu verüben.« Cayleb blickte ihn an, und der Leiter seiner Spionageabteilung zuckte mit den Schultern. »Er hat das bereits versucht, bevor Ihr und Euer Herr Vater seine Flotte vollständig aufgerieben haben; und jetzt, da er über keine Flotte mehr verfügt, wird er noch deutlich mehr unter dem Druck stehen, auch ... unkonventionelle Maßnahmen zu erwägen. Wenn wir ihm lange genug Zeit lassen, wird er es höchstwahrscheinlich erneut versuchen.«

»Dann obliegt es wohl Ihnen und der Leibgarde ...« – dieses Mal blickte Cayleb nun doch zu Merlin hinüber – »... sicherzustellen, dass er dabei wieder erfolglos bleiben wird.«

»Es mag sehr wohl sein, dass es nicht ganz so einfach sein wird, wie es uns allen am liebsten wäre, Euer Majestät. Tatsächlich gehört das auch zu den Dingen, die ich später mit Euch hatte besprechen wollen«, sagte nun Erzbischof Maikel, und alle Anwesenden wandten sich zu ihm um. »Zuvor war Nahrmahn darauf angewiesen, Söldner anzuheuern, eben erfahrene Attentäter, die dafür sorgen sollten, dass Ihr oder Euer Herr Vater den Tod finden«, sprach der Erzbischof weiter. »Doch heute gibt es bedauerlicherweise in Charis mehr potenzielle Attentäter als jemals zuvor. Tatsächlich könnte die Aufgabe, Euch vor Nahrmahns Attentaten zu schützen, für die Garde noch das geringste Problem darstellen.«

Und das, ging es Merlin durch den Kopf, *ist vermutlich noch untertrieben. Bedauerlicherweise.*

Ein Großteil von Caylebs Untertanen unterstützte ihren jugendlichen König und den neuen Erzbischof voll und ganz bei ihrer Konfrontation mit der Kirche des Verheißenen. Sie wussten genau, was die Kirche – oder zumindest die ›Vierer-Gruppe‹, die in Wirklichkeit die gesamte Politik der Kirche bestimmte und manipulierte – für ihr Königreich und auch ihre eigenen Familien vorgesehen hatte, den Einfluss von Charis ein für allemal zu beseitigen. Sie wollten dieses Königreich in eine leichenübersäte Wüste niedergebrannter Städte verwandeln. Und daher unterstützte das Volk auch die beißende Anklageschrift, die Maikel in ihrer aller Namen an Großvikar Erek gerichtet hatte, denn sie alle unterschieden deutlich zwischen Gott Selbst und den korrupten, verderbten Männern, die sämtliche Geschicke der Kirche leiteten.

Doch auch wenn ein Großteil der Charisianer so dachte, so gab es doch eine ernstzunehmende Minderheit, für die das eben nicht galt, und fast ein Viertel des gesamten Klerus des Königreiches war erbost und entrüstet angesichts von Caylebs ›gottlosem‹ Zweifel an der rechtmäßigen, gottgegebenen Autorität der Kirche. Es wäre Merlin sehr viel lieber gewesen, wenn er sich hätte einreden können, all diese Leute, die das Vorgehen ihres Königs missbilligten, seien selbst ebenso korrupt und berechnend wie die ›Vierer-Gruppe‹. Doch bedauerlicherweise galt das für die überwiegende Mehrheit dieser Kritiker keineswegs. Deren Entsetzen angesichts der Vorstellung, es könne zur Spaltung der Kirche Gottes führen, war grundehrlich empfunden, und ihre Entrüstung über einen Regenten, der es wagte, sich gegen den Willen Gottes aufzulehnen, entsprang dem tief verwurzelten Glauben an die Lehren der Kirche des Verheißenen. Viele von ihnen – die meisten sogar! – sahen es als ihre heilige Pflicht an, sich mit allen ihnen zur Verfügung stehenden Mitteln gegen die Abscheulichkeiten zur Wehr zu setzen, die König Cayleb und Erzbischof Maikel dem Königreich aufzuzwingen versuchten.

Zum ersten Mal seit Menschengedenken gab es eine echte, ernstzunehmende Bedrohung für Leib und Leben des Königs von Charis, die vom Inneren des Reiches ausging, und Staynairs betrübte Miene verriet nur allzu deutlich, dass der Erzbischof sehr genau wusste, warum dem so war.

»Ich weiß, Maikel«, sagte Cayleb. »Ich weiß. Aber wir können nichts von dem, was wir bislang getan haben, rückgängig machen, und selbst wenn ich der Ansicht wäre, genau das wäre es, was Gott sich von uns wünscht, können wir uns nicht von dem Weg abwenden, den wir eingeschlagen haben. Das bedeutet nicht ...« – Cayleb wandte sich zu Wave Thunder um – »... dass ich irgendwelche Massenfestnahmen will! Ich war noch nie sonderlich begeistert von einer Vorgehensweise, die sich auf Folterwerkzeuge verlässt, und ich kann niemanden, der all das, was ich tue und wofür ich stehe, aus tiefstem Herzen für grundlegend falsch hält, davon überzeugen, dass er sich mit seiner Kritik an meiner Vorgehensweise oder meinen Beweggründen täuscht, indem ich einfach nur versuche, jegliche kritische Stimme von vorneherein mundtot zu machen.«

»Etwas Derartiges habe ich niemals vorzuschlagen auch nur in Erwägung gezogen, Euer Hoheit! Ich hatte lediglich gedacht ...«

»Seine Majestät hat Recht, Mein Lord«, pflichtete Staynair seinem König bei, und Wave Thunder blickte ihn erstaunt an.

»Es ist die Frage des Gewissens, die Frage nach der Beziehung zwischen der Seele jedes Einzelnen und Gott Selbst, die letztendlich der Grund für die Feindseligkeit ist, mit der uns die ›Vierer-Gruppe‹ gegenübersteht«, sprach der Erzbischof mit fester, ruhiger Stimme weiter. »Trynair und Clyntahn sind fest entschlossen, die absolute Oberherrschaft von Mutter

Kirche über das Denken, den Glauben und auch das Handeln aller Kinder Gottes zu bewahren – auch wenn jeder der beiden seine eigenen Gründe dafür hat. Beide halten es für angemessen, dieses Ziel in die feinen Gewänder des Glaubens und die Sorge um das Seelenheil jedes Einzelnen zu kleiden und stets so zu tun, als triebe sie nur das priesterliche Pflichtbewusstsein an, nicht etwa der geradezu unanständige Reichtum und das dekadente Leben, das sie nun einmal führen. In Wirklichkeit haben ihre eigene Arroganz und Verderbtheit Mutter Kirche selbst zu einem Werkzeug der Unterdrückung und Gier gemacht.

Das wissen wir.« Er blickte sich um; im Ratszimmer war es mit einem Mal erstaunlich still geworden. »Wir haben es selbst gesehen. Und wir glauben, dass Gott uns dazu berufen hat, sich dieser Unterdrückung zu widersetzen. Er hat uns dazu berufen, Mutter Kirche daran zu erinnern, dass es die Seele der Menschen von Gottes Volk ist, die in Wahrheit von Bedeutung ist, und nicht etwa die Menge Goldes in den Schatzkammern der Kirche, oder die persönliche Macht oder der persönliche Reichtum ihrer Vikare, und nicht der Luxus, in dem sie leben. Doch um dabei erfolgreich zu sein, müssen wir allen Kindern von Mutter Kirche genau diese Dinge ins Gedächtnis zurückrufen. Und das wird uns nicht gelingen, wenn wir selbst zu Mitteln der Unterdrückung greifen.«

»Bei allem gebührenden Respekt, Eure Eminenz«, unterbrach Wave Thunder schließlich die Stille, die nur noch tiefer zu werden schien, als nun in der Ferne erneut der Donner grollte. »Ich will dem nicht widersprechen. Aber aus dem gleichen Grund können wir Seine Majestät den König nicht beschützen, wenn wir nicht bereit sind, mit Nachdruck und auch öffentlich sichtbar gegen all jene vorzugehen, die das

Ziel haben, ihn zu zerstören. Und wenn wir den König verlieren, dann verlieren wir alles.«

Cayleb wollte schon etwas anmerken, doch Wave Thunder blickte ihn geradezu widerspenstig an.

»Im Augenblick, Euer Majestät, ist das die Wahrheit, und das wisst Ihr auch selbst! Euren Herrn Vater haben wir bereits verloren, und Zhan ist noch ein Kind. Wenn wir Euch verlieren, wer soll denn dann das Königreich zusammenhalten? Und wenn dieses Königreich ins Stolpern gerät, wer ist denn dann noch übrig, Mutter Kirche überhaupt noch irgendetwas ›ins Gedächtnis zurückzurufen‹? Im Augenblick, hier und jetzt, würde mit Euch jede Hoffnung auf Freiheit begraben werden, Euer Majestät! Zumindest im Augenblick ist das die schlichte Wahrheit, so entsetzlich und erschreckend sie auch sein mag. Und das ist auch der Grund, dass Ihr uns gestatten müsst, alle erforderlichen Maßnahmen zu ergreifen, um Eure Unversehrtheit zu sichern.«

Cayleb blickte sich am Tisch um, und auf den Mienen aller Anwesenden zeichnete sich entschiedene Zustimmung zu Wave Thunders Worten ab. Selbst der Erzbischof nickte ernsthaft; auch er war sichtlich der Ansicht, der Baron habe Recht.

Kurz dachte Cayleb nach. »Das werde ich, Bynzhamyn«, erwiderte er dann, »und jeden, der sich des Verrates gegen die Krone schuldig macht oder der Gewaltanwendung den Ministern der Krone gegenüber, oder jeglichen anderen Untertanen der Krone, wird die ganze Härte der Gesetzes treffen, was auch immer der Grund für seinen Verrat sein mag. Aber es wird keine Präventivfestnahmen geben, nur weil irgendjemand irgendetwas tun könnte, und niemand wird eine Strafe erhalten, solange der Verrat oder die Verschwörung oder gleich welche anderen Verbrechen nicht eindeutig vor einem ordentlichen Gericht und in einer öffentlichen Verhandlung bewiesen wurden. Es wird keine geheimen Tribunale geben, keine Massenfestnahmen oder Massenhinrichtungen. Ich weigere mich schlichtweg, mich selbst in ein Abbild Clyntahns zu verwandeln, nur um mich vor ihm zu schützen.«

Wave Thunders Gesichtsausdruck verriet nicht gerade das, was Merlin ›Zufriedenheit‹ genannt hätte, doch wenigstens verfolgte der Baron diesen Gedankengang nicht weiter. Zumindest vorerst nicht.

»Also gut«, sagte Cayleb dann deutlich forscher. »Ich höre immer noch das Essen rufen, und dieser Ruf wird zunehmend lauter, also sollten wir hier langsam zum Ende kommen. Ahlvyno, bitte liefern Sie mir am Ende dieses Fünftages einen Bericht über den genauen Zustand der Staatskasse, und berücksichtigen Sie dabei auch die Fertigstellung und die Bemannung der Galeonen, die sich derzeit gerade im Bau befinden. Nehmen Sie Ehdwyrd beim Wort und stellen Sie auch einen vernünftigen Plan für neue Zölle und Steuern auf – ausgehend von der Annahme, dass unser Seehandel zumindest in gleichem Maße fortgesetzt werden wird. Bryahn, Sie und Baron Seamount würde ich bitten, mir eine möglichst präzise Abschätzung dessen vorzulegen, was wir an Geldmitteln brauchen werden, wenn das derzeitige Bauprogramm erst einmal abgeschlossen ist – und dann muss Ahlvyno sich überlegen, wie wir das auch bezahlen können. Sie sollten vielleicht auch Sir Dustyn zurate ziehen. Ehdwyrd, ich wäre Ihnen dankbar, wenn Sie mir, zusammen mit Rhaiyan, noch weitere Überlegungen unterbreiten würden, wie die wahrscheinlichsten Konsequenzen aussehen, sollte die ›Vierer-Gruppe‹ tatsächlich den Versuch unternehmen, Haven und Howard gegen unseren Handel abzuriegeln. Gehen Sie davon aus, dass sie genau das tatsächlich tun werden, und dann überlegen Sie sich die effektivsten Möglichkeiten, die uns offenstehen, um ein derartiges Embargo zu unterlaufen und dafür zu sorgen, dass die Bemühungen der ›Vierer-Gruppe‹ keinerlei Erfolg zeigen. Vielleicht werden Sie auch Überlegungen darüber anstellen müssen, wie wir unsere Händler und Verschiffungshäuser dazu bringen können, einzelne Galeonen für die Flotte eigenständig zu finanzieren. Wie Sie schon sagten, das Überleben des ganzen Königreiches hängt von deren Wohlstand ab, aber deren Wohlstand eben auch von unserem Überleben. Ich halte es für angemessen, wenn diese Häuser ein wenig mehr dazu beitragen, dass ihre Schiffe geschützt werden, als wir das von einem Drachenzüchter irgendwo in den Hügeln erwarten können. Und, Rayjhis? Ich denke, Sie sollten sich mit Doktor Mahklyn ins Benehmen setzen. Ich würde gerne mir auch die Meinung der Hochschule zu unseren Überlegungen anhören, vor allem, was Verschiffung, Handel und Steuerpolitik betrifft.«

Alle Anwesenden nickten; Cayleb erwiderte die Geste.

»Unter diesen Umständen sind wir hier wohl so gut wie fertig. Rayjhis, ich wäre Ihnen dankbar, wenn Sie und Erzbischof Maikel noch einen Augenblick hier bleiben könnten.«

»Selbstverständlich, Euer Majestät«, murmelte Gray Harbor, während alle anderen Anwesenden bereits ihre Sessel zurückschoben und aufstanden. Sie hatten verstanden, dass es für Sie an der Zeit war zu gehen.

Als die anderen den Ratssaal verlassen hatten, schlossen sich die Türen hinter ihnen, und Cayleb blickte Merlin an.

»Warum gesellt Ihr Euch nicht zu uns, jetzt, wo das gefahrlos möglich ist?«, fragte er lächelnd, und Gray Harbor lachte leise.

»Wie Ihr befehlt, Euer Majestät«, gab Merlin mit sanfter Stimme zurück, trat an den Tisch heran und nahm dann in dem Sessel Platz, in dem noch vor wenigen Minuten Howsmyn gesessen hatte.

Ein außenstehender Beobachter hätte vermutlich zutiefst verwundert zur Kenntnis genommen, dass König Caylebs Leibgarde sich zusammen mit zwei der engsten Vertrauten und offiziellen Beratern des Königs zwanglos an einen Tisch setzte, als wäre er ihnen in den Augen des Königs ebenbürtig. Schließlich lautete Captain Athrawes' Aufgabe ganz offensichtlich, für Caylebs Überleben zu sorgen, und nicht etwa – trotz seiner kürzlichen Beförderung und ganz im Einklang mit seiner Stellung als persönliche Leibwache des Königs –, ihm in Staatsangelegenheiten zu Rate zu stehen. Und auch die Art und Weise, wie der König von Charis seine Leibwache ansprach, hätte er gewiss als befremdlich empfunden.

Natürlich wäre besagter außenstehender Beobachter auch fälschlicherweise davon ausgegangen, Captain Merlin Athrawes von der Charisian Royal Guard sei ein lebendiger Mensch. Nun, er sei zumindest ein Mensch. Vielleicht wäre es nicht falsch zu behaupten, er sei lebendig; diese Frage hatte Merlin noch nicht einmal für sich selbst zu beantworten vermocht.

Nicht einmal Gray Harbor und Staynair kannten über Merlin die ganze Wahrheit. Tatsächlich kannte nicht einmal Cayleb die ganze Wahrheit. Der König wusste zwar sehr wohl, dass Merlin weitaus mehr als ein Mensch war, aber natürlich wusste er nicht, dass er es hier in Wirklichkeit mit einem PICA zu tun hatte – einem Persönlichkeits-Integrierten Cyber-Avatar –, in dessen künstlichem Körper die elektronisch gespeicherte Persönlichkeit, die Erinnerung, die Emotionen, die Hoffnungen und Ängste einer jungen Frau namens Nimue Alban untergebracht waren – einer Frau, deren eigentlicher Körper bereits vor acht oder neun Jahrhunderten den Tod gefunden hatte.

Doch was Gray Harbor und Staynair wussten, und was sie – ebenso wie Cayleb und eine Hand voll anderer, denen das Gleiche bekannt war – sorgfältig vor allen anderen zu verbergen suchten, das war, wie entscheidend Captain Athrawes' ›Visionen‹ und sein erstaunliches, beispielloses technisches Verständnis dazu beigetragen hatten, dass Charis bislang diesem massiven Angriff durch die ›Vierer-Gruppe‹ hatte widerstehen können. Natürlich wusste jeder im ganzen Königreich, dass Merlin ein *Seijin* war – einer der unvorstellbar kampferprobten Kriegermönche, denen gelegentlich auch spirituelle Visionen zuteil wurden. Diese Art der Kriegermönche tauchten in der Geschichtsschreibung von Safehold gelegentlich auf – auch wenn vieles von dem, was über sie berichtet wurde, doch Anlass zu Zweifel bot. Merlin hatte sich nach reiflichem Nachdenken bewusst für eine derartige Tarnung entschieden, bevor er in Charis eingetroffen war, und sein Ruf als einer der gefährlichsten Krieger der Welt (obwohl er, wenn man es genau nahm, eigentlich nicht nur einer der gefährlichsten Krieger der Welt war, gerade angesichts seiner ... besonderen Fähigkeiten) machten ihn zum idealen Kandidaten für Caylebs persönliche Leibgarde. Und er war immer in der Nähe des Königs, hörte stets sämtliche Entscheidungen und Pläne, die in Caylebs Besprechungen und Ratssitzungen erörtert wurden, und doch war er zugleich für alle anderen Anwesenden kaum mehr als ein Möbelstück. Auf diese Weise war Merlin stets präsent, wenn es um Vorschläge oder Beratungen ging, und doch war er für alle Außenstehenden praktisch unsichtbar. Niemand fragte sich jemals, warum er gerade anwesend sein mochte.

Und nun blickte Cayleb ihn an und hob fragend eine Augenbraue.

»Was haltet Ihr von Ehdwyrds Analyse?«, fragte er.

»Ich denke nicht, dass ich in der Lage bin, mit ihm über gerade dieses Fachgebiet zu disputieren«, erwiderte Merlin. »Ich bezweifle, dass es im ganzen Königreich auch nur einen Einzigen gibt, der dazu in der Lage wäre – zumindest so lange nicht, bis uns Mahklyns Begeisterung dafür, über sämtliche Zahlen Listen zu führen, eine objektive Basis für statistische Überlegungen bietet. Aber ich muss ihm beipflichten, dass es für die ›Vierer-Gruppe‹ außerordentlich schwierig werden dürfte, unseren Handelsschiffen den Zugang nach Howard und Haven tatsächlich effektiv zu versperren. Aber wie erfolgreich dieser Versuch letztendlich sein wird, falls sie es dennoch versuchen sollten, und ob Baron Wave Thunders Besorgnis, die Kirche könne Rahnyld finanziell unterstützen, berechtigt ist oder nicht, vermag ich wirklich nicht zu beurteilen.«

Napoleon hat es England gegenüber mit seiner ›Kontinentalsperre‹ versucht, ging es Merlin durch den Kopf. *Für* ihn *ist das nicht gerade gut gelaufen, und das darf man wohl als gutes Zeichen für Howsmyns Theorien ansehen. Andererseits gab es damals deutlich mehr auf Terra als nur Europa. Wollte man das mit unserer Lage vergleichen, wäre es wohl so, als hätte Napoleon auch alle wichtigeren Häfen in Nordamerika in seiner Gewalt gehabt, in Südamerika und Asien, einschließlich Russland, China und dem Osmanischen Reich. Und dazu kommt noch, dass der Einfluss der Kirche ungleich größer, als der Napoleons es jemals gewesen ist. Und das wird nur noch schlimmer werden, je weiter der religiöse Aspekt dieser Konfrontation für alle Beteiligten offensichlich wird.*

»Ich bin geneigt, Ehdwyrd zuzustimmen«, meldete sich nun Gray Harbor zu Wort. Cayleb und Staynair blickten ihn erstaunt an, und der Erste Ratgeber zuckte mit den Schultern. »Ich bezweifle nicht, dass die Konsequenzen für Charis hier sehr ... schwerwiegend würden, wenn die ›Vierer-Gruppe‹ das wirklich durchziehen könnte. Tatsächlich könnte es sogar sein, dass die Konsequenzen letztendlich katastrophal würden. Aber ich bin doch geneigt, Ehdwyrds Argumenten zuzustimmen. Ich glaube, dass ein entsprechendes Edikt vermutlich zumindest verdeckten Widerstand hervorrufen würde. In vielen Fällen könnte es sogar zu offenem Widerstand führen. Es sei denn, natürlich, die Kirche würde zu einem Heiligen Krieg aufrufen. Unter derartigen Umständen könnte die ganze Lage noch deutlich heikler werden.«

»Maikel?« Cayleb wandte sich seinem Erzbischof zu, und in den braunen Augen des Königs lag nun deutlich mehr Besorgnis, als er sich im Beisein der weitaus meisten Menschen würde anmerken lassen.

»Meine Meinung hat sich nicht geändert, Cayleb«, gab Staynair mit einer Ruhe zurück, um die ihn Merlin beneidete – auch wenn er sich zugleich sehr wohl fragte, in wieweit sie wohl berechtigt sein mochte. »Wenn man bedenkt, wie die ›Vierer-Gruppe‹ diese ganze verpfuschte Angelegenheit angegangen ist, müssen sie jetzt zumindest innerlich unter immensem Druck stehen. Ihr dürft nicht vergessen, dass sie auch im Rat der Vikare schon immer Gegner hatten. *Die* werden es auf jeden Fall *nicht* vergessen haben, und einige dieser Gegner wissen eine beachtliche Anhängerschaft hinter sich. Unser kleines Schreiben an den Großvikar wird die ›Vierer-Gruppe‹ schwächen und ihre Gegner immens ermutigen. Vor diesem Hintergrund werden sie zumindest etwas vorsichtiger vorgehen müssen – es sei denn, sie würden sich wirklich dafür entscheiden, in einer wie auch immer gearteten dramatischen Geste aufs Ganze zu gehen. So etwas haben sie bislang noch nie getan. Und hätten sie sich auch nur vorstellen können, dass ihr Angriff gegen dieses Königreich möglicherweise so katastrophal verlaufen würde, hätten sie ihn niemals gewagt – oder zumindest nicht so leichthin und beiläufig. Nachdem sie nun schon eine Hand an die Peitschenechse verloren haben, halte ich es für unwahrscheinlich, dass sie es wagen werden, nun auch noch mit der anderen beherzt zuzugreifen – zumindest vorerst.«

»Ich hoffe, Ihr habt damit Recht«, sagte der König. »Das hoffe ich inständigst.«

Ich auch, dachte Merlin nüchtern. *Deswegen hoffe ich ja auch, dass ihr beide, sowohl du als auch Maikel, das Richtige getan habt, als ihr so ... offen und ehrlich der Kirche gegenüber Stellung bezogen habt.*

»Ich teile diese Hoffnung, Euer Majestät.« Der Erzbischof brachte ein leichtes Lächeln zustande. »Natürlich bleibt es letztendlich abzuwarten. Und ...« – sein Lächeln wurde breiter, seine Augen blitzten jetzt regelrecht – »... mir ist sehr wohl bewusst, dass ich bei meinen eigenen Sorgen und Befürchtungen deutlich leichter auf Zuflucht, Trost und Unterstützung im Glauben hoffen kann als Ihr bei den Euren.«

»Ich glaube, Seine Eminenz hat vermutlich Recht, was den Unwillen der ›Vierer-Gruppe‹ betrifft, geradewegs in eine unbarmherzige, religiöse Konfrontation hineinzustürmen«, merkte Merlin an und sah, dass Cayleb fast unmerklich das Gesicht verzog. Merlin hatte sich zwar nicht ausdrücklich gegen das Schreiben ausgesprochen, das Staynair dem Großvikar hatte zukommen lassen, doch er gehörte auch nicht zu denjenigen, die sich besonders nachdrücklich dafür eingesetzt hatten.

»Ich denke allerdings, bedauerlicherweise ist es genau das, worauf wir hier unausweichlich zusteuern«, fuhr Merlin dann fort. »Selbst wenn sie sämtliche Schreiben aus diesem Königreich völlig ignorierten, würde doch alleine schon die Tatsache, dass wir nicht weiter ihren Anweisungen Folge leisten werden, sie genau dazu drängen, und wenn das passiert, wird alles äußerst unschön werden. Doch vorerst wird zumindest die Gewohnheit, wenn schon nichts anderes, sie dazu bringen, ihr Spielchen in genau der Art und Weise weiterzutreiben, wie sie das in der Vergangenheit stets getan haben. Natürlich sind sie auf genau diesem Wege überhaupt erst in diese Lage geraten, aber ich denke, es wird noch zumindest einige Monate dauern, bis ihnen bewusst wird, wie sehr sich die Spielregeln mittlerweile geändert haben. Und das bedeutet, uns sollte zumindest noch ein wenig Zeit bleiben, um unsere eigenen Vorbereitungen voranzutreiben.«

»Und damit kommen wir zu dem eigentlichen Grund, weswegen ich Euch und Rayjhis gebeten hatte, noch einen Augenblick hierzubleiben, Maikel«, erklärte Cayleb.

Er lehnte sich in seinem Sessel zurück und fuhr mit den Fingerspitzen der rechten Hand über die smaragdbesetzte Kette, die er so kürzlich von seinem Vater geerbt hatte. Diese Geste vollführte Cayleb häufig, als wäre diese Amtskette eine Art Talisman, eine trostspendende Verbindung zwischen ihm und seinem Vater. Merlin war sich recht sicher, dies sei nur eine unbewusste Angewohnheit, doch zugleich durchfuhr den *Seijin* doch der vertraute Schmerz, als die Geste ihm erneut den Tod des alten Königs ins Gedächtnis zurückrief.

»Bryahn hat Recht, was den Punkt betrifft, dass wir uns mit Nahrmahn und Hektor auseinandersetzen müssen«, fuhr der junge König fort. »Natürlich ist da auch immer noch Gorjah, aber Tarot kann warten. Zumindest wissen wir jetzt, wo wir bei Nahrmahn und Hektor stehen. Man könnte sagen, die uns zur Verfügung stehenden Möglichkeiten gestatten uns wenigstens ein offenes und ehrliches Vorgehen. Aber dann ist da noch Chisholm. Haben Sie beide schon über meinen Vorschlag nachgedacht?«

»Wenn der König seinen Ersten Ratgeber und seinen Erzbischof ›darum bittet‹, über einen seiner Vorschläge ›nachzudenken‹, ist es im Allgemeinen durchaus üblich, genau das auch zu tun, Euer Majestät«, gab Gray Harbor trocken zurück.

»Also gut.« In einem Lächeln ließ Cayleb die Zähne aufblitzen, auch wenn Merlin sehr wohl bewusst war, dass in durchaus nicht wenigen Königreichen auf Safehold eine derartige Formlosigkeit und Ungezwungenheit eines Ersten Ratgebers durchaus zur Absetzung desselben führen mochte. »Da ich der König bin, und da Sie beide darüber nachgedacht haben, wie es sich für eine gehorsame Dienerschaft gehört: Zu welchen Ergebnissen sind Sie gekommen?«

»Ganz ehrlich?« Gray Harbors Belustigung verwandelte sich wieder in Ernsthaftigkeit; er hob die Hand und schwenkte sie in einer völlig unüblichen Geste der Unsicherheit hin und her. »Ich weiß es nicht, Cayleb. In mancherlei Hinsicht wäre es wirklich eine ideale Lösung für zumindest einen Großteil unserer Probleme. Wahrscheinlich würde es zahlreiche der Personen beruhigen, die sich derzeit Sorgen um die Erbfolge machen, und Bynzhamyn hat ganz Recht damit, wie erschreckend diese ganze Frage im Augenblick erscheint. Aber es würde auch zu einigen beachtlichen Unruhen führen – und dann ist da immer noch die Frage, ob Sharleyan Euren Vorschlag überhaupt in Erwägung ziehen würde. Sie wird schon genug Schwierigkeiten haben, wenn die ›Vierer-Gruppe‹ herausfindet, wie sich ihre Flotte gegen uns geschlagen hat. Und natürlich …« – er entblößte die Zähne zu einem dünnen, zustimmenden Lächeln – »… wird Eure Entscheidung, sämtliche ihrer Schiffe, die ehrenhaft kapituliert haben, zu ihr zurückkehren zu lassen, und das ganz ohne Bedingungen, das Misstrauen von Leuten wie Clyntahn und Trynair nur noch steigern.«

»Zumindest Trynair wird sehr wahrscheinlich begreifen, warum Ihr das getan habt«, warf nun Staynair ein. »Bei Clyntahn hingegen ist es etwas problematischer. Intelligent genug, das zu verstehen, ist er zweifellos. Die Frage ist nur, ob es ihm bei all seiner Bigotterie und seinen Vorurteilen überhaupt möglich ist, das auch zu begreifen.«

Was das angeht, hat Staynair zweifellos Recht, ging es Merlin durch den Kopf. *Es wäre alles so viel einfacher, wenn wir genau wüssten, wie sich Clyntahn unter den gegebenen Umständen verhalten wird. Wird er wieder ›der maßlose Vielfraß‹ sein? Oder ›der zweifellos hochintelligente Denker‹? Oder der Großinquisitor, der religiöse Fanatiker, der unerbittliche Eiferer? Oder doch ›der brillante Ränkeschmied‹ der ›Vierer-Gruppe‹?*

»Und Sharleyan und Green Mountain werden genau das Gleiche verstehen«, merkte Gray Harbor an. »Das wird sich unweigerlich darauf auswirken, wie sie auf Euren … bescheidenen Vorschlag reagieren werden. Und wenn man den Druck auf sie erhöht, wird sie das für jedwede Vorschläge vielleicht nicht gerade empfänglicher machen.«

»Nach allem, was ich bislang von Königin Sharleyan gesehen habe, denke ich, dass das kein allzu großes Problem darstellen wird«, sagte Merlin. »Beide verstehen sehr wohl, unter welchen Zwängen wir hier zu handeln genötigt sind. Ich will damit nicht sagen, ich sei der Ansicht, sie wären hocherfreut über die Bestrebungen unsererseits, sie in ihrer Entscheidungsfindung zu beeinflussen, aber sie werden gewiss verstehen, dass dahinter keinerlei persönliche Animositäten stehen.«

Zustimmend nickten Gray Harbor und Staynair. Sie wussten sehr wohl, dass Merlins ›Visionen‹ es ihm gestatteten, selbst noch die privatesten Gespräche Königin Sharleyans von Chisholm und ihrer engsten Vertrauten und Berater mitanzuhören und auch ihre innersten Gedanken in Erfahrung zu bringen, und das in einer Art und Weise, die niemandem sonst auf ganz Safehold offenstand.

»Aber trotzdem«, fuhr Merlin fort, »muss ich allerdings auch zugeben, dass ich keinerlei Vorstellung davon habe, wie sie wohl auf das reagieren wird, was Euch vorschwebt. Ich denke, ihr wird noch nicht einmal dieser Gedanke gekommen sein. Warum sollte er auch?«

»Das ist gewiss eine berechtigte Frage«, merkte Gray Harbor mit einem schiefen Grinsen an. »Andererseits hatte sie ja doch recht unmissverständlich ihre Meinung kundgetan, als seinerzeit Euer Herr Vater ihr den Vorschlag unterbreitet hat, mit Charis ein engeres Bündnis einzugehen.«

»Aber seitdem hat sich die Lage doch ein wenig geändert«, gab Cayleb zurück. »Und wir sollten auch nicht vergessen, wen Vater als seinen Botschafter ausgewählt hatte.«

Kurz mahlte der junge Monarch mit den Kiefern; die Erinnerung an den Schmerz war noch zu frisch. Kahlvyn Ahrmahk, seines Zeichens Herzog Tirian und ein Vetter König Haarahlds, hatte bei den Bemühungen, mit dem Königreich Chisholm ein Verteidigungsbündnis gegen Corisande zu bilden, für seinen Regenten gesprochen. Natürlich wusste Haarahld zu dem Zeitpunkt noch nichts davon, dass dieser Vetter, den Haarahld liebte wie einen Bruder, schon längst insgeheim Ränke mit Prinz Nahrmahn von Emerald schmiedete.

Und Haarahld hatte schon gar nicht vermutet, Kahlvyn könne die Absicht haben, sowohl Haarahld als auch Cayleb beizeiten ermorden zu lassen.

»Das wohl«, stimmte Gray Harbor mit sorgsam neutralem Tonfall zu, und auch seine eigenen Augen wirkten jetzt deutlich dunkler. Kahlvyn Ahrmahk war stets Caylebs ›großartiger Onkel‹ gewesen, hatte fast schon die Rolle eines zweiten Vaters eingenommen, nicht nur die eines Onkels zweiten Grades, doch zugleich war er auch Rayjhis Yowance' Schwiegersohn gewesen, der Gemahl von Gray Harbors Tochter und der Vater seiner beiden Enkel.

Und letztendlich hatte der Dolch, den Rayjhis Yowance selbst geworfen hatte, dem Leben des verräterischen Herzogs Tirian ein Ende bereitet.

»Also, wenn man das alles bedenkt: Wen würdet Ihr denn dieses Mal als Euren Botschafter auswählen?« Merlin ließ seine Stimme bewusst ein wenig forscher klingen als gewöhnlich. »Ich gehe davon aus, dass Ihr bereits darüber nachgedacht habt?«

»Das habe ich tatsächlich.« Cayleb lächelte. »Angesichts der besonderen Art meines Vorschlages – und, so unfein das auch sein mag, der Notwendigkeit, hinreichend großen Druck auf Sharleyan und Green Mountain auszuüben, hatte ich gedacht, wir könnten einen wahrhaft ehrenhaften Repräsentanten schicken. Jemand wie …« – lächelnd wandte er sich Gray Harbor zu – »… meinen geschätzten Ersten Ratgeber.«

»Aber … wartet, Cayleb!« Ruckartig richtete sich Gray Harbor in seinem Sessel auf und schüttelte heftig den Kopf. »Ich verstehe schon, was Ihr da beabsichtigt, aber ich kann doch unmöglich rechtfertigen, für eine derartige Mission dem Königreich so lange fernzubleiben! Von Tellesberg bis nach

Cherayth sind es fast zehntausend Seemeilen! Alleine schon für die einfache Strecke braucht man mehr als anderthalb Monate!«

»Ich weiß.« Caylebs Lächeln schwand, jetzt wirkte er völlig ernst. »Glauben Sie mir, Rayjhis, ich weiß das alles, und ich habe lange und gründlich darüber nachgedacht. Wenn ich mich nicht sehr täusche, werden Sie mindestens drei oder vier Monate fortbleiben – selbst wenn man davon ausgeht, alles verliefe ganz nach Wunsch. Und Sie haben Recht: Die Vorstellung, dass Sie dem Königreich derart lange fern sind, lässt mich nicht gerade ruhig schlafen. Aber wenn wir das, was uns hier vorschwebt, wirklich bewerkstelligen können, dann würde uns das einer Antwort auf die Frage, ob wir überhaupt werden überleben können, deutlich näher bringen – und das ist Ihnen ebenfalls bewusst. Gott weiß, wie sehr ich Sie vermissen werde, aber Maikel könnte während Ihrer Abwesenheit Ihre Stelle als Erster Berater einnehmen. Er weiß alles, was Sie und ich besprochen haben, und aufgrund seiner Position blieben ihm die üblichen politischen Streitereien und Grabenkämpfe erspart, mit denen sich jeder andere würde herumschlagen müssen. Tatsächlich ist Maikel auch der einzige andere denkbare Kandidat für den Posten des Botschafters, der mir überhaupt eingefallen ist, und um ganz ehrlich zu sein: Wir können es uns gerade in diesem Moment eher leisten, wenn Sie das Königreich verlassen, als dass Maikel seiner Erzdiözese fernbleibt.«

Gray Harbor hatte schon den Mund geöffnet, um zu widersprechen, doch dann schloss er ihn wortlos wieder; Caylebs letzter Satz hatte ihn sehr nachdenklich gestimmt. Und dann, trotz sichtlicher Vorbehalte, nickte er.

»Ich verstehe, was Ihr meint«, erklärte er, »und Ihr habt ganz Recht. Maikel kann sehr wohl meinen Platz einnehmen.

Ich glaube nicht, dass jemals auf der ganzen Welt ein König oder Prinz seinen Erzbischof gebeten hat, den bescheidenen Posten eines Ersten Ratgebers einzunehmen. Ich sehe sehr wohl gleich mehrere Vorteile, die ein derartiges Arrangement mit sich brächte – vor allem unter den gegebenen Umständen. Wenn die Kirche und die Krone so offensichtlich eng zusammenarbeiten, kann das zumindest keinesfalls schaden! Und er kennt alle unsere Pläne, und sämtliche Routinedokumente und Verfahrensweisen könnte Zhefry völlig eigenständig übernehmen.« Die Lippen des Ersten Ratgebers zuckten. »Das machte er ja, weiß Gott, für mich schon seit Jahren!«

»Die entscheidenden Aspekte hier sind, dass wir notfalls auch ohne Sie auskommen«, sagte nun Cayleb, »und dass ich mir wirklich niemanden vorstellen kann, der eine bessere Chance hätte, Sharleyan zu überzeugen, als Sie. Und je länger ich darüber nachdenke, desto mehr komme ich zu dem Schluss, dass es mindestens ebenso wichtig ist, sie zu überzeugen, wie Hektor von Corisande einen Kopf kürzer zu machen.«

»Und die Vorstellung, auch noch Hilfe dabei zu erhalten, Hektor einen Kopf kürzer zu machen, stellt wahrscheinlich für Königin Sharleyan einen der reizvollsten Aspekte dieses Plans dar«, stimmte Gray Harbor zu.

»Der Gedanke war mir auch schon gekommen.« Einen Moment lang blickte Cayleb seinen Ersten Ratgeber nur schweigend an, dann neigte er den Kopf zur Seite. »Und? Sind Sie bereit, den Gesandten zu spielen?«

.V.

HMS *Destroyer*, Eraystor Bay, Fürstentum Emerald

»Admiral Nylz ist hier, Sir. Captain Shain begleitet ihn.«

Admiral Sir Domynyk Staynair, frisch ernannter Baron Rock Point, betrachtete gerade voller Interesse eine doppelläufige Steinschlosspistole, doch er blickte auf, als sein Flag Lieutenant respektvoll den Kopf durch den Spalt seiner Kabinentür an Bord der HMS *Destroyer* schob.

»Ich danke Ihnen, Styvyn«, sagte er. »Bitten Sie sie herein.«

»Selbstverständlich, Sir.«

Kaum merklich deutete Lieutenant Styvyn Erayksyn eine Verneigung an, bevor er sich zurückzog, und Admiral Rock Point lächelte. Der junge Erayksyn war mit mindestens zwei Dritteln aller Aristokraten des Königreiches Charis verwandt. Er war von deutlich höherer Geburt als sein Admiral, auch wenn für Letzteren erst kürzlich der Titel ›Baron Rock Point‹ geschaffen worden war – doch etwas Derartiges war in Charis deutlich weniger üblich als in den meisten anderen Königreichen auf Safehold. Und, so vermutete Rock Point, die Tatsache, dass er selbst der jüngere Bruder des Erzbischofs von Charis war, hätte normalerweise schon ausgereicht, um Erayksyns nun einmal etwas blaueres Blut auszugleichen. Doch in diesem Falle, angesichts der ... bemerkenswerten Umstände, unter denen Maikel in den Stand eines Erzbischofs erhoben worden war, erwies sich die Lage ein wenig schwieriger als üblich.

Falls Erayksyn sich seines etwas höheren Standes bewusst war, so ließ er sich das keineswegs anmerken. Doch seine gesellschaftliche Stellung verlieh diesem effizienten, intelligenten Lieutenant dennoch im Allgemeinen eine gewisse, unverkennbare Gelassenheit, wann immer er es mit Vorgesetzten zu tun hatte.

Während sich die Tür hinter seinem Flag Lieutenant schloss, ließ der Admiral fast bedauernd die Pistole sinken und legte sie zu ihrem Gegenstück in die samtausgeschlagene, handpolierte Holzkiste auf seinem Schreibtisch zurück. Dieses Pistolenpaar gehörte zu den neuesten Errungenschaften, die Baron Seamounts immensem Einfallsreichtum zu verdanken waren, und Rock Point hatte schon immer die stets tatkräftige Herangehensweise an das Leben zutiefst zu schätzen gewusst, und ebenso all die Pflichten, die damit einhergingen. Das war eine Einstellung, die ihm in den meisten Flotten schlecht zu Gesicht gestanden hätte, aber eben nicht in der Royal Charisian Navy – oder zumindest nicht in der *jetzigen* Royal Charisian Navy. Und diese neue Waffe war ganz typisch für Seamounts Überlegungen.

Vor der Einführung des Steinschlosses waren Feuerwaffen wie diese Pistole, die Rock Point gerade eben noch einmal begutachtet hatte, bestenfalls ›unpraktisch‹ zu nennen gewesen. Jetzt waren sie alles andere als das ... abgesehen natürlich davon, dass sie gewisse Kapazitäten der Produktionsstätten beanspruchten. Rock Point vermutete, Seamount müsse recht beschäftigt damit gewesen sein, den Handwerker im Zaum zu halten, der dieses Pistolenpaar gefertigt hatte, das nun in dem Kästchen auf dem Schreibtisch lag. An sich war es üblich, dass derartige Präsentationswaffen dazu genutzt wurden, nicht nur das technische Geschick ihres Herstellers zur Schau zu stellen, sondern auch dessen künstlerisches Talent. Normalerweise wären diese Pistolen also aufwändig graviert gewesen und – ganz zweifellos – auch mit Einlegearbeiten aus Gold und Elfenbein verziert. Doch dieses Mal bestand die einzige Zier in kleinen goldenen Medaillons, die in die Knäufe der Pistolen eingelassen waren: sie zeigten zwei gekreuzte Kanonenrohre und einen Kraken – das Wappen, das der König für Rock Points Titel ersonnen hatte.

Ahlfyrd kennt mich wohl besser als die meisten anderen, ging es Rock Point durch den Kopf, und er lächelte in sich hinein. *Er weiß genau, wie wenig ich mit nutzloser Zier anfangen kann.*

Und mehr noch, dachte der Admiral, als er das Kästchen nun wieder schloss und den Riegel einschnappen ließ. Seamount wusste auch, wie sehr er Funktionalität und Nützlichkeit schätzte, und auf diese schlanken Pistolen aus gebläutem Metall traf beides zweifellos zu. Mit einem sauberen, hellen, befriedigenden ›Klick‹ ließen sich die Hähne spannen, und der schwere Geruch von Waffenöl umwehte den Zierkasten wie ein zartes Parfum. Mit diesen beiden Pistolen, mit ihren je zwei gezogenen Kaliber-Fünfzig-Läufen konnte selbst ein Admiral, der seine Beine nicht mehr zu bewegen vermochte, immer noch über Leben und Tod von vier Menschen entscheiden.

»Admiral Nylz und Captain Shain, Sir«, murmelte Erayksyn, als er die Kabinentür erneut öffnete und die Besucher zu Rock Point hineinführte.

»Ich danke Ihnen, Styvyn«, sagte Erayksyn und lächelte dann seine beiden Untergebenen an, als der Flag Lieutenant wieder verschwunden war.

»Kohdy, Captain Shain«, sprach er sie dann an. »Bitte, nehmen Sie doch Platz.« Mit einer Hand deutete er auf die Sessel, die in der Kabine eigens für Besucher aufgestellt waren.

»Es tut mir Leid, dass ich nicht an Deck war, um Sie zu begrüßen.«

»Sie brauchen sich nicht zu entschuldigen, Mein Lord«, antwortete Admiral Kohdy Nylz für sie beide, während sie sich setzten, und wieder lächelte Rock Point, doch dieses Mal verzog er dabei ein wenig das Gesicht, als sein Blick dorthin wanderte, wo früher einmal die Wade seines rechten Beines gewesen war.

»Wie geht es Ihrem Bein, Sir?«, erkundigte sich Nylz, der dem Blick seines Vorgesetzten gefolgt war.

»Besser.« Rock Point hob wieder den Kopf und zuckte kaum merklich die Achseln. »Man hat mir auch schon ein Holzbein angepasst, aber daran wird immer noch gearbeitet. Die schaffen es immer noch nicht, den Winkel zum Fuß richtig hinzubekommen.« Er nahm seinen Beinstumpf von dem Hocker, auf dem er bislang geruht hatte, und beugte vorsichtig das Knie. »Ich kann mich natürlich glücklich schätzen, überhaupt noch ein Knie zu haben, aber das Holzbein selbst stört mich doch sehr. Nun weiß ich aber ...« – wieder zuckte er mit den Schultern, doch dieses Mal wirkte es geradezu ironisch – »dass Graf Mahndyr sich mit ähnlichen Schwierigkeiten herumplagen muss.«

»Das habe ich auch gehört«, bestätigte Nylz und lächelte nun ebenfalls. Rock Points völlig zerschmetterten Unterschenkel hatte man unmittelbar nach der Schlacht im Darcos-Sund amputieren müssen, und während dieser Schlacht hatte Gharth Rahlstahn, Graf Mahndyr, seines Zeichens der Kommandierende der Flotte von Emerald, beim Brand seines Flaggschiffes das linke Bein verloren. Rock Points Flaggschiff in dieser Schlacht, die HMS *Sturmwind*, hatte noch deutlich schlimmere Schäden erlitten als ihr Admiral; sie würde gewiss noch mehrere Fünftage lang in der Werft bleiben müssen, bis zumindest die grundlegendsten Reparaturen abgeschlossen waren.

»Alles in allem betrachtet bin ich aber doch froh, ein Bein verloren zu haben, und nicht etwa einen Arm«, konstatierte Rock Point. »Ein Marineoffizier muss ja sowieso nicht so viel zu Fuß laufen.«

Höflich lachten Nylz und Shain leise, und angesichts dieser pflichtschuldigen Reaktion auf seinen kleinen Scherz stieß Rock Point ein fast unwilliges Schnauben aus. Dann wurde seine Miene deutlich ernster.

»Also, was hat es da mit dem jungen Hywyt denn nun auf sich?«

»Hier ist ein schriftlicher Bericht, Sir«, antwortete Nylz, öffnete seine wulstige Kuriertasche und zog ein dünnes Blatt Papier daraus hervor. »Darin finden Sie auch sämtliche Details, aber das Wesentliche lässt sich recht leicht zusammenfassen. Ein Kurierboot der Kirche hat versucht, an Hywyts Schiff nach Eraystor vorbeizuschlüpfen. Als es auf seine Aufforderung hin die Fahrt nicht verlangsamte, hat er einen einzigen Schuss vor ihren Bug abgeben lassen, und dann war der Kommandant dieses Kurierschiffes wenigstens weise genug, die Flagge zu streichen und zu kapitulieren.«

So wie er das schildert, klingt das so einfach, dachte Rock Point. *Und wahrscheinlich* ist *es das eigentlich auch. Natürlich wird man das nicht darüber sagen können, welche* Konsequenzen *das haben wird.*

»Also hat es keine Verluste gegeben?«, fragte er dann.

»Nein, Sir«, erwiderte Nylz. »Dieses Mal nicht.«

Angesichts dieser Einschränkung verzog Rock Point erneut das Gesicht, doch er hatte dem nichts entgegenzusetzen. Es würde schließlich unweigerlich ein ›nächstes Mal‹ geben, und früher oder später würde sich irgendein sturer, halsstarriger, kompromissloser Kurier der Kirche schlichtweg weigern, die Flagge zu streichen, und dann würde es sogar eine ganze Menge Verluste geben.

»Nun«, merkte er an, »das klingt ganz so, als hätte Hywyt genau das getan, was man von ihm auch erwartet hat. Ich gehe davon aus, angesichts dessen, was Sie gesagt haben, und *wie* Sie es gesagt haben, Sie sind ebenfalls dieser Ansicht?«

»Voll und ganz, Sir«, antwortete Nylz mit fester Stimme.

»Wie haben seine Leute das aufgenommen?«

»Alles in allem gut, Sir.« Kurz zuckte Nylz mit den Schultern. »Die meisten haben das einfach hingenommen. Einige schienen sogar recht enttäuscht zu sein, dass sie dann doch nicht das Feuer auf Pater Rahss' Schiff eröffnen durften. Aber als Hywyt mir persönlich Bericht erstattete, hatte ich den Eindruck, dass zumindest einer seiner Offiziere nicht ganz so in freudiger Erwartung dieser Möglichkeit gewesen sei. Aber wenn Hywyt ihm den Befehl erteilt hätte, das Feuer zu eröffnen, hätte auch dieser Offizier sich gewiss nicht geweigert.«

»Gut«, merkte Rock Point an und fragte sich innerlich, ob er das jetzt eigentlich wirklich so meinte, wie er es gesagt hatte.

Er drehte seinen Sessel ein wenig zur Seite, lauschte dem Quietschen des Gelenks, und blickte durch das große Heckfenster der *Destroyer* auf die Eraystor Bay hinaus. Sonnenstrahlen tanzten über die Wellen. Von seinem Sitzplatz aus konnte er das Nordende von Lock Island erkennen, dieser Insel in der Form einer Kaulquappe. Die Gewässer zwischen Lock Island, Callie's Island und South Island hatte man zu einem Ankerplatz für die Charisianer umfunktioniert, nachdem die Festungen auf diesen Inseln schließlich kapituliert hatten und den Marines überlassen worden waren.

In mancherlei Hinsicht verwirrte es Rock Point immer noch ein wenig, wie rasch die Mannschaften dieser Geschützbatterien und Festungen kapituliert hatten. Colonel Hauwyrd Jynkyn, Rock Points ranghöchster Marineoffizier, hatte von den Abteilungen an Bord der Flotte kaum zwei oder drei Bataillons Marines abkommandieren können. Natürlich konnte Rock Point diese Einheiten durch einfache Matrosen verstärken – vor allem aus den Besatzungen der Galeeren, die diese Schlacht überstanden hatten, schließlich benötigte gerade dieser Schiffstypus immens große Mannschaften. Und dennoch waren die Landungstruppen, die hier zum Einsatz gekommen waren, ein geradezu erschreckend zusammengewürfelter Haufen gewesen, selbst wenn man berücksichtigte, dass sie ja durch die schwere Artillerie an Bord der Galeonen der Flotte Unterstützung erhalten hatten.

Der Gedanke war sehr verführerisch, die emeraldianischen Kommandanten dafür zu verachten, dass sie so rasch die Flaggen strichen, kaum dass Jynkyn sie zum ersten Mal dazu aufgefordert hatte. Andererseits waren die meisten dieser Festungen selbst unterbesetzt gewesen; es hatte genügend Schützen gegeben, um die Artillerie gegen eine angreifende Flotte zum Einsatz zu bringen, doch die Infanterie, die erforderlich gewesen wäre, um einen ernstzunehmenden landseitigen Angriff abzuwehren, war völlig unzureichend. Und nachdem die Flotte von Emerald so aufgerieben worden war, gab es keinerlei Möglichkeit mehr, Rock Point davon abzuhalten, seine Truppen und seine Artillerie an Land zu bringen.

Und abgesehen davon hatte diese völlige Niederlage der Flotte von Emerald auch die Moral der Verteidiger hier bereits zusammenbrechen lassen, noch bevor der erste Landungstrupp auch nur einen Fuß auf eine einzige dieser Inseln hatte setzen können.

Doch all das war kaum mehr gewesen als ›erste Vorbereitungen‹. Ein Großteil der Charisian Navy und der Charisian Marines brannten zweifellos darauf, ihre Gegner in Emerald und im Corisande-Bund zu erledigen, aber das würde zumindest noch eine Weile auf sich warten lassen, schließlich gab es da immer noch dieses kleine Problem, woher das Königreich eine Armee würde nehmen sollen. Einzelne Stützpunkte auf Inseln einzunehmen, die wichtigsten Häfen mit Blockadegeschwadern abzuriegeln und die Handelsflotte des Gegners aufzureiben, das war eine Sache, und Rock Point zweifelte nicht im Mindesten daran, dass die Navy und die Marines über alles verfügten, was sie für diese Aufgabe benötigten. Aber tatsächlich in Emerald einzumarschieren – oder, noch schlimmer, in Corisande –, das war etwas völlig anderes.

Und selbst falls – nein: sobald! – wir uns um Nahrmahn und Hektor kümmern, ist das immer noch nur der Anfang, dachte Rock Point grimmig. *Ich frage mich, wie viele von unseren eigenen Leuten das wohl schon begriffen haben. Im Augenblick sind die alle immer noch so erzürnt über das, was die ›Vierer-Gruppe‹ uns hat antun wollen – ich zweifle keinen Moment daran, dass Hywyts Leute* tatsächlich *bereit waren, das Feuer auf dieses Kurierschiff zu eröffnen! Aber was wird später passieren, wenn sie begreifen – richtig begreifen –, dass unser wahrer Feind, der wahrlich gefährliche Feind, nicht Hektor oder Nahrmahn ist? Unser wahrer Feind ist die Kirche selbst.*

Kein Admiral, kein General – kein *Königreich* – hatte sich etwas Derartigem jemals zuvor stellen müssen. Doch Charis tat *genau das,* und Sir Domynyk Staynair durchfuhr eisiges Entsetzen, als er an die dunkle, völlig unbekannte Zukunft dachte, in die er und sein Königreich geradewegs hineinsteuerten.

»Hat Hywyt zufälligerweise etwas von den Depeschen an sich bringen können, die sie mit sich geführt haben?«, fragte er und hob fragend die Augenbrauen, als Nylz kurz und harsch lachte.

»War diese Frage in irgendeiner Weise belustigend?«, erkundigte Rock Point sich, und der andere Admiral schüttelte den Kopf.

»Eigentlich nicht, Mein Lord«, antwortete er, doch er lächelte noch immer. »Nur schätze ich, dass die Kirche wirklich einige ihrer Standard-Vorgehensweisen wird überdenken müssen. Es sieht ganz so aus, als hätte Pater Rahss überhaupt keine Kuriertasche bei sich gehabt, geschweige denn eine, die durch Gewichte beschwert gewesen wäre. Sämtliche Dokumente, die er zu überbringen hatte, befanden sich in einer Kassette in seiner Kabine – einer Kassette, die mit Bolzen an Deck befestigt war.«

»›Mit Bolzen an Deck befestigt‹?«, wiederholte Rock Point ungläubig, und Nylz nickte.

»Offensichtlich hat die Kirche noch nicht einmal in Erwägung gezogen, eines ihrer Kurierschiffe könne abgefangen werden. Mit ihrer Vorgehensweise, was die Kuriere angeht, scheinen sie eher darauf bedacht, die Sicherheit der Dokumente während des Transports sichergestellt zu wissen, als dass sie fürchteten, die Papiere könnten in die Hände Unbefugter gelangen. Also haben sie die Dokumente, statt sie in einer beschwerten Kuriertasche unterzubringen, in der Kapitänskajüte verstaut. Und ...« – erneut schüttelte er den Kopf – »... man braucht zwei Schlüssel, um diese Kassette zu öffnen. Den einen hat der Captain, den anderen führt der Zahlmeister mit sich.«

Einen Augenblick lang schaute Rock Point sein Gegenüber nur wortlos an, dann schüttelte er ebenfalls den Kopf und fragte sich, wie lange die Kirche wohl dafür brauchen würde, sich an die neuen Gegebenheiten anzupassen und die Art und Weise zu ändern, in der ihre Kurierschiffe mit der Korrespondenz umgingen.

»Ich nehme an, es ist Commander Hywyt gelungen, beide Schlüssel an sich zu bringen?«, fragte er mit sanfter Stimme.

»Ich glaube, er hat irgendetwas von ›Stemmeisen‹ gesagt, Sir«, ergriff nun Captain Shain zum ersten Mal das Wort, und auch seine Lippen umspielte ein feines Lächeln. »Während der Commander auf Admiral Nylz wartete, hat er mir erzählt, dieser Pater Rahss habe es zumindest fertiggebracht, *seinen* Schlüssel über Bord zu werfen, bevor die Truppen der *Wave* sein Schiff gebordet haben. Ich weiß nicht, ob er wirklich gedacht hat, das könne Hywyt irgendwie aufhalten, aber es hat ihn wohl fast der Schlag getroffen, als Hywyt die Kassette einfach aufgebrochen hat. Ich glaube, der hat fest damit gerechnet, der Himmel würde herniederfahren und Hywyt an Ort und Stelle erschlagen.«

»Was offensichtlich nicht geschehen ist«, merkte Rock Point trocken an. In gewissen Weise erfreute ihn, dass Shain daraufhin lächelte, doch zugleich ging ihm doch die Frage durch den Kopf, ob der Rest seiner Offiziere und seiner Mannschaftsdienstgrade sich unter diesen Umständen genau so verhalten würden wie der Flag Captain.

»Ich habe die Dokumente aus dieser Kassette mitgebracht, Mein Lord«, erklärte Nylz nun, streckte die Hand nach seiner eigenen Kuriertasche aus und tätschelte das schwere Leder. »Ich habe auch Kopien anfertigen lassen, nur für alle Fälle. Bedauerlicherweise scheinen die Texte in einer Art Geheimschrift abgefasst zu sein.«

»Das überrascht mich nicht«, gab Rock Point zurück. »Ärgerlich, aber nicht überraschend.« Er zuckte die Achseln.

»Wir werden sie einfach zurück nach Tellesberg senden müssen. Vielleicht sind Baron Wave Thunder und seine Leute ja in der Lage, sie zu entziffern.«

Und wenn nicht, so wird Seijin *Merlin es* gewiss *können,* ging es ihm durch den Kopf.

»Jawohl, Mein Lord.«

»Bitte richten Sie Commander Hywyt von mir aus, er habe gute Arbeit geleistet. Er und seine Leute scheinen mittlerweile ein gutes Händchen dafür zu haben, zur richtigen Zeit am richtigen Ort zu sein, wenn es darum geht, Prisengelder einzustreichen, meinen Sie nicht?«

»Bislang zumindest«, stimmte Nylz zu. »Ich habe mittlerweile einige Ersuche erhalten, auch andere Schiffe sollten sich am Einsatzort der *Wave* versuchen dürfen.«

»Das liegt nicht an ihrem Einsatzort, Sir«, protestierte Shain und schnaubte kurz. »Das liegt an ihrer *Geschwindigkeit.* Na, und natürlich daran, dass Hywyt wirklich ein Händchen für diese Art Arbeit hat.«

»Er sollte es genießen, so lange er noch kann«, schloss Rock Point das Thema ab. Fragend hob Nylz eine Augenbraue, und Rock Point lächelte. »Ich habe gerade ebenfalls Depeschen erhalten – von Graf Lock Island. Unter anderem bittet er mich darum, Befehlshaber für einige der neuen Galeonen zu nominieren, und es will mir doch scheinen, als sei der junge Hywyt genau die Sorte Captain, die wir suchen.«

.VI.

Königlicher Palast, Stadt Eraystor, Fürstentum Emerald

Prinz Nahrmahn von Emerald war nicht sonderlich glücklich.

Dafür gab es zahlreiche Gründe, unter anderem das, was seiner Flotte widerfahren war. Und dazu kam auch, dass er nicht einmal mehr die Eraystor Bay in seiner Gewalt hatte, von dem kurzen Abschnitt abgesehen, den seine Abwehrbatterien noch zu erreichen vermochten. Und die Tatsache, dass er kaum damit rechnen durfte, König Cayleb würde über den Versuch, ihn ermorden zu lassen, einfach hinwegsehen – oder auch über die Rolle, die ein gewisser Prinz Nahrmahn dabei übernommen hatte, diesen Attentatsversuch zu arrangieren. Dazu kam noch, dass er und sein ganzes Fürstentum gezwungen gewesen waren, die ›Juniorpartner‹ – eigentlich eher die Vasallen – Hektors von Corisande im großen Plan der ›Vierer-Gruppe‹ zu spielen, bei dem es darum ging, das Königreich Charis endgültig zu vernichten.

Und natürlich war da noch dieses herrliche Gespräch, das er gerade an diesem Morgen mit Bischof-Vollstrecker Wyllys hatte führen dürfen.

Prinz Nahrmahn stand am Fenster seines Palastes und blickte auf die strahlend blaue Bucht hinaus. Die Handelsflotte von Emerald war noch nie sonderlich groß gewesen, verglichen mit der von Charis oder auch nur der von Corisande, doch in den letzten Tagen drängten sich an den Kais zahlreiche Handelsschiffe, die es nicht wagten, auf See hinauszufahren. Weitere Schiffe lagen weiter vom Hafen entfernt vor Anker. Die Ankerplätze und Helligen der Kriegsflotte hingegen waren so gut wie verwaist. Neun Galeeren – alles, was von Nahrmahns gesamter Navy noch übrig geblieben war! – drängten sich geradezu mitleiderregend aneinander, als suchten sie Trost und Zuflucht in der Gemeinschaft.

Zwei weitere Galeeren waren seitlich davon vor Anker gegangen, und mit finsterer Miene spähte Nahrmahn zu den beiden großen Zweimastern hinüber. Das waren die einzigen Prisen, die die Flotte von Herzog Black Water hatte aufbringen können, bevor Haarahld und Cayleb von Charis im Gegenzug seine eigenen Schiffe völlig zerstört hatten. Zufälligerweise hatten sie sich gerade hier vor Eraystor aufgehalten, als rings um Black Water die Hölle losgebrochen war, auch wenn Nahrmahn nicht erwartete, dass seine ehemaligen ›Verbündeten‹ an diesen Zufall glaubten, der ›glücklicherweise‹ dafür gesorgt hatte, dass gerade Nahrmahn diese Schiffe in seine Gewalt bekommen hatte.

An dem Tag, an dem jene Schiffe eintrafen, war Nahrmahn persönlich hinuntergegangen, um sie zu inspizieren. Er war zwar kein erfahrener Flottenoffizier, doch selbst er war in der Lage gewesen, den Erläuterungen darüber zu folgen, wie sonderbar die Artillerie der Charisianer montiert war und warum diese neuen Waffen so ungleich effektiver waren. Nicht, dass Nahrmahn sich besser gefühlt hätte, nachdem er das verstanden hatte – vor allem, wenn er darüber nachdachte, dass er, als der geographisch nächstgelegene Partner in diesem Bündnis gegen Charis, höchstwahrscheinlich auch derjenige sein würde, dem König Cayleb als Erstem seine Aufmerksamkeit schenken würde. Und die Tatsache, dass sämtliche Insel-Verteidigungsanlagen seiner Hauptstadt eingenommen worden waren, betonte das nur noch nachdrücklich.

Er wandte sich um, als die Tür des Raumes geöffnet wurde und Trahvys Ohlsyn, Graf Pine Hollow, und Commodore Hainz Zhaztro eintraten.

Pine Hollow war Nahrmahns Vetter und zugleich auch sein Erster Ratgeber – und einer der wenigen Höflinge, denen der Prinz wirklich vertraute. Zhaztro hingegen war der ranghöchste – tatsächlich sogar der *einzige* – Staffelkapitän der Emerald Navy, der aus der Schlacht im Darcos-Sund zurückgekehrt war. Nahrmahn wusste, dass es einige gab, die Zhaztro mit Skepsis betrachteten – sie zweifelten an seinem Mut ebenso wie an seiner Treue –, einfach nur, weil er der ranghöchste Offizier war, der wieder nach Hause zurückgekehrt war. Nahrmahn selbst hingegen erging es nicht so – was ihn selbst ein wenig überraschte. Die Tatsache, dass Zhaztros Flaggschiff mehr als dreißig Prozent Verluste zu beklagen und so schwere Beschädigungen davongetragen hatte, dass sie doch letztendlich zum Meeresgrund abgesunken war, nachdem sie sich mit letzter Kraft zurück in den Hafen der Flotte hatte zurückschleppen können, war für Nahrmahn Beleg genug für die fachliche Kompetenz des Offiziers.

»Ihr wolltet uns beide sprechen, Mein Prinz?«, fragte Pine Hollow und verneigte sich. Nahrmahn stand auf.

»Ja«, sagte er und bedeutete den beiden mit einer Handbewegung, sich zu ihm an das Fenster zu gesellen.

Pine Hollow und Zhaztro kamen der wortlosen Aufforderung nach, und der Erste Ratgeber fragte sich, ob diesem Flottenoffizier überhaupt bewusst war, wie untypisch Nahrmahns Verhalten während der letzten Fünftage gewesen war. Falls Pine Hollow sich nicht täuschte, hatte sein kleingewachsener, rundlicher Prinz sogar an Gewicht verloren. Einige

Leute hätten das bei jemandem, der sich in einer Lage wie der Nahrmahns befand, als nicht sonderlich bemerkenswert erachtet, doch Pine Hollow kannte seinen Vetter schon seit seiner Kindheit, und er konnte sich an nichts, wirklich an *gar nichts*, erinnern, was Nahrmahn den Appetit hätte verderben können. Und Nahrmahn passte auch nicht zu der allgemein üblichen Vorstellung eines niedergeschlagenen Mannes, der immer tiefer in Verzweiflung versank. Tatsächlich wirkte Nahrmahn sogar konzentrierter und energiegeladener, als Pine Hollow ihn jemals zuvor erlebt hatte.

»Ich habe gerade erst mein Gespräch mit Bischof-Vollstrecker Wyllys beendet«, erklärte der Prinz seinen beiden Untergebenen, während er wieder zum Fenster hinausblickte. »Er war hier, um seiner ... Unzufriedenheit Ausdruck zu verleihen, was gestern mit seinem Kurierschiff geschehen ist.«

Pine Hollow warf einen Blick zu Zhaztro hinüber, doch der Commodore schaute nur ruhig und wachsam Nahrmahn an. Der Erste Ratgeber vermutete, die phlegmatische Persönlichkeit des Flottenoffiziers sei Teil dessen, was ihn für Nahrmahn so empfehlenswert gemacht hatte.

»Ich habe Seiner Eminenz erklärt«, fuhr Nahrmahn fort, »dass derartige Dinge geschehen können, wenn eine feindliche Flotte die eigenen heimatlichen Gewässer beherrscht. Er hat erwidert, Derartiges sei niemals zuvor einem Schiff von *Mutter Kirche* widerfahren, eine Tatsache, die ...« – er wandte sich um und warf seinen beiden Untertanen ein dünnes Lächeln zu – »... was Sie vielleicht erstaunen mag, mir bereits bekannt war.«

Gegen seinen Willen riss Pine Hollow die Augen auf, als er Nahrmahns knochentrockenen Tonfall hörte.

»Die Frage, die ich Ihnen jetzt stellen muss, Commodore«, fuhr der Prinz fort, »lautet, ob Sie sich vorstellen können, dass wir irgendwie zukünftig die Unversehrtheit anderer Kurierschiffe der Kirche garantieren können, die hier in Eraystor eintreffen?«

»Ganz ehrlich? Nein, Euer Hoheit«, gab Zhaztro zurück, ohne auch nur einen Augenblick zu zögern. »Bis gestern hätte ich noch gesagt, es besteht zumindest eine ausgewogene Chance, dass die Charisianer Kurierschiffe, die unter dem Banner der Kirche fahren, die Blockade ungehindert passieren lassen. Tatsächlich wäre ich sogar davon ausgegangen, dass die Chance mehr als nur ausgewogen ist.« Kaum merklich zuckte er mit den Schultern. »Anscheinend habe ich mich da getäuscht. Und angesichts der Anwesenheit der Charisianer hier in der Bucht sowie der Tatsache, dass sie offensichtlich willens sind, das Risiko einzugehen, sich den Zorn der Kirche zuzuziehen, wüsste ich wirklich nicht, wie wir sie davon abhalten können, genau das Gleiche jederzeit wieder zu tun.«

»Ich verstehe.« Pine Hollow entging nicht, dass Nahrmahns Tonfall sehr ruhig war, ohne auch nur einen Hinweis darauf zu geben, er könne Zhaztro diese vernichtende Offenheit verübeln.

»Wenn ich einen Vorschlag unterbreiten dürfte, Euer Hoheit?«, sagte der Commodore nach kurzem Schweigen, und Nahrmahn nickte nur, um den Offizier zum Weitersprechen zu bewegen.

»Eraystor ist nicht der einzige Hafen von Emerald«, merkte Zhaztro an. »Und Cayleb verfügt über noch nicht einmal ansatzweise genug Schiffe, um jeden einzelnen Fischereihafen entlang unserer Küste abzuriegeln – das stellen wir ja bereits jetzt unter Beweis. Es gibt mehrere Orte, bei denen, da bin ich sehr zuversichtlich, Kuriere gefahrlos an Land gehen und ihre Depeschen dann über Land zur Hauptstadt bringen könnten.«

»Genau das habe ich mir auch schon gedacht«, stimmte Nahrmahn zu. »Tatsächlich habe ich diesen Vorschlag auch dem Bischof-Vollstrecker unterbreitet. Die Vorstellung schien ihm nicht sonderlich zuzusagen.« Erneut verzog der Prinz die Lippen zu einem schmalen Lächeln, und nun blitzten sogar seine Zähne kurz auf. »Ich glaube, er hält es für der Kirche unangemessen, ihre Boten ›durch die Schatten kriechen zu lassen wie Wilderer, die dem Gutsverwalter aus dem Weg gehen wollen‹, wie er es ausdrückte.«

Nahrmahns Stimme klang noch nüchterner als zuvor. Auch das entging Pine Hollow nicht, und der Erste Ratgeber von Emerald fühlte sich allmählich ein wenig unwohl. Nahrmahns Lage war schon düster genug; da wäre es kaum wünschenswert, sich nun auch noch den Zorn des offiziellen Repräsentanten der Kirche in Emerald zuzuziehen.

Und natürlich hing die Stellung des Ersten Ratgebers fast ausschließlich von der seines Prinzen ab.

»Ich bedauere zu hören, dass Seine Eminenz so darüber denkt«, erwiderte Zhaztro höflich, und nun entfuhr Nahrmahn tatsächlich ein kurzes Lachen.

»Das kann ich mir vorstellen, Commodore.«

Der Prinz schüttelte den Kopf, dann zuckte er mit den Schultern.

»Also, Commodore, das war tatsächlich die einzige Frage, die ich Ihnen stellen wollte. Ich kann auch nicht behaupten, Ihre Antwort würde mich sonderlich überraschen, aber das ist gewiss nicht Ihre Schuld. Wären Sie wohl so gut, mir eine Liste der besten Ankerplätze für zukünftige Kuriere der Kirche zusammenzustellen, sodass ich sie dem Bischof-Vollstrecker morgen früh vorlegen kann?«

»Selbstverständlich, Euer Hoheit.«

Zhaztro verneigte sich; er hatte unverkennbar begriffen,

dass er entlassen war, und so zog er sich zurück. Nahrmahn schaute zu, wie der Commodore die Tür hinter sich schloss, dann blickte er seinen Vetter an.

»Ich kann nicht gerade sagen, dass ich allzu erbaut bin über den Preis, den ich dafür zu zahlen habe, Trahvys«, sagte er, und es klang fast belustigt, »aber wenigstens habe ich im Rahmen dieser Tracht Prügel, die Haarahld und Cayleb uns verpasst haben, doch einen wirklich guten Offizier auch als solchen erkannt.«

Pine Hollow nickte. Dass Zhaztro anscheinend völlig immun gegen diese Düsterkeit, die Verzweiflung und die Resignation war, die fast alle anderen Überlebenden unten den Offizieren der Emerald Navy erfasst hatten, war wirklich bemerkenswert. Der Commodore musste genau wissen, wie hoffnungslos die Lage für Emerald war, doch statt seine Gedanken immer nur weiter darum kreisen zu lassen, suchte er tatsächlich nach Möglichkeiten, es Charis aktiv heimzuzahlen. Wie er gerade eben erst wieder angemerkt hatte, verfügte die Royal Charisian Navy nicht über genügend Schiffe, um sämtliche Häfen von Emerald zu blockieren, und Zhaztro war längst damit beschäftigt, in allen Häfen mit einer noch so kleinen Werft zahlreiche kleine, nur behelfsmäßig zusammengeflickte Kreuzer und Jachten für einen Einsatz im Handelskrieg vorzubereiten. Die meisten davon würden kaum mehr als leichtbewaffnete, winzige Ruderboote oder hastig umgebaute – und noch leichter bewaffnete – Handelsschiffe sein. Keines dieser Schiffe konnte einem echten Kriegsschiff die Stirn bieten, selbst nicht einem, das noch nicht mit dieser teuflischen neuen charisianischen Artillerie ausgestattet war, aber sie konnten die schwerfälligen, leichter bewaffneten – oder gar völlig *unbewaffneten* – Handelsschiffe einholen und zerstören, und ein derartiger Handelskrieg war vielleicht die einzige Möglichkeit für Emerald, Charis tatsächlich Schaden zuzufügen – oder diesem Königreich zumindest lästig zu werden

Nicht, dass das letztendlich noch irgendetwas würde helfen können.

Zwei oder drei Minuten lang starrte Nahrmahn nur schweigend aus dem Fenster. Pine Hollow wusste genau, dass der Blick seines Prinzen auf den graubraunen, bereits leicht verwitterten Segeln ruhte, die sich wie gewaltige Pyramiden über den charisianischen Galeonen auftürmten, während die Schiffe fast quälend langsam die Eraystor Bay durchquerten.

»Weißt du«, sagte Nahrmahn schließlich, »je länger ich darüber nachdenke, wie wir in diesen ganzen Schlamassel hineingeraten sind, um so mehr kotzt mich das an.«

Er wandte den Blick von den charisianischen Kriegsschiffen ab und blickte seinem Vetter geradewegs in die Augen.

»Das war *dumm*«, sagte er, und das war, das wusste Pine Hollow genau, die heftigste, härteste Verurteilung in Nahrmahns gesamtem Wortschatz. »Selbst wenn Haarahld nicht diese ganzen verwünschten Galeonen gebaut hätte, mit seinen ganzen verwünschten neuen Kanonen, wäre es immer noch dumm gewesen. Es ist ganz offensichtlich, dass Trynair und Clyntahn sich nicht einmal *bemüht* haben herauszufinden, was da in Charis eigentlich wirklich passierte – weil es ihnen eigentlich völlig egal war. Die haben nur ihre eigenen Pläne verfolgt, also haben sie gesagt: ›Pfeifen wir doch darauf, irgendetwas richtig zu durchdenken!‹, und haben sich daran gemacht, ihre Schachfiguren hin und her zu schieben wie blinde, täppische Idioten. Und selbst wenn alles so gelaufen wäre, wie sie sich das vorgestellt hatten, wäre das immer noch so gewesen, als würde man einen Vorschlaghammer dazu nutzen, ein Ei aufzuschlagen. Und so wie es jetzt *tatsächlich* gelaufen ist, haben sie Haarahld nur dazu gebracht, nun auch wirklich gegen *jeden* vorzugehen, der ihm möglicherweise gefährlich werden könnte! Oh ...« – er vollführte eine ungeduldige Handbewegung – »... natürlich wussten wir auch vorher nicht, was er eigentlich im Schilde führt, bevor er uns alle so vorgeführt hat. Das will ich auch offen zugeben. Aber wenigstens wussten wir, dass er *überhaupt* etwas im Schilde führt, und das war deutlich mehr, als dieser idiotische *Hektor* wusste! Und wem wollten Trynair und Clyntahn nun letztendlich Rückendeckung geben? Natürlich Hektor!«

Pine Hollow nickte, und Nahrmahn schürzte die Lippen, als wolle er auf den Boden speien. Dann holte der Prinz tief Luft.

»Aber es gibt noch einen anderen Grund, warum das wirklich dumm war, Trahvys«, sagte er dann mit deutlich leiserer Stimme, als befürchte er, irgendjemand könne ihn belauschen. »Es war dumm, weil es der ganzen Welt deutlich vor Augen führt, was die geschätzten Mitglieder der ›Vierer-Gruppe‹ in Wirklichkeit denken.«

Seine Augen waren sehr dunkel und sehr kalt geworden, und Pine Hollow spürte, wie sich ihm der Magen zusammenkrampfte.

»Was denken sie denn, Mein Prinz?«, fragte er sehr zögerlich.

»Sie denken, dass sie jeden vernichten können, den sie vernichten wollen«, erklärte Nahrmahn. »Die rufen ein paar ... was hatte Graf Thirsk noch gesagt? Wie hatte Cayleb uns genannt? Ach ja: Sie rufen ein paar ›gedungene Mörder, Vergewaltiger und Räuber‹ zusammen und weisen uns dann an, Charis die Kehle durchzuschneiden. Es war denen doch völlig egal, was das bedeutet – für uns ebenso wie für Charis. Die haben beschlossen, ein ganzes Königreich dem Erdboden gleichzumachen und tausende von Menschen umzubringen – und *mich* haben sie dazu benutzt, das in die Tat umzusetzen! Shan-wei soll ihre Seelen holen! Und das Ganze haben die einfach so beschlossen, als wäre diese Entscheidung nicht wichtiger als den Wein für das Abendessen auszusuchen, oder ob man nun Fisch oder doch Geflügel zum Hauptgang zu speisen wünscht. *Genau so wichtig* ist denen diese Entscheidung gewesen!«

Ich habe mich getäuscht, dachte Pine Hollow. Nahrmahns Augen sind nicht ›kalt‹. Nur glimmt die glühende Lava darin so tief in seinem Inneren, dass sie kaum zu erkennen ist. *Kaum.*

»Nahrmahn«, gab der Graf zu bedenken, »sie sind die Kirche. Sie sind die ranghöchsten Vikare. Sie können tun, was immer sie …«

»Können sie das *wirklich?*«, fiel ihm Nahrmahn ins Wort. Der untersetzte Prinz von Emerald hob die rechte Hand und reckte den rechten Zeigefinger dem großen Fenster entgegen. »Können sie das wirklich?«, wiederholte er und deutete auf die Segel der charisianischen Galeonen. »Ich weiß ja nicht, wie es dir geht, Trahvys, aber *ich* würde doch sagen, ihre Pläne sind nicht ganz so aufgegangen, wie Sie sich das gedacht haben, oder?«

»Nein, aber …«

»Das wird nicht hier und jetzt enden, aber das weißt du ja selbst.« Nun klang Nahrmahns Stimme wieder erschreckend ruhig, und er setzte sich auf die gepolsterte Fensterbank. Den Rücken gegen die Wand gelehnt, blickte er zu seinem deutlich höhergewachsenen Vetter auf. »Selbst wenn man nur die weltliche Macht der Kirche betrachtet, stehen die Chancen für Charis natürlich furchtbar schlecht. Aber Cayleb hat bereits bewiesen, dass Charis sich nicht einfach so vernichten lässt. Natürlich hätte ich es auch vorgezogen, die ganze Zeit über hierzubleiben, um selbst mitansehen zu können, wie sich das alles entwickelt. Jeder andere wird *Jahre* brauchen, um den Verteidigungsvorsprung zu entwickeln, den Charis schon jetzt nutzen kann, und es wird ungleich mehr Schiffe kosten, und ungleich mehr Menschenleben, und ungleich mehr Gold, als die ›Vierer-Gruppe‹ sich auch nur in ihren schlimmsten Albträumen bislang ausgemalt hat. Städte werden in Flammen aufgehen, Trahvys. Es wird zu Morden kommen, zu Gräueltaten, zu Massakern und Vergeltungsmaßnahmen ... ich kann mir noch nicht einmal ansatzweise ausmalen, was alles geschehen wird, und dabei *versuche* ich genau das wenigstens – im Gegensatz zu dieser ›Vierer-Gruppe‹. Und wenn alles vorbei ist, wird es auf ganz Safehold keinen einzigen Prinzen oder König geben, der nicht genau weiß, dass er seine Krone nicht Gottes Eigener Zustimmung verdankt, und auch nicht der Billigung durch die Kirche, sondern einzig und alleine den Launen einer Schar engstirniger, korrupter, gieriger, *dummer* Männer, die von sich selbst glauben, sie seien die Erzengel persönlich, die in all ihrer Pracht wieder nach Safehold zurückgekehrt sind!«

Noch nie zuvor hatte Trahvys Ohlsyn derartige Worte von seinem Regenten gehört, und sie nun mitanhören zu müssen, ängstigte ihn regelrecht. Nicht nur wegen all der Dinge, die seine Worte hier implizierten, auch was seine eigene Macht und sein eigenes Überleben anbetraf. Auch wenn Verbündete und Gegner des rundlichen, kleinwüchsigen Herrschers von Emerald gleichermaßen dazu neigten, ihn ständig zu unterschätzen, hatte der Erste Ratgeber schon immer gewusst, dass Nahrmahn von Emerald ein hochgradig gefährlich intelligenter Mann war. Und nun erschien es ihm, als hätte dessen unmittelbar bevorstehende Niederlage – und sein vermutlich ebenso unmittelbar bevorstehender Tod – irgendeine Art innerer Grenze niedergerissen und zugleich auch eine Quelle der Weisheit freigelegt, die es ihm ermöglichte, in die Zukunft zu blicken.

»Nahrmahn, bitte bedenke, was du sagst«, flehte der Graf ihn mit leiser Stimme an. »Du bist mein Prinz, und ich werde dir folgen, wohin auch immer du Emerald lenken magst. Aber bitte vergiss nicht, was auch immer sie sonst sein mögen, sie sprechen immer noch mit der Stimme von Mutter Kirche, und sie herrschen über den Rest der ganzen *Welt.* Letztendlich kann Charis ...«

»Das *muss* Charis doch auch gar nicht!«, fiel ihm Nahrmahn erneut ins Wort. »Genau darauf will ich doch hinaus! Was auch immer mit Charis geschehen mag, was auch immer die ›Vierer-Gruppe‹ denken mag, das ist doch nur der Anfang! Selbst wenn es denen gelingen sollte, Charis völlig auszulöschen, ist das *immer noch* nur der Anfang. Das ist nicht Gottes Wille, das ist einzig und allein *deren* Wille, und das wird bald auch jedem klar sein, nicht nur jemandem wie mir, oder wie Greyghor Stohnar in Siddarmark. Und wenn das offensichtlich wird, meinst du dann wirklich, die anderen Prinzen und Könige werden sich einfach wieder schlafen legen, als wäre nie irgendetwas passiert? Als ob Trynair und Clyntahn nicht *bewiesen* hätten, dass keine Krone sicher ist, keine Stadt außer Gefahr, wenn sie nur töricht genug sind, den Zorn der ›Vierer-Gruppe‹ auf sich zu ziehen – oder wer auch immer ihren Platz im Rat der Vikare einnehmen mag?«

Langsam schüttelte er den Kopf, und seine Miene war sehr grimmig.

»Das eine auf der ganzen Welt, was die Kirche keinesfalls verlieren darf, ist die moralische Autorität als Stimme Gottes, ihren Posten als Statthalter Seines Volkes, Trahvys.« Nun sprach Nahrmahn sehr, sehr leise. »Das war die wahre Grundlage für die Einheit der Welt – und die Macht der Kirche –, seit dem Tag der Schöpfung selbst. Doch jetzt hat die ›Vierer-Gruppe‹ das einfach aufgegeben, als wäre es so unwichtig, so *trivial*, dass es nicht einmal einen zweiten Gedanken wert wäre. Nur dass sie sich getäuscht haben. Es war nicht unwichtig; es war das einzige, was sie noch hätte retten können. Jetzt ist es fort, und das, Trahvys – *das* ... ist etwas, das sie niemals wieder werden zurückerobern können.«

.VII.

Villa Breygart, Hanth Town, Grafschaft Hanth

»Bewegung, verdammt noch eins! Ich will diese Straße hier *geräumt* wissen!«

Colonel Sir Wahlys Zhorj riss so zornig an den Zügeln seines Pferdes, dass sich das Tier unwillig aufbäumte. Er reagierte – Captain Zhaksyn Maiyr war der Ansicht, das sei zu erwarten gewesen –, indem er die Zügel noch heftiger anzog und sich vorbeugte, um dem Pferd einen heftigen Klaps auf den Hinterkopf zu versetzen.

Sir Wahlys (nur sollte Maiyr eigentlich nicht wissen, dass sein Vorgesetzter sich den Titel eines ›Sir‹ selbst verliehen hatte) schnaubte zornig und deutete dann mit dem Zeigefinger heftig in Richtung Ufer.

»Es ist mir *völlig* egal, wie Sie das machen, Captain, aber Sie werden die Straße bis zu den Kais räumen, und zwar *jetzt!*«

»Jawohl, Sir«, erwiderte Maiyr tonlos. Zhorj warf ihm noch einen letzten zornigen Blick zu, dann deutete er ruckartig mit dem Kinn auf seine kleine Gruppe Adjutanten und steuerte schließlich im kurzen Galopp auf die Stadtmitte zu, sodass Maiyr auf sich alleine gestellt war. Und das war Maiyr gleich in vielerlei Hinsicht nur recht.

In vielerlei anderer Hinsicht hingegen passte Zhaksyn Maiyr natürlich fast überhaupt nichts an dieser ganzen verpatzten Lage.

Nun wandte er sich mit ebenfalls finsterer Miene dem Geschrei zu, dem Rauch und dem allgemeinen Aufruhr auf der Straße, die zu räumen Zhorj ihm aufgetragen hatte. *Wie auch immer ich das angehe: Es wird auf jeden Fall verdammt unschön werden,* ging es ihm durch den Kopf. *Und wie auch immer ›Sir‹ Wahlys darüber denken mag, das wird die ganze Lage keineswegs verbessern.*

Der ist nicht blöd genug zu glauben, das hier könne irgendetwas bringen, dachte Maiyr verärgert. *Er hat einfach keine besseren Ideen – was wahrscheinlich auch wieder nicht sonderlich überraschend ist.*

In Wirklichkeit war Colonel Zhorj ein durchaus fähiger Feldkommandeur, der auch ein gewisses Talent dafür besaß, die Logistik einer Söldner-Kavallerietruppe zu organisieren, und zu dieser Truppe gehörten zufälligerweise auch Maiyrs berittene Armbrustschützen. Niemand wusste genau, woher Zhorj eigentlich kam, doch der Ruf, in dem er stand – er würde seinen Auftraggebern immer nur äußerst wenige Fragen stellen –, war ihm vorausgeeilt. Und in den vergangenen Jahren hatte er hier in der Grafschaft Hanth Tahdayo Mahntayl als Oberster Truppenkommandant gedient.

Und sich dabei verdammt unbeliebt gemacht – … und uns alle gleich mit, dachte Maiyr verbittert.

»Also gut«, wandte er sich seinem Sergeant zu, »Sie haben den Colonel gehört. Falls Sie irgendwelche guten Ideen beisteuern können, wäre das jetzt der geeignete Zeitpunkt dafür.«

»Jawohl, Sir«, erwiderte der grauhaarige Sergeant mit säuerlicher Miene. Er war ein höchst erfahrener Soldat, und sein Gesichtsausdruck war noch sauertöpfischer als sein Tonfall, als er nun an Maiyr vorbei zu den ungestümen Aufständischen hinüberblickte. Er schüttelte den Kopf. »Sobald ich irgendeine Idee habe, sind Sie der Erste, dem ich sie mitteile.«

»Na, das ist ja wirklich *außerordentlich* hilfreich«, merkte Maiyr trocken an.

»Es tut mir Leid, Sir.« Seine Stimme verriet deutlich, dass er sehr wohl bemerkt hatte, sich im Ton vergriffen zu haben, dann schüttelte er erneut den Kopf, doch dieses Mal wirkte die Geste völlig anders. »Ich sehe nur keine Möglichkeit, das zu schaffen, ohne dass Blut die Straße hinabströmen wird – und ich dachte, genau das sollten wir eigentlich vermeiden.«

»Anscheinend hat der Colonel, was das betrifft, seine Meinung geändert.« Maiyr und der Unteroffizier warfen einander vielsagende Blicke zu, dann zuckte der Captain mit den Schultern.

»Nun ja, ob es nun eine gute Idee ist oder nicht, wir haben unsere Befehle. Andererseits würde ich gerne vermeiden, irgendjemanden dabei zu Tode kommen zu lassen, wenn es nur irgend möglich ist.«

»Jawohl, Sir.« Die Zustimmung des Sergeants kam deutlich von Herzen, auch wenn Maiyr bezweifelte, dass der Unteroffizier die Lage aus dem gleichen Grund so einschätze, wie der Captain selbst es tat. Der Sergeant wusste einfach nur, dass Blutvergießen stets zu neuem Blutvergießen führte und dass es einfach keinen schlimmeren Kampf gab als einen echten, ausgewachsenen Volksaufstand. Maiyr hingegen kannte den Ruf, in dem das Haus Ahrmahk stand, und er war der Ansicht, König Cayleb noch mehr Gründe zu liefern, sich persönlich mit einem gewissen ›Zhaksyn Maiyr‹ zu befassen, sei eine *immens* schlechte Idee.

Abgesehen davon ging es ihm gegen den Strich, Menschen umzubringen, die derart viele gute Gründe hatten, ihren Regenten vor Ort, eben den Grafen, zu hassen.

»Die meisten von denen sind gar nicht so schwer bewaffnet«, murmelte er vor sich hin – gerade laut genug, dass sein Sergeant es würde hören müssen. *Schließlich haben wir die beiden letzten Jahre vor allem damit verbracht, jede Waffe zu konfiszieren, die wir nur finden konnten.* »Außerdem sind sie zu Fuß. Also versuchen wir es erst einmal damit, ihnen nur zu zeigen, wie stark wir sind. Lassen Sie die Hälfte unserer Truppen aufsitzen. Dann sollen sie in die Straßenmitte reiten und versuchen, den Pöbel vor sich herzutreiben. Ich möchte keinerlei Todesfälle, die sich irgendwie vermeiden lassen, also sagen Sie ihnen, sie sollen immer über die Köpfe der Aufrührer hinwegschießen, solange sie nicht ihrerseits beschossen werden. Sorgen Sie dafür, dass das *wirklich alle* verstehen.«

»Jawohl, Sir.«

»Die andere Hälfte unserer Männer soll *absitzen.* Ich weiß, dass die sich beklagen werden, zu Fuß zur Arbeit zu müssen, aber wenn diese Leute hier sich in die ganzen Gassen und Lagerhäuser verstreuen, brauchen wir auch ein paar Männer, die ihnen tatsächlich folgen können – zumindest lange genug, dass sie wirklich weit genug fortlaufen. Sagen sie denen, sie sollen ihre Kampfstäbe mitnehmen. Ich möchte keinerlei Klingenwaffen im Einsatz wissen, außer zur unmittelbaren Selbstverteidigung.«

»Jawohl, Sir.«

Die ›Kampfstäbe‹, die hier erwähnt wurden, waren schwere, dreieinhalb Fuß lange Stöcke aus abgelagertem Eisenholz. Sie hatten zwar keine scharfkantigen Klingen, doch mit ihnen ließen sich mühelos Knochen brechen oder Schädel zertrümmern. Dennoch hoffte Maiyr darauf, die Aufständischen würden bemerken, wie sehr er und seine Männer sich hier bemühten, unnötiges Blutvergießen tunlichst zu vermeiden.

Nicht, dass er das für sehr wahrscheinlich hielt.

»Wir werden sie geradewegs die Straße hinuntertreiben,

auf den Hafen zu«, fuhr er fort. »Ich möchte, dass die Truppführer sicherstellen, dass die Gebäude zu beiden Seiten der Straße wirklich *geräumt* sind. Ich rechne nicht damit, dass das lange so bleiben wird, sobald wir erst einmal weitergezogen sind, aber wir sollten hier wenigstens unser Bestes versuchen, Sergeant.«

»Jawohl, Sir. Was immer Sie meinen.« Offensichtlich war der Sergeant zufrieden, die Verantwortung für diesen Einsatz ganz Maiyr zu überlassen. Was ihn selbst betraf, so mussten Befehle keinerlei Sinn ergeben, solange wenigstens eine gute Chance bestand, sie auch tatsächlich *befolgen* zu können.

»Also gut, Sergeant«, seufzte Maiyr. »Dann lassen Sie aufsitzen!«

Tahdayo Mahntayl – in genau einem weiteren Monat würde er seit zwei Jahren ›Graf Hanth‹ sein – stand zusammen mit Sir Styv Walkyr auf einer der Galerien der Villa Breygart und blickte mit finsterer Miene nach Westen, zu den Rauchsäulen und den Ausschreitungen hinüber, die zwischen ihrem jetzigen Aufenthaltsort und dem Ufer ausgebrochen waren. Jenseits der Kais und Lagerhäuser erstreckte sich die gewaltige Margaret Bay, so weit das Auge reichte. Im Sturm konnten sich in der Bay Wellen auftürmen, wie kein Ozean sie höher schlagen lassen konnte, doch an diesem Abend, so ging es Walkyr durch den Kopf, war die See ungleich ruhiger als Hanth Town selbst.

»*Gottverdammt* sollen sie sein!«, fauchte Mahntayl. »Dieses Mal werde ich denen aber Manieren beibringen!«

Heftig biss sich Walkyr auf die Zunge. Während der letzten zwei Jahre hatte der ›Graf‹ ganz offensichtlich noch nicht gelernt, seinen aufsässigen Untertanen irgendetwas ›beizubringen‹. Es entging Walkyr schlichtweg, warum Mahntayl glaubte, genau das innerhalb der nächsten zwei *Tage* bewerkstelligen zu können.

»Für wen *halten* die sich denn?«, sprach Mahntayl weiter. »Das ist alles einzig und allein die Schuld von diesem elenden Cayleb!«

»Nun«, meldete sich Walkyr so ruhig zu Wort, wie ihm das nur gelingen wollte, »so recht überraschend kommt das doch eigentlich nicht, oder? Ich mein, Ihr wisst doch selbst, wie gewaltig es ihm und seinem Vater gegen den Strich gegangen sein muss, als die Kirche ihnen eine Entscheidung zu Euren Gunsten aufgezwungen hat.«

»Was meinen Sie damit: ›Entscheidung zu meinen Gunsten‹?«, fauchte Mahntayl. »Ich hatte einen berechtigen Anspruch und konnte ihn auch belegen!«

Nun fiel es Walkyr noch schwerer zu schweigen. In Wahrheit – und das musste in Wirklichkeit auch Mahntayl selbst wissen – war dieser ›Anspruch‹ in eben dem Maße falsch und erlogen, wie es Sir Hauwerd Breygart und seine Unterstützer die ganze Zeit über bereits behauptet hatten. Walkyr hatte keine Ahnung, woher Mahntayl diese gefälschte Korrespondenz eigentlich genommen hatte, die seinen Anspruch auf diese Grafschaft zu belegen schien, doch *dass* es eine Fälschung war, stand völlig außer Frage, wie auch immer die Kirche darüber entschieden hatte – nachdem Nahrmahn von Emerald und Hektor von Corisande ihr hinreichenden Anreiz dafür gegeben hatten.

Anscheinend jedoch war Mahntayl dieser neu erworbene Titel ein wenig zu Kopf gestiegen. Walkyr wusste sehr wohl, dass der sogenannte ›Graf Hanth‹ jahrelang nichts anderes erhofft hatte, als Breygart – oder vielleicht Haarahld von Charis – so lästig zu fallen, dass einer von ihnen sich letztendlich dafür entscheiden würde, ihm eine Abfindung zu zahlen, damit er endlich verschwinde. Doch dann, ganz entgegen allen Erwartungen, hatte die Kirche sich plötzlich dazu entschlossen, zugunsten seines ganz offensichtlich unberechtigten, erlogenen Anspruchs zu entscheiden, und damit hatte sich Mahntayls Horizont schlagartig erweitert. Jetzt, nachdem er zwei Jahre in Hanth verbracht hatte, war er keinesfalls mehr willens, diesen unrechtmäßig erworbenen Titel wieder aufzugeben. Tatsächlich war er nicht einmal mehr gewillt zuzugeben, dass er ihn ursprünglich auf unrechtmäßigem Wege erworben hatte.

Bedauerlicherweise, dachte Walkyr nüchtern, *sind seine liebenden Untertanen – und Cayleb Ahrmahk –, was diese Kleinigkeit betrifft, nicht ganz seiner Meinung. Und wenn Tahdayo auch nur den Verstand besäße, den Gott einer Peitschenechse geschenkt hat, dann hätte er längst Caylebs Angebot angenommen und wäre mit einem schnellen Schiff irgendwohin abgereist.*

Und genau das sollte auch ich *tun, wie auch immer* er *sich letztendlich entscheiden mag.*

Innerlich fragte er sich, welcher eigensinnige, weltfremde Instinkt ihn dazu trieb, weiterhin in Hanth zu bleiben und immer noch zu versuchen, Mahntayls Hals zu retten, während er mit beschwichtigender Stimme weitersprach: »Ich wollte damit nur sagen, das Haarahld und Cayleb diese Entscheidung gegen Breygart persönlich genommen haben. Und damals haben wir das auch beide gewusst, Tahdayo.« Er zuckte mit den Schultern. »Augenscheinlich ist er jetzt an dem Punkt angekommen, wo er sich offen gegen die Kirche zu stellen bereit ist, und da sieht er keinen Sinn mehr darin, um all die Dinge, die ihn persönlich betreffen oder seinem eigenen Reich so nahe liegen, noch behutsam herumzuschleichen. Und nachdem nun die Flotten von Emerald und

Corisande entweder auf dem Meeresgrund liegen oder als Prisen in Tellesberg vor Anker gegangen sind, gibt es niemanden mehr, der ihn jetzt noch aufhalten könnte.«

»Also soll ich jetzt, nachdem ich so weit gekommen bin, einfach den Schwanz einziehen und weglaufen?«, fragte Mahntayl ihn zornig.

»Ich würde die Beschreibung vorziehen, alles zu retten, was Ihr noch zu retten habt, nachdem sich das Glück von Euch abgewandt hat. Wenn es irgendeine Möglichkeit für Euch gibt, Caylebs gesamte Flotte – und seine Marines! – abzuwehren, dann weiß zumindest *ich* nicht, wie die aussehen sollte.«

»Bischof Mylz hat mir geschworen, die Kirche werde uns beschützen.«

Walkyr entging nicht, dass Mahntayls Miene deutlich verriet, wie schwächlich ihm selbst die eigene Stimme geklungen hatte. Bischof Mylz Halcom war einer der nur vier Bischöfe aus der gesamten Erzdiözese Charis gewesen, die der Einladung nach Tellesberg nicht gefolgt waren, dort Maikel Staynairs Erhebung in den Stand eines Erzbischofs zu bestätigen. Zu Mylz' Diözese gehörten Hanth und ein Großteil der meisten anderen Grafschaften und Baronien entlang der Ostküste der Margaret Bay. Ganz offensichtlich hatte er darauf gehofft, hier auf Margaret's Land eine Art Bollwerk dessen zu begründen, was er immer noch ›die wahre Kirche‹ nannte – zumindest so lange, bis der Rat der Vikare ihm irgendwie zu Hilfe käme.

Und das bedeutet nichts anderes, als dass er sich ebenso in Selbsttäuschung ergeht wie Tahdayo. Vielleicht sogar noch mehr.

»Ich bin mir sicher, dass Bischof Mylz auch *meint,* was er Euch zusagt«, sagte Walkyr dann laut. Schließlich konnte man ja schlecht einen Bischof von Mutter Kirche einen völlig durchgeknallten Spinner nennen, selbst wenn – oder vielleicht gerade wenn – diese Beschreibung den Nagel auf den Kopf traf. »Aber was auch immer er planen und erhoffen mag, ich bin mir doch nicht sicher, ob er sich des Ernstes der Lage vollends bewusst ist, Tahdayo.«

»Also denken Sie, Cayleb könne erfolgreich sogar Gott Selbst trotzen, ja?«

»Das habe ich nicht gesagt«, gab Walkyr geduldig zurück. »Ich habe lediglich gesagt, die Lage sei ernst, und genau das ist sie auch. Hat Bischof Mylz irgendwo noch eine Armee versteckt, von der wir nichts wissen? Hat er Truppen und Kriegsschiffe, die uns im Kampf gegen die Royal Charisian Navy und das gesamte Königreich beistehen können? Wenn nämlich nicht, dann kann zumindest kurzfristig ... Cayleb tatsächlich Gottes Eigener Kirche trotzen.«

Was nicht ganz das Gleiche ist, wie ›Gott Selbst‹ trotzen, oder doch?

»Ich werde doch nicht davonlaufen wie ein geprügelter Hund! Ich bin Graf Hanth! Und wenn es sein muss, dann kann ich auch sterben wie ein Graf!«, fauchte Mahntayl, dann wandte er sich um, verließ die Galerie und stapfte in das Innerere der Villa Breygart.

Walkyr blickte ihm hinterher, dann wandte er sich wieder den Rauchsäulen zu, die im Hafenviertel zwischen den Lagerhäusern aufstiegen. Sämtliche Berichte besagten, dass Mahntayls immer weiter schwindendes Kader treuer Untertanen Mountain Keep und Kiarys, zwei der drei größten Städte der Grafschaft abseits der Hauptstadt selbst, bereits verloren hatten. Und die Berichte aus Zhorjtown ließen vermuten, dass es dort um die Lage nicht deutlich besser gestellt sei. Und schlimmer noch: Sowohl Mountain Keep als auch Kiarys schmiegten sich dicht an die Hanth Mountains, und Mountain Keep sicherte den hanthseitigen Zugang des einzigen wirklich nutzbaren Passes, der zur Grafschaft Lochair an der Howell Bay führte. Das bedeutete, dass ihnen die besten Überlandwege bereits verwehrt waren … ganz zu schweigen davon, dass Cayleb auf diese Weise noch eine weitere mögliche *Invasions*route offen stand.

Es ist mir völlig egal, was Bischof Mylz und die anderen Tempelgetreuen denken mögen, dachte Styv Walkyr grimmig. *Wie auch immer es letztendlich ausgehen mag: dass Cayleb sich offen gegen die Kirche gestellt hat, ist doch hier in Charis bereits allgemein bekannt. Und wenn man sich ganz unvoreingenommen anschaut, wie Tahdayo die Einwohner ›seiner‹ Grafschaft ausgepresst hat, muss man doch zu dem Schluss kommen, dass sie bereit wären, einen Vertrag mit Shan-wei persönlich zu unterzeichnen, wenn das nur dazu führte, dass ›der Graf‹ bloß endlich aus der Villa Breygart vertrieben wird!*

Walker hatte keine Ahnung, wie dieser Sturm, der gerade über ganz Safehold hinwegfegte, sich letztendlich legen würde – oder *ob* das überhaupt jemals geschähe. Doch bei einem Punkt war er sich völlig sicher: Wenn es vorbei war – was auch immer nun eigentlich geschehen mochte –, würde Tahdayo Mahntayl nicht mehr Herr über die Grafschaft Hanth sein.

Und tief in seinem Innersten weiß das auch Tahdayo selbst, ob er es sich nun eingesteht oder nicht.

Walkyr stellte fest, dass Rauch und Qualm jetzt noch dichter wirkten als zuvor. Und er hörte Schüsse – und nicht nur vereinzelt. Offensichtlich hatten Colonel Zhorjs Truppen zumindest einige Luntenschlossmusketen übersehen, und jetzt waren die bewaffneten Aufständischen unverkennbar aus ihren Verstecken gekommen. Das würde nicht ausreichen, um Hanth Town seinem derzeitigen Regenten abzunehmen – zumindest nicht an diesem Tag. Doch die Zeitspanne, die Cayleb Mahntayl zugestanden hatte, verstrich rasch. Tatsächlich blieben dem Grafen Hanth nur noch zwei Fünftage.

Ob Tahdayo letztendlich zustimmt oder nicht, ich *werde auf jeden Fall nicht mehr hier sein, wenn die Zeit abgelaufen ist. Cayleb ist offensichtlich bereit, ihn eher gehen zu lassen als hier in Hanth noch mehr Verluste zu riskieren – vor allem Verluste unter der Zivilbevölkerung. Und die würden sich kaum vermeiden lassen, wenn er sich tatsächlich auf einen Kampf einließe. Aber wenn Tahdayo das Angebot des Königs von Charis nicht annimmt, dann wird Cayleb hierherkommen und den selbsternannten Grafen eigenhändig aus Villa Breygart hinausprügeln – und ihn dabei vermutlich auch gleich einen Kopf kürzer machen. Und mir wird wahrscheinlich etwas ganz Ähnliches widerfahren, wenn ich noch länger hier bleibe.*

Er schüttelte den Kopf – der zumindest im Augenblick noch fest mit dem Rest seines Körpers verbunden war – und fragte sich, warum um alles in der Welt er überhaupt noch zögerte. Es war ja nun wirklich nicht so, als hätte er in Tahdayo jemals etwas anderes gesehen als nur eine Möglichkeit, schnell an ein wenig Geld zu kommen. Dennoch war er jetzt schon fast sieben Jahre für Tahdayo tätig. Ganz offensichtlich war ihm das deutlich wichtiger, als er das bislang vermutet hatte.

Und das ist bemerkenswert dumm von mir.

Nun, ihm blieb ja wenigstens noch ein weiterer Fünftag, in dem er versuchen konnte, den ›Grafen Hanth‹ noch zur Vernunft zu bringen. Und in weiser Voraussicht hatte er auch schon ein gutes Stück seines eigenen Anteils an all den Geldern, die Mahntayl und er der Grafschaft Hanth abgepresst hatten, an Bankiers im Desnairianischen Reich gesandt. Wenn er ohne Mahntayl würde fliehen müssen, dann sollte dieser Notgroschen ausreichen, den Rest seines Lebens in einem gewissen Komfort zu verbringen. Und dieser ›Rest seines Lebens‹ würde gewiss deutlich *länger* sein, wenn er nur rechtzeitig abreiste.

Vielleicht kann ich ihn ja davon überzeugen, dass die Kirche ihn wieder in ›seiner‹ Grafschaft einsetzen wird – nur eben eher auf längere Sicht. Was das betrifft ... – Walkyr kniff die Augen zusammen – *... wäre Tahdayo für die Kirche als Prätendent – nein, nicht als Prätendent, sondern als* ›rechtmäßiger Graf Hanth‹! – *von beträchtlichem Wert. Vor allem, wenn der Grund für seine Entmachtung und Vertreibung nicht damit zu tun hatte, dass seine liebevollen Untertanen ihn auf den Tod nicht ausstehen konnten, sondern nur damit, dass man ihn für seine unerschütterliche Treue Mutter Kirche gegenüber* verfolgt *hatte.*

Nachdenklich schürzte Walkyr die Lippen. Das war ein ausgezeichneter Gedanke! Und die Möglichkeit, dass Mahntayl immer noch als ›Graf Hanth‹ anerkannt wurde (zumindest durch *irgendwen*) und er möglicherweise in dem Maße Unterstützung erhielte, wie es seinem Titel zustand, mochte vielleicht tatsächlich ausreichen, um Tahdayo davon zu überzeugen, es sei Zeit, dieses Land zu verlasen.

Und wenn die Kirche sich wirklich dafür entscheiden sollte, seinen Anspruch zu unterstützen, dann kann ich der ›Vierer-Gruppe‹ wahrscheinlich nahe bringen, es solle gewiss ihr Schaden nicht sein, wenn sie jemanden hätten, der den Grafen Hanth für sie ein wenig im Auge behielte. Natürlich gegen eine entsprechende Entlohnung.

Angesichts dieser Vorstellung hellte sich Walkyrs Miene deutlich auf, und er rieb sich nachdenklich über das Kinn. Immer noch spähte er zu den Rauchsäulen hinüber, immer noch hörte er die Schüsse, doch mittlerweile dachte er schon konzentriert darüber nach, wie er seine Argumente dem ›Grafen‹ am besten darlegen könne.

Juni, im Jahr Gottes 892

.I.

Der Tempel Gottes,
Stadt Zion,
Die Tempel-Lande

Die Atmosphäre im Sitzungssaal war alles andere als kollegial.

Jeder der vier Männer, die dort an dem geradezu sagenhaft kostbaren Tisch mit seinen Einlegearbeiten aus Elfenbein, Bergkristallen und Edelsteinen saßen, trug die orangefarbene Soutane eines Vikars. Die teure Seide war reich mit Stickereien verziert, darauf glitzerten dezent-geschmackvoll winzige, meisterhaft geschliffene Edelsteine, und auf den priesterlichen Kopfbedeckungen, die vor ihnen auf dem Tisch lagen, schimmerten silberne Litzen und Zierrat aus massivem Gold. Alleine schon der Wert eines jeden der Rubinringe, den sie alle als Zeichen ihrer bischöflichen Würde an der rechten Hand trugen, hätte ausgereicht, um eine zehnköpfige Familie ein ganzes Jahr lang zu ernähren. Üblicherweise verrieten die Gesichter dieser Männer unweigerlich Zuversicht und Vertrauen, ganz wie man es von den Fürsten Gottes Eigener Kirche erwarten würde. Keiner von ihnen war es gewohnt zu scheitern … oder zu erleben, dass man ihnen ihren Willen verwehrte.

Und keiner von ihnen hatte sich bislang ein derartig gewaltiges Desaster auch nur vorstellen können.

»Für wen halten diese Dreckskerle sich eigentlich?«, fauchte Allayn Maigwair, Captain General der Kirche des Verheißenen. In seinen Augen loderte so unbändiger Zorn, dass die hohen Stapel kostbarer Pergamente, die vor ihm auf dem

Tisch lagen, eigentlich hätten in Flammen aufgehen müssen.

»Bei allem Respekt, Allayn«, gab Vikar Rhobair Duchairn mit rauer Stimme zurück, »die halten sich für die Leute, die gerade effektiv sämtliche anderen Flotten auf der ganzen Welt zerstört haben. *Und* sie halten sich für die Leute, die *ganz genau* wissen, wer diese Flotten, die ihr ganzes Königreich in Schutt und Asche hatten legen sollen, eigentlich ausgeschickt hat.«

Magwair warf Duchairn einen finsteren Blick zu, doch dem Schatzmeister der Kirche des Verheißenen schien der unverhohlene Zorn seines Kollegen erstaunlich wenig auszumachen. In Duchairns Gesichtsausdruck stand unverkennbar ›Ich hab's dir ja gesagt!‹ zu lesen. Schließlich war Duchairn tatsächlich das einzige Mitglied der ›Vierer-Gruppe‹ gewesen, das sich nachdrücklich und hartnäckig dagegen ausgesprochen hatte, überstürzt gegen das Königreich Charis vorzugehen.

»Das sind verdammte *Ketzer*, und nichts anderes, Rhobair!« Zhaspyr Clyntahns Stimme klang regelrecht bedrohlich. »Und das sollten Sie niemals vergessen! Und ich verspreche Ihnen: die Inquisition *wird* es niemals vergessen! Der Erzengel Schueler hat uns gelehrt, wie wir mit den verderbten Nachfahren Shan-weis zu verfahren haben!«

Zornig verzog Duchairn die Lippen, doch zunächst erwiderte er darauf nichts. Schon seit Fünftagen war Clyntahn außerordentlich schlecht gelaunt – schon bevor die Nachrichten aus Charis eingetroffen waren. Auch wenn er für seine Wutausbrüche ebenso berüchtigt war wie für seine unversöhnliche, nachtragende Art, hatten doch weder Duchairn noch irgendjemand sonst den Großinquisitor jemals zuvor so erbost – oder zumindest so *unablässig* erbost – erlebt. Das war erst mit den ersten Berichten gekommen, die das Semaphorensystem der Kirche über die entsetzlichen Folgen dieser Schlachten vor dem Armageddon-Riff und im Darcos-Sund übermittelt hatte.

Natürlich haben wir ihn noch nie so erlebt!, dachte Duchairn angewidert. *Diese ganze Katastrophe hier ist doch letztendlich die Folge davon, dass wir uns von Zhaspyr zu seiner ›Endlösung der Charis-Frage‹ haben drängen lassen! Und zweifellos ist Maigwair ebenso erbost wie Zhaspyr. Schließlich war* er *derjenige, der mit seinem brillanten Schlachtplan das alles so einfach und so narrensicher hat klingen lassen.*

Genau das wollte Duchairn gerade noch einmal laut aussprechen, doch dann verkniff er es sich. Und das tat er gleich aus mehreren Gründen: Zunächst einmal – so wenig er sich das selbst eingestehen wollte –, weil er Clyntahn ernstlich fürchtete. Der Großinquisitor war zweifellos aus allen Kreisen der Kirche der gefährlichste Feind, dessen Zorn man sich nie zuziehen sollte. Zweitens: So sehr sich Duchairn auch ursprünglich dagegen ausgesprochen haben mochte, gegen Charis vorzugehen, sein Beweggrund dafür war nicht etwa gewesen, dass er im Gegensatz zu allen anderen die Gefahr vorausgesehen hatte, die von diesem Königreich ausging. Er hatte sich dagegen ausgesprochen, weil er als der oberste Buchhalter der Kirche genau wusste, welch immense Einkunftseinbußen die Kirche würde hinnehmen müssen, wenn Clyntahn mit seinem Plan, das Königreich Charis zu zerstören, tatsächlich erfolgreich wäre. Und drittens: weil die Katastrophe, die sich schließlich ereignet hatte, so unvorstellbar war, die Niederlage so vollkommen, so überwältigend, war der Einfluss der ›Vierer-Gruppe‹ auf den Rest des Rates der Vikare fast verschwunden. Wenn sie sich auch nur ein einziges Mal anmerken ließen, dass es in der ›Vierer-Gruppe‹

Unstimmigkeiten gab, dann würden ihre Kritiker sich augenblicklich offen gegen sie stellen … und die restlichen Vikare waren ebenso verängstigt wie Duchairn selbst. Sie würden nach Sündenböcken Ausschau halten, und die Folgen für jeden Sündenbock, auf den sie sich dann festgelegt hätten, wären … unschön.

»Sie mögen vielleicht Ketzer sein, Zhaspyr«, erwiderte er stattdessen. »Und niemand stellt in Abrede, dass jegliche Fragen der Ketzerei zurecht in die Zuständigkeit Ihres Offiziums fallen. Aber das macht doch nichts von dem, was ich eben gesagt habe, deswegen weniger wahr, oder? Falls Sie nicht noch irgendwo eine weitere Flotte versteckt haben, von der wir anderen hier bislang noch nichts wissen, meine ich natürlich.«

Als dem Großinquisitor nun das Blut ins fleischige Gesicht schoss, bis es dunkelrot angelaufen war, befürchtete Duchairn einen Augenblick lang, er sei dennoch bereits zu weit gegangen. Zhaspyr Clyntahn hatte schon immer eine gewisse Ähnlichkeit mit einem Kampfhund gehabt (manche hatten sogar, insgeheim natürlich, den Ausdruck ›tollwütiger Hund‹ verwendet, um ihn zu beschreiben), und der Großinquisitor hatte auch bereits mehr als einmal seine völlige Skrupellosigkeit unter Beweis gestellt. Es war sehr gut möglich, dass er jetzt zu dem Schluss käme, unter den gegebenen Umständen sei die beste Taktik, für die er sich würde entscheiden können, die Aufbietung aller seiner aus dem Amt erwachsenden Kräfte gegen die anderen Mitglieder der ›Vierer-Gruppe‹, um sie auf diese Weise selbst zu Sündenböcken zu machen.

»Nein, Rhobair«, meldete sich nun eine vierte Stimme zu Wort und verhinderte so jedwede Erwiderung, die Clyntahn beabsichtigt haben mochte, »das macht nichts von dem, was Sie gesagt haben, weniger wahr. Aber es rückt doch unser

Problem in ein ganz anderes Licht. Sehen Sie das nicht auch so?«

Zahmsyn Trynair hatte ein auffallend kantiges Gesicht, sein Bart war sauber geschnitten, und seine tiefliegenden Augen verrieten immense Intelligenz. Zugleich war er auch das einzige Mitglied der ›Vierer-Gruppe‹, dessen Machtbasis vergleichbar stark mit der Clyntahns war. Als Kanzler des Rates der Vikare war Trynair derjenige, der die eigentliche Kirchenpolitik festlegte – die er durch Großvikar Erek XVII. dann verkünden ließ. Theoretisch war er damit sogar mächtiger als Clyntahn, doch seine Macht beschränkte sich weitgehend eben auf die Politik selbst. Das war oft eine nur indirekt wirksame Macht, die sich am effektivsten langfristig einsetzen ließ und erst im Laufe der Zeit Ergebnisse zeitigte, während Clyntahn jederzeit auf die Treue der Inquisition und die Schwerter des Schueler-Ordens zurückgreifen konnte.

Als sich nun Duchairn und Clyntahn gleichermaßen zu ihm umwandten, zuckte Trynair mit den Schultern.

»Zhaspyr, ich pflichte Ihnen bei, dass das, was wir in den vergangenen Fünftagen gesehen haben, und mehr noch das, was sich hierin verbirgt ...« – er streckte die Hand aus und tippte auf den Pergamentstapel, der den eigentliche Grund für dieses Zusammentreffen darstellte – »... zweifellos als Ketzerei zu bezeichnen ist. Aber Rhobair hat hier nicht Unrecht. Ob sie nun Ketzer sind oder nicht, sie haben das zerstört – nicht nur besiegt, Zhaspyr! *Zerstört!* –, was praktisch die vereinte Schlagkraft sämtlicher anderen Flotten auf ganz Safehold dargestellt hat. Im Augenblick gibt es *überhaupt* nichts, was wir tun könnten, um sie unmittelbar anzugreifen.«

Zornig, fast trotzig, richtete sich Maigwair in seinem Sessel auf, doch Trynairs finsterer Blick rief ihn sofort wieder zur Ordnung.

»Wenn Sie also von irgendeiner Seestreitmacht wissen, die der Charisian Navy in einer Schlacht möglicherweise die Stirn würde bieten können, Allayn, dann sollten Sie, so denke ich, uns jetzt davon berichten«, sagte er mit kalter Stimme und übermäßig präzise betonten Worten.

Vor Wut schoss Maigwair das Blut in Gesicht, doch gleichzeitig wandte er auch den Blick ab. Er wusste sehr wohl, dass seine Kollegen hier ihm eine gewisse Verachtung entgegenbrachten, auch wenn sie üblicherweise sorgfältig darauf achteten, es sich nicht anmerken zu lassen. Er war einzig und allein aufgrund seiner Stellung als Kommandant der Kirchlichen Streitkräfte zu einem Mitglied der ›Vierer-Gruppe‹ geworden, nicht etwa wegen seiner eigenen Brillanz. Er hatte es regelrecht genossen, auch einmal im Mittelpunkt zu stehen, als es darum ging, den Angriff auf Charis zu koordinieren, weil er glaubte, auf diese Weise den anderen zu beweisen, er sei ihnen sehr wohl ebenbürtig. Doch es war nicht alles ganz so verlaufen, wie er sich das vorgestellt hatte. Einige Sekunden lang blickte Trynair ihn nur kühl an, dann wandte er seine Aufmerksamkeit wieder Clyntahn zu.

»Es gibt einige im Rat – und ich denke, dessen sind wir uns alle bewusst –, die eine Gelegenheit suchen, unseren Einfluss zu mindern. Und Staynairs ›offener Brief‹ an den Großvikar hat nicht gerade dazu beigetragen, unsere eigene Position zu *festigen*, nicht wahr? Einige unserer Feinde munkeln bereits, die derzeitige ... bedauernswerte Lage sei einzig und allein die Folge unseres eigenen überstürzten Handelns.«

»Die Inquisition weiß sich um jeden zu kümmern, der das Ziel hat, Autorität und Einheit des Rates der Vikare zu untergraben, gerade angesichts einer derart monumentalen Bedrohung für die Seele eines jeden Kindes Gottes.« Clyntahns Stimme klang eisiger als ein winterlicher Sturm über Zion, und der fanatische Eifer, der so sehr Teil seiner komplexen, nur allzu oft widersprüchlichen Persönlichkeit war, ließ seine Augen blitzen.

»Das bezweifle ich nicht«, erwiderte Trynair. »Aber falls es dazu kommt, ist es sehr wohl möglich, dass wir selbst diese ... diese Spaltung innerhalb des Rates wiederholen. Ich gebe zu bedenken, dass jegliche derartigen Konsequenzen weder im Interesse der Kirche selbst wären, noch unserer Befähigung zuträglich, besagte Ketzerei zu bändigen.«

Oder unserem eigenen langfristigen Überleben, setzte er vorsichtigerweise nicht hinzu – doch alle seine Gefährten hörten es dennoch.

Clyntahns aufgedunsenes Gesicht mit den Hängebacken wirkte steinern wie eine Statue, doch nach einigen Sekunden äußerster Anspannung nickte er knapp.

»Also gut.« Es gelang Trynair, sich die immense Erleichterung nicht anmerken zu lassen, mit der ihn diese widerwillige Zustimmung erfüllte, während er der Reihe nach die anderen drei Personen am Tisch anblickte. »Ich denke, wir müssen uns mit zwei eigenständigen, aber doch miteinander verwandten und verflochtenen Problemen befassen. Zunächst müssen wir entscheiden, wie Mutter Kirche und der Rat *damit* umgehen sollen.« Wieder tippte er auf den Stapel auf schwerem Pergament abgefasster Dokumente. »Und zweitens müssen wir eine Entscheidung treffen, welche langfristige Vorgehensweisen Mutter Kirche und der Rat anstreben sollten – gerade angesichts dieser aktuellen, militärischen ... Verlegenheit.«

Duchairn wusste nicht genau, wie es ihm gelungen war, angesichts dieser Formulierung *kein* abschätziges Schnauben auszustoßen. Trynairs ›eigenständige, aber doch verwandte und verflochtene Probleme‹ stellten zufälligerweise die größte

Bedrohung dar, mit der sich die Kirche des Verheißenen seit der Schöpfung selbst vor fast einem Jahrtausend jemals befassen musste. Nun den Kanzler darüber sprechen zu hören, als ginge es um nichts anderes als nur zwei weitere jener unbedeutenden Verwaltungsentscheidungen, die zu treffen die ›Vierer-Gruppe‹ innerhalb des letzten Jahrzehnts sich nun einmal zu treffen genötigt gesehen hatte, war schlichtweg ungeheuerlich.

Und doch war das, was Trynair sagte, zugleich auch sehr wohl wahr, und der Kanzler war vermutlich der Einzige von ihnen allen, der vielleicht tatsächlich mit Clyntahn würde umgehen können.

Der Schatzmeister streckte die Hand aus und zog das erste der Dokumente näher zu sich. Natürlich brauchte er sich den Inhalt nicht noch einmal durchzulesen. Dieser hatte sich ihm bereits unauslöschlich ins Gedächtnis gebrannt. Langsam und bedächtig fuhr Duchairn mit einer Fingerspitze über die zahlreichen Siegel, die an dem Schreiben befestigt waren.

Unter anderen, gewöhnlicheren Umständen wäre das bereits außergewöhnlich genug gewesen. Die Sprache war die gleiche, die schon dutzende Male zuvor – tausende Male zuvor – verwendet worden war, um das Ableben eines Monarchen, Herzogs oder anderen Feudalherren kundzutun und zu erklären, ein rechtmäßiger Erbe trage nun den betreffenden Titel. Bedauerlicherweise waren die Umstände alles andere als gewöhnlich, denn der betreffende Monarch, Haarahld VII. von Charis, war nicht etwa eines natürlichen Todes gestorben.

Und dann ist da noch dieser eine, winzige *Unterschied zwischen diesem Erbfolgeschreiben und allen anderen zuvor*, ging es Duchairn durch den Kopf, und erneut ließ er seine Fingerspitze über das größte und aufwändigste der Siegel wandern. Sowohl von

Rechts wegen als auch allen Traditionen gemäß war keine Erbfolge gültig oder rechtsverbindlich, solange sie nicht durch Mutter Kirche bestätigt wurde – mit anderen Worten: durch den Rat der Vikare. Doch dieses Erbfolgeschreiben hier trug bereits das heilige Siegel von Mutter Kirche, und unwillkürlich wanderte Duchairns Blick zu dem zweiten – und seines Erachtens ungleich gefährlicheren – Erbfolgeschreiben hinüber.

Höflicher hätte man diese Schreiben nicht formulieren können. Niemand konnte darin auch nur einen einzigen Satz, einen einzigen Wortlaut benennen, den man als offene Herausforderung hätte bezeichnen können. Und doch war das Siegel, mit dem das erste Erbfolgeschreiben bestätigt wurde, das des Erzbischofs von Charis, und in den Augen von Mutter Kirche *gab* es derzeit keinen Erzbischof von Charis. Erayk Dynnys, der dieses Amt bekleidet hatte, war erst kürzlich dieses Amtes enthoben worden und erwartete nun seine Hinrichtung – wegen Hochverrats, zahlreicher Amtsvergehen und der Begünstigung der Ketzerei. Der Rat der Vikare hatte bislang noch nicht einmal über einen möglichen Nachfolger nachgedacht, doch im Königreich Charis war genau das offensichtlich bereits geschehen ... und eben das stellte auch das zweite Erbfolgeschreiben unmissverständlich klar.

Es war, so freundlich es auch formuliert sein mochte, nichts anderes als eine Kriegserklärung an die Kirche des Verheißenen. Und nur für den Fall, dass es noch irgendjemandem entgangen sein sollte, gab es auch noch das *dritte* Dokument ... das Original des Schreibens, das Staynair Großvikar Erek gesandt hatte.

Duchairn war sich sicher, dass die Höflichkeit, mit der man diese beiden Erbfolgeschreiben abgefasst hatte, dieser Kontrast zwischen traditioneller Ausdrucksweise und Terminologie auf der einen Seite und Staynairs leidenschaftlichem ›Brief‹ auf der anderen, voll und ganz beabsichtigt waren. Diese alltägliche Normalität, von der die beiden ersten Schreiben zu künden schienen, betonte nicht nur die unbändige Heftigkeit von Staynairs Anschuldigungen, sondern besagte auch eindeutig, dass Charis die Absicht hatte, sich in Zukunft ganz alleine um seine persönlichen Angelegenheiten zu kümmern, ohne auch nur im Mindesten auf die Wünsche oder Befehle der Kirche zu achten.

Nein, nicht einfach nur *trotzen.* Das genau war der Grund, warum man diese Erbfolgeschreiben in eben jener Form abgefasst hatte: Sie waren der Beleg dafür, dass Charis sich darauf vorbereitete, Mutter Kirche zu *ignorieren* – und in vielerlei Hinsicht war das noch ungleich gefährlicher.

Niemals zuvor in der gesamten Geschichte von Safehold hatte es ein weltlicher Herrscher gewagt, einen durch ihn selbst ausgewählten Mann zum obersten Prälaten seines Reiches zu ernennen. *Niemals.* Die Aufgabe oblag einzig und allein dem Rat der Vikare, auch wenn Duchairn sehr wohl von den hartnäckigen Gerüchten wusste, in ihrer Tradition habe Mutter Kirche bei weitem nicht immer diese Sicht der Dinge vertreten.

Doch hier ging es nicht um eine rein hypothetische Zeit, die vielleicht dereinst, vor Jahrhunderten, einmal existiert haben mochte. Hier ging es um die *Gegenwart*, und in dieser Gegenwart war das Vorgehen des Herrschers von Charis offensichtlich ungesetzlich. Doch das Ernennungsschreiben, in dem Maikel Staynair in das Amt des Erzbischofs von ganz Charis erhoben wurde, trug nicht nur die Unterschrift Cayleb Ahrmahks, sondern auch die Unterschriften und Siegel jedes einzelnen Mitglieds seines Königlichen Rates sowie des Sprechers des Unterhauses … und dazu die Unterschriften und

Siegel von neunzehn der insgesamt dreiundzwanzig anderen Bischöfe des Königreiches Charis. Die gleichen Unterschriften und Siegel zierten auch Staynairs ›Brief‹ – und das war sogar noch erschreckender. Dies hier war nicht die Herausforderung eines einzelnen Mannes, eines einzelnen Königs, eines eigenmächtigen Erzbischofs: Hier stellte sich *ein ganzes Königreich* offen gegen die Kirche, und was daraus erwachsen mochte, wenn man das hinnähme, war schlichtweg unvorstellbar.

Aber was sollten wir unternehmen, um es eben nicht hinnehmen zu müssen? Fast verzweifelt stellte sich Duchairn diese Frage immer und immer wieder. *Sie haben die Flotten von Corisande, Emerald, Chisholm, Tarot und Dohlar besiegt – oder, wie Zahmsyn sagt: zerstört. Es ist niemand mehr übrig, es gibt keinen mehr, den wir ihnen entgegenschicken können.*

In das gleichermaßen zornige wie verängstigte Schweigen seiner Kollegen hinein sprach nun Trynair weiter: »Ich denke, wir müssen uns allmählich eingestehen, welchen Beschränkungen wir im Augenblick unterworfen sind. Und um ganz ehrlich zu sein: Wir haben keine andere Wahl, als ganz offen sowohl mit dem Scheitern unserer ursprünglichen Politik umzugehen als auch mit den Schwierigkeiten, denen wir uns werden stellen müssen, um uns von eben jenem Scheitern zu erholen.«

»Wie das?«, fragte Maigwair nur; ganz offensichtlich schmerzten ihn immer noch die Bemerkungen, die Trynair zuvor gemacht hatte.

»Der Vorwurf Staynairs, der sich auf Mutter Kirche und die Autorität des Rates der Vikare mit größter Wahrscheinlichkeit am schädlichsten auswirken wird«, gab Trynair zurück, »ist, dass dieser Angriff, der gegen Charis geführt wurde, irgendwie Cayleb und seine Anhänger erst zu dieser offenen

Trotzhaltung gedrängt und in die Ketzerei *getrieben* hat. Es wird der Eindruck erweckt, dass, hätten wir uns nicht in dem Maße gegen die bisherige Politik Haarahlds gestellt, Charis für uns nicht verloren wäre.«

Erneut blickte er sich am Tisch um und bemerkte, dass Duchairn ihm kurz zunickte. Natürlich würden ihre Gegner genau das behaupten. Schließlich stimmte es ja auch, oder etwa nicht?

»Ich behaupte«, fuhr Trynair fort, »diese Dokumente hier sind der bestmögliche Beweis dafür, dass eine derartige Anschuldigung jeglicher Grundlage entbehrt.«

Unwillkürlich hob Duchairn vor Erstaunen die Augenbrauen, doch es gelang ihm gerade noch, nicht auch noch ungläubig den Mund aufzureißen.

»Es ist ganz offensichtlich«, sprach der Kanzler weiter, und immer noch klang es ganz so, als habe das, was er hier erzählte, immerhin oberflächliche Bekanntschaft mit der Wirklichkeit geschlossen, »dass, wessen Name auch immer unter diesem sogenannten ›offenen Brief‹ stehen mag, letztendlich Cayleb dahintersteckt. Staynair ist lediglich Caylebs Marionette, die hier als Sprachrohr missbraucht wird – er ist die frevlerische und blasphemische Maske für Caylebs Entschlossenheit, die aggressive und gefährliche Außenpolitik seines Vaters fortzusetzen. Zweifellos werden einige Leute annehmen, Caylebs unbestreitbarer Zorn über den Tod seines Vaters und der Angriff, den wir unterstützt haben, hätten ihn dazu getrieben, sich uns trotzig entgegenzustellen. Doch es wurde ja bereits deutlich festgestellt, dass sich mitnichten Mutter Kirche oder der Rat der Vikare dafür eingesetzt haben, zu den Waffen zu greifen, um Haarahlds übertriebenen Ehrgeiz einzudämmen, sondern vielmehr die Ritter der Tempel-Lande.«

Auch das nahmen Clyntahn und Maigwair hin, ohne mit der Wimper zu zucken, wie Duchairn bemerkte, auch wenn die ›weltlichen‹ Regenten der Tempel-Lande zufälligerweise allesamt auch Mitglieder des Rates der Vikare waren. Zweifellos hatte die juristische Fiktion, es handle sich dabei um zwei grundverschiedene Wesenheiten, den Vikaren im Laufe der Jahre immer wieder gute Dienste geleistet. Doch alleine schon die Häufigkeit, mit der man sich eben genau dieses Schachzugs bedient hatte, bedeutete doch, dass wirklich *jeder* wusste, wie falsch und sinnlos diese Unterscheidung eigentlich war.

Doch das schien Trynair völlig kalt zu lassen, und so sprach er einfach weiter, als habe er hier tatsächlich einen echten, sachdienlichen Unterschied aufgezeigt.

»Nirgends, weder in sämtlichen Korrespondenzen noch im diplomatischem Schriftverkehr zwischen den Rittern der Tempel-Lande und irgendeinem der an diesem Feldzug beteiligten weltlichen Herrschern wird jemals von einem Kreuzzug oder einem Heiligen Krieg gesprochen – und das wäre doch zweifellos der Fall gewesen, hätte Mutter Kirche zu einem Feldzug gegen Apostaten und Ketzer aufgerufen. Offensichtlich haben Cayleb und seine Unterstützer einen Großteil der Korrespondenzen zwischen den weltlichen Verbündeten der Ritter der Tempel-Lande und deren Flottenkommandanten in ihre Gewalt gebracht. Daher muss ihnen auch bewusst sein, dass Mutter Kirche in all dies niemals verwickelt war, und auch, dass tatsächlich dieser ganze Krieg seine Begründung ausschließlich in rein weltlichen Motiven und Rivalitäten findet. Und doch bestand ihre unmittelbare Reaktion darin, in gottloser und ketzerischer Weise einen Apostat-Bischof in das Primat der Erzdiözese Charis zu erheben, in offener Verachtung des Rates der Vikare als Gottes auserwählte und geweihte Statthalter, und somit die gottgegebene Autorität von Mutter Kirche über alle Kinder Gottes schlichtweg rundheraus zu leugnen.«

Er lehnte sich in seinem Sessel zurück; seine Miene war seinen bedeutungsschwangeren Worten angemessen. Erstaunt kniff Duchairn die Augen zusammen. Noch nie im Leben hatte er derart hanebüchenen Unsinn gehört. Und doch ...

»Sie wollen also darauf hinaus«, hörte er sich selbst sagen, »alles, was sie unternommen haben, beweise nur, dass Charis schon zuvor Abtrünnigkeit und Ketzerei anheimgefallen sein müsse, bevor irgendjemand gegen das Königreich in die Schlacht gezogen ist.«

»Ganz genau.« Trynair deutete auf die Dokumente. »Schauen Sie sich doch nur die Anzahl der Unterschriften an, die Anzahl der Siegel, sowohl auf diesen Schreiben als auch unter Staynairs ›Brief‹. Wie sollte denn irgendjemand eine derart vereinheitlichte, unmittelbare Reaktion auf etwas zustandebringen, was sich lediglich mit dem Gefühl begründen ließe, Mutter Kirche sei dem Königreich gegenüber feindlich eingestellt? Zumindest einige der Adligen von Charis müssen sich doch der Tatsache bewusst sein, dass der Rat der Vikare und Großvikar Erek niemals einen Angriff auf ihr Königreich gebilligt, geschweige denn verlangt haben. Und selbst wenn die Adligen es nicht wissen sollten, so muss es doch zumindest dem Bischof von Mutter Kirche selbst bewusst sein! Und doch unterstützen sie hier Caylebs widerrechtliches und gottloses Vorgehen! Wäre dies tatsächlich nichts anderes als eine Reaktion auf den Angriff eines rein weltlichen Bündnisses, so hätte Cayleb sich niemals in so kurzer Zeit die Unterstützung einer derart überwältigenden Mehrheit sichern können. Die einzig mögliche Erklärung dafür ist, dass dieses ganze Königreich nach und nach den

Feinden Gottes in die Hände gefallen ist, und dass diese Feinde Gottes die derzeitige Lage als Vorwand ausnutzen, sich offen und unverhohlen den rechtmäßigen Statthaltern Gottes und Langhornes hier auf Safehold entgegenzustellen.«

In seinem Sessel beugte sich Duchairn ein wenig vor; seine Miene war sehr angespannt. Das war nicht nur völlig hanebüchener Unsinn – das war, mit Verlaub, der größte Schwachsinn, den er je gehört hatte! –, doch ihm war dennoch ganz klar, worauf Trynair hier hinauswollte.

Und anscheinend erging es Clyntahn ebenso.

»Ich verstehe, was Sie meinen, Zahmsyn.« Ein unangenehmes Glosen war in den Augen des Großinquisitors zu erkennen. »Und natürlich haben Sie ganz Recht. Zweifellos waren Cayleb und seine Lakaien ebenso überrascht über das Ausmaß ihrer Siege auf See wie alle anderen. Ganz offensichtlich haben das übersteigerte Selbstbewusstsein und die Arroganz, die diese Siege hervorgebracht haben, sie dazu gebracht, die ketzerische Geisteshaltung und die ketzerischen Ziele, die sie insgeheim schon seit langer Zeit verfolgen, nun schließlich auch völlig offen zur Schau zu stellen.«

»Ganz genau«, wiederholte Trynair. »Tatsächlich halte ich es sogar für äußerst wahrscheinlich – fast schon für gewiss –, dass die Ahrmahk-Dynastie – und auch andere, die der gleichen Sünden anheimgefallen sind – bereits in diese Richtung vorgeprescht sind, seit Haarahld darauf bestanden hat, Erzbischof Rojyr möge Staynair zum Bischof von Tellesberg ernennen. Offensichtlich war bereits dies Teil eines langgehegten Plans, die Treue von Mutter Kirche in Charis zu unterwandern ... und dem Rest des Rates ist sehr wohl bewusst, dass Zhaspyr sie alle schon viele Male davor gewarnt hat, genau das könne der Fall sein.«

Duchairn kniff die Augen zusammen. Er konnte Trynairs Behauptungen kaum widersprechen, schließlich gehörte zu den zahlreichen Vergehen, derer man Erayk Dynnys für schuldig befunden hatte, auch die Tatsache, dass dieser Erzbischof unfähig gewesen war, Staynair seines Amtes zu entheben und anschließend aus der kirchlichen Hierarchie seiner Erzdiözese sämtliche charisianischen Einflüsse zu tilgen.

Andererseits waren von den neunzehn Bischöfen, die Staynairs unrechtmäßiger Ernennung zum Erzbischof zugestimmt hatten, nur sechs tatsächlich gebürtige Charisianer, und damit blieb doch die Frage offen, wie Haarahld – und nun eben Cayleb – die anderen dazu hatten bringen können, dieses widerrechtliche Vorgehen der Ahrmahks zu unterstützen. *Das ist eine Frage, bei der die ›Vierer-Gruppe‹ sorgsam darauf wird achten müssen, nicht das Augenmerk der anderen darauf zu richten,* ging es ihm durch den Kopf.

»Dennoch«, sprach er dann laut weiter, »bleibt damit immer noch die Frage offen, wie wir darauf reagieren sollen. Ob sie das nun bereits seit Jahren heimlich planen oder nicht, ändert nichts an den Konsequenzen, mit denen wir uns befassen müssen.«

»Das ist wahr.« Trynair nickte. »Aber wie ernst die Lage auch sein mag, es gibt keinerlei Grund zur Panik oder zu übereiltem Handeln. Auch wenn wir derzeit nicht über eine hinreichende Flottenstärke verfügen, um unmittelbar gegen Charis vorzugehen, besitzt Cayleb doch keine Armee. Seine Flotte mag ja ausreichen – zumindest derzeit –, sämtliche Armeen, die Mutter Kirche unter ihrem Banner würde vereinen können, von den Küsten seines eigenen Königreiches abzuhalten, aber er kann unmöglich die Sicherheit von Mutter Kirche hier in Haven oder in Howard bedrohen. Und wir sollten auch nicht vergessen, dass Charis trotz allem, was bislang passiert ist, immer noch nur ein kleines Königreich ist. Neun von zehn aller Menschenseelen auf Safehold finden sich in den König- und Kaiserreichen auf Haven und Howard. Selbst wenn Cayleb über jedes einzelne Schiff auf allen Meeren Gottes herrschte, könnte er doch niemals eine ausreichend starke Truppe mobilisieren, um einen Angriff auf dieses Land hier zu wagen. Und so ist letztendlich die Zeit zweifellos auf unserer Seite. Neue Schiffe können wir immer noch bauen, wie lange es dauern mag. Doch Cayleb kann unmöglich genügend Männer aufbieten, um ganze Armeen aufzustellen, egal wie viel Zeit ihm auch immer bleibt.«

»Flotten lassen sich aber auch nicht an einem Tag bauen – noch nicht einmal an einem Fünftag«, merkte Duchairn an.

»Allayn?« Trynair blickte zu Maigwair hinüber. Der Captain General richtete sich in seinem Sessel ein wenig weiter auf, und seine Miene wirkte mit einem Mal nicht mehr ganz so verdrießlich. »Stehen uns die Mittel zur Verfügung, eine neue Flotte zu bauen?«, sprach der Kanzler weiter. »Und wenn nicht, wie lange wird es dauern, bis wir diese Mittel aufbringen können?«

»Wenn Sie fragen, ob Mutter Kirche und den Tempel-Landen die erforderlichen Kapazitäten zur Verfügung stehen, jetzt sofort eine neue Flotte zu bauen, dann lautet die Antwort: nein. Nicht sofort«, gestand Maigwair ein. »Höchstwahrscheinlich könnten wir die erforderlichen Kapazitäten schaffen, aber das würde erfordern, dass wir die Schreiner, Konstrukteure und all die anderen Facharbeiter ins Land holen, die in Bauwerften nun einmal gebraucht werden. Oder zumindest genügend von denen, um dann mit deren Hilfe unsere eigenen Arbeiter hinreichend auszubilden.« Er zuckte mit den Schultern. »Die Tempel-Lande sind noch nie eine Seemacht gewesen – der Grund dafür ist ja offensichtlich: Die einzige ›Küste‹, die wir überhaupt haben, ist die Hsing-Wu-Passage, und die friert jeden Winter aufs Neue zu.«

Trynair nickte. Duchairn tat es ihm gleich. Trotz seiner eigenen, persönlichen Meinung, was Maigwairs Intellekt betraf, musste der Schatzmeister der Kirche doch zugeben, dass Maigwair, wenn es darum ging, ihm gestellte Aufgaben *durchführen* zu lassen, zumindest Spuren eben jener echten Befähigung an den Tag legte, die letztendlich Grund dafür war, dass man ihn überhaupt in den Stand eines Vikars berufen hatte.

Natürlich, dachte er sardonisch, *hatte auch die Tatsache, dass Allayns Onkel in jenem Jahr, da ihm die orangefarbene Soutane verliehen wurde, zufälligerweise gerade Großvikar war, ein wenig damit zu tun. Und das Problem war ja noch nie, dass Maigwair keine Befehle* ausführen *kann; er ist nur armselig darin zu entscheiden, welchen Aufgaben man sich nun zuzuwenden habe und welchen nicht.*

»Ich hatte schon befürchtet, dass Sie so etwas sagen würden, Allayn«, gab Trynair zurück. »Ich halte es für lohnend, neue Arbeitskräfte so rasch wie möglich vorzubereiten, aber ich hatte schon vermutet, das wir uns kurzfristig zunächst einmal anderweitig werden umschauen müssen. Also, wie sieht es denn in dieser Hinsicht für uns aus?«

»Keines der Festlandreiche verfügt über derart massierte Schiffsbau-Kapazitäten wie Charis«, erwiderte Maigwair. »Desnairia auf jeden Fall nicht, und für Siddarmark gilt das Gleiche.«

»Hmpf!« Das verärgerte Schnauben kam natürlich von Clyntahn, und alle blickten zum Großinquisitor hinüber. »Ich werde mich keinesfalls auf Siddarmark verlassen, was irgendwelche Unterstützung der Flotte angeht, ob die nun Werften haben oder nicht!«, erklärte der Großinquisitor unverblümt. »Ich traue Stohnar nicht einmal so weit, wie ich furzen kann. Wahrscheinlich wird der uns nur unser Geld abnehmen, die Schiffe bauen und dann beschließen, es sei doch besser, sich mit Charis zusammenzutun – und dann setzt er genau diese Schiffe gegen uns ein!«

Duchairn legte die Stirn in Falten. Die Republik Siddarmark und ihr zunehmender Einfluss – und auch gewisse territoriale Bestrebungen – beschäftigten die ›Vierer-Gruppe‹ und deren Vorgänger bereits seit Jahrzehnten. Tatsächlich hatte man in Siddarmark immer eine tatsächliche, unmittelbare Bedrohung gesehen, zumindest eine ›potenziell echte‹ Bedrohung, während man Charis immer eher als eine Art Geschwür erachtet hatte, eine Krankheit mit langer Latenzzeit, die man würde bekämpfen müssen, *bevor* sie zu einer echten Bedrohung wurde. Und Reichsverweser Greyghor Stohnar, der derzeitige Regent der Republik Siddarmark, war bemerkenswert und bedrohlich fähig und sachkundig! Schlimmer noch, man hatte ihn in das Amt des Reichsverwesers *gewählt!* Damit erhielt er eine ungleich stärkere Unterstützung, als das bei vielen durch das Erbrecht bestimmte Regenten der Fall gewesen wäre, die den Zorn der Kirche auf sich gezogen hätten. Vor diesem Hintergrund war es kaum überraschend, dass Clyntahn so heftig auf die Möglichkeit reagierte, das Militärpotenzial von Siddarmark zu steigern. Dennoch …

»Wenn wir so offensichtlich Siddarmark von allen Schiffsbau-Programmen ausschließen«, sagte er in sorgsam neutralem Ton, »wird beispielsweise Stohnar unsere Argumentation kaum missverstehen.«

»Scheiß auf Stohnar!«, entgegnete Clyntahn rau. »Natürlich wird er das kaum missverstehen«, sprach er dann etwas gemäßigter weiter. »Andererseits *weiß* er bereits, dass wir ihm nicht trauen. Gott weiß, dass wir niemals sonderlich damit hinter dem Berg gehalten haben, weder untereinander noch in unserer Korrespondenz mit ihm. Da diese Feindseligkeit bereits offengelegt ist, bin ich dafür, ihm jegliche zusätzlichen Waffen zu verwehren, die er möglicherweise gegen uns zum Einsatz bringen könnte, statt sich noch Gedanken darum zu machen, ob es uns gegen ihn aufbringen könnte, wenn wir uns ihm gegenüber derart unsensibel verhalten.«

»Zhaspyr hat nicht ganz Unrecht, denke ich«, ergriff nun wieder Trynair das Wort. »Und wir können das immer noch ... weniger heftig wirken lassen, wenn wir etwas von dem Gold, das wir nicht für den Schiffsbau in Siddarmark benötigen, an die Weizenbauern der Republik verteilen. Was das angeht, haben die ja schließlich auch reichlich Pikeniere, die wir durchaus werden brauchen können, wenn es irgendwann so weit ist.«

»Also gut«, schloss Maigwair, »wenn wir Siddarmark ausschließen und auch auf Desnairia und Sodar verzichten, weil die fast ebenso wenig Flottenkapazitäten besitzen wie wir selbst, bleiben damit nur noch Dohlar, das Kaiserreich und Tarot. Und natürlich Corisande und Chisholm.«

Dieser letzte Satz kam recht unwillig, und Duchairn verkniff sich ein spöttisches Schnauben. Wenn Cayleb und Charis erst einmal dazu gekommen waren, sich um Hektor zu kümmern, würden die Schiffsbaukapazitäten von Corisande nicht mehr zur Debatte stehen, und vermutlich galt für Tarot das Gleiche. Und falls sich Duchairn nicht furchtbar täuschte, würde *Chisholm* seine Kapazitäten eher Charis zur Verfügung stellen, als weiterhin Mutter Kirche zu unterstützen.

Bei Dohlar und dem Kaiserreich Harchong hingegen sah es grundlegend anders aus. Im Augenblick *verfügte* Dohlar nicht mehr über eine Flotte – das hatte das Reich der Royal Charisian Navy zu verdanken –, doch König Rahnyld versuchte bereits seit vielen Jahren, seine Kapazitäten auszubauen. Und Harchong – das größte und bevölkerungsreichste aller König- und Kaiserreiche auf ganz Safehold – besaß die größte Flotte aller Festlandreiche.

»Rahnyld wird Rache für das fordern, was ihm widerfahren ist«, fuhr Maigwair fort und sprach damit Duchairns eigene Gedanken aus. »Wenn wir uns bereiterklären, den Wiederaufbau seiner Flotte zu unterstützen, wird er diese Gelegenheit sofort beim Schopfe packen, da bin ich mir sicher. Und er wird um so glücklicher sein, zusätzlich auch noch Schiffe ausdrücklich für Mutter Kirche zu bauen, da jede Münze ihres Preises sofort in die Staatskasse von Dohlar fließen würde, ohne dass dem Reich zuvor eigene Kosten entstünden.

Was Harchong betrifft, so sind fast alle ihrer Schiffe derzeit aufgelegt. Ich weiß nicht, wie viele von diesen Schiffen man im Augenblick ohne weitere Umstände in Dienst stellen kann, und wie viele davon mittlerweile hoffnungslos verrottet sind. Aber *zumindest* verfügt das Kaiserreich über Werften, was wir von uns selbst eben nicht behaupten können. Und ich glaube nicht, dass auch nur einer von uns an der Zuverlässigkeit des Kaisers zweifelt.«

Das ist zweifellos richtig, ging es Duchairn durch den Kopf. Harchong war das älteste, wohlhabendste, größte und konservativste Reich auf ganz Safehold. Zugleich war es auch immens arrogant, betrachtete alle Außenstehenden mit unverhohlener Verachtung und wurde von einer effizienten, aber zutiefst korrupten Bürokratie beherrscht. Aus dem Blickwinkel der ›Vierer-Gruppe‹ hingegen war lediglich von Bedeutung, dass die Treue der Aristokratie von Harchong Mutter Kirche gegenüber völlig unerschütterlich war. Bei dieser Aristokratie konnte man sich felsenfest darauf verlassen, dass sie Mutter Kirche zu Hilfe käme – im Gegenzug dafür, dass Mutter Kirche ihnen ihre Privilegien und ihren Machteinfluss zugestand, und ebenso die Macht über die armen Leibeigenen, die sich auf den riesigen, weitläufigen Landgütern abmühten.

»Ich werde einige Recherchen durchführen müssen, bevor ich Ihnen irgendwelche konkreten Zahlen nennen kann«, erklärte Maigwair. »Aber ich glaube, dass wir mit Hilfe von Harchong und Dohlar in etwa auf die gleiche Schiffsbaukapazität kommen werden, auf die Charis derzeit zurückgreifen kann. Charis wird natürlich vermutlich alles nur Erdenkliche tun, um diese Kapazität zu steigern, aber das Königreich verfügt einfach nicht über genügend Arbeiter – oder den erforderlichen Reichtum –, um ihre eigenen Werften im gleichen Maße auszubauen, wie wir das in Harchong und Dohlar tun könnten.«

»Was ist mit Trellheim?«, erkundigte sich Clyntahn, und Maigwair verzog das Gesicht zu einer spöttischen – oder vielleicht auch angewiderten – Grimasse.

»Keiner dieser Landesfürsten verfügt über mehr als eine Hand voll Galeeren«, antwortete er dann, »und die meisten von denen sind kaum mehr als gewöhnliche, dahergelaufene Piraten. Wenn die eine hinreichend große Schiffsstärke besäßen, um ihre Angriffe auf die Küstenschiffe von Harchong zu mehr als nur einem Ärgernis zu machen, hätte der Kaiser sie schon vor langer Zeit einfach erobert.«

Wieder stieß Clyntahn einen wortlosen Grunzlaut aus, dann nickte er zustimmend.

»Also will es mir scheinen«, ergriff nun wieder Trynair das Wort und setzte so zu einer dieser ›Zusammenfassungen‹ an, die so typisch für ihn waren, »dass wir übereinstimmend der Ansicht sind, einer unserer ersten Schritte müsse darin bestehen, mit Hilfe von Harchong und Dohlar unsere Flotte deutlich aufzustocken. Bis Allayn die Zeit für seine Recherchen gefunden hat, wissen wir nicht, wie lange das dauern wird. Aber es sollte mich sehr überraschen, wenn sich das in weniger als einem oder zwei Jahren würde bewerkstelligen lassen – bestenfalls. In dieser Zeit sind wir hier vor jeglichen Angriffen sicher, werden aber auch nicht in der Lage sein, unsererseits eine Offensive gegen Charis zu führen. Also besteht unser aktuelles Problem in der Phase, in der wir dieses Königreich effektiv nicht angreifen können – zumindest weder mit Flotten noch mit Armeen –, und darin, wie wir mit den Reaktionen unserer Vikarskollegen auf diese ... turbulenten Entwicklungen umgehen sollen.«

»Es liegt offenkundig in unserer Verantwortung zu verhindern, dass schwächere Seelen des Vikariats auf diese aktuelle Provokation überreagieren, so ernst diese Provokation auch zu nehmen ist«, sagte Clyntahn. »Charis will der Kirche trotzen, den Erzengeln und sogar Gott Selbst. Ich glaube, wir müssen jegliche Panik bei jenen schwächeren Seelen im Keim ersticken, indem wir dem gesamten Vikariat gegenüber eindeutig klarstellen, dass wir nicht gewillt sind, diesen Widerstand einfach hinzunehmen. Und dass wir die Absicht haben, gegen jegliche zusätzliche Ausbrüche von Widerstand und Trotz ... mit fester Hand vorzugehen. Diese Aufgabe wird der Inquisition zufallen.«

Das Gesicht des Großinquisitors war eine eiskalte, steinerne Maske.

»Gleichzeitig jedoch müssen wir den gesamten Rat auf die

Gegebenheiten vorbereiten, dass es einiges an Zeit erfordern wird, die neuen Waffen zu schmieden, die wir für unseren unvermeidbaren Gegenschlag benötigen«, sprach er dann weiter. »Das könnte sich als schwierig erweisen, angesichts der tiefen Besorgnis, die zahlreiche unserer Brüder in Gott zweifellos erfasst haben wird, und ich glaube, Sie hatten ganz Recht mit dem, was Sie vorhin gesagt haben, Zahmsyn. Wir müssen diesen ... besorgten Seelen eindeutig vor Augen führen, dass Charis' vermeintliche Stärke und auch diese ersten Siege, die Charis errungen hat, keinerlei Bedrohung für uns darstellen, sondern lediglich *Signale* für Mutter Kirche. Eine Warnung, die wir alle werden achten müssen. Wenn man also die derzeitige Lage unvoreingenommen durchdenkt, so fest und sicher im Glauben, wie ein jeder von uns sein sollte, dann ist die Hand Gottes Selbst hier unverkennbar. Nur das Erreichen eines derart anscheinend überwältigenden Triumphs kann die bislang insgeheim tätigen Ketzer von Charis dazu gebracht haben, sich jetzt offen als das zu zeigen, was sie nun einmal sind. Indem Gott ihnen diesen vergänglichen Sieg zugestanden hat, hat Er ihnen zugleich die Masken vom Gesicht gerissen, so dass ein jeder ihr wahres Antlitz erkennen kann. Und zugleich hat Er das in einer Art und Weise getan – ganz wie Sie gesagt haben, Zahmsyn –, dass es ihnen immer noch unmöglich ist, Mutter Kirche tatsächlich zu bedrohen oder in irgendeiner Weise ihre Verantwortung zu unterlaufen, die Seelen all Seiner Kinder zu leiten und zu beschützen.«

Wieder nickte Trynair, und Duchairn lief ein eisiger Schauer über den Rücken. Der Kanzler, da war er sich sicher, hatte sich diese Erklärung zurechtgelegt, als ginge es hier um nichts anderes als ein Schachproblem oder vielleicht um eine der rein weltlichen Intrigen und Strategien, mit denen er sich in seinem Amt täglich zu befassen hatte. Das hier war eine intellektuelle List, die auf reinem Pragmatismus und den nackten Gegebenheiten der Politik auf höchstmöglicher Ebene beruhte. Doch der Funken, den diese Erklärung in Clyntahns Augen entzündet hatte, loderte immer noch. Was auch immer der Kanzler denken mochte, und welches Geschick mit derlei zynischen Überlegungen der Großinquisitor an den Tag legen mochte, wenn sie nur seinen eigenen Zielen dienlich waren: die leidenschaftliche Überzeugung in Clyntahns Tonfall war eindeutig nicht nur vorgetäuscht. Er hatte Trynairns Analyse der Lage nicht nur akzeptiert, weil sie ihm zweckdienlich erschien, sondern weil er sie wirklich aus tiefster Seele *glaubte.*

Und warum verängstigt mich das so? Ich bin ein Vikar im Dienste von Mutter Kirche, um Gottes Willen! Wie auch immer wir in die Ämter gekommen sind, die wir nun bekleiden, wir wissen, *was Gott von uns verlangt, ebenso wie wir wissen, dass Gott allmächtig und allwissend ist. Warum sollte er unser Handeln* nicht *dazu genutzt haben, uns die Wahrheit über Charis zu enthüllen? Warum sollte er uns nicht auf diese Weise zeigen, wie verderbt Tellesberg bereits ist?*

In diesem Augenblick geschah irgendetwas tief in Rhobair Duchairns Herz, und auch in seiner Seele, und da kam ihm ein weiterer Gedanke.

Ich muss darüber nachdenken, ich muss mich in Gebete und Meditation versenken. Ich muss über Die Heilige Schrift *und* Die Kommentare *nachdenken. Vielleicht haben Leute wie die Wylsynns die ganze Zeit über Recht gehabt. Vielleicht sind wir* wirklich *zu arrogant geworden, haben uns zu sehr in unsere Macht und unseren Einfluss als weltliche Fürsten verliebt. Vielleicht sind die Charisianer nicht die Einzigen, denen die Maske vom Gesicht zu reißen Gott beschlossen hat. Vielleicht ist dieses ganze Debakel der Spiegel, den Gott uns vorhält, auf dass wir die möglichen Folgen unseres eige-*

nen sündigen Handelns und unseres anmaßenden Stolzes erkennen.

Das war kein Gedanke, den jetzt und hier auszusprechen angemessen gewesen wäre, das wusste Duchairn genau. Das war ein Gedanke, über den er ausgiebig und sorgsam sinnieren musste, in der Ruhe und dem Frieden seines eigenen Herzens. Und doch …

Zum ersten Mal in viel zu vielen Jahren, gerade angesichts dieses völligen Desasters, dachte Vikar Rhobair Duchairn über die geheimnisvollen Wege Gottes nur aus dem Blickwinkel des Glaubens selbst nach, nicht aus dem Blickwinkel, mit dem sich der daraus erwachsende Vorteil und die entsprechende erforderliche, sorgfältige Planung erkennen ließ.

.II.

Königin Sharleyans Palast,
Stadt Cherayth,
Königreich Chisholm

Trompeten erschollen, und von den Geschützbatterien, mit denen die Küste der Cherry Bay verteidigt werden konnte, stiegen Rauchwolken auf, als sie der Reihe nach ihre Kugeln abfeuerten. Ein Sechzehn-Schuss-Salut durchschnitt die erfrischend kühle Luft. Entrüstet taten Seevögel und Wyvern ihrem Unmut über die Geschehnisse am Himmel kund, während sie kreischend durch das leuchtende Blau eines klaren Frühlingstages hinwegjagten. Die kräftige Brise aus dem Osten trug den Rauch über die schutzbietende Halbinsel hinweg, die nur als ›die Sichel‹ bekannt war; sie schützte die Cherry Bay und die Stadt Cherayth vor dem oft rauen Wetter der nördlichen Chisholm-See.

Königin Sharleyan von Chisholm stand am Fenster hoch oben im Lord-Gerait-Turm an der seewärtigen Seite des Palastes, in dem ihre Familie seit über zwei Jahrhunderten residierte, und blickte über die friedlichen Steinhäuser, Straßen, Lagerhäuser und Docks ihrer Hauptstadt hinweg. Sie schaute zu, wie vier Galeonen majestätisch in ihren Hafen einfuhren. *Die geflügelten Bewohner der Cherry Bay mögen sich ja ob dieser Störung ihrer normalen Routine ereifern, doch sie haben keine Ahnung, wie verstörend* ich selbst *das hier alles finde,* ging es ihr durch den Kopf.

Sharleyan war eine schlanke, beinahe schon zierliche junge Frau, die gerade erst vierundzwanzig Jahre alt geworden war. Den Versen zum Trotz, die einige besonders untalentierte

Dichter gelegentlich über sie verfassten, war sie keine außerordentlich schöne Frau. Bemerkenswert, das zweifelsohne, mit einem auffallend energischen Kinn und einer Nase, die ein wenig zu groß war (ganz zu schweigen davon, dass sie auch ein wenig zu sehr dem Schnabel eines Habichts ähnelte). Doch ihr dunkles Haar, so schwarz, dass es im Sonnenlicht beinahe schon bläulich wirkte, und so lang, dass es ihr fast bist zur Taille reichte, wenn sie es offen trug, und ihre großen, funkelnd-braunen Augen brachten erstaunlicherweise dennoch viele Leute dazu, sie *sehr wohl* für schön zu halten. An diesem Tag hatten Sairah Hahlmyn, ihr persönliches Dienstmädchen seit ihrem neunten Lebensjahr, und Lady Mairah Lywkys, ihre Erste Hofdame, ihr das Haar aufwändig frisiert; juwelenbesetzte Kämme und ein Diadem zierten es, und die lebhaften Augen der jungen Königin wirkten dunkel und ruhig und außerordentlich wachsam.

Der Mann an ihrer Seite, Mahrak Sahndyrs, seines Zeichens Baron Green Mountain, war mindestens acht oder neun Zoll größer als sie; seine Gesichtszüge waren grob und kräftig, und sein silbernes Haar wurde zunehmend schütterer. Seit fast zwölf Jahren war Sharleyan die Königin von Chisholm, ihrem jugendlichen Alter zum Trotz, und die ganze Zeit über schon diente Green Mountain ihr als Erster Ratgeber. Gemeinsam hatten sie schon manche politischen Turbulenzen überstanden, auch wenn keiner von ihnen jemals einen derartigen Hurrikan der Ereignisse erwartet hatte, wie er in den letzten sechs Monaten über halb Safehold hinweggebrandet war.

»Ich kann immer noch nicht ganz glauben, dass wir das wirklich tun«, sagte sie, den Blick fest auf die vorderste der Galeonen gerichtet, die nun einer fahnengezierten Galeere der Royal Chisholmian Navy zu dem für sie vorgesehenen

Ankerplatz folgte. »Wir müssen verrückt sein! Das ist Ihnen doch auch klar, oder nicht, Mahrak?«

»Ich glaube, genau so habe ich das Euch gegenüber ausgedrückt, als Ihr beschlossen hattet, wir würden es trotzdem tun, Eure Majestät«, gab Green Mountain mit einem milden Lächeln zurück.

»Ein *anständiger* Erster Ratgeber hätte die Verantwortung für einen Anfall geistiger Umnachtung seiner Monarchin längst auf die eigenen Schultern geladen«, kommentierte Sharleyan mit ernster Miene.

»Oh, ich versichere Euch, *in der Öffentlichkeit* werde ich auch genau das tun, Eure Majestät.«

»Aber nicht, wenn wir alleine sind. Ich verstehe.« Sharleyan lächelte ihn an, doch für jemanden, der sie im wahrsten Sinne des Wortes kannte, seit sie Laufen gelernt hatte, war ihr die Anspannung dennoch deutlich anzumerken.

»Nein, nicht wenn wir alleine sind«, pflichtete er ihr mit sanfter Stimme bei und legte ihr sachte die Hand auf die Schulter. Eine derartige Geste der Vertraulichkeit hätte er sich in der Öffentlichkeit niemals erlaubt, doch da niemand sie hier beobachtete, gab es keinerlei Grund, auch in diesem Moment so zu tun, als wäre die jugendliche Königin nicht längst für ihn zu der Tochter geworden, die er niemals gehabt hatte.

»Haben Sie irgendetwas darüber in Erfahrung gebracht, worum es hier überhaupt geht?«, fragte sie nach kurzem Schweigen.

»Nichts, was wir nicht mittlerweile bis zum Exzess durchdiskutiert hätten«, antwortete er, und die Königin verzog das Gesicht, ohne dabei jedoch den Blick von den eintreffenden Schiffen abzuwenden.

Ja, ›bis zum Exzess‹, dachte sie, und keiner von ihnen – und auch keines der anderen Mitglieder des Rates und der anderen Ratgeber, auf deren Urteil sie vertraute – hatte eine zufriedenstellende Theorie aufzustellen vermocht. Einige dieser Ratgeber – vor allem diejenigen, die sich mit aller Kraft dafür eingesetzt hatten, diesem Zusammentreffen *nicht* zuzustimmen –, waren sich sicher, das alles sei nur eine weitere Falle, mit dem Ziel, Chisholm noch tiefer in diesen charisianischen Sumpf hineinzuziehen (oder auch hineinzustoßen). Sharleyan wusste selbst nicht, warum sie nicht willens war, sich diese Sicht der Dinge zu eigen zu machen. Schließlich ergab diese Theorie durchaus Sinn. Dass man ihrem Königreich sämtliche Schiffe, die während der Schlacht die Flaggen gestrichen hatten, einfach so ›spontan‹ überstellt hatte, musste Chisholm in den Augen der ›Vierer-Gruppe‹ bereits immens verdächtig erscheinen lassen. Dass Königin Sharleyan es gewagt hatte, Sir Samyl Tyrnyr als Botschafter König Caylebs von Charis zu empfangen, obwohl Chisholm sich rein formal immer noch im Kriegszustand mit Caylebs Königreich befand, konnte dieses Misstrauen der Kirche nur noch gesteigert haben. Und jetzt *das*.

Irgendwie bezweifle ich, dass es meinem Ruf bei diesem Mistkerl Clyntahn sonderlich zuträglich sein wird, wenn ich hier im Hafen meiner eigenen Hauptstadt charisianischen Kriegsschiffen alle Ehren zuteil werden lasse, während ich den Ersten Ratgeber vor Charis als Caylebs persönlichen Gesandten empfange, dachte sie. *Zumindest was das angeht, haben die Schwarzseher unter meinen Beratern Recht. Andererseits: Wie schlimm kann es denn noch werden?*

Unter den gegebenen Umständen war das natürlich eher eine hypothetische Frage. Sharleyan zweifelte nicht im Mindesten daran, dass die ›Vierer-Gruppe‹ sofort begriffen haben dürfte, wie sehr sich die Königin von Chisholm und ihre Admirals in jeder Hinsicht gezielt Zeit gelassen hatten, nachdem ihnen die Anweisung zugegangen war, Hektor von Corisande gegen Charis zu unterstützen. Es wäre natürlich sogar zutiefst erstaunlich gewesen, hätte Sharleyan anders gehandelt, schließlich hasste Hektor sie vielleicht sogar noch mehr, als er Haarahld VII. von Charis hasste – und von ihrer Seite aus war dieses Gefühl vermutlich *noch* ausgeprägter als von der seinen. Dennoch, die Tatsache, dass so viele Schiffe ihrer Navy kapituliert hatten, ohne zuvor ernstlichen Schaden genommen zu haben, war vermutlich doch ein wenig arg übertrieben gewesen, selbst für jemanden, der so erfahren war im alltäglichen Zynismus der hohen Politik wie Kanzler Trynair. Und die ›Großzügigkeit‹, mit der Cayleb ihr diese Schiffe zurückgab, ohne seinerseits auch nur Reparationszahlungen dafür zu fordern, dass sie Teil jener großangelegten Offensive gewesen war, die seinen Vater und tausende seiner Untertanen das Leben gekostet hatte, war ein äußerst geschickter Schachzug des jugendlichen Königs von Charis gewesen.

Sie *wollte* ihn dafür verabscheuen, dass er sie bewusst in eine Lage gebracht hatte, in der es völlig unmöglich war, dass die ›Vierer-Gruppe‹ *nicht* erbost über sie sein würde. Was mit der nachvollziehbaren Idee begonnen hatte, ihre eigene militärische Stärke so weit wie möglich zu schonen, indem sie so zögerlich wie nur irgend möglich mit Hektor ›kooperierte‹, sah nach Caylebs ›spontaner‹ Geste der Großzügigkeit zunehmend und in gefährlichem Maße danach aus, als würde sie mit Charis unter einer Decke stecken. Niemand im Tempel würde ihr das leichthin vergeben, und das mochte langfristig durchaus todbringende Konsequenzen für ihr eigenes Königreich mit sich bringen.

Doch Sharleyan konnte sich kaum darüber beschweren, dass Cayleb in dieser Art und Weise gehandelt hatte, schließlich hätte sie, wären ihre Rollen getauscht gewesen, sich für genau das gleiche Vorgehen entschieden. Alles, was in irgendeiner Weise dazu angetan sein mochte, zumindest einen Teil der Aufmerksamkeit der ›Vierer-Gruppe‹ von Charis abzulenken, musste Cayleb lohnenswert erscheinen. Und – auch das ganz aus seinem Blickwinkel betrachtet – alles, was er dazu nutzen konnte, Chisholm zu ... ermutigen, ein *aktives Bündnis mit Charis* einzugehen, statt sich gegen sein Königreich zu stellen, musste ebenfalls versucht werden. Tatsächlich musste sich die Königin eingestehen, dass sie, statt Verärgerung zu empfinden, Cayleb doch unverhohlen dafür bewunderte, all das so klar und deutlich erkannt zu haben.

Und nun sei doch ehrlich, Sharleyan, sagte sie zu sich selbst. *Du hättest es von Anfang an vorgezogen, ein Bündnis mit Charis einzugehen, als plötzlich Hektor und Nahrmahn als ›Verbündete‹ zu haben. Hättest du geglaubt, Haarahld habe auch nur den Hauch einer Überlebenschance, dann hättest du ihm genau diese Art Bündnis doch* selbst vorgeschlagen, *und das weißt du auch ganz genau. Das ist der wahre Grund, warum du Caylebs ›Geschenk‹ in Form deiner eigenen Galeeren angenommen hast. Und das ist auch der wahre Grund dafür, dass du es ihm gestattet hast, Tyrnyr nach Cherayth zu schicken. Irgendwie ziehst du Charis doch immer noch Hektor vor, oder nicht? Und es ist ja auch durchaus möglich, dass Cayleb* sehr wohl *eine Chance hat zu überleben – vielleicht sogar, aus all dem hier siegreich hervorzugehen.*

Sie schaute zu, wie die Galeonen, die diese Chance auf einen Sieg repräsentierten, langsam und stetig auf ihren Ankerplatz zusteuerten, und fragte sich, was Graf Gray Harbor, der einen so weiten Weg zurückgelegt hatte, ihr wohl mitteilen würde.

Es war das dritte Mal, dass Rayjhis Yowance nach Cherayth reiste, auch wenn er bei seinen ersten beiden Reisen noch als Offizier der Royal Charisian Navy tätig gewesen war, nicht als Erster Ratgeber des Königreiches. Schließlich verließ ein Erster Ratgeber *niemals* die Heimat. Genau deswegen hatte jedes Königreich ja auch so etwas wie ›Botschafter‹, die diese oft beschwerlichen Reisen unternahmen, denn Erste Ratgeber waren stets zu beschäftigt, und ihre Pflichten viel zu wichtig, als dass sie einfach auf lange, vielleicht gar nutzlose, Fahrten hätten gehen können.

Natürlich ist das so!, herrschte er sich innerlich an. *Deswegen bist* du *ja jetzt auch hier, nicht wahr, Rayjhis?*

Bei diesem Gedanken verzog er ein wenig die Lippen, doch er verkniff sich ein echtes Lächeln und achtete stattdessen sorgsam darauf, eine angemessen ernste Miene zur Schau zu stellen, während er dem Kammerherrn den Flur im Palast hinab folgte. So entgegenkommend sich Sharleyan auch verhalten hatte, so wäre es völlig unangebracht, hier den Eindruck zu erwecken, dass das Treffen irgendetwas Belustigendes an sich hätte. Vor allem, da sie sich bereit erklärt hatte, sich mit ihm *alleine* zu treffen. Nur ihr eigener Erster Ratgeber würde dem Gespräch beiwohnen. Und vor allem, wenn sie vor noch nicht einmal einem Fünftag überhaupt über sein Kommen in Kenntnis gesetzt worden war; Graf Gray Harbor war dem Überbringer der ursprünglichen Botschaft äußerst dichtauf gefolgt.

Was das betrifft, ist Cayleb seinem Vater sehr ähnlich, aber er hat einen ganz eigenen, unnachahmlichen Stil … und für einen alten Mann wie mich entschieden *zu viel Energie*, sinnierte Gray Harbor. *Ich beginne langsam zu verstehen, was Merlin und Domynyk gemeint hatten, als sie berichteten, wie schwer es ihnen gefallen sei, ihn auf See im Zaum zum halten – oder auch nur im Auge zu behal-*

ten. Cayleb ist eigentlich überhaupt nicht so ... impulsiv, wie er manchmal erscheinen mag, aber Merlin hat Recht. Wenn ihm zwei Möglichkeiten zur Auswahl stehen, sich einem bestimmten Problem anzunähern, wird Cayleb zweifellos immer den kühneren Weg wählen. Und wenn er sich dann erst einmal entschieden hat, verliert er auch nicht mehr viel Zeit, was?

Ein König konnte durchaus schlechtere Charaktereigenschaften aufweisen, vor allem wenn er sich gerade in einem Kampf auf Leben und Tod befand. Aber genau das machte es natürlich durchaus beschwerlich, mit ihm Schritt halten zu müssen.

Der Kammerherr verlangsamte seine Schritte und blickte über die Schulter hinweg den Charisianer mit einer Miene an, der anzusehen war, wie sehr man den Höfling darin ausgebildet hatte, sich keinesfalls die eigenen Gedanken anmerken zu lassen. Dann bog er um eine letzte Ecke des Flures und blieb stehen.

Vor der Tür standen zwei Gardisten, beides Sergeants in der silberblauen Uniform von Chisholm. Die Mienen der beiden Soldaten waren nicht ganz so neutral wie die des Kammerherrn. Ganz offensichtlich behagte ihnen die Vorstellung nicht sonderlich, den Ersten Ratgeber des Königreiches, dessen Navy erst vor wenigen Tagen einen ernstzunehmenden Teil der Flotte von Chisholm in Feuerholz verwandelt hatte, einfach so zu ihrer Königin vorzulassen. Dass man sie angewiesen hatte, *außerhalb* des kleinen Audienzzimmers zu bleiben, war ihrer Laune nicht gerade zuträglich. Dass ihnen ausdrücklich untersagt worden war, Gray Harbor zu durchsuchen oder ihm auch nur die Waffen abzunehmen, steigerte ihr Unbehagen noch.

Dem Grafen war sehr wohl bewusst, wie diese Gardisten sich fühlen mussten. Tatsächlich empfand er sogar zutiefst

Mitleid mit ihnen, und so traf er eilends eine Entscheidung.

»Einen Augenblick, bitte«, sagte er und ließ den Kammerherrn innehalten, kurz bevor dieser dazu gekommen war, an die auf Hochglanz polierte Tür zu klopfen. Erstaunt blickte der Kammerherr ihn an, und Gray Harbor gestattete sich ein schiefes Lächeln. Dann hob er vorsichtig das Gehenk seines Galadegens über den Kopf und reichte die Waffe in ihrer Scheide dem nächststehenden der beiden Gardisten. Fast unmerklich weiteten sich die Augen des Chisholmianers, als er den Degen entgegennahm, und dann löste Gray Harbor auch noch den Dolch, den er am Gürtel trug, und gab ihn ebenfalls weiter.

Der Gesichtsausdruck des Gardisten veränderte sich, als dieser Gast ihrer Majestät so freiwillig die Waffen ablieferte, die ihm abzunehmen ausdrücklich untersagt worden war. Sonderlich glücklich schien die Wache über dieses Zusammentreffen dennoch nicht zu sein, doch der ranghöhere der beiden Gardisten verneigte sich tief vor dem Botschafter; er war dem Charisianer für dieses Zugeständnis zutiefst dankbar.

»Ich danke Ihnen, mein Lord«, sagte er, dann richtete er sich wieder auf und klopfte persönlich an die Tür.

»Graf Gray Harbor ist eingetroffen, Eure Majestät«, verkündete er.

»Dann lassen Sie ihn bitte herein, Edwyrd«, erwiderte eine melodische Sopranstimme, und der Gardist öffnete die Tür. Dann trat er einen Schritt zur Seite.

Gray Harbor murmelte einen Dank, ging an dem Sergeant vorbei und betrat das getäfelte Audienzzimmer. Fenster hatte dieser Raum nicht, doch von der Decke herabhängende Lampen erleuchteten ihn taghell, und im Kamin prasselte ein

Feuer. Es war nicht sonderlich groß, vor allem, wenn man bedachte, dass dieser Kamin auch fast einem ganzen Segelmast Platz geboten hätte, doch die Wärme, die dieses Feuer spendete, war Gray Harbor äußerst willkommen. Offiziell herrschte hier in Chisholm Frühling, doch Cherayth lag mehr als zweitausend Meilen jenseits des Äquators, und Gray Harbor, der das Klima von Charis gewohnt war, empfand es als entschieden zu kühl.

Mit ruhigen Schritten ging er den königsblauen Teppich hinab und blickte sich aufmerksam im ganzen Raum um. Sharleyans Sessel war zu schlicht, als das man ihn als ›Thron‹ hätte bezeichnen können, doch das Podest, auf dem er stand, war hoch genug, um eindeutig anzuzeigen, dass dort ein gekröntes Staatsoberhaupt saß, selbst wenn die Königin sich dafür entschieden hatte, ihren Gast recht formlos zu empfangen. Baron Green Mountain stand neben ihr und schaute ihn aufmerksam an, als Gray Harbor sich seiner Regentin näherte. Dann legte Sharleyan die Stirn in Falten.

»Mein Lord«, sagte sie, bevor er das Wort ergreifen konnte, und nun klang ihre Stimme deutlich weniger musisch und entschieden schärfer als zuvor. »Ich hatte die strikte Anweisung erteilt, man solle es Ihnen gestatten, zu dieser Zusammenkunft Ihre Waffen mitzubringen!«

»Dessen bin ich mir bewusst, Eure Majestät.« Gray Harbor blieb vor ihr stehen und verneigte sich, dann richtete er sich wieder auf. »Ich weiß Eure Freundlichkeit diesbezüglich auch sehr wohl zu schätzen. Aber als ich hier eintraf, ist mir nicht entgangen, dass Eure Gardisten sich mit diesem Gedanken schlichtweg nicht anfreunden konnten. Sie hätten sich mir gegenüber keineswegs höflicher und zuvorkommender verhalten können, und keiner von ihnen hat sich in irgendeiner Weise anmerken lassen, weder durch Worte noch durch Taten, dass sie Eurer Anweisung nicht Folge leisten«, setzte er hastig hinzu, »aber ich hatte das Gefühl, es wäre ungehörig von mir, Eure Wachen zu beunruhigen. Ihre Treue Euch gegenüber war unverkennbar – ich habe Derartiges bereits erlebt –, und so habe ich mich aus freien Stücken entschieden, meine Waffen abzugeben, auch wenn ich dazu nicht aufgefordert wurde.«

»Ich verstehe.« Sharleyan lehnte sich in ihrem Sessel zurück, blickte den Botschafter nachdenklich an und lächelte schließlich ein wenig. »Das war eine großzügige Geste *Ihrerseits*«, stellte sie dann fest. »Und wenn Sie tatsächlich nicht beleidigt wurden, dann erlaube ich mir, Ihnen im Namen meiner Gardisten – die, wie Sie bereits bemerkt haben, mir treu ergeben sind – einen herzlichen Dank auszusprechen.«

Erneut verneigte sich Gray Harbor, und kurz blickte Sharleyan zu Green Mountain hinüber. Dann richtete sie ihre Aufmerksamkeit wieder ganz auf den Charisianer.

»Ich gehe davon aus, Ihnen ist bewusst, Mein Lord, dass Baron Green Mountain und mich selbst Ihre Anwesenheit hier mit gemischten Gefühlen erfüllt. Wenngleich ich zutiefst dankbar dafür bin, dass meine Schiffe und meine Seeleute zurückkehren durften, und auch für die ehrenvolle Behandlung, die man ihnen als Gefangene Charis' hat angedeihen lassen, und auch dafür, dass Ihr König sich entschlossen hat, keinerlei Reparationsforderungen an uns zu stellen, entgeht mir doch nicht, dass sämtliche dieser Entscheidungen im vollen Bewusstsein ihrer praktischen Konsequenzen getroffen wurden. Vor allem, was ... Forderungen und auch den Argwohn gewisser hartnäckiger ›Ritter der Tempel-Lande‹ betrifft.«

Sie verkniff die Lippen zu einem schmalen Lächeln, als sie damit zum ersten Mal offen zugegeben hatte, dass die ›Vierer-Gruppe‹ sie dazu genötigt hatte, sich der Gruppe von Charis' Feinden anzuschließen. Gray Harbor erwiderte das Lächeln.

»Es schmerzt mich, es auszusprechen, Eure Majestät«, sagte er, »doch die Ehrlichkeit verlangt es, offen zuzugeben, dass Seine Majestät sehr sorgfältig über genau das nachgedacht hat, bevor er Euch Eure Schiffe überstellen ließ. Er war sich sehr wohl der Tatsache bewusst, dass diese Geste genau jene Konsequenzen haben würde, die Ihr gerade angesprochen habt. Es mag auch ... ungalant Euch gegenüber gewesen sein, Euch in eine derartige Lage zu bringen, doch es entspricht eben auch der Wahrheit, dass Ihr, als er diese Entscheidung getroffen hat, tatsächlich Teil eines Bündnisses wart, das sein Königreich ohne Vorwarnung und ohne jegliche Provokation angegriffen ... und ...« – er blickte Königin Sharleyan geradewegs in die Augen, und sein Lächeln schwand – »... seinen Vater getötet hat.«

Sharleyan verzog das Gesicht. Nicht im Zorn, auch wenn Gray Harbor sehr wohl auch Wut in ihrer Miene lesen konnte, sondern vor Schmerz. Es war der Schmerz der Erinnerung daran, dass ihr eigener Vater einst im Kampf gegen ›Piraten‹ gefallen war – die seinerzeit die Unterstützung Hektors von Corisande genossen hatten. Damals war Sharleyan noch ein kleines Mädchen gewesen, und mit seinen sorgfältig gewählten Worten hatte Gray Harbor sie nun äußerst behutsam genau daran erinnert.

»Nichtsdestotrotz«, fuhr er dann fort, »ist es – und ich bin mir sicher, dass Sir Samyl das bereits unmissverständlich ausgedrückt hat – Seiner Majestät ein ernstes Anliegen, Chisholm als Freund und als Verbündeten zu sehen, nicht etwa als Feind. Euer Reich und das seine haben viel gemein, und es gibt nur wenig Grund für Feindseligkeiten – abgesehen eben von den Ränken und Forderungen jener, die von Natur aus Feinde dieser beiden Reiche sind. Offen gestanden haben sowohl Seine Majestät als auch Eure Majestät reichlich Gründe, Hektor von Corisande zu hassen und ihn als tödliche Gefahr für Eure eigene Sicherheit anzusehen. Und, um noch offener zu sein ...« – wieder blickte er der Königin geradewegs in die Augen – »... Großinquisitor Clyntahn betrachtet sowohl Charis als auch Chisholm mit tiefstem Argwohn und Misstrauen. Würde Charis zerstört, aus keinem anderen, keinem besseren Grund als der Arroganz, der Bigotterie und der blinden Intoleranz der sogenannten ›Vierer-Gruppe‹, dann bliebe es nur eine Frage der Zeit, bis Chisholm genau das gleiche Schicksal ereilt.«

Sharleyans Miene wurde völlig ausdruckslos, als Gray Harbor ihr offenes Eingeständnis darüber, in welcher Art und Weise sie genötigt worden war, sich Hektor anzuschließen, mit diesen Worten auf eine völlig neue Ebene hob.

»Mein König hat mir aufgetragen, diesbezüglich offen zu sein, Eure Majestät«, sagte er – dabei war er sich sicher, nach seinem letzten Satz sei diese Erklärung wohl recht überflüssig. »Aus welchem Grund auch immer, die ›Vierer-Gruppe‹ hat im Auftrag der Kirche erklärt, Charis müsse zerstört werden. Wir wurden zu keinem Zeitpunkt darüber in Kenntnis gesetzt, mit welcher Doktrin oder Praxis wir uns aus Sicht der Kirche falsch verhalten haben. Man hat uns nicht vorgeladen, um unser Handeln zu erklären, man hat uns nicht wegen gleichwelcher Verstöße gegen das Kirchenrecht oder die Ächtungen angeklagt. Und man hat uns auch keinerlei Gelegenheit geboten, uns vor einem wie auch immer gearteten Tribunal oder Gerichtshof zu verteidigen. Die ›Vierer-Gruppe‹ hat einfach beschlossen, uns zu vernichten: unsere Städte in Schutt und Asche zu legen, unser Volk zu vergewaltigen und zu ermorden. Und *Euch* hat sie dazu genötigt, Euch mit dem schlimmsten Feind Eures Reiches zu verbünden und ihm dabei behilflich zu sein, diesen Angriff durchzuführen.

Seine Majestät versteht sehr wohl, warum Ihr der Ansicht wart, Euch sei keine andere Wahl geblieben, als Euch den Forderungen zu fügen, die man an Euch gestellt hat. Er macht Euch diese Entscheidung nicht zum Vorwurf und ist auch nicht für nur einen Moment davon ausgegangen, Ihr könntet angesichts der Vorstellung, sein Königreich anzugreifen, etwas anderes empfunden haben als Bedauern und Trauer.

Aber Seine Majestät weiß auch, dass, wenn die ›Vierer-Gruppe‹ das tun kann, was sie bereits gezeigt hat, kein Königreich, *überhaupt* kein Reich, wirklich sicher ist. Wenn verderbte, bestechliche Menschen die Macht Gottes Eigener Kirche nutzen können – welcher juristischen Kniffe sie sich dabei auch bedienen mögen, die Beteiligung der Kirche selbst an derartigen Raub- und Plünderzügen zu verschleiern –, dann werden sie, das ist so unausweichlich und unvermeidbar wie der Aufgang der Sonne im Osten, früher oder später sich gegen andere Königreiche wenden. Einschließlich des Euren.«

Gray Harbor hielt inne, blickte die Königin und ihren Ersten Ratgeber konzentriert an. Chisholm war vom Tempel und den Tempel-Landen ebenso weit entfernt wie Charis, und Sharleyan und Green Mountain wussten beide, dass Clyntahns Misstrauen Chisholm gegenüber fast so tief verwurzelt war wie das gegenüber Charis. Dieses Misstrauen war schließlich genau das, was Cayleb sich zunutze zu machen versuchte. »Tatsächlich, Eure Majestät«, sagte er nach einer kurzen Pause, »wenn ein Kraken erst einmal Blut geschmeckt hat, gibt es keinerlei Möglichkeit mehr, ihn von seinem Angriff abzubringen. Sobald die ›Vierer-Gruppe‹ – sobald Vikar Zhaspyr – erst einmal ein einziges Königreich zerstört hat, wird er keinerlei Grund mehr sehen, warum er nicht die gleiche Technik auch bei anderen Reichen anwenden soll, denen er misstraut oder die er fürchtet. Genau diesen Kurs hat die ›Vierer-Gruppe‹ angelegt, und ihr derzeitiges Ziel sind die schwelenden Ruinen von Charis und Chisholm … es sei denn, sie ließe sich noch irgendwie aufhalten.«

»Und Sie – Ihr König – glaubt, das wäre *möglich?*« Zum ersten Mal ergriff Green Mountain mit wachsamen Augen das Wort, und Gray Harbor nickte.

»Das tut er, und ich tue es ebenfalls. Wir haben einen Vorteil – einen Vorteil, den auch Chisholm genießt: Keine Armee kann einfach über unsere Grenzen hinweg einmarschieren. Die ›Vierer-Gruppe‹ kann keinen von uns ohne eine Flotte angreifen, und – wie Sie und Eure ›Verbündeten‹ ja kürzlich wieder bemerken durften – die immensen Entfernungen sind für die Verteidigung deutlich günstiger als für den Angriff. Sie und Ihre Captains und Admirals haben auch miterlebt, was unsere neuen Schiffe leisten können und wozu unsere neue Artillerie imstande ist. Mein König glaubt, gemeinsam könnten Charis und Chisholm der ›Vierer-Gruppe‹ tatsächlich die Stirn bieten.«

»Seien wir hier doch ehrlich, Mein Lord«, sagte Sharleyan und beugte sich mit zusammengekniffenen Augen auf ihrem Sessel ein wenig vor. »Was auch immer in dem Brief steht, den Erzbischof Maikel dem Großvikar geschickt hat, oder wie er sich auch ausgedrückt haben mag: Wir sprechen hier nicht nur von der ›Vierer-Gruppe‹. Aus Gründen, die allen Beteiligten zweifellos sinnvoll erscheinen, und die, das muss ich zugeben, auch bei mir persönlich zu einer gewissen Zustimmung führen, haben Ihr König und sein Erzbischof die gesamte Kirche und den Großvikar selbst herausgefordert. Wenn sich Chisholm mit Charis zu einem Bündnis gegen Hektor zusammenschließt – und gegen die ›Vierer-Gruppe‹ –, dann wird dies, früher oder später, zu einem Bündnis gegen Mutter Kirche selbst werden. Gegen den Rat der Vikare und den Großvikar, Langhornes gesalbten Statthalter hier auf Safehold. Ist Ihr König *darauf* vorbereitet? Ist er bereit, sich der gesamten Kirche entgegenzustellen, ist er willens, eine unüberwindliche, eine *ewige* Spaltung von Gottes gesamter Gemeinde zu akzeptieren?«

»Eure Majestät«, erwiderte Gray Harbor mit ruhiger Stimme, »Charis hat bereits seinen eigenen Erzbischof gewählt. Zum ersten Mal seit über fünfhundert Jahren hat ein Königreich auf Safehold das uralte, vererbte Recht unserer Vorväter angewandt und eigenständig einen Erzbischof ausgewählt. Wenn das der Grund für eine Kirchenspaltung sein soll, für ein Schisma, dann sei dem so. Wir trotzen mitnichten Gott, Eure Majestät; wir wollen nur der Korruption die Stirn bieten, der Dekadenz, die Gottes *Kirche* erfasst hat – und *diesen* Kampf werden wir bis zum Tode ausfechten. Tatsächlich hat mein König mich gebeten, Euch bezüglich dieser Entscheidung und all jenen, die diese Entscheidung unausweichlich nach sich ziehen wird, Folgendes auszurichten: ›Hier stehe ich, ich kann nicht anders.‹«

Schweigen legte sich über das Audienzzimmer, während Sharleyan und Green Mountain ihn fassungslos anstarrten. Schließlich räusperte sich der Erste Ratgeber von Chisholm leise.

»Was Sie da sagen über die Entfernung zum Tempel, über unsere Möglichkeiten, uns – gemeinsam – gegen einen Angriff zu wehren, mag richtig sein. Die Reaktion der Kirche auf die Herausforderung, die Sie hier vorschlagen, wird das jedoch gewiss auf die Probe stellen. Und angesichts eines derartigen Sturms kann nur der stärkste Baum darauf hoffen zu überleben. Es ist das eine, über Bündnisse im üblichen Sinne des Wortes zu sprechen, Mein Lord, denn in Wahrheit wissen wir alle, dass es im üblichen Sinne des Wortes immer ein ›Morgen‹ geben wird. Die Interessen mögen sich ändern, der Verbündete diesen Monats oder diesen Jahres mag des nächsten Monats oder des nächsten Jahres Feind werden, und so wird der Tanz unablässig fortgesetzt – und die Tanzpartner wechseln, ganz so wie sich die Musik verändert.

Aber was Sie hier vorschlagen, was Ihr *König* vorschlägt, gestattet nur eine ganz bestimmte Art ›Morgen‹. Die ›Vierer-Gruppe‹ und die Kirche werden niemals jemanden vergessen oder jemandem vergeben, der ihnen die Stirn zu bieten versucht, und das nicht nur aufgrund der Überlegungen, die einige bestechliche Männer anstellen mögen. Seit dem Tag der Schöpfung war die Kirche stets die Bewahrerin der Seelen aller Menschen und die Verkünderin von Gottes Eigenem Willen, und zur Kirche gehören auch gottesfürchtige Männer und Frauen, die bis zum Tode für die Oberherrschaft der Kirche kämpfen werden: die Oberherrschaft im Namen Gottes, nicht im Namen korrupten Strebens. Dieser Krieg, den zu führen Sie vorschlagen, wird nicht in Verhandlungen und Abkommen enden, bei denen Diplomaten ihren wohlvertrauten Tanz aufführen, sondern in einer völligen Niederlage oder eben einem Sieg. Für keine der beteiligten Seiten *kann* es ein anderes Ende geben, denn die Kirche wird niemals aufgeben, wird niemals einen anderen Sieg akzeptieren als den, bei dem ihr Supremat als Braut Gottes Selbst wieder zweifelsfrei hergestellt ist, und sie wird auch keine gewöhnlichen Bündnisse eingehen, bei denen die Partner eben wechseln können. Das bedeutet, wenn Charis tatsächlich auf einen endgültigen Sieg hoffen will, müssen die Bündnisse *dieses Reiches* ebenso fest und ebenso endgültig sein.«

»Mein Lord«, erwiderte Gray Harbor, »das ist kein Krieg, den ›zu führen wir vorschlagen‹ würden. Das ist ein Krieg, der bereits *begonnen* hat, ob wir ihn nun führen wollten oder nicht. Aber auch wenn Sie vollkommen Recht haben mit Ihren Mutmaßungen darüber, was bei diesem Krieg auf dem Spiel steht, und auch darüber, wie die Kirche diesen Krieg bewerten und wie sie ihn führen wird, so hoffen und glauben wird doch, dass es beizeiten ein Ende haben wird. Dass dieser Krieg nicht unvermindert fortgesetzt werden muss, bis die eine oder andere Seite ausgelöscht oder versklavt ist. Wie dieses Ende aussehen mag, oder wann es kommen wird, wagt niemand in Charis auch nur zu vermuten, und doch ist auch mein König der Ansicht, die Bündnisse müssen fest und unauflöslich genug sein, um diese schwere Prüfung zu überstehen. Tatsächlich ist er davon überzeugt, bei dem, was hier wirklich erforderlich ist, handle es sich mitnichten um ein Bündnis.«

»Ach, nicht?« So sehr Sharleyan sich auch bemühte, es gelang ihr nicht ganz, sich die Überraschung nicht anmerken zu lassen. Gray Harbor lächelte.

»Wie Baron Green Mountain gerade schon sagte, Eure Majestät, Bündnisse kommen und gehen. Deswegen wurde ich nicht hierher gesandt, um Euch ein *Bündnis* überhaupt vorzuschlagen. Vielmehr schlägt mein König eine Eheschließung vor.«

Ruckartig richtete sich Sharleyan in ihrem Sessel auf, die Augen weit aufgerissen; Green Mountain sog scharf die Luft ein. Die Überraschung der Königin war unverkennbar, doch während Gray Harbor ihren Ersten Ratgeber betrachtete, fragte er sich, ob Green Mountain nicht vielleicht schon von

Anfang an zumindest vermutet habe, worauf Cayleb eigentlich hinauswollte.

»Ich habe König Caylebs persönliche Schreiben und Dokumente mitgebracht, die seine Vorschläge genauer aufzeigen, Eure Majestät«, sprach der Graf dann weiter, den Blick immer noch nicht von Green Mountains Miene abgewandt. »Doch im Grund genommen sind sie recht einfach. Wenn man die ganze hochtrabende Sprache der Juristerei abzieht, schlägt König Cayleb eine Einigung von Charis und Chisholm durch Ehelichung vor. Ihr würdet die Krone von Chisholm für den Rest Eures Lebens tragen, er würde für den Rest seines Lebens die Krone von Charis tragen. Sollte einer der Ehepartner den anderen überleben, so würde der verbleibende Ehepartner für den Rest seines Lebens auch die Krone des betreffenden anderen Reiches tragen, und nach dem Tod des Witwers oder der Witwe würden die Kronen beider Reiche an die gemeinsamen Erben übergehen. Ein kaiserliches Parlament, eine Flotte und eine Armee würden geschaffen, um beide Königreiche zu regieren und zu beschützen, sowohl während Eurer Lebenszeit als auch darüber hinaus. Die Angehörigen des Hochadels von Charis und Chisholm würden das Oberhaus dieses Parlaments stellen, und sowohl Charis als auch Chisholm würden Mitglieder des Unterhauses wählen.«

Er hielt inne, blickte Sharleyan erneut ruhig in die Augen, dann verneigte er sich.

»Mir ist vollends bewusst, und Gleiches gilt für seine Majestät, dass niemand in Chisholm jemals eine derart … grundlegende Veränderung im Verhältnis zwischen Eurem Königreich und Charis auch nur in Erwägung gezogen hat. Gewiss ist dies nicht die Art Entscheidung, die von einer einzelnen Person an einem einzigen Tag getroffen werden kann, selbst wenn die betreffende Person ein König oder eine Königin ist, und die Art und Weise der Bedrohung, auf die sich Euer Königreich damit einließe, sollte auch gewiss nicht auf die leichte Schulter genommen werden.

Doch diese Bedrohung rückt sowohl Chisholm als auch Charis schon jetzt immer näher. Wir können uns ihr entweder gemeinsam stellen oder alleine. Seine Majestät ist der Ansicht, unsere Chance auf ein Überleben und sogar einen Sieg sei ungleich größer, wenn wir gemeinsam vorgehen, und sein Vorschlag ist die stärkste Bürgschaft, die er anzubieten vermag, dass wir, so wir uns dieser Gefahr tatsächlich gemeinsam stellen, auch gemeinsam durchhalten werden, ob unserer letzten Endes ein Sieg harren mag oder ein anderes Ende.«

.III.

Ehdwyrd Howsmyns Gießerei, Delthak, Grafschaft High Rock Königreich Charis

»Und wie war Ihr Tag?«, fragte Rhaiyan Mychail freundlich, als er Ehdwyrd Howsmyns Arbeitszimmer betrat.

»Hektisch«, erwiderte Howsmyn mit einem breiten Grinsen und umklammerte dann zur Begrüßung mit beiden Händen den Unterarm seines langjährigen Geschäftspartners. »Andererseits könnte es deutlich schlimmere Gründe für all diese Kopfschmerzen geben.«

»Wohl wahr.« Mychail erwiderte Howsmyns Grinsen. »Der Klang all dieser schönen Goldmünzen, die Nacht für Nacht in meine Kasse purzeln, ist aber auch wirklich *zu* nett!«

Beide lachten, und Howsmyn deutete mit dem Kinn zum Fenster seines Arbeitszimmer. Gemeinsam gingen sie hinüber und blickten hinaus, und Mychails Miene wurde deutlich ernster. Er schüttelte den Kopf.

»Es fällt mir wirklich schwer zu glauben, dass Sie hier noch vor zwei Jahren nichts anderes hatten als einen einzigen kleinen Schornstein und reichlich ungenutztes Land.«

»Das geht mir auch immer wieder durch den Kopf«, gab Howsmyn zu. »Und genau wie Sie habe ich überhaupt nichts dagegen, um wie viel reicher mich das alles hier macht. Aber gleichzeitig ...«

Er verstummte und schüttelte den Kopf, und die Geste war deutlich weniger fröhlich, als Mychails eben noch gewesen war.

Sein älterer Freund antwortete ihm nicht sofort. Stattdessen blieb er nur schweigend dort stehen und betrachtete das, was zweifellos schon jetzt eine der größten Gießereien der ganzen Welt war – wenn nicht sogar *die* größte.

Howsmyns neue und immer weiter anwachsenden Anlagen befanden sich am Westufer des Ithmyn's Lake, dem gewaltigen See, der am Zusammenfluss des Selmyn River und des westlichen Delthak River in der Grafschaft High Rock entstanden war. Der westliche Delthak war ein reißender, rauschender Fluss, der aus den südlichen Hanth Mountains herabströmte, und zahlreiche Untiefen und Katarakte machten es unmöglich, ihn zu befahren – ausgenommen waren kleinere Nachen, die in dieser Gegend zum Einsatz kamen. Der *untere* Delthak hingegen war sehr wohl befahrbar, selbst für Galeonen, zumindest zwischen Ithmyn's Lake und Larek, dem kleinen (aber stetig anwachsenden) Hafen an der Mündung des Flusses, vierundsechzig Meilen weiter südlich gelegen. Das war einer der Hauptgründe für Howsmyn gewesen, dem Grafen High Rock dieses Landstück abzukaufen, schließlich bedeutete das, dass Schiffe von der Mündung des Flusses bis praktisch vor seine Haustür fahren konnten. Die ausgedehnten Flöze qualitativ äußerst hochwertigen Eisenerzes in den Bergen im Westen waren ein weiterer Faktor gewesen, auch wenn Howsmyn natürlich noch nicht sonderlich viel dafür getan hatte, diese Erzvorkommen auch zu erschließen, bis das Königreich Charis mit einem Mal immensen Bedarf an neuen Geschützen für die Artillerie entwickelt hatte.

Nun hatten Ingenieure, die Howsmyn eigens dafür eingestellt hatte, sich darangemacht, eine ganze Reihe Schleusen zu konstruieren, um die Befahrbarkeit des westlichen Delthak zu verbessern und die Erschließung der Eisenvorkommen in den Bergen zu vereinfachen. Weitere Ingenieure waren ein wenig weiter flussabwärts tätig, und eine ganze Armee Arbeiter war eifrig damit beschäftigt, einen Großteil des Flusswassers mit Hilfe von Dämmen und Kanälen in eine ganze Reihe Staubecken zu leiten. Von den höchstgelegenen Becken aus leiteten Aquädukte und aus den niedrigeren Becken zahlreiche Kanäle dieses Wasser auf mehr als zwei Dutzend oberschlächtige Wasserräder, die sich allesamt stetig drehten, um die Geräte anzutreiben, die Howsmyns Mechaniker dort aufgebaut hatten; weitere Mühlgräben waren bereits in Vorbereitung. Aus den Hochöfen quoll dichter Rauch, weitere Rauchteppiche erhoben sich von den Gießereien selbst, und während Mychail gerade zuschaute, nahmen einige Arbeiter einen Abstich vor. Das gleißend-grelle geschmolzene Eisen – jetzt war es ›Schmiedeeisen‹, deutlich weicher und besser schmiedbar als ›Gusseisen‹ – ergoss sich in einen bereitstehenden Kessel, aus dem heraus es dann weiterverarbeitet wurde.

An anderen Orten wurde ein deutlich größerer Kessel glühend heißen, geschmolzenen Eisens stetig auf die bereits wartenden Gussformen zubewegt. Der Kessel hing an einem eisernen Gestell, das seinerseits auf einer schweren Lore montiert war; alleine schon diese Lore musste mehrere Tonnen wiegen. Die Räder der Lore waren gebördelt, nicht etwa glatt, wie man es vielleicht erwartet hätte, doch das hatte den Zweck, diese Lore auf dem eisernen Schienennetz zu halten, das die Hochöfen und die restlichen Anlagen dieser Gießerei miteinander verband. Last-Drachen stemmten sich in ihre Geschirre und beförderten ihre Fracht mit kraftvoller Effizienz weiter. Mychail atmete tief durch.

»Glauben Sie mir, ich kann das verstehen«, sagte er leise. »Wenn ich mir das hier ansehe ...« – mit dem Kinn deutete er auf das unvorstellbare Gewirr, das er durch das Fenster in

Howsmyns Arbeitszimmer gut überblicken konnte, und auch das immense Getöse drang unablässig in das Arbeitszimmer seines Geschäftspartners vor – »... dann erfasst mich geradezu unvorstellbarer Optimismus. Und dann denke ich daran, dass die ›Vierer-Gruppe‹ die Ressourcen sämtlicher Festlandsreiche gegen uns zusammengezogen hat. Das ergibt dann wirklich *viele* Gießereien, Ehdwyrd, selbst wenn nicht eine einzige davon dem, was Sie hier tun, auch nur ansatzweise das Wasser reichen kann.«

Tatsächlich waren sämtliche der Techniken, die hier zum Einsatz kamen, den Hüttenmeistern praktisch seit Anbeginn der Schöpfung bekannt gewesen. Doch ein Großteil des Eisens, das bislang erforderlich gewesen war, hatte man in deutlich kleineren Anlagen verarbeitet – ohne beständige Energiezufuhr durch die stetig rotierenden Wasserräder, die Howsmyn und seine Mechaniker in *dieser* Gießerei einsetzen ließen.

Nun ja, korrigierte sich Mychail innerlich selbst, *es hat* sehr wohl *einige Veränderungen in der ›Technik‹ gegeben, wenn man ganz ehrlich ist. Also können wir uns wohl glücklich schätzen, dass nichts in dieser Anlage hier danach überprüft werden musste, ob es auch* wirklich *in Einklang mit den Ächtungen steht.*

Howsmyn war weiter gegangen als jeder andere, wenn es darum ging, neue Anwendungsmöglichkeiten für seine Wasserräder zu finden. Zum einen brannten seine Hochöfen deswegen deutlich heißer, und er hatte sich gezwungen gesehen, neues feuerfestes Material für die Ziegel zu finden, die diese Hochöfen nun einmal erforderten. Das wiederum hatte ihn dazu gebracht, sich daran zu versuchen, die Temperaturen in den Hochöfen noch weiter zu steigern. Mychail war einer der wenigen, die auch von Howsmyns jüngstem Projekt wussten – eine Weiterentwicklung der Puddelöfen, bei der die heißen

Gichtgase dazu genutzt wurden, die Luftführungssysteme vorzuheizen, die den eigentlichen Hochofen antrieben. Falls sich Mychail nicht gewaltig täuschte, würde das die Produktionsgeschwindigkeit noch einmal deutlich steigern. Und sollten sich Howsmyns deutlich optimistischere Vorhersagen als berechtigt erweisen, könnte das dazu führen, dass er vielleicht tatsächlich echten *Stahl* produzieren würde, nicht nur Gusseisen – und das in Mengen, von denen kein anderer Hüttenmeister bislang auch nur zu träumen gewagt hätte.

Glücklicherweise hatte die Kirche nie einen Standard aufgestellt, aus welchem Material die feuerfesten Ziegel zu bestehen hätten oder welche Temperaturen in einem Hochofen herrschen durften, und das bedeutete, dass Safehold im Ganzen von Howsmyns zunehmender Effizienz so gut wie nichts mitbekommen hatte … und vor allem nicht die Inquisition. Die gleiche und zugleich noch innovativere Anwendung der Energie, die seine Wasserräder spendeten, hatte es ihm gestattet, auch noch andere Verbesserungen zu erreichen, etwa die ausgekolkten, verzahnten Walzen, mit deren Hilfe er ungleich schneller und wirtschaftlicher Eisenstangen fertigen konnte als mit den traditionellen Methoden, sie zu hämmern oder aus einer zuvor ausgewalzten Platte entsprechende Streifen zu schneiden.

»Ich weiß, dass Ihre Produktionsmenge, wenn man sie mit der Anzahl ihrer Arbeiter in Beziehung setzt, deutlich höher ist«, sprach Mychail dann weiter. »Aber die brauchen ja gar nicht zu versuchen, Ihre Effizienz zu erreichen, wenn die Sie einfach mit der schieren *Anzahl* ihrer Gießereien erschlagen können.«

»Ich weiß. Glauben Sie mir, das weiß ich. Andererseits …«, Howsmyn hob eine Hand und deutete auf den äußeren Ring der Hochöfen, hinter denen weitere Wände und Fundamente bereits verrieten, dass der Ausbau dieser Anlage rapide fortschritt, »... in vier Monaten werden wir unsere derzeitige Kapazität um weitere fünfzig Prozent gesteigert haben. Und gleichzeitig erweitere ich auch die Gießerei in Tellesberg und die in Tirian.«

Mychail nickte und wandte den Kopf zur Seite, um zuzuschauen, wie ein weiteres Frachtschiff aus Larek stetig den Delthak hinaufkam. Er fragte sich, was dieses Schiff wohl geladen haben mochte, während es sich den anderen Schiffen näherte, die bereits an Howsmyns Docks des Sees vor Anker gegangen waren. Weiterer Koks für die Hochöfen? Kupfer und Zinn für Howsmyns Bronzefertigungsstätten? Oder weiteres Bauholz, neue Ziegel und mehr Zement für die noch ausstehenden Ausbauarbeiten?

Auch der Bau weiterer Häuser für Howsmyns Angestellte schritt stetig voran. Ebenso wie Mychail selbst legte Howsmyns an die Qualität der Gebäude, in denen seine Arbeiter untergebracht wurden, hohe Maßstäbe an. Das begründete er mit ganz egoistischen Überlegungen: Je besser die Unterkunft der Arbeiter, je strikter Pasquales Weisungen zur Hygiene befolgt wurden, desto gesünder würden seine Arbeiter sein, und je gesünder die Arbeiterschaft, desto produktiver. Aber zugleich bedeutete es noch mehr für Ehdwyrd Howsmyn – und für Mychail selbst galt das Gleiche.

Rhaiyan Mychail war sich absolut bewusst, dass selbst hier in Charis nur zu viele wohlhabende Händler und Manufakturbesitzer ihre Angestellten überhaupt nicht als *Menschen* ansahen. Howsmyn und er verabscheuten diese Einstellung. Tatsächlich übte Mychail bereits seit Jahrzehnten äußerst unverblümt Kritik an dieser Denkweise, und er war sich recht sicher, dass dies einer der Gründe gewesen war, warum sich König Haarahld gerade an Howsmyn und ihn gewandt hatte, als es darum ging, die Fertigungsgrundlage für seine neue Flotte zu schaffen.

Und diese Idioten, die versuchen, aus ihren Arbeitern noch den letzten roten Heller herauszupressen, erhalten auf diese Weise von ihrer Arbeiterschaft genau die Treue, die sie auch verdienen – nämlich überhaupt keine, dachte er beißend. *Ist schon komisch, dass ›Hunger‹ und ›Treue‹ so gar nicht Hand in Hand gehen, was? Aber wenn man dafür sorgt, dass die Arbeiter bezahlbare Behausungen und Heiler erhalten, dass Schulen für ihre Kinder zur Verfügung stehen, dass sie auch einen anständigen Lohn in der Tasche haben, um Nahrung und Kleidung zu kaufen, und dass sie alle wissen, dass die Leitung der Manufaktur ständig auf der Suche nach neuen Vorarbeitern und Aufsehern ist – und das unter* allen *Angestellten, die nur genug Verstand und Ehrgeiz an den Tag legen, sich zu verbessern –, dann zahlt sich das, ganz selbstsüchtig betrachtet, um ein Hundertfaches aus.*

Das war eine Lektion, die Ehdwyrd Howsmyn niemals vergessen würde, selbst nicht jetzt und hier, angesichts dieser Krise, mit der das ganze Königreich zu ringen hatte. Tatsächlich hatte er diese Lektion von Mychail gelernt, und in zumindest einer Hinsicht hatte er sie noch verbessert: Howsmyn hatte einen Fonds für seine Angestellten eingerichtet, der es ihnen ermöglichte, tatsächlich einen Anteil an den Gießereien und Manufakturen zu erwerben, in denen sie arbeiteten. Und die Angestellten in jedem einzelnen seiner zahlreichen Unternehmen durften auch jeweils einen Vertreter wählen, der sich sogar auf Betriebsebene für ihre Interesse einsetzen konnte. Jeder dieser Vertreter hatte sogar das Recht, mit Howsmyn persönlich zu sprechen, wenn das Anliegen der Arbeiter, die ihn gewählt hatten, dies erforderte.

Dieses gesamte Konzept stellte ein bislang beispielloses Zugeständnis dar, selbst hier in Charis, doch Howsmyn hatte es tatsächlich in die Tat umgesetzt. Mittlerweile kamen mehr und mehr andere Betriebe Howsmyns Beispiel nach, und der deutlich ältere Mychail verspürte tatsächlich so etwas wie Vaterstolz, als er nun auf die gewaltige – und immer noch weiter wachsende – Produktionsanlage hinunterblickte, die Ehdwyrd Howsmyns Behauptung, der wohlhabendste Mann auf ganz Charis zu sein, in naher Zukunft noch weiter festigen würde.

»Wie steht es um Ihre Kanonenproduktion?«, fragte er dann.

»Nicht so gut, wie es sein sollte – noch nicht«, erwiderte Howsmyn. »Genau das wollten Sie doch wissen, oder nicht?«

»Mehr oder weniger«, gestand Mychail ein.

»Im Augenblick schaffen diese Anlage hier und die anderen Gießereien etwas mehr als zweihundert Stück im Monat«, sprach Howsmyn weiter. Mychail hob die Augenbrauen und schürzte schon die Lippen zu einem lautlosen Pfiff, doch der jüngere Mann schüttelte den Kopf. »Damit meine ich alles zusammen, Mychail – große Kanonen, Karonnaden, Feldgeschütze, Wölfe, wirklich alles zusammen. Im Augenblick stellt das auch mehr als die Hälfte der Gesamtproduktion des Königreiches dar. Und, um ganz ehrlich zu sein: Wir werden die Fertigung der Bronzekanonen nicht viel weiter vorantreiben können! Uns stehen einfach nicht genug Kupfer und Zinn zur Verfügung! Natürlich wird der Bergbau sich rapide beschleunigen, nachdem jetzt das neue Schießpulver nicht nur in der Artillerie eingesetzt wird, sondern eben auch für Sprengarbeiten, aber der Mangel an Metall ist und bleibt unser Engpass hier.«

»Was ist mit Kanonen aus Eisen?«, erkundigte sich Mychail.

»Da sieht es schon deutlich besser aus.« Howsmyn lächelte. »Diese Eisenvorkommen, die Graf High Rock genutzt wissen wollte, kommen uns hier sehr entgegen, auch wenn ich eigentlich nicht damit gerechnet hatte, den Abbau *selbst* voranzutreiben. Ich hatte zwar durchaus daran gedacht, mir die Abbaurechte zumindest zeitweise zu sichern, aber es hat sich doch herausgestellt, dass es viel praktikabler ist, einfach erfahrene Bergleute anzuheuern und für mich arbeiten zu lassen.« Er schüttelte den Kopf. »Natürlich werden wir erst richtig in Gang kommen, wenn die Kanäle endlich fertiggestellt sind, aber wenn die erst einmal genutzt werden können, wird das unsere Produktion wirklich immens ankurbeln. Natürlich hätte ich das alles ohne die neuen Artillerieaufträge der Krone niemals schaffen können.«

»Natürlich nicht«, stimmte Mychail ihm zu. Schließlich hatte er selbst genau das Gleiche erlebt. Seine Seilerbahnen hatten ihre Produktion um fast dreihundert Prozent gesteigert, und seine Textilmanufakturen wuchsen sogar noch rapider. Die neuen Entkörnungsmaschinen für die Baumwolle sorgten dafür, dass Rohfasern in enormen Mengen zur Verfügung standen, und die Produktivität der angetriebenen Webstühle, die durch die ›Vorschläge‹ von Merlin Athrawes' überhaupt erst möglich geworden waren, war für jemanden, der nur mit traditionellen Methoden aufgewachsen war, einfach atemberaubend. Allerdings waren diese neuen Methoden für die Arbeiter auch ungleich gefährlicher. Mychail tat alles, was ihm nur einfallen wollte, um diese Gefahren zu minimieren, doch alleine schon die Anzahl und die Ausmaße der Antriebswellen und Riemen, die erforderlich waren, um die Kraft von den Wasserrädern auf die neuen Maschinen zu übertragen, musste man mit eigenen Augen gesehen haben, um sie wirklich glauben zu können. Jeder Fuß dieses Kraftübertragungsweges konnte sofort ein gebrochenes Bein oder einen abgerissenen Arm bedeuten, wenn man nicht furchtbar aufpasste, und die angetriebenen Webstühle selbst konnten entsetzliche Verstümmelungen hervorrufen, wenn man es nur einen einzigen Augenblick lang an Achtsamkeit mangeln ließ.

Na ja, Ehdwyrd und seine Leute müssen seit Jahren damit leben. Wir anderen werden wohl einfach lernen müssen, irgendwie damit umzugehen, dachte er.

Doch auch wenn Mychail genau wusste, dass dieser Einwand durchaus richtig war, fühlte er sich dennoch nicht besser, wenn er an die Männer und Frauen dachte, die bei der Arbeit mit den neuen Gerätschaften bereits Verletzungen davongetragen hatten. Wenigstens hatten sowohl Howsmyn als auch er selbst schon vor geraumer Zeit Betriebsrenten für Angestellte eingeführt, die während der Arbeit verletzt wurden. Und im Gegensatz zu manchen ihrer Kollegen hatten sie noch nicht einmal in Erwägung gezogen, *Kinder* in den neuen Manufakturen einzusetzen.

Das bedeutet, uns wird es nicht ganz so hart treffen wie manche anderen, wenn nächstes Jahr die neuen Gesetze der Krone gegen Kinderarbeit in Kraft treten, dachte er, und er konnte ein gewisses Gefühl der Befriedigung nicht bestreiten. Howsmyn und er hatten hart dafür gekämpft, dass sie umgehend in Kraft traten, und er wusste, dass Cayleb auch genau das gewünscht hätte, doch der Rat hatte ihn dazu überredet, den Manufakturbesitzern einen gewissen Anpassungszeitraum zuzugestehen.

Und welche Nachteile diese neue Technologie auch haben mochte: Ihre Vorteile waren kaum fassbar. Mychail produzierte Textilien jetzt zu nicht einmal einem Viertel der Kosten, die in der ›Vor-Merlin-Ära‹ angefallen waren, und selbst wenn man sämtliche Investitionen berücksichtigte, die diese neuen Gerätschaften erforderten, würde sich *das* immens auf sein Endergebnis auswirken. Tatsächlich hörte er schon jetzt die entrüsteten Schreie seiner Konkurrenten auf dem Festland, er und der Rest der charisianischen Textilmanufakturen würden ›ihre‹ Märkte mit qualitativ hochwertiger Ware überschwemmen, deren Preise sie nicht einmal ansatzweise unterbieten konnten, trotz der großen Transportkosten, die sich für die Charisianer ergaben.

Natürlich exportieren wir im Augenblick nicht gerade sonderlich viel Tuch, *was?*, rief er sich mit einem sardonischen Grinsen ins Gedächtnis zurück. Die Royal Charisian Navy kaufte jedes Stückchen Segeltuch, das er nur fertigen konnte, und als mehr und mehr der getriebenen Webstühle in Betrieb genommen wurden, verbreitete sich auch immer weiter die Kunde, wie überragend die Qualität des Tuchs tatsächlich war, das Mychail lieferte. Dadurch, dass es ungleich enger gewebt war, wurden aus dem neuen, maschinell gefertigten Tuch deutlich effizientere und haltbarere Segel. Zusammen mit den neuen Schiffsrümpfen, deren Vermodern des Holzes die Verkupferung deutlich verminderte – ein Großteil des Metalls kam dabei immer noch von Howsmyn –, steigerten diese neuen Segel den Geschwindigkeitvorteil der Flottenschiffe noch enorm.

Doch der Bedarf überstieg bei weitem das, was Mychail zu liefern in der Lage war, selbst jetzt noch. Und die Navy hatte beim Verkauf jeglichen neuen Tuchs den Vorrang – und das bedeutete, die weitaus meisten Handelsschiffe des Königreiches musste immer noch mit dem älteren, loser gewebten Tuch ›zurechtkommen‹. Andererseits wuchs Mychails Kapazität fast im gleichen Maße wie die Howsmyns, also würde es nicht mehr allzu lange dauern, bis er in der Lage sein würde, sein Geschäft auch auf den zivilen Markt auszudehnen. Der Gedanke erfüllte ihn mit beträchtlicher Vorfreude.

»Wie steht es denn mit den Produktionsschwierigkeiten der Eisenkanonen?«, fragte er nun Howsmyn.

»Ach, eigentlich haben wir längst nicht so viele Schwierigkeiten, wie ich ursprünglich befürchtet hatte.« Howsmyn zuckte mit den Schultern. »Zumindest nicht bei denen aus Gusseisen. Ich will damit natürlich nicht sagen, es sei mit denen aus Eisen so einfach wie mit denen aus Bronze, aber unsere Techniken aus der Glockengießerei haben sich bemerkenswert leicht auch darauf anwenden lassen. Ich werde demnächst auch erste Versuche mit Schmiedeeisen anstellen, aber das ist im Augenblick noch viel zu kostspielig. Dafür braucht man viel mehr Koks, und der Zeitverlust, der sich durch die zusätzliche Feuerung ergibt, treibt die Kosten noch weiter in die Höhe. Und dann müssen wir die Schlacke aus der Luppe hämmern, und selbst mit den neuen, schwereren Fallhammern dauert *das* unglaublich lange, und damit steigen die Kosten natürlich *noch* weiter. Wenn wir eine Möglichkeit finden, das alles noch effizienter zu gestalten ...«

Er hielt inne und legte nachdenklich die Stirn in Falten, als sich vor seinem geistigen Auge etwas abzeichnete, das nur er alleine sehen konnte. Dann schüttelte er den Kopf.

»Ich denke, wir werden die Kosten für Schmiedeeisen letztendlich deutlich senken können. Zumindest so weit, dass es nicht mehr als das Doppelte von Bronze kostet, denke ich, auch wenn ich damit vielleicht *ein bisschen zu* optimistisch sein könnte. Aber in der Zwischenzeit wird das Gusseisen deutlich *billiger* werden als Bronze, und ich denke, wir haben das Problem, daraus Kanonen zu fertigen, jetzt allmählich im Griff.«

»Das muss ich Ihnen jetzt einfach glauben«, erwiderte Mychail. »Die Eisenproduktion liegt schließlich überhaupt nicht in meinem Fachgebiet.«

»Ich weiß.« Erneut wandte sich Howsmyn dem Fenster zu und legte nachdenklich die Stirn in Falten. »Wissen Sie, zu den Dingen, die Merlin hier immer weiter bewirkt, gehört auch, die gesamte Art und Weise zu ändern, in der jeder von uns über derartige Dinge überhaupt denkt«, sagte er dann bedächtig.

»Und was soll das bedeuten?« Mychails Tonfall klang nicht, als wolle er seinem Gegenüber widersprechen, doch er blickte den jüngeren Mann dennoch ein wenig skeptisch und mit gehobener Augenbraue an.

»Ich habe darüber schon an der Königlichen Hochschule mit Rahzhyr Mahklyn gesprochen«, erwiderte Howsmyn. »Ich habe schon immer Ausschau nach Möglichkeiten gehalten, Dinge noch ein wenig produktiver zu gestalten, noch ein wenig effizienter. Aber das war alles ... ach, ich weiß nicht. Das passierte ja noch nicht einmal nach dem Prinzip ›Versuch und Irrtum‹, es ging immer nur darum, offensichtliche Möglichkeiten innerhalb der bereits bestehenden, zulässigen Techniken zu erkennen, denke ich. Und jetzt ertappe ich mich selbst immer wieder dabei, darüber nachzudenken, *warum* die eine Methode besser funktioniert als die andere. Wodurch ist die eine Technik der anderen gegenüber überlegen? So weiß ich beispielsweise, dass nach dem Puddelverfahren hergestelltes Gusseisen dadurch zu Schmiedeeisen wird, dass sich die Verunreinigungen in der Schlacke ansammeln, aber *warum* wirkt sich das so aus, wenn man Eisen in einem solchen Hochofen unter Rühren erhitzt? Und welche Schritte muss man unternehmen, um *Stahl* in größeren, besser nutzbaren Barren erzeugen zu können?«

»Und haben Sie auch schon Antworten auf diese Fragen?«, erkundigte sich Mychail mit sanfter Stimme.

»Noch nicht – zumindest noch nicht auf *alle* diese Fragen!

Aber manchmal empfinde ich die ganzen Implikationen, die mit diesen Fragen einhergehen, als regelrecht erschreckend. So viel von dem, was wir heute tun, tun wir eben genau so, weil die Ächtungen das zulassen. Und das ist fast genau so, als würde man sagen: ›Wir machen das so, weil dass schon immer so gemacht wurde.‹ Zum Beispiel Bronze für die Artillerie verwenden, und nicht etwa Eisen. Natürlich, Bronze hat ja auch von sich aus einige Vorteile, aber es hat nie wirklich einen Grund gegeben, Eisen *nicht* zu benutzen, wenn wir das wirklich gewollt hätten. Wir haben es einfach nur *nicht getan.*«

»Sie haben gesagt, Sie hätten darüber mit Rahzhyr gesprochen. Haben Sie diese Gedanken vielleicht auch noch irgendjemand anderem gegenüber erwähnt? Vielleicht Erzbischof Maikel?«

»Nicht offen, nein.« Howsmyn wandte sich von dem Fenster ab und blickte nun seinen alten Freund und Mentor an. »Ich halte das nicht für erforderlich, oder sehen Sie das anders? Der Erzbischof ist ein äußerst scharfsinniger Mann, Rhaiyan.«

»Das ist wahr.« Mychail nickte. »Andererseits sind diese Dinge, über die Sie hier sprechen, diese Fragen, die Sie sich stellen ... Ihnen ist doch wohl bewusst, wie jemand wie etwa Clyntahn auf das reagieren würde, was Sie gerade gesagt haben?«

»Selbstverständlich. Und ich werde auch nicht herumlaufen und das jedem einfach so erzählen. Es gibt schon einen Grund, dass ich so lange damit gezögert habe, meine Gedanken überhaupt *Ihnen* gegenüber auszusprechen, wissen Sie? Aber trotz allem, was der Erzbischof sagt, ist ihm doch offensichtlich bewusst, dass, bevor das alles hier vorbei ist, es in diesem Schisma zwischen uns und dem Tempel um weitaus mehr gehen wird als nur um die Korruption des Rates der Vikare. Das ist Ihnen doch auch klar, oder nicht?«

»Ehdwyrd, *mir* ist das an dem Tag klar geworden, als wir uns zum ersten Mal mit *Seijin* Merlin zusammengesetzt haben und er einige seiner Gedankengänge mit uns geteilt hat.«

»Und das beunruhigt Sie nicht?«, fragte Howsmyn leise nach.

»Gelegentlich«, gestand Mychail ein. Erneut blickte er zum Fenster hinüber, spähte über den Rauch hinweg, die Hitze und die hektischen Aktivitäten der Gießerei, bevor er wieder Howsmyn anschaute.

»Gelegentlich«, wiederholte er. »Ich bin schließlich doppelt so alt wie Sie. Das bedeutet, ich stehe deutlich näher davor, vor Gott und den Erzengeln Rechenschaft ablegen zu müssen als Sie. Aber Gott hat uns den Verstand nicht geschenkt, damit wir uns dann weigern, ihn auch zu benutzen. Mahklyn und die Hochschule haben mit dieser Ansicht ganz Recht, und Erzbischof Maikel hat ebenfalls Recht damit, wenn er sagt, dass wir Entscheidungen treffen müssen. *Wir selbst* müssen erkennen, was Gott von uns erwartet. Aus diesem Grund hat Er uns den freien Willen gegeben – das sagt sogar die Inquisition selbst. Und wenn ich falsche Entscheidungen getroffen habe, dann ist das erst geschehen, nachdem ich mich nach Kräften bemüht habe, die *richtigen* Entscheidungen zu treffen. Ich werde einfach nur darauf hoffen müssen, dass Gott das auch versteht.«

»Dieser ganze Krieg wirkt sich auf Bereiche aus, die sich Clyntahn und seine Spießgesellen nicht einmal haben vorstellen können«, stellte Howsmyn fest. »Tatsächlich wirkt er sich auf Bereiche aus, die nicht einmal *ich* mir vorstellen kann – und ich versuche es wenigstens.«

»Natürlich! Um ehrlich zu sein, ich glaube, es gibt im ganzen Königreich nur zwei Personen – vielleicht auch drei –, die genau wissen, worauf wir hier zusteuern«, gab Mychail zurück.

»Ach ja?« Howsmyn verzog die Lippen zu einem schiefen Grinsen. »Lassen Sie mich raten: der Erzbischof, der König und dieser geheimnisvolle *Seijin?*«

»Natürlich.« Mychail erwiderte das Grinsen.

»Dann ist Ihnen wohl schon der Gedanke gekommen, dass Clyntahn an dem Tag, an dem er schließlich in Erfahrung bringt, was Merlin uns alles gelehrt hat, den *Seijin* sofort beschuldigen wird, ein Dämon zu sein?«

»Natürlich wird das so sein. Andererseits habe ich deutlich mehr Respekt vor dem Urteilsvermögen – und mehr noch vor der Rechtschaffenheit – von Erzbischof Maikel, und er ist Merlin schon *persönlich begegnet.* Was das betrifft: Wann hatten Sie zum letzten Mal das Gefühl, dass König Haarahld sich in seinem Urteil über den Charakter eines Menschen getäuscht hat?« Mychail schüttelte den Kopf. »Ich vertraue dem Urteilsvermögen dieser beiden Männer – und auch dem von König Cayleb, wo wir schon dabei sind – deutlich mehr als dem dieses Mistkerls in Zion, Ehdwyrd. Falls ich mich täusche, dann werde ich in der Hölle wenigstens deutlich bessere Gesellschaft haben als im Himmel!«

Fast unmerklich weiteten sich Howsmyns Augen, so erstaunt war er angesichts Mychails unverblümter Offenheit. Dann stieß er ein zustimmendes Schnauben aus.

»Tun Sie mir einen Gefallen, Rhaiyan, und sagen Sie so etwas nie zu irgendjemand anderem, einverstanden?«

»Ich bin älter als Sie, Ehdwyrd, aber ich bin deswegen noch lange nicht *senil!*«

»Das ist ja eine Erleichterung!«

»Das kann ich mir denken.« Mychail lachte leise, dann deutete er mit dem Kinn erneut zu dem Fenster hinüber.

»Aber um zu meiner Frage von vorhin zurückzukehren: Sie denken, das mit den Eisenkanonen wird funktionieren?«

»Ach, wirklich daran gezweifelt habe ich nie. Die werden natürlich etwas schwerer sein als entsprechende Kanonen des gleichen Kalibers aus Bronze, zugleich aber eben auch deutlich billiger. Ganz zu schweigen davon, dass wir bei denen nicht auch noch auf unsere äußerst beschränkten Kupfervorräte zurückgreifen müssen.«

»Also läuft es, alles in allem, recht gut?«

»Abgesehen davon, dass wir die Kanonen eigentlich doppelt so schnell sollten produzieren können, meinen Sie?«, gab Howsmyn zurück und schnaubte erneut.

»Davon natürlich abgesehen«, bestätigte Mychail und gestattete sich ein schiefes Grinsen.

»Ich würde nicht sagen, es liefe ›gut‹«, beantwortete Howsmyn, nun deutlich ernsthafter, die Frage seines Freundes. »Nicht, wenn man bedenkt, womit wir es hier zu tun haben. Aber ich muss zugeben, dass es deutlich besser läuft, als ich es jemals für möglich gehalten hätte. Das größte Problem, zumindest für die neue Artillerie, ist tatsächlich, dass Rohstoffe und Kapazitäten eben auch für die Gewehre benötigt werden. Beide benötigen nicht nur gewaltige Mengen an Eisen und Stahl, sondern auch eine beträchtliche Anzahl geschulter Facharbeiter. Wir lernen natürlich neue Leute an, so schnell wir können, aber das Problem besteht nach wie vor.«

»Und natürlich gibt es auch noch das Problem, dass jemand anderes Ihnen die frisch ausgebildeten Fachkräfte abwirbt, kaum dass deren Ausbildung beendet ist.«

»Ich merke schon, Sie hatten es bei Ihren Aktivitäten mit der gleichen Sorte Kraken zu tun.« Wieder lachte Howsmyn leise.

»Natürlich! Schließlich ist es doch viel billiger, jemand anderen für die Ausbildung sorgen zu lassen und die Arbeiter dann abzuwerben!«

»Ich glaube aber, dass das für unsere Konkurrenten im Ganzen nicht so gut läuft, wie sich das einige vielleicht vorgestellt haben.« Unverkennbare Zufriedenheit schwang in Howsmyns Stimme mit, es grenzte schon fast an Selbstgefälligkeit, und dieses Mal lachte Mychail laut auf.

»Es versetzt mich doch stets aufs Neue in Erstaunen, wie dumm manche unserer ach-so-geschätzten Kollegen wirklich sind«, sagte der Textilmagnat dann. »Oder zumindest, für wie dumm sie *Mechaniker* halten! Glauben die vielleicht, jemand, aus dem ein ausgebildeter Handwerker wird, könne das schaffen, ohne dabei seinen *Verstand* zu benutzen? Unsere Leute wissen genau, dass es ihnen deutlich besser geht, wenn sie für uns arbeiten, als für fast jeden anderen. Ganz zu schweigen davon, dass praktisch jeder Mann und jede Frau in ganz Charis weiß, dass wir unsere Leute *immer* so gut behandelt haben, wie das eben möglich war. Ist ja nicht gerade so, als wären wir erst gestern aufgewacht und würden jetzt versuchen, mal etwas anders zu machen ... im Gegensatz zu einigen unserer Konkurrenten. Dieser Idiot Erayksyn hat doch allen Ernstes letzten Fünftag versucht, zwei meiner Vorarbeiter aus der Manufaktur in der Weaving Street abzuwerben!«

Howsmyn schnaubte abschätzig. Wyllym Erayksyn hätte genau so gut dem Hochadel von Harchong entsprungen sein können, wenn man bedachte, wie viel Sorge er seinen Arbeitskräften angedeihen ließ. Eigentlich wäre Howsmyn sogar geneigt gewesen zu wetten, dass die weitaus meisten Harchongesen sich besser um ihre Leibeigenen kümmerten als Erayksyn und Seinesgleichen um ihre – rein theoretisch – freien Arbeiter.

»Ich wette, da hatte er *immensen* Erfolg«, stellte er fest.

»Wenn ja, dann hat es zumindest niemand bemerkt.« Mychail kniff die Lippen zu einem schmalen Lächeln zusammen. Dann verwandelte sich dieser Gesichtsausdruck in ein Stirnrunzeln. »Aber ich wünschte, es gäbe nicht so viele andere, die genau die gleiche Einstellung haben wie Erayksyn. Vor allem angesichts dieser ganzen neuen Möglichkeiten, mehr Geld zu verdienen – das stachelt ihre naturgegebene Gier nur noch weiter an. Ach ...« – er vollführte eine abwehrende Handbewegung, als er sah, dass Howsmyn schon etwas erwidern wollte – »... ich weiß, dass er vermutlich der Schlimmste von allen ist. Aber Sie können doch nicht abstreiten, dass es noch viele andere gibt, die das alles fast genauso sehen wie er. In den Leuten, die für sie arbeiten, sehen sie vor allem laufende Kosten, nicht etwa Mitmenschen, und sie tun stets ihr Bestes, *diese* Kosten genauso zu verringern wie alle anderen.«

»Das mag im Augenblick so sein«, gab nun Howsmyn zurück, »aber ich glaube nicht, dass sie mit dieser Einstellung das Ziel erreichen, das ihnen vorschwebt. Ich mag ja Schwierigkeiten haben, so viele gelernte Arbeitskräfte zu finden, wie ich brauche – und Ihnen geht es vermutlich nicht anders –, aber das liegt doch nur daran, dass es davon so wenige *gibt*. Wir hatten noch nie Schwierigkeiten, jemanden davon zu überzeugen, für uns arbeiten zu wollen, und Erayksyn ist nicht der Einzige, der bemerkt hat, dass es viel schwerer ist, Leute von uns abzuwerben, als er das eigentlich erwartet hatte. Denken Sie doch nur an Kairee, diesen scheinheiligen Mistkerl! Und die paar Männer, die seine Leute tatsächlich von uns abgeworben haben, sind auch nicht gerade unsere *besten* Arbeiter gewesen. Wenn man bedenkt, welcher Druck durch diese ganzen Innovationen entsteht, gelernte Arbeiter einzustellen, werden die Kosten für die Arbeitskräfte zweifellos nur weiter *steigen*, wie sehr die sich auch bemühen mögen, die Kosten zu senken. Angesichts der steigenden Leistung, auf den jeweils einzelnen Arbeiter bezogen, werden die *relativen* Kosten natürlich sinken, aber Leute wie Erayksyn und Kairee werden herausfinden, dass die Arbeitskräfte, die sie so lange derart misshandelt haben, es dann doch vorziehen werden, für Leute wie Sie und mich zu arbeiten!«

»Ich hoffe, Sie haben Recht – und das nicht nur mit Blick auf meinen eigenen Profit«, sagte Mychail.

»*Sie* haben mir doch beigebracht, langfristig zu denken – ja, und Sie haben mich auch gelehrt, niemals zu vergessen, nur weil ein Mann weniger wohlhabend ist als ich, ist er nicht weniger ein Mensch, der ebenso ein Anrecht auf seine Würde hat.« Howsmyns Miene war ungewohnt ernst, als er nun wieder Mychail in die Augen blickte. »Ich hoffe, diese Lektion niemals zu vergessen, Mychail. Denn sollte das jemals geschehen, dann werde ich den Mann, in den ich mich dann verwandelt habe, wahrscheinlich deutlich weniger mögen als den Mann, der ich jetzt bin.«

Mychail wollte schon etwas sagen, doch dann schüttelte er fast unmerklich den Kopf und legte Howsmyn stattdessen nur die Hand auf die Schulter. Der Textilfabrikant hatte vor fast zwanzig Jahren beide seiner Söhne verloren, als die Galeone, mit der sie ausgeschifft waren, mit Mann und Maus auf hoher See verschwunden war. In vielerlei Hinsicht hatte Howsmyn die schmerzende Leere ausgefüllt, die ihr Tod in Rhaiyan Mychails Lebens hinterlassen hatte. Für Mychails jüngere Enkel war er fast eine Art Vaterersatz geworden, seine Frau war für die Kinder wie eine Tante, und drei jener Enkel waren mittlerweile in Howsmyns Dienste getreten, um das Handwerk der Hüttenmeister zu erlernen. Und Mychail hätte auch niemanden zu benennen gewusst, der für sie ein besserer Mentor hätte sein können.

»Nun ja, das ist natürlich alles sehr erbaulich«, sagte er dann, doch seine Heiterkeit klang ein wenig gezwungen. »Aber der offizielle Grund für meinen Besuch bei Ihnen ist, dass wir darüber sprechen sollten, wie genau wir die Gliederung der Unternehmungsführung dieser neuen Werften in Tellesberg gestalten.«

»Sie haben schon sämtliche Partner beisammen?« Erstaunt hob Howsmyn die Augenbrauen, und Mychail nickte zustimmend.

»Dass Ironhill angekündigt hat, die Krone werde vierzig Prozent der Anfangsinvestitionen übernehmen, hat es möglich gemacht«, erklärte er.

»Und was genau erhält Cayleb im Gegenzug für diese vierzig Prozent?« Trotz seiner unstrittigen Vaterlandsliebe klang Howsmyn doch unverkennbar skeptisch.

»Selbstverständlich erhält die Navy Vorrang bei der Belegung sämtlicher Helligen«, erklärte Mychail mit ruhiger Stimme. »Und ich bin mir sicher, wir werden unter einem gewissen Druck stehen, Ironhill ›Freundschaftspreise‹ anzubieten. Andererseits sind wir in der Vereinbarung ausdrücklich angewiesen, die Interessen der Krone zu vertreten. Also werden wir in drei oder vier Jahren – allerhöchstens fünf, würde ich schätzen – die Eignerschaft vollständig übernehmen können, völlig frei von Rechten Dritter.«

»Na, das klingt doch besser, als ich befürchtet hatte.« Nachdenklich rieb sich Howsmyn das Kinn, dann nickte er. »Erscheint mir ganz angemessen. Vergessen Sie aber nicht, ich möchte mir diese Vereinbarung noch einmal genau ansehen – schriftlich niedergelegt!«

»Etwas anderes hatte ich auch nicht erwartet.« Mychail

lächelte. »Deswegen habe ich zufälligerweise den Entwurf dieser Vereinbarung bei mir.«

»›Zufälligerweise‹, ja?«

»Sie wissen doch, dass ich schon immer ein Freund davon war, so viele Wyvern wie möglich auf einen Streich zu erledigen«, erwiderte Mychail. »Und wo wir gerade davon reden, mehrere Dinge auf einmal zu erledigen: Einer der inoffiziellen Gründe meines Besuches hier ist es, Sie daran zu erinnern, dass Styvyn nächsten Fünftag Geburtstag hat und dass Alyx und Myldryd Sie zum Abendessen erwarten.«

»Was?! *Nächsten* Fünftag schon?« Erstaunt kniff Howsmyn die Augen zusammen. »Das kann doch nicht sein! *Hatte* der nicht gerade erst Geburtstag?«

»Dass Sie diese Frage tatsächlich stellen, ist ein Beleg dafür, dass auch Sie nicht mehr so jung sind, wie Sie vielleicht glauben mögen«, antwortete Mychail. »Ja, nächsten Fünftag. Da wird er auch schon elf.«

»Also ... Warum haben Sie das denn nicht gleich gesagt? Das ist doch viel wichtiger als irgendwelche Lappalien, die irgendetwas mit der Produktion für die Artillerie zu tun haben! Was glauben Sie denn, wie viele Patenkinder ich habe? Und es ist ja nun auch nicht so, als hätten Sie noch einen unbegrenzten Vorrat an Urenkeln in der Hinterhand, oder etwa doch?«

»Nein.« Mychail schüttelte den Kopf und lächelte. »Also: Darf ich Myldryd sagen, dass Sie kommen werden?«

.IV.

Galeone *Südwind*, Margaret Bay; Schenke ›Zum Grauen Schiff‹, Hanth Town, Grafschaft Hanth

»Ich bin immer noch der Ansicht, wir sollten Eraystor ansteuern«, grollte Tahdayo Mahntayl, als die Galeone *Südwind* den rauchverhangenen Himmel über Hanth Town hinter sich ließ.

Es verlangte von Sir Styv Walkyr gewaltige Selbstdisziplin, nicht die Augen zu verdrehen oder in einem Stoßgebet um Kraft zu bitten. Dass er es zumindest geschafft hatte, Mahntayl das Zugeständnis abzuringen, es sei wirklich an der Zeit, *irgendwo anders* hinzugehen und nicht nur ungeduldig in Hanth Town darauf zu warten, dass Cayleb endlich dazu kam, ihn einen Kopf kürzer zu machen, war ihm dabei durchaus behilflich.

Zumindest ein wenig.

»Zunächst einmal«, erwiderte er geduldig, »ist der Captain nicht allzu erpicht darauf, eine der Blockaden zu durchbrechen, die sämtliche Häfen von Emerald abriegeln. Zweitens wird es nicht mehr lange dauern, bis Cayleb und Lock Island dazu kommen, auch in *Emerald* einzumarschieren. Möchtet Ihr wirklich dort sein, wenn das geschieht?«

»Ich bin nicht davon überzeugt, dass sein wunderbarer Einmarsch in Emerald ganz so glatt laufen wird«, erwiderte Mahntayl fast schon bockig. »Nahrmahns Armee ist ihm deutlich treuer ergeben als die Bastarde, mit denen *ich* mich herumschlagen musste.«

»Mir ist völlig egal, wie treu ergeben ihm seine Truppen

sind«, gab Walkyr zurück. »Zumindest langfristig gesehen. Er hat einfach nicht genug Soldaten, Caylebs Truppen sind *ihm* noch deutlich treuer ergeben, und ich vermute sehr stark, dass die Charisian Marines für Nahrmahn noch ein paar eigene Überraschungen versteckt halten. Irgendwie halte ich es für unwahrscheinlich, dass ausschließlich Haarahlds *Navy* die ganzen neuen Spielsachen bekommen haben soll.«

Mahntayl stieß ein zorniges Schnauben aus, doch er widersprach nicht, und Walkyr zuckte gleichmütig mit den Schultern.

»Es ist genau, wie ich es schon die ganze Zeit gesagt habe, Tahdayo. Es gibt nur wenige Leute, an deren Kopf Cayleb noch interessierter ist als an dem Euren. Wohin auch immer Ihr geht, es sollte auf jeden Fall ein Ort sein, den er so bald nicht aufsuchen wird. Das trifft auf Emerald nicht gerade zu, und ich glaube, bald wird Gleiches auch für Corisande gelten. Damit bleiben also nur noch irgendwelche Ziele auf dem Festland. Und wenn wir sowieso auf das Festland müssen, dann wäre Zion das einzig logische Ziel.«

»Ich weiß, ich weiß! Sie haben mir Ihre Argumentation schon oft genug erläutert.«

Mahntayls Kiefer mahlten, als er erneut einen Blick zurück zu der Stadt warf, von der er gehofft hatte, sie würde bis zu seinem Lebensende ihm gehören. *Und das ist die eigentliche Ursache des Problems,* ging es Walkyr durch den Kopf. Mahntayl war nicht nur darüber erbost, dass ihm das Objekt seiner Begierde so unsanft aus den Händen gerissen wurde, nein, er war sich seiner Sache so sicher gewesen, dass er keinerlei Vorkehrungen für den Fall getroffen hatte, Charis könne den Kampf gegen dieses Bündnis, das die ›Vierer-Gruppe‹ so zusammengeschmiedet hatte, tatsächlich gewinnen.

Und ich habe nicht die Absicht, ihm von den Vorbereitungen zu berichten, die ich *sehr wohl getroffen habe,* rief er sich erneut ins Gedächtnis zurück.

»Nun, ich kann mir kaum jemanden vorstellen, den der Kanzler und der Großinquisitor im Augenblick lieber sehen würden als Euch«, sagte er stattdessen. »Den Beleg dafür, dass nicht der gesamte Adel von Charis Caylebs Ketzerei unterstützt, werden sie sehr willkommen heißen, und ich bin mir auch sicher, dass sie Eure Anstrengungen, Hanth so schnell wie möglich wieder zu befreien, durchaus unterstützen werden.«

Erneut schnaubte Mahntayl, doch zugleich hellte sich seine Miene ein wenig auf. Trotz seiner streitsüchtigen Stimmung konnte auch er sich nicht gegen den Gedanken verschließen, die Schatzkammern des Tempels seien reichlich genug gefüllt, um ihn in dem Maße zu unterstützen, an das er sich mittlerweile gewöhnt hatte. Vorausgesetzt, natürlich, dass er für die Kirche eine hinreichend wertvolle Galionsfigur abgeben konnte.

»Nun«, sagte er schließlich und wandte seiner ehemaligen Hauptstadt, die in der Ferne kleiner und kleiner wurde, mit einer gewissen Endgültigkeit den Rücken zu, »nichts von all dem kann ich etwas entgegensetzen. Und tatsächlich«, fuhr er mit der Miene eines Mannes fort, der sich etwas von der Seele zu reden hatte, »hätte ich schon sehr viel früher auf dich hören sollen.«

Wenigstens das *hast du verstanden,* dachte Walkyr säuerlich.

»Es ist niemals einfach, sich selbst dazu zu bringen, lediglich die eigenen Verluste zu vermindern«, sagte er dann laut. »Ich weiß das, und das gilt besonders für jemanden, der so lang und so hart gearbeitet hat, wie Ihr eben um Hanth gekämpft habt. Aber nun müsst Ihr Euch darauf besinnen, dass Ihr eines Tages zurückkehren werdet. Und vielleicht wollt Ihr auch über Folgendes nachdenken: Ich bin mir sicher, dass Ihr der erste charisianische Adelige sein werdet, der Zion erreicht – der erste Sohn dieses Landes, der sein Schwert in den Dienst von Mutter Kirche stellt. Wenn es schließlich so weit sein wird, sämtliche dieser verräterischen, gottlosen Adeligen zu ersetzen, die sich dafür entschieden haben, sich Cayleb und Staynair anzuschließen, dann ist es sehr wohl möglich, dass Ihr mit einem Mal der wichtigste aller denkbaren Kandidaten sein werdet. Und wenn das der Fall ist, dann wird Hanth nicht alles sein, was Ihr als Entschädigung für Eure Verluste und als redlich verdiente Belohnung für Eure Treue erhalten werdet.«

Wieder nickte Mahntayl; er wirkte sehr ernst, und seine Miene verriet wahrhaft noble Entschlossenheit.

»Sie haben Recht, Styv. Sie haben Recht.« Er streckte den Arm aus und drückte seinem Gegenüber die Schulter. So blieb er einige Sekunden lang stehen, dann atmete er langsam und bedächtig aus.

»Sie haben Recht«, wiederholte er, »und ich werde es auch nicht vergessen. Wenn die Zeit jemals kommt, da ich in eine Position gelange, die es mir gestattet, Sie angemessen zu entlohnen, werde ich das auch tun, das verspreche ich Ihnen. Aber in der Zwischenzeit werde ich wohl unter Deck gehen. Irgendwie ...« – er verzog die Lippen zu einem freudlosen Lächeln – »... kann ich den Ausblick von Deck im Moment nicht sonderlich genießen.«

»Dieser gottverdammte Mistkerl! Keinerlei Mumm in den Knochen!«, fauchte Mylz Halcom, als er sah, wie die Segel der *Südwind* über den dunkelblauen Wellen der Bay immer kleiner wurden.

Er stand an einem der obersten Fenster der Schenke ›Zum Grauen Schiff‹, einer nicht allzu gediegenen Taverne in den Außenbezirken von Hanth Town. Weder ihre Lage noch diese Atmosphäre allgegenwärtigen Verfalls waren dazu angetan, Kundschaft anzulocken, doch zumindest lag die Schenke nicht auf der Route eines Großteils der Schießereien, die er in der Ferne immer noch hören konnte: Tahdayo Mahntayls Söldner versuchten, die Stadt zu verlassen. Das war in etwa das Beste, was er darüber sagen konnte ... und im Augenblick konnte er auch über seinen eigenen Zustand kaum etwas aussagen, um ganz ehrlich zu sein. Nur wenige hätten den mächtigen Bischof Mylz erkannt, hätten sie ihn hier gesehen. Sein sorgfältig gepflegter, üppiger Bart war verschwunden, die silbernen Strähnen an seinen Schläfen, die seinem Aussehen stets etwas besonders Dramatisches verliehen hatten, waren nun gefärbt, und seine maßgeschneiderte Soutane hatte er gegen die deutlich einfachere Kleidung eines mittelmäßig erfolgreichen Farmers oder vielleicht eines unbedeutenden Händlers ausgetauscht.

»Wir wussten doch schon seit Fünftagen, dass dies kommen würde, Mein Lord«, merkte der deutlich jüngere Mann an, der neben ihm stand. Pater Ahlvyn Shumay sah noch weniger nach dem Privatsekretär des Bischofs von Margaret Bay aus als Halcom selbst wirkte. »Es war doch von Anfang an offensichtlich, dass Mahntayls wahre Treue einzig und alleine ihm selbst gilt.«

»Und deswegen soll ich mich jetzt *besser* fühlen?«, grollte Halcom. Schwungvoll wandte er sich vom Fenster ab, drehte der flüchtenden Galeone den Rücken zu und blickte Shumay geradewegs in die Augen.

»Nicht ›besser‹, Mein Lord.« Shumay brachte tatsächlich ein Lächeln zustande. »Aber die *Heilige Schrift* mahnt uns, es sei besser, der Wahrheit ins Gesicht zu blicken, als sich in die Selbsttäuschungen des Wunschdenkens zu flüchten, selbst im Namen Gottes.«

Einen Augenblick lang bedachte Halcom ihn mit einem finsteren Blick, doch dann entspannten sich die Schultern des hitzigen Bischofs zumindest ein wenig, und er verzog das Gesicht zu einer Grimasse, die zumindest den Hauch eines Lächeln barg.

»Ja, das tut sie«, gab er zu. »Und ich nehme an, ich muss mir selbst immer wieder ins Gedächtnis rufen, dass zu den Funktionen, die Sie am besten erfüllen, immer noch gehört, jegliche Selbsttäuschungen im Keim zu ersticken, auch wenn das aus Ihnen gelegentlich einen unerträglichen, altklugen Besserwisser macht.«

»Ich versuche mein Bestes, Mein Lord. Eine nützliche Funktion zu erfüllen, meine ich – nicht unerträglich zu sein.«

»Das weiß ich, Ahlvyn.« Sanft tätschelte Halcom ihm die Schulter, dann atmete er tief durch; es war die Geste eines Mannes, der seine Gedanken bewusst von jeglichem Ärger abzuwenden und sich produktiveren Gedanken zu widmen versuchte.

»Wenigstens vereinfacht uns Mahntayls letzte Flucht, unsere eigenen Möglichkeiten zu begutachten«, sagte er dann. »Bitte nehmen Sie zur Kenntnis, dass ich nicht gesagt habe, es würde unsere Möglichkeiten ›verbessern‹, ich sagte lediglich, es würde sie ›vereinfachen‹.«

»Vergebt mir, Mein Lord, aber ich fürchte, ich begreife nicht recht, wie heutzutage irgendetwas ›einfach‹ sein sollte.«

»›Einfach*er*‹ ist auch nicht das gleiche wie ›einfach‹.« In einem kurzen Grinsen blitzten Halcoms Zähne auf. »Andererseits steht jetzt zumindest fest, dass wir, nachdem Mahntayl sich dafür entschieden hat, *nicht* die Stellung zu halten, das ebenso wenig tun können. Nicht jetzt, nicht hier.«

Fast unmerklich weiteten sich Shumays Augen. Unnachgiebig wie ein Fels hatte Halcom darauf bestanden, dass sie es irgendwie bewerkstelligten, hier in dieser Diözese eine Trutzburg der wahren Kirche zu errichten. In den flammenden Predigten, die er in der Kathedrale von Hanth gehalten hatte, war der Bischof immer wieder sowohl auf ihre Verantwortung eingegangen, genau das zu tun, als auch darauf, es sei sehr wohl möglich.

»Ach, jetzt schauen Sie doch nicht so erstaunt«, schalt Halcom ihn. »Allzu viel Hoffnung, Cayleb und diesen verdammten Verräter Staynair abzuwehren, hat doch ohnehin nie bestanden. Aber wenn ich das auch nur ein einziges Mal offen zugegeben hätte, wäre Mahntayl schon viel früher verschwunden. Und auch wenn die Hoffnung darauf nicht allzu groß gewesen war, hat sie doch immer noch *bestanden.* Aber, wie Sie selbst gerade angemerkt haben, jetzt hat es keinen Sinn mehr, sich in irgendwelchen Selbsttäuschungen zu ergehen, wenn die Wirklichkeit uns eine so schallende Ohrfeige verpasst. Auch keiner der anderen Adligen dieser Diözese hat genug Rückgrat, sich Cayleb offen entgegenzustellen – vorausgesetzt natürlich, auch nur ein Einziger von ihnen wollte das überhaupt. Und um ganz ehrlich zu sein, die meisten wollten es nicht. Wahrscheinlich sind sogar zwei Drittel der Adeligen hier eigentlich *seiner Meinung* – diese verräterischen Mistkerle! Zumindest werden sie jetzt versuchen, den leichteren Weg zu wählen und ihm alles überlassen, was er nur will. Wahrscheinlich denken sie sich, dass, wenn Mutter Kirche ihn letztendlich doch zerschmettert, sie sich damit herausreden können, sie hätten sich lediglich höherer Gewalt gebeugt, so sehr sie von tiefsten Herzen seine Abtrünnigkeit auch abgelehnt hätten. Mahntayl war der Einzige, der unmöglich zu einer Übereinkunft mit Cayleb hätte kommen können, selbst wenn er das noch so gewollt hätte ... vorausgesetzt, irgendjemand hätte ihm hinreichend Mut einflößen und ihm ein Rückgrat verpassen können, damit er sich überhaupt Cayleb entgegenstellte. Das ist der wahre Grund, warum Sie und ich seit der Schlacht im Darcos-Sund hier in Hanth vor Anker liegen.«

»Ich ... verstehe, Mein Lord«, antwortete Shumay langsam, als müsse sein Verstand angesichts dieses Geständnisses, das Halcom gerade abgelegt hatte, zunächst einmal die Geschehnisse der letzten Monate ordnen ... und auch das, was sein Bischof seinerzeit darüber gesagt hatte.

»Verstehen Sie mich nicht falsch, Ahlvyn.« Nun wirkte Halcoms Miene wieder unerschütterlich und verriet immense Entschlossenheit. »Weder stellt mein Verstand in Frage, noch regt sich in meinem Herzen Zweifel darüber, was Gott, Langhorne und Mutter Kirche von uns erwarten. Die einzigen Fragen, die es gibt, drehen sich darum, wie wir unsere Aufgaben erfüllen sollen. Offensichtlich lässt Mahntayls ... Abreise deutlich vermuten, dass es nicht angemessen wäre, hier in der Region der Margaret Bay ein Zentrum offenen Widerstandes gegen diese verwünschte ›Kirche von Charis‹ zu etablieren. Also ergibt sich das Problem: Was tun wir als Nächstes?«

»Und darf ich annehmen, dass Euch bereits eine Antwort darauf vorschwebt, Mein Lord?«

»Ich hatte daran gedacht, nach Emerald zu fliehen«, gab Halcom zu. »Wir könnten uns wohl darauf verlassen, dass Bischof-Vollstrecker Wyllys uns Zuflucht gewährt, und ich bin mir sicher, dass wir ihm in Emerald durchaus nützlich werden könnten. Aber im Verlauf der letzten Tage bin ich zu dem

Schluss gekommen, dass Emerald auch nicht das beste Ziel darstellt, das wir ansteuern könnten.«

»Darf ich fragen, warum nicht, Mein Lord?«

»Tatsächlich gibt es dafür sogar zwei Gründe. Zum einen bin ich mir nicht sicher, dass der Bischof-Vollstrecker noch lange in der Lage sein wird, *irgendjemandem* Zuflucht zu gewähren.« Halcom verzog das Gesicht. »Walkyr, dieser feige Wurm, hatte zumindest in einer Hinsicht von Anfang an Recht, und das ist die Tatsache, dass Nahrmahn nicht in der Lage sein wird, Cayleb allzu lange abzuwehren. Schlimmer noch, ich mache mir ernstlich Sorgen, dass Nahrmahn sich bereits eigene Pläne zurechtgelegt hat, was Mutter Kirche betrifft.«

»Gewiss nicht, Mein Lord!«

»Und warum nicht, bitte?« Halcom stieß ein verächtliches Schnauben aus. »Gewiss nicht, weil Sie denken, sein zutiefst gefestigter Charakter halte ihn davon ab, die gleichen Gelegenheiten zu erkennen, die Cayleb ganz offensichtlich gesehen hat! Ich habe schon immer vermutet, Nahrmahn sei deutlich intelligenter, als er es seinen Feinden gerne vorgaukelt. Das ist natürlich bedauerlicherweise nicht unbedingt gleichbedeutend damit, feste Prinzipien zu haben, und ein Mann ohne feste Prinzipien ist gefährlich. *Äußerst* gefährlich sogar.

Wenn Nahrmahn darauf hofft, mit Cayleb zu irgendeiner Art von Übereinkunft zu kommen, wie unwahrscheinlich das auch sein mag, dann muss ihm auch bewusst sein, dass Cayleb und Staynair von ihm verlangen werden, sich ihrem offenen Widerstand gegen Mutter Kirche anzuschließen. Und wenn er sich dessen bewusst ist, dann muss er bereits Pläne geschmiedet haben, all das zu ... neutralisieren, was Bischof-Vollstrecker Wyllys unternehmen mag, ihn aufzuhalten. Und, um nun ganz ehrlich zu sein, die Tatsache, dass der

Bischof-Vollstrecker in sämtlichen seiner letzten Schreiben an mich stets darauf beharrt, nichts dergleichen würde in Emerald geschehen, steigert meine Besorgnis nur noch. Bei allem Respekt für den Bischof-Vollstrecker lässt mich diese Zuversicht doch vermuten, dass es Nahrmahn gelungen ist, sämtliche besagten Vorbereitungen völlig geheim zu halten. Und das bedeutet, dass sie wahrscheinlich auch Erfolg haben werden, zumindest kurzfristig.«

Entsetzt starrte Shumay seinen Oberen an, und erneut legte Halcom seinem Privatsekretär tröstend die Hand auf die Schulter.

»Machen Sie nicht den Fehler zu glauben, Cayleb und Staynair seien alleine in ihrem Wahn, Ahlvyn«, erklärte er sanft. »Schauen Sie doch nur, wie rasch – und mit wie wenig Widerstand – das gesamte Königreich deren blasphemischem Beispiel gefolgt ist. Ich will damit nicht sagen, dass diese Verderbtheit in Emerald so weitverbreitet ist und so tief geht, wie es offensichtlich hier in Charis der Fall ist, aber die Charis-See und die Straße von Emerald sind nicht breit genug, um das Gift vollends davon abzuhalten, auch Emerald zu erreichen. Und Nahrmahn ist ein noch größerer Sklave des Strebens nach weltlicher Macht als Cayleb. Er wird der sich bietenden Gelegenheit, selbst Herr der Kirche in Emerald zu werden, keinesfalls blind gegenüberstehen, was auch immer sonst geschehen mag. Und wenn man das alles mit dem Druck verbindet, den Cayleb und Charis auf ihn ausüben werden, wie soll man dann von ihm etwas anderes erwarten als einen offenen Angriff auf die rechtmäßige Autorität von Mutter Kirche, wann immer der Augenblick ihm am vorteilhaftesten erscheinen mag?«

»Aber wenn dem so ist, Mein Lord«, gab Shumay zu bedenken, »welche Hoffnung bleibt uns dann noch?«

»Wir haben etwas viel Besseres als Hoffnung, Ahlvyn! Wir haben Gott Selbst auf unserer Seite. Oder, besser gesagt, wir sind an Seiner Seite. Was auch immer kurzfristig geschehen mag, letztendlich wird Er obsiegen. Jedes andere Ergebnis ist schlichtweg unmöglich, solange es noch Menschen gibt, die sich ihrer Verantwortung Ihm und Seiner Kirche gegenüber bewusst sind.«

Einige Sekunden lang blickte Shumay Halcom nur schweigend an. Dann nickte er – zunächst langsam und bedächtig, dann heftig und nachdrücklicher.

»Natürlich habt Ihr Recht, Mein Lord. Damit kommen wir wieder zu der Frage zurück, was genau wir denn *tun* sollen. Ein Rückzug nach Emerald erscheint mir nun deutlich weniger reizvoll als vor Eurer Erklärung. Sollen wir Mahntayl nach Zion folgen?«

»Nein.« Halcom schüttelte den Kopf. »Auch darüber habe ich weidlich nachgedacht. Und das hat mich sogar zu dem zweiten Grund geführt, warum es nicht das Beste wäre, nach Emerald zu gehen. Wir müssen dort sein, Ahlvyn, wo wir Gott am nützlichsten sein können, und das ist genau hier, in Charis. Andere im Königreich werden uns brauchen, sogar – oder vielleicht gerade – in Tellesberg selbst. Diejenigen, die Caylebs und Staynairs Günstlinge stets als ›die Tempelgetreuen‹ bezeichnen, sind die Leute, die wir finden müssen. Sie werden jegliche Ermutigung benötigen, die sie nur erhalten können, und jede Führung, die sie finden können. Und mehr noch, sie bleiben die wahren Kinder Gottes in Charis, und als die wahre gute Herde benötigen – und verdienen – sie auch Hirten, die sich ihrer Treue und ihrem Glauben würdig erweisen.«

Wieder nickte Shumay, und Halcom hob die Hand zu einer warnenden Geste.

»Machen Sie keinen Fehler, Ahlvyn. Dies ist eine weitere Schlacht in dem entsetzlichen Krieg zwischen Langhorne und Shan-wei. Niemand von uns hat ernstlich erwartet, dass er so offen ausbrechen würde, gewiss nicht zu unseren eigenen Lebzeiten. Doch es wäre ein Verrat an unserem Glauben, würden wir uns weigern zu erkennen, dass eben dieser Krieg jetzt über uns gekommen *ist.* Und ebenso wie es seinerzeit Märtyrer gegeben hat, selbst in den Reihen der Erzengel, in jenem ersten Krieg gegen Shan-wei, wird es auch in diesem Kriege Märtyrer geben. Wenn wir nach Tellesberg ziehen, statt nach Zion zu segeln, dann wagen wir uns zwischen die Kiefer des Drachen selbst – und es ist sehr wohl möglich, dass diese Kiefer sich um uns schließen werden.«

»Ich verstehe, Mein Lord.« Ruhig blickte Shumay seinem Bischof in die Augen. »Und ich bin ebenso wenig wie jeder andere erpicht darauf zu sterben, selbst nicht für Gott. Aber wenn es das ist, was Gottes Plan und Mutter Kirche von uns verlangen: Welches bessere Ende könnte ein Mensch nur erstreben?«

.V.

Bei Madame Ahnzhelyk, Stadt Zion, Die Tempel-Lande

Der zarte Duft von Parfum hing in der Luft, die durch die verschwenderisch ausgestattete Suite zog. Fast lautlos drehte sich der Deckenventilator, den über einen komplizierten Mechanismus aus Achsen und Wellen ein Diener im Keller stetig und unablässig mit einer Kurbel antrieb. Zusammen mit anderen herrschaftlichen Anwesen lag das Haus an einer breiten Prachtstraße – das ordentliche Pflaster war makellos sauber, täglich wurde es gewischt. Das Trällern von Vögeln und Wyvern war zu hören; sie kauerten in dem Birnenbaum, den man zur Zierde auf den breiten Grünstreifen in der Straßenmitte gepflanzt hatte; manche der Tiere flatterten auch zwischen den Futterhäuschen hin und her, die einige Bewohner dieser teuren Residenzen eigens für sie aufgestellt hatten.

Die meisten dieser Residenzen dienten weniger wichtigen Nebenzweigen der großen Kirchendynastien als Stadthaus. Auch wenn sie zweifellos in einem der angeseheneren Vierteln der Stadt lagen, waren sie doch weit genug vom Tempel entfernt, um nur noch als ›respektable Adresse‹ zu gelten. Bei einigen dieser Häuser hatten sogar schon die Besitzer gewechselt – sei es, weil die ursprünglichen Eigentümer mittlerweile weit genug aufgestiegen waren, um den Umzug in ein noch eleganteres, angeseheneres Viertel zu rechtfertigen, sei es, weil die Umstände sie dazu gezwungen hatten, ihr Anwesen zu verkaufen.

Und natürlich war diese Residenz hier auf genau die Art und Weise in die Hände von Madame Ahnzhelyk gefallen.

In der Gegend wohnten einige Eiferer, die Madame Ahnzhelyks Anwesenheit als anstößig empfanden – doch es waren nur wenige, und die meisten von ihnen behielten ihre Meinung für sich, denn Madame Ahnzhelyk hatte Freunde. Einflussreiche Freunde, von denen viele von ihnen zu ihren … Kunden gehörten, auch jetzt noch.

Dennoch war ihr auch die Bedeutung der Diskretion bewusst, und genau das bot ihr Etablissement ihrer Klientel – zusammen mit den Diensten ihrer ausgewählt hübschen und gut ausgebildeten jungen Damen. Selbst diejenigen, die es missbilligten, ein derartiges Etablissement in ihrer Nähe zu haben, verstanden sehr wohl, dass derartige Häuser in der Stadt Zion notwendig und unvermeidbar waren, und im Gegensatz zu einigen anderen, deutlich schäbigeren, Häusern gestattete Madame Ahnzhelyk weder Glücksspiele noch Schlägereien unter Betrunkenen. Ihre Kunden stammten ausschließlich aus den obersten Rängen der kirchlichen Hierarchie.

Sie war zweifellos eine der wohlhabendsten Frauen in der ganzen Stadt. Wenn man ausschließlich ihren persönlichen Besitz betrachtete, nicht auch noch ihre Position in einer der großen Kirchenfamilien, war sie vielleicht sogar die *reichste* Frau hier. Beharrlich hielten sich Gerüchte, bevor sie sich für diesen Beruf entschieden und ihren Namen geändert hatte, habe sie einer dieser Familien angehört; doch so recht glauben wollte niemand daran.

Mit ihren fünfundvierzig Jahren lag Madame Ahnzhelyks eigene aktive Zeit in diesem Gewerbe längst hinter ihr, auch wenn sie immer noch die gleiche schlanke Figur hatte und ihre atemberaubende Schönheit fast unverändert geblieben war; beides hatte zu seiner Zeit für ihren immensen Erfolg gesorgt, bevor sie schließlich in die Geschäftsleitung aufgestiegen war. Andererseits war der Grund für ihren phänomenalen Erfolg nicht allein in ihren körperlichen Reizen oder ihrem Geschick im Bett zu suchen, auch wenn sie mit beidem überreichlich gesegnet war. Doch viel wichtiger war, dass Ahnzhelyk Phonda zugleich auch über einen scharfen Verstand verfügte, gepaart mit Witz und Humor, einer bemerkenswerten Beobachtungsgabe und echtem Einfühlungsvermögen. Und sie war in der Lage, sich mit Geist und Charme in jeglicher Diskussion zu behaupten, was auch immer das Thema sein mochte.

Schon mancher einsame Bischof, Erzbischof oder gar Vikar hatte ihre erlesene Gesellschaft in Anspruch genommen. Hätte Ahnzhelyk zu den Frauen gehört, die daran interessiert waren, sich selbst in der Politik zu versuchen, so hätten die zahllosen, verschiedenartigsten Geheimnisse aus den Reihen der Kirche, die man ihr im Laufe der Jahre anvertraut hatte, sie zu einer gefährlichen Gegenspielerin gemacht. Doch das wäre riskant gewesen, und Madame Ahnzhelyk war entschieden zu weise, sich darauf einzulassen.

Abgesehen davon, ging es ihr durch den Kopf, während sie nachdenklich durch das Fenster schaute und die Gegend betrachtete, *habe ich die meisten dieser Geheimnisse anderweitig nutzen können – und besser.*

»Sie haben nach mir geschickt, Madame?«

Hauchzarte Röcke raschelten, flüsternd strich Seide über satinzarte Haut, als Ahnzhelyk sich in einer anmutigen Bewegung vom Fenster abwandte. Trotz ihres fortgeschrittenen Alters umgab sie immer noch eine Aura der Sinnlichkeit. Sie war sich in einer Art und Weise ihrer eigenen Leidenschaftlichkeit bewusst, die keine jüngere Frau ihr hätte gleichtun können. Stets wirkte sie, als sei sie völlig außerstande, sich *ohne* Anmut und Grazie zu bewegen, selbst wenn sie es bewusst darauf anlegen wollte, und in den Augen der schlicht und reizlos gekleideten Dienerin im Eingang blitzte etwas auf, was vielleicht Neid sein mochte.

»Ja, Ailysa«, erwiderte Madame Ahnzhelyk. »Bitte komm herein.«

Die Höflichkeit, die Ahnzhelyk selbst ihrer Dienerschaft entgegenbrachte, war völlig natürlich und instinktiv, und doch stellte sich nie die Frage, wer die Herrin war und wer die Dienerin. Sofort befolgte Ailysa den höflich vorgebrachten Befehl; ihr Nähzeug in der Hand trat sie ein und schloss die Tür hinter sich.

»Ich fürchte, es gibt sogar mehrere Dinge zu reparieren«, erklärte Ahnzhelyk und hob kaum merklich die Stimme, als die Tür geschlossen war.

»Selbstverständlich, Madame.«

Das Schloss schnappte zu, und Madame Ahnzhelyks Gesichtsausdruck veränderte sich deutlich. Jegliche Spur ruhiger, eleganter Überlegenheit schwand, und ihre Miene schien sich zu verfinstern, als sie die Hände ausstreckte. Einen Augenblick lang schaute Ailysa sie nur schweigend an, und auch sie kniff die Lippen zusammen.

»Ja«, sagte Ahnzhelyk leise, ergriff die Hände ihrer Dienerin und drückte sie fest. »Jetzt habe ich die Bestätigung erhalten. Übermorgen, eine Stunde nach Sonnenuntergang.«

Scharf sog Ailysa die Luft ein, und ihre Finger verkrampften sich um Madame Ahnzhelyks Hände.

»Wir wussten, dass es so kommen würde«, sagte sie leise, und auch ihre Stimme hatte sich verändert. Der charakteristische Akzent der niederen Klassen verschwand, nun sprach sie mit der klaren, fast fließenden Diktion, wie sie in den exklusivsten Mädchenpensionaten der Tempel-Lande gelehrt wurde, und eine kaum merkliche Veränderung ihrer ganzen Körperhaltung betonte diesen Wandel noch.

»Ich hatte immer noch gehofft ...«, erwiderte Ahnzhelyk, und in ihren Augen schimmerten Tränen. »Es musste doch irgendjemanden geben, der dafür sorgen könnte, dass man mit ihm Milde walten ließe.«

»Wer denn?« Ailysas Blick wirkte nun härter als der Ahnzhelyks, und Tränen waren darin auch nicht zu erkennen. Zugleich wirkte sie auch deutlich zorniger. »›Der Kreis‹ konnte das unmöglich tun. Was auch immer ich gewollt haben mag, ich habe das gewusst, und ich wusste auch warum. Und wenn *die* nichts ausrichten konnten, wer sonst hätte es denn wagen sollen? Seine eigene Familie – selbst sein eigener Bruder! – haben das Urteil entweder bestätigt oder sich mit der Begründung der ›fortbestehenden persönlichen Verbundenheit mit ihm‹ enthalten.« Sie schaute Ahnzhelyk an, als wolle sie auf den blitzsauberen Holzboden des Gemachs spucken. »Diese Feiglinge! Das sind doch alles Feiglinge!«

Kurz drückte Ahnzhelyk ihr die Hände noch fester, dann ließ sie sie los und legte ihr stattdessen einen Arm um die Schulter.

»Es war der Großinquisitor«, sagte sie. »Niemand hat es gewagt, sich ihm zu widersetzen – vor allem nicht nach dem, was die Charisianer der Invasionsflotte angetan haben ... und nachdem Cayleb Staynair ihn zu seinem Nachfolger bestimmt hat und Staynair dem Großvikar dieses entsetzliche Schreiben hat zukommen lassen. Der ganze Rat ist verängstigt, ob die das nun zugeben oder nicht, und Clyntahn ist fest entschlossen, denen das Blut zu verschaffen, nach dem die alle gieren.«

»Versuch nicht, deren Handeln zu rechtfertigen, Ahnzhelyk«, sagte Ailysa leise. »Versuch nicht einmal, *sein* Handeln zu rechtfertigen.«

»Ein *schlechter* Mensch war er nie«, gab Ahnzhelyk zurück.

»Nein, kein schlechter Mensch, nur korrupt.« Noch einmal atmete Ailysa tief durch, und einen winzigen Moment lang zitterte ihre Unterlippe. Dann schüttelte sie heftig den Kopf; es wirkte fast harsch. »Sie sind *alle* korrupt, und genau deswegen konnte sich auch niemand für ihn einsetzen. Die *Heilige Schrift* sagt, jeder wird ernten, was er sät, und er hat *nie* irgendetwas gesät, was stark genug gewesen wäre, diesem Sturm zu widerstehen.«

»Nein«, pflichtete Ahnzhelyk ihr traurig bei, dann straffte sie die Schultern, ging zum Sessel am Fenster hinüber und setzte sich. Sie stützte sich gegen eine der gepolsterten Armlehnen und blickte erneut auf die ruhige Straße hinaus. Den Anblick schien sie als ein wenig tröstlich zu empfinden.

Ailysa folgte ihr, und ein Lächeln huschte ihr über die Lippen, als sie die drei Kleider sah, die schon für die Reparaturen bereitgelegt waren. Wenn sie sich nicht allzu sehr täuschte, hatte Ahnzhelyk mindestens zwei von ihnen ganz bewusst eigenhändig zerrissen, doch das war ganz typisch für sie. Wenn sie eine Näherin herbeirief, um Kleider reparieren zu lassen, so *waren* die betreffenden Kleider auch beschädigt ... wie auch immer das geschehen sein mochte.

Ailysa öffnete ihre Tasche und nahm Nadeln, Faden, Schere und Fingerhüte heraus ... und ihr fiel auf, dass sie allesamt, vom Faden abgesehen, in Charis hergestellt worden waren. Zu den Dingen, die Ahnzhelyk auf die Idee gebracht hatte, Ailysa in diese Rolle schlüpfen zu lassen, gehörte auch, dass ihre Freundin eine wahrhaft außerordentlich geschickte Näherin war. Natürlich lag das nur daran, dass dies zu den bevorzugten Freizeitbeschäftigungen einer sehr wohlhabenden Frau gehörte, und nicht etwa, weil sich ›eine Dienerin‹ damit ihren Lebensunterhalt hätte verdienen müssen.

Ailysa nahm in einem deutlich bescheideneren, aber immer noch bequemem Sessel Platz und nahm sich das erste der Kleider vor, während Ahnzhelyk weiterhin nachdenklich aus dem Fenster blickte. Einige Minuten vergingen, bevor Ahnzhelyk sich wieder rührte; sie wandte den Kopf zur Seite, stützte ihn in die Hand und blickte Ailysa an.

»Wirst du es den Jungs erzählen?«, fragte sie leise, und kurz hielt Ailysa, die gerade einen Saum nähte, mitten in der Bewegung inne. Sie blickte die Spitze der Nadel an, biss sich auf die Lippe und schüttelte dann den Kopf.

»Nein. Nein, noch nicht.« Ihre Nasenflügel bebten, und dann nähte sie weiter, mit ruhigen, perfekt gesetzten Stichen. »Natürlich werden sie es irgendwann erfahren müssen. Und ich glaube, Tymythy vermutet bereits, was hier geschieht. Aber ich werde nicht das Risiko eingehen, es ihnen zu erzählen, bevor ich nicht an irgendeinen sicheren Ort gekommen bin. Oder zumindest …« – sie verzog die Lippen zu einem bitteren Lächeln – »… an einen *sichereren* Ort.«

»Ich könnte dafür sorgen, dass du schon morgen auf ein Schiff kommst.« Ahnzhelyks Vorschlag klang äußerst vorsichtig, doch Ailysa schüttelte erneut den Kopf.

»Nein.« Ihre Stimme klang jetzt deutlich rauer. »In allzu vielerlei Hinsicht war es keine wahre, keine gute Ehe, aber er ist und bleibt mein Gemahl. Und nun, da sein Leben dem Ende zugeht, hat er, so glaube ich, wenigstens eine Spur genau des Mannes in sich gefunden, den ich immer tief in seinem Innersten verborgen gewusst habe.« Sie blickte zu Ahnzhelyk auf, und nun standen auch in ihren Augen Tränen. »Ich werde diesen Mann nicht im Stich lassen, wenn er ihn nun endlich gefunden hat.«

»Es wird entsetzlich werden«, warnte Ahnzhelyk sie. »Und das weißt du auch.«

»Ja, das weiß ich. Und ich möchte mich daran *erinnern* können.« Ailysas Miene verhärtete sich noch mehr. »Ich möchte ihnen davon berichtet können, wie es war, und was sie ihm angetan haben – ›im Namen Gottes‹.« Die letzten drei Worte troffen vor Verbitterung, und Ahnzhelyk nickte bedächtig.

»Wenn es das ist, was du wünschst«, sagte sie sanft.

»Ich möchte ihnen davon berichten können«, wiederholte Ailysa.

Einige Sekunden lang blickte Ahnzhelyk sie nur schweigend an, dann lächelte sie, und in ihrer Miene standen Zuneigung, Trauer und zahllose Erinnerungen gleichermaßen.

»Es ist so schade, dass er es niemals erfahren hat«, sagte sie. Ailysa blickte sie an, als verblüffe sie dieser vermeintliche Themenwechsel.

»Was ›erfahren‹?«

»Das über uns. Wie lange wir einander schon kennen, und was wir in ihm zu sehen gehofft hatten. Es ist mir so schwergefallen, ihn nicht einfach an seiner Soutane zu packen und solange zu schütteln, bis er zu Sinnen kommt!«

»Das konnten wir nicht riskieren. Na ja, *du* konntest das nicht riskieren. Vielleicht hätte *ich* das tun sollen, aber er war immer viel zu sehr mit diesem Spiel beschäftigt. Er hat es nie gehört, wenn ich bewusst eine kleine Andeutung habe fallen lassen, und er hat auch nie einen Vorschlag als solchen erkannt. Die sind ihm einfach entgangen, und ich hatte zu große Angst, zu deutlich zu werden. Und …« – nun war es an ihr, die Lippen zu einem traurigen Lächeln zu verziehen – »… ich habe immer gedacht, es bliebe noch genug Zeit. Niemals habe ich damit gerechnet, dass es *so weit* kommen würde.«

»Ich auch nicht«, bestätigte Ahnzhelyk und lehnte sich wieder in ihrem Sessel am Fenster zurück, die Hände im Schoß gefaltet.

»Ich werde deine Briefe vermissen«, sagte sie.

»Lyzbet wird meinen Platz einnehmen«, erwiderte Ailysa. »Es wird einige Monate dauern, sämtliche Lieferarrangements zur Gänze zu erfüllen, aber sie weiß genau, was es zu tun gilt.«

»Das habe ich nicht gemeint.« Nun grinste Ahnzhelyk fast verschlagen. »Ich meinte *deine* Briefe. Es gibt doch einige Personen, die mir meine Vergangenheit vorwerfen, weißt du? Von denjenigen, die sie zur Gänze kennen. Aber *du* hast das nie getan.«

»Natürlich nicht.« Ailysa stieß ein leises Lachen aus. »Ich kenne dich, seit du noch nicht einmal ein Jahr alt warst. ›Ahnzhelyk‹! Und deine ›Vergangenheit‹ ist doch genau das, was dich so erfolgreich und effektiv hat werden lassen.«

»Aber manchmal fühlt es sich einfach sonderbar an, mit dir darüber zu sprechen«, erwiderte Ahnzhelyk und klang dabei fast wehmütig.

»Ja, das stimmt. Manchmal.« Ailysa wandte sich wieder ihrer Näharbeit zu. »Du warst in vielerlei Hinsicht mehr seine Gemahlin als ich. Du hast dich zumindest mehr um die Jungs gekümmert als ich.«

»Hast du mir das verübelt?« Ahnzhelyk sprach mit bewusst ruhiger Stimme. »Ich habe mich nie getraut, dich das zu fragen.«

»Ich habe ihm verübelt, dass ihm diese Machtspielchen, die er hier in Zion gespielt hat, immer wichtiger waren als seine Familie«, beantwortete Ailysa die Frage ihrer Freundin, ohne den Blick von ihrer Arbeit abzuwenden. »Ich habe ihm verübelt, dass er Trost und Behaglichkeit in Bordellen gesucht hat. Aber das war seine Welt, die Welt, in die er hineingeboren war. Das war nicht deine Schuld, und du hast auch nichts dazu getan, dass es so war, und so habe ich *dir* niemals etwas verübelt.«

»Das beruhigt mich«, erwiderte Ahnzhelyk leise. »Das beruhigt mich wirklich, Adorai.«

.VI.

Hanth Town,
Grafschaft Hanth
Königreich Charis

Captain Sir Dunkyn Yairley stand auf dem Achterdeck der HMS *Destiny* und genoss, die Hände hinter dem Rücken verschränkt, die frische Morgenluft über der Margaret Bay. Die Sonne war noch nicht aufgegangen. Am Osthimmel, vor dem man die dunklen, fast unsichtbaren Umrisse von Margaret's Land erahnen konnte, zeichnete sich gerade der erste mattgoldene Lichtschein ab, durchzogen von morgendlichen Rosatönen. Hoch über ihnen zogen dünne Wolkenfetzen hinweg, wie blauer Rauch vor dem stetig heller werdenden Himmel. Der Mond war gerade noch zu sehen, er spähte über den Rand am westlichen Horizont, doch die Sterne waren bereits verloschen. Die Brise trieb die *Destiny* gleichmäßig voran; an der Brahmstenge waren sämtliche Segel gesetzt, und so machte das Schiff gute fünf bis sechs Knoten.

Yairley war stolz auf das Schiff, das er befehligte. Die Galeone mit ihren vierundfünfzig Kanonen gehörte zu den stärksten Kriegsschiffen der Welt, und Yairley hatte das Kommando erst vor weniger als fünf Fünftagen übernommen. Mit dem letzten Schiff unter seinem Kommando, der *Queen Zhessyka*, hatte er sich in der Schlacht im Darcos-Sund hervorgetan, und zur Belohnung dafür hatte man ihm das Kommando über die *Destiny* übertragen. Er vermutete, dass dieses Schiff, trotz seiner Leistungen in dieser Schlacht, jemand anderem zugesprochen worden wäre, wenn Dunkyn nicht zuvor zweieinhalb Jahre lang eine Handelsgaleone befehligt hätte. Offiziere der Navy, die auch noch im aktiven Dienst Erfahrungen mit Rahseglern gesammelt hatten, gab es schließlich nicht allzu viele.

Das geschieht Allayn ganz recht, dachte er mit einem selbstzufriedenen Grinsen. Sein älterer Bruder hatte immer wieder behauptet, mit dieser Auszeit von ganzen drei Jahren, während der er Dienst auf einem Handelsschiff getan hatte, würde er seiner Karriere bei der Navy den Todesstoß versetzen, doch er hatte sich getäuscht. *Ich habe ihm ja gesagt, dass die Erfahrung mit Handelsschiffen dem High Admiral gefallen würde – damit zeige ich genau die Sorte ›Vielseitigkeit‹, die ihm so zusagt. Natürlich muss ich zugeben, dass ich nicht damit gerechnet hatte, diese Erfahrung werde ihm aus genau den Gründen so zusagen, die nun* tatsächlich *dafür verantwortlich sind. Wer hätte schon gedacht, dass* Galeonen *eines Tages Galeeren überflüssig machen würden?*

Sein Bruder jedenfalls nicht … und deswegen war Allayn wieder zur Akademie zurückgekehrt, um den Umgang mit Galeonen zu erlernen, während Dunkyn jetzt die *Destiny* erhalten hatte. Er versuchte redlich, seinem Bruder gegenüber nicht allzu hämisch aufzutreten, wann immer er ihm begegnete. Doch, doch, er versuchte es wirklich!

Der Gedanke brachte Sir Dunkyn dazu, kurz die Lippen zu verziehen, und erneut atmete er tief durch. Er genoss, wie herrlich die Welt an diesem wunderbaren Morgen wirkte.

Die Schiffsglocke erklang, es war an der Zeit, die halbe Stunde zu glasen, und Sir Dunkyn blickte erneut zum Himmel hinauf, der sich immer weiter aufhellte. Das Land an Backbord lag noch im Blau verborgen, auch wenn es sich immer massiver vor dem Morgenhimmel abhob, während die Sonne über den Rand der Welt aufstieg, doch allmählich wurde die Landmasse sichtbarer. Es würde nicht mehr lange dauern, bis Yairley die ersten Details erkennen könnte, und ein Hauch von Bedauern durchfuhr ihn: Innerhalb der nächsten Stunde würden auch andere auf sein Achterdeck treten, und nur wenige Stunden später wäre die *Destiny* wieder die Gefangene ihres Ankers und des Landes.

Und so würde es die nächsten drei Fünftage bleiben ... oder gar länger, sollte sich herausstellen, dass Yairleys Passagier die Dienste seines Schiffes oder der zugehörigen Marines in Anspruch nehmen müsste.

Sei nicht albern, herrschte er sich selbst an. *Sie ist überhaupt nicht* dein *Schiff, weißt du? König Cayleb ist so freundlich, sie dir zu leihen, und er* bezahlt *dich sogar dafür, ihr Kommando innezuhaben, aber dafür erwartet er im Umkehrzug, dass du gelegentlich auch für ihn arbeitest. Das ist zwar ganz und gar unzumutbar, aber so ist das nun einmal.*

Wieder lächelte er, dann blickte er zum wachhabenden Midshipman hinüber, der an den Steuerbord-Webeleinen stand, sodass sein Captain die ganze Luvseite seines Achterdecks für sich hatte.

»Master Aplyn-Ahrmahk!«, rief er.

»Jawohl, Sir?«

Der Midshipman eilte auf ihn zu, und Yairley widerstand der Versuchung, angesichts der mittlerweile wohlvertrauten Belustigung den Kopf zu schütteln. Der junge Hektor Aplyn war der jüngste der Midshipmen an Bord der *Destiny*, doch die fünf anderen ordneten sich ihm völlig eigenständig unter, selbst diejenigen unter ihnen, die ganze sechs Jahre älter waren als er. Man musste Midshipman Aplyn zugute halten, dass es schien, als bemerkte er das überhaupt nicht. Natürlich war dem nicht so, und das sorgte nur dafür, dass Yairley den jungen Offiziersanwärter umso mehr schätzte. Für einen Jungen, der gerade erst zwölf Jahre alt geworden war, konnte es nicht einfach sein, der Versuchung zu widerstehen, Siebzehn- oder Achtzehnjährige nach seiner Pfeife tanzen zu lassen, und doch hatte Midshipman Aplyn genau das stets getan.

Natürlich war die Bezeichnung ›Midshipman Aplyn‹ nicht ganz richtig. Die korrekte Anrede wäre ›Master Midshipman Euer Durchlaucht der Herzog von Darcos, Hektor Aplyn-*Ahrmahk*‹.

Bei Aplyn hatte sich König Cayleb auf eine uralte, ausschließlich in Charis übliche Tradition berufen. So weit Yairley wusste, gab es kein anderes Reich auf ganz Safehold, das gelegentlich Bürgerliche in Anerkennung hervorragender Verdienste um die Krone und das Königshaus in die königliche Familie aufnahm. *Ausschließlich* Bürgerliche konnten in dieser Art und Weise adoptiert werden (auf diese Weise war von zahlreichen Generationen auch die Grafschaft Lock Island geschaffen worden, ging es Yairley durch den Kopf), und dann waren sie in jeglicher Hinsicht Mitglieder des Königshauses. Der einzige Unterschied war, dass sie und ihre Nachfahren nicht in die Erbfolge aufgenommen wurden. Doch abgesehen davon war der junge Aplyn-Ahrmahk sämtlichen anderen Adligen von Charis übergeordnet – vom ebenso jungen Herzog Tirian abgesehen –, und sämtliche der Kinder, die er eines Tages zeugen würde, wären dann ebenfalls Mitglieder des Königshauses.

Yairley war der Ansicht, der junge Bursche sei hocherfreut darüber gewesen, so schnell als möglich wieder auf See geschickt worden zu sein. Bei der Navy war es Tradition, dass ein ranghöherer Offizier niemals den Titel eines Subalternoffiziers nutzte, wenn besagter Subalternoffizier zu Kreisen des Hochadels gehörte, die dem Offizier gegenüber weisungsbefugt waren. Stattdessen wurde ausschließlich der Dienstgrad verwendet, und da der Adelstitel des jungen Aplyn-Ahrmahk höher stand als jeglicher der anderen Offiziers in der gesamten königlichen Navy – einschließlich High Admiral Lock Island –, konnte man ihn auf diese Weise recht mühelos wieder in die deutlich einfachere Rolle des ›Master Midshipman Aplyn-Ahrmahk‹ zwängen, was für alle eine deutliche Erleichterung darstellte.

Natürlich galten bei rein gesellschaftlichen Veranstaltungen gänzlich andere Regeln. Und das bedeutet, es war vermutlich recht gut, dass die Mannschaft eines Schiffes der Navy nur selten Gelegenheit hatte, sich an Land in derlei gesellschaftlichen Anlässen zu ergehen. Und Yairley hatte die Absicht, dafür zu sorgen, dass der Herzog diese an Bord des Schiffes absolvieren würde.

Ersparen wir dem Jungen, was wir ihm nur ersparen können, bis er ... ach, sagen wir: vierzehn ist. Dann hat er wenigstens genug Zeit, anständige Tischmanieren zu erlernen, bevor er gezwungen ist, mit anderen *Herzögen und Prinzen zu speisen!*

Und das gehörte zufälligerweise zu genau den Dingen, in denen Yairley persönlich den jungen Burschen unterwies.

Aplyn-Ahrmahk hatte das Deck überquert und salutierte nun förmlich, indem er die Hand an die linke Schulter legte. Mit ernster Miene erwiderte Yairley den militärischen Gruß, dann deutete er mit dem Kinn auf die Landmasse an Backbord, die immer weiter aus der Finsternis heraustrat.

»Gehen Sie bitte unter Deck, Master Aplyn-Ahrmahk. Richten Sie dem Grafen meine Grüße aus und informieren Sie ihn, dass wir ganz nach Zeitplan in den Hafen von Hanth Town einlaufen werden.«

»Aye aye, Sir!«

Erneut salutierte Aplyn-Ahrmahk und lief dann auf die Heckluke zu.

Er bewegt sich überhaupt nicht wie ein Zwölfjähriger, sinnierte Yairley. Vielleicht war das einer der Gründe dafür, dass es den anderen Midshipmen so leicht fiel, ihn als Ihresgleichen zu akzeptieren. Aplyn-Ahrmahk war ein recht schlanker, fast schmächtiger Junge, der niemals auffallend groß oder kräftig werden würde, doch auch das schien er nicht zu bemerken. Er trat mit einem auffallenden Selbstbewusstsein auf, gab jedem anderen das Gefühl, genau zu wissen, wer er eigentlich sei, obwohl es ihm offensichtlich immer noch äußerst unangenehm war, nun den Kreisen des Hochadels anzugehören. Oder vielleicht lag es auch einfach daran, dass der junge Aplyn-Ahrmahk – im Gegensatz zu allen anderen Midshipmen – ganz genau wusste, er würde niemals in seinem Leben etwas ertragen müssen, was schlimmer war als das, was ihm an Bord der HMS *Royal Charis* bereits widerfahren war.

Ich denke, dachte Yairley mit finsterer Miene, *wenn man den eigenen, sterbenden König in den Armen hält und dessen letzten Atemzug miterlebt, führt das dazu, dass man die Welt mit völlig anderen Augen sieht.*

Der Mann, der in sich selbst immer noch ›Colonel Hauwerd Breygart von den Royal Charisian Marines‹ sah, nicht etwa den ›Grafen Hanth‹, stand am Schanzkleid der *Destiny,* als Captain Yairley das Schiff vorsichtig durch die überfüllten Gewässer des Hafens steuerte. Normalerweise hätte das keine so große Herausforderung dargestellt, doch es schien Breygart, als sei jeder Quadratfuß des Hafens von Jollen, Barkassen, Ruderbooten, Skiffs oder Flößen bedeckt … und in jedem einzelnen dieser kaum seetüchtigen Fahrzeuge drängten sich jubelnde Bürger von Hanth Town.

»Das Volk scheint erfreut, Sie zu sehen, Mein Lord«, merkte Lieutenant Rhobair Mahkelyn an, der vierte Lieutenant der *Destiny*. Der jüngste ordnungsgemäß bestallte Offizier unter Yairleys Kommando war an Bord des Schiffes als Breygarts Adjutant abgestellt worden. Er war ein in vielerlei Hinsicht bemerkenswerter junger Mann, auch wenn Breygart nicht das Gefühl loswurde, Mahkelyn gehöre zu den Leuten, die genau im Auge behielten, welche Gefälligkeiten ihre Vorgesetzten ihnen schuldeten.

»Ich würde darin gerne eine spontane Zurschaustellung ihrer tief verwurzelten Zuneigung mir und meiner Familie gegenüber sehen«, erwiderte der frisch ernannte Graf trocken; er musste lauter sprechen, um das Stimmengewirr zu übertönen. »Andererseits haben mir genügend Berichte über Mahntayls Amtszeit vorgelegen, um mich erkennen zu lassen, worum es hier wirklich geht. Und, um ganz ehrlich zu sein: Ich vermute, sie würden aus ebenso vollem Halse für *jeden anderen* jubeln, der diesen armseligen Wicht hier in Hanth Town vertreibt.«

»Vermutlich birgt das einen gewissen Funken Wahrheit, Mein Lord«, gab Mahkelyn nach kurzem Schweigen zu.

»Das birgt *Shan-wei viel* Wahrheit«, setzte Breygart heftig nach. Er vermutete, es werde allmählich Zeit, sich selbst wirklich als ›Graf Hanth‹ zu sehen. »Und wenn ich es in ein paar Monaten nicht geschafft habe, hier wie von Zauberhand alles in Ordnung zu bringen, was Mahntayls verpfuscht hat, werde ich bei meinen geliebten Untertanen wieder deutlich weniger beliebt sein.«

Dieses Mal wusste Mahkelyn offensichtlich nicht, was er sagen solle. Er beschränkte sich auf ein Nicken und eine angedeutete Verneigung, dann bat er mit einem Murmeln über ›Verpflichtungen‹ darum, sich entschuldigen zu dürfen.

Breyygart – *Nein, verdammt noch mal,* Hanth, *du Blödmann!* – blickte ihm ein wenig belustigt hinterher.

Du wolltest wohl nicht das Risiko eingehen, dich in die Nesseln zu setzen, indem du mir zustimmst, was, Mahkelyn?, dachte er spöttisch. Dann wandte er den Kopf zur Seite, als ein anderer neben ihn an das Schanzkleid trat und in das menschenübersäte Hafenbecken hinabblickte.

»Guten Morgen, Euer Durchlaucht«, sagte der Graf, und Hektor Aplyn-Ahrmahk verzog das Gesicht.

»Guten Morgen, Mein Lord«, erwiderte er, und Hanth lachte leise, als er den Tonfall des Midshipman hörte.

»Sie fühlen sich immer noch nicht ganz wohl dabei, nicht wahr, Euer Durchlaucht?«

»Mein Lord?« Aplyn-Ahrmahk blickte zu ihm auf, und wieder lachte Hanth, dieses Mal ein wenig lauter.

»Mit dem Titel, Bursche«, sagte er nach kurzem Schweigen, und er sprach leise genug, um sich sicher zu sein, dass niemand hörte, wie formlos er mit einem Angehörigen des Königshauses sprach. »Fühlt sich immer noch komisch an, wie? Als gehöre der Titel zu irgendjemand anderem.«

Einige Momente lang blickte der Midshipman ihn nur schweigend an. Hauwerd Breygart war nicht gerade außergewöhnlich hochgewachsen, doch er war ein muskulöser, durchtrainierter Mann, der auf fast zwanzig Jahre Dienst bei den Marines zurückblicken konnte. Im Vergleich zu dem schmächtigen Jungen neben sich wirkte er erschreckend massig, und er sah deutlich, welche Emotionen über die Miene des jungen Aplyn-Ahrmahk huschten. Dann nickte der Midshipman.

»So ist es, Mein Lord«, gestand er ein. »Captain Yairley arbeitet mit mir, aber es hat in meiner ganzen Familie noch nie einen Adeligen gegeben. Nicht einmal einen einfachen

Ritter, soweit ich weiß! Was weiß *ich* denn schon, was es heißt, ein ›Herzog des Oberhauses‹ zu sein?«

»Wahrscheinlich etwas weniger, als ich darüber weiß, was es heißt, ein Graf zu sein«, erwiderte Hanth und grinste. »Und das, um ganz offen zu sein, bedeutet: kein Shan-wei-Bisschen.«

»Noch weniger als das«, bestätigte Aplyn-Ahrmahk mit einem schiefen Grinsen.

»Na ja, ich denke, wir werden uns wohl beide daran gewöhnen müssen, Euer Durchlaucht.« Wieder blickte Hanth zum Hafen hinüber und bemerkte, dass einige der Gebäude unmittelbar am Hafen schwere Schäden davongetragen hatten. Während der letzten Kämpfe gegen die Söldner, die Mahntayl zurückgelassen hatte, war es zu zahlreichen Brandstiftungen gekommen, und die blanken Außenmauern mindestens eines halben Dutzends Lagerhäuser reckten sich kahl und verkohlt der Morgensonne entgegen.

Noch etwas, das wieder aufgebaut werden muss, schoss es Hanth durch den Kopf.

»Aber Sie haben wenigstens gewusst, dass Sie zur Erbfolge gehören, Mein Lord«, merkte Aplyn-Ahrmahk an, und Hanth nickte.

»Das wohl. Aber, um ganz ehrlich zu sein, ich hatte niemals damit gerechnet, dass alle fünf Geschwister und Vettern, die zwischen mir und dem Titel standen, einfach so wegsterben würden. *Gewollt* habe ich das ganz gewiss nicht, so viel ist sicher.« Er schüttelte den Kopf, und seine Miene wirkte nun sehr düster. »Ich habe diesen Idioten Mahntayl nie davon überzeugen können, dass ich diese verdammte Grafschaft überhaupt nicht *wollte!* Ich denke, deswegen hat er auch versucht, mich noch aus dem Weg räumen zu lassen, nachdem die Kirche *ihm* das Land schon längst zugesprochen hatte.

Er hat nie verstanden, dass mein einziger Grund, seinen Anspruch anzufechten, lediglich darin bestand, dass ich nicht einfach tatenlos zuschauen konnte, wie jemand wie er die Grafschaft zugrunde richtet. Und genau das hat er, wenn man es nüchtern betrachtet, in den letzten Jahren getan.«

Hektor Aplyn-Ahrmahk bezweifelte, dass es allzu viele Menschen gab, die der Versicherung des Grafen, er habe diesen Titel nie gewollt, wirklich Glauben schenken würden. Aplyn-Ahrmahk selbst hingegen tat das sofort.

»Ich kann mich an etwas erinnern, was der König – König Haarahld, meine ich – mir einmal gesagt hat«, sagte er nun zu dem Veteranen mit dem schwarzen Bart, den mehr und mehr weiße Haare durchzogen. »Er hat gesagt, es gibt eigentlich nur zwei Arten von Offizieren – oder von Adligen. Die einen sind davon überzeugt, der Rest der Welt schulde ihnen etwas, einfach dafür, dass sie sind, wer oder was sie sind. Und die anderen sind der Ansicht, *sie* würden dem Rest der Welt etwas schulden, und zwar aus genau dem gleichen Grund. Ich weiß genau, zu welchen von beiden Seine Majestät gehört hat. Und ich glaube, für Sie gilt das Gleiche.«

»Das ist ein Kompliment, das ich in Ehren halten werde, Euer Durchlaucht«, sagte Hanth und blickte auf den jungen Burschen herab, der ihn mit ernster Miene anschaute. »Und, wenn Sie mir gestatten, das so auszudrücken: Ich denke ich weiß auch bereits, zu welcher Art Sie einst gehören werden.«

»Ich will es zumindest versuchen«, erwiderte Aplyn-Ahrmahk. »Und ich hatte ein gutes Vorbild. Das *beste* Vorbild, das sich nur denken lässt.«

»Ja. Ja, das hatten Sie«, pflichtete Hanth ihm bei, und dann entschied er, nur für einen einzigen Moment solle das ganze Protokoll, das er und der junge Aplyn-Ahrmahk immer noch zu erlernen bemüht waren, doch zu Shan-wei fahren. Er legte den Arm um die gestrafften, schlanken Schultern des Midshipman, und so standen die beiden dort, Seite an Seite, und blickten in die jubelnden Gesichter all der namenlosen Untertanen.

.VII.

Königlicher Palast, Stadt Tellesberg, Königreich Charis

»Also, Merlin, welche interessanten Dinge habt Ihr in letzter Zeit gesehen?«

König Caylebs Lippen waren zu einem schiefen Grinsen verzogen, als er mit seiner Leibgarde auf dem Balkon des Palastes stand und zuschaute, wie die Nacht hereinbrach. Cayleb pflegte häufig, in seinen Privatgemächern zu speisen, und sein Kammerdiener, Gahlvyn Daikyn, hatte gerade das Abräumen des Esstisches beaufsichtigt. Schon bald würde er zurückkehren und auch Caylebs Vorbereitungen für die Schlafenszeit überwachen. Weder Cayleb noch sein Vater hatten jemals einen Sinn darin gesehen, eine ganze Armee persönlicher Diener zu beschäftigen, wie es bei anderen Regenten üblich war – vor allem auf dem Festland –, sodass wirklich jegliches Bedürfnis erfüllt wurde, doch Daikyn kümmerte sich um Cayleb schon, seit der junge König von Charis ein kleiner Junge gewesen war. Und diesem Kammerdiener abzugewöhnen, sich auch persönlich zu vergewissern, dass ›der junge Herr‹ sich die Zähne geputzt hatte, bevor er zu Bett ging, erwies sich als deutlich größere Herausforderung als diese Bagatelle, sich der ›Vierer-Gruppe‹ entgegenzustellen!

Nun schüttelte Cayleb den Kopf – ein wenig verärgert, aber doch zugleich auch voller Zuneigung zu seinem alten Faktotum. Dann sog er tief die Nachtluft in die Lunge, während Merlin und er gemeinsam auf die Hauptstadt hinabblickten. Was auch immer im Tempel geschehen mochte und in den

Sälen der Diplomatie auf ganz Safehold besprochen wurde: Am Kai von Tellesberg herrschte hektisches Treiben. Die Zerstörung der feindlichen Flotte hatte den Handelsschiffen die Freiheit gebracht, die bislang dichtgedrängt im Hafen vor Anker gelegen und tatenlos den Ausgang der Schlacht abgewartet hatten. Nun waren alle Schiffseigner erpicht, wieder in See zu stechen und die Waren auszuliefern, die sich in den Lagerhäusern von Tellesberg angehäuft hatten. Und die Möglichkeit, die Häfen von Haven und Howard könnten schon bald für sie unerreichbar sein, treibt sie gewiss noch zusätzlich an, sinnierte Merlin. Sie wollen ihre Fracht so schnell wie möglich an Land bringen, sie verkauft und bezahlt wissen, bevor ein Embargo verhängt wird.

Es dürfte interessant werden zu sehen, ob Howsmyns Prognosen, was die Handelswege betrifft, sich als richtig erweisen, dachte er.

»Ich habe sogar eine ganze Menge ›interessanter Dinge‹ gesehen«, sagte er dann mit sanfter Stimme. »Ich hatte die Absicht, einen Großteil davon für Bynzhamyn niederzuschreiben. Ich mutmaße, Ihr wünscht eine Zusammenfassung?«

»Ihr mutmaßt richtig.«

Cayleb drehte sich herum, lehnte sich gegen die hüfthohe Balustrade des Balkons und stützte den Ellbogen darauf; dann schaute er Merlin geradewegs an. Natürlich hatte der junge König noch nie von *Selbsttätig Navigierenden, Autonomen Aufklärer- und Kommunikationsplattformen* gehört, und er wusste auch nichts von den fast mikroskopisch winzigen Parasiten-Sensoren, die eine derartige SNARC absetzen konnte. Doch ebenso wie sein Vater vor ihm, baute Cayleb ganz auf die Zuverlässigkeit von Merlins ›Visionen‹. Und im Gegensatz zu fast allen anderen der wenigen Personen, die von diesen Visionen überhaupt wussten, war sich Cayleb recht sicher, dass daran nichts ›Wundersames‹ war – auch wenn immer noch dieses winzige Problem bestand, dass sie, wie Merlin erklärt hatte, gegen die Ächtungen der Jwo-jeng verstießen. Und damit waren sie – und Merlin selbst ebenso – in den Augen der Inquisition ein Gräuel, das mit dem Kirchenbann zu belegen war.

Weiterhin auf Merlins Hilfe zu vertrauen, nachdem diese Kleinigkeit erst einmal ausgesprochen war, gehörte nicht zu den einfachsten Dingen, die Cayleb Ahrmahk in seinem Leben je getan hatte, doch ebenso wenig wie sein Vater neigte er dazu, jemals einmal gefällte Entscheidungen wieder anzuzweifeln.

»Womit soll ich anfangen?«, erkundigte sich Merlin höflich.

»Na ja, Ihr könntet vielleicht mit Königin Sharleyan beginnen, denke ich. Natürlich nur, wenn es nicht noch etwas anderes, noch Interessanteres gibt, wovon ihr mir zu berichten wünscht.«

Caylebs Miene verriet fast ebenso viel Anspannung wie sein Tonfall, und Merlin verkniff sich ein Lachen. Auch wenn es hier letztendlich ›nur‹ um einen Ehevertrag ging, war Cayleb doch bemerkenswert nervös, wie die Königin von Chisholm auf seinen Vorschlag reagiert haben mochte. Die Tatsache, dass er von ihr bislang noch nicht einmal ein Portrait oder dergleichen gesehen hatte, war nicht gerade dazu angetan, die Schmetterlinge in seinem Bauch zu besänftigen.

Für einen Regenten ist er wirklich bemerkenswert *jung, nicht wahr?*, dachte Merlin. Dann wurde er wieder ernst. *Und er ist* entsetzlich *jung für eine Eheschließung aus rein politischen Erwägungen. Natürlich wird er angenehm überrascht sein, wenn er sie schließlich zu Gesicht bekommt.*

»Tatsächlich«, begann er dann, »scheint sie diesen Vorschlag ernstlich in Erwägung zu ziehen. Und mir scheint, sie steht ihm eher positiv gegenüber, auch wenn sie sich das bislang noch kaum anmerken lässt. Offiziell hat sie sich bisher weder dafür noch dagegen geäußert, nicht einmal Green Mountain gegenüber, und er ist für sie am ehesten so etwas wie ein Vater. Aber sie hat bemerkenswert viel Zeit darauf verwandt, in ihrem Gemach Eure Briefe zu lesen. Und ...« – nun glitzerten Merlins Saphiraugen – »... sie hat auch recht lange euer Portrait betrachtet, das wir ihr zusammen mit den Briefen haben zukommen lassen.«

»Oh Gott!« Cayleb verdrehte die Augen. »Ich *wusste*, ich hätte mich von Euch und Rayjhis niemals dazu überreden lassen sollen, ihr dieses Ding zu schicken! Wenn sie glaubt, von dieser absoluten Ausdruckslosigkeit auf meinem Gesicht auf das schließen zu können, was wirklich in meinem Kopf vor sich geht, dann wird sie so schnell davonlaufen, wie sie nur kann – und wahrscheinlich dabei auch noch nach Leibeskräften schreien!«

»Unfug!«, widersprach Merlin, und es klang tatsächlich ein wenig tröstlich. »Ich selbst bin der Ansicht, Ihr seiet außerordentlich gut getroffen. Natürlich bin *ich* keine junge, schöne Prinzessin.«

Zumindest nicht mehr, setzte er innerlich noch hinzu. *Aber vertrau mir einfach, Cayleb. Du hast offensichtlich nicht allzu viel Ahnung, wie eine Frau auf dieses Portrait reagieren wird – ganz egal,* welche *Frau. Und das Bild ist noch nicht einmal sonderlich beschönigt.*

»Wollt Ihr damit sagen: *sie* schon?« Obwohl Cayleb sich bemühte, möglichst ungezwungen zu klingen, wusste Merlin sehr genau, dass diese Frage ernster gemeint war, als der junge König zuzugeben bereit war, und so hatte er doch ein wenig Mitleid mit dem jungen Mann.

»Um ganz ehrlich zu sein: Ich würde nicht behaupten, sie sei ›schön‹, Cayleb. Aber sie ist eine außergewöhnlich gut aussehende, junge Frau, und ich bezweifle sehr, dass man an ihrer Figur etwas auszusetzen hätte oder an ihrer Art und Weise, sich zu bewegen. Und auch wenn sie nicht gerade schön sein mag, so hat sie doch noch Vorzüge, die deutlich wichtiger sind: Sie hat Charakter und einen ausgeprägten Verstand. Wir reden hier nicht über ein hübsches kleines Püppchen, glaubt mir. Ich bin mir recht sicher, dass die meisten Menschen in ihrer Gegenwart vergessen werden, dass sie nicht gerade ›schön‹ ist ... und das wird ebenso wahr sein, wenn sie einst eine alte Frau sein wird.«

»Wirklich?« Irgendetwas in Merlins Stimme verriet Cayleb, dass sein Ratgeber hier völlig offen und ehrlich geantwortet hatte, und entsprechend ließ auch der junge König ein wenig von seinem vorsichtigen Vorgehen ab. »Ist das wirklich wahr, Merlin? Sagt Ihr das nicht nur, damit ich mich etwas besser fühle?«

»Es ist wahr, Cayleb. Nach allem, was ich bislang von Sharleyan gesehen habe, ist sie höchstwahrscheinlich das Beste, was Euch nur passieren könnte. Oh, ich denke, Rayjhis hat ganz Recht damit, dass es überhaupt nicht *notwendig* ist, Sharleyan zu heiraten, um Chisholm zu einem Bündnis mit Charis zu bewegen. Aber tatsächlich gibt es für keinen von Euch beiden irgendjemand anderen, der von Interesse sein könnte, und ich bin mir sicher, dass diese Logik Sharleyan und ihren Ratgebern ebenso bestechend erscheinen wird wie Euch und Rayjhis.

Ich denke, er hat Unrecht mit seiner Annahme, Ihr solltet nicht so rasch einer Eheschließung zustimmen, weil Eure ... eheliche Verfügbarkeit, wollen wir es einmal nennen, diplomatisch von so hohem Wert sei. Das mag zwar für normale politische Vorgehensweisen und Situationen zutreffen, aber in diesem Falle stellt sich doch, selbst wenn man einfach die Tatsache ignorieren wollte, dass Ihr so rasch wie irgend möglich einen Erben haben solltet, immer noch eine ganz andere Frage: Wen *solltet* ihr denn ehelichen? Hektors Tochter Iyrs? Sie wäre gewiss eine großartige Königin für Charis, und sie ist wahrscheinlich ebenso klug wie Sharleyan, aber es besteht keinerlei Hoffnung darauf, für alle Zeiten dafür zu sorgen, dass sie nicht irgendwann Euren Wein vergiften wird. Und was ist mit Nahrmahns älterer Tochter Mahrya? Auch sie ist wirklich intelligent, auch wenn sie nicht Sharleyan und Irys gleichkommt, aber sie ist ihrem Vater äußerst verbunden. Wenn er früher oder später einen Kopf kürzer gemacht wird, so wird sie Euch das niemals vergeben. Und offen gestanden glaube ich auch nicht, dass es für Euch einer dynastischen Ehe bedarf, um Emerald nach der Eroberung im Zaum zu halten.«

»›Nach der Eroberung‹«, wiederholte Cayleb. »Das klingt sehr gut, auch wenn ich das Gefühl habe, hier seien alle ein wenig arg zuversichtlich, dass wir Nahrmahn jederzeit besiegen können, wann immer uns der Sinn danach steht. Aber noch einmal zurück zu Sharleyan ...?«

»Ich will damit nur sagen, dass Ihr verstehen müsst, wie viel Euch diese Frau zu bieten hat, wenn Ihr weise genug seid, sie zu Eurer *Partnerin* zu machen, nicht nur zu Eurer Gemahlin. Den wenigen Dingen nach zu urteilen, die Euer Herr Vater mir über Eure Frau Mutter berichtet hat, müssen die beiden in etwa die Art Ehe geführt haben, die *Ihr* eingehen müsst, wenn Sharleyan zustimmt. Macht niemals den Fehler, darin nur einen einfachen Akt zur Formalisierung eines Bündnisses zu sehen, Cayleb. *Hört* auf die Worte dieser Frau! Trotz ihrer Herkunft hat niemand ihr diesen Thron geschenkt, und nach allem, was ich bislang gesehen habe, hat auch niemand damit gerechnet, sie würde ihn so lange halten können. Aber sie hat ihn immer noch inne, und die Männer, die gedacht hatten, sie könnten sie wie eine Marionette behandeln oder ihr den Thron rauben, gibt es nicht mehr. Sie stellt ganz für sich eine ernstzunehmende Macht dar, selbst wenn die ›Vierer-Gruppe‹ den Fehler gemacht hat, ihr und ihrem ganzen Königreich viel zu wenig Beachtung zu schenken. Und ich glaube, Eure Feinde werde feststellen, dass Ihr beide zusammen eine noch ungleich gefährlichere Kombination abgebt, als jeder von Euch für sich alleine betrachtet.«

»Genau darauf hoffe ich ja«, bestätigte Cayleb mit leiser Stimme.

»Nun, ich vermag das natürlich nicht mit Sicherheit zu sagen, aber wenn ich dazu neigen würde, Wetten abzuschließen, so würde ich behaupten wollen, die Chancen stünden gut, dass sie Euren Vorschlag annehmen wird. Er ist in so vielerlei Hinsicht sinnvoll, und damit würde auch ein für allemal deutlich gezeigt, dass Charis und Chisholm ein Bündnis zwischen diesen beiden Reichen tatsächlich ernst meinen würden.«

»Und dass sie sämtliche Sandmaden zerquetschen werden, die zwischen diesen beiden Reichen liegen.« Nun klang Caylebs Stimme deutlich rauer als zuvor. »Auch das wünsche ich, Merlin. Ich will es so sehr, dass ich es förmlich *schmecken* kann.«

»Noch mehr, als Ihr Emerald wollt?«, forderte ihn Merlin mit neutraler Stimme heraus, und Cayleb stieß ein bellendes Lachen aus.

»Oh ja, ich *will* Emerald. Und dafür habe ich viele Gründe. Ich habe nicht vergessen, *wer* Kahlvyn dabei geholfen hat, die Attentäter anzuwerben, die versucht haben, mich zu ermorden. Und wenn man es rein logisch betrachtet, ist Emerald für uns ungleich wertvoller … und eine viel gefährlichere Basis für jegliche weitere Angriffe gegen uns. Ganz zu schweigen davon, dass Emerald, im Gegensatz zu Corisande, von Natur aus genau in unserem Einflussbereich von Handel und Entwicklung gleichermaßen liegt. Aber nach allem, was Ihr mir berichtet habt, und nach allem, was uns Bynzhamyns Spione mitteilen konnten, war Hektor stets derjenige, der die Angriffe gegen uns vorangetrieben hat.«

»Ganz so weit würde ich nicht gehen«, warf Merlin ein. »Aber ich will gerne zugeben, dass er deutlich kaltblütiger und ehrgeiziger ist als Nahrmahn. Tatsächlich ist er in mancherlei Hinsicht ein recht sonderbarer Bursche. In seinem eigenen Reich erscheint er fast wie eine Art wohlwollender Tyrann. Er duldet keinerlei Zweifel an seiner eigenen Autorität, und er hat auch nicht das Geringste dagegen einzuwenden, das gelegentlich offen zur Schau zu stellen … mit immensem Nachdruck. Aber er sorgt dafür, dass seine Untertanen tatsächlich eine gute Regierung haben. Macht nicht den Fehler zu glauben, er sei bei seinen Untertanen nicht beliebt, Cayleb! Aber wenn es um Fragen der Außenpolitik geht, ist er ein völlig anderer Mann. Dort ist er von Ehrgeiz getrieben und zeigt nicht einmal im Ansatz die Neigung, sich von derart unwichtigen Dingen wie ›Moral‹ und dergleichen belästigen zu lassen.

Um ganz ehrlich zu sein denke ich, dass *Nahrmahns* Abneigung Charis gegenüber daher stammt, dass er sich ausgiebig mit der Geschichte befasst hat. Er weiß, dass Charis sich seit Jahrhunderten immer weiter in Richtung seines eigenen Reiches ausdehnt, und er möchte nicht, dass dieses Reich eines Tages als ein weiteres einfach verschlucktes Territorium endet. Aber Ihr solltet diesen Mann niemals unterschätzen.

Ich glaube nicht, dass er von Natur aus so kaltblütig ist wie Hektor, und sein ›Ehrgeiz‹ war stets deutlich bescheidener und pragmatischer – und wahrscheinlich auch in vielerlei Hinsicht deutlich defensiver – als der Hektors. Aber er ist in der Lage, ebenso skrupellos und kaltblütig vorzugehen, wie es nur möglich ist, ob das nun in seiner Natur liegt oder nicht. Zugleich ist er sehr, sehr viel intelligenter, als die meisten Menschen ihm zuzugestehen bereit waren und sind – einschließlich, so denke ich, Eures Herrn Vaters. Tatsächlich glaube ich sogar, dass er zahlreiche Mittel und Wege gefunden hat, Hektor von Anfang an zu manipulieren, um seine eigenen Ziele zu erreichen. Ich habe Euch ja von dem Gespräch berichtet, das er mit Pine Hollow über die Ziele geführt hat, die er nach diesem Krieg erreichen wollte. Das war die sauberste – und zutreffendste – Analyse der tatsächlichen Ziele der ›Vierer-Gruppe‹, die ich jemals gehört habe. Dieser Mann weiß *ganz genau*, was er tut, und dass er es nicht tun *wollte* – oder zumindest nicht unter dem Oberkommando von Hektor –, hat ihn nicht davon abgehalten, dennoch jede Gelegenheit zu ergreifen, die sich ihm geboten hat.«

»Oh, ich werde Nahrmahn gewiss nicht auf die leichte Schulter nehmen, das versichere ich Euch. Ich vermute, dass er viele Leute mit dieser Rolle des ›fetten, gleichgültigen Hedonisten‹ ganz bewusst in die Irre führt. Wahrscheinlich habt Ihr Recht. Sogar meinen Vater hat er zu täuschen vermocht, zumindest in gewissem Maße. Und das, glaubt mir, war *gewiss* nicht einfach. Aber wie Ihr selbst gesagt habt, er hat sich deutlich defensiver verhalten – zumindest sieht er es selbst so. Und wir wollen doch ehrlich bleiben: Er befindet sich unmittelbar vor unserer Haustür. Vom Ost-Kap zur Eraystor Bay sind es weniger als siebenhundertfünfzig Meilen, Luftlinie natürlich, während es vom Ost-Kap bis nach Manchyr mehr als fünf*tausend* Meilen sind. Und das bedeutet, Nahrmahn hat ein berechtigtes Interesse am gleichen Territorium wie wir – ein *unvermeidbares* berechtigtes Interesse. Für Hektor gilt das nicht. Wie Ihr schon sagtet, treiben *den* bloß Ehrgeiz und Gier an. Den interessiert unser Handel und unser Speditionsgewerbe, weil er damit seine eigene militärische Macht stärken könnte, und *ihm* schwebt ein Corisande-Reich vor, das sich von Tarot bis nach Chisholm erstreckt.«

»Na, wir können doch nicht zulassen, dass sich ein *Corisande*-Reich ›von Tarot bis nach Chisholm erstreckt‹, was?«, murmelte Merlin, und wieder lachte Cayleb auf; doch dieses Mal klang es längst nicht mehr so rau.

»Wenigstens stammt *mein* Ehrgeiz aus reinem Selbsterhaltungstrieb, Merlin! Und wenn wir ernstlich in Erwägung ziehen, die Kirche zurückzudrängen – oder die ›Vierer-Gruppe‹, falls das überhaupt irgendeinen Unterschied macht –, dann werden wir sämtliche Arbeitskräfte, Rohstoffe und dergleichen brauchen, die wir nur in die Finger bekommen können. Wir können es uns nicht leisten, der Kirche innerhalb unseres Abwehrterritoriums noch irgendeinen machtvollen Verbündeten zu hinterlassen.«

»Nein, das wirklich nicht«, pflichtete ihm Merlin bei.

»Und damit kommen wir wieder zur Frage zurück, was Hektor wohl im Schilde führt. Haben sich irgendwelche nennenswerten Veränderungen ereignet?«

»Nein.« Merlin schüttelte den Kopf. »Das Einzige, was sich wirklich geändert hat, das ist, dass Bischof-Vollstrecker Thomys sich endlich entschieden hat. Er hat die erste Reihe Kreditbriefe unterzeichnet, für die er mit seinen eigenen Geldmitteln einsteht. Na ja, eigentlich wohl eher mit den Geldmitteln von Erzbischof Borys, wird man wohl sagen müssen, wenn man es ganz genau nehmen will. Aber Thomys hat

Recht. Der Erzbischof wird ihn hier in jedem Falle unterstützen, und Raimynd hat Recht, was die ›Vierer-Gruppe‹ betrifft. Die *Kirche* mag ja Hektor nicht offen unterstützen, auch wenn ich langsam das Gefühl habe, sie werden doch offener handeln, als wir eigentlich gedacht hatten. Aber was auch immer die Kirche tut, ›die Ritter der Tempel-Lande‹ werden sofort willens sein, Hektor so viele Kreditbriefe zu unterzeichnen, wie er nur will. Entweder wird Hektor diesen Krieg gewinnen, und dann war jede Mark, die sie investiert haben, für sie gut angelegt. Oder aber Hektor verliert, und dann nehmen wir Corisande ein, und ein Großteil dieser ganzen Kreditbriefe ist nur noch Altpapier.«

»Das klingt ganz nach ihrer Denkweise«, gestand Cayleb säuerlich ein. Er wandte sich wieder dem Geländer zu und stützte sich mit den Ellenbogen darauf ab.

Während ihres Gesprächs war die Nacht hereingebrochen, und im Vergleich zu der Welt, die Nimue Alban als ihre Heimat gekannt hatte, war Tellesberg – ebenso wie jede andere Stadt auf ganz Safehold – geradezu miserabel beleuchtet. Die einzigen Lichtquellen stammten von brennendem Holz, Wachs oder Öl, und ein Großteil der Stadt war in völlige, undurchdringliche Dunkelheit getaucht. Nur im Hafengebiet selbst, in dem immer noch zahllose Schauermänner tätig waren, herrschte geschäftiges Treiben. Dort brannten zahlreiche Laternen, aber von einer richtigen Beleuchtung konnte man auch hier nicht sprechen.

»Mir gefällt nicht, wie unverwüstlich Hektor sich gibt«, sagte der König nach kurzem Schweigen. »Tartarian und er wissen ganz genau, wie schwierig es werden wird, gegen Corisande zu bestehen. Wenn sich das zu einem konventionellen Landkrieg auswächst, könnten wir *jahrelang* damit beschäftigt sein, so groß unsere Vorteile auch sein mögen. Und wenn das geschieht, wird jemand wie Hektor sehr schnell eine Möglichkeit finden, fast alles von dem, was uns diese Vorteile verschafft, früher oder später nachzuahmen, und das würde das Blutvergießen langfristig gesehen nur noch schlimmer machen.«

»Ihr könntet immer noch versuchen, eine diplomatische Lösung anzustreben«, merkte Merlin an. »Er müht sich nach Kräften, eine Flotte vergleichbarer Stärke aufzustellen, und seine Gießereien werden schon sehr bald selbst mit der Produktion moderner Artillerie anfangen. Aber tatsächlich hat Charis einen derart gewaltigen Vorsprung, dass er selbst mit der Unterstützung der Kirche noch lange Zeit keine ernstliche Bedrohung darstellen wird. Vor allem nicht, wenn wir ihn gut im Auge behalten und Ihr bereit seid, die Leistungsfähigkeit seiner neuen Flotte einzuschränken, sobald sie gefährlich zu werden droht.«

»Das könnt Ihr vergessen!«, schnaubte Cayleb. »Mein Haus erinnert sich sehr lange an erlittene Verletzungen und an Feinde, Merlin. Und ich vermute, bei Hektor ist das sogar noch stärker ausgeprägt. Abgesehen davon, selbst wenn ich bereit wäre, eine friedliche Lösung anzustreben, würde er mir niemals glauben. Und wenn es umgekehrt wäre, ginge es mir genauso. Und ich werde ihn ganz gewiss nicht einfach in meinem Rücken zulassen, vor allem nicht, wenn er selbst über eine moderne Flotte verfügt, wie groß sie auch sein mag, solange die ›Vierer-Gruppe‹ immer noch bemüht ist, jedes andere größere Reich auf ganz Haven und Howard davon zu überzeugen, uns frontal anzugreifen! Vielleicht könnte ich mich damit zufriedengeben, ihn zum Abdanken zu bewegen und ... ihn und seine Familie an einen anderen Ort schaffen zu lassen. Mir gefällt der Gedanke zwar überhaupt nicht, darauf verzichten zu müssen, seinen Schädel auf einem Pfahl vor seinem eigenen Palast zur Schau zu stellen, wie Ihr Euch gewiss vorstellen könnt. Aber ich möchte mich auch keinesfalls auf einen endlosen Kampf in Corisande einlassen, aus dem ich uns dann nicht mehr befreien kann. Also könnte ich mich wirklich mit einer anderen Lösung zufriedengeben, wenn damit sichergestellt ist, dass er uns nicht mehr in die Quere kommt. Aber weiter reicht meine Versöhnlichkeit wirklich nicht! Wenn ich damit das Risiko eingehe, mich auf einen langen, schwierigen Krieg einlassen zu müssen, dann ist das eben so. Ich werde eher zulassen, dass die ›Vierer-Gruppe‹ deutlich mehr Zeit hat, sich vorzubereiten, als dass ich es hinnehme, Hektor oder irgendjemanden aus seiner Familie auf dem Thron eines Reiches in meinem Rücken zu lassen.«

Diese letzten Sätze klangen wie der Schwur eines zu allem entschlossenen Mannes, und Merlin nickte. Tatsächlich war er durchaus geneigt, Cayleb in allem zuzustimmen, was in irgendeiner Weise Hektor betraf.

»Wenn es das ist, was Ihr tun wollt, Cayleb, dann werdet Ihr Euch überlegen müssen, wie ihr so schnell wie möglich gegen ihn vorgehen wollt«, sagte er. »Wenn Sharleyan tatsächlich so denkt, wie ich das vermute, und wenn sie in Bezug auf Euren Vorschlag ebenso entschlusskräftig ist, wie ich es bei anderen Entscheidungen gesehen habe, dann werdet Ihr vermutlich bemerken, dass Chisholm sogar noch mehr willens ist als Ihr, gegen Corisande vorzugehen. Aber auch Tartarian hat Recht: Selbst zusammen mit Chisholm wüsste ich nicht, wie Ihr mehr als eine Offensive gegen fremdes Territorium gleichzeitig führen könntet. Zumindest nicht, wenn bei sämtlichen dieser Offensiven *Armeen* erforderlich sind.«

»Womit wir wieder bei Nahrmahn wären«, stimmte Cayleb ihm zu. Nachdenklich schürzte er die Lippen, dann richtete er sich auf.

»Ich weiß, dass Bynzhamyn sofort einen Schlaganfall bekäme, wenn er das hier hörte – der traut Nahrmahn nicht so weit, wie er spucken kann –, aber um ganz ehrlich zu sein, würde ich es vorziehen, eher mit *Nahrmahn* eine diplomatische Lösung zu suchen als mit Hektor. Sein Reich liegt nahe genug, und Emerald ist auch nicht sonderlich groß. Wenn also alle Stricke reißen, könnten wir ihn wohl höchstwahrscheinlich überrennen, falls er sich doch entscheiden sollte, irgendetwas Waghalsiges zu unternehmen.«

»Ach, tatsächlich?« Es war das erste Mal, dass Cayleb in Merlins Beisein ein diplomatisches Vorgehen ansprach, was Emerald betraf.

»Versteht mich nicht falsch«, setzte Cayleb mit grimmiger Miene hinzu. »Ich habe *sehr wohl* die Absicht, Emerald Charis einzuverleiben. Das mag Nahrmahn schon die ganze Zeit über befürchtet haben, aber tatsächlich können wir uns keinesfalls erlauben, dass Emerald weiterhin unabhängig bleibt, von welchem Standpunkt aus man es auch betrachten mag – ganz besonders natürlich vom rein strategischen. Die einzige Frage, die sich dabei wirklich stellt, ist doch nur, wie wir vorgehen müssen, um diese Veränderung herbeizuführen. Angesichts dessen, woran sich Nahrmahn beteiligt hat – ob die Idee nun von ihm stammte oder nicht –, bin ich durchaus bereit, das auf die harte Tour durchzuziehen, sollte es erforderlich sein. Andererseits ist es mir längst nicht so wichtig, *seinen* Schädel auf eine Pike zu spießen. Da ist Hektors Schädel schon etwas ganz anderes.«

»Nach allem, was ich von Nahrmahns letzten Beratungsgesprächen mitbekommen habe, weiß ich nicht genau, ob er sich dieses feinen Unterschiedes bewusst ist«, merkte Merlin an.

»Was mir im Augenblick herzlich egal ist.« Cayleb verzog

die Lippen zu einem boshaften Grinsen. »Je mehr er sich derzeit um seinen Schädel sorgt, umso mehr wird er … Argumenten der Vernunft zugänglich sein, wenn es so weit ist, oder nicht? Und ich werde ihm deutlich zu verstehen geben, dass *ich* militärisch gesehen derzeit die deutlich besseren Karten habe. Falls ich ihm irgendwann andere Bedingungen anbieten sollte als eine bedingungslose Kapitulation und ein Schafott mit Aussicht, dann wird das keineswegs eine Diskussion zwischen Gleichgestellten sein, und ich möchte, dass ihm das klar ist. *Völlig* klar. Und bitte, Merlin, nehmt zur Kenntnis, dass ich ›falls‹ gesagt habe.«

Merlin nickte nur. Dieses Spiel hatte Cayleb von seinem Vater gelernt, und Haarahld VII. war einer der kunstfertigsten Meister der … praktischen Diplomatie gewesen, die Safehold je hervorgebracht hatte. Offensichtlich hatte Cayleb die Absicht, diese Tradition aufrechtzuerhalten. Und seine Form der ›Diplomatie‹ schien doch noch ein wenig mehr auf roher Gewalt zu basieren als die seines Vaters.

Aber hätte sich Haarahld in der Lage befunden, die Cayleb jetzt erlebt, hätte er, so denke ich, wohl viele sehr ähnliche Entscheidungen getroffen, ging es Merlin durch den Kopf.

»Bitte denkt noch einmal über alles nach, was Ihr bislang über die Pläne von Nahrmahn und diesem … wie heißt er noch? Zhaztro? … gesehen habt«, bat Cayleb ihn. »Morgen früh werden wir beide, Ihr und ich, uns dann mit Bryahn besprechen, und ich werde ihm berichten, dass ich mich entschieden habe, dass er mit Nahrmahn Kontakt aufnehmen soll. Zu dritt sollten wir wohl in der Lage sein, uns eine geeignete Methode zu überlegen, wie man Nahrmahn ein wenig unter Druck setzen kann.«

.VIII.

Erayk Dynnys' Zelle und der Platz der Märtyrer, am Tempel Gottes, Stadt Zion, die Tempel-Lande

Erayk Dynnys stützte sich auf seinen Gehstock mit dem silbernen Knauf, um sich von dem Kniestuhl zu erheben, der vor dem schlichten Abbild Langhornes an der Zellenwand stand. Das Knie, das nach jenem Sturz vor anderthalb Jahren nur unzureichend verheilt war, bereitete dem ehemaligen Bischof von Charis in letzter Zeit zunehmende Schwierigkeiten. Nicht, so ging es ihm durch den Kopf, dass das noch lange von Bedeutung sein würde.

Seine Lippen zuckten, fast lächelte er, als er nur einen Schritt von dem Fenster zurücktrat und sich noch einmal in der kleinen, karg eingerichteten Zelle umschaute, in der er die letzten dreieinhalb Monate verbracht hatte. Nackte, nicht einmal verputzte Steinwände, schmale, vergitterte Fenster und eine schwere, verriegelte Tür. Das war eine ganz andere Welt als die luxuriöse Wohnung, in der er als Erzbischof von Charis gelebt hatte – vor diesem anderen, deutlich schlimmeren, Sturz. Und doch ...

Er wandte sich dem kleinen Schreibtisch unter dem Fenster zu und ließ sich auf den davorstehenden Stuhl sinken. Seit seiner Festnahme hatte man ihm lediglich ein Exemplar der *Heiligen Schrift* und die zwölf dicken Bände der *Erkenntnisse* zu lesen gestattet.

Sanft berührte er das goldene Szepter Langhornes, das in den reich verzierten Ledereinband der *Heiligen Schrift* eingeprägt war. In den letzten Jahrzehnten hatte er, so musste er sich eingestehen, nicht allzu viel Zeit damit verbracht, in diesem Buch zu lesen. Gewiss, er hatte gelegentlich darin *nachgeschlagen*, wenn er etwa eine bestimmte Stelle für einen bischöflichen Erlass benötigte. Er hatte darin geblättert, um ein Zitat aus der *Heiligen Schrift* als Grundlage für einen Brief an seine Gemeinde oder eine seiner seltenen Predigten zu nutzen. Aber richtig darin *gelesen* hatte er nicht mehr, seit man ihm den Rubinring eines Bischofs verliehen hatte. Man hätte nicht sagen können, die *Heilige Schrift* sei *bedeutungslos* für ihn gewesen. Im Seminar hatte er sie ausgiebig studiert und zu seiner Zeit als Unterpriester regelmäßig daraus gepredigt. Als Bischof hatte er dann längst gewusst, was in diesem Buch stand, nicht wahr? Natürlich! Und die Pflichten und Aufgaben eines Bischofs, mehr noch die eines *Erz*bischofs, hatten ihn einfach Tag für Tag zu sehr beschäftigt. Ihm war nicht die Zeit geblieben, in der *Heiligen Schrift* zu lesen, und natürlich war sein Amt und alles, was damit einherging, stets wichtiger gewesen.

Das ist doch wirklich eine schöne Entschuldigung, was, Erayk?, fragte er sich, während seine Fingerspitzen über das Szepter strichen, das auch das Emblem des Ordens war, dem er angehört hatte … bis zu seinem Ausschluss. *Wirklich schade, dass du dich nicht länger damit befasst hast. Dann wärst du vielleicht wenigstens etwas besser auf diesen Augenblick vorbereitet.*

Und vielleicht hätte es auch überhaupt keinen Unterschied gemacht, denn sowohl die *Heilige Schrift* als auch die *Erkenntnisse* gingen davon aus, dass diejenigen, die in den Dienst als Hirten im Namen Gottes gerufen wurden, tatsächlich auch dieser Aufgabe würdig waren.

Und für Erayk Dynnys hatte das nicht gegolten.

Ich frage mich, was wohl passieren würde, wenn Clyntahn sämtliche Bischöfe und Erzbischöfe dazu brächte, sich einige Monate bei

Wasser und Brot ausschließlich mit der Heiligen Schrift *zu beschäftigen*, ging es ihm fast belustigt durch den Kopf. *Wahrscheinlich würde ihm das Ergebnis gar nicht gefallen! Er hat schon so genug Ärger. Da reichen die Wylsynns schon aus. Er braucht nicht auch noch eine ganze Schar Bischöfe, die die* Heilige Schrift *tatsächlich* gelesen *haben.*

Nun, für Erayk Dynnys würde das nicht mehr lange von Bedeutung sein. Schon viel zu bald würde er aus unmittelbarer Nähe erfahren, was Gott von ihm in diesem Leben erwartet hatte. Und das würde, dessen war er sich sicher, gewiss keine Erklärung sein, die er sonderlich genießen würde, denn was auch immer Gott von ihm erwartet haben mochte: Er war gescheitert. Er war in genau dem Maße gescheitert, in dem jeder Mensch scheitern musste, der von sich in Anspruch nahm, für Gott selbst zu sprechen, Ihn aber in Wahrheit längst vergessen hatte.

Dynnys hatte getan, was er konnte, um seine Fehler wiedergutzumachen, und doch war das nur bemitleidenswert wenig im Vergleich zu dem, was er im Laufe zahlreicher Jahre getan hatte. Das wusste er jetzt. Und er wusste auch, dass, obwohl die Vorwürfe, die der Großinquisitor gegen ihn erhob, samt und sonders haltlos waren, all das, was auf ganz Safehold geschehen würde, ebenso seine eigene Schuld war wie die aller anderen.

Zu seiner großen Überraschung war der einzige Erzbischof, der es gewagt hatte, ihn während seiner Haft in dieser Zelle aufzusuchen, Zhasyn Cahnyr gewesen, der hagere, fast schon ausgemergelte Erzbischof von Gletscherherz. Die beiden verabscheuten einander bereits seit vielen Jahren aus tiefstem Herzen, und doch war Cahnyr der Einzige aus seinem gesamten Kollegenkreis, der ihn besucht hatte – und der das Risiko einging, sich den Zorn von Clyntahn und der

›Vierer-Gruppe‹ zuzuziehen, weil er zusammen mit Dynnys für die Erlösung von dessen unsterblicher Seele zu beten bereit war.

Das war wirklich sonderbar. Man hatte es Cahnyr nur ein halbes Dutzend Mal gestattet, ihn zu besuchen, und bei jedem einzelnen Besuch hatte er nicht länger als eine Stunde verweilen dürfen. Und doch hatte Dynnys in diesen Besuchen immensen Trost gefunden. Vielleicht lag es daran, dass der Erzbischof der einzige Mensch war, der ihn seit seiner Festnahme weder verhört noch bedroht oder ihm eine Strafpredigt gehalten hatte. Er war einfach nur dort gewesen – das einzige Mitglied der gesamten kirchlichen Hierarchie, das bereit gewesen war, sein Priesteramt auch tatsächlich auszuüben und sich um die Bedürfnisse der Seele eines Gefangenen der Inquisition zu kümmern.

Das Verhalten des Erzbischofs von Gletscherherz hatte Dynnys zutiefst beschämt, und das nicht zuletzt, weil einer der Gründe, deretwegen Dynnys für diesen Kollegen so viel Verachtung empfunden hatte, genau die Tatsache gewesen war, dass Cahnyr sich seinen bischöflichen Pflichten stets mit dieser seelsorgerischen ›Einfältigkeit‹ genähert hatte.

Von ihm hätte ich einiges lernen können, wenn ich mir nur die Mühe gemacht hätte, ihm zuzuhören. Nun ja, ich habe dennoch etwas gelernt, und wie es in der Heiligen Schrift *schon heißt: Wahres Wissen und wahres Verständnis kommen niemals zu spät, um der Seele eines Menschen von Nutzen zu sein.*

Erayk Dynnys öffnete die *Heilige Schrift* und schlug eine der Stellen auf, die er sich eigens markiert hatte: Kapitel Fünfzehn, Neunter Vers des *Buches Langhorne.*

»Denn wie soll ein Mensch nutznießen, so er alle Macht der Welt erringt und doch seine Seele verliert? Und welchen Preis wird er für seine Seele zahlen, wie viel Gold wird er bringen? Bedenket das wohl, denn wer auch immer beschämet wird durch die Lehren, die Gott selbst durch meine Hand geschickt, wird auch beschämet sein an jenem Tage, da er vor dem Gott steht, der ihn schuf, und bei jenem entsetzlichen Urteil werde ich weder schützend meine Hand über ihn halten noch für ihn das Wort ergreifen.«

Das, so dachte Erayk, ist wahrlich eine Passage, aus der Zhaspyr Clyntahn eine ganze Menge lernen könnte, wenn er sich einige Stunden damit befassen würde.

Er blätterte weiter, lauschte dem Rascheln der dünnen Seiten aus kostbarem Papier. Es gab so viel Weisheit in diesem Buch, so viel, über das in angemessenem Maße nachzudenken ihm die Zeit nicht mehr bleiben würde. Und es *fehlten* auch einige Dinge.

Er blätterte zur letzten Seite des *Buches Chihiro*. Einer alten Tradition gemäß befand sich zwischen *Chihiro* und der ersten Seite des *Buches Hastings* stets ein unbedrucktes Blatt, doch in Dynnys' Ausgabe der *Heiligen Schrift* gab es keine leere Seiten. Zumindest *nicht mehr*.

Mit dem Zeigefinger fuhr Erayk über den Bundsteg, ertastete die raue Kante: Dort war eine der unbedruckten Seiten herausgerissen. Noch einmal atmete der ehemalige Erzbischof tief durch, dann schloss er das Buch.

Er lehnte sich zurück und fragte sich, ob Adorai überhaupt einen einzigen seiner Briefe erhalten hatte. Er hatte in Erwägung gezogen, auch ehemalige Freunde und andere Mitglieder seiner Familie anzuschreiben, doch schließlich hatte er sich dagegen entschieden. Keiner von ihnen hatte es gewagt, es Cahnyr gleichzutun, niemand hatte auch nur das Wort zu seiner Verteidigung ergriffen. Eigentlich hatte das Erayk kaum überrascht, gerade angesichts der gegen ihn erhobenen Vorwürfe und auch der Person desjenigen, der diese Vorwürfe vorgebracht hatte, und doch schmerzte ihn das Gefühl, wirklich von allen verlassen worden zu sein. Doch das war nicht der Grund gewesen, weswegen er davon Abstand genommen hatte, ihnen zu schreiben. Ob sie ihn tatsächlich im Stich gelassen hatten oder nicht, sie gehörten immer noch zu seiner Familie, und er wusste ganz genau, dass jedes einzelne Wort seiner Briefe von der Inquisition sorgsam geprüft werden würde. Angesichts der beinahe schon nackten Panik, die den ganzen Tempel erfasst hatte, nachdem die Berichte über Charis' überwältigenden Sieg in Zion eingetroffen waren – und mehr noch nach dem Eintreffen des Briefes, den Staynair an den Großvikar gerichtet hatte –, war Clyntahn zweifellos hektischer denn je auf der Suche nach weiteren Opfern. Ihm dürstete nach neuem Blut, mit dem er seine Vikars-Kollegen besänftigen konnte. Dynnys hatte nicht die Absicht, ihm diese Aufgabe zu erleichtern, indem er mit einem Brief durch ein unvorsichtig gewähltes Wort oder eine Formulierung, die aus dem Zusammenhang gerissen missverständlich gedeutet werden konnte, dem Großinquisitor seine eigene Familie ans Messer lieferte.

Dynnys hoffte inständigst, dass wenigstens einer seiner Briefe Adorai erreicht hatte. Doch er zweifelte daran, was auch immer die Inquisitoren ihm versprochen haben mochten. Wer musste sich denn schon an ein Versprechen halten, das einem *Ketzer* gegeben worden war? Einem Mann, der dafür verurteilt worden war – und er war schon lange vor irgendeinem ordentlichen Verfahren verurteilt gewesen! –, die Brut von Shan-wei selbst unter seinen Schutz gestellt zu haben? Den Rat der Vikare und den Großinquisitor bewusst belogen zu haben, um seine eigenen Sünden zu verbergen, und zugleich auch die noch ungleich schwerwiegenderen Sünden, die all die Ketzer und Gotteslästerer seiner gefallenen Erzdiözese begingen? Warum hätte man den Brief eines *solchen* Gefangenen an irgendjemanden weiterleiten sollen?

Natürlich hatten sie alle seine Briefe entgegengenommen – sei es, um sie wirklich zuzustellen, sei es, um sie in irgendeiner Weise gegen ihn zu verwenden, sei es, um sie einfach ungelesen fortzuwerfen. Doch sie hatten nicht begriffen, dass ihm noch eine andere Möglichkeit offengestanden hatte, an Papier zu gelangen. Und sie hatten auch nicht vermutet, Zhasyn Cahnyr könne mehr als nur ein einfacher Besucher gewesen sein. Sie waren nicht auf den Gedanken gekommen, der Primas von Gletscherherz habe sich – für sie alle unmerklich – bereit erklärt, Botschaften des Gefangenen entgegenzunehmen.

Zunächst hatte Dynnys darin eine weitere, sehr kunstvoll gestaltete Falle gewähnt – geplant und in die Tat umgesetzt durch die Inquisition. Doch er hatte keine Minute gebraucht, um zu begreifen, wie absurd dieser Gedanke doch war. Und in dem Augenblick hatte er auch damit begonnen, sich Gedanken darüber zu machen, welch tödliches Risiko für ihn einzugehen Cahnyr sich doch bereit erklärt hatte, und so hatte er das Angebot des Erzbischofs mit einem Lächeln abgelehnt, von dem er hoffte, sein Gegenüber könne daraus erkennen, wie unaussprechlich dankbar er ihm für dieses Angebot war.

Doch dann, als er wie mit neuen Augen erneut die *Heilige Schrift* studierte, und vor allem, als er in jenen Kapiteln der *Erkenntnisse* las, die Großvikar Evyrahard abgefasst hatte, begriff er, dass es so einfach überhaupt nicht war. Es war nicht nur die Frage, ob Cahnyr Briefe mit sich führte, die möglicherweise Dynnys' zugute kommen könnten.

Evyrahards Großvikariat hatte nur kurz gewährt, und als Dynnys nachdenklich die Beiträge dieses Großvikars zu den

Erkenntnissen studierte, in dieser misslichen Lage, begriff er auch genau, was damals eigentlich geschehen war. Sankt Evyrahard konnte in den Kammern des Tempels, in denen über das politische Vorgehen entschieden wurde, wahrlich nicht willkommen gewesen sein. Ganz offensichtlich hatte dieser Großvikar überhaupt keine Ahnung gehabt, wie ›das Spiel‹ eigentlich gespielt werden musste; und ebenso offensichtlich hatten ihm seine Bemühungen um Reformen zahllose einflussreiche Feinde eingebracht. Tatsächlich vermutete Dynnys, dass ein Großteil des Hasses, den Clyntahn auf die ganze Familie Wylsynn verspürte, echte Tradition hatte, die bis zur Amtszeit von Evyrahard dem Gerechten als Großvikar zurückreichte.

Und als Erayk nun die jahrhundertealten Worte Sankt Evyrahards las und sich an die scharfsichtige Hingabe und die unablässige Glaubensfestigkeit von Paityr erinnerte, jenes weit entfernten Nachfahrens dieses Großvikars, fand er in diesem Pater etwas, das *er selbst* niemals wirklich besessen hatte. Etwas, von dem er sich voller Verzweiflung wünschte, es *sehr wohl* besessen zu haben. Und als er das begriff, verstand er auch, dass es zwei Briefe gab, die ihren Empfänger unbedingt erreichen mussten. Zwei Briefe, die kein Inquisitor jemals zu Gesicht bekommen durfte. Und so hatte er das erforderliche Papier in der *Heiligen Schrift* selbst gefunden. Er konnte einfach nicht glauben, Gott oder der Erzengel Langhorne könne ihm ein solches Vorgehen verübeln – nicht angesichts der Aufgabe, für die er das Papier benötigte.

Cahnyr hatte nicht einmal mit der Wimper gezuckt, als Dynnys ihm während ihrer Begrüßung beim nächsten Besuch die eng zusammengefalteten Blätter zugesteckt hatte. Dynnys war sich sicher gewesen, er würde zumindest bemerken, wie sich die Kiefermuskeln seines Besuchers anspannen würden, oder ein kurzes, ängstliches Aufflackern in seinen Augen, doch Erzbischof Cahnyr hatte die Schriftstücke nur unauffällig in eine Tasche seiner Soutane gleiten lassen.

Trotz allem, was bislang zwischen ihnen vorgefallen war, fürchtete Dynnys nicht, Cahnyr könne dieses Schreiben der Inquisition zuspielen oder ganz offen sein Vertrauen verraten. Nein. Jetzt, da er am Ende seines Lebens angekommen war, hatte Erayk Dynnys endlich die Pflichten erkannt, die zu seinem Amt gehörten, und er hatte jede Nacht gebetet, dass Zherald Ahdymsyn und Paityr Wylsynn sich an die letzten Anweisungen halten würden, die er ihnen zukommen ließ.

Viel war es nicht – nicht, wenn man bedachte, dass es das Ende von *allem* war, das Ende eines Lebens, das er so lasterhaft verschwendet hatte. Es war lediglich das Einzige, was er noch tun konnte.

Er faltete die Hände und senkte dann die Stirn auf die Fingerspitzen herab.

Erayk wusste nicht, wie lange er dort gesessen hatte, schweigend ins Gebet vertieft, als ihn plötzlich das laute Klacken des Schlosses seiner Zellentür aus seiner Meditation herausriss.

Langsam richtete er sich auf, so würdevoll, wie es ihm nur möglich war, und wandte sich den beiden Oberpriestern in purpurnen Gewändern zu; Farbe der Kleidung und die darauf erkennbaren Abzeichen in Form von Flamme und Schwert machten deutlich, dass sie dem Schueler-Orden angehörten. Die Inquisitoren trugen die schwarzen Stolen und ebensolche Handschuhe, wie es sich für Scharfrichter – die sie nun einmal waren – geziemte, und ihre Augen waren mitleidlos und kalt. Die Mienen des halben Dutzends Tempelgardisten, die hinter ihnen standen, waren völlig ausdruckslos; es waren lediglich Masken, die alles zu verbergen suchten, was sie in Wahrheit fühlen mochten. Doch die Befriedigung und der eisige Hass in den ungerührten Blicken der beiden Inquisitoren waren unverkennbar.

»Es ist Zeit«, sagte der Ranghöhere der beiden, und Erayk Dynnys nickte.

»Ja, das ist es«, bestätigte er so ruhig, dass es ihn selbst überraschte. Er glaubte die Überraschung auch im Blick der beiden Schueleriten gesehen zu haben, und alleine diese Vorstellung erfüllte ihn mit einem sonderbaren Gefühl der Befriedigung.

Einer der Gardisten trat vor, zwischen den Fingern ein Paar schwerer Handschellen. Er brachte es nicht fertig, dem ehemaligen Erzbischof in die Augen zu blicken, und wirkte fast reumütig, als er sie dem Gefangenen entgegenstreckte. Dynnys schaute den ranghöheren Inquisitor an.

»Ist das wirklich notwendig?«, fragte er.

Lange erwiderte der Inquisitor nur schweigend den Blick seines Gefangenen. Dann schüttelte er langsam den Kopf.

»Ich danke Ihnen«, sagte Dynnys und trat vor; schwer stützte er sich auf seinen Gehstock, als er mit langsamen Schritten weiterging, bis die Gardisten ihn umringt hatten. Es sah ja nun wirklich nicht danach aus, als werde er jetzt plötzlich davonlaufen und seinem Schicksal entrinnen, bloß weil man ihm nicht die Handschellen angelegt hatte! Außerdem gab es da ja immer noch diese … Vereinbarung mit Clyntahn zu bedenken, nicht wahr?

»Wollen wir, Pater?«, fragte er und richtete den Blick erneut auf den ranghöheren Inquisitor.

Was für ein herrlicher Morgen, dachte die Näherin namens Ailysa. Ein wenig zu kühl, wie so oft im Mai hier in Zion, und vom Pei-See wehte eine recht frische Brise herüber, doch es herrschte strahlender Sonnenschein. Der gewaltige ›Platz der Märtyrer‹ war in sattes, goldenes Gleißen getaucht, und die morgendlichen Geräusche der Stadt wirkten auffallend gedämpft. Selbst die Vögel und Wyvern scheinen stiller und ruhiger zu sein als sonst, dachte sie.

Aber das bildete sie sich gewiss nur ein. Gottes geflügelte Geschöpfe hatten keinerlei Vorstellung davon, was an diesem herrlichen Frühlingsmorgen geschehen sollte. Wäre es anders, so wären sie so schnell geflohen, wie sie nur konnten.

Im Gegensatz zu den Tieren wusste Ailysa ganz genau, was hier geschehen würde, und ihr Magen war so verkrampft, dass ihr schon fast übel war. Ahnzhelyk hatte Recht gehabt, dieser Tag würde entsetzlich werden, doch Ailysa hatte genau das gemeint, was sie gesagt hatte. Sie *musste* dabei sein, wie schrecklich es auch werden würde.

Die Menschenmenge war riesig, sie füllte fast die Hälfte des gewaltigen Platzes vor den hochaufragenden Kolonnaden des Tempels. Ailysa versuchte herauszufinden, welche Stimmung bei den versammelten Menschen herrschte, doch es gelang ihr nicht.

Einige von ihnen – viele von ihnen – waren ebenso schweigsam wie sie selbst; sie standen dort, in dicke Jacken oder Umschlagtücher gehüllt und warteten stumm. Andere unterhielten sich munter, als wäre das hier nichts anderes als eine Sportveranstaltung, und doch verrieten ihre ein wenig zu schrillen Stimmen und auch ihre Mienen, dass es anders war. Und dann gab es noch *weitere*: Sie standen in schweigender Erwartung dort, getrieben von unbändigem Zorn, aufgestachelt durch ungezähmtes Verlangen nach kirchlicher Gerechtigkeit.

Gerechtigkeit, ging es Ailysa durch den Kopf. *Das wäre selbst dann keine* Gerechtigkeit, *wenn er tatsächlich all der Dinge schuldig wäre, die man ihm vorwirft!*

Ein plötzlicher Luftzug warnte sie vor, und so blickte sie auf und biss sich auf die Unterlippe, als die Prozession von Gardisten, Inquisitoren und natürlich dem Opfer selbst auf den Stufen des Tempels erschien und langsam auf die Plattform zuschritt, die eigens errichtet worden war, damit den Zuschauern auch kein einziges grausiges Detail entging.

Vereinzelte Stimmen erhoben sich aus der Menschenmenge: Sie kamen von denjenigen, die so lange voller Erwartung ausgeharrt hatten. Jubelrufe, Pfiffe, Flüche. All der Hass, der sich aufgestaut hatte, all die verbitterte Furcht, die dieser Aufstand von Charis, dieser Widerstand gegen Mutter Kirche hervorgerufen hatten, wurden in diesen nur halb verständlichen Rufen spürbar.

Der ehemalige Erzbischof schien es nicht zu bemerken. Er war zu weit entfernt, als dass Ailysa sein Gesicht hätte erkennen können, doch seine Schultern waren gestrafft, er hielt sich aufrecht, als er, immer noch auf seinen Gehstock gestützt, ruhig weiterging, gekleidet in den schlichten, sackleinenen Umhang eines verurteilten Ketzers. *Er hält sich gut,* dachte sie, und sie verspürte einen Stolz, der sie selbst jetzt noch überraschte; das gleißende Sonnenlicht durchdrang nur mit Mühe die Tränen, die ihr in die Augen stiegen.

Erayk Dynnys, seine Wachen und seine Scharfrichter erreichten die Plattform, auf der all die entsetzlichen Werkzeuge ausgebreitet lagen, die erforderlich waren, um die Strafen zu vollziehen, die der Erzengel Schueler für Ketzerei und Gotteslästerung vorsah. Nur einen winzigen Augenblick lang schienen die Schritte des Gefangenen ins Stocken zu geraten, als er die Stufen emporstieg – und wenn es wirklich so war, wer hätte es ihm verübeln können? Selbst von ihrem

Standort aus sah Ailysa, wie die Luft über den glühenden Kohlenpfannen schimmerte; in der Hitze lagen die Eisen und Zangen bereit – und das war nur einer der Schrecken, die Erayk Dynnys hier erwartete.

Wenn er also zögerte, so währte es nur einen kurzen Moment. Dann schritt er weiter, nahm seinen Platz vor der wartenden, kreischenden Menschenmenge ein, die hierhergekommen war, um ihn sterben zu sehen.

Eine weitere Gestalt erschien. Ebenso wie die Scharfrichter trug auch sie das dunkle Purpur des Schueler-Ordens, doch auf seinem Kopf saß die orangefarbene Kopfbedeckung, die ihn als Vikar auswies. Ailysa presste die Lippen aufeinander, als sie Vikar Zhaspyr Clyntahn erkannte.

Natürlich, dachte sie. *Das ist das erste Mal in der gesamten Geschichte von Mutter Kirche, dass einer ihrer eigenen* Erzbischöfe *unter dem Vorwurf der Ketzerei und der Gotteslästerung hingerichtet wird. Wie sollte der Großinquisitor* nicht *persönlich anwesend sein? Und wie sollte ein Mann wie Clyntahn einem Justizmord fernbleiben, der an einem Opfer seiner eigenen Verbrechen begangen wird?*

Der Großinquisitor entrollte ein uraltes Schriftstück und begann es zu deklamieren; dies gehörte zu den Förmlichkeiten einer derartigen Hinrichtung. Ailysa hörte seine Worte nicht. Sie brauchte sich nicht die Liste all der Vergehen anzuhören, für die Dynnys nun hingerichtet werden sollte. Nicht, wenn sie genau wusste, dass das einzige Verbrechen, dessen er sich wirklich schuldig gemacht hatte, nichts anderes war als die Tatsache, den perfekten Sündenbock für die ›Vierer-Gruppe‹ abzugeben.

Es dauerte eine ganze Weile, bis Clyntahn das schier unendliche Urteil verlesen hatte, doch schließlich kam er zu einem Ende und wandte sich nun Dynnys zu.

»Du hast die Entscheidung und das Urteil der Heiligen

Mutter Kirche gehört, Erayk Dynnys«, intonierte der Vikar, und trotz des Windes war seine Stimme deutlich zu verstehen. »Hast du noch irgendetwas zu sagen, bevor das Urteil vollstreckt wird?«

Dynnys blickte sich auf dem gewaltigen Platz um, und eine kaum hörbare Stimme im Hinterkopf fragte, wie oft er wohl über eben diese Steine geschritten war, an den selben Statuen vorbeigegangen, an den selben Skulpturen und Springbrunnen atemberaubender Schönheit? Wie oft war er die Kolonnaden des Tempels hinuntergeschritten, hatte ihre Erhabenheit und Schönheit für selbstverständlich gehalten, weil es stets ›so viel wichtigere‹ Dinge zu durchdenken galt?

Während Clyntahn die Liste der Vergehen verlas, für die er nun den Tod finden sollte, waren seine Gedanken in jene andere Zeit zurückgereist, zu jenen anderen Tagen, an denen er diesen Platz besucht hatte. Ebenso wie Ailysa brauchte er sich diese Deklamation nicht anzuhören; doch natürlich wusste er nichts von dem, was Ailysa währenddessen durch den Kopf gegangen war. Er wusste genau, was man ihm vorwarf, und genau wie es die Inquisition von ihm verlangt hatte, hatte er sich pflichtschuldig zu jedem einzelnen Anklagepunkt schuldig bekannt. Es hätte keinerlei Zweck gehabt, sich zu verweigern. Letztendlich, das wusste er, hätten sie ihn doch dazu gebracht, alles zu gestehen, was sie von ihm hören wollten. Darin war die Inquisition über alle Maßen geschickt, und selbst wenn es ihm doch irgendwie gelungen wäre, ein Geständnis zu *vermeiden*, hätte das doch nichts an seinem bereits beschlossenen Schicksal geändert.

Und doch mochte es noch eine Gnade geben. Er erinnerte sich an das kalte Versprechen, das ihm der Oberpriester gegeben hatte, an diese Botschaft von Clyntahn selbst, die der Großinquisitor nicht persönlich zu überbringen willens gewesen war. Ein Geständnis und ein öffentliches Bekennen seiner Schuld würde ihm die Hinrichtung durch die Garotte und einen schnellen Tod bringen, bevor dann der ganze Katalog all jener Strafen, die der Erzengel Schueler verfügt hatte, an seinem dann leblosen Leichnam vollzogen würden.

Dynnys hatte genau verstanden, was Clyntahns Handlanger ihm gesagt hatten.

Ein öffentliches Reuebekenntnis, das Eingestehen der Schuld und das Flehen um Vergebung waren wichtiger Teil der Strafen, die die Inquisition für die Sünde auferlegte. Gottes Gnade war unendlich. Selbst noch am Rande des Höllenschlundes selbst mochte ein reuiger Sünder Vergebung und Zuflucht bei Ihm finden. Und so gebot es die Tradition, dass jedem von der Inquisition Verurteilten das Recht zustand, öffentlich zu bereuen und seinen Sünden zu widersagen, bevor das Urteil vollstreckt wurde.

Gelegentlich wurde diese Tradition auch übergangen. Das hatte Dynnys schon immer gewusst, schon bevor er selbst in Ungnade gefallen war. Zu seiner großen Schande war er bislang nicht einmal versucht gewesen, gegen diese Vorgehensweise die Stimme zu erheben. Es hatte ihn nie persönlich betroffen, es ging ihn einfach nichts an, und die Inquisition wachte voller Eifersucht über ihre Pflichten und Vorrechte. Wenn die Inquisition es vorzog, einen Verbrecher zum Schweigen zu bringen, damit er nicht die letzten Momente seines Lebens noch dazu nutzte, seine Unschuld zu beteuern, die Inquisition selbst der Folter zu bezichtigen oder erneut ketzerische Aussagen zu verkünden oder Gotteslästerungen hervorzustoßen, dann ging das ganz alleine die Inquisition etwas an.

Doch zugleich hatte die Inquisition es auch gelernt, diese Tradition zu ihrem eigenen Vorteil zu nutzen. Ein Gefangener, der seine Schuld eingestand, um Vergebung flehte, seine Bußfertigkeit bekannte und Mutter Kirche – und natürlich auch dem Schueler-Orden – dafür dankte, seine unsterbliche Seele gerettet zu haben, selbst wenn er dafür seinen sterblichen Leib würde aufgeben müssen, *bewies doch*, wie gerecht die Inquisition war. Das war der Beleg dafür, dass niemand hier übereilt gehandelt oder geurteilt hatte, dass für wahre Gerechtigkeit gesorgt und Gottes Eigenes heiliges Ziel pflichtschuldig und ordentlich gewahrt worden war.

Und so hatte Dynnys dem Inquisitor sein Wort gegeben. Er hatte ihm versprochen, nur ›Angemessenes‹ zu sagen.

Hatte versprochen, Clyntahn das zu geben, was die ›Vierer-Gruppe‹ von ihm verlangte, sich noch bis zuletzt an ihre Vorgaben zu halten.

»Ja, Euer Exzellenz.« Ailysas Magen krampfte sich noch weiter zusammen, als sie sah, wie Dynnys auf der Plattform mit ruhiger Miene Clyntahn anblickte. »Mit Eurer gütigen Erlaubnis und der Gnade von Mutter Kirche möchte ich diese letzte Gelegenheit dazu nutzen, meiner Reumütigkeit Ausdruck zu verleihen, meine Schuld vor Gott und den Menschen zu bekennen und Gott um Vergebung zu bitten.«

»Wenn dies dein wahrer Wille ist, so sprich, auf dass Gott deine Worte hören und die Wahrheit in deinem Herzen ermessen mag«, erwiderte Clyntahn.

»Danke, Euer Exzellenz.«

Dynnys' Stimme war nicht so tief oder so volltönend wie die Clyntahns, und doch waren auch seine Worte trotz des Windes deutlich zu vernehmen. Er trat etwas näher an die Kante der Plattform heran, stützte sich erneut auf seinen Stock, blickte auf die Menschenmenge hinab, deren Rufen und Pfeifen nun verstummt war; sie alle erwarteten öffentliche Schuldbekenntnisse. Hinter dem ehemaligen Erzbischof lagen immer noch bedrohlich die Folterinstrumente, flüsterten beredt von reinigendem Schmerz, doch Erayk Dynnys schien sie überhaupt nicht mehr wahrzunehmen.

Ailysa blickte zu ihm auf, wünschte sich, doch den Mut aufgebracht zu haben, etwas näher heranzutreten, und gleichzeitig übermannte sie Übelkeit: Sie wusste, was nun geschehen würde.

Und dann ergriff Erayk Dynnys das Wort.

»Euer Exzellenz, Ihr habt mich gefragt, ob ich noch etwas zu sagen habe, bevor ich für meine Vergehen dem Tode überantwortet werde, und das habe ich tatsächlich. Offen und aus freien Stücken bekenne ich meine größte Schuld, mein Unvermögen, die Pflichten eines Erzbischofs von Mutter Kirche erfüllt zu haben. Es war mir hehre Aufgabe, zugleich Hüter und Vater für die Herde zu sein, die mir Mutter Kirche in Gottes Namen überantwortet hatte. Es war mir Verantwortung und Vorrecht, über ihre Seelen zu wachen. Sie die Wahrheit zu lehren, sie auf den Pfad Gottes zu führen und ihnen die Lehren Langhornes nahezubringen. Sie zu züchtigen, wie es einem Vater ansteht, wenn es erforderlich ist, sie zu disziplinieren, und dabei zu wissen, dass nur auf diese Weise jene, die in seine Obhut gegeben sind, letztendlich wahrhaftig Gottes unendliche Liebe verstehen werden.

Dies war meine Verpflichtung Mutter Kirche und den Seelen der Erzdiözese von Charis gegenüber, und ich habe schmählich darin versagt, ihr nachzukommen.«

Nicht einen Moment lang wandte Dynnys den Blick von der Menschenmenge ab. Nicht ein einziges Mal schaute er zu Clyntahn hinüber, damit es nicht zu augenfällig war, wie sehr ihm daran lag, dass der Großinquisitor all seine Worte guthieße. Doch selbst ohne den Blick abwenden zu müssen, sah er Clyntahn doch in seinem Augenwinkel, und die Zufriedenheit, die der Vikar nur mühsam hinter einer ernsten Miene zu verbergen suchte, war unverkennbar. Er wusste, was nun kommen würde, schließlich hatte Dynnys es ihm versprochen.

Pech gehabt, Euer Exzellenz, dachte der verurteilte, ehemalige Erzbischof, und ihn durchfuhr eine gewisse grimmige, kalte, verängstigte Aufregung. *Einige Dinge sind wichtiger als das, was* Ihr *wünscht ... und warum sollte ein verurteilter Ketzer ein Versprechen halten, das er einem so verlogenen Mistkerl wie Euch gegeben hat?*

»Ein wahrer Hirte ist bereit, für seine Herde zu sterben. Wie der Erzengel Langhorne selbst gesagt hat: ›Es gibt keine größere Liebe als die eines Mannes, der bereit ist, für andere sein Leben hinzugeben‹, und als Erzbischof von Charis hätte ich bereit und willens sein müssen, auf Langhornes Worte auch zu hören. Doch ich war es nicht. Ich fürchtete die persönlichen Konsequenzen meiner Fehler als Kind Gottes und als Erzbischof von Mutter Kirche. Und darum habe ich, als Vikar Zahmsyn zu mir kam und mir seine Sorgen, seine Befürchtungen und seine Ängste dargelegt hat, die jene Berichte anderer über Charis in ihm geweckt haben, ihm nicht gesagt, das jeder einzelne jener Berichte nichts als Lügen waren.«

Erstaunt riss Ailysa die Augen auf. Sie musste sich verhört haben! Er konnte doch *unmöglich* gesagt haben ...

Sie blickte zu Clyntahn hinüber und sah, wie dem Würdenträger das Blut ins Gesicht geschossen war, sah den unverhohlenen Zorn, und sie wusste, dass sie sich nicht im Mindesten verhört hatte.

»Statt ihm zu sagen, dass die Behauptungen, im Reiche Charis sei es zu Ketzerei, zu Abtrünnigkeit und zu Übertretungen der Ächtungen der Jwo-jeng gekommen, nichts als Lügen waren, gefälschte Berichte, erlogen von den Feinden von Charis und von bestechlichen Priestern im Dienste von Mutter Kirche durch den ganzen Tempel getragen, wofür sie im Gegenzug von eben jenen Feinden von Charis Gold erhielten, habe ich ihm zugesagt, die Vorkommnisse zu untersuchen. Ein Exempel an jenen zu statuieren, die fälschlicherweise der Sündhaftigkeit bezichtigt wurden. Und ich war fest entschlossen, dieses Versprechen auch zu halten.«

Dynnys zwang sich dazu, weiterhin ruhig und deutlich zu sprechen. In völligem Unglauben schienen Clyntahn und seine Inquisitoren wie erstarrt, zumindest kurzzeitig, und Dynnys blickte auf die ebenso betäubt schweigende Menschenmenge auf dem Platz der Märtyrer hinunter und ergriff dann erneut das Wort.

»Ich selbst verdiene voll und ganz die Strafe, die ich an diesem Tag erleiden soll. Hätte ich die Pflichten meiner Erzdiözese gegenüber erfüllt, so wären tausende womöglich nicht gestorben, und weitere tausende würden nicht noch ihr Leben verlieren. Aber was auch immer *ich* verdienen mag, Euer Exzellenz, welche Strafe *mir* auch immer angemessen sein mag: Die Seelen, die Ihr und der Rat der Vikare mir anvertraut haben, sind, wie Ihr sehr wohl wisst, unschuldig. Sie haben die Taten, die Ihr ihnen anlastet, nicht begangen. Ihr einziges Vergehen, ihre einzige Sünde, bestand darin, sich und ihre Familien gegen Vergewaltigung, Mord und Zerstörung zur Wehr zu setzen, befohlen durch jene korrupten und gierigen ...«

Schließlich reagierte doch einer der Inquisitoren. Er wirbelte zu Dynnys herum und schlug dem ehemaligen Erzbischof die Faust ins Gesicht. Die stählernen Nieten seines Handschuhs ließen Dynnys' Lippen aufplatzen. Der Schlag war so heftig, dass sein Kiefer an mindestens drei Stellen gleichzeitig brach. Erayk Dynnys sank in die Knie, fast bewusstlos, und Clyntahn deutete mit dem ausgestreckten Finger auf ihn. Es war die Geste endgültiger Verdammnis.

»*Gotteslästerer!* Wie *kannst* du es wagen, dich dem Willen und dem Plan Gottes selbst entgegenzustellen? Du Diener Shan-weis, mit jedem deiner Worte stellst du selbst deine Schuld und die Ewige Verdammnis unter Beweis! Wir verstoßen dich, wir verdammen dich in die ewige Finsternis, in jene Ecke der Hölle, die deiner schwarzen Herrin vorbehalten ist! Wir streichen deinen Namen aus der Liste der Kinder Gottes und verstoßen dich für alle Zeiten aus der Gemeinschaft der erlösten Seelen!«

Er trat zurück, und die Oberpriester packten den halb bewusstlosen, blutüberströmten Mann, der einst der Erzbischof von Charis gewesen war. Mit Schwung wuchteten sie ihn wieder auf die Beine, dann rissen sie ihm den sackleinenen Umhang herunter. Nackt und bloß stand er nun vor der schweigenden Menschenmenge, die wie gebannt zum Podest hinaufblickte. Dann zerrten sie ihn zu den Folterwerkzeugen hinüber, die schon bereitgelegt waren.

Die Näherin, die nur als ›Ailysa‹ bezeichnet wurde, presste beide Hände vor ihre zitternden Lippen, als sie mitansehen musste, wie die Scharfrichter den kraftlosen Körper ihres Opfers auf die Streckbank schnallten. Sie weinte so bitterlich, dass sie kaum noch etwas sehen konnte, doch ihr Schluchzen war lautlos. Was sie hier sehen musste, war zu entsetzlich, drang zu tief in ihre Seele ein, als dass sie ihr Leid mit anderen hätte teilen können.

Sie hörte den ersten, tiefen Schmerzenslaut des ehemaligen Erzbischofs, wusste genau, dass es nur eine Frage der Zeit war, bis aus dem Stöhnen haltloses Schreien werden würde, und selbst jetzt noch konnte sie kaum glauben, was er getan und was er gesagt hatte.

Trotz all dem, was sie zu Ahnzhelyk gesagt hatte, gab es doch nichts, was Ailysa nun lieber getan hätte, als diesen Platz des Schreckens zu verlassen. Eines Schreckens, der nur noch schlimmer wurde durch diese letzte Geste in Erayk Dynnys' Leben.

Aber sie konnte nicht gehen. Sie *durfte* es nicht. Sie musste bis ganz zum Ende hier bleiben, und sie würde, genau, wie sie es Ahnzhelyk gesagt hatte, auch wissen, was sie ihren Söhnen zu berichten hatte. *Seinen* Söhnen.

Söhne, dachte sie, die sich niemals für den Namen würden schämen müssen, den sie trugen. Nicht jetzt – niemals. Nach dem, was gerade eben hier geschehen war und weiter geschehen sollte, würden sie sich niemals schämen müssen.

Zum ersten Mal in viel zu vielen Jahren empfand die Näherin namens Ailysa tiefen, unbändigen Stolz auf den Mann, den sie einst geehelicht hatte und dessen qualvoller Tod nun Zeugnis für ihre Söhne und für die Geschichte selbst ablegen würde.

.IX.

Im Saal des Hohen Rates, Palast von Königin Sharleyan, Stadt Cherayth, Königreich Chisholm

Die Spannung im Ratssaal war unverkennbar, als Königin Sharleyan und Baron Green Mountain eintraten.

Dafür gab es gleich mehrere Gründe. Zum einen wusste jedes Mitglied des Rates der Königin, dass der Erste Ratgeber von Charis seit mehr als zweieinhalb Fünftagen Ehrengast im Palast war – trotz der unbedeutenden Kleinigkeit, dass diese beiden Königreiche sich formal immer noch im Kriegszustand befanden. Zweitens hatte es die Monarchin des Reiches nicht für erforderlich erachtet, irgendjemandem – außer *möglicherweise* Green Mountain – genau zu berichten, was sie und der Erste Ratgeber von Charis eigentlich miteinander zu besprechen hatten. Drittens hatte sie die gebieterische Forderung seitens Bischof-Vollstrecker Wu-shai Tiang, Gray Harbor im Namen der Ritter der Tempel-Lande in Gewahrsam zu nehmen und an ihn auszuliefern, höflich aber bestimmt zurückgewiesen. Und viertens … viertens hatte sich die schlanke, dunkelhaarige Königin entschieden, zu dieser Sitzung nicht nur ihr schlichtes Diadem anzulegen, sondern die hochherrschaftliche Krone von Chisholm.

Sharleyan war sich der Anspannung, die hier herrschte, voll und ganz bewusst. Genau das hatte sie erwartet, und in mancherlei Hinsicht hatte sie genau diese Anspannung selbst geschürt. Schon vor vielen Jahren hatte sie, unter Green Mountains sorgfältiger Anleitung, in Erfahrung gebracht, dass Politik mindestens zur Hälfte eine Frage angemessener Staatsführung war. Und je höher der Einsatz, um den es ging, desto wichtiger wurde eben jene Staatsführung.

Vor allem jetzt, wo Onkel Byrtrym hier sitzt, dachte sie unglücklich, während sie gemessenen Schrittes zu dem kunstvoll beschnitzten Sessel am Kopfende des großen, ovalen Ratstisches hinüberging. Kurz gestattete sie sich einen Blick zu Byrtrym Waistyn, Herzog Halbrook Hollow, dem Oberbefehlshaber der Königlichen Armee ... und dem einzigen Bruder ihrer Mutter.

Sharleyan ließ sich in den Sessel sinken, drehte kurz den Kopf zur Seite und warf dem Mann mittleren Alters mit der grünen Soutane und der braunen priesterlichen Kopfbedeckung mit der Kokarde eines Oberpriesters einen scharfen Blick zu.

Nur wenige Monate nach Sharleyans Thronbesteigung war Carlsyn Raiyz zu ihrem Beichtvater geworden. Sie hatte ihn sich zwar nicht persönlich ausgesucht – das hatte man ihr aufgrund ihrer Jugendlichkeit nicht zugestanden –, doch er hatte die mit dieser Aufgabe einhergehenden Pflichten stets vortrefflich erfüllt. Und auch wenn er sich sehr wohl bewusst sein musste, welche ... Zweifel seine jugendliche Regentin an der derzeitigen Führungsspitze der Kirche hegte, hatte er sie doch niemals von sich aus darauf angesprochen. Inständig hoffte Sharleyan, er werde es auch hier und jetzt so halten, doch sie war sich dessen nicht so sicher. Andererseits war seine Miene bemerkenswert ruhig.

»Pater?«, fragte sie leise.

Vielleicht zwei Herzschläge lang blickte Raiyz sie nur an, dann lächelte er ein wenig, erhob sich und blickte der Reihe nach sämtliche Mitglieder von Sharleyans Rat an.

»Lasset uns beten«, sagte er und senkte den Kopf. »Großer

Gott, Der Du uns Deine Erzengel gesandt hast, um den Menschen die Wahrheit Deines Willens zu lehren, wir bitten Dich, schenke Deine Gnade unserer geliebten Königin und den Männern, die in diesem Saal versammelt sind, um ihren Willen zu erfahren, Zeugnis darüber abzulegen und ihr mit Rat und Tat beiseite zu stehen. In diesen unruhigen Zeiten verbleibst Du mit Deinen Erzengeln letzte Zuflucht und letzte Hilfe all jener Männer und Frauen in guter Absicht, und so bedürfen wir keiner anderen Hilfe. Segne die Beratungen unserer Königin, gewähre ihr die Weisheit, sich bei den schwerwiegenden Entscheidungen, die vor ihr liegen, für das Rechte zu entscheiden, und schenke ihr den Frieden, Deine Liebe und Deinen Ratschluss zu erkennen. In Langhornes Namen, Amen.«

Na, das war zumindest hoffnungsvoll, fuhr es Sharleyan durch den Kopf, während sie es den Mitgliedern ihres Rates gleichtat und das Zeichen von Langhornes Szepter schlug. *Andererseits hat er sich vor Begeisterung auch nicht gerade überschlagen, was?*

Sie wartete ab, bis Raiyz sich wieder gesetzt hatte, dann blickte sie den um diesen Tisch versammelten Männern der Reihe nach ins Gesicht. Ihr Blick verriet, dass sie an diesem Tage nicht gewillt war, jegliche Starrköpfigkeit zu dulden. Sharleyan spürte, wie die Spannung im Saal noch deutlich zunahm, als ihre Ratgeber der Reihe nach genau verstanden, was ihre Königin von ihnen verlangte. Sie war nicht nur die jüngste Person in diesem Saal, sondern auch noch die einzige *weibliche* Person, und sie konnte sich gerade noch das Lächeln einer erfolgreichen Jägerin verkneifen, als sie darüber nachdachte, wie sie alle auf ihren unnachgiebigen Blick reagiert hatten. Einige ihrer ›Ratgeber‹, das wusste sie sehr wohl, hatten sich niemals ganz damit abgefunden, eine Königin zu haben, und nicht etwa einen König.

Bedauerlicherweise, dachte sie, in gewisser Weise sehr zufrieden, *haben Vater und Mutter nun einmal* mir *das Leben geschenkt, nicht wahr? Und gemeinsam haben Mahrak und ich – und auch Onkel Byrtrym – es trotzdem geschafft. Das war wirklich eine unruhige Fahrt bislang, nicht wahr, Meine Lords? Aber natürlich werden Sie alle erst jetzt herausfinden, wie* ›unruhig‹ *das alles noch werden kann.*

»Meine Lords«, brach sie nach kurzem Nachdenken das angespannte Schweigen, und ihre Stimme klang kräftig und deutlich, »wir haben Sie heute hierhergerufen, um Sie über einige Dinge in Kenntnis zu setzen, die wir in den vergangenen Tagen reiflich überdacht haben. Wie stets sind wir Ihnen für jeglichen Ratschlag bezüglich der Entscheidung dankbar, zu der wir gekommen sind.«

Wenn schon zuvor im Ratssaal unverkennbare Anspannung geherrscht hatte, so war das doch noch gar nichts im Vergleich zu dem Ruck, der jetzt sämtliche ihrer Zuhörer durchfuhr, als sie begriffen, dass ihre Königin den *Pluralis majestatis* verwendete. Das hatten sie bislang nur sehr selten erlebt, vor allem in Ratssitzungen. Zusammen mit ihrer Entscheidung, die hochherrschaftliche Krone anzulegen, und der Art und Weise, wie sie den letzten Satz formuliert hatte, führte das jedem einzelnen der Anwesenden vor Augen, dass Sharleyan bereits einen unumstößlichen Entschluss bezüglich der Dinge gefasst hatte, die sie hier mit ihren Ratgebern ›erörtern‹ wollte.

Es war nicht das erste Mal, dass dies geschah. Sharleyan Tayt war ebenso scharfsinnig wie einst ihr verstorbener Vater, und ihre Willensstärke war vielleicht sogar noch ausgeprägter. Als sie sich unmittelbar nach seinem Tode auf dem Rücken der sprichwörtlichen Peitschenechse wiederfand, hatte sie begriffen, dass sie es sich schlichtweg nicht leisten konnte, dass ihre Ratgeber in ihr nur ein Kind sahen – auch wenn sie genau das gewesen war, als sie die Krone entgegennahm. In der Geschichte von Safehold hatte es im Ganzen nur recht wenige regierende Königinnen gegeben. Tatsächlich war Sharleyan in der gesamte Geschichte von Chisholm erst die zweite, und Königin Ysbell hatte man nach einer Regierungszeit von noch nicht einmal vier Jahren abgesetzt. Das wurde nach dem Tode von König Sailys als ein alles andere als beruhigender Präzedenzfall angesehen, und so hatte sich mehr als einer seiner Ratgeber bereit erklärt, sich um seine Tochter ›zu kümmern‹. Einige von ihnen, das wusste Sharleyan, hatten insgeheim gehofft, sie werde rasch in Ysbells Fußstapfen treten. Und selbst von denjenigen, die nicht ganz so weit zu gehen bereit waren, hegten doch einige die Hoffnung, die jugendliche Königin werde schon bald an einen geeigneten Kandidaten verheiratet – vielleicht gar sie selbst, oder einen ihrer Söhne –, damit dieser Gemahl dann die erforderliche männliche Führung übernehmen könne, die Sharleyan zweifellos benötigte.

Nun, Meine Lords, dachte sie mit grimmiger Belustigung und beobachtete ihre Mienen, hinter denen sie mit unterschiedlichem Erfolg versuchten, ihre Konsterniertheit über ihre letzten Worte zu verbergen, *jegliche ›männliche Führung‹, die ich gebraucht haben mag, habe ich dann wohl von Mahrak erhalten, nicht wahr?*

Green Mountain hatte das trauernde Kind, das gerade erst seinen Vater verloren und eine Krone geerbt hatte, behutsam darauf hingewiesen, dass sie sich würde entscheiden müssen, ob sie lediglich regieren oder doch *herrschen* wolle. Schon damals, und trotz des schmerzlichen Verlustes, den sie erlitten hatte, war die junge Sharleyan reif genug gewesen, genau zu verstehen, was ihr erster Ratgeber ihr dort erklärte, und es lag absolut nicht in ihrer Absicht, die Regierungsgeschicke von Chisholm in die Hände der verschiedenen Lords fallen zu lassen, die sich schon gierig die Lippen leckten und nur darauf warteten, die Macht im Königreich an sich zu reißen. Und die einzige Möglichkeit, einen für das Reich möglicherweise fatalen Richtungsstreit zu vermeiden, bestand darin, unmissverständlich zu verdeutlichen, dass es bereits jemanden gab, der mit fester – notfalls auch erbarmungsloser – Hand die Richtung der Politik vorgab.

Sie.

Einigen war es schwerer gefallen als anderen, das zu begreifen, und die Unbelehrbaren hatte man des Königlichen Rates verwiesen. Einer von ihnen, der Herzog Three Hills, hatte sich so hartnäckig gegen die Vorstellung gesperrt, ›bloß ein Mädchen‹ solle eigenständig das Reich regieren, dass Sharleyan sich gezwungen gesehen hatte, ihn mit einem Minimum an Güte und einem Maximum an Härte aus dem Rat herauszukomplimentieren. Nachdem er dann versucht hatte, ihre Entscheidung auf rechtswidrigem Wege rückgängig zu machen, klärte sie diese Frage mit Hilfe ihrer Armee und ihrer Flotte. Letztendlich wurde daraus dann das dritte Todesurteil, das Sharleyan persönlich unterzeichnet hatte – und mit dem Tode dieses Unbelehrbaren löste sich auch dessen Machtbasis auf.

Dieses Todesurteil zu unterzeichnen war – damals – das Schwierigste gewesen, was Sharleyan jemals getan hatte, doch sie *hatte* es getan. Und, so absurd das wirken mochte, in gewisser Weise würde sie Three Hills für alle Zeiten zu Dank verpflichtet sein. Er hatte der einzigen Person, für die es wirklich wichtig war – Sharleyan selbst –, gezeigt, dass ihr Rückgrat dafür ausreichte, stets das zu tun, was nun einmal getan werden musste. Und was diesem einen Herzog widerfahren war, hatte ausgereicht, um ihre restlichen Kritiker und Zweifler dazu zu bewegen, ihren Standpunkt noch einmal zu … überdenken: Offensichtlich war Königin Sharleyan eben *nicht* Königin Ysbell.

Dennoch war Sharleyan nicht überrascht, dass die heutige Ankündigung hier zu beträchtlicher Bestürzung führte. Offensichtlich vermuteten einige der Männer an diesem Tisch, dass ihnen die Entscheidung, die Sharleyan getroffen hatte, ganz und gar nicht zusagen würde.

Und damit haben sie auch nicht Unrecht, dachte sie. *Tatsächlich haben sie sogar noch viel mehr Recht, als sie alle im Augenblick ahnen können.*

»Wie Ihnen allen bekannt ist«, sprach sie dann nach kurzem Schweigen weiter, »hat König Cayleb von Charis uns seinen Ersten Ratgeber als persönlichen Gesandten geschickt. Mir ist bewusst, dass einige Mitglieder dieses Rates der Ansicht waren, es sei … sagen wir, unklug, Graf Gray Harbor zu empfangen. Oder überhaupt irgendeinen offiziellen Gesandten von Charis. Mir ist auch bekannt, woher diese Ansicht stammt. Aber, Meine Lords, selbst die robustesten Schiffe und die geschicktesten Captains können einen Sturm nicht überstehen, indem sie ihn einfach ignorieren. Ich bin mir sicher, wir alle würden es vorziehen, diesen Sturm in irgendeiner Weise besänftigen zu können, aber wir leben nun einmal in genau diesen Zeiten, und wir können nur um Gottes Beistand beten, angesichts dieser Herausforderungen, vor die uns die Welt hier stellt, die bestmöglichen Entscheidungen zu treffen.

Derzeit befinden wir uns, wie Sie alle sehr wohl wissen, rein formal immer noch im Kriegszustand mit Charis. Bedauerlicherweise wurde dieser Krieg nicht zu unseren Gunsten entschieden. Und ich vermute, es wird niemanden von Ihnen überraschen zu erfahren, dass die Entscheidung, in diesen Krieg einzutreten, niemals von Uns alleine ausgegangen ist.«

Mehrere Ratgeber, darunter auch Sharleyans Onkel, rutschten unruhig in ihrem Sessel hin und her, und zwei oder drei Augenpaare blickten kurz zu Pater Carlsyn hinüber. Der Priester hingegen saß ruhig dort, die gefalteten Hände hatte er vor sich auf den Tisch gelegt; den Kopf ein wenig zur Seite geneigt lauschte er der Königin und schaute sie aus hellen, wachsamen Augen an.

»Um ehrlich zu sein«, sprach die Regentin weiter, »hat Chisholm dem Bündnis mit dem Corisande-Bund und dem Fürstentum Emerald auch nur auf das ... unablässige Drängen seitens des Kanzlers der Ritter der Tempel-Lande ›zugestimmt‹. Die Ritter haben von uns verlangt, Prinz Hektor gegen Haarahld von Charis beizustehen, und das aus Gründen, die besagten Rittern gewiss einleuchtend erschienen sein müssen, die aber – wir sollten hier auch uns selbst gegenüber ganz offen und ehrlich sein, Meine Lords – nie wirklich schlüssig oder auch nur überzeugend waren, geschweige denn im Interesse von Chisholm. Wir selbst hatten keinerlei Grund für eine Feindschaft mit Charis, und wir hatten zahlreiche Gründe, unserem ›Verbündeten‹ Hektor voller Misstrauen und Vorsicht gegenüberzustehen.

Dennoch haben wir Kanzler Trynairs Drängen nachgegeben, als Erzbischof Zherohm seine Nachricht im Auftrag der Ritter der Tempel-Lande überbrachte.« Ihr Onkel, das entging Sharleyan nicht, verzog sichtlich die Miene, als sie hier mehrmals hintereinander den Begriff ›Ritter der Tempel-Lande‹ wiederholte. Es wäre ihr lieber gewesen, wenn sie das überrascht hätte. »Dafür gab es gleich mehrere Gründe, aber – wir wollen erneut ehrlich sein – der Hauptgrund dafür war Furcht. Die Furcht vor dem, was die Ritter Chisholm antun konnten, falls wir das ablehnten, was sie von uns in dieser Lage ›erbaten‹.«

Sie hielt inne, und ihr Lächeln war so eisig, dass jeder der in diesem Ratssaal Anwesenden eigentlich hätte auf der Stelle erfrieren müssen. Als das Wort ›Furcht‹ fiel, spannte sich die Miene ihres Onkels sichtlich, und der Gesichtsausdruck des einen oder anderen Ratgebers wurde steinern.

Na, das kommt ja nun auch nicht gerade überraschend, herrschte sie sich selbst innerlich an.

Sie war sich auch der immensen Anspannung in ihrem eigenen Inneren bewusst. Dieses Gefühl kannte sie schon – es war das untrügliche Zeichen, dass sie hier wirklich auf Messers Schneide wandelte. Jeder Monarch muss dieses Gefühl kennen, muss es zumindest gelegentlich erlebt haben, dachte sie. Es hatte schon andere Augenblicke in ihrem Leben gegeben, in dem sie es so deutlich gespürt hatte – etwa, als sie das Todesurteil des Herzogs Three Hill unterzeichnete. Damals hatte sie ihre Entscheidung gefällt und sich dann in ihre Privatgemächer zurückgezogen. Und dort hatte sie sich dann erbrochen. Doch derartige Situationen hatten sich vor allem in den ersten beiden Jahren nach ihrer Thronbesteigung ergeben. Jetzt war dieses Gefühl etwas, was Sharleyan regelrecht willkommen hieß. Es war der Beweis dafür, dass sie *wirklich* ihre Aufgabe erfüllte, dass sie bereit war, sich allen Herausforderungen zu stellen, die die Welt für sie bereithalten mochte. Und sie gestand sich auch ein, dass es fast schon etwas Suchterzeugendes hatte – das Gefühl selbst und auch die nur auf diese harte Art und Weise zu gewinnende Erkenntnis, dass sie gut war in der Aufgabe, die ihr aufgrund ihrer Geburt zufiel. Die Erkenntnis, dass die Dinge, mit denen sie sich befasste, mit denen sie gelegentlich auch rang, wirklich bedeutsam waren. Dass sie dabei alles richtig machen musste, wenn sie auch weiterhin in der Lage sein wollte, dem Geist ihres Vaters in die Augen zu blicken, ohne sich schämen zu müssen. Es war nicht die Macht selbst, die Sharleyan das Gefühl gab, tatsächlich lebendig zu sein, sondern viel mehr die Entschlossenheit, stets ihr Bestens zu geben, und die Befriedigung, die sie daraus zog, in ihrem Herzen zu wissen, dass sie genau das tatsächlich auch getan hatte. Es musste vergleichbar sein mit dem Gefühl eines hochgejubelten Sportlers, der sich während seines Trainings immer weiter unablässig zu neuen Höchstleistungen anspornte. Es war die Befriedigung, die er *tief in seinem Innersten* verspürte, nicht die Befriedigung, die er aus dem Jubelgeschrei seiner Anhänger zog. Oder vielleicht, so ging es Sharleyan oft durch den Kopf, war es auch vergleichbar mit dem Gefühl eines Schwertkämpfers in diesem ersten, atemlosen Moment, in dem er bei einem Wettbewerb den eigentlichen Kampfplatz betrat.

Oder, gestand Sharleyan sich ein, *mit dem, was ein Duellant fühlt, wenn sein Gegner das Schwert zieht.*

»Meine Lords ...« Sie gestattete sich bewusst, ihre Stimme fast schon vorwurfsvoll klingen zu lassen. »Gibt es hier am Tisch irgendjemanden, der tatsächlich glaubt, Haarahld von Charis habe die Absicht gehabt, in Corisande einzumarschieren? Er habe in irgendeiner Weise das Ziel gehabt, den gesamten Handel auf der Welt in seine Gewalt zu bringen?«

»Wenn Ihr gestattet, Eure Majestät«, ergriff Herzog Halbrook Hollow das Wort, und er war sichtlich bemüht, so neutral wie nur möglich dabei zu klingen, »es hat ganz den Anschein, als würde gerade jetzt genau das geschehen.«

»Ja, Euer Durchlaucht«, pflichtete sie ihm bei. »Jetzt sieht es tatsächlich ganz danach aus. Aber das wichtige Wort hier ist wohl ›jetzt‹, oder etwa nicht? Charis hat soeben den Angriff von ganzen *fünf* Flotten zurückgeschlagen, einschließlich unserer eigenen, und König Cayleb ist sich offensichtlich bewusst, dass der Vorwand, unter dem dieser Angriff erfolgte – dieser Angriff, der auch seinem Vater das Leben gekostet hat …« – scharf blickte sie ihrem Onkel in die Augen – »… von den Rittern der Tempel-Lande inszeniert wurde. Was Charis zu Friedenszeiten niemals angestrebt hat, mag jetzt, zu Kriegszeiten, sehr wohl genau das sein, was dieses Königreich unbedingt anstreben *muss*, wenn es darauf hoffen will, diesen gegen Charis geführten Angriff zu überstehen.«

Bitte, Onkel Byrtrym, flehte sie wortlos, während sie ihn so voller zur Schau gestelltem Selbstbewusstsein ansah, mit ruhigem Blick und entschlossenen Lippen. *Ich weiß genau, was du denkst. Bitte unterstütz mich jetzt.*

Der Herzog öffnete den Mund, dann schloss er ihn wortlos wieder.

»Die nackte Wahrheit, Meine Lords, ist …«, fuhr sie fort, als ihr Onkel nicht auf ihr wortloses Flehen, auf diese stumme Herausforderung, einging – zumindest vorerst –, »… dass ich dazu genötigt wurde, gegen meinen Willen ein friedfertiges Nachbarreich anzugreifen. Und eine weitere nackte Wahrheit ist, dass dieser Angriff, der das Ziel hatte, Charis zu überwältigen und zu zerstören, jämmerlich gescheitert ist. Und um unter anderem über diese Wahrheiten zu sprechen, hat König Cayleb Graf Gray Harbor nach Chisholm gesandt.«

Durch das offene Fenster des Ratssaales hörte man in der Ferne den schrillen Pfiff einer Jagd-Wyvern; er durchdrang das Schweigen, das sich über den Tisch gelegt hatte. Alle Augen waren nun gebannt auf Sharleyan gerichtet; der eine oder andere ihrer Ratgeber am Tisch wirkte unnatürlich bleich.

»Meine Lords, die ... Ritter der Tempel-Lande haben die Zerstörung von Charis angeordnet. Damit sind sie gescheitert. Ich bin der Ansicht, sie werden auch in Zukunft scheitern. Und ich bin der Ansicht, wenn sie *nicht* scheitern, wenn sie also die Zerstörung eines Reiches anordnen können, und das aus willkürlichen, ureigenen Gründen, dann können – und werden – sie die Zerstörung auch anderer Reiche anordnen. Ich habe vorhin das Bild eines Schiffes auf hoher See verwandt, und ich habe dies ganz bewusst getan – aus mehrerlei Gründen. Gemeinsam haben wir schon so manchen Sturm umschifft, seit ich den Thron dieses Reiches bestiegen habe, aber der Hurrikan, der jetzt über die Oberfläche von ganz Safehold zu fegen droht, ist anders als jeder Sturm, den wir bislang erlebt haben. Bei diesem Sturm wird es keinen schützenden Hafen geben, Meine Lords. Diesem Sturm wird man sich auf hoher See stellen müssen, und man wird ihn auch auf hoher See überstehen müssen, umtost von Blitz und Donner und Wind. Zweifeln Sie nicht daran, Meine Lords! Vergessen Sie das niemals! Und, Meine Lords ...« – ihre Augen wirkten jetzt so kalt und hart wie polierter brauner Achat – »... Sie sollten auch niemals vergessen, wer diesen Sturm erst erzeugt hat.«

Herzog Halbrook Hollow straffte die Schultern, seine Kiefermuskeln mahlten. Er war schon bestürzt genug gewesen, als seine Nichte sich geweigert hatte, Gray Harbor an Tiang auszuliefern, doch er hatte sich jegliche Bemerkungen dazu verkniffen. Und Tiang hatte es ihm gleichgetan, auch wenn dem in Harchong geborenen Bischof-Vollstrecker der Zorn deutlich anzusehen gewesen war. Es war recht unklug von ihm gewesen, die Auslieferung des Grafen Gray Harbor an ihn zu fordern, den offiziellen Repräsentanten von Mutter Kirche in Chisholm, ohne zuvor zu bedenken, dass es – wie Sharleyan es soeben mehrmals betont hatte – doch die ›Ritter der Tempel-Lande‹ gewesen waren, und nicht etwa die Kirche des Verheißenen, die Charis den Krieg erklärt hatten. Da Tiang keine ausdrückliche Anweisungen aus dem Tempel in Zion vorlagen, hatte er es nicht gewagt, von dieser juristischen Fiktion abzulassen, die zwischen diesen beiden Machtpositionen sehr wohl einen faktischen Unterschied postulierte.

Was natürlich nicht bedeutet, dass es auf der ganzen Welt wirklich jemanden gibt, der ernstlich glaubt, dieser Unterschied sei tatsächlich vorhanden, ging es Sharleyan grimmig durch den Kopf, während sie Mimik und Körpersprache ihres Onkels betrachtete.

»Ich bin recht zuversichtlich, dass Sie alle bereits vermuten, König Cayleb habe Graf Gray Harbor nach Chisholm gesandt, um uns ein Bündnis vorzuschlagen«, fuhr sie dann mit klarer, deutlicher Stimme und ohne jegliche Hast fort. »Er hat uns bereits unsere Kriegsschiffe wieder überstellt – zumindest diejenigen, die jene Schlacht überstanden haben, in die zu ziehen uns *befohlen* wurde –, und er hat auch darauf hingewiesen, nicht zu unrecht, möchte ich anmerken, dass Chisholm und Charis weit mehr gemeinsam haben, gerade was Bedrohungen und Feinde betrifft, als uns jemals voneinander trennen könnte.«

»Eure Majestät, ich flehe Euch an, über derartige Dinge mit größter Behutsamkeit nachzudenken«, ergriff nun Halbrook Hollow das Wort und blickte seiner Nichte geradewegs in die Augen. »Ihr habt sorgsam darauf geachtet, stets von den ›Rittern der Tempel-Lande‹ zu sprechen, und niemand in diesem Raum hier kann Eure Gründe dafür anzweifeln.

Doch es sind nicht die Ritter der Tempel-Lande, denen sich Charis widersetzt hat. Es ist Mutter Kirche selbst. Welche Gründe auch immer Cayleb haben mag, und wie sehr er sich auch im Recht wähnt, er hat sich nicht darauf beschränkt, den Angriff auf sein Reich zu verurteilen. Nein, Eure Majestät! Er hielt es für angebracht, sich gegen die Autorität von Mutter Kirche zu stellen, um seinen eigenen Erzbischof zu ernennen. Er hat Mutter Kirche selbst der Korruption und der Tyrannei bezichtigt und ihr auch vorgeworfen, den Willen Gottes zu verraten. Er hat den Großvikar persönlich davon in Kenntnis gesetzt, das Charis sich niemals wieder der Autorität von Mutter Kirche beugen wird. Wie berechtigt ihm selbst sein Handeln auch erscheinen mag – und vielleicht auch *uns* hier in diesem Saal –, er ist zweifellos zu weit gegangen, wenn er die Unverletzlichkeit und das Supremat Gottes Eigener Kirche bedroht.«

Er wollte offensichtlich noch etwas anderes sagen, doch mit einer harten Kopfbewegung zwang er sich selbst zu schweigen. Die Geste war rau, abrupt und fast unwirsch, und wieder legte sich Schweigen über den ganzen Ratssaal. Doch nun war diese Stille nicht mehr so unverletzlich. Offenkundig war jedes einzelnes Mitglied des königlichen Rates in eigene Gedanken vertieft.

»Euer Durchlaucht ... Onkel«, sagte Sharleyan leise. »Ich weiß, wie du über diese Dinge denkst. Glaub mir, ich weiß es *wirklich.* Und ich würde dir niemals, nicht für alles Gold und alle Macht der Welt, willentlich den Schmerz zufügen, den dies bei dir auslöst. Ich weiß das. Und dennoch habe ich keine andere Wahl. Kanzler Trynair und Vikar Zhaspyr haben mir keine Wahl *gelassen.* Entweder muss ich den Mord an einem unschuldigen Opfer tatkräftig unterstützen, wohl wissend, dass Charis nur das erste von zahlreichen Opfern sein wird, oder ich muss mich ... den Rittern der Tempel-Lande entgegenstellen.«

»Du sprichst hier von *Gottes* Kirche, Sharleyan.« Halbrook Hollow flüsterte es fast. »Du magst weiterhin von den ›Rittern der Tempel-Lande‹ sprechen, aber die Wahrheit wird das nicht ändern.«

»Und ebensowenig, dass *sie* diesen Krieg begonnen haben, Onkel Byrtrym. Und auch nicht, dass sie keinerlei Warnungen vorausgeschickt haben, keinerlei Forderungen gestellt, keinerlei Tribunale zur Untersuchung einberufen haben. Sie haben sich nicht einmal die Mühe gemacht, die Fakten zu betrachten. Sie haben einfach nur fünf Reichen *befohlen*, ein sechstes zu zerstören, als sei dies ebenso wenig bedeutsam wie die Frage, welche Schuhe man wohl anziehen solle. Weil es ihnen nicht einmal die Zeit wert gewesen ist, sich zu vergewissern, dass tausende und abertausende Kinder Gottes, die sie zu töten bereit waren, wirklich den Tod verdient hätten. Weil es *ihre* Entscheidung war, nicht Seine. Niemals Seine. Es war *niemals* die Entscheidung Gottes. Auch *das* ist die Wahrheit, und das weißt du ebenso gut wie ich.«

»Aber selbst wenn all das wahr ist«, erwiderte ihr Onkel, »denk doch darüber nach, worin das alles enden wird. Wenn du ein Bündnis mit Charis schließt und Charis diesen Krieg verliert, dann wird auch Chisholm zerstört werden. Doch so schrecklich das auch ist: Wenn du ein Bündnis mit Charis eingehst und Charis *gewinnt*, dann wirst du – *du*, Sharleyan! – dich ebenso wie Cayleb vor Gott verantworten müssen, die Autorität der Kirche zerstört zu haben, die zu hüten und in Ehren zu halten Langhorne selbst uns in Gottes Eigenem Namen aufgetragen hat – um unser eigenes Seelenheil willen.«

»Ja, Onkel, das werde ich«, pflichtete sie ihm mit ruhiger

Stimme bei. »Aber die Kirche, der zu gehorchen uns Langhorne aufgetragen hat, wird von einigen wenigen *Menschen* geführt, und diese Menschen haben ihre eigene Verantwortung vor Gott verraten. Wenn ich diese Menschen unterstütze, dann dulde ich den Mord an Unschuldigen und die Verkehrung von Gottes Eigenem *Willen* im Namen von Gottes Eigener *Kirche.* Und nicht nur das: Ich mache mich mitschuldig, ich mache mich dabei zur Komplizin dieser Menschen. Das kann ich nicht tun. Das werde ich nicht tun. Vor Gott Selbst werde ich das nicht tun.«

Halbrook Hollows Gesicht wirkte abgespannt und war totenbleich, und Sharleyan schüttelte den Kopf, traurig, aber doch entschlossen.

»Ich habe gesagt, König Cayleb habe ein Bündnis zwischen unseren Reichen vorgeschlagen«, sagte sie dann und blickte sich erneut im Ratssaal um. »Diese Aussage entspricht voll und ganz der Wahrheit, und doch reicht sie noch nicht aus, das ganze Ausmaß zu schildern. Denn, Meine Lords, die *ganze* Wahrheit ist, das Cayleb nicht nur ein Bündnis vorgeschlagen hat, sondern einen Ehevertrag.«

Es war, als wäre ein unsichtbarer Blitzschlag mitten im Ratssaal niedergegangen. Einige Männer zuckten vor dem Tisch zurück, die Gesichter verzerrt vor Schreck, vor Entsetzen, sogar vor Angst. Andere richteten sich plötzlich in ihren Sesseln auf, und ihre Augen schienen zu glühen. Doch wie auch die einzelnen Reaktionen aussehen mochten, es war unverkennbar, dass niemand in diesem Raum mit dem gerechnet hatte, was Königin Sharleyan hier aussprach.

Voller Entsetzen starrte Herzog Halbrook Hollow seine Nichte an. Sie erwiderte seinen Blick, sah den geliebten Onkel, der ihr zusammen mit Green Mountain Schirm und Schutz geboten hatte. Der dabei mitgeholfen hatte, sie aufzuziehen. Der mit unverkennbarem Stolz mitangesehen hatte, wie aus der Kinds-Prinzessin eine echte Königin geworden war.

»Bitte verstehen Sie mich, Meine Lords« – nun war ihre Stimme so klar und so unnachgiebig wie feinster Stahl – »es gibt keine Bürde, die ich nicht im Dienste von Chisholm und dem Volk, das Gott mir anvertraut hat, zu tragen bereit wäre. Es gibt keine Gefahr, der ich mich nicht stellen würde. Es gibt keine Entscheidung, die ich nicht zu treffen bereit bin. Ich habe nachgedacht, ich habe gegrübelt, ich habe gebetet, und es gibt für mich nur eine einzige Antwort. Es gibt nur eine Entscheidung, mit der ich nicht meine Verantwortung Gott gegenüber, meine Pflicht Chisholm gegenüber und meine Verantwortung mir selbst gegenüber verrate. Und ich habe diese Entscheidung getroffen.«

Stumm schüttelte Halbrook Hollow den Kopf, immer und immer wieder, und seine Augen wirkten wie lodernde Wunden, die man in sein Gesicht gebrannt hatte. Sharleyan zwang sich dazu, diesen Anblick zu übergehen, und so sprach sie mit fester, unerschütterlicher Stimme weiter.

»Cayleb von Charis hat mir eine ehrenhafte Eheschließung angeboten, mit vollständiger Gleichheit von Chisholm und Charis, und ich habe mich entschieden, dieses Angebot anzunehmen. *Ich* habe mich entschieden. Ich habe nicht die Absicht, diese Entscheidung zur Debatte zu stellen. Ich habe nicht die Absicht, darüber zu diskutieren. Und ich *werde* sie nicht ändern. Wie Cayleb es ausgedrückt hat, und wie Gott Selbst bezeugen mag: *Hier* stehe ich.«

.X.

Königlicher Palast, Stadt Tellesberg, Königreich Charis

Es war sehr spät – oder auch sehr früh, je nachdem, welchen Blickwinkel man einnahm –, und Merlin Athrawes saß am Schreibtisch in seinem bescheidenen, wenngleich behaglichen Quartier im Palast von Tellesberg. Mit seinen langen, beweglichen Fingern setzte er geschickt die Pistole wieder zusammen, deren Einzelteile auf seiner Schreibtischplatte lagen. Wäre gerade jetzt jemand zur offen stehenden Tür hereingekommen, hätte dieser Jemand sich vermutlich gefragt, warum Captain Athrawes diese schwierige Aufgabe in völliger Dunkelheit zu erfüllen suchte. Natürlich *war* es in diesem Raum nicht völlig dunkel für jemanden, der über die Restlichtverstärker-Optiken eines PICAs verfügte, doch das war letztendlich auch nicht von Bedeutung. Obwohl Merlin die Augen geöffnet und den Blick zweifellos auf die Pistole gerichtet hatte, an der er hier arbeitete, betrachtete er doch in Wirklichkeit etwas völlig anderes.

Das jüngste Bildmaterial des SNARCs, die er über der gesamten Oberfläche von Safehold ausgesetzt hatte, wurde ihm vor sein geistiges Auge projiziert, während er hier arbeitete. Während der Kampf gegen die ›Vierer-Gruppe‹ und ihre Stellvertreter sich immer weiter ausbreitete und die Kette der Ereignisse, die Merlin immer noch nachzuverfolgen versuchte, wie eine Lawine anwuchs, galt es immer mehr Bildmaterial zu sichten. Tatsächlich war es schon jetzt entschieden zu viel, um wirklich alles ausgiebig zu analysieren, selbst mit Owls Unterstützung. Und die Tatsache, dass ihm als Commander von Caylebs Leibgarde immer weniger Zeit blieb, die Aufzeichnungen durchzuarbeiten, war nicht gerade hilfreich.

Die letzten Bilder aus Emerald verblassten, und Merlin verzog das Gesicht.

»Schreib das für Wave Thunder auf, Owl«, wies er seine KI an. »Standardformat.«

»Jawohl, Lieutenant Commander«, bestätigte die KI gehorsam, die sich in Wirklichkeit in weiter Ferne befand, und Merlin nickte zufrieden. Der Computer würde das Graphik-Interface in der Höhle unter den Styvyn-Bergen nutzen, die Merlin zu seiner vorgelagerten Basis hier in Charis ausgebaut hatte. Mit Hilfe dieses Interface' würde der Rechner eine vollständige Zusammenfassung sämtlicher Ereignisse in Emerald erzeugen, in Merlins eigener Handschrift, auf angemessenem Safehold-Papier, einschließlich einiger sorgfältig eingearbeiteter ›handschriftlicher‹ Korrekturen und gelegentlichen Tintenflecken. Sobald dies erledigt wäre, sollte Owl eine weitere der getarnten SNARCs einsetzen, um die Aufzeichnungen mit Hilfe eines Traktor-Strahls durch Merlins offenstehendes Fenster auszuliefern (zusammen mit all den anderen Zusammenfassungen, die Merlin angefordert hatte). Owls Geschick, Berichte zu erstellen, kam zwar nicht ganz dem von Merlin persönlich gleich, aber dieses Vorgehen bot eine gute Möglichkeit, erforderliche Informationen niederzuschreiben und Wave Thunder zukommen zu lassen. Mittlerweile musste der Baron sich bereits fragen, wie *Seijin* Merlin die Zeit finden konnte, derart viele Notizen anzufertigen – aber wenn dem tatsächlich so war, scheute er sich offensichtlich doch, danach zu fragen.

Der Gedanke belustigte Merlin; der *Seijin* lächelte in sich hinein, dann konzentrierte er sich wieder auf die Pistole, deren Zusammenbau er mittlerweile fast abgeschlossen hatte. Eigentlich war es überhaupt nicht erforderlich gewesen, sie auseinanderzunehmen, aber er hatte diese kleine Aufgabe einfach genossen. Immer wieder stellte Merlin fest, dass es ihm wirklich gefiel zu beobachten, wie einzelne Bauteile einer Maschine perfekt zusammenarbeiteten, wie sich elegante, zuverlässige Funktionen ergaben, wenn man das Puzzle mit all seinen zahlreichen Einzelteilen korrekt zusammensetzte. Außerdem hatte Merlin auch wissen wollen, wie die Einzelteile dieser besonderen Waffe hier wirklich aussahen.

Die Pistole in seiner Hand war eine perfekt Kopie der Waffe, die Seamount Merlin überreicht hatte – nachdem Cayleb ein noch etwas aufwändiger verziertes Pistolenpaar erhalten hatte. Doch der Schein konnte immer trügen, und *diese* Waffen hier hatte Owl angefertigt; die KI hatte die gleiche Fertigungseinheit in Nimues Höhle genutzt, mit der sie auch Merlins Katana aus Panzerstahl, sein Wakizashi und seine Rüstung hergestellt hatte. Äußerlich mochten sie vom Original ununterscheidbar sein, aber im Inneren gab es doch einen wichtigen Unterschied.

Jedes Mitglied von Caylebs Leibgarde hatte sein eigenes Pistolenpaar erhalten. Man hatte sich eigentlich dafür entschieden, keine größeren Manufakturkapazitäten dafür zu verwenden – diese wurden unbedingt für die Musketen mit gezogenen Läufen gebraucht –, doch angesichts der Aufgabe, die es für die Royal Guard nun einmal zu erfüllen galt, hatten Lock Island, Seamount und Howsmyn doch darauf bestanden, zumindest genügend Exemplare für die gesamte Leibgarde anfertigen zu lassen. Jetzt waren sie Teil der offiziellen Uniform der Garde, und Seamount hatte für die Waffen auch noch robuste, praktische Holster entwickelt. Im Ganzen war Merlin damit mehr als einverstanden, doch auch wenn diese Pistolen, deren Läufe ebenfalls Züge aufwiesen, mit todbringender Präzision abgefeuert werden konnten, hatten sie doch immer noch einen entscheidenden Nachteil: So sehr ein Steinschloss auch die Effizienz und die Zuverlässigkeit einer Waffe steigerte, vor allem im direkten Vergleich mit einem Luntenschloss, bestand doch immer noch die Gefahr, dass die Waffe einfach nicht losging – und das war etwas, das Merlin nicht hinzunehmen bereit war, so lange die Aufgabe darin bestand, das Leben Cayleb Ahrmahks zu schützen.

Und deswegen verfügten *seine* Pistolen, im Gegensatz zu jeder anderen Waffe auf dem ganzen Planeten, über im Knauf versteckte Energiezellen. Wenn Merlin den Abzug betätigte, sauste der Hammer des Steinschlosses herab, genau wie es sein sollte. Und gleichzeitig glomm der elektronische Zünder an der Basis des Laufs kurzzeitig rotglühend auf. Was auch immer passieren mag, dachte Merlin, diese Pistole *würde* feuern, wenn es erforderlich war.

Auch dieser Gedanke ließ ihn in sich hineinlachen, dann schob Merlin die beiden Pistolen in die schon bereitgelegten Holster zurück, stand auf und ging zum Fenster seines Gemachs hinüber. Von dort aus betrachtete er die schlafende Stadt Tellesberg im Schein des riesigen Mondes – dieses Mondes, den die ›Erzengel‹ *Langhorne* getauft hatten. Es war ein friedlicher Anblick, und einen kurzen Moment lang verspürte Merlin aus tiefster Seele diese vertraute Sehnsucht nach dem sterblichen Körper aus Fleisch und Blut, der einst zu Nimue Alban gehört hatte. Mit Hilfe der Molekularschaltungen seines PICA-Körpers, den Sensoren und den synthetischen Muskeln vermochte Merlin wundersame, geradezu wunderbare Dinge zu vollbringen. Er kam ohne jeglichen

Schlaf aus, er konnte – zumindest theoretisch – im wahrsten Sinne des Wortes ewig leben … vorausgesetzt natürlich, man könne seinen derzeitigen Zustand überhaupt als ›Leben‹ bezeichnen. Aber er würde niemals wieder das Gefühl spüren, in friedlichem, echtem Schlaf zu versinken und darauf zu vertrauen, dass dieser all die Müdigkeit von ihm nehmen würde, die er nun einfach nicht mehr verspürte. Das war ihm für alle Zeiten genommen worden – in jenem Augenblick, da Nimue Albans Körper gestorben war.

Ach, jetzt hör schon auf zu jammern!, herrschte er sich selbst an. *Wenn du so weitermachst, wird dir demnächst noch ganz weinerlich zumute, bloß weil du nie wieder* Zahnschmerzen *haben wirst!*

Auch dieser Gedanke belustigte ihn, und so straffte Merlin die Schultern, wandte sich entschlossen von seinem Fenster ab und machte sich daran, sich erneut in die Berichte seiner SNARCs zu vertiefen.

Cayleb Ahrmahk öffnete die Augen. Er spähte in die Dunkelheit hinaus und setzte sich dann auf, als er erneut das Klopfen an der Tür zu seinem Privatgemach hörte.

»Herein!«, rief er, bevor sein unerwarteter Besuch – wer auch immer es sein mochte – ein drittes Mal anklopfen konnte.

Niemand kam an den Leibgarden unter dem Oberbefehl von Merlin Athrawes vorbei, es sei denn, er hatte einen äußerst guten Grund, sich hier aufzuhalten; und es war nicht unter Caylebs Würde, notfalls auch auf die Einhaltung des Protokolls zu verzichten. Rasch stieg er aus dem Bett, griff nach dem Morgenrock, den Gahlvyn Daikyn für den Notfall zurückgelassen hatte. Doch er hatte ihn erst halb übergestreift, als sich die Tür auch schon öffnete.

»Euer Majestät.«

Auf der Türschwelle stand Merlin und verneigte sich leicht; erstaunt weiteten sich Caylebs Augen. Selbst jetzt wusste er immer noch nicht so recht, was Merlin in Wirklichkeit alles trieb, doch die Tatsache, dass ›Captain Athrawes‹ dafür einiges an Zeit benötigte, hatte er unmissverständlich dargelegt. Und da es ihm anscheinend genehmer war, sich um diese Dinge – worum auch immer es nun gehen mochte – in den Nachtstunden zu kümmern, übernahm des Nachts fast immer Lieutenant Franz Ahstyn, Merlins Stellvertreter in Caylebs Leibgarde, die Wache vor dem Schlafgemach seines Königs.

Und das machte Merlins plötzliches Auftauchen ... interessant.

Und ich hoffe, ›interessant‹ reicht *auch, um zu beschreiben, warum er hier ist,* ging es Cayleb durch den Kopf; unwillkürlich musste er an andere Botschaften denken, die Merlin ihm schon überbracht hatte.

»Kommt herein, Merlin«, sagte er laut – damit es die anderen Gardisten hören konnten –, während er auch den anderen Ärmel des Morgenrocks überstreifte und dann den Gürtel verknotete. »Und schließt die Tür.«

»Selbstverständlich, Euer Majestät«, murmelte Merlin, trat herein und zog hinter sich die Tür leise ins Schloss.

»Und jetzt«, sagte Cayleb ein wenig schärfer, nachdem die Tür geschlossen war, »wollt Ihr mir doch gewiss erzählen, warum Ihr mich *dieses Mal* mitten in der Nacht aus dem Bett geholt habt.«

»Weil, Euer Majestät, es nicht ›mitten in der Nacht ist‹. Tatsächlich wird in einer Stunde die Sonne aufgehen, und in Chisholm ist man uns bekanntermaßen fünf Stunden voraus.«

Ruckartig richtete sich Cayleb auf, seine Augen weiteten sich.

»Ich habe in Erwägung gezogen, Euch erst darüber zu berichten, nachdem Ihr willens wart, das Bett zu verlasen«, sprach Merlin weiter. »Dann kam mir der Gedanke, dass, so angemessen es auch wäre zu warten, Ihr in Eurer ungestümen Jugend dies vermutlich nicht so sehen würdet. Und je mehr ich darüber nachdachte, desto deutlicher wurde mir, dass Euch womöglich der Gedanke kommen mochte, ich hätte meine Pflichten verletzt, wenn ich Euch nicht umgehend weckte. Dennoch schien es mir, dass nur eine einzige Stunde wohl kaum einen Unterschied gemacht haben dürfte. Aber, wie auch immer ich persönlich darüber denken mag, als treuer Untertan der Krone war es doch zweifellos meine Pflicht ...«

»Wenn Ihr nicht herausfinden wollt, ob es für einen gewöhnlichen Sterblichen nicht vielleicht doch möglich ist, einen *Seijin* mit bloßen Händen zu erwürgen, solltet Ihr ganz schnell aussprechen, was ihr mir zu sagen habt, und *nicht* ausgiebig darüber Mutmaßungen anstellen, ob ihr mich nun hättet wecken sollen oder nicht!«

»Na, wenn Ihr das so seht ...«, gab Merlin gespielt pikiert zurück. Cayleb ballte die rechte Hand zu einer bemerkenswert kräftigen Faust, und Merlin lächelte.

»Also gut, Cayleb«, sagte er dann mit sehr viel sanfterer Stimme. »Es tut mir Leid. Ich habe es mir einfach nicht verkneifen können, Euch ein wenig aufzuziehen.«

»Ihr ...«, entgegnete Cayleb mit zusammengebissenen Zähnen, »... habt einen äußerst sonderbaren Sinn für Humor. Wusstet Ihr das schon?«

»Doch, doch, das wusste ich schon.« Merlin streckte die Hand aus und legte sie seinem König auf die Schulter. Dann erklärte er:

»Sie hat ›ja‹ gesagt.«

.XI.

North Bay,
Fürstentum Emerald

»*Ruhe*, verdammt noch mal!«, zischte Sir Dunkyn Yairley. »Ihr seid *Matrosen*, keine Huren auf einer Hochzeitsfeier!«

Irgendjemand lachte leise auf, doch die Dunkelheit verbarg ihn. Yairley war sich nicht ganz sicher, doch er vermutete stark, es sei Stywyrt Mahlyk gewesen, sein persönlicher Bootsführer. Auf jeden Fall hatte Yairley es hinter sich gehört, von achtern, und Mahlyk hielt die Ruderpinne, als die kleine Barkasse stetig und – trotz Yairleys ausdrücklichen Befehls – nur weitestgehend ruhig das Wasser durchpflügte.

Gewiss hatte nicht der Matrose gelacht, dessen unvorsichtig gesetzter Schritt Yairleys Tadel hervorgerufen hatte – er hatte gegen eines der Entermesser getreten, die sie auf den Planken der Barkasse aufgestapelt hatten, sodass es lautstark klirrend heruntergefallen war. Andererseits würde dieser Held, dem auch schon zwei seiner Mannschaftskameraden für seine Ungeschicklichkeit heftige Tritte versetzt hatten, ganz gewiss in absehbarer Zeit keinen Lärm mehr machen, das wusste Yairley genau. Außerdem befanden sich an Bord ausschließlich handverlesene Soldaten, ausgewählt ihrer Erfahrung wegen. Sie alle wussten, worum es hier ging.

Und Yairley wusste das natürlich auch, auch wenn es sich ... sonderbar anfühlte, etwas zu leiten, was letztendlich nichts anderes als ein beschönigtes Entermanöver war. Nachdem er als Captain das Kommando über eine der leistungsfähigsten Galeonen der Royal Charisian Navy übernommen hatte, war Yairley davon überzeugt gewesen, derartigen Unfug hinter sich zu haben. Bedauerlicherweise gehörten zu diesem Entermanöver weit über dreihundert Marines und fast vierhundert Matrosen, und das war eine Truppenstärke, die eines Captains bedurfte – woher auch immer die betreffenden Männer kommen mochten.

Von seinem Platz im Bug der Barkasse spähte Yairley achteraus, versuchte die anderen Boote zu erkennen. Der wolkenbedeckte Nachthimmel war schwärzer als das Innere von Shan-weis Stiefel, und so konnte er kaum die beiden Schiffe erkennen, die unmittelbar hinter ihnen im Wasser lagen. Sämtliche anderen waren völlig unsichtbar, und Yairley versuchte sich selbst einzureden, das sei auch gut so. Wenn *er* sie nicht sehen konnte, dann war es äußerst unwahrscheinlich, dass sie den Verteidigern der North Bay auffallen würden. Und genau das war schließlich der Grund dafür, diesen Angriff erst nach Monduntergang gestartet zu haben. Nicht, dass dieses Wissen ihm Trost dafür spendete, hier praktisch blind zu sein.

Hör auf, dir solche Sorgen zu machen, Dunkyn!, schalt er sich selbst. *Du hast mehr als genug Männer für diese Unternehmung. Es gefällt dir einfach nur nicht, jetzt hier draußen zu sein.*

Nein, wenn er ganz ehrlich war, gefiel es ihm *wirklich* nicht, hier draußen zu sein. Doch das war etwas, das kein Offizier der Royal Charisian Navy eigentlich zugeben sollte, nicht einmal sich selbst gegenüber. Sie alle sollten tapfer sein, mutig und stets begierig, dem Feind entgegenzutreten. Sir Dunkyn Yairley kannte seine Pflichten sehr genau, und er war auch bereit, sie zu erfüllen, ohne auch nur mit der Wimper zu zucken, doch tief in seinem Innersten hatte er seinen Mut schon immer in Frage gestellt. Er wusste ja wirklich nicht, wie es den anderen ging, doch er hatte noch nie, bei keinem einzigen seiner Offiziers-Kollegen, jemals Anzeichen für schweißnasse Hände oder einen völlig zusammengekrampften Magen gesehen.

Einfach nur, weil die das besser überspielen können als du, sagte er sich selbst. Das war ja alles gut und schön, und vielleicht stimmte es sogar, aber deswegen fühlte er sich dennoch im Augenblick keinen Deut besser. Andererseits natürlich …

»Da, Sir!«

Der halb geflüsterte Ruf unterbrach seinen Gedankengang, und so wandte sich der Captain dem jungen Midshipman zu, der neben ihm im Bug der Barkasse kauerte. Jetzt tippte ihm der Offiziersanwärter vorsichtig gegen die Schulter und deutete in die Dunkelheit hinaus. Yairleys Blick folgte dem ausgestreckten Finger; er musste seine älteren, längst nicht mehr so guten Augen immens anstrengen, doch dann nickte er knapp.

»Gut, Master Aplyn-Ahrmahk«, sagte er leise, dann blickte er erneut achteraus; zwischen den Heckschoten konnte er Mahlyk kaum noch erkennen. »Zwei Strich Steuerbord«, sagte er. »Und geben Sie den anderen Lichtsignal.«

Kurz dachte er über den jungen Burschen neben sich nach, während er hörte, wie der Befehl nach achtern weitergegeben wurde; ein Matrose nach dem anderen wiederholte ihn, bis Mahlyk schließlich informiert war. Einen Herzog des Königshauses – wie auch immer er zu diesem Titel gekommen sein mochte – auf einen derartigen Einsatz zu schicken war vielleicht nicht gerade die beste Möglichkeit, seine Karriere zu fördern. Es gehörte zur Tradition von Charis, dass die Mitglieder des Königshauses bei der Navy Dienst taten und dabei genau die gleichen Risiken eingingen wie jeder andere auch, und doch konnte Yairley das Gefühl nicht abschütteln, dass jemand, unter dessen Kommando besagtes Mitglied des

Königshauses zu Tode käme, doch *ein wenig* in Ungnade fallen würde. Dennoch, es würde dem Burschen – und auch sonst niemandem – ja auch nichts helfen, ihn in Watte zu packen. Und der Captain war schon weit genug damit gegangen, den jungen Aplyn-Ahrmahk zu seinem persönlichen Adjutanten zu machen, was ihn zumindest von einigen möglichen Schwierigkeiten fernhalten sollte. Und außerdem …

Er beendete den Gedanken nicht, als er kurz Licht aufblitzen sah: Der Matrose neben Mahlyk öffnete die Klappe einer Blendlaterne, damit das nachfolgende Boot ihnen folgen konnte. Mit dem Körper verbarg der Matrose dabei den Lichtschein vor jedweden Blicken an Land.

Einen Augenblick später änderte die Barkasse dann den Kurs. Hart legten sich die Männer in die Riemen, als Mahlyk auf den matten Lichtschein zuhielt, auf den der wachsame Midshipman den Captain aufmerksam gemacht hatte.

Major Bahrkly Harmyn lehnte sich in seinem Sessel zurück, streckte sich und gähnte herzhaft. Langhornes Wache war fast schon hereingebrochen, die kurze Zeitspanne zwischen Mitternacht und der echten ersten Stunde des neuen Tages. Theoretisch hätte Harmyn diese Zeit damit verbringen müssen, über alle Gaben Gottes und die Verpflichtung seiner selbst den Erzengeln und Gott gegenüber zu meditieren. In Wirklichkeit war er jedoch ganz damit befasst, einfach nur nicht einzuschlafen.

Erneut gähnte er und richtete sich wieder auf. Die Öllampen seines Arbeitszimmers spendeten ihm ein wenig Licht, aber als ›hell‹ hätte er es niemals bezeichnet. Irgendwo auf der anderen Seite der Tür zu seinem Arbeitszimmer befanden sich jetzt zwei Adjutanten und eine Ordonnanz; zweifellos gaben auch sie ihr Bestes, nicht einzuschlafen. Natürlich dürfte es diesen dreien deutlich leichter fallen als Harmyn selbst. Wahrscheinlich hatten *sie* nicht die ganze vorangegangene Nacht damit verbracht, sich durch die Hafenkneipen zu trinken – ganz im Gegensatz zu ihm.

Hätte ich ja auch nicht gemacht, wenn ich gewusst hätte, dass der Dienst heute an mir hängen bleibt, dachte er säuerlich.

Bedauerlicherweise hatten seine Vorgesetzten dazu nicht seine Meinung eingeholt, als auf der Suche nach einem Ersatz für Major Tyllytsyn sein Name gefallen war. Tyllytsyn würde noch eine ganze Zeit lange diese Wache nicht mehr übernehmen. Dennoch hatte er immer noch deutlich mehr Glück gehabt als sein Pferd. Das arme Tier war in einen Echsenbau getreten und hatte sich, ebenso wie sein Reiter, ein Bein gebrochen. Doch während Tyllytsyns Bein geschient und eingegipst worden war, hatte man das Pferd einfach erschossen. Und dann war ein gewisser Major Harmyn darüber in Kenntnis gesetzt worden, dass er auf Anweisung des Colonels bis auf weiteres Tyllytsyns Nachtwachen zu übernehmen habe.

Wenigstens wird heute wohl kaum irgendetwas passieren, dachte er.

Ungeduldig wartete Captain Yairley ab und schaute zu, wie der zweite Kutter der HMS *Torrent* aus der nächtlichen Finsternis auftauchte. Er war froh, das Boot zu sehen – Lieutenant Symyn, der First Lieutenant der *Torrent,* war offiziell sein Erster Offizier –, doch zumindest einer der anderen Kutter und damit auch seine fünfunddreißig Mann Besatzung waren offensichtlich vom Kurs abgekommen.

Das war nicht überraschend. Tatsächlich hätte es Yairley so

sehr überrascht, wenn nicht ein einziges vom Kurs abgekommen wäre. Jeder Offizier der Charisian Navy kannte das erste Gesetz des Krieges: ›Wenn etwas schiefgehen kann, dann *wird* es auch schiefgehen.‹ Außerdem hätte es jeder Marineoffizier für ein wahres Wunder gehalten, wenn es gelungen wäre, mehrere Dutzend Barkassen, Kutter und Gigs über eine Strecke von fast zwölf Meilen bei stockfinsterer Nacht zusammenzuhalten.

Das Problem war nur, dass Yairley von seiner aktuellen Position aus nicht das Geringste sehen konnte, höchstens gelegentlich einen Lichtschein. Er hatte den einfachsten Plan entworfen, den er sich nur vorstellen konnte, dann hatte er sämtliche Offiziere, die irgendetwas mit dem heutigen Spaß zu tun hatten, sorgfältigst eingewiesen. Jeder einzelne von ihnen hatte ihm mindestens zweimal erklären müssen, welche Aufgabe genau er zu erfüllen und welche Rolle er zu spielen hatte, und jedem von ihnen hatte Yairley auch Anweisungen für den Notfall erteilt – was zu geschehen habe, wenn beispielsweise einer der anderen nicht rechtzeitig das jeweilige Ziel erreichte. Das bedeutete natürlich nicht notwendigerweise, dass die betreffenden Offiziere ihre Anweisungen auch *verstanden* hatten. Und wenn, dann sagte das immer noch nichts darüber aus, welche Navigationsfehler sich aufgrund von Wind und Gezeiten ergeben mochten. Es war sogar denkbar – zumindest theoretisch –, dass die fünf Boote, die Yairley im Augenblick sehen konnte, tatsächlich die *einzigen* waren, die das avisierte Ziel tatsächlich überhaupt erreicht hatten.

Hör auf damit! Er schüttelte den Kopf. *Natürlich sind die da draußen … irgendwo. Und jeder einzelne von denen erwartet dein Signal.*

Symyns Kutter ging längsseits zu Yairleys Barkasse. Matrosen reckten einander die Hände entgegen, zogen die beiden Schiffe näher aneinander heran, und Yairley beugte sich zu dem Lieutenant hinüber.

»Ich glaube, wir sind in Position«, sagte er leise. »Aber ich bin mir nicht ganz sicher. Das ...« – mit einer Handbewegung deutete er auf die Pier, in deren Schatten zahlreiche Boote von der Dünung auf und ab getragen wurden – »... sollte die Ostpier sein, wenn wir *wirklich* da sind, wo wir hinfahren sollten.«

Symyn nickte, als hätte er das nicht bereits genau gewusst, und Yairley spürte, wie sich seine Mundwinkel zu einem angespannten Grinsen verzogen.

»Ob das jetzt nun die Ostpier ist oder nicht, es ist auf jeden Fall *irgendein* Pier – die muss jetzt eben ausreichen. Sie nehmen Ihren Kutter und die Barkassen der *Defender* und schwenken zur anderen Seite hinüber. Ich führe die anderen Boote auf diesem Kurs weiter.«

»Aye aye, Sir«, bestätigte Symyn. Im Flüsterton wurden Befehle weitergegeben, und Symyn und die ihm zugewiesenen Boote setzten sich stetig wieder in Bewegung.

Yairley gab ihnen mehrere Minuten Zeit, sich auf der anderen Seite der Pier in Position zu bringen. Dann lotste seine Barkasse die verbliebenen Boote auf der nähergelegenen Seite des Piers auf das Ufer zu; sie hielten sich in den dichtesten, dunkelsten Schatten, den die zu beiden Seiten der Pier festgemachten Galeonen spendeten.

Düster spähten die beiden Wachposten, die auf dem Ostpier standen, in die Finsternis hinaus. Es gab nur wenige Aufgaben, die vergleichbar langweilig waren, wie das völlig leere Ufer eines vollständig abgeriegelten Hafens zu beobachten.

Normalerweise hätten sie wenigstens darauf hoffen können, von der Stadtwache bei einer Kneipenschlägerei zu Hilfe gerufen zu werden. Doch den Matrosen, deren Schiffe im Rahmen der Blockade festgesetzt worden waren, war längst das Geld ausgegangen. So hatte es ein Ende mit der Zecherei, und die örtliche Verwaltung hatte eine Sperrstunde verhängt – und sei es auch nur, um diese entsetzlichen Männer von der Besatzung der Handelsschiffe des Nachts von den Straßen fernzuhalten. Und das bedeutete, dass die beiden Wachen *überhaupt nichts* zu tun hatten, außer dort zu stehen und auf das Hafenbecken hinauszustarren, als könne ihre hingebungsvolle Wachsamkeit irgendwie einen Angriff der Charisianer verhindern.

Und während sie dort draußen in der Dunkelheit standen, wussten sie genau, dass die vom Heer abgestellte Kompanie, die sich angeblich bereithielt, um jederzeit auf einen Alarm zu reagieren, in Wirklichkeit gerade in der Baracke saß und sich dem Würfelspiel hingab. Nicht, dass sie ihren Kameraden diese Entspannung missgönnten; sie bedauerten nur, nicht selbst daran teilhaben zu können. Dennoch …

Einer der beiden hörte ein Geräusch, das den Wind und das regelmäßige Schwappen der Wellen übertönte. Er wusste nicht, was es war, doch es kam geradewegs auf ihn zu … als sich auch schon von hinten ein kräftiger Arm um seinen Hals legte. Instinktiv riss er die Arme hoch, zerrte verzweifelt an dem stahlharten, muskulösen Arm, doch dann wurde ihm ein nadelspitzer Dolch zwischen die Rippen gestoßen. Die Klinge traf das Herz des Wachmanns, und augenblicklich verlor dieser jegliches Interesse an irgendwelchen Geräuschen.

Sein Kamerad am anderen Ende des Piers erhielt noch weniger Vorwarnung, und Captain Yairley stieß einen befriedigten Grunzlaut aus, als er die kleine Leiter seiner Barkasse emporstieg. Aplyn-Ahrmahk blieb dicht hinter ihm, als er die beiden Leichen begutachtete.

»Gute Arbeit«, lobte Yairley den erfahrenen Matrosen mit den zahllosen Tätowierungen, der die Beseitigung der beiden Wachen angeführt hatte. Das Grinsen, das er zur Antwort erhielt, hätte einem Kraken zur Ehre gereicht, und wieder einmal fragte sich der Captain, was dieser Mann wohl getrieben hatte, bevor er zur Navy gekommen war.

Vielleicht will ich das lieber gar nicht wissen, sagte er sich – erneut –, dann trat er einen Schritt zurück, als nun der ganze Rest der Barkassenbesatzung auf die Pier stürmte.

So gut es in der Dunkelheit eben ging, zählte er durch, während die Matrosen und Marines sich in den Gruppen zusammenfanden, die man ihnen zuvor angewiesen hatte. Säbel und Bajonette blitzten im matten Schein der Pier-Laternen auf, und Yairley schaute zu, wie die Marines sorgfältig ihre Musketen schussbereit machten. Dass diese neumodischen ›Steinschlösser‹ keine Lunten mehr benötigten, war ein echter Segen, schließlich bedeutete das auch, dass man sie durch die Dunkelheit tragen konnte, ohne dabei wie ein ganzer Schwarm orientierungsloser Funkelechsen auszusehen. Andererseits steigerte es auch die Gefahr einer unbeabsichtigten Entladung, denn dadurch fehlte dem Musketier ein optischer Hinweis darauf, dass seine Waffe gleich feuern werde. Deswegen hatte Yairley auch ausdrückliche Anweisungen erteilt und sich in äußerst blutrünstigen Schilderungen ergangen, was jemandem widerfahren würde, der es wagte, seine Muskete schon während der langen Anfahrt zum Schuss vorzubereiten.

Außerdem: Wenn ich ihnen das erlaubt hätte, dann hätte die Gischt ihnen doch die ganze Zündladung durchnässt.

»Bereit, Sir«, meldete Lieutenant Symyn leise, und als Yairley herumwirbelte, sah er, dass der junge Offizier schon wieder neben ihm stand. Symyn, so stellte er säuerlich fest, strahlte vor Vorfreude fast schon.

Doch statt auszusprechen, was er tatsächlich dachte, sagte er nur: »Gut. Vergessen Sie nicht: Warten Sie ab, bis Sie die Granaten hören.«

»Aye aye, Sir«, bestätigte Symyn, als hätte Yairley während der vorbereitenden Besprechungen nicht mindestens dreimal genau darauf hingewiesen.

Tatsächlich hatten die Wachen auf dem Pier ihren Kameraden Unrecht getan. An diesem Abend fanden keine Würfelspiele statt, weil am vorangegangenen Abend ein unangekündigter Besuch des Kompaniechefs die Spiele unterbrochen hatte – und der Kommandant war alles andere als begeistert gewesen. Nach einigen allgemeinen, aber recht scharfzüngigen Anmerkungen über Disziplin und Wachsamkeit der Soldaten, und auch einigen Mutmaßungen über deren Vorfahren, hatte Major Tyllytsyn sie darüber in Kenntnis gesetzt, welches Schicksal jeden erwartete, den er noch einmal dabei ertappen würde, sich während der Dienstzeit durch *irgendetwas* ablenken zu lassen. Trotz seines mehrmals gebrochenen Beins (in dem der eine oder andere Unwürdige eine gerechte Strafe Gottes wähnte), zweifelten die Soldaten doch nicht daran, dass er seine Beobachtungen an Major Harmyn weitergegeben habe. Und der stand, bedauerlicherweise, in dem Ruf, noch deutlich weniger nachgiebig und verständnisvoll zu sein als Major Tyllytsyn. Unter diesen Umständen war es ihnen allen sinnvoll erschienen, innerhalb des nächsten Fünftages etwas mehr Vorsicht walten zu lassen.

Statt also gemeinsam mit Knobelbechern und Karten auf dem Boden der Baracke zu kauern, befassten sie sich mit Dutzenden verschiedener deutlich prosaischerer Aufgaben – sie flickten Uniformen und polierten Abzeichen, oder sie schärften Säbel, Dolche und Schwerter.

Jäh wurde die Geschäftigkeit in der Baracke durch berstendes Glas unterbrochen. Alle blickten auf, viele hoben erstaunt die Augenbrauen, und dann verwandelte sich das Erstaunen in ein völlig anderes Gefühl, als die Eisenkugeln mit den sprühenden Lunten zu Boden polterten.

Ein Soldat, der deutlich schneller war als seine Kameraden, sprang auf die nächstliegende Granate zu. Er riss sie an sich und wollte sie gerade noch aus dem Fenster schleudern, doch ihm blieb nicht mehr ganz die erforderliche Zeit. Er konnte sie gerade noch loslassen, doch die Granate war kaum vier Schritt weit geflogen, als sie explodierte und ihn fast augenblicklich in den Tod riss.

Doch es hätte auch keinen Unterschied gemacht, wäre die Zündschnur dieser Granate ein wenig länger gewesen. Diese Granate war nur eine von einem ganzen Dutzend, und die friedliche Ordnung in der Baracke verwandelte sich in ein Chaos aus Entsetzens- und Schmerzensschreien, als sie alle fast gleichzeitig detonierten.

»*Jetzt!*«, bellte Lieutenant Hahl Symyn, als er hinter sich das Tosen der Granaten hörte.

Sein Trupp wartender Matrosen hatte sich bereits in Zweiergruppen aufgeteilt. Jetzt zündete jeweils einer mit einer Lunte die vom jeweiligen Kameraden vorbereiteten Brandsätze an und trat dann einen Schritt zurück, während Türen eingetreten und Fenster zerschmettert wurden. Die lodernden Gemische aus Pech, Petroleum und einer Spur Schießpulver wurden durch die neu entstandenen Öffnungen in das Innere der verschiedenen Lagerhäuser des Docks geschleudert, während andere Gruppen schon auf die Galeonen und die Hafenboote stürmten, die entlang der Pier vertäut waren.

Dichter Qualm stieg auf, Flammen zuckten und leckten umher und verwandelten die pechschwarze Nacht in ein loderndes Inferno. Weitere Flammen schossen empor, als die nächsten Brandsätze ihre Ziele trafen, und die ersten Warnrufe waren zu hören, als die Stadt North Bay abrupt erwachte. Musketen knallten, als die Marines, die zu Symyns Unterstützung abkommandiert waren, die Geschützbatterien des Hafens von der Rückseite her angriffen. Nur zwei der Kanonen jeder Batterie waren nach Einbruch der Dunkelheit noch bemannt, und eine Hand voll schläfriger Schützen konnten es mit den Marines, die aus der Dunkelheit auf sie zustürmten, keinesfalls aufnehmen. Weitere Feuer breiteten sich entlang der Hafenmauer aus, und eine ohrenbetäubende Explosion zerriss die Nacht, als einer der Brandsätze unerwarteterweise das Munitionsdepot einer Hafenbarke traf, die neben einer Galeone vertäut war. Die Galeone sollte offensichtlich gerade zu einem Kaperer umgebaut werden, doch die Explosion steckte die benachbarte Barke sofort in Brand und schleuderte lodernde Trümmer auf drei weitere Schiffe und zumindest ein halbes Dutzend Lagerhaus- und Tavernendächer.

»Schauen Sie, Sir!«, rief einer von Symyns Männern, und der Lieutenant sah, wie sich die gleißenden Funken weiteren Musketenfeuers vor dem pechschwarzen Nachthimmel westlich der Stadt abzeichneten.

»Das sind die Marines!«, bellte er zurück. »Niemand kann

sagen, wie lange Major Zeffyr die Mistkerle wird aufhalten können, also macht schneller!«

»Aye aye, Sir!«

Schlingernd kam Major Harmyn auf die Beine, als die ersten Explosionen und Schreie zu hören waren. Er griff nach seinem Schwertgurt und stapfte auf die Tür zu seinem Arbeitszimmer zu; im Laufen schlang er sich den Gurt um den Leib. Ein Adjutant und die Ordonnanz erhoben sich gerade erst aus ihren Stühlen, als ihr Vorgesetzter zu ihnen ins Vorzimmer stürzte.

»Zu den Waffen, verdammt!«, fauchte Harmyn und stürmte durch das Haupttor des Bürogebäudes, geradewegs auf den Exerzierplatz zwischen den beiden langgestreckten Baracken hinaus.

Die ersten Flammen leckten an den Fenstern der Baracken, und Harmyn hörte eine zweite Explosionswelle, als charisianische Matrosen ein zweites Dutzend Granaten in jedes Gebäude schleuderten. Einige Schmerzenschreie verstummten abrupt, doch dafür waren nun zahlreiche neue zu hören.

Harmyn spürte, wie sich ihm der Magen zusammenkrampfte, als er begriff, dass die Angreifer die Kompanie, die man ihm hier anvertraut hatte, bereits jetzt so weit außer Gefecht gesetzt hatte, dass an einen koordinierten Gegenschlag nicht einmal zu denken war. Er wusste nicht, wie viele ›seiner‹ Männer tatsächlich tot oder verwundet waren, doch selbst diejenigen, die diesen Angriff überstanden hatten, würden zu demoralisiert und zu verängstigt sein, um überhaupt noch eine vernünftige Gegenwehr aufzustellen.

Und selbst wenn Tyllytsyn *in der Lage gewesen wäre, sie wieder in*

Schwung zu bringen, schaffe ich *das auf keinen Fall*, dachte er grimmig. *Sie* kennen *mich noch nicht einmal, also warum sollten sie in so einem Chaos überhaupt auf mich hören?*

Das Knistern und Knallen von Musketen im Westen verriet ihm, dass in absehbarer Zeit niemand zu seiner Unterstützung anrücken würde, und so ...

Major Bahrkly Harmyn hatte nicht daran gedacht, wie deutlich sich seine Silhouette vor einem der brennenden Fenster des Ordonanzzimmers hinter ihm abzeichnen würde. Und er würde es auch niemals mehr tun ... denn er hörte auch nicht mehr das scharfe Knallen der Musketenkugel, die ihn tötete.

Einen Augenblick lang gestattete sich Sir Dunkyn Yairley, tiefste Erleichterung zu genießen, als er genau das gleiche Musketenfeuer bemerkte, das Symyn gesehen und Harmyn gehört hatte. Offensichtlich hatten die Marines Position bezogen, um die Straße zur Hauptfestung im Westen der Stadt zu sichern. Laut den Berichten ihrer Spione gehörten zu der Garnison in dieser Festung mindestens dreitausend Mann. Es war zwar unwahrscheinlich, dass Major Zheffyrs zweihundert Marines sie lange würden abwehren können, aber das Überraschungsmoment und die allgemeine Verwirrung sollten sie doch noch eine Weile aufhalten. Außerdem müssten Zheffyrs Schussrate und die Ringbajonette doch fast ausreichen, um beiden Seiten in etwa gleiche Chancen zuzugestehen.

Von der Festung her war das Dröhnen einer Kanone zu hören. Yairley hatte keine Ahnung, worauf die Schützen dort zu feuern glaubten. Die Garnison in dieser Festung musste weiß Gott wie verwirrt sein angesichts dieser zahlreichen

Explosionen und Brände, mit denen sie es plötzlich in dieser kleinen, verschlafenen Stadt am Fuße der Anhöhe dieser Landzunge zu tun hatten, auf der die Festung errichtet war. Yairley wusste es nicht. Vielleicht glaubten sie tatsächlich, irgendwelche charisianischen Galeonen zu sehen, die sich auf den Angriff vorbereiteten.

Zumindest zwei Dutzend Schiffe standen jetzt unrettbar in Flammen. Auf zahlreichen weiteren schwelte es bereits, und die steife Brise trieb Funken, glühende Asche und brennende Trümmer von einem Schiff zum nächsten hinüber. Die Lagerhäuser, die zu diesem Hafen gehörten, fingen auch sehr schnell Feuer. Yairley hoffte, die Flammen würden nicht auf die eigentliche Stadt übergreifen, aber auch von dieser Möglichkeit würde er sich nicht den Schlaf rauben lassen.

Er blickte auf das Hafenbecken hinab, dessen Wasser ebenso schwarz wie die Nacht wirkte, immer wieder durchzogen von den Purpurtönen hochaufsteigender Flammen, und er sah, wie weitere Boote unter seinem Kommando auf die Handelsschiffe zuhielten, die etwas weiter außerhalb vor Anker lagen. Zugleich sah er auch, wie einige kleine Boote sich rasch von diesen Schiffen *entfernten.* Hastig machten sich die hoffnungslos unterlegenen Ankerwachen der Handelsschiffe aus dem Staub.

Wahrscheinlich werden sie dann am Morgen irgendetwas wie ›unerlaubt den Posten verlassen‹ zu hören bekommen, dachte Yairley. *Nicht, dass sie irgendetwas hätten ausrichten können, wenn sie geblieben wären – außer sich umbringen zu lassen, natürlich.*

»Also gut, Master Aplyn-Ahrmahk«, sagte er zu dem Midshipman an seiner Seite. »Sehen wir zu, dass wir außerhalb der Stadt noch ein Paar Feuer entfachen, und dann wird es, so denke ich, auch Zeit zu gehen.«

»Aye aye, Sir!«, bestätigte Aplyn-Ahrmahk mit einem breiten Grinsen und deutete mit dem Kinn auf Stywyrt Mahlyk. »Kommen Sie, Bootsführer!«, sagte er und glitt schon an der Kaimauer entlang. Während des Laufens blies er auf die Lunte in seiner Hand, Mahlyk holte den ersten Brandsatz hervor, und Yairley folgte ihnen schweigend.

.XII.

Königlicher Palast, Stadt Eraystor, Fürstentum Emerald

Prinz Nahrmahn blickte von der neuesten Depesche auf und verzog das Gesicht.

»Also«, sagte er dann mit ruhiger Stimme, »das ist ärgerlich.«

Graf Pine Hollow konnte seinen Unglauben nicht ganz verhehlen, als er über den Tisch hinweg seinen Vetter anblickte. Nahrmahn sah seinen Gesichtsausdruck und stieß ein nur halb belustigtes Schnauben aus. Dann legte er die Depesche neben seinen Teller auf den Tisch und griff nach einer weiteren Scheibe Melone.

»Ich vermute, Du hattest eine etwas ... heftigere Reaktion erwartet, Trahvys?«

»Also ... ja«, gab Pine Hollow zu.

»Warum?« Nahrmahn schob sich ein Stück Melone in den Mund und kaute genüsslich. »Abgesehen davon, dass Bischof-Vollstrecker Wyllys uns gestattet hat, die Semaphorenketten der Kirche zu nutzen, sodass wir die Nachricht etwas früher erhalten haben, als es sonst der Fall gewesen wäre, gibt es hier doch nichts, was sonderlich überraschend wäre. Oder etwa doch?«

»Nein, wohl nicht«, erwiderte Pine Hollow langsam und versuchte währenddessen Nahrmahns tatsächliche Stimmung zu ergründen. Irgendwie hatte sein Verhalten doch etwas ... Sonderbares.

»Militärisch gesehen ergibt es wenig Sinn, North Bay niederzubrennen – auch wenn ich, das möchte ich noch einmal betonen, doch damit rechne, dass wir einen sehr viel geringeren Schaden vorfinden werden, als diese ersten Berichte erwarten lassen«, gab Nahrmahn zu. »*Politisch gesehen* hingegen ist es ganz und gar nachvollziehbar.«

»Was meint Ihr damit, mein Prinz?«

Pine Hollow selbst konnte wirklich keinerlei Sinn hinter diesem Angriff erkennen. Abgesehen von zwei kleinen Kriegsgaleeren, die dort vor Anker gelegen hatten, und einem halben Dutzend Handelsschiffen, die Commodore Zhaztro gerade zu leichten Kreuzern für den Handelskrieg hatte umbauen lassen wollen, erschien ihm ein Großteil des entstandenen Schadens die Folge schierer mutwilliger Zerstörung. Die Handelsschiffe, die vor den Docks und den leerstehenden Lagerhäusern von North Bay vertäut waren, angefüllt mit Waren, die angesichts der Blockade der Charisian Navy einfach nur als Staubfänger dienten, hätte *er* zumindest ganz gewiss nicht als wichtige militärische Ziele angesehen. Und nicht nur dass: North Bay lag fast siebenhundert Meilen von Eraystor entfernt und war wahrhaftig nicht die größte oder wichtigste Stadt im ganzen Fürstentum.

»Das bedeutet, dass Cayleb – oder, was ich für wahrscheinlicher halte, Admiral Rock Point, der sich dabei eng an Caylebs Vorgaben hält – mir hier eine Botschaft zukommen lässt.«

Nahrmahn schnitt sich ein weiteres Stück Melone zurecht und betrachtete es kurz mit kritischem Blick, bevor es seinem Vorgänger folgen durfte. Dann schaute er wieder Pine Hollow an.

»Sie zeigen uns gerade, dass sie, solange sie die Vorherrschaft über die Meere halten, uns etwas Derartiges jederzeit antun können, wann immer sie wollen. Du könntest darin eine nachdrückliche Erinnerung daran sehen, dass wir, was auch immer Commodore Zhaztro zu tun in der Lage ist, *ihnen* nie richtig schaden können, aber sie sehr wohl *uns.* Tatsächlich habe ich genau darüber gerade gestern mit Bischof-Vollstrecker Wyllys gesprochen.«

»Wirklich?« Nachdenklich kniff Pine Hollow die Augen zusammen. Er hatte zwar von der Besprechung zwischen Nahrmahn und Bischof-Vollstrecker Wyllys Graisyn gehört, dem ranghöchsten Kirchenmann im ganzen Fürstentum – nachdem sich Erzbischof Lyam Tyrn sehr abrupt dazu entschlossen hatte, nach Zion zurückzukehren, um ... sich mit seinen Kollegen zu besprechen, kaum dass die ersten Berichte über die Geschehnisse im Darcos-Sund Eraystor erreicht hatten. Doch sein Vetter hatte ihm nichts darüber berichtet, worum es in dieser Besprechung gegangen war. *Zumindest bislang nicht,* ging es ihm durch den Kopf, als Nahrmahn ihm ein etwas schiefes Grinsen schenkte.

»Der gute Bischof-Vollstrecker ist besorgt darüber, inwieweit wir uns verpflichtet fühlen mögen, diesen nach wie vor bestehenden Krieg gegen Charis immer noch fortzusetzen.«

»›Wir uns verpflichtet fühlen‹?«, wiederholte Pine Hollow und riss erstaunt die Augen auf. Dann schüttelte er ungläubig den Kopf. »Glaubt er vielleicht, nach der Schlacht im Darcos-Sund und nach Haarahlds Tod könnten wir allen Ernstes glauben, Cayleb würde uns als *seine* Verbündeten willkommen heißen?«

Nahrmahn lachte leise, doch es klang sehr freudlos. »Ich denke, dieser Brief, den Erzbischof Maikel – bitte entschuldige, das muss natürlich heißen: den der abtrünnige Ketzer und Verräter *Maikel Staynair* – dem Großvikar hat zukommen lassen, hat Graisyn ein wenig ... sagen wir, aufgewühlt. Ich glaube nicht, dass er den Berichten über

Haarahlds Verstöße gegen die Ächtungen mehr Glauben schenkt, als wir unsererseits das jemals getan haben. Zumindest nicht, so lange es danach aussah, als könne man sozusagen im Vorbeigehen Charis einfach so in Schutt und Asche legen, ganz wie es in Clyntahns Terminkalender passt. Jetzt, da sich das Blatt gewendet hat und diese Idioten aus der ›Vierer-Gruppe‹ es wirklich geschafft haben, Cayleb dazu zu bringen, sich ihnen offen zu widersetzen, hat er das Gefühl, er könne hier, in unserem schönen Reich, das ihn so herzlich willkommen heißt, möglicherweise ein wenig arg *exponiert* sein.«

»Nahrmahn …« Pine Hollows Tonfall verriet ebenso viel Besorgnis wie seine Mimik, aus der jeglicher Unglaube mittlerweile verschwunden war, »… es erscheint mir nicht ungefährlich, derart …«

»Was?« Herausfordernd blickte der Prinz ihn über den Tisch hinweg an. »Derart ›ehrlich‹ zu sein? Oder derart ›offen‹?«

»Ich will doch nur sagen, dass es mich überraschen würde, wenn die Inquisition nicht einige Ohren hier hätte, die dir näher sind, als du weißt«, warnte Pine Hollow ihn ernsthaft.

»Ich weiß genau, wer der oberste Agent der Inquisition hier in diesem Palast ist, Trahvys. Um ehrlich zu sein, er schreibt in seinen Berichten genau das, was ich wünsche – jetzt schon seit über drei Jahren.«

»Du hast einen Agenten der Inquisition bestochen?«

»Ach, jetzt tu doch nicht so schockiert!«, schalt ihn Nahrmahn. »Warum sollten Clyntahns Spione denn nicht bestechlich sein? Nur einem hochgeradig Geistesschwachen, der zudem auch noch blind *und* taub ist – und du wirst mir beipflichten, dass dies nicht gerade eine gute Beschreibung für einen Agenten der Inquisition ist –, können die Schmier- und Bestechungsgelder entgehen, die jeden Tag im Tempel selbst fließen! Wenn die gesamte Hierarchie der Kirche so korrupt und so verkommen ist wie ein Schwarm Luden im Hafenviertel, die auch ihre eigene Schwester verkaufen würden, warum sollten dann deren Agenten nicht ebenso bestechlich sein wie ihre Herren in Zion?«

»Du sprichst hier über Gottes Eigene Kirche«, betonte Pine Hollow nachdrücklich.

»Ich rede hier nicht über Gott, und ich rede auch nicht über Seine Kirche«, gab Nahrmahn scharf zurück. »Ich rede hier über die Kirche, die Leuten wie Zhaspyr Clyntahn, Allayn Maigwair und Zahmsyn Trynair in die Hände gefallen ist! Glaubst du wirklich allen Ernstes, die ›Vierer-Gruppe‹ interessiert es einen gottverfluchten Dreck, was *Gott* von Seiner Kirche erwartet? Oder dass irgendjemand anderes aus dem Rat der Vikare bereit wäre, seinen schönen, rosigen Arsch zu riskieren, indem er sich Clyntahn und den anderen entgegenstellt, bloß weil die zufälligerweise verlogene, selbstsüchtige Dreckskerle sind?«

Pine Hollow war mehr als nur schockiert. Seit der Schlacht im Darcos-Sund hatte Nahrmahn seine Verärgerung über den Tempel zunehmend offen gezeigt, aber noch nie zuvor hatte er derart offen über die Kirche und die Männer gesprochen, die jegliche Politik der Kirche vorgaben. Oh, natürlich hatte er noch nie ein Geheimnis aus seiner Meinung über Vikar Zhaspyr und seine Spießgesellen gemacht, zumindest nicht seinem Vetter gegenüber, aber er hatte noch nie derart viel Verachtung für den Großinquisitor gezeigt, für die ›Vierer-Gruppe‹ und zusammen mit denen gleich für die gesamte Hierarchie der Kirche!

»Was ist denn los, Trahvys?«, fragte Nahrmahn, nun sehr

viel sanfter. »Entsetzt dich etwa mein Mangel an Frömmigkeit?«

»Nein«, erwiderte Pine Hollow langsam.

»Doch, genau das ist es«, widersprach ihm Nahrmahn mit der gleichen sanften Stimme. »Du denkst, ich würde nicht an Gott glauben oder ich hätte mich entschieden, Seinem Plan für Safehold zu widersagen. Und du fürchtest, wenn Graisyn oder die Inquisition herausfinden, wie ich in Wahrheit über sie denke, könnten sie beschließen, ein Exempel an mir zu statuieren ... und vielleicht auch gleich an dir, schließlich bist du nicht nur mein Erster Ratgeber, sondern zugleich auch noch mein Vetter.«

»Na ja, wenn du es so ausdrückst, hast du vielleicht nicht ganz Unrecht«, gestand Pine Hollow ein und sprach dabei noch langsamer.

»Natürlich habe ich Recht. Und es überrascht mich nicht, dass es dich so sehr überrascht, mich das aussprechen zu hören. Das ist das erste Mal, dass ich mich überhaupt irgendjemandem gegenüber derart äußere, außer vielleicht Ohlyvya gegenüber. Aber ich denke, unter den gegebenen Umständen wird es Zeit, dass ich noch mit jemand anderem darüber spreche außer mit meiner Frau. Also, mit jemand anderem als meiner Frau und Onkel Hanbyl, muss ich wohl sagen, wenn ich ganz ehrlich sein will.«

»Unter *welchen* Umständen?«, fragte Pine Hollow vorsichtig nach, und jetzt wirkte sein Blick zutiefst beunruhigt.

Es gab auch einen Grund, warum seine Besorgnis soeben in völlig neue, bislang ungeahnte Höhen aufstieg: Hanbyl Baytz, Herzog Solomon, war nicht nur ihr gemeinsamer Onkel. Obwohl er bereits seinen siebzigsten Geburtstag hinter sich hatte, war Solomon immer noch rege und stand mitten im Leben. Körperlich gesehen war er fast das genaue

Gegenteil von Nahrmahn, doch in jeder anderen Hinsicht waren die beiden einander sehr ähnlich – nur dass Solomon, im Gegensatz zu seinem Neffen, Politik zutiefst verabscheute. Doch so wenig er auch ›das große Spiel‹ schätzen mochte, es hatte niemals Zweifel an seiner fachlichen Kompetenz oder der Treue und Verbundenheit seiner Familie gegenüber gegeben – oder auch Nahrmahn selbst gegenüber. Deswegen hatte Nahrmahn ihn auch zum Befehlshaber der Emeraldian Army ernannt. Dieser Posten war für Hanbyl wie geschaffen, und auf diese Weise war es ihm möglich, so wenig Zeit wie möglich in Eraystor zu verbringen und sich mit Politik befassen zu müssen.

Und das, so ging es Pine Hollow durch den Kopf, *hat sich für Nahrmahn bereits gelegentlich als äußerst nützlich erwiesen. Onkel Hanbyl ist ein Dolch, der stets in seiner Scheide bleibt, aber er lässt sich so sehr mit ›aus den Augen, aus dem Sinn‹ beschreiben, dass selbst hochintelligente Leute dazu neigen, ihn in ihre Überlegungen überhaupt nicht miteinzubeziehen.*

»Es gilt hier, zwei grundverschiedene Dinge zu bedenken, Trahvys«, sagte Nahrmahn zur Antwort auf die Frage seines Vetters. »Nun ja, eigentlich sogar drei.«

Er schob seinen Teller von sich und beugte sich vor; sowohl seine Miene wie auch seine Körpersprache wirkten ungewohnt ernst.

»Zunächst einmal ist Emerald, politisch und militärisch gesehen, schlichtweg im Arsch«, erklärte er unumwunden. »Und nein, ich brauche das nicht eigens von Onkel Hanbyl zu hören, um das zu begreifen. Wann immer Cayleb irgendwelche Truppen an Land schaffen will, die dann vom Meer zusätzliche Unterstützung erhalten, kann er das auch tun. Das ist einer der Punkte, den dieser kleine Zwischenfall in North Bay mir deutlich vor Augen führen sollte – nur für den Fall, dass es mir bislang irgendwie entgangen sein sollte. Im Augenblick ist Cayleb wahrscheinlich noch damit beschäftigt, seine Truppenstärke zu vergrößern. Die Marines von Charis sind weiß Gott gut, aber er hatte nicht allzu viele von denen, als das Ganze hier ins Rollen gekommen ist. Andererseits haben wir eine sogar noch kleinere Army, oder etwa nicht? Vor allem, wenn man berücksichtigt, wie viele von denen als Marines zum Einsatz gekommen sind, als unserer Navy dieses … kleine Missgeschick widerfahren ist. Es wird nicht mehr allzu lange dauern, bis Cayleb bereit ist, uns hier in Eraystor zu besuchen, wahrscheinlich mit genügend Artillerie und Belagerungsgerät, um jede Tür zu öffnen, die ihm im Weg ist – und ich zweifle doch arg daran, dass Onkel Hanbyl, wenn es so weit ist, mehr gegen Cayleb wird unternehmen können, als ihm einfach nur kurzzeitig *lästig* zu sein.

Zweitens, und jetzt sind wir beim diplomatischen Standpunkt angelangt, ist unser guter Freund Hektor nicht in der Lage, sich für uns aus dem Fenster zu lehnen, um uns zu Hilfe zu kommen – ganz und gar nicht. Und es sollte mich zutiefst überraschen, wenn sich Sharleyan unter den gegebenen Umständen nicht lieber mit Charis verbünden würde als mit uns oder Hektor. Und das bedeutet, wir … ich glaube, ich suche nach dem Ausdruck ›wir hängen in der Luft‹. Wir sind hier am exponiertesten, wir sind diejenigen, die versucht haben, auf Cayleb Attentate zu verüben, und wir sind diejenigen, die aber auch nicht im Mindesten Hoffnung darauf haben, irgendjemand könne angesegelt kommen, um unseren Hals zu retten.

Und drittens … *drittens*, Trahvys, ist jedes Wort, das Staynair und Cayleb über die ›Vierer-Gruppe‹ und den Großvikar sowie die Kirche selbst gesagt haben, schlicht und einfach *wahr.* Glaubst du wirklich, bloß weil ich begriffen habe, wie korrupt Männer wie Clyntahn und Trynair und ihre Speichellecker im Rat der Vikare sind, würde ich nicht an *Gott* glauben?« Das Lachen des Prinzen war eher ein heiseres Bellen. »Natürlich glaube ich an *Ihn* – ich glaube nur nicht an die Mistkerle, die Seine Kirche einfach in ihre Gewalt gebracht haben! Tatsächlich glaube ich sogar, dass Staynair und Cayleb das Richtige vorschwebt … *wenn* es ihnen denn gelingt, das Ganze auch in die Tat umzusetzen. Und genau das ist es auch, was Graisyn so beunruhigt, und auch der Grund dafür, dass er uns so sehr dazu antreibt, endlich eine Möglichkeit zu finden, selbst in die Offensive zu gehen – und dabei immer weiter auszutesten, wie groß meine ›Treue‹ Hektor gegenüber ist.«

»Und wie groß *ist* deine Treue?«, fragte Pine Hollow leise.

»Hektor gegenüber?« Nahrmahn verzog die Lippen. »Ungefähr so groß wie die seine uns gegenüber – mit anderen Worten: gerade groß genug, um notfalls jederzeit mit einem scharfen Messer an seine Kehle zu gelangen. Oder meinst du der Kirche gegenüber?«

Pine Hollow antwortete nicht. Es war auch nicht erforderlich, denn sein Gesichtsausdruck sagte alles.

»Meine Treue der Kirche gegenüber reicht exakt genau so weit wie der Arm der Inquisition«, gab Nahrmahn unumwunden zurück. »Es ist an der Zeit, endlich damit aufzuhören, ›die Kirche‹ mit ›Gott‹ zu verwechseln, Trahvys. Oder glaubst du allen Ernstes, Gott hätte es Charis gestattet, die gemeinsame Flotte eines Bündnisses, das ihm im Verhältnis fünf zu eins überlegen war, derart vernichtend zu schlagen, sie geradezu auszuweiden, wenn Haarahld sich tatsächlich Gottes Eigenem Willen entgegengestellt hätte?«

Pine Hollow musste heftig schlucken, und seine Magengrube schien sich in einen endlosen Schlund zu verwandeln. Tief in seinem Inneren rezitierte ein kleiner Schuljunge mit hastiger, verzweifelter Stimme immer weiter aus dem Katechismus, kauerte sich hilflos auf den Boden und hielt sich die Ohren zu.

»Nahrmahn«, sagte Pine Hollow dann sehr, sehr leise, »du kannst unmöglich das denken, was ich vermute.«

»Nein?« Nahrmahn neigte den Kopf zur Seite. »Warum denn nicht?«

»Weil letztendlich Charis verlieren wird. Anders kann es gar nicht sein. Nicht, solange die Kirche vollständig über sämtliche der großen Königreiche herrscht. Nicht, solange ihre Schatzkammern unerschöpflich sind und der weitaus größte Teil der Weltbevölkerung nach wie vor auf Haven und Howard lebt.«

»Sei dir dessen nicht zu sicher.« Nahrmahn lehnte sich zurück, und seine Augen wirkten mit einem Mal noch wachsamer. »Ja, ich weiß, dass die ›Vierer-Gruppe‹ das so sieht. Andererseits haben wir ja gerade erst eine schmerzliche Lektion über die Fehlbarkeit ihrer Einschätzungen erhalten, nicht wahr? Ich vermute, sie werden schon bald herausfinden, dass die Welt in Wahrheit nicht so unermesslich groß ist, wie sie das alle bislang denken, und *das* wird sie noch ungleich mehr entsetzen. Cayleb braucht nur lange genug zu überleben, dass sein Beispiel sich zu anderen Völkern herumspricht, Trahvys. Genau das versetzt Graisyn ja so in Panik. Ich bin nicht der einzige Regent oder Adelige, der genau versteht, was derzeit im Rat der Vikare geschieht. Wenn Charis in der Lage ist, sich der Kirche entgegenzustellen, dann werden schon bald andere versucht sein, Caylebs Beispiel zu folgen. Und wenn *das* geschieht, dann wird die Kirche so sehr damit beschäftigt sein, gegen einzelne Unruheherde vorzugehen, dass sie unmöglich gleichzeitig auch noch eine hinreichend große Flotte aufstellen kann, um es mit der Royal Charisian Navy aufzunehmen. Und dabei gehe ich schon davon stillschweigend aus, dass Charis versuchen wird, sich der Kirche im Alleingang zu stellen.«

»Aber …«

»Denk doch mal darüber nach, Trahvys«, hieß Nahrmahn ihn und erstickte damit jeden Versuch Pine Hollows im Keim, ihm zu widersprechen. »Es wird nicht mehr lange dauern, bis Sharleyan zumindest faktisch zum Bündnispartner von Charis wird. Genausogut könnte sie das Ganze sogar offiziell machen und sich ihm offen anschließen – und sich damit offen gegen Clyntahn und seine Spießgesellen stellen. Wenn das geschieht, ist Hektor auf einmal zwischen zweien seiner Feinde eingekeilt und zugleich von allem abgeschnitten, was die Kirche tun könnte, um ihm zu Hilfe zu eilen. Und wenn Sharleyan und Cayleb Corisande und Zebediah zwischen sich aufteilen, und wenn Cayleb *uns* dann einfach annektiert und das Fürstentum Emerald faktisch zu einem Teil von Charis macht, dann werden Sharleyan und er gemeinsam über ein Drittel der gesamten Landmasse von ganz Safehold herrschen. Natürlich haben sie längst noch keinen so großen Anteil der Gesamtbevölkerung, aber sie werden dennoch die weitaus größte Seemacht haben, reichlich Raum, den sie besiedeln können, und sämtliche Rohstoffe, die sie für ihre Wirtschaft benötigen … und ihre Militärmacht. Was glaubst du wohl, wie leicht das der Kirche fallen wird, sie *danach* noch zu zerstören?«

Schweigend blickte Pine Hollow ihn an. In seinem Blick lag unendliche Beunruhigung, und Nahrmahn wartete ab, bis sein Vetter diesen Gedankengang nachvollzogen hatte.

Nahrmahn wusste genau, dass der Graf von Natur aus äußerst vorsichtig war. Zudem war Pine Hollows jüngerer Bruder ein Oberpriester des Pasquale-Ordens; er tat seinen Dienst in der Republik Siddarmark und würde gewiss bald in das bischöfliche Amt berufen werden. Es war sehr wohl möglich, dass Nahrmahns Offenheit in diesem Gespräch über das hinausging, was Pine Hollow zu akzeptieren bereit war.

»Gar nicht«, sagte der Graf schließlich. »Es wird der Kirche überhaupt nicht leichtfallen. Nicht, wenn alles wirklich so verlaufen sollte, wie du es hier vorhersagst.«

»Und bist du der Ansicht, es sollte der Kirche leichtfallen?«, fragte Nahrmahn mit sanfter Stimme. Er war entschlossen, seinen Vetter noch ein wenig weiter in diese Richtung zu treiben.

»Nein«, seufzte Pine Hollow, und seine Miene wirkte längst nicht mehr so verunsichert, auch wenn Nahrmahn nicht genau wusste, ob diese grenzenlose Trauer, die sich nun auf dem Gesicht seines Vetters abzeichnete, wirklich eine Verbesserung darstellte. »Nein. Auch damit hast du ganz Recht, Nahrmahn. Die ›Vierer-Gruppe‹ ist gar nicht das eigentliche Problem, nicht wahr? Sie ist in Wahrheit bloß ein *Symptom.*«

»Ganz genau.« Nahrmahn streckte den Arm aus und legte Pine Hollow eine fleischige Hand auf den Unterarm. »Ich weiß nicht, ob es für die Kirche wirklich möglich ist, sich innerlich völlig neu zu gestalten. Ich weiß, dass es, bevor die ›Vierer-Gruppe‹ und die anderen Vikare, die ähnlich denken wie sie, so etwas zulassen werden, zu Blutvergießen und Gemetzeln kommen wird, wie es seit Shan-weis Niederlage niemand mehr erlebt hat.«

»Und was willst du dagegen tun?« Pine Hollow brachte ein schwaches Lächeln zustande. »Es passt nicht zu Euch, mir so etwas einfach nur vor die Füße zu werfen, und das auch noch während des Frühstücks, ohne dass Ihr Euch bereits einen Plan zurechtgelegt habt, Mein Prinz.«

»Nein, damit hast du wohl ganz Recht.« Nahrmahn setzte sich wieder aufrechter und widmete sich seinem Teller, der so lange unbeachtet geblieben war. Der Prinz von Emerald wandte den Blick von seinem Vetter ab und schnitt den Rest der Melonenscheibe in mundgerechte Stücke.

»Ich selbst muss Cayleb eine Nachricht zukommen lassen«, sagte er dann, ohne den Blick von Messer und Gabel abzuwenden. »Ich brauche jemanden, der ihn davon überzeugen kann, ich sei bereit zu kapitulieren. Dass es für ihn nicht erforderlich ist, meine Städte in Schutt und Asche zu legen und meine Untertanen zu töten, nur um seinen Worten Nachdruck zu verleihen.«

»Er hat recht deutlich ausgedrückt, dass er deinen Kopf will, Nahrmahn. Angesichts des Tonfalls, in dem seine letzten Schriftstücke abgefasst wurden, bezweifle ich, dass er sonderlich glücklich damit sein wird, sich mit irgendetwas anderem zufriedenzugeben.«

»Ich weiß.« Das Lächeln des Prinzen von Emerald war mehr eine Grimasse als alles andere, doch vielleicht war darin auch ein Hauch von Belustigung zu erahnen. »Ich weiß das, und ich schätze, wenn er wirklich darauf *besteht*, dann wird er den letztendlich sowieso bekommen. Zu schade, dass Mahntayl auf das Festland geflohen ist, statt hierher zu kommen. Vielleicht hätte ich Cayleb davon überzeugen können, dass ich es wirklich ernst meine, indem ich ihm den Kopf des ›Grafen Hanth‹ als Ersatz für meinen eigenen anbiete. Dennoch könnte ich ihm vielleicht zeigen, dass ein Mann mit meinen Talenten und meiner Erfahrung doch nützlicher für ihn wäre, wenn er in seinen Diensten steht, als wenn er als Dünger in irgendeinem Garten hinter seinem Palast dient.«

»Und wenn dir das nicht gelingt?«, fragte Pine Hollow sehr leise.

»Wenn mir das nicht gelingt, dann gelingt es mir eben nicht.« Nahrmahn zuckte mit den Schultern und wirkte sehr viel philosophisch-gelassener, als Pine Hollow selbst unter diesen Umständen hätte wirken können, dessen war der Graf sich fast sicher. »Ich kann immer noch darauf hoffen, dass er sich darauf beschränkt, mich lebenslang einzukerkern, vielleicht sogar irgendwo in einem der nicht ganz so unschönen Verliese. Und selbst wenn nicht, dann wird Cayleb dennoch darauf verzichten, zu irgendwelchen Racheakten gegen Ohlyvya oder die Kinder zu greifen. Und das ...« – endlich blickte er doch auf und schaute Pine Hollow geradewegs in die Augen – »ist doch sowieso das Beste, worauf ich hoffen kann, wenn er wirklich mit einer Invasionsstreitmacht an Land geht. Nur dass wir auf diese Weise wenigstens das Kapitel überspringen können, in dem zunächst einmal tausende meiner Untertanen getötet werden.«

Pine Hollow saß dort, blickte seinem Vetter in die Augen und begriff, dass der Prinz – möglicherweise zum ersten Mal, seit Nahrmahn den Thron von Emerald bestiegen hatte – sämtliche Masken hatte fallen lassen. Nach all den Jahren erschreckte es den Grafen fast, doch Nahrmahn meinte jedes Wort von dem, was er hier gesagt hatte, todernst.

»Du kannst mit Cayleb nicht einfach Frieden schließen, du kannst nicht einmal vor ihm kapitulieren, ohne dass dich der Zorn von Graisyn und dem Rest des Klerus hier trifft«, merkte der Graf an. »Das ist dir doch bewusst, oder?«

»Der von Graisyn, ja. Und wahrscheinlich auch zumindest einem Großteil der anderen Bischöfe«, gab Nahrmahn zu.

»Andererseits sind die meisten unserer Oberpriester – und selbst unsere Wanderbischöfe – eben Emeraldianer. Was das angeht, sind wir doch fast so schlimm wie Charis. Und um ganz ehrlich zu sein, ist das auch einer der Gründe, warum Graisyn so beunruhigt ist. Und ich vermute, dass er dafür auch sehr gute Gründe hat. Wie dem auch sei, ich … habe über dieses Thema bereits recht ausgiebig mit Onkel Hanbyl gesprochen.«

»Ich verstehe.« Pine Hollow lehnte sich zurück; mit den Fingern der rechten Hand trommelte er rhythmisch auf die Armlehne seines Sessels, während er nachdachte.

Mit dieser Bemerkung über die Zusammensetzung des Klerus von Emerald hatte Nahrmahn völlig Recht. Ob nun diese Trennung zwischen den Priestern der niedrigeren Ränge, die allesamt aus diesem Fürstentum selbst stammten, und deren geistlichen Oberhäuptern, die in anderen Ländern geboren waren, tatsächlich zu einer Unterstützung genau der Art Kirchenspaltung führen würde, wie Cayleb sie in Charis gefunden hatte, war wiederum eine andere, deutlich kompliziertere Frage. Und es war eine Frage, über die er, das musste der Erste Ratgeber sich selbst gegenüber eingestehen, bislang noch nicht in dem Ausmaße nachgedacht hatte, wie es wohl angemessen gewesen wäre.

Wahrscheinlich, sinniert er, *weil ich einfach über diese Möglichkeit überhaupt nicht habe nachdenken* wollen, *bis mich Nahrmahn mit der Nase daraufgestoßen hat.*

Aber wenn Nahrmahn über dieses Thema bereits mit Herzog Solomon gesprochen hatte, und wenn Solomon das dazu gesagt hatte, was Nahrmahn hier anzudeuten schien, dann war Pine Hollow wohl auch anzunehmen bereit, die Einschätzung des Prinzen darüber, wie der Klerus reagieren würde – und ob Nahrmahn deren Reaktion würde überleben können oder nicht –, sei höchstwahrscheinlich auch korrekt. Und wenn es hart auf hart kam, dann war die Reaktion der Kirche nur *eine* mögliche Opposition, die er in seinem eigenen Land würde fürchten müssen. Ebenso wie die Ahrmahks in Charis – wenngleich aus deutlich anderen Gründen und in recht unterschiedlicher Art und Weise – hatte das Geschlecht der Baytz' die politische Macht ganz in ihren eigenen Reihen zentralisiert. Nahrmahns Vater hatte den Feudalherren das Recht abgesprochen, eigene Armeen zu unterhalten (was teilweise nicht ganz ohne Blutvergießen verlaufen war), und Nahrmahn war sogar noch einen Schritt weitergegangen und hatte die gesamte Aristokratie der Krone unterstellt. Und nicht nur das. Im Parlament von Emerald hatten – soweit es dieses Parlament überhaupt gab und es Einfluss besaß – auch die Bürgerlichen sowohl Nahrmahn als auch seinerzeit dessen Vater dabei unterstützt, die Macht der in den Adelsstand geborenen Landeigner einzuschränken. Die Tradition, der Krone Unterstützung zukommen zu lassen, würde vermutlich auch aufrechterhalten bleiben, wenn Nahrmahn nun auf die derzeitige Krise reagierte.

Und in diesem Falle würden sowohl die Aristokratie als auch die Bürgerlichen von Emerald feststellen, dass sie weitgehend einer Meinung waren. Ließ man jegliche religiösen Erwägungen außer Betracht, so würden beide Fraktionen zweifellos einem Friedensschluss mit Charis zustimmen – vielleicht sogar einer offenen Kapitulation Charis gegenüber. Trotz der traditionellen Rivalität zwischen Emerald und Charis standen die Ahrmahks doch in dem Ruf, äußerst vernünftige Regenten zu sein. Rein weltlich gesehen dürfte es sehr schwierig werden, irgendjemanden davon zu überzeugen, dass eine Unterwerfung unter die Regentschaft von Cayleb von Charis zu einer echten Katastrophe für jeden einzelnen führen würde. Und da es völlig nachvollziehbar und logisch war, jegliche Zerstörung und jedes Blutvergießen dringend zu vermeiden, alleine schon aus Eigennutz, dürfte es noch schwieriger werden, stichhaltige Gegenargumente zu finden.

Genau so sah zumindest Nahrmahn die Lage, und der Prinz stand in dem Ruf, Gegebenheiten sehr treffend abschätzen und äußerst präzise Vorhersagen über jegliche Reaktionen der Drahtzieher von ganz Emerald treffen zu können.

Andererseits hat er sich durchaus *auch schon das eine oder andere Mal geirrt,* rief sich Pine Hollow ins Gedächtnis zurück. *Aber nicht oft. Und anders als andere neigt er auch nicht dazu, das, was er gerne für die Wahrheit halten* würde, *auch tatsächlich für die Wahrheit zu* halten.

Vorausgesetzt, Nahrmahn täuschte sich nicht, und weiterhin angenommen, die Vorbereitung, die Solomon zweifellos bereits jetzt traf – wenngleich in aller Stille, dessen war sich Pine Hollow sicher –, seien tatsächlich effektiv, würde Nahrmahn seine Verhandlungen mit Cayleb höchstwahrscheinlich tatsächlich überleben können. Ob er allerdings auch das *Endergebnis* dieser Verhandlungen erleben würde – ob am Ende sein Kopf sich immer noch in der Nähe seines Rumpfes befand –, das war natürlich eine gänzlich andere Frage. Und um ganz ehrlich zu sein: Pine Hollow war nicht willens, die Wahrscheinlichkeit dafür höher anzusetzen als bestensfalls fünfzig zu fünfzig, und das bedeutete, dass die weiteren Ereignisse auch für den Ersten Ratgeber des Reiches äußerst unschöne Konsequenzen nach sich ziehen konnten. Dennoch …

»Wenn du das wirklich alles ernst meinst«, hörte sich der Graf selbst sagen, »dann solltest du, so denke ich, den ranghöchsten Diplomaten ausschicken, um die Verhandlungen zu eröffnen, den du dafür nur entbehren kannst. Jemanden, der genug deines Vertrauens genießt, dass Cayleb all das, was er von diesem Diplomaten hört, tatsächlich auch glauben wird – zumindest die ersten Augenblicke lang.«

»Tatsächlich?« In Nahrmahns Lächeln lag entschieden uncharakteristische Herzlichkeit. »Hattest du dabei an irgendjemand Bestimmtes gedacht, Trahvys?«

.XIII.

Kathedrale von Tellesberg und Königlicher Palast, Stadt Tellesberg, Königreich Charis

Die Orgel stimmte das majestätische Vorspiel an, und die Besucher, die sich in der Kathedrale von Tellesberg drängten – hunderte und aberhunderte –, erhoben sich in ihren Bankreihen. Herrliche Musik erfüllte die weihrauchgeschwängerte Luft, schwang sich auf goldenen Klängen immer weiter empor, und dann stimmte auch der Chor ein.

Gleichzeitig öffneten sich die gewaltigen Flügel des Haupteinganges, und die gewohnte Mittwochsprozession von Szepterträgern, Kerzenträgern und Thuriferaren trat gemessenen Schrittes in die einladende Pracht der majestätischen Musik. Altardiener und Unterpriester folgten den ersten Reihen dieser Prozession, und schließlich betrat auch Erzbischof Maikel Staynair die Kathedrale.

Von seinem Platz auf der königlichen Empore, zwanzig Fuß oberhalb des Fußbodens, betrachtete Merlin Athrawes mit gemischten Gefühlen das ehrfurchtgebietende Schauspiel. Die Kirche war so sehr Teil des Alltagslebens auf ganz Safehold, dass Augenblicke wie diese schlichtweg unvermeidbar waren, und alleine schon die Allgegenwärtigkeit schien Merlin einen Teil seiner Entrüstung ob dieses Zerrbilds einer ›echten‹ Religion zu rauben.

Aber nur einen Teil davon, sagte er sich. *Nur einen Teil davon!*

Stetig zog die Prozession weiter, mit majestätischen Schritten, und der Erzbischof befand sich genau in ihrer Mitte.

Doch Maikel Staynairs Vorstellung von einer ›angemessenen Prozession‹ unterschied sich deutlich von der anderer Erzbischöfe, und Merlin lächelte, als Staynair stehen blieb, um einem kleinen Mädchen eine Hand auf die zerzausten Locken zu legen.

Andere streckten dem Oberhaupt der Kirche die Hände entgegen, als er an ihnen vorüberschritt, und auch weitere Kinder erwarteten seinen Segen. Die anderen Erzbischöfe in all ihrer Blasiertheit hätten gewiss voller Verachtung die Nase gerümpft angesichts von Staynairs ›einfältiger‹ Vorgehensweise, bei der er jegliche erzbischöfliche Würde vermissen ließ. Andererseits wurde all diesen anderen, blasierten Erzbischöfen auch niemals so sehr die Liebe und das Vertrauen der Mitglieder ihrer Erzdiözese entgegengebracht, wie es bei Maikel Staynair der Fall war. Natürlich gab es ...

Mit der Abruptheit eines Fallbeils wurde Merlin Athrawes' Gedankengang unterbrochen, als er plötzlich eine wirbelnde Bewegung im Hauptschiff der Kathedrale bemerkte.

Erzbischof Maikel legte gerade einem weiteren Kind die Hand auf das Haupt und murmelte ein Wort des Segens. Er wusste, dass sein häufiges Stehenbleiben die durchaus vorhandene Geduld seiner Altardiener und seiner Priester auf die Probe stellte. Andererseits wussten sie natürlich auch, dass ein Protest unangemessen und auch falsch wäre, selbst wenn es die vorgeschriebene Choreographie der starren Liturgie der Kirche etwas verkomplizierte. Es gab einige Verpflichtungen – und Freuden und Vorrechte –, die mit dem Amt eines Priesters einhergingen, und Maikel Staynair weigerte sich, diese zugunsten der ›Würde‹ seines kirchlichen Amtes aufzugeben.

Er ließ die Prozession weiterschreiten und senkte den Kopf, während er noch einmal über die heutige Predigt nachdachte. Es wurde Zeit, dass er mit allem Nachdruck darauf hinwies, dass ...

Die plötzliche Bewegung im Kirchenschiff überraschte ihn ebenso wie jeden anderen in der Kathedrale. Ruckartig hob er den Kopf, als sich plötzlich Hände um seine Arme krampften. Die beiden Männer, die sich geradewegs in die Prozession hineingedrängt hatten, rissen ihn herum, drehten ihn zur Seite, und Erzbischof Staynair war viel zu überrascht, um Gegenwehr zu leisten. Noch *nie* hatte irgendjemand Hand an den Klerus von Mutter Kirche gelegt. Was hier geschah, war so unerhört, dass alle Andächtigen in der Kathedrale ebenso überrascht waren wie Staynair selbst. Nur diejenigen in seiner unmittelbaren Nähe konnten tatsächlich erkennen, was hier geschah, doch diese plötzliche Störung der Prozession sorgte dafür, dass alle Anwesenden nur fassungslos zu ihnen herüberstarrten.

Der Verstand des Erzbischofs raste schneller als der der meisten anderen, und doch wurde auch ihm erst bewusst, was hier geschah, als er den Dolch in der Hand des dritten Mannes sah. Den Dolch, der, unter Missachtung sämtlicher Traditionen der Kirche des Verheißenen, in die Kirche hineingebracht worden war – unter dem Kasack eines Attentäters.

»Im Namen der *wahren* Kirche!«, schrie der Angreifer, und der Dolch schnellte vor.

Auch der Verstand von Cayleb Ahrmahk arbeitete schneller als der der meisten anderen. Sofort sprang der König auf die Beine und hob in nutzlosem Protest die Hand, als der Dolch aufblitzte.

»*Maikel!*«, schrie er, dann zuckte er zurück, als weniger als sechs Zoll von seinem Ohr entfernt ein Kanonenschuss dröhnte.

So zumindest fühlte es sich an. Cayleb taumelte und schlingerte, als das Dröhnen ihm fast das Trommelfell zerriss, und dann folgte auch schon ein zweiter Schuss.

Maikel Staynair verspürte keinerlei Furcht, als der Dolch auf ihn zuschnellte. Dafür blieb ihm überhaupt nicht genug Zeit; ihm blieb auch nicht die Zeit, sich darüber klar zu werden, was hier eigentlich wirklich geschah, und so begriff er auch noch nicht, dass er nun sterben würde. Sein Magen krampfte sich gerade erst in einer hilflosen Geste der Gegenwehr zusammen, als der Schädel seines Angreifers zerplatzte. Das schwere Geschoss raste weiter, doch glücklicherweise verfehlte es die Umstehenden und schleuderte nur einen ganzen Sturm aus Holzsplittern umher, als es sich in eine der Sitzbänke bohrte. Gleichzeitig senkte sich ein ekelerregender Schleier aus Blut, Hirnmasse und Knochensplittern auf die Kirchgänger, die in dieser Bank standen.

Das Knallen einer Pistole übertönte Orgelmusik und Chor gleichermaßen; die Musik schien abrupt zu enden, als sei es der Organist gewesen, der hier getroffen worden war. Dann brach das kunstvolle Wechselspiel aus Musik und Gesang tatsächlich ab und ging in einen Tumult aus Schreien und verwirrten Rufen über. Die weitaus meisten in der Kathedrale hatten immer noch nicht begriffen, was dem Erzbischof hier widerfuhr. Statt also zu Staynair zu blicken, schauten sie alle zur königlichen Empore hinauf und betrachteten die hochgewachsene Leibgarde mit den blauen Augen, die jetzt mit einem Satz gewandt auf die handbreite Brüstung der Empore sprang.

Dort kauerte sie trotz der winzigen Fläche, auf der ihre Füße ruhten, geradezu widernatürlich still, und die rechte Hand der Gestalt war in eine dichte, undurchdringliche Wolke aus Rauch und Pulverdampf gehüllt. Und dann wurde der *zweite* Lauf der Pistole abgefeuert.

Reflexartig schloss Staynair die Augen, als ihm das Blut seines Angreifers, der ihn zweifellos hatte ermorden wollen, ins Gesicht und über sein weißes, reichbesticktes Gewand spritzte. Schließlich begriff sein Gehirn doch noch, was hier eigentlich geschah, und so spannte er sämtliche Muskeln an und machte sich bereit, sich von den Händen loszureißen, die ihn gepackt hatten.

Bevor er sich jedoch noch rühren konnte, hallte ein zweiter Donnerschlag durch die Kathedrale, und dann hörte Staynair einen erstickten Schrei – und der Mann, der seinen rechten Arm umklammert hatte, ließ ihn abrupt los.

Die schwere Pistole in Merlins rechter Hand zuckte, als der zweite Schuss abgefeuert wurde.

Merlin hatte keine andere Wahl gehabt. Bei seinem ersten Schuss hatte er auf den Kopf des Angreifers zielen müssen. Es war unbedingt erforderlich gewesen, den Mann mit dem Dolch augenblicklich und für alle Zeiten außer Gefecht zu setzen, so groß die Gefahr auch gewesen sein mochte, die schwere Pistolenkugel könne den Leib des Angreifers durchschlagen und anschließend noch einen Unbeteiligten treffen. Doch keiner von Staynairs anderen Angreifern hatte bislang eine Waffe gezogen, und so ließ Merlin den leuchtenden Punkt seiner Zieleinrichtung, der ihm auf sein Blickfeld projiziert wurde, tiefer wandern, bis er genau auf der Rückenmitte des zweiten Angreifers lag. Die Kugel zerschmetterte das Rückgrat des Mannes und drang dann in dem spitzen Winkel, der sich aus Merlins erhöhter Schussposition ergab, in den Rumpf ein. Der Widerstand, den Knochen und menschliches Gewebe boten, verlangsamte das große, sich immer weiter verbreiternde Geschoss, und der Mann, auf den Merlin geschossen hatte, ließ Staynair los, taumelte einen halben Schritt vorwärts und stürzte dann zu Boden.

Merlins linke Hand zuckte empor; seine Finger umklammerten die zweite Pistole. Dic Wolke aus Rauch und Pulverdampf seiner beiden ersten Schüsse hüllte ihn ein. Einem Menschen hätte sie jegliche Sicht genommen, doch Merlin Athrawes war kein Mensch. Sein Blick durchdrang den Rauch mühelos, während er immer noch auf der Brüstung der königlichen Empore balancierte, und seine linke Hand war ebenso unmenschlich ruhig wie seine rechte.

Rasch wanderte sein Zielpunkt über den Rumpf des dritten Angreifers. Den hier wollte Merlin lebend. Ein Beintreffer sollte ausreichen, dachte er grimmig, dann verkniff er sich einen Fluch, als der dritte und letzte Angreifer schließlich doch einen Dolch zog. Schließlich hatten auch die anderen Teilnehmer der Prozession begriffen, was hier vor sich ging. Zwei von ihnen wandten sich gerade herum, um sich auf den dritten Attentäter zu stürzen, doch dafür blieb ihnen nicht genug Zeit. Die linke Hand des Angreifers umklammerte immer noch Staynairs linken Arm, während er mit der rechten den Dolch hob, und es war völlig unmöglich, dass ihn noch irgendjemand erreichte, bevor der Dolch herabzuckte.

Staynair spürte, wie die fremde Hand seinen rechten Arm losließ, und verlagerte gerade sein Körpergewicht, um sich von dem Angreifer zu seiner Linken loszureißen. Doch dann ertönte eine dritte Explosion, und plötzlich hielt überhaupt keine Hand mehr den Erzbischof fest.

Merlin wollte gerade schon über die Brüstung springen, doch dann hielt er inne.

Na, wir sollten doch lieber darauf verzichten, vor all diesen Zeugen irgendetwas absolut Menschenunmögliches zu tun – es sei denn, es ließe sich überhaupt nicht *vermeiden,* sagte er sich selbst.

Diese leise Stimme in seinem Hinterkopf erschien ihm geradezu unverschämt ruhig, doch sie hatte durchaus Recht, und so ließ Merlin die immer noch rauchende Pistole in seiner Rechten in ihr Holster gleiten. Dann kauerte er sich zusammen, hielt sich mit der rechten Hand an der Brüstung der Empore fest und ließ sich langsam über die Kante absinken. Die Finger glitten über einen glatten, säuberlich eingewachsten Pfosten, bis sich seine Füße nur noch fünf oder sechs Fuß über dem Marmorboden der Kathedrale befanden. Dann ließ sich Merlin mit katzenartiger Anmut fallen.

Er landete auf einer Sitzbank, die sich schlagartig geleert hatte, als die dortigen Andächtigen ihn kommen sahen. Sie wichen zurück, starrten ihn aus großen Augen an, als er so in dieser Wolke aus Pulverdampf und Rauch zu ihnen herunterkam, und er nickte ihnen höflich zu.

»Entschuldigen Sie«, sagte er freundlich und trat in das Mittelschiff.

Durch die Kathedrale hallten verwirrte Rufe – und in die Verwirrung mischte sich zunehmender Zorn, als den Kirchgängern nach und nach bewusst wurde, was hier geschehen war –, doch Merlin ignorierte den Lärm im Hintergrund, während er den Mittelgang hinaufeilte.

Unter gewöhnlicheren Umständen hätte seine Uniform alleine bereits ausgereicht, um ihm den Weg freizuräumen. Unter *diesen* Umständen – die Pistole immer noch in der linken Hand; einer der Hähne war noch gespannt, während aus dem bereits abgefeuerten Lauf immer weiter Rauch quoll – war seine Erscheinung sogar noch beeindruckender, und so gelangte er rasch an Staynairs Seite.

Der Erzbischof hatte ein Knie gebeugt und ignorierte den Unterpriester, der ihn drängte, wieder auf die Beine zu kommen; stattdessen drehte er den zweiten seiner Angreifer nun mit vorsichtigen Bewegungen auf den Rücken. Merlin schaute zu, wie Staynair vorsichtig die Hand an den Hals des Mannes legte; ganz offensichtlich versuchte er den Puls zu ertasten. Natürlich fand er keinen, und so schüttelte der Erzbischof langsam und mit schwerfälligen Bewegungen den Kopf und streckte die Hand aus, um die Augenlider des Leichnams zu schließen.

»Seid Ihr unverletzt, Eure Eminenz?«, fragte Merlin, und Staynair blickte zu ihm auf. Seine Miene verriet unendliches Bedauern.

»Ja.« Seine Stimme klang ein wenig brüchig. So hatte Merlin den Erzbischof noch nie erlebt, doch unter den gegebenen Umständen, so vermutete er, war es vielleicht verständlich, dass sogar der unerschütterliche Maikel Staynair ein wenig angegriffen wirkte. Der Erzbischof räusperte sich und nickte dann.

»Ja«, wiederholte er, nun mit deutlich festerer Stimme. »Mir geht es gut, Merlin. Und das habe ich Euch zu verdanken.«

»Dann solltet Ihr, wenn Ihr es nicht zu einem Tumult kommen lassen wollt, jetzt wohl besser aufstehen und Euch der Gemeinde zeigen, bevor diese fest davon überzeugt ist, *auch Ihr* wäret tot«, schlug Merlin mit so sanfter Stimme vor, wie es bei dem stetig zunehmenden Lärm aus zornigen, verängstigten und verwirrten Stimmen nur möglich war.

»Was?« Einen Moment lang blickte Staynair ihn nur an; ganz offenkundig war auch er durchaus verwirrt. Doch dann wurde sein Blick erkennbar klarer. Er verstand, und so nickte er erneut, dieses Mal bereits ungleich kräftiger.

»Ihr habt Recht«, sagte er und stand auf.

»Wir müssen Euch in Sicherheit bringen, Eure Eminenz!«, drängte einer der Unterpriester. Merlin war genau der gleichen Ansicht, doch Staynair schüttelte den Kopf. Die Geste war kräftig und entschieden.

»Nein«, sagte er mit fester Stimme.

»Aber, Eure Eminenz ...!«

»Nein«, wiederholte er, noch nachdrücklicher. »Ich weiß diese Überlegung zu schätzen, Pater, aber ich ...« – seine Handbewegung schloss die ganze Kathedrale ein, und auch den fast körperlich spürbaren Zorn der Gemeinde, von der diejenigen, die sich diesem Mordversuch am nächsten befunden hatten, nun den anderen weiter entfernt stehenden Anwesenden Erklärungen zuriefen – »... werde jetzt hier gebraucht.«

»Aber ...«

»Nein«, sagte Staynair ein drittes Mal, und sein Tonfall hatte etwas Endgültiges. Dann wandte er sich ab, drängte sich zwischen den Szepterträgern und den Kerzenträgern hindurch, die immer noch voller Entsetzen wie angewurzelt im Gang standen, und schritt ruhig weiter das Kirchenschiff hinab.

Die anderen Mitglieder der Prozession starrten einander an; sie alle waren noch zu erschüttert und zu verwirrt, um genau zu wissen, was sie nun eigentlich tun sollten, doch Merlin straffte die Schultern und folgte wortlos dem Erzbischof. Auch er mühte sich noch, die Entscheidung des Erzbischofs zu verstehen, doch je länger er darüber nachdachte, umso klarer wurde ihm, dass Staynair vollkommen Recht hatte. Genau *hier* wurde er jetzt gebraucht ... und das gleich in mehrerlei Hinsicht.

Vorsichtig schloss Merlin die Zündpfanne seiner Waffe und ließ den Schlagbolzen des einen bislang noch unabgefeuerten Laufes seiner Waffe wieder in ihre Ausgangsposition zurückgleiten. Ohne den Schritt zu verlangsamen, schob er die Waffe in ihr Holster zurück, während er Staynair das Mittelschiff der Kathedrale hinab folgte und dabei die versammelten Gläubigen zu beiden Seiten des Ganges eingehend betrachtete. Die Wahrscheinlichkeit, es könne sich hier noch eine *zweite* Attentätergruppe aufhalten, erschien ihm geradezu verschwindend gering, und doch hatte Merlin nicht die Absicht, irgendetwas für selbstverständlich zu halten, wenn es um die Sicherheit von Maikel Staynair ging. *Zumindest nichts außer mir selbst,* dachte er grimmig.

Diejenigen, die dem Mittelgang am nächsten saßen, schauten zu, wie ihr Erzbischof an ihnen vorbeischritt, ganz alleine, gefolgt nur von einem einzelnen Gardisten mit grimmiger Miene und blauen Augen, und in fast körperlich spürbaren Wellen breitete sich Erleichterung in der ganzen Kathedrale aus; sie vertrieb das Entsetzen, die Verwirrung und den Zorn, die sich bereits über die gesamte Gemeinde gelegt hatten. Staynairs eigene Miene war deutlich weniger grimmig als die Merlins, und es schien ihm leichtzufallen, so weit die Beherrschung zu wahren, dass er nicht zusammenzuckte, als weitere

Hände nach ihm ausgestreckt wurden und ihn berührten – deutlich leichter als Merlin. Die Gemeindemitglieder tasteten nach ihrem Bischof, als wollten sie alle sich persönlich überzeugen, dass ihm wirklich nichts geschehen war.

Zuzulassen, dass diese Leute nach dem Erzbischof griffen, dass sie ihn tatsächlich sogar berührten, fiel Merlin unendlich schwer, doch er zwang sich dazu, nicht einzugreifen. Und das nicht nur, weil er genau wusste, dass Staynair ihm nicht für dieses Eingreifen danken würde. Merlin wusste sehr wohl, dass er bestens damit leben könnte, sich den Unmut des Erzbischofs zugezogen zu haben – wenn Staynair nicht auch in dieser Hinsicht voll und ganz Recht hätte.

Und es ist noch nicht einmal so, dass er sich das reiflich überlegt hätte, ging es Merlin durch den Kopf. *Genau so* ist *er eben – genau* das *ist er. Reiner Instinkt. Na ja, Instinkt und Gottvertrauen.*

Staynair erreichte das Gitter, das den Altarraum vom Rest des Kirchenschiffes abtrennte, öffnete das kleine Gatter – es war vermutlich das erste Mal seit mindestens einem Jahrzehnt, dass nicht einer seiner Altardiener ihm diese Aufgabe abgenommen hatte – und trat hindurch, in den Altarraum selbst. Merlin blieb am Gitter stehen und wandte sich um, sodass er die Kathedrale wieder im Auge behalten konnte, doch zugleich betrachtete er das gesamte Gebäude auch mit Hilfe der SNARCs, die er im ganzen Gotteshaus verteilt hatte. Währenddessen kniete Staynair vor dem gewaltigen Mosaik nieder, das Langhorne und Bédard zeigte, erhob sich wieder und wandte sich schließlich der versammelten Gemeinde selbst zu.

Die Unruhe in der Kathedrale legte sich, langsam und fast widerwillig, als die Kirchgänger ihn dort stehen sahen. Dunkel zeichnete sich das Blut seiner Attentäter auf seinen Gewändern ab, und auch sein Gesicht war blutverschmiert, doch zugleich war auch offenkundig, dass nichts davon *sein eigenes* Blut war, und einige Anwesende stießen Rufe der Erleichterung aus, als ihnen das bewusst wurde.

Doch auch diese Erleichterung reichte nicht aus, um den Zorn zu besänftigen, und Merlin spürte die Wut in den Herzen und auch in den Köpfen der ganzen Gemeinde, hunderte und aberhunderte, denen nun bewusst wurde, wie nah die Attentäter ihrem Erzbischof wirklich gekommen waren. Nun waren wieder mehr Rufe zu hören – Rufe deutlich kundgetaner Wut.

»Meine Kinder!«, sagte Staynair und erhob die Stimme, um das Tosen des aufziehenden Sturms rachgierigen Zorns zu übertönen. »Meine Kinder!«

Klar und deutlich waren seine Worte zu vernehmen, sie übertönten den Tumult, und langsam legte sich wieder Stille über die Kathedrale. Es war nicht *völlig* still – dafür gab es einfach noch zu viel Zorn, und auch zu viel Entsetzen –, doch wenigstens wurde es deutlich leiser, und Staynair hob die Hände.

»Meine Kinder«, sagte er mit geringfügig leiserer Stimme, »dies ist ein Haus Gottes. An diesem Ort, zu dieser Zeit, muss die Rache Sein Werk sein, nicht das unsere.«

Wieder brandete Stimmengewirr durch die Kathedrale, als könne die Gemeinde nicht glauben, was ihr Erzbischof gerade gesagt hatte, und Maikel Staynair schüttelte traurig den Kopf.

»Was auch immer andere glauben mögen, meine Kinder, Gott ist ein Gott der Liebe«, erklärte er ihnen. »Wenn es heißt, Gerechtigkeit walten zu lassen, so soll es wohl geschehen, aber vergiftet euch nicht mit Rachegefühlen. Gewiss ist es schon tragisch genug, dass drei Kinder Gottes hier in Seinem Haus den Tod gefunden haben, ohne dass der Rest Seiner Kinder sich noch mit Hass befleckt!«

»Aber die haben versucht, Euch zu töten!«, rief jemand irgendwo aus der Tiefe der Kathedrale, und Staynair nickte langsam.

»Das haben sie«, gab er zu, »und sie haben auch bereits den Preis dafür gezahlt.« Das Bedauern, diese Trauer in seiner Stimme, war völlig aufrichtig, bemerkte Merlin. »Jene Männer, die das versucht haben, sind bereits tot, mein Sohn. An wem also sollen wir für ihre Vergehen Rache nehmen?«

»An den Tempelgetreuen!«, rief jemand anderes aufgebracht, doch wieder schüttelte Staynair entschlossen den Kopf.

»Nein«, sagte er mit fester Stimme. »Wir wissen nur, dass drei Männer diesen Versuch unternommen haben. Wir wissen noch nichts darüber, wer sie waren, warum sie diesen Versuch unternommen haben oder ob sie nun alleine gehandelt haben oder nicht. Wir wissen *nichts* über sie, meine Kinder, nicht einmal – was auch immer ihr denken mögt –, ob sie wirklich in irgendeiner Verbindung zu den Tempelgetreuen hier in Tellesberg stehen. Ohne dieses Wissen kann Gerechtigkeit nicht darin bestehen, gegen irgendjemanden vorzugehen, und selbst, wenn es anders wäre, obliegt doch Rache niemals einem Kind Gottes, unter welchen Umständen auch immer. Für die Gerechtigkeit mag es anders sein, aber die Gerechtigkeit obliegt dem König. Wir werden die Gerechtigkeit unserem König überlassen, wir werden darauf vertrauen, dass es in seiner Macht steht zu wissen und zu tun, was erforderlich und richtig ist. Wir werden *keine* Rache nehmen. Wir werden uns nicht in etwas verwandeln, was wir niemals zu sein wünschen würden.«

Wieder waren einige Stimmen zu hören, manche davon wirkten regelrecht aufsässig, und doch wagte es niemand, seinem Erzbischof zu widersprechen.

»Meine Kinder«, fuhr Staynair nun mit noch sanfterer Stimme fort, »ich weiß, dass ihr erbost seid. Ich verstehe auch, warum dem so ist. Aber dies ist eine Zeit der Trauer, nicht des Zorns. Was auch immer ihr über die Männer denken mögt, die heute diesen Versuch unternommen haben, sie waren immer noch Kinder Gottes, ebenso wie ihr. Ich zweifle nicht daran, dass sie das, was sie getan haben, aus ihrem Glauben an Gott heraus taten. Ich sage nicht, ich glaubte, dies sei, was Gott von ihnen verlangt habe, aber es war das, was man sie als Gottes Wunsch gelehrt hat. Sollen wir sie dafür verurteilen, dass sie so gehandelt haben, wie ihr Glaube es ihnen vorschreibt, wenn unser eigener Glaube es von uns verlangt, dass wir uns vom Rat der Vikare und dem Tempel abwenden? Wir mögen es für erforderlich halten, uns Männern entgegenzustellen, die so glauben, wie diese Männer geglaubt haben. In diesem Krieg, den uns die ›Vierer-Gruppe‹ erklärt hat, mag es für uns sogar erforderlich sein, jene zu erschlagen, die so glauben, wie jene Männer geglaubt haben. Doch trotz dieser grimmigen Notwendigkeit dürft ihr alle niemals vergessen, dass jene, denen ihr euch entgegenstellt, immer noch Menschen sind, ebenso wie ihr selbst Menschen seid, und ebenso Kinder Gottes, wie ihr selbst Kinder Gottes seid. Was sie tun, mag euch böse erscheinen und falsch vor Gottes Augen, aber wenn ihr zulasst, dass sich eure Herzen mit Hass füllen, wenn ihr euch in etwas verwandelt, was weniger ist als menschlich, damit es euch leichter fällt, sie zu töten, dann öffnet ihr euch selbst genau jenem Bösen, das ihr in eben jenen Menschen verurteilt.«

Die murmelnden Stimmen hatten sich gelegt, während der Erzbischof gesprochen hatte, waren völliger Stille gewichen, und nun blickte Maikel Staynair seine versammelte Gemeinde traurig an.

»Wir leben in einer Zeit, in der Männer und Frauen *Entscheidungen* treffen müssen, meine Kinder. Ich flehe euch an, euch, die ihr mich liebt – so wie ihr euch selbst liebt, so wie ihr eure Frauen und eure Männer und eure Kinder liebt, so wie ihr Gott Selbst liebt –, trefft die *richtigen* Entscheidungen! Entscheidet euch, das zu tun, was getan werden muss, aber tut es, ohne euch selbst zu vergiften, eure Seelen oder eure Fähigkeit, einander zu lieben.«

Jetzt herrschte fast atemlose Stille, und Staynair blickte in das Mittelschiff der Kathedrale, in der die Prozession immer noch die Leichen der drei Attentäter umringte. Ein halbes Dutzend der Gardisten, die Merlin unterstellt waren, hatte sich zu ihnen gesellt. Nun machten sie sich daran, die Leichen aufzusammeln und aus der Kathedrale zu bringen, und Staynair bedeutete seinen Altardienern und Unterpriestern, in den Altarraum vorzutreten.

»Kommt!«, forderte er sie auf. Ruhig stand er vor seiner Gemeinde, bespritzt mit dem Blut der Männer, die versucht hatten, ihn zu ermorden. »Kommt, meine Brüder, wir haben eine Messe zu feiern.«

»Maikel«, sagte König Cayleb sehr, sehr ernsthaft, »Ihr seid Euch doch wohl bewusst, was genau die Attentäter ausgenutzt haben, als sie diesen Angriff geplant haben, oder etwa nicht?«

»Natürlich bin ich mir dessen bewusst, Euer Majestät«, erwiderte der Erzbischof gleichmütig. Gemeinsam saßen sie auf dem Balkon von Caylebs Privatgemächern im Palast und blickten auf die Stadt hinab, die im goldenen Licht des frühen Abends schimmerte. Merlin stand hinter dem Sessel des Königs. »Aber um Euren Einwänden vorzugreifen: Ich bin entschieden zu alt und viel zu sehr in meinen Gewohnheiten verhaftet, um sie nun noch ändern zu können.«

»Maikel, die haben versucht, Euch *umzubringen*«, sagte Cayleb, und er klang dabei, als mühe er sich nach Kräften, dabei nicht aufgebracht zu klingen – was ihm gründlich misslang.

»Ich weiß«, erwiderte Staynair mit der gleichen Gelassenheit.

»Also, was genau meint Ihr wohl, wird mit der Kirche von Charis – und diesem Königreich – geschehen, wenn es denen das *nächste* Mal, wenn sie so etwas versuchen, tatsächlich gelingt?«, begehrte Cayleb zu wissen.

»Falls das geschieht, werdet Ihr eben meinen Nachfolger bestimmen müssen, Euer Majestät. Ihr werdet eine vollständige Liste geeigneter Kandidaten in meinem Schreibtisch finden. Pater Bryahn weiß, wo sie zu finden ist.«

»*Maikel!*«

»Beruhigt Euch, Euer Majestät«, sagte Staynair und lächelte ein wenig. »Mir ist sehr wohl bewusst, was Ihr damit in Wahrheit sagen wollt. Und ich werde auch nicht versuchen, in irgendeiner Weise herunterzuspielen, welche Auswirkungen mein Tod auf unsere Bemühungen hätte, uns dem Großvikar und der ›Vierer-Gruppe‹ entgegenzustellen. Und mir ist auch nicht entgangen, wie sich mein Tod durch echte oder auch nur mutmaßliche Tempelgetreue auf die allgemeine Meinung im Volk auswirken würde. Dennoch bin ich vorrangig *Priester*, und nicht Politiker. Ich bin sogar vorrangig Priester, und nicht *Erzbischof*. Ich diene Gott; ich bitte Ihn nicht darum, mir zu dienen, und ich weigere mich schlichtweg, ein Leben voller Angst vor meinen Feinden zu leben. Ich weigere mich sogar, meine Feinde – oder auch meine Freunde – auch nur glauben zu lassen, ich würde in Angst leben. Dies ist eine

Zeit, die Kühnheit erfordert, Cayleb, keine Schüchternheit. Für Euch selbst habt Ihr das sehr wohl begriffen. Und nun müsst Ihr auch verstehen, dass es für mich ebenfalls gilt.«

»Das ist ja alles durchaus berechtigt, Eure Eminenz«, warf Merlin respektvoll ein. »Und ich will Euch auch keineswegs widersprechen. Aber es gibt sehr wohl einen Unterschied zwischen Euch und dem König.«

»Und dieser ›Unterschied‹ ist bitte genau was, *Seijin* Merlin?«, fragte Staynair.

»Seine Majestät ist stets und in aller Offenheit von Leibgarden umgeben«, erwiderte Merlin. »Es mag an der Zeit sein, Risiken einzugehen, sogar wagemutige Risiken, aber auf ihn ein Attentat verüben zu wollen, wäre außerordentlich schwierig. Ich überlasse es Euch selbst zu ... überdenken, wie schwierig es wäre, Euch in dieser Weise zu erreichen. *Erneut* zu erreichen.«

»Wie stets ist Euer Einwand durchaus stichhaltig«, gab Staynair zu. »Aber das ändert nichts an meiner Argumentation. Und ich darf vielleicht auch noch darauf hinweisen, dass ich außerhalb der Kathedrale, wenn also nicht gerade Messen gelesen werden, stets durch die Erzbischöfliche Garde beschützt werde.«

»Womit Ihr keineswegs auf das eingeht, was Merlin gerade eben angemerkt hat«, sagte Cayleb nun streng. Er lehnte sich in seinem Sessel zurück und bedachte den Erzbischof mit einem finsteren Blick. »Ich bin wirklich geneigt Euch zu *befehlen*, Eure Gewohnheiten zu ändern.«

»Ich hoffe inständigst, dass Ihr dieser Versuchung werdet widerstehen können, Euer Majestät. Es würde mich zutiefst betrüben, einen königlichen Befehl zu missachten.«

»Und genau das würdet Ihr auch!«, grollte Cayleb. »Das ist ja auch der einzige Grund, warum ich immer noch nur

›geneigt‹ bin, Euch diesen Befehl zu erteilen, statt es tatsächlich zu tun!«

»Es ist nicht meine Absicht, Euch Probleme zu bereiten, Euer Majestät. Es ist meine Absicht, meine seelsorgerischen Pflichten in jener Weise zu erfüllen, die ich für diejenige halte, die Gott von mir erwartet. Ich bin mir der Risiken, die damit einhergehen, sehr wohl bewusst. Ich weigere mich lediglich, mich von diesen Risiken dazu verführen zu lassen, weniger Gottes Priester zu werden, als Er es von mir verlangt.«

Caylebs Miene wurde noch säuerlicher, und seine Nasenflügel bebten. Doch dann schüttelte er den Kopf.

»Also gut. Also gut!« Er fasste sich an den Kopf. »Ihr wisst selbst, dass Ihr ein Narr seid! Ich weiß, dass Ihr ein Narr seid. Aber wenn ich Euch nicht aufhalten kann, dann kann ich das eben nicht. Aber was ich tun kann, das ist, selbst einige Vorkehrungen zu treffen.«

»Beispielsweise, Euer Majestät?«, fragte Staynair ein wenig misstrauisch.

»Erstens werde ich eine ständige Wache um die Kathedrale postieren«, sagte Cayleb grimmig. »Ich mag ja nicht imstande sein zu verhindern, dass Leute Dolche in die Messe hineinschmuggeln, aber ich kann verdammt noch eins sicherstellen, dass niemand unbemerkt ein oder zwei Fässer Schießpulver hereinbringt, wenn gerade niemand hinschaut!«

Staynair wirkte ein wenig unglücklich, doch er nickte fügsam.

»Und zweitens, Maikel – und ich warne Euch jetzt, ich werde keinerlei Einwände Eurerseits hinnehmen –, ich werde einige von General Chermyns Scharfschützen in der Kathedrale selbst postieren.«

Der Erzbischof schien sich innerlich anzuspannen, doch

Cayleb hielt ihm warnend den ausgestreckten Zeigefinger unter die Nase.

»Ich habe Euch gesagt, ich werde keinerlei Widerrede dulden«, sagte er in gestrengem Ton, »und das meine ich auch so. Ich werde dafür sorgen, dass man sie so wenig wie nur möglich bemerken wird – vielleicht werde ich sie auf einer der oberen Galerien postieren. Aber sie *werden* da sein, Maikel. Sie werden natürlich keine *Seijins* sein, also rechnet nicht damit, dass sie in der Lage sein werden, Merlins nette kleine Vorstellung von heute nachzuahmen, ohne dabei nicht vielleicht doch den einen oder anderen Unbeteiligten zu töten, aber sie werden auf jeden Fall dort sein – nur für den Notfall.«

Einen langgezogenen Moment voller Anspannung wirkte es, als wolle Staynair dennoch Einwände erheben. Dann sackten seine Schultern ein wenig herab, und er seufzte.

»Also gut, Cayleb«, sagte er. »Wenn Ihr wirklich darauf besteht.«

»Das tue ich allerdings.«

Caylebs Stimme war ebenso unnachgiebig wie sein Gesichtsausdruck, und Merlin war mit seinem König ganz einer Meinung. Natürlich war es, äußerst gelinde ausgedrückt, *unwahrscheinlich*, dass zwei oder drei Scharfschützen – oder auch ein ganzes Dutzend – den Attentatsversuch dieses Morgens hätten vereiteln können. Nur dank Merlins gesteigerter Reaktionsgeschwindigkeit und dank der Tatsache, dass er über die ganze Kathedrale ferngesteuerte Sensoren verteilt hatte, war es *ihm* möglich gewesen, rechtzeitig zu begreifen, was geschehen war, um tatsächlich etwas dagegen unternehmen zu können. Scharfschützen, die auf gewöhnliche Sinnesorgane und Reflexe angewiesen waren, würden seine Leistung höchstwahrscheinlich nicht wiederholen können – und das war noch milde ausgedrückt.

Andererseits, sagte er sich selbst grimmig, *kann* ich *ja auch noch die eine oder andere Vorkehrung treffen. Und Seine Eminenz Erzbischof Zu-Stur-Als-Gut-Für-Ihn-Ist wird auch* dagegen *nicht das Geringste ausrichten können, weil ich, anders als Cayleb, nicht die Absicht habe, darüber vorher mit ihm zu sprechen!*

Er gestattete sich nicht, sich seine Gedanken in irgendeiner Weise anmerken zu lassen, obwohl er eine gewisse Befriedigung daraus zog, eine Möglichkeit gefunden zu haben, Staynairs Starrköpfigkeit zu unterlaufen. Schon jetzt war Owl damit beschäftigt, das Sensoren-Netzwerk in der Kathedrale von Tellesberg und auch in deren unmittelbarem Umkreis umzugruppieren und aufzustocken. König Caylebs Gardisten mochten ja vielleicht nichts darüber aussagen können, welche der Gemeindemitglieder des Erzbischofs sich dafür entscheiden mochten, einer Messe mit einem geschmackvoll verborgenen Dolch beizuwohnen, Owls Sensoren hingegen sehr wohl. Und ein gewisser Merlin Athrawes würde keinesfalls zögern, sich jemandem entgegenzustellen, der in seiner Zerstreutheit möglicherweise vergessen hatte, seine Waffe abzulegen.

Das war der einfache Teil, aber Merlin hatte nicht die Absicht, es dabei bewenden zu lassen.

Owl hatte bereits damit begonnen, Staynairs Gewänder Stich für Stich und Edelstein für Edelstein zu kopieren. Wenn Merlins KI damit fertig wäre, musste es sogar für Staynair völlig unmöglich sein, einen Unterschied zwischen der ›Handarbeit‹ der KI und den Originalen zu bemerken. Aber im Gegensatz zum Original würden die Kopien aus den neuesten Antiballistik-Materialien bestehen, durchzogen von Nanotechs, die im Falle eines Aufpralls gleichwelcher Art die Oberfläche des Gewands in einen Panzer verwandelten, der leistungsfähiger war als jede Plattenrüstung. Und sobald die

Gewänder erst einmal unbemerkt ausgetauscht worden waren, wäre es an der Zeit, Gleiches mit jeder einzelnen Soutane des Erzbischofs zu tun. Das gesamte Projekt sollte Owl am Ende des aktuellen Fünftages abgeschlossen haben.

Und dann, *Eure Eminenz, wird der nächste Hurensohn, der es versuchen sollte, Euch mit einem Messer zu schaden, es mit einem ›Wunder‹ zu tun haben, das abzutun Clyntahn und seinen Freunden wirklich schwerfallen dürfte,* dachte Merlin kalt.

Natürlich bezweifle ich, dass besagter Hurensohn lange genug leben wird, um selber zu begreifen, wie überrascht er wirklich *ist.*

Und das sollte Merlin Athrawes nur recht sein.

Juli, im Jahr Gottes 892

.I.

Königliche Hochschule, Stadt Tellesberg, Königreich Charis

Mit zusammengekniffenen Augen betrachtete Rahzhyr Mahklyn das Blatt Papier, das auf seinem Schreibtisch lag. Obwohl die Glasschleifer ihm schon die besten Brillengläser angefertigt hatten, die sie nur herstellen konnten, wurde er doch im Alter zunehmend kurzsichtiger, und die matte Beleuchtung in diesem Raum war nicht gerade hilfreich. Die Öllampen waren mit dem feinsten Krakenöl befüllt, das man nur kaufen konnte, und die Reflektoren der Lampen waren auf Hochglanz poliert, doch es war immer noch nur ein schwacher Abglanz von echtem, natürlichem Sonnenlicht.

Wenn ich natürlich zu einer vernünftigen Uhrzeit nach Hause gegangen wäre, könnte ich hieran bei Tageslicht arbeiten und müsste mir keine Gedanken um Lampen machen, nicht wahr?

Angesichts dieses Gedankens verzog er kurz die Lippen, vor allem, da er ganz genau wusste, dass ihm jeder seiner Kollegen genau das gesagt hätte – wenngleich vermutlich ein wenig schärfer formuliert, als er das selbst gerade innerlich getan hatte. Dennoch, und dabei schwand dieser Anflug eines Lächelns sofort wieder, gab es ja nun nichts, was auf ihn zu Hause wartete, seit seine Frau gestorben war. Ysbet war stets seine Gefährtin gewesen, ebenso eine Gelehrte wie er, und sie war zugleich auch seine beste Freundin gewesen, nicht nur seine Gemahlin – und das mehr als dreißig Jahre lang. Und wenn Mahklyn ganz ehrlich war, dann war ihr Tod einer der Hauptgründe dafür, dass er eben nicht nach Hause ging, wenn der Rest der Königlichen Hochschule für die Nacht ihre Pforten schloss.

Er seufzte und lehnte sich in seinem Sessel zurück; dann schob er sich die Drahtgestellbrille auf die Stirn und massierte sich müde den Nasenrücken. Dieses neue System ›arabischer Zahlen‹, das Merlin Athrawes im Königreich eingeführt hatte, hatte sich für die Handelshäuser und Manufakturen von Charis als echter Segen erwiesen. In vielerlei Hinsicht war dieser ›Abakus‹ sogar noch hilfreicher gewesen, und doch war sich Mahklyn fast sicher, dass niemand außerhalb der Königlichen Hochschule bereits begriffen hatte, was diese Veränderungen noch alles ermöglichten. Sogar in der *Heiligen Schrift* und in den *Offenbarungen* gab es einige Passagen, die erst jetzt allmählich Sinn für ihn ergaben: Sie deuteten auf verschiedene mathematische Operationen hin, die er mit Hilfe der alten, deutlich schwerfälligeren Schreibweise niemals hätte ausführen können. Die Möglichkeiten, die sich mit dieser neuen Schreibweise ergaben, waren wahrhaftig beeindruckend, auch wenn Mahklyn vermutete, dass nur eine kleine Gruppe ›alter Knacker‹ wie er selbst und einiger seiner Kollegen an der Hochschule bereits zu würdigen wussten, welche Perspektiven sich ihnen damit nun eröffneten.

Bislang, zumindest. Doch wenn er sich nicht sehr täuschte, würde sich das schon bald ändern.

Alleine schon die Möglichkeit, präzise Aufzeichnungen anzufertigen und tatsächlich zu begreifen, was diese Zahlen eigentlich wirklich bedeuten, und mitansehen zu können, wie sie sich im Laufe der Zeit verändern, wird Könige und Kaiser umdenken lassen. Ich frage mich allen Ernstes, ob selbst Cayleb und Ironhill zu schätzen wissen, welche Vorzüge sich für ihre Angestellten und Quartiermeister ergeben – von der Schatzkammer einmal ganz abgesehen!

Nun ja, wenn es überhaupt jemanden gab, der das bereits

jetzt begriff, dann war das zweifellos Cayleb. So wenig er selbst auch an der ›reinen Gelehrsamkeit‹ interessiert war, so sehr war er doch der Sohn seines Vaters – in so vielerlei Hinsicht, dass es fast schon erschreckend war –, und seine Majestät hatte bereits unmissverständlich erklärt, er wolle die Königliche Hochschule auch weiterhin unterstützen. Tatsächlich hatte er sogar das Angebot unterbreitet, die gesamte Hochschule aus ihrem schmalen, engen, heruntergekommenen und wackligen Gebäude – einem ehemaligen Bürogebäude mit einem angrenzendem Lagerhaus im Hafengebiet – in luxuriöse neue Unterkünfte im Palast von Tellesberg selbst umziehen zu lassen.

Um ehrlich zu sein, dachte Mahklyn, blies nachdenklich die Backen auf und ließ dann seine Brille wieder zurück auf seinen Nasenrücken fallen, *ist dieses Angebot äußerst verlockend.* Selbst wenn es sonst keinerlei Vorteile böte, könnte er sich wenigstens jeden Morgen all diese Treppenstufen ersparen! Doch die Königliche Hochschule war schon in diesem Gebäude untergebracht, seit Caylebs Großvater sie einst gegründet hatte. Mittlerweile kannten Mahklyn und seine Kollegen jeden Winkel dieses Gebäudes, und sie wussten auch ganz genau, wo jedes einzelne Schriftstück, jede Aufzeichnung untergebracht war. Abgesehen davon hatte Haarahld VI. seinerzeit, als er der Hochschule zum ersten Mal seine Unterstützung zugesagt hatte, unmissverständlich darauf beharrt, diese Königliche Hochschule müsse trotz der Schirmherrschaft der Krone unbedingt von der königlichen Regierung gänzlich unabhängig sein. Sie dürfe niemals zu einem Werkzeug oder einer ›Beigabe‹ des Hauses Ahrmahk verkommen, sondern müsse stets dem Königreich im Ganzen dienen. Mahklyn befürchtete nicht, dass Cayleb das möglicherweise würde ändern wollen, doch er hatte sehr wohl Bedenken, eine derartige Nähe zum Thron werde ganz unvermeidlich zu größerer Abhängigkeit führen.

Trotzdem: Ist das wirklich so sehr von Bedeutung?, fragte er sich. *Im Augenblick geschieht so viel auf einmal! So viele Dinge haben sich in den letzten Jahren schon ergeben. Ich bezweifle, dass es außerhalb der Hochschule selbst im ganzen Königreich auch nur ein halbes Dutzend Personen gibt, die auch nur ansatzweise erahnen, was* noch alles *geschehen wird. Oder auch – Gott sei's gedankt –, wie viel wir* Seijin *Merlin zu verdanken haben. Wenn auch nur ein einziger dieser idiotischen ›Tempelgetreuen‹ von seiner Bedeutung wüsste, dann würde hier die Hölle losbrechen, ganz ohne jeden Zweifel. Aber jetzt, wo so viel geschieht, so viele Fäden auf einmal zusammenlaufen, bezweifle ich, dass wir überhaupt genug* Zeit *haben würden, uns der Krone unterzuordnen!*

Angesichts dieses Gedankens lachte er leise, dann beugte er sich wieder über seinen Schreibtisch und legte konzentriert die Stirn in Falten, als er erneut über die Formel nachdachte, an der er seit mehreren Stunden arbeitete. Mit dem Federhalter klopfte er sich sanft gegen die Schneidezähne, dann tunkte er die Feder in das Tintenfass und schrieb langsam weiter.

Was genau für ein Geräusch ihn vielleicht eine Stunde später aus seinen Gedanken riss, hätte er später niemals erklären können. Allzu laut war es jedenfalls nicht gewesen. Wahrscheinlich – zu dem Schluss kam er später – war es das Knirschen brechenden Glases.

Doch während Mahklyn noch in seinem Arbeitszimmer saß, wusste er nur, dass er *irgendetwas anderes* gehört hatte, nicht nur das übliche Knarren und Stöhnen, wie er es aus diesem alten Gebäude kannte. Baugelände in der Nähe des Hafens war in Tellesberg stets begehrt, deswegen gab es in der Stadt auch so viele hohe Gebäude. Einige von ihnen ragten noch weiter in den Himmel als die Königliche Hochschule, und viele von ihnen waren deutlich älter. Doch einige der damaligen Erbauer hatten nicht gerade übermäßige Sorgfalt walten lassen. So taten sich im Bau der Hochschule selbst stets neue Risse in den Wänden auf, und es gab in der Nacht einiges an durchaus beunruhigenden Geräuschen zu hören. Doch dieses Mal hatte das Geräusch zwar nicht bedrohlich geklungen (was auch immer es nun gewesen sein mochte), doch auf jeden Fall gehörte es nicht hierher, und Rahzhyr Mahklyn war von Natur aus äußerst neugierig.

Einige Sekunden lang blieb er reglos an seinem Schreibtisch sitzen, wartete darauf, dass das Geräusch sich vielleicht wiederholte, doch nichts geschah. Schließlich zuckte er mit den Schultern und wollte sich wieder seiner Arbeit zuwenden, doch dieses Mal gelang es ihm nicht, sich sofort wieder darauf zu konzentrieren, so sehr dies sonst auch immer der Fall sein mochte. In seinem Hinterkopf nagte immer noch dieses sonderbare Gefühl, das Geräusch einfach nicht zuordnen zu können, und es trieb ihn an, diesem Laut endlich auf den Grund zu gehen.

Also gut, Rahzhyr!, sagte er sich schließlich. *Du weißt genau, dass du sowieso nichts anderes zustande bringen wirst, solange du das nicht herausgefunden hast.*

Er legte den Federkiel wieder beiseite, durchquerte sein kleines Büro im vierten Stock des Gebäudes und öffnete die Tür, die in das Treppenhaus führte.

Der Schwall glühendheißer Luft, der ihm aus dem völlig ausgebrannten Treppenhaus entgegenschlug, schleuderte ihn fast zu Boden.

Ungläubig starrte Rahzhyr Mahklyn die dichten Rauchsäulen an, die ihn an die Schornsteine von Ehdwyrd Howsmyns Hochöfen erinnerten. Das Steingebäude war fast achtzig

Jahre alt. Die hölzernen Dachbalken, die Zwischenwände und der Holzfußboden waren knochentrocken und mit dicken Farbschichten überzogen, das hölzerne Treppenhaus – mittlerweile völlig ausgebrannt – wirkte wie ein riesiger Kamin, und das hungrige, prasselnde Tosen der Flammen verriet Mahklyn sofort, dass dieses Gebäude unmöglich noch zu retten war.

Und das Gleiche, sagte ihm eine leise Stimme im Hinterkopf, als er hastig die Tür wieder zuschlug, *gilt auch für dich selbst.* Sein Arbeitszimmer lag im obersten Stockwerk der Hochschule. Das Treppenhaus bot die einzige Möglichkeit, dorthin zu gelangen, und wenn es irgendetwas in dieser Welt gab, über das keinerlei Zweifel bestand, dann, dass Mahklyn unmöglich durch dieses flammende Inferno hindurch auf die Straße kommen konnte.

Dann werde ich wohl doch schon bald wieder bei dir sein, Ysbet, dachte er fast gelassen, während er sich bis an die Außenwand seines Arbeitszimmers zurückzog.

Die ersten Rauchschwaden drangen unter dem Türspalt zu seinem Arbeitszimmer hindurch, und dadurch, dass er sie zuvor unbedingt hatte öffnen müssen, hatte er diesem flammenden Ungeheuer auch den Weg hierher gewiesen. Schon jetzt spürte Rahzhyr Mahklyn auf seinem Gesicht die sengende Hitze, die auf der anderen Seite der dünnen Tür herrschte. Vielleicht bildete er sich das ja auch nur ein. Aber selbst wenn, würde auch das nicht mehr lange vorhalten, und so traf Mahklyn eine Entscheidung.

Immer noch besser, als bei lebendigem Leibe zu verbrennen, dachte er grimmig und öffnete weit das Fenster seines Arbeitszimmers. Das Kopfsteinflaster der Straße tief unter ihm war bereits in das höllisch-rote Glühen der Flammen getaucht, die sämtliche unteren Stockwerke der Hochschule bereits fast gänzlich verzehrt hatten. Die Steine dort unten erschienen Mahklyn nicht gerade einladend, doch zumindest sollte es auf diese Weise schneller gehen und weniger schmerzhaft sein, als den Tod in den Flammen zu finden.

Und doch zögerte er. Vielleicht ergab dieses kurze Stocken ja überhaupt keinen Sinn, aber in irgendeiner Weise erschienen ihm diese letzten Augenblicke seines Lebens unendlich kostbar. Oder vielleicht lag es auch nur daran, dass er sich mit seiner äußerst lebhaften Fantasie genau ausmalen konnte, was geschehen würde, wenn sein gebrechlicher, alter Körper auf die steinige Straße hinabstürzte.

Bis zum Letzten musst du noch den Querdenker geben, was, Rahzhyr? Aber wenn die Flammen sich erst einmal durch die Tür gefressen haben, wird es dir bestimmt leichter fallen. Und du kannst es natürlich auch von vorneherein darauf anlegen, mit dem Kopf voran auf den Steinen zu landen, und …

»Bitte verzeihen Sie, Doktor Mahklyn, aber meinen Sie nicht, wir sollten uns auf den Weg machen?«

Rahzhyr Mahklyn sprang mindestens einen Fuß weit in die Höhe, als ihn plötzlich diese tiefe, ruhige Stimme aus dem Nichts ansprach – von der anderen Seite seines Fensters her! Und während er noch ungläubig hinausstarrte, schwang sich auch schon Captain Merlin Athrawes von der Charisian Royal Guard von der Dachkante durch das Fenster hindurch in Mahklyns Arbeitszimmer. Lautstark krachten seine Stiefel auf den Holzboden, und der alte Gelehrte starrte ihn nur mit offenem Mund an, als der *Seijin* sich nun nachdenklich über den sorgfältig gewachsten Schnurrbart strich.

»Ja, doch, es wird eindeutig Zeit, dass wir gehen«, sagte der Gardist und klang dabei, als habe er festgestellt, es werde wohl bald Regen geben.

»Wie …? Wo …?«

»Ich fürchte, im Augenblick bleibt uns nicht mehr genug Zeit für ausführliche Erklärungen, Doktor. Tatsächlich bleibt uns eigentlich für überhaupt nichts mehr genug Zeit, außer ...«

Erstaunt quiekte Mahklyn auf, als König Caylebs Leibgardist ihn in einen Schultertragegriff nahm, der zu einer anderen Zeit, an einem anderen Ort, auch als ›Fireman's Carry‹ bezeichnet worden war. Mahklyn war schon älter, und er wusste auch, dass er allmählich gebrechlich wurde, doch er wusste auch, dass er deutlich schwerer war, als diesem Merlin bewusst zu sein schien. Doch die Schulter, die jetzt sein Gewicht trug, hätte ebenso gut aus Marmor sein können. Kein Stück gab sie unter ihm nach – und schon kletterte Merlin zum immer noch offen stehenden Fenster hinaus.

Na, du wolltest ja sowieso springen, oder?, wimmerte eine fast wahnsinnige Stimme in seinem Hinterkopf, und Mahklyn kniff die Augen zusammen, als Merlin sich in aller Ruhe seitwärts drehte und die Hand nach der Wand des Gebäudes ausstreckte.

Später war Mahklyn nicht mehr in der Lage, genau zu rekonstruieren, was als Nächstes geschehen war. Möglicherweise lag das daran, dass sein allzu sachlicher Verstand darauf beharrte, etwas zu begreifen, was schlichtweg unmöglich war. Oder aber es lag daran, dass er bereits zu viel von dem Rauch eingeatmet hatte, der dann seine Sinne betäubte, sodass er begann, sich Dinge einzubilden. Von diesen beiden Möglichkeiten zog er eindeutig letztere vor. Wahrscheinlich, weil er doch recht überzeugt davon war, dass sie nicht stimmte.

Auf jeden Fall stellte er fest, dass sie gemeinsam an der Außenwand des Hochschulgebäudes hinunterkletterten, und immer noch lag er auf dieser unmöglich kräftigen Schulter. Ihm war, als würde Cayleb Athrawes die Finger tatsächlich *in die Mauer hineindrücken*, als bestünde sie aus Papier oder Stroh, nicht aus Ziegeln und Mörtel. Das war die einzige Erklärung dafür, dass Merlin jederzeit genau dort Halt fand, wo es erforderlich war, die ganze Wand hinab. Nur dass das natürlich unmöglich war … oder doch nicht?

Ob es nun möglich war oder nicht, auf jeden Fall funktionierte es. Nur wenige Minuten, nachdem Merlin auf so wundersame Weise in Rahzhyr Mahklyns Büro erschienen war, stand der Hochschullehrer auf der Straße und musste tatenlos mitansehen, wie das Gebäude, in dem sich ein Großteil seines Lebenswerkes befand, von einem tosenden Flammeninferno verzehrt wurde.

»Mein Gott, mein Gott«, hörte er sich selbst immer und immer wieder murmeln. »Was für eine Katastrophe! Mein Gott, wie konnte so etwas denn nur geschehen? Wir lassen niemals zu, dass irgendwo Lampen oder Kerzen brennen, wenn sie nicht wirklich gerade verwendet werden! *Niemals!*«

»Das haben Sie auch dieses Mal nicht getan, Doktor«, entgegnete Captain Athrawes grimmig.

»Was?« Ungläubig kniff Mahklyn die Augen zusammen und blickte ihn an. »Was haben Sie gesagt?«

»Ich habe gesagt, Sie haben auch dieses Mal keine brennende Kerze vergessen, Doktor.« Der *Seijin* wandte sich zu ihm um und blickte ihm geradewegs in die Augen. »Und das war auch kein Unfall. Dieses Feuer hier wurde gezielt gelegt.«

»Was?« Heftig schüttelte Mahklyn den Kopf. »Nein, das ist unmöglich. Das kann doch nicht sein!«

»Warum denn nicht? Dieses Gebäude, Ihre Hochschule …« – mit einer Hand deutete Merlin auf das brüllende Inferno prasselnder Flammen, als endlich mit stapfenden Schritten zwei Vorgebirgsdrachen die erste Feuerlöschpumpe herbeischafften – »... wurde schon von Anfang an durch die Tempelgetreuen angeprangert, Doktor. Das ist eines der Dinge, die sie am meisten fürchten – das Haus, in dem sich all das ›unreine Wissen‹ befindet. Und dieses Wissen ›hat die Krone in die Abtrünnigkeit geführt‹, oder etwa nicht? Warum sollte *nicht* einer von diesen Eiferern das Gebäude abfackeln wollen?«

Mahklyn starrte den Gardisten an, während einige Brandwehrmänner Schläuche an die Pumpe und die nächstgelegene Zisterne anschlossen, während andere sich bereits daranmachten, die Pumpe zu betätigen. Es war eindeutig, dass sie das Hochschulgebäude nicht würden retten können, doch vielleicht konnte es ihnen noch gelingen zu verhindern, dass Flammen auf die benachbarten Häuser übergriffen, wenn sie diese nur rasch genug ausreichend befeuchteten.

»Es ist doch gewiss noch nicht so weit gekommen, dass man bereit wäre, einen anderen einfach so zu *ermorden!*«

»Denken Sie das wirklich?« Fragend hob Merlin eine Augenbraue, und sein Blick wirkte sehr hart. »Vielleicht erinnern Sie sich ja noch daran, dass jemand vor weniger als drei Fünftagen versucht hat, Erzbischof Maikel im Hauptschiff seiner eigenen Kathedrale zu ermorden?«

»Na ja, natürlich, aber er ist doch der *Erzbischof!* Wenn es ein logisches Ziel gibt – wenn man überhaupt von so etwas sprechen kann! –, dann ist es doch ganz offensichtlich, dass man ihn angreift. Aber jemanden wie mich umzubringen? Einen Niemand? Als wäre es genau so unbedeutend wie eine Fliege zu erschlagen? Das nun gewiss doch nicht!«

»Wenn es noch nicht so weit ist, dann wird sich das schon bald ändern.« Merlins tiefe Stimme klang so rau und so hart wie geborstener Fels. »Und Sie sind auch nicht gerade ein

›Niemand‹, Doktor! Ich gebe gerne zu, dass derjenige, der diesen Brand gelegt hat, es nicht auf Mord abgesehen haben wird, aber nicht etwa, weil man der Ansicht wäre, es sei nicht berechtigt, Euch zu töten. Ich bezweifle lediglich, dass derjenige überhaupt wusste, dass Ihr noch hier seid. Wie viele Personen, von Hochschulangehörigen abgesehen, wissen denn, wie Sie es mit Ihrer Arbeitszeit halten?«

»Nicht allzu viele«, gestand Mahklyn ein und wandte den Blick von seinem Gegenüber ab. Erneut starrte er in die allesverzehrenden Flammen.

»Dann wusste vermutlich auch unser Freund mit der Zunderbüchse nichts. Wahrscheinlich hat er gedacht, bei Nacht steht das Gebäude leer.«

»Na, da fühle ich mich doch gleich ein bisschen besser«, erwiderte Mahklyn trübsinnig. »Aber wer auch immer die Hochschule zerstören wollte: Es ist ihm gelungen. All unsere Aufzeichnungen, all unsere Dokumente, all unsere Arbeit befindet sich in diesem Gebäude, *Seijin* Merlin. *Alles*, versteht Ihr? Alles fort!«

»Die Aufzeichnungen und die Dokumente, ja, Doktor.« Mahklyn wandte sich wieder Merlin zu und blickte ihn erstaunt an; die plötzliche Milde in der Stimme des Gardisten mache ihn stutzig. Ruhig erwiderte Merlin den Blick, dann zuckte er kaum merklich mit den Schultern. »Die Aufzeichnungen mögen fort sein, aber die Köpfe derer, die sie angefertigt haben, oder studiert, oder daran gearbeitet, sind alle noch da.«

»Wir können unmöglich das alles wiederherstellen ...«

»Das wahrscheinlich nicht, aber Sie können zumindest damit anfangen. Und wenn Sie mir gestatten, das so zu sagen: Sie müssen jetzt unbedingt nach jüngeren Köpfen Ausschau halten, die ähnlich denken wie Sie selbst. Beziehen Sie diese

Leute in die Arbeit ein! Geben Sie ihnen einen Ausgangspunkt und lassen Sie ihnen ein wenig Unterstützung zukommen, und dann sollten Sie selbst sich ein wenig zurückziehen und schauen, in welche Richtung sich ihre Arbeit entwickelt. Vielleicht erleben Sie dann ja eine Überraschung! Und Sie wissen zumindest, dass König Cayleb bereit ist, Sie und die Hochschule ganz offen zu unterstützen. Lassen Sie das auch geschehen, Doktor! Sie werden mit dem Wiederaufbau viel zu viel zu tun haben, als dass Sie sich von einer völligen Unabhängigkeit von der Krone beunruhigen lassen sollten, wie sie vor vierzig Jahren gewiss sehr wichtig war.«

Mahklyn hörte seine Worte, lauschte dem Tosen der Flammen, die sein Lebenswerk vernichteten. Es schien ihm, als wolle das Prasseln und Knistern ihn verspotten. Das Entsetzen, das ihn bislang ein wenig betäubt hatte, klang allmählich ab, und auch der erste Anflug von Trauer legte sich. Und als er nun sah, wie Merlins Augen im fahlen Schein der Flammen aufblitzten, wusste Mahklyn auch, was er stattdessen empfand: Zorn. Nackten, glühenden Zorn. Einen Zorn, wie er ihn noch nie zuvor in seinem Leben verspürt hatte.

»Ja, Doktor«, sagte Captain Athrawes, fast als habe er Mahklyns Gedanken gelesen. »Was auch immer sonst geschehen mag, Sie dürfen nicht zulassen, dass diese Leute ...« – er deutete auf die lodernden Flammen – »tatsächlich siegen werden!«

Bischof Mylz Halcom beobachtete, wie weitere Löschwagen hastig durch die Straßen der Stadt gefahren wurden. Trotz der späten Stunde hatten das lodernde Rot der Flammen und der nachtschwarze Rauch zahlreiche Leute auf die Straße gelockt; nun wohnten sie mit offenstehenden Mündern der Zerstörung bei. Viele der Zuschauer eilten vorwärts, um den Brandwehrmännern behilflich zu sein, auch wenn ihnen allen unmissverständlich klar sein musste, dass das Gebäude der Königlichen Hochschule unmöglich noch zu retten war. Doch die meisten Zuschauer betrachteten nur mit weit aufgerissenen Augen die unvorstellbare Wucht der Zerstörung. Doch es würde nicht mehr lange dauern, bis allen bewusst wäre, wie es zu dem Brand hatte kommen können, und Halcom nickte zufrieden.

Alles, was die treuen Söhne von Mutter Kirche hier benötigten, war eine gewisse Leitung: Man musste ihnen eine Richtung vorgeben, in die sie den Zorn über jene unsägliche Beleidigung und Schmähung ihres Glaubens lenken sollten – und dann gegen diese Abscheulichkeit vorgehen, diese abtrünnige Ketzerei, die sich selbst ›Kirche von Charis‹ nannte.

Und was hätte ein geeigneteres Ziel abgegeben?, fragte er sich. *Es wird Zeit, dass Cayleb und seine Speichellecker begreifen, wie heiß der Zorn eines wahren Gläubigen wirklich lodert. Es mag diesem verwünschten* Seijin *ja gelungen sein, das Leben dieses Verräters Staynair zu retten, aber jetzt wissen die, dass ein Rückschlag uns nicht dazu bringen wird, einfach kampflos aufzugeben! Vielleicht wird dieses kleine Feuerchen sie ja dazu bewegen, die Entscheidung, ihre ruchlosen Hände gegen Gottes wahre Kirche zu erheben, ein wenig zu … überdenken.*

Und wenn das nicht ausreicht, dann werden wir, dessen bin ich mir sicher, letztendlich eine andere Möglichkeit finden, genau das *zu bewirken.*

.II.

Königlicher Palast,
Stadt Tellesberg,
Königreich Charis

»Also seid Ihr Euch sicher, dass dieses Feuer gezielt gelegt wurde?«, fragte König Cayleb grimmig.

Merlin und er saßen in bequemen Sesseln im Wohnzimmer der königlichen Privatgemächer im Palast von Tellesberg, und Merlins schwarzgoldene Uniform roch immer noch nach Rauch. *Nein, eigentlich* stinkt *sie nach Rauch,* korrigierte sich Cayleb innerlich – und das war auch nicht allzu überraschend. Trotz aller Bemühungen der Brandwehrleute waren auch sämtliche Nachbargebäude der Königlichen Hochschule den Flammen zum Opfer gefallen, und nachdem Merlin Mahklyn in die Obhut eines halben Trupps der Garde gegeben hatte – Cayleb hatte sie ihm auf etwas … konventionellerem Wege hinterhergeschickt –, hatte sich Merlin mit ganzer Kraft darum bemüht zu retten, was noch zu retten war.

»Ja.« Merlin seufzte und rieb sich über den Schnurrbart, der an einer Seite ein wenig angesengt wirkte. »Dessen bin ich mir sicher. Die Gebäude waren zwar schon zuvor Zunderbüchsen, bis unter das Dach angefüllt mit Brennmaterial aller Art, aber ohne Fremdeinwirkung hätte das Feuer sich nicht derart rasch ausbreiten können. Ich vermute, das Feuer wurde an vier oder fünf Stellen gleichzeitig gelegt. Wahrscheinlich, indem brennende Laternen durch die Fenster im Erdgeschoss geworfen wurden.« Er schüttelte den Kopf. »Die Gelehrten Eures Herrn Vaters hatten noch nicht einmal Gitter vor den Fenstern, um Gottes willen! Wie kann man nur so nachlässig sein …«

»Ich weiß.« Mit beiden Händen fuhr sich Cayleb durch das dunkle Haar, dann schüttelte er den Kopf, und die Geste hatte fast etwas Hilfloses. »Ich weiß! Aber es ist Vater nie gelungen, diese Männer davon zu überzeugen, irgendjemand könne sie dafür hassen, dass sie nichts anderes tun als immer weiter Fragen zu stellen.«

»Na ja, ich bin geneigt zu behaupten, jetzt sind sie überzeugt«, gab Merlin zurück. »Und ich hätte das wirklich voraussehen müssen! Ich hätte sie viel mehr im Auge behalten sollen, vor allem nach dem, was Maikel da beinahe widerfahren wäre. Mahklyn hat ganz Recht. Wir haben gerade einen gewaltigen Schatz an Wissen und Informationen verloren. Ich habe ihm zwar gesagt, man könne das wiederherstellen, und wahrscheinlich wird das auch gehen – oder zumindest ein Großteil dessen. Aber wir haben Jahre verloren, Cayleb – Jahre, die wir weit im Vorsprung waren! Mir fällt wirklich kein anderes Ziel für die Gegenseite ein – von Maikel natürlich abgesehen –, mit dem sie uns schlimmer hätten schaden können.«

»Ich weiß«, wiederholte Cayleb ein drittes Mal. »Aber Ihr solltet Euch nicht vorwerfen, das nicht bereits erahnt zu haben. Nicht einmal mit Euren ›Visionen‹ …« – er warf Merlin ein schiefes Grinsen zu – »… könnt Ihr wirklich alles sehen. Wir werden gewiss noch mehr als einmal überrascht werden, bevor all das hier vorbei ist, also können wir uns genauso gut schon jetzt daran gewöhnen. Und wenigstens ist es Euch gelungen, rechtzeitig dort einzutreffen – und ich bitte Euch zur Kenntnis zu nehmen, dass ich Euch nicht frage, wie das eigentlich möglich war! –, um Doktor Mahklyn zu retten. Das ist im Augenblick ein echter Segen.«

Merlin nickte, doch er schien immer noch alles andere als zufrieden mit sich. Cayleb sog so scharf die Luft ein, dass seine Nasenflügel bebten.

»Und wenn wir schon nach dem Silberstreif am Horizont Ausschau halten: Es wird keinerlei nutzloses Gerede mehr darüber geben, wo die kostbare Hochschule von nun an untergebracht sein wird! Ich möchte sie im Schutze dieser Mauern wissen, und ich möchte, dass jeder Fakultätsangehörige unter dem Schutz einer Leibwache steht, und ebenso deren ganze Familien, ob die das nun wollen oder nicht!«

»Dafür werden wirklich viele Leibwachen benötigt«, merkte Merlin milde an.

»Seid Ihr anderer Ansicht?«, fragte Cayleb in äußerst herausforderndem Ton.

»Das habe ich nicht gesagt. Ich habe lediglich angemerkt, dass dafür wirklich viele Leibwachen benötigt werden, und so ist es auch. Eigentlich halte ich das sogar für eine außerordentlich gute Idee, zumindest auf die Fakultätsmitglieder und deren unmittelbare Familienangehörigen bezogen. Aber irgendwo werdet Ihr eine Grenze ziehen müssen, Cayleb. Im Augenblick habe ich noch den Eindruck, die Tempelgetreuen wollten uns nur eine Botschaft zukommen lassen – sie wollen uns davon überzeugen, diese Lossagung von der Kirche sei ein gewaltiger Fehler gewesen, den es schnellstmöglich rückgängig zu machen gilt. Aber sie werden zunehmend gewalttätig werden, wenn sie erst einmal begreifen, wie bedeutungslos ihre ›Botschaft‹ für den weitaus größten Teil Eurer Untertanen ist. Je mehr sie sich isoliert fühlen, je machtloser sie sich fühlen, desto wahrscheinlicher ist es, dass sie weitere Dinge in der Art tun, wie wir sie heute Nacht erlebt haben. Und wenn sie erst einmal wirklich verstehen, dass sie keinesfalls genügend Leute zum Umdenken bewegen können, ganz egal, was sie auch unternehmen, dann werden sie nur noch nach Mitteln und Wegen suchen, die Menschen zu strafen. Dann wird es ihnen nicht mehr reichen, sie auf dem Wege der Furcht dazu zu bringen, wieder ›auf den wahren Willen Gottes‹ zu horchen. Und das bedeutet, dass Ihr früher oder später einen Punkt erreichen werdet, an dem ihr einfach nicht mehr Leibgarden für sämtliche ihrer möglichen Opfer werdet abstellen können.«

»Und was soll ich dann tun?« Merlin war sich sicher, dass sich Cayleb bei keinem anderen seiner Ratgeber jemals gestatten würde, derart frustriert zu klingen, fast schon verzweifelt. »Soll ich Bynzhamyns Rat befolgen und einfach auf Verdacht hin Personen festnehmen lassen? Soll ich mich auf jeden stürzen, der anderer Meinung ist als ich? Soll ich beweisen, dass ich wirklich ein Tyrann bin, der die Absicht hat, aus ganz eigennützigen Gründen die rechtmäßige Autorität der Kirche an sich zu reißen?«

»Auch das habe ich nicht gesagt«, erwiderte Merlin mit sanfter Stimme. »Ich habe nur gesagt, dass alles seine Grenzen hat, und das ist schlichtweg die Wahrheit. Und daraus folgt nun einmal, dass wir unmöglich jeden schützen können. Ihr habt es doch selbst gesagt, Cayleb. Es wird noch mehr Zwischenfälle geben wie den von letzter Nacht, und letztendlich wird es dabei auch zu Todesfällen kommen. Ihr werdet das einfach akzeptieren müssen. Und Ihr werdet entscheiden müssen, ob der Versuch, den entstehenden Schaden zu minimieren, letztendlich auch gewisse Repressalien rechtfertigt.«

»Das will ich nicht. So wahr Gott mein Zeuge ist: Das will ich nicht.«

»Das spricht wahrscheinlich sehr für Euch. Und ich bin der Ansicht, es spricht auch sehr für Euch als König. Gerechtigkeit ist nichts, das sich leichthin weggeben lässt, Cayleb, und das Vertrauen, das Eure Untertanen in Euren Gerechtigkeitssinn setzen, und auch in den Eurer ganzen Familie, gehört zu den größten Vermächtnissen Eures Herrn Vaters. Ich will damit nicht sagen, es wird niemals dazu kommen, dass Euch keine andere Wahl bleibt und Ihr zuerst Leute festnehmen müsst und erst dann entscheidet, was nun geschehen soll. Aber ich sage sehr wohl, dass ich denke, Ihr solltet das vermeiden, solange sich das bewerkstelligen lässt, ohne Eure eigene Sicherheit oder die des Königreiches zu gefährden. Und das ist eine Ermessensfrage – diese Entscheidung könnt nur Ihr alleine treffen.«

»Oh, vielen Dank auch«, merkte Cayleb mit einem sardonischen Lächeln an.

»Nun, Ihr seid nun einmal der König. Ich bin nur ein einfacher Leibgardist.«

»Natürlich, Meister Traynyr.«

Merlin lachte leise, doch es lag auch ein wenig Traurigkeit darin, als er sich daran zurückerinnerte, wie König Haarahld ihn zum ersten Mal mit diesem Titel bedacht hatte. Und gerechterweise musste er zugeben, dass es Tage gab, an denen er sich wirklich wie ein Puppenspieler fühlte. Natürlich durfte er niemals vergessen, dass seine ›Puppen‹ aus Fleisch und Blut bestanden, dass es *Menschen* waren, die einen eigenen Willen hatten, einen eigenen Verstand, und auch ein eigenes Schicksal.

Und dass sie alle letztendlich sehr wohl das Recht haben, ganz für sich alleine zu entscheiden, rief er sich ins Gedächtnis zurück. *Vergiss das niemals, Merlin Athrawes, oder Nimue Alban, oder wer auch immer du in Wirklichkeit sein magst.*

»Ich habe bemerkt, dass Doktor Mahklyn diese Nacht hier im Palast verbringt«, sagte er dann nach kurzem Schweigen.

»Wenn Ihr gestattet, ich denke, es ist keine schlechte Idee, auch seiner Tochter und seinem Schwiegersohn hier eine Unterkunft anzubieten. Zumindest so lange, bis wir recht sicher sein können, dass diejenigen, die für den Brand der Hochschule verantwortlich sind, wirklich nicht gewusst haben, dass er sich noch in seinem Arbeitszimmer befand.«

»Also haltet Ihr es zumindest für denkbar, dass sie ganz gezielt versucht haben, ihn zu töten?«

»Natürlich halte ich das für möglich, Cayleb. Ich glaube nur nicht, dass die Leute, die dieses Feuer gelegt haben, überhaupt haben wissen können, dass er dort war. Und wenn sie es nicht gewusst haben, dass er sich dort aufhielt, dann können sie es nicht bewusst darauf angelegt haben, ihn zu töten. Ich will damit nicht sagen, sie hätten furchtbare Tränen vergossen, wenn sie ihn mit diesem kleinen Lagerfeuer gleich mitgeröstet hätten, weil ich mir ziemlich sicher bin, dass ihnen das sogar äußerst recht gewesen wäre. Ich will nur sagen, dass sie es nicht darauf abgesehen hatten. Dieses Mal.«

»Ich hoffe, damit habt Ihr Recht. Und wenn wir schon beim Thema ›Hoffnung‹ sind: Haltet Ihr es für wahrscheinlich, dass Doktor Mahklyn eins und eins wird zusammenzählen können und Schlussfolgerungen ziehen wird aus Eurem … sagen wir: so rechtzeitigen Eintreffen und Euren bemerkenswerten Fähigkeiten?«

»Oh, ich denke, darauf könnt Ihr Euch sogar verlassen – sobald er erst einmal Gelegenheit hatte, seine Gedanken ein wenig zu ordnen. Er ist ein wirklich sehr, sehr intelligenter Mann, Cayleb. Ich glaube nicht, dass sein Gehirn überhaupt jemals Pause macht, und früher oder später – wahrscheinlich früher – wird er genau wissen wollen, wieso ich rechtzeitig eingetroffen bin, wie ich auf das Dach gekommen bin und wie wir es geschafft haben, außen am Gebäude wieder die Straße zu erreichen.«

»Und gibt es irgendwelche beunruhigenden Hinweise oder Beweismittel, die ich vielleicht besser sollte verschwinden lassen? Vielleicht noch weitere Kraken, die von Harpunen vollständig durchbohrt wurden, beispielsweise?«

»Ich denke nicht, dass Ihr Euch dieses Mal darum sorgen müsst«, versicherte Merlin ihm. »Die ersten Wände sind schon eingestürzt, bevor ich das Gebäude verlassen hatte, und die Brandwehr will den Rest der Ruinen niederreißen, sobald die Asche hinreichend abgekühlt ist. Ich bin mir sicher, dass jedwede ... Eigentümlichkeiten, die ich möglicherweise hinterlassen habe, durch das Feuer vollständig zerstört wurden – und wenn nicht, dann werden sie auf jeden Fall fort sein, sobald die Trümmer fortgeschafft wurden.«

»Na, das ist ja wenigstens beruhigend. Jetzt brauchen wir uns also nur noch darüber Gedanken zu machen, wie wir den intelligentesten Mann von ganz Charis hinters Licht führen. Einen Mann, der zugleich auch noch der Leiter der Königlichen Hochschule ist, deren uneingeschränkte Unterstützung wir, das möchte ich noch einmal betonen, in nicht allzu ferner Zukunft dringend benötigen werden. Habt Ihr irgendeinen Vorschlag, wie sich das vielleicht bewerkstelligen ließe?«

»Ich hätte tatsächlich einen Vorschlag.«

»Dann spuckt ihn schon aus!«

»Ich glaube nicht, dass wir überhaupt versuchen sollten, ihn in irgendeiner Weise zu täuschen«, erwiderte Merlin, und es war ihm deutlich anzumerken, dass er das ernst meinte. »Wir sind übereinstimmend der Ansicht, dass er einen außergewöhnlichen Verstand besitzt. Wahrscheinlich einen leistungsfähigeren als jeder von uns hier, wenn man ganz ehrlich ist. Also ist es nur wahrscheinlich, dass er innerhalb der nächsten Fünftage ohnehin eine ganze Menge herausfinden wird. Ich denke, wir sollten ganz offen sein und es ihm einfach erzählen.«

»Ihm *was* erzählen? Wie viel? Schließlich ...«, merkte Cayleb mit einem schiefen Grinsen an, »... habt Ihr auch *mir* ja nicht alles erzählt.«

»Ich weiß.« Merlin wirkte fast kleinlaut, als er nun den Kopf schüttelte. »Und ich verspreche Euch, ich werde Euch wirklich so viel erzählen, wie ich nur kann, sobald ich kann. Aber was nun Doktor Mahklyn betrifft, denke ich, wir werden ihm mindestens so viel berichten müssen, wie Rayjhis und Bynzhamyn wissen. Wahrscheinlich sogar so viel, wie Ahrnahld und der Rest Eurer Leibgarde wissen. Und letztendlich wäre es mir sehr recht, wenn er so viel wüsste, wie Ihr selbst wisst, sollte sich herausstellen, dass er ... philosophisch flexibel genug ist, damit auch umzugehen.«

»›Philosophisch flexibel‹«, wiederholte Cayleb, und seine Stimme klang fast ein wenig verträumt. »Das ist ja wirklich ein sehr schöner Ausdruck. Ich sehe wieder einmal, dass Ihr wahrlich gut mit Worten umzugehen vermögt, *Seijin* Merlin.«

»Man bemüht sich, Euer Majestät. Man bemüht sich.«

.III.

Palast des Erzbischofs, Stadt Tellesberg, Königreich Charis

Erzbischof Maikel Staynair lauschte dem gleichmäßigen Summen der Katzenechse, die in seinem Schoß lag, und streichelte ihr das kurze, seidigweiße Fell. Die Katzenechse lag auf dem Rücken und streckte alle sechs Beine in die Luft, und ihre goldenen Augen waren in schamlosem Genuss zu schmalen Schlitzen verengt, als der Erzbischof ihr mit langen Fingern über das noch weichere Fell am Bauch strich.

»Das gefällt dir, Ahrdyn, was?«, sagte er und lachte leise.

Die Katzenechse hielt es nicht für erforderlich, auf diese Anmerkung überhaupt zu reagieren. Schließlich waren Katzenechsen, wie jede Katzenechse selbstverständlich wusste, die wahren Herren der Schöpfung. Menschen existierten ausschließlich zu dem Zweck, sie zu füttern, ihnen die Türen zu öffnen und sie – das Wichtigste von allem! – zu streicheln. Und in diesem Augenblick war die Welt ganz genau so, wie sie sein sollte, zumindest was Ahrdyn betraf.

Dieser Gedanke brachte den Erzbischof zum Lächeln. Er war jetzt seit fast zehn Jahren Ahrdyns Haustier (es hatte überhaupt keinen Sinn, ihre Beziehung anders beschreiben zu wollen); er hatte sich das Tier kurz nach dem Tode seiner Frau zugelegt. Als er Ahrdyn damals bekommen hatte, da hatte er noch gedacht, es sei ein Weibchen. Selbst Katzenechsen fiel es in den ersten Jahren schwer, Männchen von Weibchen zu unterscheiden, und so hatte Maikel Staynair das Tier nach seiner verstorbenen Frau benannt. Als er dann schließlich seinen Fehler begriff, hatte sich Ahrdyn schon an seinen Namen gewöhnt und hätte sich gewiss mit all der Eigensinnigkeit, die dieser Spezies zu eigen war, schlichtweg geweigert, auf einen anderen Namen zu hören.

Glücklicherweise war Ahrdyn Staynair eine Frau mit einem bemerkenswerten Humor gewesen, und Staynair zweifelte nicht im Mindesten daran, dass sie diese Verwechslung zutiefst belustigte. Zumindest für seine Tochter, die ebenfalls den gleichen Namen trug wie die Katzenechse, galt das. Sie hatte ihrem einsamen Vater den pelzigen Ahrdyn seinerzeit zum Geschenk gemacht. Auch sie war davon ausgegangen, dass es sich um ein Weibchen handle, und sie kannte sich mit Katzenechsen gut genug aus, um genau zu wissen, dass es reine Zeitverschwendung wäre, dieses Tier jetzt noch an einen anderen Namen zu gewöhnen. Ebenso erging es Sir Lairync Kestair, Staynairs Schwiegersohn, auch wenn man ihn gelegentlich sagen hörte – vor allem in Abwesenheit seiner Gemahlin –, Ahrdyn die Katzenechse könne es an Eigensinn nicht mit ihrer zweibeinigen Namensvetterin aufnehmen. Und beide seien noch deutlich weniger sturköpfig als Staynairs vier Enkelkinder.

Als ihm diese Erinnerung durch den Kopf ging, lächelte der Erzbischof leise vor sich hin, doch dann ging das Lächeln in ein nachdenkliches Stirnrunzeln über, als der Gedanke an seine Enkelkinder ihn an die gewaltige Bedrohung erinnerte, die über dem gesamten Königreich Charis und sämtlichen Kindern dieses Landes schwebte. Diese Enkelkinder waren im Augenblick Gefangene des Schicksals, und wann auch immer Maikel Staynair an sie dachte, verstand er sofort wieder, warum so viele Menschen es nicht wagten, die Hand gegen die Korruption der Kirche zu erheben.

Doch genau das ist auch der Grund, warum andere Männer sich nicht weigern können, *die Hand zu erheben*, dachte er. *Und weder Ahrdyn noch Lairync haben meine Entscheidung jemals angezweifelt.*

Vorsichtig klopften Fingerknöchel gegen die Tür, und Staynair rührte sich in seinem Sessel. Ahrdyn öffnete die Augen, als sich seine Unterlage unter ihm einfach bewegte, und der Erzbischof hob ihn vorsichtig an.

»Leider ist jetzt Zeit zum Arbeiten«, sagte er. Die Katzenechse gähnte und entblößte dabei ihre rosafarbene, gespaltene Zunge, dann leckte sie ihrem Haustier einmal liebevoll über die Wange.

»Bestechung wird dir jetzt auch nicht weiterhelfen, mein pelziger kleiner Freund«, erklärte Staynair ihm und setzte ihn dann auf dem Fußboden ab. Mit anmutigen Bewegungen glitt Ahrdyn davon und zog sich in seinen Korb in der Ecke des Raumes zurück; Staynair räusperte sich.

»Herein!«, rief er dann und schaute erstaunt zu, wie zwei ungewohnte Besucher in sein Büro im erzbischöflichen Palast geführt wurden.

Die beiden Männer stellten in vielerlei Hinsicht wechselseitig das genaue körperliche Gegenteil ihres jeweiligen Begleiters dar, doch die Unterschiede gingen noch viel tiefer. Und doch hatten die beiden eine gemeinsame Audienz bei Staynair erbeten, und das ließ verschiedene, hochinteressante Möglichkeiten vermuten.

Und keine Einzige, rief er sich ins Gedächtnis zurück, *wird sonderlich genau der Wahrheit entsprechen, wenn man bedenkt, auf wie spärlichen Informationen sie jeweils beruhen.*

Bischof-Vollstrecker Zherald Ahdymsyn hatte die besten Jahre bereits hinter sich, und vor den ... Unannehmlichkeiten der letzten Zeit hatte er stets wohlgenährt und kräftig gewirkt. Er hatte auch tatsächlich gutes Essen schon immer zu schätzen gewusst, und so war er doch etwas fülliger, als dies von den Heiler-Priestern des Pasquale-Ordens gutgeheißen wurde. Und Ahdymsyn hatte auch stets auf sein Äußeres geachtet. Er hatte stets genau gewusst, dass es von immensem Vorteil war, wenn man auch wie ein Bischof-Vollstrecker aussah, und so war sein Auftreten stets tadel- und makellos gewesen. Auch wenn er immer noch die weiße Soutane trug, die seinen bischöflichen Rang verriet, wirkte er mittlerweile doch deutlich schlanker, und seine Bewegungen wirkten sonderbar gebrechlich. Nicht, dass er wirklich gealtert wäre, es war vielmehr so, als sei er gezwungen gewesen, sich mit einer völlig unerwarteten Situation abzufinden, und währenddessen hatte er entdecken müssen, dass die Welt doch nicht der saubere, gut organisierte, stets beherrschbare Ort war, für den er sie immer gehalten hatte.

Der Mann, der ihn begleitete, Pater Paityr Wylsynn, war deutlich jünger, keinesfalls mehr als ein Dutzend Jahre älter als König Cayleb persönlich. Dort, wo Ahdymsyns Haar noch nicht vom Silber des Alters gezeichnet war, glänzte es tiefschwarz, während Wylsynns Locken von einem Rot-Ton waren, der hier in Charis ebenso selten war wie seine grauen Augen – beides Einfluss der Nordlande. Ahdymsyn, der fast so hochgewachsen war wie Staynair selbst, überragte den Pater um mehr als eine Haupteslänge, und wo Ahdymsyns sich mit dieser sonderbaren Gebrechlichkeit bewegte, wirkte Wylsynn so selbstsicher und energisch wie eh und je.

Begleitet wurden sie von zwei Waffenträgern, die in das Orange-Weiß der Erzbischöflichen Leibgarde gekleidet waren. Die beiden Wachen hielten respektvollen Abstand zu diesen Besuchern, und doch war ihre Anwesenheit hier nicht nur dem respektvollen Zeremoniell geschuldet, das mancher dahinter vermuten mochte. Vor allem nicht jetzt, nachdem dieses Attentat auf den Erzbischof von Charis beinahe erfolgreich gewesen wäre. Staynairs Waffenträger und Garden waren nicht gewillt, jedwede Risiken einzugehen, was die Sicherheit des Erzbischofs betraf, und der Erzbischof war sich doch recht sicher, dass dies auch seinen beiden Besuchern sehr wohl bewusst war.

Vor seinem Schreibtisch blieben Ahdymsyn und Wylsynn stehen, und zur Begrüßung erhob Staynair sich aus seinem Sessel.

»Bischof-Vollstrecker«, sagte er und nickte Ahdymsyn kaum merklich zu, dann blickte er zu Wylsynn hinüber. »Pater.«

Er streckte ihm nicht den bischöflichen Ring entgegen und verzichtete somit auf den Kuss, die Geste des Respekts, der einem Erzbischof zustand.

»Erzbischof«, erwiderte Ahdymsyn und sprach damit für sie beide.

Staynair konnte es gerade noch verhindern, voller Verwunderung die Augenbrauen zu heben, doch es fiel ihm nicht gerade leicht, sich sein Erstaunen nicht anmerken zu lassen. Dass man ihm diesen Titel zugestand, selbst bei einer Privataudienz, würde für Ahdymsyn ernstliche Konsequenzen nach sich ziehen – sollte der Tempel jemals davon erfahren.

»Bitte nehmen Sie doch Platz«, forderte Staynair seine Gäste auf und deutete auf die beiden Stühle, die vor seinem Schreibtisch standen – jenem Schreibtisch, hinter dem Ahdymsyn einst als Erayk Dynnys' Stellvertreter hier in Charis gesessen hatte.

Mehr als einmal war Staynair vor diesem Schreibtisch erschienen. Ahdymsyn hatte ihm ›Ratschläge erteilt‹ oder ihn getadelt, und dem kaum merklichen ironischen Lächeln des Bischof-Vollstreckers war anzumerken, dass auch ihm nicht entgangen war, wie sich ihr jeweiliges Los verändert hatte. Pater Paityr hingegen nahm einfach wortlos Platz; sein Verhalten verriet eine innere Ruhe, die schon an Gelassenheit grenzte, als sei ihm in keiner Weise bewusst, zu welchen erdbebenartigen Erschütterungen es in der Kirche von Charis gekommen war, seit er dieses Büro zum letzten Mal aufgesucht hatte.

Einen Augenblick lang schaute Staynair seine Besucher nur schweigend an, dann nickte er den Waffenträgern zu. Kurz zögerten die Soldaten, sie schienen alles andere als einverstanden, und so hob der Erzbischof beide Hände und vollführte kurze Bewegungen, als wolle er sie verscheuchen wie zwei aufdringliche Wyvern, bis die beiden Gardisten schließlich nachgaben und sich aus dem Büroraum zurückzogen. Leise schlossen sie die Tür hinter sich.

»Ich muss gestehen«, sprach der Erzbischof dann weiter und setzte sich, sobald sich die Tür geschlossen hatte, »ich war ein wenig überrascht zu erfahren, dass Sie beide um dieses Treffen ersucht haben. Ihre Botschaft machte sehr deutlich, dass es ein grundlegendes Problem gibt, das Sie beide mit mir zu besprechen wünschen, aber sie hielt sich doch erstaunlich bedeckt mit einer Aussage, worum genau es eigentlich geht.«

Sein Tonfall verwandelte diesen letzten Satz in eine Frage, und gleichzeitig hob er auch die Augenbrauen. Kurz blickte Ahdymsyn zu Wylsynn hinüber, dann holte er tief Luft, griff in eine Tasche seiner Soutane und zog ein zusammengefaltetes Blatt Papier daraus hervor.

»Ich bezweifle nicht, dass Ihr überrascht wart ... Eure Eminenz«, sagte er, und dieses Mal gestattete sich Staynair doch, angesichts dieser Anrede die Augen zusammenzukneifen. Offensichtlich hatte Ahdymsyn das bemerkt, denn ein

Lächeln umspielte seine Lippen. Langsam schüttelte der ehemalige Bischof-Vollstrecker den Kopf.

»Während ich mich noch in meiner bequemen, wenngleich unfreiwillig bezogenen Unterkunft im Palast von Tellesberg aufhielt, Eure Eminenz, ich hatte nicht die Absicht, auch nur im Mindesten den Eindruck zu erwecken, ich würde mich Eurem offenkundig widerrechtlichem Ergreifen von Erzbischof Erayks rechtmäßiger Autorität hier in Charis fügen. Natürlich hatte ich, als ich König Caylebs ... Gast wurde, ebenso wenig eine Vorstellung davon wie jeder andere im ganzen Königreich, warum und wie ein derart massiver Schlag gegen ihn geführt wurde. Seitdem ist ungleich deutlicher geworden, dass die ›Ritter der Tempel-Lande‹ ihre ›Verbündeten‹ gegen Charis in den Krieg geschickt haben mussten, lange bevor Erzbischof Erayk in Zion einen förmlichen Bericht seines Besuches der Gemeinde hat vorlegen können.«

Er hielt inne, und Staynair neigte den Kopf zur Seite.

»Gibt es einen Grund, dass sich die zeitliche Abfolge Ihres Handelns auf Ihre Einstellung zu diesem – wie hatten Sie das genannt? – diesem ›offenkundig widerrechtlichem Ergreifen von Erzbischof Erayks rechtmäßiger Autorität‹ auswirkt?«

»An sich nicht, nein.« Das angedeutete Lächeln, das bislang immer noch Ahdymsyns Lippen umspielt hatte, verschwand. »Aber sie hatte dennoch eine gewisse Bedeutung, Eure Eminenz. Ich will gar nicht erst vorspiegeln, ich hätte mich bei vielen der Entscheidungen, die ich selbst getroffen habe, als ich noch in dem Sessel gesessen habe, in dem jetzt Ihr Euch befindet, nicht deutlich eher von ... sagen wir: pragmatischen Überlegungen leiten lassen als von spirituellen Einflüssen oder von Lehrsätzen der Kirche. Dennoch denke ich, dass Ihr mir glauben werdet, wenn ich sage, dass ich niemals, nicht einen einzigen Augenblick lang, in Erwägung gezogen habe, das Verhalten und die Neuerungen hier in Charis könnten – so sehr sie manche vielleicht auch verstört haben mögen – jemals ein Ausmaß erreichen, das ein Vorgehen der Art erfordern oder auch nur rechtfertigen würde, für die sich die ›Ritter der Tempel-Lande‹ offensichtlich entschieden haben.«

»Das glaube ich tatsächlich«, erwiderte Staynair mit ruhiger Stimme, und das entsprach auch tatsächlich der Wahrheit. Er hatte Ahdymsyn niemals für ›böse‹ gehalten, auch wenn die Banalität der Gründe seines Handelns und seiner Bestechlichkeit alles in mancherlei Hinsicht fast noch schlimmer machte.

»Euch ist gewiss auch bewusst«, sprach Ahdymsyn weiter, »dass Pater Paityr in dem Bericht, den er der Inquisition vorgelegt hat, deutlich betonte, keine der Neuerungen, über die zu urteilen man ihm aufgetragen hatte, stellten Verstöße gegen die Ächtungen der Jwo-jeng dar. Ich glaube, ihn hat der Angriff, der gegen Charis geführt wurde, noch mehr entsetzt als mich.«

Staynair schaute zu Wylsynn hinüber, und der junge Oberpriester erwiderte den Blick völlig ruhig. Zweifellos war Wylsynn überraschter als Ahdymsyn, dachte Staynair. Im Gegensatz zum Bischof-Vollstrecker hatten bei Paityr Wylsynn niemals Zweifel an dessen Aufrichtigkeit und seines tiefempfundenen Glaubens bestanden. Er musste sich der allzu oft schäbigen Überlegungen bewusst gewesen sein, die den offiziellen Verkündigungen des Rates der Vikare und der Vorgehensweise der ›Vierer-Gruppe‹ zugrundelagen, doch Staynair zweifelte nicht daran, dass der junge Priester zugleich erschüttert und entsetzt gewesen war, als er von der Lösung erfahren hatte, die diese ›Vicrer-Gruppe‹ für das ›Charis-Problem‹ beschlossen hatte.

»Davon abgesehen«, sprach Ahdymsyn nun weiter, »sahen wir uns beide in einer unangenehmen Lage. Versteht, Eure Eminenz, niemand hat uns mit Misshandlungen oder dergleichen gedroht. Tatsächlich bezweifle ich, dass es in der ganzen Geschichte von Safehold jemals zwei Gefangene gegeben hat, die derart gut untergebracht waren, auch wenn der eine oder andere der Gardisten zweifellos ein wenig ... gereizt war, nachdem diese Wahnsinnigen versucht haben, Euch zu ermorden, und das auch noch ausgerechnet in der Kathedrale selbst.« Ahdymsyn schüttelte den Kopf, als könne er selbst jetzt noch nicht glauben, jemand könne versucht haben, einen Erzbischof in seiner eigenen Kathedrale umzubringen – ganz egal, welchen Erzbischof. »Dennoch bestand kein Zweifel daran, dass wir tatsächlich Gefangene waren, wie höflich man sich uns gegenüber auch verhalten hat.«

»Das verstehe ich wohl«, erwiderte Staynair. »Tatsächlich waren Sie beide genau das, und das gleich aus mehrerlei Gründen. Erstens natürlich wegen Ihrer Positionen in der Hierarchie der Kirche hier in Charis. Zweitens, weil es so viele Gründe gab – viele davon durchaus stichhaltig, selbst für König Cayleb –, Euch aktiv gegen unser Vorgehen hier zu stellen. Diese Opposition wäre schlichtweg unvermeidbar gewesen, und um ganz ehrlich zu sein: Sie beide hätten, in unterschiedlicher Art und Weise, beträchtlichen Einfluss auf einige Mitglieder des hiesigen Klerus nehmen können. Und drittens, um es mit aller Offenheit zu sagen, und ob Sie beide das nun glauben oder nicht, dieses Vorgehen stellte zugleich auch einen Versuch dar, Sie beide zu beschützen. Um selbst der ›Vierer-Gruppe‹ deutlich zu zeigen, dass Sie beide keineswegs in all diese Vorgehensweisen verwickelt waren.«

Obwohl er gerade eben selbst offen ausgesprochen hatte, was der Großinquisitor und seine Kollegen für Charis im

Sinn gehabt hatten, kniff Ahdymsyn doch kaum merklich die Augen zusammen, als Staynair die Bezeichnung ›Vierer-Gruppe‹ verwendete. Doch er erhob nicht die Stimme gegen die Wortwahl des Erzbischofs.

»Niemand hat uns diesen Aspekt erklärt, Eure Eminenz. Dennoch war ich mir dessen bewusst. Und um nun Offenheit mit Offenheit zu vergelten: Ich war nicht gerade zuversichtlich, dass dies allzu hilfreich sein würde, zumindest in meinem Falle. Soweit ich weiß, ist es auch in Eurer eigenen Navy Tradition, dass der Captain für alles verantwortlich ist, was an Bord seines Schiffes geschieht. Der Rat der Vikare wird – mit Recht, um ehrlich zu sein – mich zumindest teilweise zur Verantwortung ziehen für das, was sich hier ereignet hat.

Dennoch war es meine Absicht, mich vom Widerstand Eures Königreiches gegen Mutter Kirche loszusagen. Ich kann Euch diese berechtigte Verteidigung, diese Abwehr eines grundlos gegen Charis geführten Angriffs, keineswegs vorwerfen, aber ich war der Ansicht, indem Ihr selbst die Autorität des Großvikars bestreitet, seiet Ihr zu weit gegangen. Nicht nur im Sinne der kirchlichen Lehre, sondern tatsächlich angesichts der unvermeidbaren Konsequenzen, die dieses Vorgehen nicht nur für Charis haben wird, sondern für ganz Safehold.

Und dann erhielt ich gestern dieses Schriftstück.«

Er streckte dem Erzbischof das Schreiben entgegen, das er aus seiner Tasche gezogen hatte.

»Und was ist das?«, erkundigte sich Staynair höflich.

»Ein persönliches Schreiben von Erzbischof Erayk«, antwortete Ahdymsyn sehr leise. »Gleichermaßen an Pater Paityr und mich gerichtet.«

»Ich verstehe.«

Es war Staynair gelungen, sich erneut keinerlei Überraschung anmerken zu lassen, weder in seinem Tonfall noch in seiner Mimik, doch er wäre niemals auf den Gedanken gekommen, Erayk Dynnys könne sich mit einem Brief persönlich an Ahdymsyn und Wylsynn wenden. Und er hatte auch keinerlei Grund gehabt anzunehmen, ein derartiges Schreiben sei eingetroffen. Auf Staynairs eigenes Beharren hatte Cayleb angeordnet, sämtliche an seine ›Gäste‹ gerichtete Post sei ohne Überprüfung auszuhändigen. Der König hatte zwar befohlen, jegliches Schreiben, das diese beiden abzusenden wünschten, sorgfältig zu überprüfen und notwendigenfalls zu zensieren, aber niemand hatte versucht, Einfluss darauf zu nehmen, welche Nachrichten Ahdymsyn oder Wylsynn erreichten.

»Da dieses Schreiben der Grund für dieses Gespräch zu sein scheint, darf ich wohl annehmen, Sie werden mich über dessen Inhalt in Kenntnis setzen.«

»Das dürft Ihr, Eure Eminenz.« Ahdymsyns Stimme klang deutlich schwerfälliger, und er hatte das Gesicht fast zu einer Grimasse verzogen.

»Eure Eminenz«, sprach er weiter, »Erzbischof Erayk ist tot.«

»Wie bitte?« Ruckartig richtete sich Staynair hinter seinem Schreibtisch weiter auf.

»Ich sagte: ›Erzbischof Erayk ist tot‹«, wiederholte Ahdymsyn. »Die Nachricht hat Charis noch nicht erreicht. Dessen bin ich mir bewusst. Doch Erzbischof Erayks Schreiben lässt keinerlei Zweifel daran, dass er tatsächlich mittlerweile tot ist. Hingerichtet durch die Inquisition, für Amtsvergehen, Abtrünnigkeit, Ketzerei und Hochverrat gegen Gottes Kirche und Gott Selbst.«

Staynair kniff die Augen zusammen. Niemand brauchte ihm zu erklären, welche Strafen das *Buch Schueler* für jeden vorsah, der für diese Vergehen verurteilt wurde, geschweige denn einen Erzbischof von Mutter Kirche selbst.

»Lang ist der Brief des Erzbischofs nicht, Eure Eminenz«, sagte Ahdymsyn nun. »Damit er keineswegs Schreiben absetzen konnte, hat man ihm Papier und Tinte verwehrt, und so musste er Einfallsreichtum beweisen, um auch nur an dieses einzelne Blatt zu gelangen. Ich weiß auch nicht genau, wie es ihm gelungen ist, dieses Schreiben aus dem Kerker zu befördern, schließlich wurde er in strenger Haft gehalten. Ich bin mir sicher, dass er darüber das Schweigen bewahrt, dient dem Schutz desjenigen, der die Zustellung dieses Briefes überhaupt erst möglich gemacht hat. Aber was in dem Schreiben steht, ist sehr auf den Punkt gebracht.«

»Und das wäre?«, fragte Staynair leise.

»Zunächst informiert er Pater Paityr und mich über die Gründe seiner Festnahme und das Urteil, das gefällt wurde. Er bittet uns, ihm zu vergeben – und für seine Seele zu beten –, all seiner Fehler zum Trotz. Außerdem fordert er mich ausdrücklich auf, Euch dieses Schreiben auszuhändigen, sodass Ihr damit verfahren könnt, wie Ihr es für richtig haltet, und er bittet um Verzeihung dafür, dass es ihm nicht gelungen ist, die Seelen seiner Diözesemitglieder in jenem Maße und der Art und Weise zu beschützen und zu nähren, wie Gott es von Seinen Priestern verlangt. Und ...« – nun blickte Ahdymsyn Staynair geradewegs in die Augen – »... er nimmt sich die Freiheit heraus, uns eine letzte Anweisung in seiner Funktion als unser Erzbischof zu erteilen.«

»Und wie lautet diese Anweisung?«

»Er befiehlt es uns nicht, weil er der Ansicht ist, dieses Recht stehe ihm nicht mehr zu, aber er legt uns dringend ans Herz, hier in Charis zu bleiben. Er sagt, er fürchte, dass wir, wenn wir jemals nach Zion oder in die Tempel-Lande zurückkehren, uns ebenfalls vor der Inquisition würden verantworten müssen. Sein eigenes Schicksal ist er anzunehmen bereit, aber als unser priesterlicher Vorgesetzter mahnt er uns, unser Leben vor unberechtigter Strafe und Justizmord zu schützen, indem wir außerhalb der Reichweite der Inquisition bleiben. Und er fleht uns an, alles in unserer Macht Stehende zu tun, um seine – und auch unsere eigenen – Fehler als geistliche Hirten von Charis wiedergutzumachen.«

Staynair lehnte sich in seinem Sessel zurück und legte nachdenklich die Stirn in Falten. Niemals hätte er einen derartigen Brief von Erayk Dynnys erwartet. Und doch zweifelte er nicht einen Augenblick an der Echtheit dieses Schreibens, und er fragte sich, welche Art spiritueller Pilgerreise Dynnys in den Händen der Inquisition hatte durchmachen müssen, um einen derartigen Brief abzufassen. In jedem Menschen gab es etwas Gutes. Daran glaubte Staynair ebenso fest, wie er daran glaubte, dass an jedem Morgen die Sonne aufginge. Doch bei manchen Menschen war dieses Gute deutlich tiefer verborgen und wohl versteckt, und bislang hatte Staynair immer angenommen, bei Erayk Dynnys sei es unerreichbar tief unter einem Berg sorgloser Bestechlichkeit und lebenslanger Teilnahme an allen Belangen der Korruption im Inneren des Tempels verschüttet.

Ich habe mich getäuscht, dachte er. *Der Finger Gottes kann jeden Menschen erreichen, wann auch immer und wo auch immer, und das auf den undenkbarsten Wegen. Auch das habe ich schon immer geglaubt. Und nun, da sich Erayk Dynnys' Leben dem Ende zuneigte, hat Gott ihn ganz unbestreitbar berührt.*

Der Erzbischof schloss die Augen und sprach innerlich ein kurzes, ergriffenes Gebet des Dankes dafür, dass Dynnys letztendlich doch noch seinen Weg zu Gott gefunden hatte, obwohl ihm Korruption und Verderbtheit bislang den Blick darauf versperrt hatten. Dann richtete sich Staynair wieder auf und blickte erneut seine Besucher an.

Jetzt begriff er diese Gebrechlichkeit, die er bei Ahdymsyn gespürt hatte. Ebenso wie Dynnys – und anders als Wylsynn – war Ahdymsyn ein Mann, dessen Glaube und Gottvertrauen seinen weltlichen Pflichten nachgeordnet gewesen waren … und durchaus auch den Gelegenheiten, die sich ihm boten. Angesichts von Dynnys' Schicksal und diesem Brief hatte er sich selbst ins Antlitz blicken können – und was er dort gesehen hatte, musste ihn zutiefst erschreckt haben. Doch im Gegensatz zu Dynnys hatte er noch die Möglichkeit, auch schon in dieser Welt von jener neugewonnenen Erkenntnis zu profitieren, nicht erst in der nächsten. Er konnte selbst auswählen, welche Entscheidungen er in der ihm noch verbleibenden Lebenszeit treffen würde, und es erschien Staynair offensichtlich, dass Ahdymsyn diese Möglichkeit als ebenso erschreckend wie tröstlich empfand. Er musste ebenso mit seiner eigenen Scham leben wie mit der Gelegenheit, Abbitte zu tun.

Für den jungen Wylsynn hingegen musste sich die Lage völlig anders darstellen, wenngleich nicht weniger erschütternd. Staynair wusste besser als die meisten anderen, dass Wylsynn sich nur wenigen Illusionen darüber hingegeben hatte, wie oft das Handeln der Kirche den wahren Geist der *Heiligen Schrift* verriet. Doch das Ausmaß der Korruption und die Mühen, die auf sich zu nehmen die ›Vierer-Gruppe‹ bereit gewesen war, musste ihn getroffen haben wie ein Vorschlaghammer. Und im Gegensatz zu Dynnys und Ahdymsyn hatte Paityr Wylsynn niemals vergessen, dass er ein Priester Gottes war, hatte sich durch die allgegenwärtige Korruption niemals von seinen priesterlichen Pflichten ablenken lassen.

Und jetzt musste einer der untadeligsten Diener von Mutter Kirche, die Staynair jemals kennen gelernt hatte, von einem gefallenen Erzbischof, dessen Verderbtheit Wylsynn schon seit langem bekannt gewesen sein musste, die Anweisung entgegennehmen, Mutter Kirche den Rücken zuzuwenden. Ihr jegliche Autorität abzusprechen, sämtliche ihrer Forderungen zurückzuweisen. Eines der zahlreichen Opfer der Inquisition forderte einen Priester der Inquisition auf, sich dem Großinquisitor selbst entgegenzustellen.

»Gott erbarme sich Seines wahrhaftigen Dieners Erayk«, murmelte Staynair und legte die Finger erst an sein Herz, dann an die Lippen.

»Amen«, antworteten Ahdymsyn und Wylsynn gleichzeitig.

»Erzbischof Erayks Schicksal entsetzt und bestürzt mich«, erklärte Staynair dann. »Und doch hat er, am Ende seines Lebens, Gott in einer Art und Weise erkannt und sich ihm so weit genähert, wie es nur wenigen von uns jemals vergönnt ist.

Dennoch muss ich Ihnen beiden sagen, dass es einen Punkt der Kirchenlehre gibt, bei dem ich zusammen mit der gesamten Kirche von Charis gänzlich den Doktrinen des Rats der Vikare widersprechen muss. Es geht dabei um das Recht – und die Pflicht – eines jeden Kindes Gottes, für sich selbst zu entscheiden, was wahrhaft recht ist und was das für ihn oder sie bedeutet. Die Aufgabe der Kirche ist es nicht, das verbindlich vorzuschreiben, sondern zu lehren – zu erklären und nahezubringen. Es ist die Aufgabe des Einzelnen, aus freiem Willen Gott zu lieben und zu tun, was recht ist, eben weil es recht ist, und nicht, weil ihm oder ihr keine andere Wahl bleibt.«

Wylsynn rutschte unruhig in seinem Sessel hin und her, und Staynair blickte ihn schweigend an.

»Ich sage Ihnen das, Pater Paiter, weil ich mich weigere, Sie oder irgendjemand anderen über meine Sicht dieser Dinge in die Irre zu führen oder im Unklaren zu lassen. Kein Mann und keine Frau kann sich wahrlich dafür entscheiden, Gott zu dienen, solange es ihnen nicht auch freisteht, sich zu weigern, ihm zu dienen, und Gott wünscht sich von Seinem Volk, dass es offenen Auges und frohen Herzens zu ihm kommt und nicht voller Furcht vor der Inquisition und der ewigen Verdammnis. Ich habe die Absicht, es allen deutlich kundzutun, dass ich mich weigere, die Macht dieses Amtes dazu zu missbrauchen, dem Gewissen eines jeden Priesters und eines jeden Laien Vorschriften zu machen. Auf genau jenem Wege liegen die Korruption und dieser beiläufige Machtmissbrauch ›im Namen Gottes‹, die zum Bruch mit dem Rat der Vikare geführt haben. Wenn Mutter Kirche beschließt, sie könne befehlen, was immer sie von ihren Kindern ersehnt, dann befindet sich ihre gesamte Priesterschaft schon fest auf dem Pfad in die Finsternis. Als Erzbischof und damit Oberhaupt der kirchlichen Hierarchie hier in Charis mag ich Vorgehensweisen festlegen, ich kann Entscheidungen treffen und der Gesamtheit sowohl der Bischöfe als auch der Priester Anweisungen erteilen. Und sollten diese Anweisungen missachtet oder übertreten werden, habe ich das Recht und die Pflicht, all jene ihren jeweiligen Ämtern zu entheben, die mir nicht guten Gewissens folgen können, auf gleichwelcher Stufe der kirchlichen Hierarchie sie auch stehen mögen. Aber ein Priester ist für alle Zeiten Priester, Pater. So er sich nicht unstreitig der Sündhaftigkeit und des Amtsmissbrauchs schuldig gemacht hat, steht es keinem Menschen zu, ihm dieses Amt zu nehmen oder die Ausübung seiner Berufung zu verweigern. Und ebenso wenig habe ich – oder auch jeder andere – das Recht, einen Mann oder eine Frau zu exkommunizieren, zu foltern oder zu töten, nur weil er nicht an das glaubt, woran ich glaube.«

Einen Augenblick lang schwieg Wylsynn nur, dann atmete er tief durch.

»Eure Eminenz, ich bin ein Diener der Inquisition. Ich glaube, Ihr werdet erkennen müssen, dass ich mich stets bemüht habe, die mit meinem Amt einhergehende Macht in einer Art und Weise zu nutzen, die meinen priesterlichen Pflichten entspricht, und Disziplin mit Liebe und Verständnis zu erreichen. Doch ich habe mein ganzes Leben, und auch mein Vertrauen in Gott, der Verantwortung von Mutter Kirche gewidmet, Gottes Kinder vor der Verderbtheit und der Verdammnis zu beschützen. Sie nicht nur zu ›überzeugen‹, wie ihr Handeln geartet sein sollte, sondern sie vor den Verlockungen von Shan-wei zu bewahren, welche Mittel dafür auch erforderlich sein mögen.«

»Dessen bin ich mir bewusst, Pater. Das ist auch der Grund, warum ich diesen Unterschied der Lehre so deutlich und ausdrücklich formuliert habe. Ich habe größten Respekt vor Ihrem persönlichen Glauben und auch vor Ihrem eigenen Charakter, sowohl als Mensch im Allgemeinen wie auch als Priester. Nichts würde mir größere Freude bereiten, als wenn Sie Teil dieser Umgestaltung, dieses Kampfes gegen den Amtsmissbrauch der Kirche – gegen jegliche Form des Amtsmissbrauchs! – hier in Charis und auch an anderen Orten würden. Mir ist vollkommen bewusst, welche Stütze Sie bei dieser beängstigend gewaltigen Aufgabe darstellen könnten. Aber dies ist eine Sache, für die sich kein Mann, sei er noch so sehr Priester, einsetzen kann, solange er sich nicht sicher ist, dass er dabei für sich selbst kämpft, für Gott und auch für mich. Sind Sie sich dessen sicher, Pater?«

»Das weiß ich nicht«, entgegnete Wylsynn nur und blickte Staynair mit seinen klaren grauen Augen völlig ehrlich an. »Ich weiß, dass es jenen Amtsmissbrauch tatsächlich gibt, von dem Ihr sprecht und den Erzbischof Erayk in seinem Brief erwähnt. Ich weiß, was der Großinquisitor und der Kanzler für Charis geplant hatten, und ich weiß auch, dass das falsch war. Schlimmer noch als falsch, es war böse – ein Verrat an allem, wofür Mutter Kirche angeblich doch steht und was zu verteidigen sie trachtet. Was auch immer es sonst noch gewesen sein mag, ich weiß, es kann unmöglich der Wille Gottes gewesen sein. Und doch gibt es einen großen Unterschied dazwischen zuzustimmen, dass das, was jene Männer getan haben, falsch war und dass das, was Ihr getan habt, richtig ist.«

»Ich weiß Ihre Offenheit zu schätzen, Pater. Und ich vertraue auf die Klarheit Ihres Glaubens. Ich werde nicht versuchen, Sie an diesem Tag von meiner Sichtweise der Dinge zu überzeugen. Selbstverständlich kann niemand von Ihnen erwarten, Teil dieser Umgestaltung zu werden, solange Ihr eigener Glaube und Ihr eigenes Gewissen Ihnen nicht sagen, dass das, was wir hier in Charis zu bewirken versuchen, wirklich richtig ist. Aber ich bitte Sie, über das nachzudenken, was Sie selbst gesehen haben, was Erzbischof Erayk Ihnen geschrieben hat, über die Worte und die Taten der Kirche von Charis, und auch darüber, wie Gottes Wort Ihr eigenes Herz berührt hat. Nähern Sie sich all dem im Gebet und in ernstlicher Meditation, Pater, nicht voller Zorn. Wenn Sie beizeiten feststellen, es sei Gottes Wunsch, dass Sie sich uns und unserem Kampf anschließen, dann werden wir Sie als Bruder und als weiteren Diener Gottes in die Arme schließen. Und wenn Gott Sie nicht auffordert, sich uns anzuschließen, dann werden wir auch diese Entscheidung respektieren und akzeptieren.«

»Und in der Zwischenzeit, Eure Eminenz?«

»In der Zwischenzeit, Pater, wäre ich Ihnen sehr dankbar,

wenn Sie weiterhin das Amt des Intendanten hier in Charis ausübten. Wie Sie schon selbst gesagt haben: Niemand in diesem Königreich hat jemals Zweifel an Ihrer Entschlossenheit gehegt, die Ächtungen in ehrlicher und angemessener Art und Weise zur Anwendung zu bringen. Es wäre für unsere ganze Gemeinde zutiefst beruhigend zu wissen, dass Sie auch in diesen Zeiten der Unruhe und des Wandels jenes Amt ausüben.«

»Wenn ich diesem Vorschlag zustimmen würde, Eure Eminenz, dann würde ich dieses Amt in genau der Art und Weise ausüben, wie es mir angemessen erscheint.«

»Nicht mehr und nicht weniger hätte ich auch von Ihnen erwartet, Pater.«

»Auch wenn das zu Konflikten zwischen uns führen sollte?«

»Pater«, sagte Staynair jetzt und lächelte gütig, »nachdem ich gesehen habe, wie Sie in der Vergangenheit Ihre Pflichten erfüllt haben, sehe ich keinerlei Grund zu glauben, es könne zwischen uns über das Thema der Ächtungen zu jedweden Konflikten kommen. Sollten wir einmal unterschiedlicher Ansicht sein, so werden wir natürlich versuchen, den jeweils anderen von unserer Meinung zu überzeugen, aber ich habe noch niemals gesehen, dass Sie aus einer Laune heraus eine Entscheidung gefällt hätten – oder auch nur eine, der ich nicht hätte zustimmen können. Ich sehe daher auch keinerlei Grund, derzeit eine solche Entscheidung zu erwarten.

Es stimmt wohl: Wir mögen geringfügig unterschiedlicher Ansicht sein, welche Zwangsmaßnahmen in Ihrem Amt angemessen sind. Wie Sie schon sagten, glauben Sie, dass es die Pflicht der Kirche ist, vor Korruption und Verderbtheit zu schützen, ›welche Mittel dafür auch erforderlich sein mögen‹, während ich der Ansicht bin, ihre Pflicht bestehe vor allem darin, zu lehren und zu überzeugen. Ein äußerer Zwang kann nicht die innere Stärke hervorrufen, die erforderlich ist, der Dunkelheit und dem Bösen zu widersagen, die jeden einzelnen von uns heimsuchen, Tag für Tag. Ich vermute, Ihr steht der Bezeichnung ›welche Mittel dafür auch erforderlich sein mögen‹ nun etwas skeptischer gegenüber als vor diesem Versuch der ›Vierer-Gruppe‹, Charis zu erobern, aber ich halte es dennoch für möglich, dass wir uns früher oder später doch in einem grundlegenden Streit über die Durchsetzung der Kirchenlehren befinden werden. Bis es so weit ist, werde ich ganz gewiss weiter versuchen, Sie von meiner Sicht der Dinge zu überzeugen. Aber es wird Ihnen stets freistehen, von Ihrem Amt zurückzutreten – und auch öffentlich Ihre Gründe für diesen Schritt kundzutun. Und ich werde niemals versuchen, Sie dazu zu nötigen, meinen Standpunkt einzunehmen oder öffentlich zu vertreten, wann immer Sie mir nicht guten Gewissens zustimmen können.«

»Mit Eurer Erlaubnis, Eure Eminenz, ich werde heute weder zustimmen noch ablehnen«, gab Wylsynn nach langem, nachdenklichem Schweigen zurück. »Wie Ihr selbst bereits angedeutet habt, ist dies keine Entscheidung, die man übereilt treffen sollte. Ich würde es vorziehen zu meditieren und im Gebet Gottes Führung zu erbitten, bevor ich Euch eine Antwort geben kann.«

»Nicht mehr als das verlange ich, von keinem einzigen Priester.« Staynair lächelte den jungen Mann an, dann schaute er wieder zu Ahdymsyn hinüber. »Und mehr als das kann ich auch von keinem Bischof-Vollstrecker verlangen«, sagte er und lächelte erneut. »Natürlich würde ich Sie beide gerne in meinen Reihen wissen, aus politischen Gründen ebenso wie aus spirituellen, aber weder ich noch König Cayleb werden versuchen, Ihnen vorzuschreiben, was Ihr Gewissen Ihnen zu sagen hat. Wie könnten wir auch, wo so viel unseres Kampfes damit zu tun hat, dass der Rat der Vikare genau das für alle Kinder Gottes zu tun versucht? Wie auch immer Ihre letztendliche Entscheidung geartet sein mag, Sie sollten Folgendes wissen: Dank meiner eigenen Autorität und in der Erwartung, dass König Cayleb dem zustimmen wird, aber auch für den Fall, das er dies nicht tut, gewähre ich Ihnen beiden hier Zuflucht. Ob Sie es nun in Ihren Herzen und Seelen finden werden, uns in unserem Bemühen zu unterstützen, Mutter Kirche wieder zu dem zu machen, was Gott sich eigentlich für sie gewünscht hat, oder nicht, Sie dürfen hier in Charis bleiben, unter dem Schutz der Kirche von Charis, so lange Sie dies wünschen.«

.IV.

Königlicher Palast und Kloster von Sankt Zherneau, Stadt Tellesberg, Königreich Charis

»*Seijin* Merlin, wenn Ihr vielleicht einen Augenblick Zeit hättet?«

Merlin hielt inne und blickte ein wenig erstaunt auf, als Erzbischof Maikel ihm vorsichtig eine kräftige Hand auf die Schulter legte.

»Ja, Eure Eminenz? Wie kann ich Euch behilflich sein?«

Sie standen unmittelbar vor der Tür des Saales, den der restliche Königliche Rat soeben verlassen hatte, und Cayleb blickte mit erhobenen Augenbrauen zu den beiden Männern hinüber.

»Gibt es noch irgendetwas, was wir zu besprechen hätten, Maikel?«, fragte der König.

»Eigentlich, Euer Majestät«, erwiderte Staynair, und sein Tonfall klang deutlich förmlicher, als das an sich seine Art war, »würde ich mir gerne heute Nachmittag den *Seijin* ausborgen, wenn es Euch recht ist.« Cayleb ließ sich seine Überraschung deutlich klarer anmerken, als dies bei Merlin der Fall gewesen war, und der Erzbischof lächelte. »Ich verspreche auch, ihn zum Abendessen zurückzubringen, Euer Majestät. Ich hätte nur noch eine Kleinigkeit, die ich gerne mit ihm besprechen würde, und da ich heute Nachmittag ohnehin in der Stadt noch eine seelsorgerische Aufgabe zu erfüllen habe, dachte ich mir, ich könnte ihn vielleicht bitten, mich zu begleiten. Nur als Vorsichtsmaßnahme, Ihr versteht.«

Abrupt kniff Cayleb die Augen zusammen. Die Erinnerung an das Attentat auf Erzbischof Maikel war noch zu frisch, als dass er hätte missverstehen können, welche Art der ›Vorsichtsmaßnahme‹ Staynair gemeint haben könnte. Vor allem nach dem, was vor drei Tagen in der Königlichen Hochschule geschehen war.

»Wenn Ihr zusätzlichen Schutz benötigt, Maikel ...«, setzte der König an, doch Staynair schüttelte gemächlich den Kopf.

»Um Attentäter mache ich mir keine sonderlichen Sorgen, Euer Majestät«, entgegnete er und lächelte matt. »Zumindest nicht im Augenblick. Aber ich muss heute Nachmittag noch jemanden besuchen, und unter den gegebenen Umständen würde ich es vorziehen, dabei kein sonderliches Aufsehen zu erregen. Bedauerlicherweise wäre ich wohl doch ein wenig auffällig, wenn mich eine ganze Schar Wachen begleiten würde. Angesichts der unschönen Ereignisse in der Kathedrale und dem, was in der Hochschule passiert ist, sowie der allgemeinen Stimmung, die im Augenblick herrscht, wäre es mir alles andere als recht, wenn ein einfacher Privatbesuch bei einem alten Freund, der sich im Augenblick nicht gerade bester Gesundheit erfreut, dazu führen würde, dass ich die Aufmerksamkeit unserer Feinde auf ein schlichtes Kloster lenken könnte. Und es ist nur zu gut möglich, dass ich gewisse Leute auf den Gedanken bringe, ich würde irgendetwas im Schilde führen, wenn sie bemerken, dass ich überhaupt dorthin gehe. Glücklicherweise bin ich recht zuversichtlich ... – sein Lächeln wurde breiter – »... dass es Captain Athrawes ein Leichtes wäre, uns beide wohlbehalten das Ziel erreichen zu lassen, wenn ich diese kurze Reise, sagen wir, inkognito anträte?«

»Ist das wirklich wichtig genug, dass wir es riskieren sollten,

Euch in Zeiten wie diesen ›inkognito‹ durch die Straßen laufen zu lassen?«

»Es geht um einen sehr alten Freund, Euer Majestät«, antwortete Staynair leise, »und sein Gesundheitszustand hat sich in letzter Zeit immer weiter verschlechtert. Und es handelt sich auch nicht nur um einen reinen Freundschaftsbesuch.«

Einen Moment lang blickte Cayleb den Prälaten nur wortlos an, dann sog er scharf die Luft ein und nickte knapp. Merlin war nicht sonderlich überrascht, dass der König sich fügte – auch wenn die Vorstellung, gerade jetzt, zu diesem Zeitpunkt in der Geschichte von Safehold, könne Maikel Staynair irgendetwas widerfahren, offen gesagt zutiefst erschreckend war. Für Merlin galt das wahrscheinlich sogar noch mehr als für Cayleb, wenn der *Seijin* ganz ehrlich war, und nach diesem Mordversuch konnte niemand – nicht einmal Staynair – noch so tun, als hätten die Tempelgetreuen nicht genau die gleichen Überlegungen angestellt. Doch sowohl Merlin als auch Cayleb wussten, dass nichts, was sie hätten sagen können, Staynair davon abhalten würde, seinen seelsorgerischen Pflichten nachzugehen. Hätte ihnen das gelingen können, so wäre Staynair ein gänzlich anderer Mensch gewesen ... und dann wäre er eben nicht so unerlässlich für sämtliche der Hoffnungen, die ihre ganze Zukunft betrafen.

»Also gut«, entschied der König. Dann blickte er zu Merlin hinüber. »Bitte versucht, dafür zu sorgen, dass er unbeschadet bleibt, Merlin. Wieder einmal.«

Staynair war taktvoll genug, angesichts dieses letzten Zusatzes wenigstens kurz das Gesicht zu verziehen, doch er ließ sich dennoch nicht abbringen.

»Ich werde mein Bestes geben, Euer Majestät«, versicherte

Merlin dem König von Charis und blickte zu dem hoch aufragenden Gardisten hinüber, der vor der Tür zum Ratssaal stand und wartete.

Sergeant Payter Faircaster war das einzige Mitglied aus Kronprinz Caylebs Leibgarde – die sich traditionell aus Marines rekrutierte –, der offiziell zur Garde gewechselt war, als Cayleb den Thron bestiegen hatte. Ahrnahld Falkhan und der Rest von Caylebs alter Leibgarde bewachten jetzt Kronprinz Zhan, Caylebs elf Jahre alten Bruder. Der Aufgabenwechsel war Cayleb ebenso schwergefallen wie den Männern, die ihn so lange beschützt hatten, doch die Sicherheit des Thronerbes von Charis oblag schon seit unvordenklichen Zeiten immer den Royal Charisian Marines. Faircaster hätte ebenso gut bei seiner alten Einheit bleiben können, doch Cayleb hatte darauf bestanden, dass wenigstens einer ›seiner‹ Marines bei ihm blieb ... nicht zuletzt, weil sie alle schon von Merlins ›Visionen‹ erfahren hatten. Es war dem König durchaus sinnvoll erschienen, zumindest noch eine Person an seiner Seite zu wissen, die in der Lage wäre, mit den richtigen Bemerkungen beizeiten Merlins gelegentliche ... Eigentümlichkeiten zu überspielen, zumindest so lange, bis auch die neuen Garden des Königs in dieses Wissen eingeweiht würden.

Merlin hatte dem Vorschlag zugestimmt. Abgesehen davon empfand der Mann – oder der PICA, wie immer man das sehen wollte –, der dafür verantwortlich war, das Überleben des Königs zu sichern, Faircasters ruhige, kompetente Wachsamkeit als zutiefst beruhigend. Und jemanden bei sich zu wissen, der Cayleb schon aus der Patsche geholfen hatte, als der Thronerbe von Charis gerade einmal neun Jahre alt gewesen war, das war ja nun auch nichts, was man so einfach verachtete.

»Payter«, sagte Merlin jetzt.

»Jawohl, Sir«, erwiderte der gewaltige Gardist mit der grollenden Bassstimme.

»Senden Sie einen Pagen aus. Er soll Lieutenant Ahstyn darüber informieren, dass Sie einen weiteren Wachmann benötigen. Ich glaube, Sergeant Vynair müsste derzeit verfügbar sein. Und dann behalten Sie Seine Majestät im Auge, bis Vynair hier auftaucht. Lassen Sie nicht zu, dass er in irgendwelche Schwierigkeiten gerät.«

»Jawohl, Sir.« Mit der Faust seiner rechten Hand berührte Faircaster kurz seinen Brustharnisch und warf dem König einen gestrengen Blick zu. Cayleb schüttelte nur den Kopf.

»Es ist doch immer wieder tröstlich zu sehen, wie sehr ich über alles entscheiden darf, was mich persönlich betrifft«, sagte er einfach in den Raum hinein.

»Es beruhigt mich, das zu wissen, Euer Majestät.« Die ausgewählte Höflichkeit, die in Merlins Stimme mitschwang, stand nur geringfügig im Kontrast zu der Belustigung in seinen sonderbaren, saphirfarbenen Augen. Dann wandte er sich wieder Staynair zu.

»Wann immer es Euch beliebt, Eure Eminenz«, murmelte er nur.

Wenn Staynair ›inkognito‹ sagt, dann meint *er auch ›inkognito‹*, dachte Merlin kaum eine Stunde später ein wenig missmutig. Tatsächlich war Merlin sogar ernstlich überrascht, *wie* ›inkognito‹ Maikel Staynair sein konnte, wenn er es darauf anlegte. Das Gesicht des Erzbischofs war den Einwohnern der Hauptstadt von Charis vermutlich sogar noch vertrauter als das ihres Königs selbst. Seit Jahren hielt Staynair jeden Mittwoch in der Kathedrale von Tellesberg das Hochamt für die

Stadtbewohner, und seit er zum Erzbischof des ganzen Königreiches ernannt worden war, konnte man ihn noch öfter sehen.

Dennoch, und auch trotz seines wallenden Bartes und der unverkennbaren Gesichtszüge, gelang es ihm, völlig unauffällig zu wirken, sobald er erst einmal die orangefarben abgesetzte, weiße Soutane abgelegt hatte, die seinen hohen Rang in der Kirche anzeigte, und sich stattdessen in das schlichte, schmucklose braune Gewand eines Bruders aus dem Bédard-Orden hüllte (das ihm immer noch zustand, trotz seines Aufstiegs in der kirchlichen Hierarchie). Den Rubinring seines Amtes hatte er so gedreht, dass seine Handfläche den schweren Stein verbarg, und wenn Staynair dann noch die Kapuze tief ins Gesicht zog und den Kopf in einer Geste angemessener Bescheidenheit ein wenig senkte, schien der Erzbischof völlig verschwunden zu sein.

Bedauerlicherweise handelte es sich bei diesem Gewand *nicht* um eine der Soutanen, die Owl und Merlin unbemerkt ausgetauscht hatten. Der gewöhnliche Stoff dieses Kleidungsstückes würde einer Klinge oder einem Geschoss keinerlei besonderen Widerstand entgegenbringen – was alleine schon ausreichte, um Merlin sehr unglücklich zu machen, auch wenn er das Staynair wohl kaum erklären konnte. Und das wiederum war nicht gerade dazu angetan, Merlins Laune zu heben.

Und er fand auch keinen sonderlichen Trost in der Überlegung, dass ein einfacher Bruder wohl kaum von einem Captain der Königlichen Garde begleitet würde, und das bedeutete, dass Merlin auch sein eigenes Erscheinungsbild ein wenig hatte anpassen müssen. Die Rüstung hatte er abgelegt, ebenso seine Gardisten-Uniform, und auch sein Wakizashi hatte er zurücklassen müssen; nun hoffte er nur darauf, dass sein Katana nicht ungewöhnlich genug aussah, um ungewünschte Aufmerksamkeit auf sich zu ziehen. Er war sich allerdings nicht sicher, wie berechtigt diese Hoffnung war, schließlich waren die einzigen Menschen im ganzen Königreich – und wenn man es genau nahm: auf dem gesamten Planeten –, die üblicherweise Katanas mit sich führten, Seine Majestät König Cayleb und der berühmte (oder berüchtigte) *Seijin* Merlin. Zudem war Merlin selbst ein wenig überrascht, wie sehr er seine schwarz-goldene Uniform vermisste, nachdem er sie nun schon seit beinahe zwei lokalen Jahren fast jeden Tag getragen hatte.

Doch am schwersten fiel es ihm, seine Augen zu tarnen. Merlin Athrawes' Augen waren ebenso leuchtend saphirgrün wie die von Nimue Alban, und bislang war Merlin noch keinem einzigen Charisianer begegnet, dessen Augenfarbe der seinen auch nur ansatzweise glich.

Hätten die hier nicht wenigstens schon Sonnenbrillen *oder irgendetwas in der Art erfinden können?*, grummelte er in sich hinein, während die beiden sich ihren Weg durch das Gewimmel der lauten und stets unglaublich *geschäftigen* Straßen bahnten. Natürlich hätte Merlin etwas gegen diese Augenfarbe unternehmen können, bevor er überhaupt nach Charis gekommen war. Er hätte sie zwar nicht einfach umprogrammieren können, doch mit Hilfe der Fertigungseinheit in Nimues Höhle hätte er sich ein hübsches Paar brauner Kontaktlinsen herstellen lassen können, um seine ›natürliche‹ Augenfarbe zu verdecken.

Wahrscheinlich wollte ich nicht auch noch das letzte bisschen Nimue aufgeben, gestand er sich selbst ein. *Und um ganz ehrlich zu sein, ich möchte es immer noch nicht ... auch wenn es sich mittlerweile als verdammt nervig erwiesen hat. Und jetzt kann ich das nicht mehr einfach so ändern. Inzwischen weiß doch wirklich jeder, dass*

›Captain Athrawes‹ diese ›unwirklichen, blauen Seijin-*Augen‹ hat. Da habe ich mir ja ganz toll selbst ein Bein gestellt!*

Die Vermutung, dass Staynair die missliche Lage seines Begleiters vermutlich immens belustigte, war Merlins Laune ebenfalls nicht gerade zuträglich.

»Wie weit ist es denn noch bis zu diesem Kloster, Eure Eminenz, wenn Ihr die Frage gestattet?« Er flüsterte, und Staynair lachte leise auf.

»Noch etwa fünfzehn oder zwanzig Minuten«, antwortete er dann.

»Hätte ich gewusst, dass wir einmal quer durch die Stadt spazieren müssen, hätte ich wahrscheinlich auf etwas aufwändigere Sicherheitsvorkehrungen bestanden«, merkte Merlin an. Es gelang ihm nicht ganz, sich seine Gereiztheit nicht anmerken zu lassen. Tatsächlich bemühte er sich noch nicht einmal sonderlich, und wieder lachte Staynair leise. Dann schüttelte er den Kopf.

»Es ist wirklich nicht mehr weit«, sagte er mit beruhigender Stimme. »Außerdem tut uns beiden die Bewegung gut.«

»Danke, dass Ihr so um meine Gesundheit besorgt seid, Eure Eminenz, aber ich bekomme auch so schon genug Bewegung.«

Ein drittes Mal lachte Staynair, und nun lächelte auch Merlin, fast gegen seinen Willen.

Wenigstens hatte das unvermeidbare Nachmittags-Gewitter, das über die Hauptstadt hinweggezogen war, seinen Weg fortgesetzt, ohne lange zu verweilen. Doch nach dem Regen war die Luft sehr schwül, und die Tatsache, dass jetzt offiziell ›Herbst‹ war, schien das Wetter nicht sonderlich zu beeindrucken. Laut Merlins eingebautem Temperatursensor herrschten hier gerade etwas mehr als zweiunddreißig Grad –

gemäß der Celsius-Skala, die außer ihm niemand mehr verwendete, in der ganzen Galaxis nicht.

Glücklicherweise machten weder Hitze noch Luftfeuchtigkeit einem PICA sonderlich viel aus, und Staynair war hier in Tellesberg aufgewachsen. Ihn schien das Klima nicht im Mindesten zu stören, und falls *er* dringend ein wenig Bewegung brauchte, so merkte man das zumindest nicht an dem forschen Schritttempo, das der Erzbischof vorgelegt hatte, seit sie aus dem Palast herausgetreten waren.

»Ah! Da sind wir ja«, sagte er nur wenige Minuten später und bog in eine kleine Seitenstraße ein.

Neugierig blickte Merlin sich um. Trotz des Brandanschlages, der die gesamte Königliche Hochschule in einen formlosen Haufen aus Asche und verkohlten Ziegeltrümmern verwandelt hatte, war Tellesberg doch eine deutlich gesetzestreuere und reichere Stadt als die meisten anderen. Dennoch gab es auch hier weniger ... wohlhabende Gegenden, und im Augenblick befanden sie sich wirklich nicht gerade im besten Teil der Stadt. Die Gebäude, die sich vor ihnen in die Höhe reckten, schienen allesamt heruntergekommene Läden und Lagerhäuser zu sein, deren Kunden nicht gerade überreichlich gefüllte Geldbörsen ihr Eigen nennen konnten. Der Geruch, der die Luft schwängerte, ließ deutlich vermuten, dass die hiesigen Abwasserkanäle dringend gewartet werden mussten. Auf ihrem Weg waren sie an mindestens zwei Zisternen der Brandwehr vorbeigekommen, die bestenfalls halbgefüllt gewesen waren, und die harten, hungrigen Blicke des einen oder anderen, dem sie auf der Straße entgegengekommen waren, überzeugte Merlin endgültig, dass es sehr vernünftig von Staynair gewesen war, sich von einer geeigneten Leibwache begleiten zu lassen, auch wenn niemand hier wusste, wer dieser Mann in dem braunen Gewand wirklich war.

Noch etwa fünf Minuten gingen sie weiter; währenddessen nahm die Anzahl von Geschäften immer weiter ab. In dieser Gegend gab es vor allem heruntergekommene Lagerhäuser und sichtlich überfüllte Mietskasernen. Und dann bog Staynair schließlich in eine schmale Gasse ein und trat an eine schwere Holztür heran, die in eine recht heftig beschädigte, bescheidene Wand eingelassen war.

Wie jede größere Stadt auf ganz Safehold war Tellesberg geradezu übersät von Kirchen und Kathedralen. Mönchs- und Nonnenkloster waren ebenfalls recht weit verbreitet, auch wenn sich diese meist außerhalb der Stadtgebiete befanden; die meisten Klöster unterhielten sich selbst, indem die Mönche und Nonnen in bescheidenem Maße Landwirtschaft betrieben. Doch auf dieses Kloster hier traf das nicht zu. Es sah aus, als bestehe es schon seit Gründung der Stadt Tellesberg, und zu beiden Seiten drängten sich Lagerhäuser so dicht, dass es hier unmöglich mehr als nur einen äußerst bescheidenen Gemüsegarten geben konnte.

Staynair klopfte an, dann warteten Merlin und er geduldig ab, bis ein hölzerner Schieber vor einem kleinen Fenster in der massiven Tür zur Seite glitt und ein Mönch auf die Straße hinausspähte. Zu Merlins großer Überraschung trug dieser Mönch an seinem braunen Habit das weiße Pferd des Truscott-Ordens, nicht die Öllampe, die für den Bédard-Orden stand. Aus irgendeinem Grund war Merlin davon ausgegangen, das Kloster, zu dem sie aufgebrochen waren, müsse zu Staynairs eigenem Orden gehören.

Die Augen des Torwächters blitzten auf, als er Staynair erkannte, und rasch wurde die robuste, vielfach verschrammte Tür geöffnet. Angesichts des heruntergekommenen Äußeren dieses Gebäudes hatte Merlin damit gerechnet, sie werde lautstark quietschen, doch sie schwang völlig lautlos zur Seite;

ganz offenkundig wurden die Scharniere sorgfältig geölt und gepflegt.

»Willkommen im Kloster Sankt Zherneau, *Seijin* Merlin«, sagte Staynair, als sie eingetreten waren und sich die Tür hinter ihnen wieder geschlossen hatte. Die Stimme des Erzbischofs erschien Merlin sonderbar, als würden diese Worte noch einen tieferen Sinn bergen, der Merlin derzeit noch verschlossen blieb. Merlins Wachsamkeit nahm noch weiter zu, doch er ließ sich nichts anmerken, sondern nickte nur und folgte Staynair und dem Torwächter quer über den Klosterhof.

Das Gelände auf der anderen Seite der Außenmauer des Klosters war größer, als Merlin erwartet hatte. Es war deutlich tiefer, und der Hof war auch nicht mit Kopfsteinen gepflastert oder bestand nur aus festgetretenem Erdreich, wie Merlin es angesichts des allgemeinen Verfalls der gesamten Umgebung vermutet hatte. Stattdessen war Merlin hier vom saftigen Grün zahlreicher Pflanzen und erkennbar uralten Steinmauern umgeben, die von zahllosen Flechtenarten überzogen waren. In der Luft lag das melodische, fast magische Plätschern kleiner Wasserfälle, die mehrere Zierteiche miteinander verbanden. Wyvern und auch Singvögel, die Nimue Alban noch von Terra gekannt hatte, kauerten auf den Zweigen zwergwüchsiger Obstbäume, und das leise Pfeifen und Trillern bildete einen beruhigenden Kontrast zu dem beständigen Lärm der Stadt, die jenseits der Mauer unendlich weit entfernt zu sein schien.

Staynair und Merlin folgten ihrem Führer in das Stiftshaus und gingen dort einige Gänge mit weißgetünchten Wänden entlang. Die Schritte zahlloser Mönche hatten die Steinplatten des Bodens im Laufe der Jahrhunderte glattpoliert und zugleich zahlreiche Furchen hinterlassen. Die Wände bestanden zum Teil aus Steinen, zum Teil aus Mauerwerk; dass sich das Baumaterial immer wieder änderte, ließ erkennen, welche Gebäudeteile erst zu einem späteren Zeitpunkt hinzugefügt worden waren. Zugleich waren sämtliche dieser Wände recht dick, und so war es im Stiftshaus kühl und völlig still.

Schließlich blieb ihr Führer vor einer weiteren Tür stehen. Kurz blickte er über die Schulter hinweg Staynair an, dann klopfte er an – auffallend behutsam.

»Herein«, war von der anderen Seite der Tür eine Stimme zu vernehmen, und so öffnete der Mönch die Tür und trat zur Seite.

»Ich danke dir, Bruder«, murmelte Staynair, dann ging er an ihm vorbei und bedeutete Merlin mit einer kurzen Kopfbewegung, ihm zu folgen.

Der Raum, den sie betraten, stellte offensichtlich ein Arbeitszimmer dar, auch wenn man es auf den ersten Blick auch für eine Bibliothek hätte halten können. Oder vielleicht eine übergroße Abstellkammer. Der leicht modrige Geruch von Papier und Tinte hing in der Luft, Bücherregale füllten fast den gesamten Raum aus, der an sich nicht zuletzt seiner hohen Decke wegen luftig und hell gewirkt hätte; sie standen so dicht, dass es fast schon bedrückend war, und der Schreibtisch, der unter dem einzigen Oberlicht in der Decke stand, war von allen Seiten von Regalen umgeben. Er wirkte fast wie eine Schneise, die man mit Gewalt in diesen Bücherurwald geschlagen hatte; doch diese ›Lichtung‹ schien fast zu klein für den Schreibtisch und die beiden Stühle, die davor aufgestellt waren.

Als Merlin die hohen Stapel aus Büchern und einzelnen Pergamenten sah, die überall im Zimmer aufgetürmt waren, kam ihm der Gedanke, diese Stühle dienten sonst als hilfreiche Ablageplätze für Nachschlagewerke und Schriftstücke. Er hatte nicht das Gefühl, dass diese beiden Sitzplätze ›rein zufällig‹ frei waren, gerade jetzt, da der Erzbischof und er hier so unerwartet erschienen.

»*Seijin* Merlin«, sagte Staynair, »bitte gestattet mir, Euch Pater Zhon Byrkyt vorzustellen, den Abt von Sankt Zherneau.«

»Pater«, begrüßte Merlin ihn und verneigte sich leicht. Byrkyt war ein recht betagter Mann, um einige Jahre älter als Staynair, der seinerseits auch kein Jungspund mehr war. In seiner Jugendzeit musste dieser Mann ein gutes Stück größer gewesen sein als Maikel Staynair, fast so groß wie Merlin selbst, womit er für Charis ein wahrer Riese gewesen sein musste. Doch das Alter und eine üble Rückgratverkrümmung hatte das geändert, und nun wirkte der Abt fast schmerzhaft gebrechlich. Er trug die grüne Soutane eines Oberpriesters, nicht das braune Gewand, in dem der Torwächter sie empfangen hatte. Und an der Soutane war deutlich der Federkiel von Chihiro zu erkennen, nicht etwa das Pferd von Truscott oder die Lampe von Bédard. Erstaunt kniff Merlin die Augen ein wenig zusammen.

»*Seijin*«, erwiderte der Abt. Seine Stimme klang, als sei sie einst sehr viel volltönender gewesen – passend zu seinem einst so massigen Leib; doch die Augen des Mannes waren immer noch klar und wachsam. Zugleich war sein Blick mindestens so stechend wie Merlins eigener, und in den braunen Tiefen dieser Augen schien eine erstaunliche Flamme des Eifers zu lodern. Er deutete auf die beiden Stühle vor seinem Schreibtisch. »Bitte, nehmt doch Platz. Ihr beide.«

Merlin wartete, bis Staynair sich einen Sitzplatz ausgewählt hatte, dann setzte auch er sich. Das Katana in seiner Scheide lehnte er aufrecht gegen Byrkyts Schreibtisch und hoffte, deutlich entspannter und ruhiger zu wirken, als er sich tatsächlich fühlte. Er brauchte keine PICA-Sensoren, um die sonderbare, fast erwartungsvolle Anspannung zu spüren, die sie alle hier umgab.

Einige Sekunden lang herrschte Schweigen, und die Anspannung wuchs, doch dann ergriff Staynair das Wort.

»Zunächst einmal«, sagte der Erzbischof, »bitte ich Euch um Verzeihung, Merlin. Ich bin mir sicher, Ihr habt bereits geschlussfolgert, dass ich mich eines gewissen Maßes der … man könnte wohl sagen: Irreführung schuldig gemacht habe, als ich Euch ›eingeladen habe‹, mich heute Nachmittag hierher zu begleiten.«

»Tatsächlich war mir der Anflug einer Vermutung bereits gekommen, Eure Eminenz«, gestand Merlin, und Staynair lachte leise.

»Das überrascht mich nicht«, erwiderte er. »Andererseits gibt es einige Dinge, die sich hier in Sankt Zherneau leichter erklären lassen, als das im Palast der Fall gewesen wäre. Dinge, die Euch, dessen bin ich mir sicher …« – plötzlich blickte er Merlin geradewegs in die Augen – »… doch ein wenig überraschen werden.«

»Aus irgendeinem Grund bezweifle ich das nicht im Mindesten«, gab Merlin nüchtern zurück.

»Was ich zu Cayleb gesagt habe, entsprach sehr wohl der Wahrheit«, erklärte Staynair jetzt. »Zhon …« – er nickte Byrkyt zu – »… ist tatsächlich ein alter Freund von mir. Und auch um seine Gesundheit ist es alles andere als gut bestellt. Allerdings bin ich recht zuversichtlich, dass er heute Nachmittag noch nicht die Letzte Ölung benötigen wird.«

»Ich bin erleichtert, das zu hören, Eure Eminenz.«

»Ich auch«, setzte Byrkyt hinzu und lächelte ebenfalls.

»Na … ja, natürlich.« *Es wirkt fast, als sei Staynair das Ganze ein wenig peinlich,* dachte Merlin, so unwahrscheinlich ihm das auch erschien. Doch wenn dem so war, so ließ der Erzbischof sich dadurch nicht lange aufhalten.

»Wie dem auch sei«, sprach er weiter, »war meine eigentliche Absicht, Euch hierher zu bringen.«

»Und aus welchem Grund genau wolltet Ihr mich hierherbringen, Eure Eminenz?«, erkundigte sich Merlin höflich.

»Das wird wohl eine etwas längere Erklärung erfordern.« Staynair lehnte sich in seinem Stuhl zurück und schlug ein Bein über das andere. Dann schaute er Merlin ruhig an.

»Das Kloster Sankt Zherneau ist wirklich ziemlich alt«, sagte er. »Tatsächlich heißt es – und in diesem Falle glaube ich aus mehrerlei Gründen, dass es stimmt –, dieses Kloster sei auf den Überresten der ältesten Kirche von ganz Tellesberg errichtet worden. Es lässt sich bis auf wenige Jahre nach der Schöpfung zurückverfolgen. Es gibt sogar einige Anzeichen dafür, dass die Kirche, die hier ursprünglich einmal stand, am Tag der Schöpfung selbst errichtet wurde.«

Merlin nickte und musste sich erneut ins Gedächtnis zurückrufen, dass die Kirche des Verheißenen, im Gegensatz zu allen Religionen von Terra, mit denen er vertraut war, den Augenblick der Schöpfung tatsächlich auf Tage, Stunden und sogar Minuten genau angeben konnte. Und es war ein Datum und eine Uhrzeit, die nicht nur in der *Heiligen Schrift* selbst angegeben wurde, sondern auch in den *Offenbarungen* – den persönlichen Erinnerungen der ersten acht Millionen Adams und Evas, die diesen Tag selbst miterlebt hatten. Natürlich erinnerte sich keiner von all diesen Menschen, die jene Tagebücher, Briefe und Berichte hinterließen, noch daran, dass sie sich einst freiwillig dafür gemeldet hatten, eine neue Welt zu kolonisieren. Denn auf der Reise dorthin hatte man ihnen sämtliche Erinnerungen gelöscht und sie so umprogrammiert, dass sie allesamt glaubten, bei dem Kommandostab dieser Kolonie handle es sich um Erzengel.

»Außerhalb von Charis ist Sankt Zherneau nicht sonderlich bekannt«, sprach Staynair weiter. »Das Kloster ist nicht sehr groß, und die Bruderschaft von Zherneau hatte nie besonders viele Mitglieder, vor allem nicht im Vergleich mit den anderen, wirklich großen Orden. Natürlich gibt es eine ganze Menge kleiner Mönchs- und Nonnenklöster, und die meisten von ihnen kommen und gehen irgendwann auch wieder. Die weitaus meisten davon werden gegründet, nachdem ein besonders frommer und hingebungsvoller Oberhirte mit seinem Leben ein Beispiel gibt; er zieht dann zu Lebzeiten einige ähnlich denkende Menschen an. Mutter Kirche hat derartige Gemeinschaften stets gebilligt, und die überwiegende Mehrheit hält ehrlich gesagt nicht länger als vielleicht noch eine weitere Generation nach dem Tode ihres Begründers. Meist werden sie von einem der größeren Orden unterstützt, und wenn sie dann wieder eingehen, dann fallen deren Besitztümer und Grundstücke – so es denn überhaupt welche gibt – dem jeweiligen Orden anheim, der ihnen hat Unterstützung angedeihen lassen.

Die Bruderschaft Sankt Zherneau hingegen ist ... einzigartig, und das gleich in mehrerlei Hinsicht. Zunächst einmal wurde dieser Orden genau hier in Tellesberg gegründet, nicht in Zion, unter dem Schutz und im Namen des ersten Bischofs von Tellesberg, noch bevor für dieses Gebiet ein Erzbischof überhaupt benannt wurde. Zweitens wurde diese Bruderschaft nie von nur einem einzigen Orden unterstützt, und so sind auch die Mitglieder allesamt nicht darin beschränkt, einem bestimmten Orden angehören zu müssen. Die Brüder stammen aus wirklich allen Orden von Mutter Kirche. Das Kloster ist ein Ort der spirituellen Einkehr und der Erneuerung, der allen offen steht, und so bringen die Brüder auch eine Vielfalt unterschiedlicher Perspektiven mit.«

Der Erzbischof hielt inne, und Merlin schürzte nachdenklich die Lippen. Was Staynair hier beschrieb, unterschied sich doch recht deutlich von der überwältigenden Mehrheit all der Klostergemeinschaften, mit denen sich Merlin befasst hatte, seit er in Nimues Höhle erwacht war. Die meisten Mönchs- und Nonnenklöster auf Safehold gehörten unverkennbar dem einen oder anderen der großen Orden, und diese Orden schützten mit wahrem Feuereifer ihre Besitztümer. Sobald man die Grenze zu den Tempel-Landen überschritten hatte, war der Konkurrenzkampf zwischen den einzelnen Orden nicht mehr ganz so heftig wie auf dem Grundstück des Tempels und der Stadt von Zion. Doch er bestand unvermindert weiter, und die Klöster, die Landgüter und Ländereien stellten dabei mehr als nur Symbole dieses Konkurrenzkampfes dar. Diese Institutionen waren die Stützen, die diesen Wettkampf überhaupt erst ermöglichten.

Natürlich schien Sankt Zherneau Merlin nicht gerade eine der ganz großen Klostergemeinschaften zu sein. Obwohl es offensichtlich schon sehr alt war, und obwohl das Grundstück sichtlich hingebungsvoll gepflegt wurde, war das Kloster Sankt Zherneau doch, wie Staynair gesagt hatte, relativ klein. Es war unwahrscheinlich, dass dieses Kloster sonderlich viel Reichtümer erwirtschaftete – was vielleicht ebenso erklärte, warum es der Aufmerksamkeit der größeren Orden entgangen war, wie auch die größere Mannigfaltigkeit ihrer Mitglieder.

Doch irgendwie bezweifelte Merlin, dass die Erklärung wirklich so einfach war.

»Ich selbst bin als sehr junger Mann nach Sankt Zherneau

gekommen«, sagte Staynair. »Damals war ich mir nicht sicher, ob ich wirklich für das Priesteramt berufen war, und die Bruderschaft hat mir dabei geholfen, mich mit diesen Zweifeln zu befassen. Sie haben mir Trost gespendet, als meine Seele das dringend benötigt hat, und wie viele andere auch, bin ich dem Orden beigetreten. Und auch wenn die Anzahl der Klosterbrüder derzeit üblicherweise recht gering ist, bleiben viele Mitglieder der Bruderschaft, ebenso wie ich selbst, auch dann noch mit Sankt Zherneau verbunden, nachdem sie offiziell zu dem einen oder anderen der größeren Orden gewechselt sind. Wir bleiben sozusagen eine Familie, und das bedeutet, dass wir deutlich mehr Mitglieder haben, als man bei diesem kleinen Kloster eigentlich erwarten würde – und die meisten von uns kehren gelegentlich wieder zu diesem Kloster zurück, um sich in spirituelle Einkehr zu versenken und aus der Unterstützung unserer Mitbrüder Kraft zu schöpfen.

Aber es ist doch interessant …« – wieder bohrte sich der Blick des Erzbischofs tief in Merlins Augen – »… dass sechs der letzten acht Beichtväter der Könige von Charis allesamt der Bruderschaft Sankt Zherneau entstammen.«

Wäre Merlin immer noch ein Lebewesen aus Fleisch und Blut gewesen, so hätte er erstaunt nach Luft geschnappt. Doch das war er natürlich nicht, und so neigte er lediglich den Kopf zur Seite.

»Das klingt nach einem bemerkenswerten … Zufall, Eure Eminenz«, merkte er an.

»Ja, wirklich, nicht wahr?« Staynair lächelte ihn an, dann blickte er kurz zum Abt des Klosters hinüber. »Ich habe dir ja gesagt, dass er über eine bemerkenswerte Auffassungsgabe verfügt, oder nicht, Zhon?«

»Das hast du«, stimmte Byrkyt zu und lächelte noch breiter

als sein kirchliches Oberhaupt. »Tatsächlich erinnert er mich doch sehr an einen anderen jungen Mann, den ich vor vielen Jahren kennen gelernt habe, auch wenn er mir im Ganzen etwas weniger ... rebellisch erscheint.«

»Tatsächlich? Wer könnte das wohl sein?«

»Zur Schau gestellte Bescheidenheit steht einem Erzbischof nicht wohl an«, erwiderte Byrkyt gelassen, doch die ganze Zeit über wandte er den Blick nicht von Merlin ab. Jetzt wandte er sich ganz dem Besucher in diesem Kloster zu.

»Worauf Maikel in seiner unnachahmlich indirekten Art hinauswill, *Seijin* Merlin, ist die Tatsache, dass die Bruderschaft von Sankt Zherneau so viele Beichtväter der Monarchen nicht, wie Ihr gewiss bereits vermutet habt, rein zufällig hervorgebracht hat.«

»Dessen bin ich mir sicher. Die Frage, die mir durch den Kopf geht, Pater, lautet vielmehr, warum dem so ist und wie das möglich war und warum Sie und der Erzbischof sich dafür entschieden haben, mich darauf aufmerksam zu machen.«

»Die Frage?«, gab Byrkyt zurück. »Wenn ich mich nicht verzählt habe, sind das mindestens drei Fragen, *Seijin.*« Er lachte leise. »Wie dem auch sei. Ich werde die letzte dieser Fragen zuerst beantworten, wenn es Euch recht ist.«

»Das ist mir sogar sehr recht«, erwiderte Merlin, auch wenn er sich selbst eingestehen musste, dass er sich selbst dessen nicht ganz sicher war.

»Der Grund dafür, dass Maikel sich entschieden hat, Euch heute hierher zu bringen, *Seijin,* hat mit einem Brief zu tun, den er von König Haarahld erhalten hat. Er wurde kurz vor dem Tode des Königs abgefasst, und vor allem ging es darin um die Strategie, mit der man die Flotte unter dem Kommando von Herzog Black Water würde hinhalten können, bis

Cayleb – und natürlich Ihr – vom Armageddon-Riff zurückgekehrt wäret, um sich ihrer anzunehmen. Tatsächlich ...« – wenn Staynairs Blicke sich wie Bohrer in Merlins Augen fraßen, so waren die Augen Byrkyts regelrechte Hochleistungslaser – »... hat es damit zu tun, woher er so genau wusste, wie lange man Black Water würde hinhalten müssen.«

Völlig reglos blieb Merlin sitzen. Weder Cayleb noch Haarahld hatte er genau erläutert, wie es ihm möglich gewesen war, innerhalb von weniger als zwei Stunden eine Strecke von viertausend Meilen zurückzulegen, um Haarahld eine Warnung über Black Waters neue Strategie zukommen zu lassen. Er war erstaunt und immens erleichtert gewesen, wie ruhig Haarahld sein ›wundersames‹ Erscheinen auf der Heckgallerie des königlichen Flaggschiffes aufgenommen hatte, noch dazu mitten in der Nacht, doch Merlin musste sich selbst eingestehen, dass seine Gedanken so sehr auf die derzeitige, unmittelbare Bedrohung gerichtet gewesen waren, dass er nicht einmal versucht hatte herauszufinden, warum der König so wenig erschrocken reagiert hatte.

Und er hätte niemals in Erwägung gezogen, Haarahld könne irgendjemand anderem davon berichtet haben, nicht einmal seinem Beichtvater.

Schweigen senkte sich über die Studierzimmer-Bibliothek. Sonderbarerweise erschien es Merlin fast, als seien Staynair und Byrkyt in Wirklichkeit PICAs, die mit unerschütterlicher Geduld abwarteten, während Merlin sich über die Bedeutung dessen, was Byrkyt gerade gesagt hatte, allmählich klar wurde ... und sich überlegte, wie er wohl darauf reagieren sollte.

»Pater«, sagte er schließlich, »Eure Eminenz, ich weiß nicht genau, was König Haarahld Euch geschrieben hat. Ich kann jedoch nur annehmen, dass er mich darin, wie auch immer seine Worte gelautet haben mögen, nicht bezichtigt, ein Dämon zu sein.«

»Wohl kaum, Merlin.« Staynairs Stimme klang sehr sanft, fast schon tröstlich, und als Merlin ihn neugierig anschaute, lächelte der Erzbischof in sich hinein, fast als hinge er alten, angenehmen Erinnerungen nach. »Er war tatsächlich sogar aufgeregt, fast begeistert. Was diese Begeisterungsfähigkeit angeht, ist er in mancherlei Hinsicht zeit seines Lebens ein kleiner Junge geblieben. Ach ...« – der Erzbischof vollführte eine abwehrende Handbewegung – »... er war natürlich nicht völlig immun der Befürchtung gegenüber, er könne einen gewaltigen Fehler machen, wenn er sein Vertrauen in Euch setzte, und Ihr würdet Euch vielleicht doch noch als eine Art ›Dämon‹ herausstellen. Schließlich sprechen wir hier von echten Glaubensfragen, bei denen die reine Vernunft nur einen Teil aufzufangen vermag – und manchmal ist dieser Teil sehr, sehr klein. Dennoch, Merlin, kommt irgendwann der Zeitpunkt, an dem ein jedes Kind Gottes alles, was es ist, zusammennehmen muss, und auch alles, was es jemals zu sein hoffen kann, und sich dann entscheiden. Nach allen Überlegungen, nach allen Gebeten, nach aller Meditation, kommt früher oder später für jeden von uns dieser Augenblick der Entscheidung. Manche bringen niemals den Mut auf, diese Entscheidung zu fällen. Sie wenden den Blick ab, flüchten sich in das, was andere sie gelehrt haben, was andere ihnen zu denken und zu glauben befohlen haben, statt diese Entscheidung zu treffen und diese Prüfung ihrer selbst hinzunehmen.

Aber Haarahld war niemals ein Feigling. Als dieser Moment für ihn kam, hat er ihn sofort als eben diesen erkannt, und er hat sich ihm gestellt, und er hat sich dafür entschieden, Euch zu vertrauen. Er hat mir in seinem Brief von dieser

Entscheidung berichtet, und er hat gesagt …« – Staynair schien ins Leere zu blicken, als er aus dem Gedächtnis zitierte – »… Er mag sehr wohl dennoch ein Dämon sein, Maikel. Ich glaube das zwar nicht, aber wir alle wissen, dass ich mich schon manches Mal im Leben getäuscht habe. Sogar recht häufig, wenn man ehrlich ist. Aber wie dem auch sei, die Zeit ist gekommen. Ich werde mich des Vertrauens, das Gott in uns alle gesetzt hat, nicht unwürdig erweisen, indem ich mich weigere, mich dieser Entscheidung zu stellen. Und so lege ich mein eigenes Leben, das Leben meines Sohnes, das Leben all meiner anderen Kinder, meines Volkes und auch Euer eigenes – und alle Seelen, die dazu gehören – in seine Hände. Wenn es falsch gewesen sein wird, dann werde ich gewiss in meinem nächsten Leben einen entsetzlichen Preis dafür zahlen. Aber es wird nicht falsch gewesen sein. Und sollte es geschehen, dass Gott sich entscheidet, mich niemals wieder nach Hause zurückkehren zu lassen, dann solltet Ihr Folgendes wissen: Ich akzeptiere Seine Entscheidung, und so überlasse ich es Euch und meinem Sohn, die Aufgabe zu einem Ende zu bringen, die auf mich zu nehmen ich vor so langer Zeit zugestimmt habe.«

Der Erzbischof versank wieder in Schweigen. Merlin spürte, wie die Worte des gefallenen Königs in seinem Inneren widerhallten. Es war fast, als stünden Haarahld und er wieder auf dieser Heckgallerie, und seine PICA-Augen brannten, als sie pflichtschuldigst die unwillkürliche Reaktion ihres ursprünglichen Menschen-Vorbilds nachahmten.

»Welche Aufgabe, Eure Eminenz?«, fragte er leise.

»Die Aufgabe, sein Volk und alle Menschen auf ganz Safehold *die Wahrheit* zu lehren«, erwiderte Staynair. »Die Wahrheit über Gott, über die Kirche, über unsere Welt und alle Werke Gottes. Die Wahrheit, die systematisch zu erdrücken und totzuschweigen die Kirche so viele Jahrhunderte versucht hat.«

»Die ›Wahrheit‹?« Merlin starrte den Erzbischof an. Selbst jetzt noch, selbst nachdem er Haarahlds Worte gehört hatte – Worte, die noch über den Tod hinaus von unendlicher Bedeutung waren –, hatte er doch niemals damit gerechnet, Derartiges zu hören, und so wirbelten seine Gedanken wild umher, während er innerlich um Fassung rang. »Welche ›Wahrheit‹?«

»Diese Wahrheit«, antwortete Byrkyt mit ruhiger Stimme. »Sie beginnt mit den Worten: ›Wir halten diese Wahrheiten für ausgemacht, dass alle Menschen gleich erschaffen wurden, dass sie von ihrem Schöpfer mit gewissen unveräußerlichen Rechten begabt wurden, worunter …‹«

.V.

Truppenübungsplatz der Marines, Helen Island, Königreich Charis

Signalhörner erschollen, und die fünfhundert Männer in den dunkelblauen Kasacks und hellblauen Hosen der Royal Charisian Marines reagierten fast augenblicklich. Das Bataillon, das bislang dicht gedrängt in einer Kolonne zusammengestanden hatte, teilte sich mit raschen Bewegungen in die fünf Kompanien auf, aus denen das Bataillon zusammengesetzt war, und jede dieser Kompanien marschierte dann von der ursprünglichen Kolonne fort, schwenkte dann um und stellte sich in sauberen Dreierreihen auf.

Sergeants brüllten Befehle, bislang über der Schulter getragene Gewehre wurden heruntergerissen, Kisten wurden geöffnet, Ladestöcke blitzten im Sonnenlicht auf. Kaum fünf Minuten nach dem Hornsignal zerrissen Flammen und Rauch den frühen Nachmittag, als das Bataillon die erste Salve auf die in einhundertfünfzig Schritt Entfernung aufgestellten Ziele abfeuerte. Fünfzehn Sekunden später dröhnte die zweite Salve, weitere fünfzehn Sekunden darauf eine dritte. Kein nicht-charisianischer Musketier hätte diese Feuergeschwindigkeit an den Tag legen können. Eine Luntenschlossmuskete war bemerkenswert leistungsfähig, wenn sie einen Schuss pro Minute abgeben konnte, geschweige denn vier Schüsse pro Minute, wie es die Marines hier gerade fertigbrachten.

Und sie feuerten noch nicht einmal so schnell, wie sie wirklich konnten. Hier ging es um kontrollierte, gezielte Salven, nicht um maximale Feuergeschwindigkeit.

Insgesamt dröhnten sechs Salven wie Donnerschläge, in etwas mehr als fünfundsiebzig Sekunden, und die Ziele wurden von dreitausend Kugeln, jede einen halben Zoll groß, regelrecht in Stücke gerissen. Nur wenige dieser Kugeln verfehlten ihr Ziel, und auch das war etwas, das keine andere Musketiereinheit auf der ganzen Welt hätte nachahmen können.

Während das Bataillon Aufstellung bezog und die Salven abfeuerte, beobachtete Graf Lock Island zusammen mit Brigadier Clareyk vom Beobachtungsstand auf dem nahegelegenen Hügel aus, wie hinter der Feuerlinie die vier neuen Geschütze der Artillerie auf den neu entwickelten Fahrgestellen mit ihren beiden Rädern in Stellung gebracht wurden. Die sechsbeinigen Hügeldrachen, die vor die Protzen gespannt waren, waren ganz offensichtlich nicht gerade glücklich über den alles übertönenden Lärm der Musketensalven, doch es war ebenso offensichtlich, dass sie sich mittlerweile mehr oder minder daran gewöhnt hatten. So sehr sie das Getöse auch verabscheuen mochten, die riesigen Tiere – die zwar kleiner waren als ihre entfernten Verwandten, die Dschungeldrachen oder gar die fleischfressenden Großen Drachen, doch immer noch so groß wie ein Elefant von Terra – blieben bemerkenswert ruhig, als ihre Treiber sie schließlich wieder wenden ließen, während die Geschützbedienungsmannschaften abprotzten.

Bei den Kanonen, die gerade geliefert worden waren, handelte es sich um die neuen Zwölfpfünder-Feldgeschütze, nicht um die deutlich schwerere Belagerungsartillerie, die dem Grafen vor mehreren Fünftagen hier zum ersten Mal vorgeführt worden waren. Die Zwölfpfünder hatte er bislang noch nicht in Aktion erlebt, und während er die Hand ausstreckte und dem massigen lohbraunen Rottweiler, der wachsam neben ihm saß, die Ohren kraulte, schaute er aufmerksam zu, wie die Kompanie, die das Mittelfeld der Schützenreihe dargestellt hatte, mit raschen Schritten zur Seite trat. Effizient wurde die Reihe geöffnet, und schon wurden die Geschütze in Position gerollt.

Die Kanoniere luden sie nicht mit Kanonenkugeln, sondern mit Beutelkartätschen, und Lock Island verzog das Gesicht, als ihm bewusst wurde, was nun geschehen würde. Bislang hatte er die ›Beutelkartätschen‹ noch nie im Einsatz erlebt, doch man hatte ihm die Wirkung dieser Munition bereits beschrieben. Statt der neun bis zwölf kleinen Geschosse, die üblicherweise in den kleineren Kartätschen, die bei der Navy üblich waren und zur Unterscheidung auch als ›Traubenkartätschen‹ bezeichnet wurden, enthielt eine ›Beutelkartätsche‹ siebenundzwanzig Kugeln von je anderthalb Zoll Durchmesser. Die röhrenförmigen Munitionspakete waren darauf ausgelegt, beim Abfeuern zu bersten, sodass die einzelnen Kugeln in alle Richtungen gleichzeitig davongeschleudert wurden. Effektiv verwandelten Beutelkartätschen die Kanonen in gewaltige Schrotflinten. Und nicht nur das: Sir Ahlfryd Hyndryk, Baron Seamount, bezeichnete diese Kartätschen als ›Patronenmunition‹. Die Pulverladung war bereits am röhrenförmigen Geschossbehälter befestigt, und so konnte das ganze Geschoss mit einem einzigen Stoß in den Lauf des Geschützes geschoben werden.

Mit dieser neuen Munition, die Baron Seamount entwickelt hatte (*natürlich unter geringfügiger Mithilfe von* Seijin *Merlin*, rief sich Lock Island ins Gedächtnis zurück), konnten die Artilleristen mit geradezu ungeheuerlicher Geschwindigkeit laden und feuern. Dank dieser Patronenmunition konnten sie tatsächlich genau so rasch schießen wie die Gewehrschützen der Marines, deren Kugeln die Ziele bereits völlig zerfetzt hatten. Lock Island wusste, dass niemand dort unten wirklich so rasch vorging, wie das im Notfall möglich wäre. Dies hier war eine reine Übung – und eine Demonstration –, kein echtes Gefecht. Und das bedeutete, die Offiziere und Unteroffiziere, die diese Vorführung hier leiteten, trieben ihre Männer nicht übermäßig an, um jegliche Verluste und Verletzungen zu vermeiden.

Und das hieß, dass die Schussrate, die ihm hier präsentiert worden war, ›nur‹ vier- oder fünfmal schneller war, als jeder andere auf ganz Safehold hätte zustande bringen können.

Nun sah Lock Island, dass auch die Kanonen geladen waren. Die Geschützführer gingen hinter den Geschützen in die Hocke, spähten durch die einfachen, aber doch effektiven Zielvorrichtungen, die Seamount ebenfalls entwickelt hatte, und bedeuteten dann den Geschützbedienungen mit Handzeichen, wie die Rohre auszurichten seien. Dann gaben sie das Zeichen, sich weit genug zurückzuziehen, um beim Abfeuern nicht gefährdet zu sein, und griffen nach den Abzugsleinen. Ein letzter Blick über die Schulter, ob auch wirklich alle Kameraden in Sicherheit waren, die linke Hand erhoben, um Einsatzbereitschaft anzuzeigen, und dann brüllte der Kommandant der Artillerieabteilung den Befehl. Alle Geschütze bellten auf. Ein dumpfer, alles übertönender Schlag, gegen den sich selbst das Dröhnen der Musketensalven fast armselig ausnahm.

Jede einzelne Kanone spie ihre todbringende Beutelkartätsche, dunkle Wolken aus Kugeln breiteten sich aus. Lock Island sah, wo einige der Kugeln, die eben in *alle* Richtungen gestreut wurden, den Boden aufwirbelten und so einige Geschosse fernab der Zielobjekte ›verschwendeten‹. Wo die Gewehrkugeln Holz der Ziele hatten zersplittern lassen und das Tuch zerfetzten, rissen die Beutelkartätschen sie einfach um. *Nein, das ist nicht ganz richtig*, korrigierte sich Lock Island, hob das Fernglas und spähte hindurch. Die Ziele waren nicht einfach umgerissen – von ihnen war überhaupt nichts mehr übrig.

Weitere Hornsignale ertönten, und die Kanoniere traten von ihren Geschützen zurück. Die Musketiere setzten ihre Waffen ab, dann waren laute Trillerpfeifen zu hören, die das Ende der Schießübung ankündigten.

»Das …« sagte Lock Island und wandte sich dem Marine-Offizier zu, der neben ihm stand, »… war … beeindruckend. Sehr beeindruckend, Brigadier.«

»Ich danke Ihnen, Mein Lord«, erwiderte Brigadier Kynt Clareyk. »Die Männer haben hart gearbeitet. Und nicht nur, weil wir sie dazu getrieben hätten. Sie können es kaum erwarten, auch noch jemand anderem zu zeigen, was sie alles können.«

Lock Island nickte. Er hatte keinen Zweifel daran, wer diese ›anderen‹ sein sollten, denen Clareyks Männer ihr Geschick demonstrieren wollten. Oder besser gesagt: An wem sie es demonstrieren wollten.

»Schon bald, Brigadier. Schon bald«, versprach der High Admiral. »Sie wissen doch besser als fast jeder andere, wie der Zeitplan aussieht.«

»Jawohl, Mein Lord.« Lock Island war sich nicht ganz sicher, aber er hatte den Eindruck, die Ungeduld sei dem Brigadier ein wenig peinlich, doch darauf gewettet hätte er nicht. Und wenn man ganz ehrlich war, gab es wohl kaum jemanden, der mehr das Recht hatte, ungeduldig zu sein, als Brigadier Clareyk. Schließlich hatte *er* das Ausbildungshandbuch für die neuen Infantrietaktiken der Royal Charisian Marines verfasst. Und er war als Seamounts Erster Assistent dabei gewesen, die Taktik für die erste echte Feldartillerie der

Welt zu entwickeln und die Zusammenarbeit mit der Infanterie zu sichern. Damals war er noch ›Major‹ gewesen, kein Brigadier; zu diesem Zeitpunkt hatte es in ganz Charis keine Brigadiere gegeben. Dieser Dienstgrad existierte erst seit weniger als sechs Monaten; *Seijin* Merlin hatte ihn vorgeschlagen, als der Aufbau der Marines richtig in Gang gekommen war.

Lieutenant Layn, der Clareyk vertreten hatte, als dieser die bestmöglichen Taktiken für den Einsatz der neuen, deutlich präziser schießenden Gewehre mit ihrer immens erhöhten Reichweite zurechtgelegt hatte, war nun selbst Major und leitete das Ausbildungsprogramm hier auf Helen Island.

Und, so dachte Lock Island, während er erneut zu den Männern von Clayreyks zweitem Bataillon hinüberschaute, die sich nun in die Kolonnenformation einreihten, *Layn macht seine Arbeit genau so gut wie zuvor Clareyk.*

»Eigentlich, High Admiral«, sagte eine andere Stimme, »denke ich, wir werden wahrscheinlich in Erwägung ziehen müssen, unsere Ausbildung an einen anderen Ort zu verlagern. Oder sie vielleicht auf andere Orte auszuweiten.«

Lock Island wandte sich dem kleinen, fast untersetzt wirkenden Offizier zu, der auf der anderen Seite neben ihm stand. Bei einer unkontrollierten Explosion hatte Baron Seamount vor einigen Jahren Zeige- und Mittelfinger der linken Hand verloren, doch dieser Unfall hatte seine Begeisterung für lautstarke Detonationen nicht im Mindesten gedämpft. Und ebenso wenig hatte sie sich auf seinen immensen Scharfsinn ausgewirkt. Einige ließen sich von Seamounts recht unscheinbarem Äußeren täuschen, doch Lock Island wusste genau, zu welchen Leistungen der Verstand dieses Mannes fähig war, dessen Auftreten so ... wenig beeindruckend war. Und wie wertvoll.

Auch wenn Seamount vom Captain mittlerweile zum Commodore befördert worden war, fühlte sich Lock Island immer noch ein wenig schuldig. Von Rechts wegen müsste Seamount jetzt selbst unter dem Wimpel eines Admirals auftreten, nach allem, was er schon für Charis getan hatte. Und genau so wäre es auch ... gäbe es da nicht ein kleines Problem. Trotz seines unbestreitbar brillanten Verstandes, trotz der Tatsache, dass er derjenige war, der sämtliche Grundlagen für die neuen Taktiken der Navy geliefert hatte und dank der tatkräftigen Mithilfe Brigadier Clareyks auch die neuen Taktiken für Infanterie und Artillerie, hatte Seamount schon seit fast zwanzig Jahren kein eigenes Schiff mehr befehligt. Wenn er nun das Kommando über eine Flotte übernehmen sollte, oder auch nur eines Geschwaders, wäre er hoffnungslos fehl am Platze gewesen. Außerdem war er hier für Lock Island viel zu wertvoll, als dass man es hätte riskieren können, ihn feindlichem Feuer auszusetzen.

Glücklicherweise schien Seamount – der von sich selbst behauptete, er könne sogar in seiner eigenen Badewanne seekrank werden – recht zufrieden mit der allgemeinen Lage. Er konnte sich reichlich mit faszinierendem neuen Spielzeug befassen, vor allem in den letzten Jahren, und er war viel zu sehr damit beschäftigt, sich den Kopf über neue Probleme zu zerbrechen, um noch darüber nachzudenken, ob an seinem Ärmel nun ein Kraken eingestickt war, der seinen Rang als Commodore anzeigte, oder zwei goldene Kraken, die für einen Admiral standen.

»Ich gehe davon aus, dass Sie eine derartige Ausweitung in Erwägung ziehen, weil uns hier auf Helen Island allmählich der Platz ausgeht«, entgegnete der High Admiral nun, und Seamount nickte.

»Jawohl, Sir. Das eigentliche Problem ist, dass wir hier auf

Helen Island nicht genügend freie Ebene haben. In mancherlei Hinsicht ist das auch gut so. Wie der Brigadier mir gegenüber schon vor Monaten angemerkt hat, können wir uns nicht darauf verlassen, es immer mit schön weitläufigem, flachem Terrain zu tun zu haben, wenn wir in echte Kämpfe ziehen, also wird es uns gewiss nicht schaden, wenn wir auch üben müssen, in beengtem Terrain zu kämpfen. Und die Sicherheit hier ist hervorragend. Niemand wird irgendetwas sehen, solange wir das nicht ausdrücklich wollen. Aber zugleich ist es mit den größeren Formationen auch schwierig, den Platz zu finden, auf dem sie verschiedene Taktiken durchspielen können. Ein zu großer Teil dieser Insel ist einfach völlig eben, Sir.«

»Dessen bin ich mir geradezu schmerzhaft bewusst, das können Sie mir glauben«, gab Lock Island nüchtern zurück. »Kielholer hier ...« – liebevoll tätschelte er den riesigen Kopf des massigen Hundes – »... kommt richtig gerne nach hier oben. Ich schätze, für Übungen auf See hat sich für ihn bislang nicht die richtige Gelegenheit ergeben.«

Es gelang Baron Seamount, *nicht* die Augen zu verdrehen, auch wenn Lock Island vermutete, innerlich stand dem Commodore genau danach der Sinn. Die Begeisterung des Hundes des High Admirals, immer wieder wie verrückt die Decks seines Flaggschiffs hinauf- und hinabzurennen, war geradezu legendär. Glücklicherweise war Kielholer – dessen Name einen zweifelhaften Sinn für Humor verriet – ebenso verschmust wie ... energiegeladen. Bei einem Hund, der fast einhundertvierzig Pfund wog, war das etwas, das man keinesfalls vergessen sollte. Lock Island schrieb Kielholers Ungestüm dessen Großmutter zu, einem Labrador Retriever; weniger barmherzige Menschen neigten jedoch dazu, den Grund dafür im Einfluss des High Admirals selbst zu sehen. Doch woher auch immer es nun kommen mochte, Kielholer freute sich jedes Mal aufs Neue auf diese Ausflüge in die Berge. Und im Angesicht von Gewehrschüssen war er deutlich ruhiger als die meisten Menschen. Auf jeden Fall ertrug er diesen Lärm leichter als die Last-Drachen der Artillerie. *Auch das sollte eigentlich nicht so sehr überraschen*, dachte Lock Island, *wenn man bedenkt, wie viele Schießübungen der Kleine mittlerweile auf See hat mitanhören müssen.*

Doch wie Kielholer darüber auch denken mochte, der High Admiral selbst sah das alles mit deutlich gemischteren Gefühlen. So faszinierend er auch Seamounts Demonstrationen finden mochte, er fühlte sich in Gegenwart von Pferden einfach nicht mehr richtig wohl, seit er vor viel zu vielen Jahren zum ersten Mal auf See hinausgefahren war. Bedauerlicherweise hatte sein Hinterteil mittlerweile ebenso wieder mit Sätteln wie mit Sattelwunden Bekanntschaft schließen müssen, so oft schon hatte er die steile, gewundene Straße hinauf- und hinunterreiten müssen, die von King's Harbour zum Truppenübungsplatz der Marines führte.

»Der Commodore hat nicht ganz Unrecht, Mein Lord«, merkte Clareyk respektvoll an. »Die größte Formation, mit der wir hier ordentlich üben können, ist ein Bataillon. Wenn wir uns ein bisschen anstrengen, können wir auch zwei Bataillone zum Einsatz bringen, aber das ist dann schon sehr beengt. Bei den hier herrschenden Platzverhältnissen ist es völlig unmöglich, hier meine beiden Regimenter als gemeinsamen Verband ins Feld zu führen.«

Lock Island nickte. Jedes der neu aufgestellten Regimenter bestand aus zwei Bataillonen, jede Brigade aus zwei Regimentern, also konnte Clareyk insgesamt über eine Truppenstärke von etwas mehr als zweitausendzweihundert Mann verfügen, einschließlich aller Offiziere, Mannschaftsdienstgrade, Hornisten und Boten. Seine eigentliche Kampfstärke wäre sogar noch etwas größer, sobald erst einmal alle erforderlichen Spezialisten hinzugekommen waren, und Clareyk und Seamount hatten ganz Recht, wenn sie auf den eingeschränkten Spielraum hinwiesen, der ihnen hier auf Helen Island blieb. Bislang hatte das noch nie ein Problem dargestellt, denn bevor Merlin nach Charis gekommen war, hatte die größtmögliche Formation der Marines aus einem einzelnen Bataillon bestanden. Doch jetzt wurden hier nicht mehr nur einzelne Marines-Abteilungen dafür ausgebildet, anschließend auf den Schiffen der Navy eingesetzt zu werden. Hier bauten sie eine waschechte Armee auf. Die erste echte Armee in der Geschichte von Charis.

Im Augenblick unterstand diese Armee noch Lock Island, doch er zweifelte nicht daran, dass die Zeit kommen würde, möglicherweise sogar schon recht bald, in der die Royal Army von den traditionellen Marines abgespalten würde. Es gab einfach bestimmte Dinge, die eine Army zu tun hatte, und für die waren Marineoffiziere wie er einfach nicht angemessen ausgebildet.

Das mag ja sein, dachte er ein wenig grimmig. *Aber im Augenblick ist das immer noch* meine *Aufgabe, also sollte ich endlich meinen wundgerittenen Hintern hochkriegen und mir überlegen, wie ich das hier hinbekomme.*

»Ich glaube Ihnen, Brigadier. Ich glaube Ihnen beiden. Und General Chermyn und ich haben über dieses Problem auch schon mehrmals gesprochen. Aber im Augenblick beschäftigen mich die Sicherheitsaspekte doch noch mehr. Wie Sie schon gesagt haben: Hier auf Helen Island können wir alles immer noch deutlich besser unter Verschluss halten als an irgendeinem anderen Ort. Sobald wir die Truppen erst einmal zum Einsatz bringen – wenn ›die Katze aus dem Sack ist‹, wie Merlin es erst kürzlich ausgedrückt hat –, und nein, ich weiß nicht, woher er diesen Ausdruck hat! –, wird das nicht mehr so dringend erforderlich sein.«

»Das verstehen wir, Sir«, gab Seamount zurück. Dann überzog plötzlich ein Grinsen das rundliche Gesicht des Commodore. »Natürlich wird es auch dann noch das eine oder andere geben, was wir wohlverwahrt wissen wollen.«

»Ahlfyrd«, sagte Lock Island streng und blickte seinen Untergebenen nachdenklich und misstrauisch gleichermaßen an, »führen Sie etwa irgendetwas im Schilde? Schon wieder?«

»Na ja ...«

»Sie führen etwas im Schilde.« Lock Island neigte den Kopf zur Seite und verschränkte die Arme vor der Brust. »Ich glaube, Sie sollten mir lieber sofort davon erzählen, hier und jetzt. Und auch, welche Kosten da auf uns zukommen werden. Ich werde schließlich Baron Ironhill darüber in Kenntnis setzen müssen.«

»Eigentlich glaube ich nicht, dass es allzu teuer werden wird, Sir.« Jetzt klang Seamounts Stimme fast schon schmeichlerisch, doch seine Augen blitzten.

»Natürlich nicht. Sie müssen ja über diese Kleinigkeiten auch nicht mit Ironhill reden«, gab Lock Island streng zurück. »Also versuchen Sie wenigstens, nicht ganz so auszusehen wie der kleine Junge, den man mit der Hand in Mamas Keksdose ertappt hat, und legen Sie einfach los.«

»Jawohl, Sir.«

Mit seiner geschundenen linken Hand rieb sich Seamount das Kinn. Lock Island kannte diese ›Ich muss erst noch meine Gedanken sortieren‹-Geste, und so wartete er geduldig ab. Schließlich räusperte sich der Commodore lautstark.

»Die Sache ist die, Sir«, begann er. »Ich hatte dieses ...

Gespräch mit *Seijin* Merlin, als Seine Majestät und er das letzte Mal hier waren, um einer Gefechtsübung beizuwohnen.«

»Was für ein ›Gespräch‹?«, erkundigte sich Lock Island, und in seiner Stimme schwang unverkennbare Vorsicht mit. ›Gespräche‹ mit Merlin Athrawes hatten, wie er selbst herausgefunden hatte, die Tendenz, häufig in äußerst ungewöhnlichen Richtungen zu verlaufen.

»Na ja, wir hatten gerade einigen der Zwölfpfünder-Mannschaften bei der Ausbildung zugeschaut, und da kam mir der Gedanke, dass mit den neuen Gewehren selbst diese Zwölfpfünder gegenüber der Infanterie keinen sonderlich großen Reichweitenvorteil haben.«

»Ach, nicht?« Erstaunt kniff Lock Island die Augen zusammen. »Ich dachte, Sie hätten mir gesagt, sie würden fast sechzehnhundert Schritt weit reichen!«

»Ja, Sir, das ist auch so ... mit Kanonenkugeln, aber die sind gegen Infanterie-Ziele am wenigsten effektiv. Und die Reichweite der Beutelkartätschen ist deutlich geringer. Und, Sir, bei allem gebührendem Respekt, freies Schussfeld über sechzehnhundert Schritt zu finden ist an Land deutlich schwieriger als auf See. Bei Seeschlachten muss man sich keine Gedanken machen über Felskämme, Bäume und Schluchten.«

»Ich verstehe.« Wieder nickte Lock Island, dieses Mal deutlich langsamer. Ihm ging ein Gedanke durch den Kopf, der ihn erst vor wenigen Minuten schon einmal beschäftigt hatte. *Schon wieder etwas, das Marineoffiziere einfach nicht aus eigener Erfahrung kennen!*

»Es ist nicht ganz so schlimm, wie es nach den Worten des Commodore vielleicht wirken mag, Sir«, warf Clareyk ein. Lock Island blickte ihn an, und der Brigadier zuckte mit den Schultern. »Oh, ich will damit nicht sagen, dass das kein Problem darstellen könnte, Mein Lord. Ich sage nur, dass es nicht ganz so schwierig ist, Schussbahnen von zwei Meilen Länge zu finden, solange wir Hügelkuppen und dergleichen geschickt ausnutzen. Oder, so sehr die Bauern das auch hassen mögen, Acker- und Weideland.«

»Damit hat der Brigadier natürlich Recht«, pflichtete Seamount bei, »aber selbst ohne die Frage nach der Geländebeschaffenheit bleibt immer noch die Tatsache, dass die effektive Reichweite der Gewehre der effektiven Reichweite von Trauben- oder Beutelkartätschen mindestens ebenbürtig ist. Wenn eine Batterie sich ein paar Hundert Gewehren gegenübersieht, wird die ganz schnell Kanoniere verlieren.«

»Das ist wohl wahr, Mein Lord«, stimmte Clareyk zu und klang nun deutlich grimmiger.

»Ich gehe davon aus, dass Sie auf irgendetwas hinauswollen?«, erkundigte sich Lock Island mit sanfter Stimme.

»Das ist tatsächlich so, Sir.« Seamount zuckte die Achseln. »Wie ich schon sagte: Seine Majestät und Merlin haben also der Artillerie-Demonstration beigewohnt, und ich habe dem *Seijin* gegenüber genau dieses Thema angesprochen. Wissen Sie, ich habe über die neuen Musketen nachgedacht. Mir ist der Gedanke gekommen, wenn wir in der Lage sind, deren Reichweite und Treffsicherheit zu steigern, indem wir Züge in den Lauf einarbeiten, wäre es dann nicht vielleicht auch möglich, die Artillerie mit gezogenen Läufen auszustatten?«

Erstaunt hob Lock Island die Augenbrauen. Dieser Gedanke war ihm wirklich noch nie gekommen. *Wahrscheinlich*, so dachte er, *weil ich immer noch viel zu beschäftigt damit bin, mich von all den anderen revolutionären Weiterentwicklungen beeindrucken zu lassen.* Sie hatten sämtliche Artilleriegeschütze verändert, die er aus seiner eigenen Ausbildung kannte: Drehzapfen an den Geschützen, fertig verpackte Pulverladungen, Karronaden – die todbringende Leistungsfähigkeit der

Schiffsartillerie hatte sich enorm gesteigert. Doch selbst mit den neuen Geschützen wurden Seegefechte immer noch über relativ kurze Entfernungen hinweg geführt. Vielleicht waren die Distanzen mit den neuen Kanonen etwas größer geworden, aber sie waren doch immer noch deutlich geringer, als die theoretische Reichweite ihrer neuen Artillerie vermuten ließe. So hatte eine der neuen, langen Dreißigpfünder beispielsweise eine Maximalreichweite von weit über zwei Meilen, doch kein Kanonier würde vom Deck eines Schiffes aus, das sich in Fahrt befand, ein schiffsgroßes Ziel über diese Entfernung hinweg treffen, wie präzise sein Geschütz auch theoretisch zu feuern in der Lage wäre.

Aber das *Festland* bewegte sich nicht. Also, welche Präzision und welche Reichweite waren wohl für ein Festlandgeschütz mit gezogenem Rohr denkbar?

»Und was hat *Seijin* Merlin zur Antwort auf Ihre faszinierende Spekulation gesagt, Ahlfryd?«

»Er hat gesagt, er wisse keinen Grund, warum das nicht möglich sein solle.« Kurz blickte Seamount Lock Island in die Augen, und sie beide lächelten. »Er hat allerdings … angemerkt, Bronze sei für Artilleriegeschütze mit gezogenen Rohren möglicherweise nicht das bestmögliche Material. Er hat mich darauf hingewiesen, dass Bronze recht weich ist, Sir. Selbst wenn wir uns eine Möglichkeit überlegen könnten, wie das Geschoss selbst sich an diese Züge anpasst, würden die Züge in einem Kanonenrohr aus Bronze nicht allzu lange halten.«

»Nein, das verstehe ich.«

Lock Island ertappte sich dabei, sich in einer Geste über das Kinn zu reiben, die Seamounts Gewohnheit erschreckend ähnlich war.

»Meister Howsmyn hat mir berichtet, er mache mit eisernen Kanonen gute Fortschritte«, setzte er dann nach kurzem Schweigen hinzu.

»So ist es, Sir.« Seamount nickte. »Sie sind schwerer, und es gibt noch einige ... nun, Merlin nennt das ›Probleme in der Qualitätskontrolle‹, die wohl noch nicht ganz gelöst sind. Aber davon abgesehen sollten wir in der Lage sein, innerhalb der nächsten Monate die ersten Schiffe mit Eisenkanonen auszustatten. Vielleicht sogar noch etwas früher.

Aber damit kommen wir zu einem neuen Problem. Der Druck im Inneren eines Gewehrs mit gezogenem Lauf ist höher als der Druck in einer Muskete mit glattem Lauf, weil die Kugel den Lauf verschließt und mehr von der Kraft des Schießpulvers hinter sich ›einfängt‹. Das ist einer der Gründe, warum die Gewehre mit ihren gezogenen Läufen eine größere Reichweite erreichen.«

»Und wenn der Druck in einem Artilleriegeschütz mit gezogenem Rohr steigt und das Geschütz aus Eisen ist, und nicht aus Bronze, dann werden wir viel mehr Rohre bersten sehen, weil Eisen nun einmal brüchiger ist als Bronze«, setzte Lock Island den Gedanken fort.

»Genau das befürchte ich, Sir«, pflichtete Seamount ihm zu. »Ich weiß natürlich nicht genau, um wie viel der Druck steigt, weil ich nicht weiß, ob das Rohr einer Kanone mit Zügen ebenso effektiv verschlossen sein wird wie ein Gewehrlauf. Zu viel hängt davon ob, was für eine Möglichkeit wir letztendlich finden werden, das Ganze in die Tat umzusetzen. Und im Augenblick befasse ich mich sowieso mit der einen oder anderen Idee gleichzeitig. Und ich bin mir sicher, dass wir langfristig eine Lösung für das Problem finden werden – falls sich dieses Problem tatsächlich überhaupt stellt.«

Und das bedeutet, Merlin hat dir nicht gesagt, dass es rundweg unmöglich ist, dachte Lock Island. *Ich frage mich, warum er so da-*

rauf bedacht ist, sich auf kryptische Andeutungen zu beschränken, statt uns einfach geradeheraus zu sagen, wie *wir etwas machen sollen! Ich bin mir sicher, er hat gute Gründe dafür. Ich weiß nur nicht, ob ich diese Gründe wirklich wissen* möchte.

»Oh, der Commodore wird sich ganz eindeutig mit ›der einen oder anderen Idee‹ befassen, Mein Lord«, ergänzte Brigadier Clareyk. Seamount warf ihm einen Blick zu, der zu zwei Dritteln Belustigung und zu einem Drittel echten Unmut verriet, und der Marine sprach weiter. »Nachdem Seine Majestät und Merlin dann nach Tellesberg zurückgekehrt waren, haben der Commodore und ich uns über Waffen im Allgemeinen unterhalten, und plötzlich macht er wieder diesen komischen Gesichtsausdruck. Sie wissen, was ich meine, Mein Lord.«

»Als versuche er sich gerade einen Furz zu verkneifen?«, wollte Lock Island ihm zu Hilfe kommen. Clareyks Miene verriet, dass diese Formulierung ihm nicht ganz so hilfreich erschien.

»Nein, Mein Lord«, erwiderte der Brigadier mit dem fast atemlosen Tonfall eines Mannes, der sich nach allen Kräften bemühte, nicht mit dem Lachen herauszuplatzen, »nicht diesen Gesichtsausdruck! Den *anderen* Gesichtsausdruck!«

»Ach so! Sie meinen den, bei dem ich immer an eine Wyvern denken muss, die kurz davor steht, in einen Hühnerstall einzubrechen.«

»Eben jenen, Mein Lord«, stimmte Clareyk zu.

»Und was genau hat diesen Gesichtsausdruck dieses Mal hervorgerufen, wenn ich fragen darf?«

»Nun, Mein Lord ...« – mit einem Mal wirkte die Miene des Brigadiers erstaunlich ernst – »... als ich ihn darauf angesprochen habe, erschien mir seine Antwort zutiefst bedenkenswert.«

»Woran arbeiten Sie jetzt gerade?«, fragte Lock Island geradeheraus und klang dabei unverkennbar ungeduldig.

»Also, Sir«, setzte Seamount an, »die Wahrheit ist, dass durch den Versuch, einer Kanone größere Reichweite und Treffsicherheit zu verleihen, indem man Züge in das Kanonenrohr einarbeitet, diese Waffe immer noch nicht effektiver gegen Infanterie einsetzbar wird als bei Verwendung der traditionellen Kanonenkugeln. Damit könnten wir lediglich die gleichen Kanonenkugeln weiter und treffsicherer abfeuern, wenn Sie verstehen, was ich meine. Und über dieses Problem habe ich auch noch weiter nachgedacht, nachdem ich mit Merlin darüber gesprochen hatte. Und dann, im letzten Fünftag, haben der Brigadier und ich einem neuen Trupp Marines bei Übungen mit Handgranaten zugesehen, und da ist mir dann der Gedanke gekommen, ganz einfach so, dass mir einfach kein Grund einfallen will, warum es unmöglich sein sollte, aus einer Kanone eben *Granaten* abzufeuern – nur dass die natürlich dann deutlich größer wären, und auch deutlich leistungsstärker.«

Wieder kniff Lock Island erstaunt die Augen zusammen. Wenn die Überlegung, man könne Kanonenrohre mit Zügen herstellen, schon neue Möglichkeiten eröffnete, so war das doch überhaupt nichts im Vergleich zu dem, was Seamount jetzt gerade vorschlug. Und dabei ging es nicht nur darum, Infanterie über extreme Entfernungen hinweg auszulöschen. Die Vorstellung, was eine ›Granate‹ von fünf oder sechs Zoll im Durchmesser einem Kriegsschiff mit Holzrumpf antun würde, war … erschreckend. Nein, sie war nicht nur ›erschreckend‹. Für einen erfahrenen Seeoffizier war diese Vorstellung zutiefst Furcht erregend. Bis zur Rotglut erhitzte Kanonenkugeln waren ja schon schlimm genug. Natürlich waren sie recht schwierig in der Handhabung, denn es bestand immer die Gefahr, dass sie sich durch den angefeuchteten Pfropfen brannte, der zuvor in das Rohr geschoben wurde, sodass die Kugel die Ladung der Kanone selbst entzündete – mit entsprechend unschönen Konsequenzen für die arme Seele, die gerade damit beschäftigt gewesen war, die Kugel mit dem Ladestock tiefer in den Lauf zu schieben. Dennoch konnten derartige Geschosse entsetzlich effektiv sein, weil eine rotglühende Eisenkugel von fünfundzwanzig oder dreißig Pfund Eigengewicht, die sich dann immer tiefer in die knochentrockenen Planken eines Kriegsschiffes fraß, durchaus das ganze Schiff in eine riesige Fackel verwandeln konnte. Doch wenn Seamount tatsächlich Explosivladungen abfeuern ließ – Explosivladungen, die man dann auch noch zuverlässig zur Detonation bringen konnte, dann wäre das noch ungleich schlimmer. Dabei war nicht nur der Brenneffekt von Bedeutung, sondern auch die Tatsache, dass ein derartiges Geschoss das ganze Zielobjekt im wahrsten Sinne des Wortes weit aufreißen würde – und zugleich würde damit auch noch reichlich weiteres Brennmaterial zur Verfügung stehen.

»Ah ja … haben Sie auch diesen Gedanken schon mit *Seijin* Merlin diskutiert?«, erkundigte er sich nach einem Augenblick nachdenklichen Schweigens.

»Bislang noch nicht, Sir. Ich hatte noch nicht die Gelegenheit.«

»Dann sehen Sie zu, dass Sie eine Gelegenheit finden, Ahlfryd!« Lock Island schüttelte den Kopf. »Ich finde diese ganze Vorstellung tatsächlich zutiefst erschreckend, wie Sie sich wohl denken können. Aber wenn das wirklich möglich ist, dann möchte ich das auch wissen. Und zwar so schnell wie möglich!«

.VI.

Captain Merlin Athrawes' Gemach, Erzbischöflicher Palast und Königlicher Palast, Stadt Tellesberg, Königreich Charis

12. Juni, im Jahr Gottes 143
Tellesberg-Enklave
Safehold

»Wer auch immer dieses Tagebuch lesen mag, er sei gegrüßt im Namen des wahren Gottes.

Mein Name ist Jeremiah Knowles, und ich bin ein ›Adam‹. Ich habe am Morgen der Schöpfung auf Safehold zum ersten Mal die Augen geöffnet, und mein Verstand und meine Seele waren neuerschaffen, so rein und sauber wie die Welt, die mich umgab. Ich sah das Werk der Erzengel und Gottes Selbst, und mein Herz füllte sich mit Freude und Ehrfurcht.

Wie meine Gefährten, die anderen Adams und Evas, begegnete auch ich den Erzengeln. Ich sah den Segensreichen Langhorne und die Heilige Bédard. Und ich kannte Shan-wei, die Leuchtende, die stürzte.

Es gibt viele andere, die gleich mir die Erzengel sahen, die die Heilige Schrift hörten und lasen, so wie ich die Heilige Schrift hörte und las. Viele von uns haben die Zeitspanne gelebt, die einem Adam oder einer Eva vergönnt waren, und nun haben sie diese Welt verlassen, doch selbst jetzt gibt es von uns noch Hunderttausende – vielleicht gar Millionen –, die dieses einhundertdreiundvierzigste Jahr seit der Schöpfung erleben dürfen. Doch von all jenen Seelen hier in Tellesberg wissen nur ich und meine drei Gefährten – meine Gemahlin Evelyn Knowles, Evelyns Bruder Kayleb Sarmac und Kaylebs Gemahlin Jennifer Sarmac – das, was niemand der anderen sonst jemals erfahren hat.

Wir wissen, dass die Heilige Schrift *eine Lüge ist ... und dass es keine ›Erzengel‹ gibt.«*

Das Wesen, das als ›Merlin Athrawes‹ bekannt war, saß in der Dunkelheit seines unbeleuchteten Gemachs im Palast von Tellesberg. Die Augen hatte er geschlossen, nun betrachtete er vor seinem geistigen Auge die Seiten, die in seinem MolyCirc-Gehirn gespeichert waren, und versuchte alles zu begreifen und zu verarbeiten, was er an diesem Tag erfahren hatte.

Es fiel ihm schwer. Tatsächlich fiel es ihm sogar in mancherlei Hinsicht noch deutlich schwerer, all das zu verarbeiten, als seinerzeit Nimue Alban, als sie erfuhr, dass sie seit über acht Jahrhunderten tot war. Von all den Dingen, die er möglicherweise auf dieser Welt zu entdecken erwartet hatte, war dies doch das, womit er niemals gerechnet hatte.

Er öffnete die Augen und aktivierte den Restlichtverstärker seiner Optiken. Mühelos durchdrang sein Blick die – für ihn nun tageslichthelle – Dunkelheit und blickte durch das Fenster seines Schlafgemachs auf die schlummernde Stadt Tellesberg hinab. Er hatte nicht die Zeit gehabt, diesen unglaublich wertvollen, dokumentarischen Schatz zu lesen, den ihm Maikel Staynair und Zhon Byrkyt im Kloster Sankt Zherneau gezeigt hatte. Doch Merlin war genug Zeit geblieben, jede einzelne Seite des handschriftlichen Tagebuches zumindest einmal kurz zu betrachten. Er war nun einmal ein PICA und verfügte über ein echtes ›photographisches Gedächtnis‹ So hatte er mittlerweile mehr als sechs Stunden damit verbracht, nach und nach sämtliche der abgespeicherten Bilddateien durchzuarbeiten, während der Rest des Palastes von Tellesberg und auch die gesamte Hauptstadt der Ahrmahks in jenem Schlaf lag, den Merlin selbst nicht mehr benötigte.

»Owl«, sagte er leise und aktivierte seinen eingebauten Kommunikator.

»Jawohl, Lieutenant Commander«, erwiderte eine leise Stimme in seinem Inneren. Owl, der Ordoñes-Westinghouse-Lytton-Taktik-Computer – der sich immer noch in der Kammer befand, in der einst Nimue erwacht war – leitete das Signal über die sorgsam getarnten SNARCs an ihn weiter, die hoch über dem Gewässer schwebten, das als ›der Kessel‹ bekannt war.

»Hast du die Datenanalyse abgeschlossen?«

»Jawohl, Lieutenant Commander.«

»Hast du die entsprechenden Namen gefunden?«

»Das habe ich, Lieutenant Commander. Allerdings bin ich auf Datenanomalien gestoßen.«

»Datenanomalien? In seinem Sessel richtete sich Merlin auf und kniff die Augen zusammen. »Datenanomalien spezifizieren!«

»Jawohl, Lieutenant Commander. Die Namen, nach denen zu suchen Sie mir aufgetragen haben, finden sich sowohl in den offiziellen Listen der Kolonialverwaltung, von denen Commodore Pei eine Kopie in meinem internen Speicher abgelegt hat, als auch in der Liste der Kolonisten, die Doktor Pei Shan-wei mir eingab. Allerdings sind die betreffenden Personen nicht in beiden Listen der gleichen Bevölkerungsenklave zugeordnet.«

»Nicht?« Die Furchen auf Merlins Stirn wurden noch tiefer.

»Das ist korrekt, Lieutenant Commander«, erwiderte Owl. Eine etwas leistungsfähigere KI hätte diese ›Datenanomalien‹ von sich aus deutlich ausführlicher erläutert. Owl hingegen sah dafür offensichtlich keinerlei Notwendigkeit.

»Welchen Enklaven wurden sie denn zugeordnet?«, fragte Merlin schließlich und rief sich – wieder einmal! – ins Gedächtnis zurück, dass Owls Selbst-Bewusstsein noch sehr ... eingeschränkt war. Laut der Bedienungsanleitung sollte die heuristische Programmierung dieser KI Owl letztendlich zu deutlich ausgeprägterem Selbst-Bewusstsein führen. Dann würde sie auch endlich rhetorische Fragen als solche erkennen, notwendige Antworten geben, ohne ausdrücklich dazu aufgefordert zu werden, und sogar erforderliche Erklärungen abgeben oder auf möglicherweise bedeutsame unerwartete Datenkorrelationen hinweisen, ohne dass man zunächst ausdrücklich danach fragen musste.

Merlin konnte es kaum noch erwarten, endlich die Phase des ›letztendlich‹ zu erreichen.

»Laut der offiziellen Liste von Administrator Langhorne wurde Jeremiah Knowles, hier als ›Jere Knowles‹ bezeichnet, zusammen mit seiner Gemahlin, seinem Schwager und seiner Schwägerin der Tellesberg-Enklave zugewiesen. Laut der Liste von Doktor Pei wurden diese vier Personen für die Alexandria-Enklave ausgewählt.«

Merlin kniff die Augen zusammen. Er wäre niemals auf die Idee gekommen, Shan-weis Unterlagen über die Verteilung der Kolonisten mit den offiziellen Aufzeichnungen zu vergleichen; niemals hätte er vermutet, es könne Diskrepanzen geben. Jetzt allerdings fragte sich Merlin, warum ihm dieser Gedanke bislang *nicht* gekommen war.

Weil der Commodore in seinen Aufzeichnungen für dich nichts darüber erwähnt hat, deswegen!, ging es ihm durch den Kopf.

»Gibt es weitere ›Datenanomalien‹ zwischen den beiden Listen?«, fragte er Owl nun. »Weitere Fälle, in denen Kolonisten mehr als einer Enklave zugeordet scheinen?«

»Unbekannt, Lieutenant Commander«, erwiderte Owl

ruhig und ohne jegliche Spur von Neugier. Merlin trieb es fast in den Wahnsinn.

»Also«, sagte er dann in einer Art und Weise, in dem jeder Mensch das Anzeichen gesehen hätte, jemand stehe hier kurz davor, die Geduld zu verlieren, »dann finde heraus, ob derartige Anomalien existieren. *Jetzt*, Owl!«

»Jawohl, Lieutenant Commander.«

Nichts im Tonfall der KI ließ vermuten, sie habe Merlins Ungeduld als solche erkannt – was das Ganze für Merlin natürlich noch schlimmer machte.

Doch wie auch immer die Unzulänglichkeiten der KI in Bezug auf ihre Persönlichkeit geartet sein mochten, Owl arbeitete wirklich schnell. Der Abgleich der beiden Listen dauerte weniger als zwei Minuten, obschon jede einzelne aus mehreren Millionen Namen bestand.

»Es gibt weitere Anomalien, Lieutenant Commander«, informierte die KI Merlin dann.

»Also ...«, sagte Merlin zwanzig Sekunden später, »Anomalien welcher Art hast du entdeckt? Und wie viele sind es?«

»Sämtliche Anomalien fallen in die gleiche Kategorie wie die bereits erwähnten, Lieutenant Commander. Weitere Kolonisten wurden mehreren Enklaven zugeordnet. In allen Fällen waren die betreffenden Personen in Doktor Peis Liste für Alexandria vorgesehen. In der Liste von Administrator Langhorne sind sie verschiedenen anderen Enklaven zugeordnet. Insgesamt habe ich zweihundertundzwölf derartiger Anomalien entdeckt.«

»Ich verstehe«, sagte Merlin leise, und seine Frustration angesichts der mangelnden Spontaneität und Eigeninitiative der KI legte sich, als er über diese Zahl nachdachte.

Ich weiß, was sie im Schilde geführt hat, dachte er, und ihn beschlich ein Gefühl, das fast an Ehrfurcht grenzte. *Mein Gott, sie hatte ein* zweites *Eisen im Feuer, und davon hat sie nicht einmal dem Commodore erzählt. Das ist der einzig mögliche Grund, warum er* mir *in seiner Nachricht nichts davon berichtet hat.* Er legte die Stirn in Falten. *Hatte sie das die ganze Zeit über schon geplant, oder ist ihr dieser Gedanke erst gekommen, nachdem sich die beiden offiziell getrennt hatten – wegen dieses angeblichen Zerwürfnisses? Und wie ist es ihr gelungen, die Aufzeichnungen zu manipulieren, ohne dass Langhorne und Bédard begriffen haben, was sie da getan hat?*

Es konnte unmöglich jetzt noch irgendjemanden geben, der die Antwort auf diese Fragen kannte. Doch auch wenn Merlin nicht wusste, wie Doktor Pei Shan-wei es geschafft hatte, so wusste er doch, was sie hier versucht hatte.

Er blätterte die abgespeicherten Seiten von Jeremiah Knowles' Tagebuch durch, bis er die Seite gefunden hatte, nach der er suchte.

»... damals keine Vorstellung von der Wahrheit, ebensowenig wie all die anderen Adams und Evas. Niemand von uns wusste von der geistigen Umprogrammierung, die Bédard auf Langhornes Anweisung hin durchgeführt hatte. Doch als Dr. Pei begriff, was Langhorne getan hatte, traf sie eigene Vorkehrungen. Sie oder die Angehörigen ihres Stabes in der Alexandria-Enklave konnten unmöglich die Erinnerungen an unser altes Leben zurückholen, die man uns geraubt hatte. Doch heimlich, ohne dass Langhorne und Bédard davon wussten, hatte sie drei NEATs aufbewahrt. Mit deren Hilfe konnte sie eine Hand voll der ursprünglichen Kolonisten informieren. Zu diesen gehörten auch wir.«

Merlin nickte. Natürlich, genau das hatte sie getan. Zweifellos war es riskant gewesen, diese Neuralen Erziehungs-, Ausbildungs und Trainingsgeräte zu verstecken, gerade angesichts von Langhornes Plan und auch Bereitschaft, jegliche Opposition im Keim zu ersticken. Und sie tatsächlich auch bei den Kolonisten zur Anwendung zu bringen, musste sogar noch gefährlicher gewesen sein. Andererseits war es auch nicht riskanter, als sich offen zu weigern, die Aufzeichnungen der Wahrheit zu zerstören, die damals noch in Alexandria aufbewahrt wurden. Bedauerlicherweise hatte beides nicht ausgereicht.

Ich kann einfach nicht glauben, dass das alles hier schon seit über siebenhundert lokalen Jahren einfach nur herumgelegen hat, dachte er. *Ich frage mich, ob noch andere ›Schläfer‹ die Zerstörung von Alexandria überstanden haben. Und wenn ja: Haben sie ähnliche Aufzeichnungen aufbewahrt wie ›Sankt Zherneau‹, oder haben sie sich einfach nur so gut sie konnten hinter ihren Tarnexistenzen versteckt? Und* wieso zur Hölle *war dieses Tagebuch nicht zerstört worden, nachdem die Bruderschaft es gefunden hatte?*

Auch auf diese Fragen wusste Merlin keine Antwort ... doch er hatte einen Verdacht, sehr wohl jemanden zu kennen, der sie ihm würde beantworten können.

»Seine Eminenz ist jetzt bereit, Euch zu empfangen, Captain Athrawes.«

»Ich danke Ihnen, Pater«, sagte Merlin, als der Unterpriester ihm die Tür zu Erzbischof Maikels Arbeitszimmer öffnete und sich dann ehrerbietig verneigte.

Sonnenlicht fiel durch das Fenster, von dem aus man einen herrlichen Blick über Tellesberg hatte, bis hin zum blauleuchtenden Wasser des Hafenbeckens. Ein dichter Wald aus Masten und Rahen schien aus dem Wasser emporzuwuchern, Vögel und Wyvern ließen sich von den Aufwinden in die Höhe tragen. Anmutig zogen sie über den Himmel hinweg wie Gottes Eigene Gedanken. Hinter ihnen waren die wettergegerbten Segel zahlloser Schiffe zu erkennen. Staynairs Arbeitszimmer befand sich im dritten Stock des erbzischöflichen Palastes (für Safehold-Verhältnisse also in gewaltiger Höhe), und Merlin konnte einen Blick auf die geschäftigen Straßen werfen, in denen Leute mit von Drachen gezogenen Karren und Pferdedroschken hin und her huschten.

»*Seijin* Merlin«, begrüßte Staynair ihn und streckte ihm die Hand mit seinem Bischofsring entgegen. »Wie nett, Euch wiederzusehen.«

»Und gewiss auch so überraschend, Eure Eminenz«, murmelte Merlin, während er mit den Lippen kurz über den Rubin strich.

»Nein, überraschend erscheint es mir nicht«, gestand Staynair. Er nahm wieder hinter seinem Schreibtisch Platz und bedeutete Merlin mit einer Handbewegung, sich in den Sessel zu setzen, der ihm gegenüber aufgestellt war. Auch während sein Gast sich in den Sessel sinken ließ, lächelte der Erzbischof, doch es entging Merlin nicht, dass dieses Lächeln jetzt deutlich angespannter wirkte.

»Darf ich annehmen, Eure Eminenz, dass jegliches Gespräch, das Ihr und ich heute hier führen, nicht von irgendjemandem mitgehört wird?«

»Natürlich.« Staynair legte die Stirn in Falten. »Mein Stab ist informiert, solange ich nicht ausdrücklich andere Anweisungen erteile, ist jegliche Unterhaltung in diesem Raum ebenso zu behandeln wie ein Beichtgespräch.«

»Ich war mir recht sicher, dass dem so sein würde, Eure Eminenz. Aber unter den gegebenen Umständen blieb mir keine andere Wahl, als mich noch einmal zu vergewissern.«

»Das ist wohl nur zu verständlich«, gab Staynair zu. »Und mir ist auch bewusst, dass Zhon und ich Euch gestern etwas, sagen wir, recht Überraschendes vorgelegt haben.«

»Oh, so könnte man das gewiss ausdrücken, Eure Eminenz«, gab Merlin mit einem trockenen Lächeln zurück.

»Und Ihr habt gewiss Fragen«, sprach Staynair weiter. »Unter diesen Umständen scheint es mir einfacher, wenn Ihr mir diese Fragen einfach stellt, statt mich alles erklären zu lassen.«

»Ich vermute, ›alles‹ erklären zu wollen dürfte entschieden länger dauern als nur einen Nachmittag«, sagte Merlin, und Staynair lachte leise.

»Also gut, Eure Eminenz«, sprach Merlin dann weiter. »Ich nehme an, meine erste Frage muss lauten: Warum wurden dieses Tagebuch von ›Sankt Zherneau‹ und die anderen Dokumente, die zusammen damit verwahrt wurden, nicht einfach zerstört oder der Inquisition ausgehändigt, als sie schließlich wiederentdeckt wurden?«

»Zum Teil, weil es überhaupt keine ›Wiederentdeckung‹ gegeben hat, *Seijin* Merlin.« Staynair lehnte sich in seinem Sessel zurück und schlug die Beine übereinander. »Die Bruderschaft von Sankt Zherneau hat schon immer genau gewusst, wo sich die Aufzeichnungen befanden; wir wussten nur nicht, was sie eigentlich darstellten. Sankt Zherneau und Sankt Evahlyn hatten sie versiegelt hinterlassen und der Bruderschaft ausdrücklich aufgetragen, sie nach ihrem Tode dreihundertfünfzig Jahre lang ungeöffnet aufzubewahren. Und ihren Anweisungen wurde genauestens Folge geleistet.«

»Und warum wurden sie danach nicht einfach zerstört oder als die abscheulichst-mögliche Ketzerei erachtet, als die Siegel dann schließlich geöffnet wurden?«

»Daran kann man, so denke ich, den Plan – oder zumindest die Bedeutung – von Sankt Zherneau erkennen«, erwiderte Staynair ernsthaft. »Ein Großteil der Religionsphilosophie und der Gedanken von Sankt Zherneau und Sankt Evahlyn war so orthodox, wie Mutter Kirche sich das nur wünschen konnte. Und das aus Gründen, die Euch mittlerweile gewiss einleuchten werden, nachdem Ihr nun die Gelegenheit hattet, das Tagebuch zu lesen. Ihr habt es doch wohl letzte Nacht gelesen, oder nicht, *Seijin?*«

»Ja«, bestätigte Merlin nur und blickte den Erzbischof nachdenklich an.

»Ich hatte schon vermutet, dass dies der Grund sei, warum Ihr im Kloster jede einzelne Seite so konzentriert betrachtet habt«, murmelte Staynair. Fragend hob Merlin eine Augenbraue, und der Erzbischof gestattete sich ein kleines Lächeln. »Die Fähigkeit eines *Seijin*, sich Dinge einzuprägen, die er nur ein einziges Mal zu Gesicht bekommen hat, gehört zu den Besonderheiten, die allen *Seijin* in den Legenden zugeschrieben werden. Tatsächlich vermute ich sogar, dass dies einer der Gründe für Euch war, selbst zu einem *Seijin* zu werden.«

»Ich verstehe.« Auch Merlin lehnte sich nun in seinem Sessel zurück und stützte die Ellbogen auf die Armlehnen; dann legte er die Fingerspitzen beider Hände aneinander. »Bitte, Eure Eminenz. Fahrt fort mit Eurer Erklärung.«

»Natürlich, *Seijin*«, stimmte Staynair zu und nickte; die Geste hatte zweifellos etwas Ironisches. »Schauen wir doch mal ... wo war ich? Ach ja. Der einzige Aspekt, in dem die Lehren von Sankt Zherneau von den Vorgaben der Kirche abwichen, war die Art und Weise und das Ausmaß, in dem er und Sankt Evahlyn immer wieder Toleranz und Tolerierung betonten und sie zur Grundlage für all ihre Gedanken erklärten. Die Pflicht aller gottesfürchtigen Menschen, alle anderen Menschen als ihre wahrhaftigen Brüder und Schwestern im Herrn zu sehen. Mit jenen zu diskutieren, die sich im Irrtum befinden mögen, statt sie einfach nur zu verdammen, ohne sie verstehen zu wollen. Und sich stets der Möglichkeit zu öffnen, diejenigen, denen man nicht zustimmen könne, könnten sich letztendlich als im Recht erweisen – oder zumindest der Wahrheit näher, als man selbst zu Beginn dieses Disputes war.«

Der Erzbischof hielt inne und schüttelte den Kopf. Dann wandte er den Blick ab und blickte durch das offene Fenster seines Arbeitszimmers über die Dächer und Türme von Tellesberg hinweg.

»Es gibt einen Grund, warum Charis die Inquisition so lange beunruhigt hat«, sprach er schließlich mit ruhiger Stimme weiter, »und nicht alles davon entsprang nur dem Verfolgungswahn solchen Inquisitoren wie Clyntahn. Obwohl das Kloster Sankt Zherneau so klein ist, hat die Bruderschaft von Sankt Zherneau doch seit Generationen über Gebühr viel Einfluss hier in Charis.

Viele Mitglieder des hiesigen Klerus' haben früher oder später eine Zeit lang im Kloster Sankt Zherneau verbracht. Tatsächlich habe ich mich sogar schon oft gefragt, was wohl geschehen wäre, wenn die Inquisition unseren eigenen Klerus im gleichen Maße überall auf der Welt zum Einsatz hätte bringen können, wie sie das auf dem Festland zu tun vermögen. Zum einen vermute ich, dass sie dann von Sankt Zherneaus ... Einfluss erfahren hätte, wenn mehr der hier ausgebildeten Priester in Gemeinden auf dem Festland eingesetzt worden wären. Ganz zu schweigen davon, was geschehen wäre, wenn die ranghöheren Posten der Kirche hier in Charis weitestgehend durch Priester aus anderen Ländern besetzt worden wären. Glücklicherweise hat der Zweifel an der charisianischen Orthodoxie, wie sie die Inquisition schon immer gehegt hat, die Kirche davon abgehalten, das Risiko einzugehen, andere Gemeinden unserem ›verderblichen Einfluss‹ auszusetzen, daher wurden nur wenige Mitglieder der hiesigen Priesterschaft zu Kirchen jenseits der Grenzen von Charis versetzt. Und die Tatsache, dass es immer wieder schwierig war, ranghohe Männer der Kirche dazu zu bringen, ihren Dienst hier draußen zu versehen, am Rand der Welt sozusagen, hat sich ebenfalls häufig zu unseren Gunsten ausgewirkt. Nicht zuletzt, weil dadurch keiner der wenigen wahrlich ranghohen Kirchenmänner, die überhaupt nach Charis gesandt wurden, jemals in Erfahrung gebracht hat, welche Rolle die Bruderschaft von Sankt Zherneau hier im Königreich und in diesem Erzbistum wirklich spielt.«

»Und das wäre, Eure Eminenz?«, fragte Merlin leise.

»Subversivkräfte«, antwortete Staynair unumwunden. »Nur sehr wenige der ranghöchsten Brüder wissen überhaupt von der Existenz des Tagebuchs von Sankt Zherneau oder eines der anderen Dokumente. Abgesehen von diesen wenigen hat niemand von einem Buch namens *Die Geschichte der Terra-Föderation* je auch nur gehört, ebenso wenig von einem Dokument, das als *Unabhängigkeitserklärung* bezeichnet wird. Was jedoch jedes Mitglied der Bruderschaft von Sankt Zherneau gelehrt wird, das ist, dass jedes Individuum für seine oder ihre persönliche Beziehung zu Gott eigenständig verantwortlich ist. Die Inquisition würde diese Lehre gewiss als verderblich ansehen, obwohl die *Heilige Schrift* genau das besagt. Denn, *Seijin* Merlin …« – der Erzbischof wandte den Blick wieder vom Fenster ab, und als er Merlin nun anschaute, wirkten seine Augen erstaunlich dunkel, sein Blick sehr stechend – »… eine persönliche Beziehung setzt Toleranz ebenso voraus wie die Möglichkeit, Fragen zu stellen. Dazu gehört auch die persönliche Suche nach Gott, das Bedürfnis, für sich selbst diese Beziehung zu Ihm zu verstehen, ganz aus sich selbst heraus, nicht nur durch ewiges Wiederkäuen offizieller Lehrsätze und Katechismen.«

Langsam und bedächtig nickte Merlin, als er spürte, wie nach und nach bislang völlig unerwartete Puzzlesteine an die richtige Stelle fielen. Das also war die Erklärung – oder zumindest Teil der Erklärung – für die Offenheit des Landes und seiner Gesellschaft, die Nimue Alban angezogen hatte, als sie auf der Suche nach einem geeigneten Ausgangspunkt für die Erfüllung jener Aufgabe gewesen war, die man ihr übertragen hatte.

»Fast jeder Bruder von Sankt Zherneau ist sich bewusst, dass unsere Betonung der persönlichen Beziehung zu Gott vor den Augen der Inquisition keinen Gefallen fände«, sprach Staynair weiter. »Aber so weit wir wissen, hat noch kein einziger von ihnen jemals die Aufmerksamkeit der Inquisition auf die Philosophie von Sankt Zherneau gelenkt. Und das, Merlin, liegt daran, dass fast jeder Mensch in sich eine Stimme trägt, die danach schreit, Gott kennen zu wollen. Eine persönliche, direkte Beziehung zu ihm zu haben. Die Bruderschaft von Sankt Zherneau – alle Brüder von Sankt Zherneau – haben diese Quelle des persönlichen Glaubens und des Gottvertrauens in sich selbst erkannt. Und auch wenn wir niemals ausdrücklich auf dieses Thema eingehen, wissen wir doch alle, dass es sowohl beschützt wie auch weitergegeben werden muss.«

»Und zugleich stellt das auch die erste Verteidigungslinie dar, nicht wahr, Eure Eminenz?«, warf Merlin ein.

»Natürlich.« Der Scharfsinn, den Merlin hier gezeigt hatte, brachte den Erzbischof dazu, die Lippen zu einem schiefen Grinsen zu verziehen. »Wie ich schon sagte, nur wenige der Brüder haben jemals die ganze Wahrheit um Sankt Zherneaus Schriften in Erfahrung gebracht. Doch indem sie jene Fragmente von Sankt Zherneaus Lehren beschützen und bewahren, die ihnen bekannt sind, beschützen und bewahren sie zugleich auch all das, was sie nicht wissen. Aus Gründen, die Ihr gewiss verstehen werdet, ist es unbedingt erforderlich, die Anzahl derer, denen die ganze Wahrheit bekannt ist, überschaubar klein zu halten. Im Laufe der Jahrhunderte hat das immer ein Problem für uns dargestellt, denn es widerstrebt uns, diejenigen zu täuschen, die doch wahrlich unsere Brüder sind, selbst wenn diese Täuschung auch nur darin bestehen mag, ihnen nicht die ganze Wahrheit kundzutun. Und doch blieb uns keine andere Wahl, und so hat die überwiegende Mehrheit der Bruderschaft unser Ziel immer als schrittweise Umgestaltung gesehen – das Bemühen, den Klerus zu lehren, wahrlich den Seelen der Kinder Gottes zu dienen, nicht dem Reichtum und der Macht, die Mutter Kirche bringen mag.

Selbst diese Aufgabe war natürlich im Laufe der Jahre alles andere als gefahrlos. Aber viele aus unseren Reihen, von denen die weitaus meisten nicht wissen, dass Zherneaus Tagebuch existiert, sind in der hiesigen Kirche recht weit aufgestiegen, und von diesen Posten aus haben sie den anderen Brüdern von Sankt Zherneau stets Schutz und Unterstützung zukommen lassen. Und das ist natürlich einer der Gründe, warum ein so großer Teil unserer hiesigen Priesterschaft bereit war, unseren Bruch mit dem Rat der Vikare zu unterstützen.«

»Auch das verstehe ich«, gab Merlin zu.

»Versteht mich nicht falsch, Merlin«, sagte Staynair ernsthaft. »Als die Siegel an Zherneaus Tagebuch damals, vor vierhundert Jahren, erbrochen wurden, war das für den damaligen Abt zutiefst schockierend. Nur sein eigener, tief verwurzelter Glaube an die Lehren Sankt Zherneaus hat ihn davon abgehalten, genau das zu tun, was Ihr erwartet habt. Er hat auch ernsthaft darüber nachgedacht, das alles zu zerstören, doch er brachte es nicht fertig. Selbst die so oft und zu Recht kritisierte Kirche bringt jeglicher alten Handschrift gehörigen Respekt entgegen. Das hängt wohl mit den ursprünglichen Adams und Evas zusammen, aus deren Hand schließlich *Die Offenbarungen* stammen. Und natürlich gab es vor vierhundert Jahren deutlich weniger des Lesens und Schreibens kundige Safeholdianer als heute.«

Wieder nickte Merlin. Zu den historischen Erfahrungen der Kirche des Verheißenen gehörten keinerlei der Text-Dispute, wie sie die Kirchen aus terrestrischer Tradition kannten, und Gleiches galt damit auch für die zu vertretende Lehre. Welche Dokumente der Kanon der Kirche umfasste, hatten die Erzengel selbst festgelegt, nicht ein möglicherweise fehlbares Gremium, das aus gewöhnlichen Menschen bestand, und damit war der Kanon der Kirche des Verheißenen von vorneherein über jeden Zweifel erhaben. Und es gab auch keine Tradition von Apokryphen oder gefälschten Dokumenten, die gezielt angefertigt worden waren, um die Glaubensfundamente der Kirche während ihrer Gründungsphase in Misskredit zu bringen. Eine ›Gründungsphase‹ hatte es nie gegeben, und jeglicher Versuch, ›falsches Zeugnis abzulegen‹, wäre unter den Schriften der acht Millionen Kolonisten, die damals des Lesens und Schreibens kundig gewesen waren, schlichtweg erstickt. Folglich sahen die Bewohner von Safehold die Geschichtlichkeit der Kirche mit völlig anderen Augen als sämtliche Theologen, die es auf Terra jemals gegeben hatte. Jedes nur aufzufindende historische Dokument, gleichwelcher Art, belegte nur stets aufs Neue die Richtigkeit der kirchlichen Traditionen und wurde damit stets zu einer neuen Stütze des Althergebrachten, nicht etwa zu einer Brutstätte des Zweifels.

Natürlich konnte sich so etwas auch ändern, oder etwa nicht? Während für eine Gesellschaft, die bewusst auf Muskel- und Windkraft beschränkt war – verbunden mit all der harten Arbeit, die geleistet werden musste, um diese Gesellschaft auch zu ernähren –, aus den Jahrzehnten dann Jahrhunderte wurden, war die Kunst des Lesens und Schreibens immer weiter in den Hintergrund getreten. Im Großen und Ganzen – natürlich gab es Ausnahmen, vor allem in der Kirche – konnte sich nur noch die Oberschicht leisten, sich mit derlei ›Unwichtigem‹ zu befassen. Und während das Lesen und Schreiben bei der Bevölkerung immer seltener wurde, hatte die Ehrfurcht, die der einfache Mann von der Straße (der nicht lesen und schreiben konnte) den schriftlichen Aufzeichnungen gegenüber empfand, deren Rätsel er selbst niemals würde ergründen können, paradoxerweise immer weiter zugenommen.

Und das muss dem Rat der Vikare ganz wunderbar recht gewesen sein, dachte Merlin grimmig. *Wahrscheinlich hat ›Mutter Kirche‹ diese Tendenz sogar aktiv unterstützt, da sämtliche Kirchenmitglieder, die nicht selbst lesen und schreiben konnten, gänzlich darauf angewiesen waren, dass die in der Hierarchie höher Stehenden sie den Inhalt dieser geheimnisvollen Bücher lehrte, die sie selbst nicht mehr lesen konnten. Und das wiederum wurde zu einem weiteren, äußerst effektiven Werkzeug, jegliches eigenständiges Denken im Keim zu ersticken. Andererseits nimmt das Lesen und Schreiben seit etwa einem Jahrhundert allmählich wieder* zu *– ist das vielleicht der Grund dafür, dass die ach so sorgfältig gepflegte Maschinerie, mit der die Kirche das Denken ihrer Schäfchen im Zaum halten will, allmählich auseinanderzufliegen droht?*

»Trotz dieser Versuchung, das Tagebuch und die anderen Dokumente zu zerstören, hat er sich doch dagegen entschieden«, erklärte Staynair weiter. »Diese Entscheidung muss ihm unendlich schwergefallen sein. Doch zusätzlich zu diesem Tagebuch hatte er ja auch diesen Brief, den Sankt Zherneau für denjenigen zurückgelassen hatte, der das Siegel schließlich erbrechen sollte. Und natürlich lagen ihm reichlich historische Belege vor, dass Sankt Zherneau tatsächlich selbst ein Adam gewesen war. Dass Sankt Evahlyn eine Eva gewesen war. Und das, zusammen mit all den öffentlich zugänglichen Schriften, die diese beiden hinterlassen hatten – einschließlich einiger Abschnitte in den *Offenbarungen* –, reichte schließlich aus, um ihn davon abzuhalten, in dem Tagebuch lediglich die Phantastereien eines wahnsinnigen Ketzers zu sehen. Und die Tatsache, dass er diese Bücher kannte, die zusammen mit dem Tagebuch versiegelt beinahe vierhundert Jahre lang aufbewahrt worden waren, belegte unumstößlich, dass all dies aus der Zeit der Schöpfung selbst stammen musste – oder aus einer Zeit unmittelbar danach.

Oder ...« – wieder bohrte sich der Blick des Erzbischofs in Merlins Augen – »... aus der Zeit davor.«

Erneut nickte Merlin. Er persönlich vermutete ja, trotz all der Ehrfurcht, die die Kirche der Geschichte und jeglichen historischen Dokumenten gegenüber zeigte, habe Staynair selbst jetzt noch mit seiner Schilderung, welch schweren spirituellen Kampf der damalige Abt von Sankt Zherneau mit sich selbst hatte austragen müssen, deutlich untertrieben. Das Ausmaß intellektueller Aufrichtigkeit, das erforderlich gewesen war, um all diese Dinge überhaupt nur zu denken, die Staynair gerade eben so knapp zusammengefasst hatte, war angesichts jedes einzelnen Wortes der offiziellen Kirchenlehre schlichtweg unvorstellbar.

»Vergebt mir, Eure Eminenz«, sagte er langsam, »und bitte fasst das nicht als Angriff gegen Euch auf. Aber mit diesem Tagebuch und mit den anderen Dokumenten, die sich in

Eurem Besitz befinden, wusstet Ihr doch schon seit langem, dass die gesamte Kirchendogmatik, sämtliche Aspekte ihrer Theologie und all ihre Lehren, auf einer gewaltigen Lüge basieren. Und dennoch habt Ihr diese Lüge niemals als solche angeprangert, sondern sie vielmehr noch selbst tatkräftig unterstützt.«

»Ihr hättet einen bemerkenswerten Inquisitor abgegeben, Merlin«, gab Staynair zur Antwort, und sein Grinsen war noch schiefer als sonst. »Ich meine natürlich einen Inquisitor im Sinne von Pater Paityr, nicht im Sinne dieses Schweins Clyntahn.«

»Inwiefern, Eure Eminenz?«

»Ihr versteht, wie man Fragen dergestalt formuliert, dass ein Mann gezwungen ist, geradewegs das zu betrachten, was er *wirklich* glaubt, nicht nur das, was er sich selbst zu glauben eingeredet hat.

Als Antwort auf Eure völlig berechtigte Frage müssen wir uns in dieser Hinsicht schuldig bekennen, aber wir glauben, mildernde Umstände geltend machen zu können. Aber das, davon bin ich doch recht überzeugt, war Euch selbst bewusst, schon bevor Ihr diese Frage gestellt habt.

Hätten wir uns offen der Kirchlichen Lehre entgegengestellt, hätten wir verkündet, jedes einzelne Wort der *Heiligen Schrift* sei eine Lüge, dann hätten wir die Zerstörung von Charis lediglich um einige Jahrhunderte beschleunigt. Vielleicht hätte sich die Inquisition damit zufrieden gegeben, all jene auszumerzen, die diese zutiefst verstörende Lehre verkündeten, aber eigentlich glaube ich das nicht. Ich glaube, zu viel von Langhornes und Schuelers eigener Intoleranz und … Gründlichkeit ist der Inquisition noch bis in den heutigen Tag geblieben.« Der Erzbischof schüttelte den Kopf. »Ich habe Sankt Zherneaus Bericht darüber gelesen, was wirklich bei der Zerstörung der Alexandria-Enklave geschehen ist … was sich wirklich in dieser Nacht ereignet hat, in der diese Enklave in das Armageddon-Riff verwandelt wurde. Mir fehlt das nötige Hintergrundwissen, um zu verstehen, wie es die Wirkungen haben konnte, die Sankt Zherneau beschreibt, wenn dort tatsächlich nur Felsbrocken abgeworfen wurden, aber ich akzeptiere die vollständige Richtigkeit und Genauigkeit seines Berichts. Und wenn es der Inquisition von heute auch an *Rakurai* gebrechen mag, so hat die ›Vierer-Gruppe‹ erst kürzlich wieder bewiesen, dass sie dafür über eine reichliche Anzahl Schwerter verfügt.

Da wir es also nicht gewagt haben, uns offen den Lügen der Kirche entgegenzustellen, um nicht letztendlich nichts anderes zu bewirken als die Zerstörung der einzigen Belege dafür, dass es eben Lügen sind, hat die Bruderschaft von Sankt Zherneau – zumindest diejenigen unter den Brüdern, denen die Wahrheit tatsächlich bekannt war – ihr Leben der Aufgabe gewidmet, nach und nach eine etwas anders geartete Kirche hier in Charis aufzubauen. Auch damit brachten sie alle sich beständig in Lebensgefahr. Uns war bewusst, dass die Inquisition irgendwann genau so reagieren würde, wie Clyntahn das nun tatsächlich auch getan hat. Wir hatten gehofft, es werde nicht so bald geschehen, und wahrscheinlich wäre es auch noch nicht so weit gekommen, hätte Clyntahn nicht den Posten des Großinquisitors eingenommen. Doch genau das ist nun einmal geschehen, und wir waren bereits zu weit gegangen, hatten bereits zu viele Veränderungen herbeigeführt, die Mutter Kirche missbilligte. Es ist die Wahrheit, Merlin. Clyntahn hatte ganz Recht mit seiner Einschätzung, welche Gefahr Charis für seine geliebte Orthodoxie darstellt. Ich bezweifle zwar, dass sich ihm diese Gefahr dadurch erschlossen hat, dass er sich ausgiebig mit den ihm vorliegenden Beweismitteln befasst hat, aber was uns betrifft, hat er mit seinem Instinkt ganz richtig gelegen.«

»Wie viel davon wusste Haarahld?«, erkundigte sich Merlin leise.

»Alles«, erwiderte Staynair sofort. »Er hat das gesamte Tagebuch gelesen, und auch die Geschichte der Föderation. Genau wie wir anderen hat auch er in diesem Geschichtswerk vieles nicht verstanden, denn schließlich fehlte – und fehlt – uns jeglicher Kontext. Aber ebenso wie wir anderen verstand er doch genug davon. Als Ihr ihn gefragt habt, warum sein Großvater die Leibeigenschaft in Charis abgeschafft habe, hat er Euch völlig ehrlich geantwortet, Merlin. Aber er hätte auch hinzufügen können, dass einer der Gründe, weswegen sein Großvater glaubte, alle Menschen seien gleich erschaffen, nun einmal war, dass auch er jedes einzelne, prachtvolle Wort der *Unabhängigkeitserklärung* gelesen hatte.«

»Und Cayleb?« Diese Frage stellte Merlin noch leiser, und Staynair legte die Stirn in tiefe Falten.

»Und Cayleb ...«, entgegnete der Erzbischof dann, »... ist einer der Gründe, warum Ihr und ich dieses Gespräch gerade jetzt führen.«

»›Gerade jetzt‹?«

»Ja, einer der Gründe ist, dass wir uns zügig dem ›Gottes-Tag‹ nähern, und es erschien ... angemessen, Euch vorher die Wahrheit gesagt zu haben.«

Wieder einmal nickte Merlin. ›Gottes-Tag‹ wurde jedes Jahr in der Mitte des Monats Juli gefeiert und entsprach bei der Kirche des Verheißenen etwa Weihnachten und Ostern an einem Tag. Es war der höchste, heiligste Feiertag des Jahres, und angesichts dessen, was die Bruderschaft von Sankt Zherneau über diese Religion wusste, der sie sich so lange nicht offen entgegenzustellen gewagt hatten, verstand Merlin sofort, warum Staynair diese Gespräch hatte führen wollen, bevor er den Gottes-Tag in der Kathedrale von Tellesberg zum ersten Mal in seiner Funktion als Erzbischof von Charis beging. Dennoch …

»Das verstehe ich sehr wohl, Eure Eminenz. Aber was genau hat Cayleb damit zu tun, zu welchem Zeitpunkt Ihr mir diese Kleinigkeit hier enthüllt?«

»Seit die Siegel an den Aufzeichnungen erbrochen wurden, galten strenge Regeln darüber, wann und wie der Inhalt dieser Dokumente anderen bekannt zu geben waren. Eine dieser Regeln besagt, dass bevor jemandem die Wahrheit enthüllt werden dürfe, dieser betreffende Mensch das Alter der Weisheit erreicht haben musste. Und dieses wurde, weil nun einmal eine feste Definition dringend erforderlich war, wann genau ein Mensch dieses Maß an Weisheit erreicht haben mochte, auf ein Alter von dreißig Jahren angesetzt. Eine weitere Regel besagt, dass all diejenigen, die bereits in die Wahrheit eingeweiht sind, zustimmen müssen, bevor ein weiterer eingeweiht wird – und nicht allen, die ursprünglich dafür vorgesehen waren, die Wahrheit zu erfahren, wird sie letztendlich auch kundgetan. Zwei der letzten acht Monarchen von Charis beispielsweise wurden niemals eingeweiht, denn seinerzeit ging die Bruderschaft davon aus, dass dies ein zu großes Risiko darstellen würde. Und …« – Staynairs Blick wurde noch ernsthafter – »… in beiden Fällen haben ihre eigenen Väter sich der Mehrheit der Bruderschaft angeschlossen.«

»Aber das ist doch bei Cayleb ganz gewiss nicht der Fall«, warf Merlin ein.

»Natürlich nicht. Wir hatten immer – nein: Haarahld hatte immer – die Absicht, ihn über die Wahrheit in Kenntnis zu setzen, sobald Cayleb dreißig Jahre alt geworden wäre.

Bedauerlicherweise hat die ›Vierer-Gruppe‹ mit ihrem Angriff auf Charis nicht lange genug gewartet, als dass sich dies tatsächlich hätte in die Tat umsetzen lassen. Jetzt haben wir einen König, auf dessen Entschlusskraft, Mut und Verstand wir alle unbedingt vertrauen, der aber gemäß den Regeln der Bruderschaft zu jung ist, um informiert zu werden. Und um ganz ehrlich zu sein, es gibt in unseren Reihen einige, die seine Jugendlichkeit und seine ... direkte Art fürchten. Vielleicht sein Ungestüm. Der junge Cayleb hat sich nie gescheut, seine Meinung offen kundzutun oder sich einem Feind geradewegs zu stellen. Es wird nicht etwa befürchtet, er könne dem Inhalt des Tagebuchs zu wenig Respekt entgegenbringen! Vielmehr befürchtet man, er könne, wenn er erst einmal die ganze Wahrheit kennt – wenn man ihm den Beweis vorlegt, dass die Kirche fast eintausend Jahre lang ganz Safehold beherrscht hat, durch das größte Lügengebäude in der Geschichte der Menschheit – sich vielleicht nicht zügeln, der ›Vierer-Gruppe‹ genau dies zum Vorwurf zu machen. Und das, Merlin, ist etwas, das wir nicht zulassen dürfen. Noch nicht.

Wir können über eine Kirchenspaltung nachdenken, vor allem, wenn diese Spaltung damit einhergeht, die Korruption einzudämmen, die Dekadenz und den Machtmissbrauch. Aber offene Ketzerei – wahre Ketzerei, die sich leicht durch entsprechende Passagen in der *Heiligen Schrift* und den *Offenbarungen* belegen ließe – wäre in Clyntahns Händen eine viel zu gefährliche Waffe. Der Tag wird kommen – er wird kommen! –, an dem diese ›ketzerische Lehre‹ offen verkündet werden wird. Mehr als vier Jahrhunderte lang hat die Bruderschaft von Sankt Zherneau dafür gearbeitet, dass dieser Tag kommen wird. Aber im Augenblick müssen wir dafür sorgen, dass es in diesem Krieg ausschließlich um den Machtmissbrauch durch die Kirche geht. Es geht hier auch um spirituelle Belange, das wohl, aber um spirituelle Belange, die weltliche Herrscher auch in weltliche Begriffe kleiden können, und nicht um Aspekte von Kirchenlehren und Theologie, die nur Zwietracht bringen können.«

Merlin legte die Hände auf die Armlehnen und beugte sich in seinem Sessel vor; seine Miene wirkte sehr angespannt.

»Eure Eminenz, da Ihr und Abt Byrkyt mich über die Existenz dieser Dokumente in Kenntnis gesetzt habt, muss ich doch annehmen, die anderen Brüder, denen die ganze Wahrheit bekannt ist, haben die diesbezügliche Entscheidung gebilligt.«

Sein Tonfall und die gehobene Augenbraue verwandelten die Aussage in eine Frage, und Staynair nickte.

»Das haben sie tatsächlich. Nicht zuletzt, weil wir Euer Urteil darüber hören wollten, ob man davon nun Cayleb berichten solle oder nicht. Ich selbst bin der Ansicht ›ja‹, und ebenso auch die meisten meiner Mitbrüder, wenngleich nicht alle, und uns allen ist bewusst, dass Ihr Ihm im Augenblick näher steht als jeder andere Mensch. Aber ich muss gestehen, dass es noch einen weiteren Grund gibt. Etwas, das in Sankt Zherneaus Brief steht, nicht in seinem Tagebuch.«

»Ach?«

»Ja.« Staynair schob die Hand in eine Innentasche seiner Soutane und zog ein zusammengefaltetes Blatt Papier hervor. »Hier ist eine Abschrift des betreffenden Abschnitts«, sagte er leise und reichte ihn Merlin über den Schreibtisch hinweg.

Ein wenig beklommen griff Merlin danach, faltete das Blatt auseinander und bemerkte, dass die Abschrift in Staynairs eigener Handschrift angefertigt worden war.

»Wir und die anderen Adams und Evas, die Dr. Pei über die Wahrheit informiert hat, stellen das dar, was sie als ihre ›Lebensversicherung‹ bezeichnet hat«, las er. »Wir sollten die Saat darstellen, wenn man es so ausdrücken möchte, die Saat einer Bewegung unter den Kolonisten und den Kindern dieser Kolonisten, falls, wie Dr. Pei befürchtete, Langhorne, Bédard und Schueler offen gegen Alexandria vorgehen sollten. Doch ihr blieb weniger Zeit, als sie selbst erhofft hatte, und wir waren noch nicht zahlreich genug, als sie Alexandria zerstörten und alle ihre und alle unsere Freunde ermordeten. Doch es ist augenfällig, dass auch Langhorne und ein Großteil seiner engsten Vertrauten dabei den Tod gefunden haben müssen. Gerade angesichts der Veränderungen, die an der *Heiligen Schrift* vorgenommen wurden, vermuten wir, es müsse Commodore Pei gelungen sein, eine Miniatur-Atombombe zu verbergen und schließlich zum Einsatz zu bringen. Im Laufe der Jahre dachte ich oft, die Verwirrung, die aus der Führung der ›Erzengel‹ erwachsen sein musste – und möglicherweise auch die Zerstörung eines Großteils sämtlicher Aufzeichnungen der Verwaltung –, könne erklären, wie es uns gelingen konnte, unbemerkt in diesen abgelegenen Teil von Safehold zu fliehen.

Doch wir wissen nicht, wo Dr. Pei noch andere verborgen haben mag, die uns gleichen. Aus offensichtlichen Gründen wurde uns das niemals mitgeteilt. Wir wissen, dass sie die Absicht gehabt hatte, andere hier zu uns nach Tellesberg zu bringen, aber die Zeit dafür blieb ihr nicht mehr.

Doch wer auch immer du sein magst, der dereinst diese Worte lesen wird: Wir waren nur das eine Eisen in Dr. Peis loderndem Feuer der Wahrheit. Es gibt noch ein weiteres. Ich weiß nur wenig über dieses andere Eisen, das es dereinst zu schmieden gelten wird, und selbst dieses Wenige weiß ich nur durch reinen Zufall. Dr. Pei hatte niemals die Absicht, uns darüber in Kenntnis zu setzen – wieder aus offensichtlichen Gründen. Doch so viel weiß ich: Commodore Pei und sie haben auch noch andere Vorbereitungen getroffen, haben noch andere Pläne zurechtgelegt, ebenso gründlich wie das, was uns selbst betrifft. Ich werde nicht einmal das wenige, was ich weiß, hier zu Papier bringen, nur für den Fall, dass dieses Schreiben dereinst der Inquisition in die Hände fällt. Aber wer auch immer du sein magst, du darfst niemals vergessen, dass es auch noch dieses zweite Eisen gibt. Der Tag wird kommen, an dem es zu einer mächtigen Waffe wird, und wenn diese Waffe in Erscheinung tritt, so musst du sie auch als genau das erkennen, was sie ist. Setze dein Vertrauen in diese Waffe. Sie hat ihre Wurzeln in einer Treue, die du dir nicht einmal ansatzweise vorstellen kannst, und in einer Opferbereitschaft, die größer ist als das All selbst. Ich glaube, du wirst sie erkennen, wenn – sobald – du sie siehst, und hiermit vermagst du sie auf die Probe zu stellen: Nimue.«

Ein PICA verfügte nicht über einen Blutkreislauf, und dennoch durchfuhr heftiger Schmerz Merlins nicht vorhandenes Herz, als er diesen letzten Satz las. Endlose Sekunden lang starrte er nur das Blatt Papier an, und fast war ihm, als höre er ein letztes Mal Pei Shan-weis Stimme, als er diese Worte las – niedergeschrieben von einem Mann, der vor siebenhundertfünfzig Jahren zu Staub zerfallen war.

Schließlich hob er wieder den Blick, und Staynair blickte dem PICA tief in die saphirgrünen Augen.

»Sagt mir, Merlin ...«, fragte er mit sehr sanfter und sehr leiser Stimme, »... seid Ihr Shan-weis zweite Waffe?«

»Worum geht es denn hier?«, fragte König Cayleb und ignorierte den Thron auf seinem Podest; stattdessen stellte er sich mit dem Rücken zum kleinen Fenster des Audienzzimmers. Immer wieder blickte er zwischen Erzbischof Maikel und Merlin hin und her, die Augenbrauen hatte er fragend gehoben. Merlin lächelte ihn an; es war fast ein Grinsen.

»Ihr werdet Euch vielleicht erinnern, Euer Majestät«, sagte er, »dass ich Euch einmal versprochen habe, sobald ich ein gewisses Thema ausführlicher würde erläutern können, würde ich das auch tun.«

Caylebs Augen weiteten sich. Dann huschte sein Blick zu Staynair hinüber. Abwehrend hob er die Hand, doch Merlin schüttelte den Kopf.

»Das ist in Ordnung, Cayleb«, sagte er. »Es hat sich herausgestellt, dass Erzbischof Maikel – und tatsächlich auch Euer Herr Vater – eine deutlich bessere Vorstellung davon hatten, wer ich in Wirklichkeit bin, als mir bewusst war.«

»Wirklich?« Plötzlich wirkte Cayleb sehr konzentriert, und der Blick, den er Staynair zuwarf, wirkte immens nachdenklich.

»Oh, ich denke, das könnte man so sagen.« Merlins Grinsen wurde noch breiter. »Wisst Ihr, Cayleb, es ist folgendermaßen …«

.VII.

König Caylebs privater Speisesaal, Königlicher Palast, Stadt Tellesberg, Königreich Charis

»Darf ich Euch nachschenken, Maikel?«, fragte König Cayleb deutlich später am Abend; immer noch hielt er die Weinflasche in der Hand, aus der er gerade sein eigenes Glas erneut nachgefüllt hatte.

»Ja bitte, Euer Majestät.« Der Erzbischof hob das Glas und lächelte fast spitzbübisch. »So kommt aus Corisande wenigstens etwas Gutes«, merkte er an, nachdem er einen Blick auf das Etikett der Flasche geworfen hatte.

»Irgendetwas Gutes gibt es fast überall«, erwiderte Cayleb, während er das Glas des Erzbischofs füllte. Diese einfache Aufgabe schien seine ganze Aufmerksamkeit zu erfordern; es war, als empfinde der jugendliche König sie als zutiefst tröstlich. Oder er sah darin zumindest eine willkommene Ablenkung.

Schließlich stellte er die Flasche auf den Tisch zurück und nahm wieder in seinem Sessel Platz.

Offiziell war dies ein privates Abendessen mit seinem Erzbischof, das auf Maikels Bitte hin stattfand. Nachdem Gray Harbor das Königreich verlassen hatte und Staynair an seiner statt die Aufgaben eines Ersten Ratgebers übernommen hatte, hatte es derartige Abendessen schon des Öfteren gegeben. Und natürlich war dafür stets Captain Athrawes als Leibgarde des Königs ausgewählt worden. An diesem Abend erwies sich diese Tradition als äußerst nützlich.

»Also gut«, sagte Cayleb leise. »Jetzt hatte ich wenigstens einige Stunden Zeit, über das nachzudenken, was Ihr beide mir berichtet habt. Ich muss zugeben, es ... schmerzt mich ein wenig, dass es ein derart bedeutsames Geheimnis gab, in das Vater mich niemals eingeweiht hat, aber ich verstehe sehr wohl, dass es ihm nicht zustand, darüber zu entscheiden.«

»Cayleb ...« – Staynair sprach mit ebenso gedämpfter Stimme – »... dies war niemals eine Frage des Vertrauens oder des Misstrauens. Es war lediglich die Folge der Vorgehensweisen, die bereits vor vierhundert Jahren festgelegt wurden. Vorgehensweisen, die der Bruderschaft von Sankt Zherneau – und ich denke, auch dem gesamten Königreich – gute Dienste geleistet haben.«

»Ich habe bereits gesagt, dass ich das verstehe, Maikel.« Ruhig blickte Cayleb dem Erzbischof in die Augen. »Und ich glaube, der wahre Grund, warum es mich so schmerzt, ist einfach, dass Vater niemals die Gelegenheit hatte, es mir an meinem Geburtstag zu verraten.«

»Ich wünschte, er hätte die Gelegenheit gehabt«, sagte Merlin mit sanfter Stimme; er hielt sein eigenes Weinglas in der Hand und betrachtete die rubinrote Flüssigkeit. »Euer Herr Vater war einer der edelsten Menschen, die kennen zu lernen ich jemals das Vergnügen hatte, Cayleb. Tatsächlich war er sogar ein noch besserer Mensch, als ich ohne diese kleine Enthüllung des Herrn Erzbischofs jemals begriffen hätte.«

»Ach ja. Seine ›*Enthüllung*‹. Ein ausgezeichnetes Wort, Merlin. Fast ...« – nun richtete Cayleb seinen Blick auf Merlin – »... ebenso erstaunlich wie jene Enthüllung, die Euch selbst betrifft.«

»Na ja ...« Merlin verzog die Lippen zu einem schiefen

Grinsen. »Ich habe Euch ja gesagt, dass ich Euch alles erklären würde, wenn der richtige Tag dafür erst einmal gekommen ist.«

»Was hier wohl eher bedeutet«, bemerkte Cayleb scharf, »dass Ihr es mir erzählen musstet, würdet Ihr nicht auch sagen?«

»Da habt Ihr mich erwischt.« Merlin nickte. »Andererseits solltet Ihr auch Folgendes bedenken: Jetzt, wo Erzbischof Maikel für mich das Wort ergreift und das Tagebuch von Sankt Zherneau für mich spricht, dachte ich mir, nun sei es deutlich unwahrscheinlicher, dass Ihr mich einfach nur für wahnsinnig haltet. Oder dass Ihr annehmen könntet, letztendlich sei es doch falsch gewesen, mir zu vertrauen.«

»Damit habt Ihr nicht ganz Unrecht«, stimmte Cayleb zu und verschränkte die Arme vor der Brust. Sein bislang so konzentrierter Blick wanderte ins Leere, seine Miene verriet jetzt Erstaunen, fast Ehrfurcht, doch auch eine gewisse Spur von Furcht war darin zu erkennen. Oder zumindest Besorgnis.

»Ich kann es selbst jetzt noch kaum glauben«, sagte er langsam und musterte Merlin von Kopf bis Fuß. »Um ganz ehrlich zu sein, ich weiß nicht, was mich mehr ... verwirrt – die Tatsache, dass Ihr tot seid, oder die Tatsache, dass Ihr in Wirklichkeit eine Frau seid.«

»Eigentlich«, warf Staynair behutsam ein, »bin ich mir nicht ganz sicher, ob Merlin – oder Nimue – wirklich tot ist.«

»Oh, vertraut mir, Eure Eminenz«, erklärte Merlin in einem Tonfall, der eine gewisse Belustigung ebenso verriet wie unendliche Trauer, »Nimue Alban ist tot. Schon seit über neunhundert Eurer Jahre. Ebenso tot wie alle ihre Freunde ... und ebenso tot wie die ganze Terra-Föderation.«

»Ich habe versucht mir vorzustellen, was Ihr alles gesehen

und erlebt haben müsst.« Staynair schüttelte den Kopf. »Natürlich vermag ich das überhaupt nicht. Ich glaube, das vermag niemand.«

»In mancherlei Hinsicht ist es nicht viel anders als das, was Ihr und Cayleb – und natürlich auch König Haarahld – hier in Charis gesehen habt«, betonte Merlin. »Wenn wir verlieren, dann wird alles, was Euch irgendetwas bedeutet, ein für allemal verloren sein. Auch wenn ich noch so sehr betonen möchte, dass ich diese Mal auf ein glücklicheres Ende hoffe.«

»Das geht uns wohl allen so«, warf Staynair nüchtern ein.

»Na ja, natürlich«, pflichtete Cayleb bei und blickte Merlin immer noch voller Verwunderung und Verwirrung an. »Ich muss schon sagen, Merlin, so sehr ich es auch versuche, ich kann mir Euch einfach nicht als Frau vorstellen.«

»Das spricht wohl sehr für meine Tarnung«, gab Merlin zurück, und dann war er selbst überrascht, dass er lachen musste. »Andererseits hätte dieses erste Rugby-Spiel, in das Ihr und Ahrnahld mich hineingezogen habt, mich beinahe ins Verderben gestürzt.«

»Was?« Cayleb legte die Stirn in Falten. »Wovon redet Ihr denn da?«

»Cayleb«, erklärte Merlin geduldig. »Denkt doch einmal darüber nach! Ein PICA ist vollständig funktionsfähig ... und ich meine wirklich vollständig funktionsfähig. Ich kann alles tun, was ein biologischer Körper zu tun in der Lage ist, ich kann jede Form der Reaktion nachahmen ... und ich habe siebenundzwanzig Jahre – fast dreißig Eurer Jahre – als Frau verbracht. Vertraut mir! Es gibt einige Dinge, die sich nicht ganz so einfach ändern lassen. Da befand ich mich also im Wasser, nackt wie am Tage meiner Geburt, und umgeben von all diesen hübschen, ebenso nackten, muskulösen, glitschigen Männerleibern ... und da musste ich feststellen, dass es diese typisch männliche körperliche Reaktion gibt. Vom Verstand her habe ich natürlich immer gewusst, rein abstrakt, was dabei passiert, aber ich hatte doch nicht damit gerechnet, es selbst einmal zu erleben ... am eigenen Leib zu erfahren, sozusagen.«

Einen Augenblick lang starrte Cayleb ihn nur an, und dann musste er lachen. Am Anfang war es noch leise, fast unterdrückt, doch dabei blieb es nicht. Sein schallendes Gelächter hatte etwas zutiefst Befreiendes. Es vertrieb aus seinem Blick auch die letzten Überreste der Furcht – wenn es das denn gewesen war.

»Ach du lieber Gott!«, brachte er keuchend hervor, während er lachte und lachte und lachte. »Deswegen seid Ihr im Wasser geblieben! Und deswegen wart Ihr auch so besorgt um Euer Handtuch!«

»Genau«, bestätigte Merlin und klang dabei fast zerknirscht. »Es hat noch einige andere Dinge gegeben, an die ich mich erst gewöhnen musste, aber ich muss zugeben, dass dies wohl das ... Interessanteste von allem war.«

Auch Staynair lachte leise in sich hinein, als er begriff, wovon Merlin und Cayleb hier sprachen. Dann schüttelte er den Kopf.

»Merlin«, sagte er, lächelte aber immer noch, »irgendwie hätte ich nicht gedacht, eine tote Frau – oder ein Geist – könne einen Sinn für Humor besitzen.«

»Dessen bin ich mir nicht so sicher, Eure Eminenz.«

»Dann lasst es mich anders ausdrücken. Was ist erforderlich, um einen Menschen als ›lebendig‹ anzusehen?«

»Ich nehme an, die meisten würden sagen, ein wichtiges Kriterium dafür wäre das Atmen.«

»Ja, vielleicht würden das ›die meisten‹ sagen, aber die frage ich jetzt nicht. Ich frage Euch.«

»Ich weiß es wirklich nicht«, gestand Merlin. Wieder blickte er sein Weinglas an. »Vielleicht, weil mich diese Frage so sehr beunruhigt, weil ich über genau dieses Problem immer und immer wieder nachgedacht habe, sodass ich es jetzt einfach nicht mehr mit dem erforderlichen Abstand betrachten kann. Irgendwann habe ich dann beschlossen, selbst wenn ich im eigentlichen Sinne nicht mehr ›lebe‹, kann ich doch immer noch so *tun*. Zu viele Menschen haben zu große Opfer gebracht, um mich auf diese Welt zu bringen, zu gerade diesem Zeitpunkt, als dass mir irgendetwas anderes zu tun übrig bliebe.«

»Und genau deswegen bin ich mir sicher, dass Ihr wirklich lebendig seid, Merlin. Nimue Alban«, erklärte Staynair. »Ihr selbst habt zu denjenigen gehört, die diese Opfer gebracht haben. Und Ihr habt das, was Ihr bislang schon auf Safehold getan habt, aus Eurem Gefühl unendlicher Verpflichtung anderen Menschen gegenüber getan, die bereits seit fast tausend Jahren tot sind. Oh, ich bestreite nicht, dass Euch diese Menschen wirklich wichtig sind, und ich verstehe auch, dass für Euch noch keine tausend Jahre vergangen sind, seit sie alle den Tod gefunden haben. Aber wie Haarahld Euch einmal gesagt hat, ein Mann muss an seinen Taten gemessen werden. Und trotz all der Lügen, aus denen die *Heilige Schrift* besteht, gibt es darin doch auch ewige Wahrheiten. Einschließlich der Wahrheit, dass die wahre Natur eines Menschen sich unausweichlich in Form seiner Taten zeigen wird.

Ihr habt Eure Bürde aufgrund Eures persönlichen Zorns getragen, Merlin Athrawes. Ich habe Euch jetzt nicht zwei Jahre lang beobachtet, habe nicht immer wieder mit Euch gesprochen und immer wieder neue Dinge von Euch gelernt, ohne dabei auch viel über den Mann zu erfahren, der Ihr wirklich seid – oder meinetwegen eben auch die Frau. Ihr verspürt jenen Schmerz, der so sehr Teil Eures Lebens ist, und ebenso verspürt Ihr auch die Freuden. Ich hatte schon immer das Gefühl, Ihr wäret ein zutiefst einsamer Mensch, und jetzt weiß ich auch warum. Aber ich habe niemals, nicht einen Moment lang, daran gezweifelt, dass Ihr ein guter Mensch seid. Und trotz allem, was diese Narren in Zion glauben mögen, ist Gott ein Gott der Liebe, Merlin, kein Gott eiserner Disziplin und gedankenloser Zurückweisung. Seine unergründlichen Wege mögen manchmal schwer sein, und Er mag auch viel von Seinen Dienern verlangen, doch was auch immer Er sonst sein mag, dumm ist Er nicht. Er weiß, was Er Menschen wie Euch im Laufe der Zeit abverlangt. Und ob Euch das nun bewusst ist oder nicht, Gott erkennt Euch auch als einen der Seinen. Ich zweifle nicht daran, dass Gott, als Nimue Albans fleischlicher Körper starb, eine weitere Aufgabe, eine weitere Pflicht für sie bereithielt. Es gibt zu wenige wahrhaft gute Seelen, als dass Er eine Seele hätte verschwenden können, die so hell leuchtete. Und so hat Er diese Seele schlafen lassen, bis eines Tages eine Maschine, ein … PICA in einer Höhle hier auf Safehold erwachte. Ihr tragt Nimue Albans Seele in Euch, Merlin Athrawes. Zweifelt niemals daran! Stellt das niemals in Frage … und auch nicht Euch selbst.«

Endlose Sekunden lang blickte Merlin den Erzbischof nur schweigend an. Dann, schließlich, nickte er. Er sprach kein einziges Wort. Das war auch nicht nötig.

Lange Zeit hielten die anderen das Schweigen. Schließlich räusperte sich Cayleb.

»Was auch immer das für Euch bedeuten mag, Merlin, ich stimme Maikel voll und ganz zu. Vielleicht ist es gut – nein, es ist gut –, dass Ihr nicht versucht habt, mir das alles an Bord der *Dreadnought* zu erklären, kurz vor der Schlacht im Darcos-Sund. Aber es ist genau so, wie ich Euch das vor einiger Zeit in King's Harbour gesagt habe ... als Ihr diesen Kraken getötet habt. Ihr mögt in der Lage sein zu verbergen, was Ihr seid, aber Ihr könnt unmöglich verbergen, wer Ihr seid und was Ihr fühlt. Es tut mir Leid, das sagen zu müssen, aber das könnt Ihr einfach nicht sonderlich gut.«

»Na, vielen Dank auch«, gab Merlin zurück und verzog das Gesicht.

»Nichts zu danken.« Cayleb grinste ihn an. »Andererseits wird es wohl einige Zeit dauern, bevor ich das alles hier richtig verarbeitet habe. Das wird doch einige meiner wichtigsten Grundannahmen umstürzen.«

»Das gewiss«, stimmte Merlin ihm zu. »Dennoch wird es kaum etwas an den Bedingungen ändern, denen wir alle hier unterworfen sind. Im Orbit schwebt immer noch dieses System für die kinetische Bombardierung. Und es gibt immer noch diese Energiequellen unterhalb des Tempels, die ich bislang noch nicht habe identifizieren können. Alleine schon diese beiden Dinge sind verdammt gute Gründe dafür, das Geheimnis weiterhin zu bewahren – in genau der Art und Weise, wie das die Bruderschaft die letzten vier Jahrhunderte getan hat. Ich für meinen Teil habe absolut nicht die Absicht, Charis in ein zweites Armageddon-Riff zu verwandeln.«

»Zugegeben.« Cayleb nickte. »Aber nach allem, was Ihr gesagt habt, gibt es noch enorm viel, das Ihr uns lehren und zeigen könnt.«

»Ja und nein.« Merlin nahm einen weiteren Schluck von seinem Wein, dann stellte er das Glas beiseite und beugte sich in seinem Sessel vor, die Arme auf die Lehnen gestützt.

»Ich kann Euch lehren, aber ich kann nicht einfach das Wissen an Euch weitergeben. Aus vielerlei Gründen, einschließlich der Tatsache, dass die Kirche darauf keinesfalls aufmerksam werden darf, und auch, weil niemand weiß, ob es nicht irgendwelche ferngesteuerte Sonden gibt, die Daten an diese undefinierbaren Energiequellen unterhalb des Tempels weiterleiten. Aber selbst wenn mir das nicht derartige Sorgen bereiten würde, könnte ich doch nicht einfach die Kirche als Quelle jeglicher Autorität ablösen. Die Menschen auf ganz Safehold müssen das erlernen, was Ihr hier in Charis bereits tut, Cayleb. Sie müssen lernen zu denken. Sie müssen endlich davon ablassen, die Dogmen und Verbote ohne jegliches Hinterfragen zu akzeptieren. Bislang nehmen sie derartige Dinge einfach hin, egal ob es nun die Kirche des Verheißenen ist, die ihnen sagt, genau das müssten sie tun, oder irgendein allwissendes Orakel aus der Vergangenheit. Wir müssen Safehold in eine Welt verwandeln, in der das Volk die physikalische Welt, die sie umgibt, wirklich verstehen will. Wir brauchen Menschen, die gerne denken, die gerne Neuerungen entwickeln, die sich gerne ganz eigenständig neue Vorgehensweisen überlegen. Das ist einer der Gründe – in vielerlei Hinsicht sogar der Hauptgrund –, weswegen ich Vorschläge unterbreitet habe und Möglichkeiten aufgezeigt, mich aber dann zurückgezogen habe, sodass Leute wie Baron Seamount, Ehdwyrd Howsmyn und Rhaiyan Mychail sich ganz alleine Mittel und Wege überlegen konnten, wie man das auch in die Tat umsetzen könnte.

Und …« – er blickte Cayleb geradewegs in die Augen – »… es ist ebenso wichtig, das alle auf Safehold, selbst die Feinde von Charis, genau das Gleiche tun.«

Cayleb legte die Stirn in Falten, und Merlin schüttelte den Kopf.

»Denkt einmal darüber nach, Cayleb. Wer ist Euer wahrer Feind? Hektor von Corisande? Oder die Inquisition?«

»Im Augenblick«, antwortete Cayleb nach kurzem Nachdenken, »behalte ich eher Hektor im Auge. Ich hoffe, das erscheint Euch verständlich.« Er kniff die Lippen zu einem schmalen Lächeln zusammen. »Andererseits verstehe ich sehr wohl, worauf Ihr hinauswollt. Gäbe es Hektor nicht, so hätten Clyntahn und die ›Vierer-Gruppe‹ sich jemand anderen gesucht, den sie zu ihrem Werkzeug machen könnten.«

»Ganz genau. Und wie werdet Ihr die Kirche besiegen? Lässt sich das mit Flotten und Armeen bewerkstelligen?«

»Nein«, gab Cayleb nachdenklich zurück.

»Natürlich nicht«, bekräftigte Merlin. »Euer wahrer Feind ist ein Glaubenssystem, eine Doktrin, eine Denkweise. Ideen kann man nicht mit dem Schwert töten, und mit einer Breitseite kann man kein Glaubenssystem versenken. Ein Glaubenssystem könnt Ihr nur besiegen, indem Ihr es zu Veränderungen zwingt; und der Kirche bleiben nur zwei Möglichkeiten, sich der Herausforderung zu stellen, die Ihr und Charis für sie darstellen. Entweder verweigert sie sich dieser Veränderung, und dann hat sie keinerlei Chance, Euch militärisch zu besiegen. Oder sie kommt zu dem Schluss, dass ihr gar keine andere Wahl bleibt und sie sich verändern muss, dass sie neue Waffen und neue Technologien einfach akzeptieren muss. Und wenn das geschieht, dann wird die Kirche feststellen, dass sie auch ihr Glaubenssystem verändern muss. Und wenn das geschieht, Cayleb, dann habt Ihr schon gewonnen, denn dann hat Euer wahrer Feind schlichtweg Selbstmord begangen.«

»Bei Euch klingt das alles so leicht«, stellte Cayleb mit einem schiefen Grinsen fest.

»Nein«, sagte nun der Erzbischof, und der König blickte ihn an. »Nicht ›leicht‹, Cayleb. Nur einfach.«

»Ganz genau.« Merlin nickte. »Auf Terra hat es einen Militärphilosophen gegeben, schon lange, bevor der erste Mensch ernsthaft über Raumfahrt nachgedacht hat – oder vermutet, dass dort draußen irgendwo jemand wie die Gbaba auf uns wartet. Und dieser Mann hat gesagt, im Krieg sei alles sehr einfach ... aber selbst die einfachsten Dinge seien schwer zu bewerkstelligen.«

»Tatsächlich?« Caylebs Lächeln wurde ein wenig entspannter. »Das ist ja interessant! Genau das hat Vater mehr als einmal zu mir gesagt. Hat er das auch aus einem dieser Bücher von Sankt Zherneau?«

»Das bezweifle ich doch sehr. Euer Herr Vater war einer der intelligentesten Menschen, die ich jemals kennen gelernt habe, Cayleb. Ich glaube nicht, dass er eines von Clausewitz bedurfte, um diese Wahrheit zu erkennen.«

»Also gut«, sagte Cayleb dann nach kurzem, nachdenklichem Schweigen. »Ich glaube, ich verstehe, was Ihr meint. Rein aus meiner Position als König von Charis bin ich darüber alles andere als glücklich, wie Ihr Euch sicherlich vorstellen könnt. Aber ich verstehe, was Ihr mir hier sagen wollt – und auch, warum Ihr mir das sagen wollt. Andererseits: Wenn der ›Innere Kreis‹ der Bruderschaft schon die Wahrheit darüber kennt, wie wir hierhergekommen sind, und auch warum, könnten wir dann nicht zumindest einen Teil Eures Wissen nach und nach an diesen Inneren Kreis weitergeben?«

»An diejenigen, die schon von Sankt Zherneaus Tagebuch wissen, ja.« Merlin zuckte mit den Schultern. »Die Tatsache, dass die Inquisition Charis nicht schon vor Jahren dem Erdboden hat gleichmachen lassen, ist für mich Beweis genug, dass zumindest diese Männer genau wissen, wie man ein Geheimnis bewahrt. Tatsächlich bin ich sogar versucht, weitere

Verstecke für Bücher und Aufzeichnungen anzulegen, einfach nur für den Fall, dass der Kirche ein ›Glückstreffer‹ gelingt. Ich bin mir nicht ganz sicher, ob das wirklich eine gute Idee ist, aber ich denke, es lohnt sich zumindest darüber nachzudenken.

Das Problem ist nun, dass wir, sobald wir es mit anderen Personen zu tun haben als denjenigen, von denen wir bereits wissen, dass sie ein Geheimnis für sich behalten können, jeder ein echtes Risiko für Charis darstellt. Wie auch immer wir selbst darüber denken mögen, wir können einfach nicht wissen, wie andere auf die Wahrheit reagieren werden, und es braucht nur eine einzige Person zur Inquisition zu laufen, um gewaltigen Schaden an all dem anzurichten, was wir hier zu bewirken versuchen – er könnte sogar alle unsere Anstrengungen endgültig zunichte machen.«

»Also gut, damit habt Ihr wirklich Recht.« Cayleb neigte den Kopf zur Seite und rieb sich die Nasenspitze, während er angestrengt nachdachte. »Gleichzeitig wird man aber früher oder später die Wahrheit einer größeren Anzahl von Menschen kundtun müssen. Ich verstehe sehr wohl, dass es Gründe gibt, dabei äußerst vorsichtig zu sein, aber es gibt einige Leute hier in Charis, die, so denke ich zumindest, diesen Schock deutlich besser verkraften werden, als Ihr vielleicht erwartet. Und einige von diesen Leuten könnten noch deutlich nützlicher und auch erfolgreicher werden, wenn ihnen mehr von Eurem Wissen zur Verfügung steht. Ich denke hier an Leute wie Seamount, und vielleicht auch Howsmyn. Oder natürlich auch Doktor Mahklyn.«

Langsam nickte Merlin; er erinnerte sich an das Gespräch, das er in jener Nacht mit Cayleb geführt hatte, in der die Königliche Hochschule abgebrannt war.

»Damit habt Ihr Recht. Und Ihr *seid* nun einmal der König

von Charis. Es ist Euer Königreich, es ist Euer Volk, und Ihr seid für die Sicherheit und das Überleben des Reiches und Eurer Untertanen verantwortlich. Ich habe eine andere Aufgabe – eine Aufgabe, die über das Überleben von Charis hinausgeht, aber ebenso habt Ihr eben die Eure.«

»Ich mag ja König sein, aber ich bin nicht arrogant genug, mein Urteilsvermögen für unfehlbar zu halten. Wäre dem so, wäre mir als Kind wohl so manche Tracht Prügel erspart geblieben.« Wieder lachte Cayleb leise, dann wurde er erneut ernst. »Glücklicherweise gibt es hier in Charis noch andere, die bereits herausragendes Urteilsvermögen gezeigt haben – nicht nur darüber, wie man ein Geheimnis bewahrt, sondern auch, wann es gilt es preiszugeben.«

»Ihr denkt an die Bruderschaft«, sagte Staynair.

»Ganz genau, Maikel. Ich habe Euch und der Bruderschaft einen Vorschlag zu unterbreiten – und auch Euch, Merlin. Ich denke, es ist an der Zeit, eine Vorgehensweise zu entwickeln, mögliche Kandidaten für die Aufnahme in den ›inneren Kreis‹ auszuwählen und gründlich zu überprüfen. Vielleicht sollten wir Sankt Zherneaus Modell übernehmen und einen ›inneren‹ und einen ›äußeren Kreis‹ aufstellen, aber da bin ich mir noch nicht ganz sicher. Was ich hingegen weiß, das ist, dass wir irgendeine Art Vorgehensweise etablieren sollten, die es uns ermöglicht, uns das Urteilsvermögen der gesamten Bruderschaft für diese Entscheidung nutzbar zu machen. In der gleichen Art und Weise, in der ich das Urteilsvermögen des Staatsrates und des Parlaments nutze, um Entscheidungen zu fällen. Nur dass ich in diesem Falle verspreche, mich dem Urteil der Mehrheit anzuschließen, was auch immer für einen ›Sankt-Zherneau-Rat‹ wir aufstellen mögen.«

»Es mag Situationen geben, in denen uns nicht die Zeit

bleibt, die Meinung anderer einzuholen«, merkte Merlin an. »So hatte ich beispielsweise gar keine andere Wahl, als Euch zumindest einen Teil der Wahrheit zu enthüllen, als es damals darum ging, Eurem Herrn Vater eine Nachricht zukommen zu lassen.«

»Kein System ist fehlerlos und perfekt, Merlin. Wir können immer nur tun, was in unserer Macht steht. Abgesehen davon müssen wir einfach auf Gott vertrauen.«

Nachdenklich blickte Merlin den jugendlichen König an.

»Was ist?«, fragte Cayleb ihn.

»Ich bin einfach nur … zufrieden«, erwiderte Merlin.

»›Zufrieden‹ womit?«

»Nun ja, zu den Dingen, über die ich lange nachgedacht habe – und die mir auch ernstliche Sorgen bereitet haben, wie ich zugeben muss –, gehört auch, wie dieser Planet wohl reagieren wird, wenn alle erfahren, dass die Kirche des Verheißenen ein einziger Betrug ist, der auf einem ungeheuerlichen Lügengebäude basiert.«

»Ihr befürchtet, sie könnten, nachdem sie erfahren haben, dass die ganze Kirche eine Lüge ist, auch Gott Selbst für eine Lüge halten«, sagte Staynair leise.

»Ganz genau, Eure Eminenz.« Nun wandte sich Merlin dem Erzbischof zu. »Das mag jemandem vielleicht nicht allzu wahrscheinlich erscheinen, der in einer Theologie aufgewachsen ist wie der, die Langhorne hier etabliert hat, aber es gab auf Terra wirklich viele Leute – viele von denen waren gute, moralisch denkende, mitfühlende Menschen –, die sich gänzlich gegen die Vorstellung gesperrt haben, Gott könne überhaupt existieren. Und sie hatten eine ganze Menge Gründe, die sie selbst als sehr überzeugend ansahen. Aus dem Blickwinkel der Kirche gesehen ist das einer der Nachteile, die es mit sich bringt, in der Art und Weise die Freiheit des eigenen Gewissens und das freiheitliche Denken zu propagieren, wie Ihr in Charis das hier tut. Und in vielerlei Hinsicht wäre es auch völlig logisch, die Existenz Gottes zu leugnen, wenn die Wahrheit über die Kirche und die ganze Welt Safehold erst einmal bekannt wird. Schließlich wird das Volk – Euer Volk – dann unendlich überzeugende Belege für die Vorstellung haben, mit Hilfe der Religion könne man die entsetzlichste Form von Tyrannei bewirken, die sich im ganzen Universum nur denken lässt.«

»Das ist eine Frage, über die wir in Sankt Zherneau seit Jahrhunderten immer wieder nachgedacht haben.« Staynairs Achselzucken war sehr vielsagend. »Einigen unserer Mitbrüder hat diese Frage immense Sorgen bereitet, um ganz ehrlich zu sein. Aber ich für meinen Teil hege diese Furcht nicht, Merlin.«

»Dann bewundere ich die Tiefe Eures Glaubens, Eure Eminenz.«

»Das ist keine Frage des Glaubens. Das ist eine Frage der Logik.« Fragend hob Merlin die Augenbrauen, und Staynair lachte leise. »Selbstverständlich! Entweder Gott existiert, oder Er existiert nicht, Merlin. Das sind doch die beiden einzigen Möglichkeiten. Wenn Er existiert, so wie wir drei hier das glauben, dann wird alles, was der Wahrheit dienlich ist, letztendlich immer auf Seine Existenz hinweisen. Und selbst wenn dem nicht so wäre, dann wird, so Er denn existiert, alles was geschieht, immer nur das sein, was Er geschehen lässt – selbst wenn Er sich – aus irgendeinem Grunde, der meinen Verstand schlichtweg übersteigt – dafür entscheiden sollte, die Menschheit gegen ihn aufzubringen, zumindest vorübergehend.«

»Und wenn Er nicht existiert?«, fragte Merlin leise.

»Wenn Er nicht existiert, dann existiert Er eben nicht. Aber wenn Er nicht existiert, dann ist das alles hier doch ohnehin völlig bedeutungslos, oder?«

Erstaunt kniff Merlin die Augen zusammen, und wieder lachte Staynair.

»Ich bin recht zuversichtlich, was die Frage betrifft, welche der beiden Möglichkeiten nun tatsächlich der Wahrheit entspricht, Merlin. Aber ich glaube, Euch das schon einmal gesagt zu haben: Ich bin der Ansicht, man müsse dem Menschen das Recht zugestehen, sich notfalls auch zu *weigern*, an etwas zu glauben, bevor er wahrhaft glauben *kann*. Und sollte sich herausstellen, dass ich mich mein ganzes Leben lang getäuscht habe, was habe ich denn dann wirklich verloren? Ich werde mein Bestes gegeben haben, ein guter Mensch zu sein, der seine Mitmenschen liebt, der sich bemüht hat, Ihnen so gut zu dienen, wie er eben nur konnte. Und wenn es keinen Gott gibt, dann werde ich eben am Ende meines Lebens einfach die Augen schließen und ewig schlafen. Birgt diese Möglichkeit irgendetwas Entsetzliches? Ist das etwas, das den Menschen wirklich ängstigen sollte? Es ist nicht so, als würde ich das Nichts fürchten, Merlin – ich hoffe einfach nur auf mehr, und ich *glaube* an so unendlich viel mehr.«

»Eure Eminenz, ich weiß nicht, wie es dem Rest von Safehold ergehen wird, aber ich komme zu dem Schluss, dass Ihr geradezu beängstigend vernünftig seid. Und Ihr erinnert mich an ein Sprichwort von Terra. Ich glaube, es gibt auch auf Safehold eine Abart davon. ›Unter Blinden ist der Einäugige König.‹«

»Ja, diese Redensart gibt es auch bei uns«, stimmte Staynair zu. »Und bei uns gibt es auch noch den zugehörigen Folgesatz: ›Unter Blinden ist der Einäugige König … es sei denn, die Blinden würden sich dafür entscheiden, ihn stattdessen zu töten.‹« Der Erzbischof lächelte, und in seinem Blick lag echte Belustigung. »Das wirft doch ein ganz anderes Licht auf die Sache, oder nicht?«

Charaktere

AHBAHT, ZHEFRY – Privatsekretär im Dienste Graf Gray Harbors. Er übernimmt zahlreiche der Aufgaben eines Unterstaatssekretärs für auswärtige Angelegenheiten.

AHDYMSYN, BISCHOF-VOLLSTRECKER ZHERALD – Erzbischof Erayk Dynnys' Oberster Verweser der Erzdiözese von Charis.

AHLVEREZ, FAIDEL, HERZOG MALIKAI – Admiral General der Dohlaran Navy.

AHRDYN – Erzbischof Maikels Katzenechse.

AHRMAHK, CAYLEB ZHAN HAARAHLD BRYAHN – König von Charis.

AHRMAHK, KRONPRINZ ZHAN – jüngerer Bruder von König Cayleb.

AHRMAHK, KAHLVYN CAYLEB – jüngerer Bruder des Herzogs von Tirian, der Sohn eines Vetters von König Cayleb.

AHRMAHK, KÖNIG CAYLEB – König von Charis (siehe Cayleb Zhan Haarahld Bryahn Ahrmahk).

AHSTYN, LIEUTENANT FRANZ, CHARISIAN ROYAL GUARD – stellvertretender Kommandeur der Leibgarde König Caylebs II.

AHZGOOD, PHYLYP – GRAF CORIS, Leiter der Spionageabteilung Prinz Hektors.

AILYSA – siehe Dynnys, Adorai.

APLYN-AHRMAHK, MIDSHIPMAN HEKTOR, ROYAL CHARISIAN NAVY – auf die HMS *Destiny* abkommandierter Midshipman. Als *Herzog Darcos* adoptiertes Familienmitglied des Hauses Ahrmahk.

ATHRAWES, LIEUTENANT MERLIN, CHARISIAN ROYAL GUARD – Persönliche Leibwache König Caylebs II.; CyberAvatar von Commander Nimue Alban.

BAHRMYN, ERZBISCHOF BORYS – Erzbischof von Corisande.

BARON GREEN MOUNTAIN – siehe Sahndyrs, Mahrak.

BARON IRONHILL – siehe Pawalsyn, Ahlvyno.

BARON ROCK POINT – siehe Staynair, Admiral Sir Domynyk.

BARON SEAMOUNT – siehe Hyndryk, Commodore Sir Ahlfryd.

BARON WAVE THUNDER – siehe Raice, Bynzhamyn.

BAYTZ, HANBYL, HERZOG SOLOMON – Onkel Prinz Nahrmahns von Emerald und Befehlshaber der Emeraldian Army.

BAYTZ, NAHRMAHN HANBYL GRAIM – siehe Prinz Nahrmahn Baytz.

BAYTZ, PRINZ NAHRMAHN II. – Regent des Fürstentums Emerald.

BAYTZ, PRINZESSIN MAHRYA – ältestes Kind Prinz Nahrmahns von Emerald.

BAYTZ, PRINZESSIN OHLYVYA – Gemahlin Prinz Nahrmahns von Emerald.

BISCHOF MYLZ – siehe Halcom, Bischof Mylz.

BISCHOF-VOLLSTRECKER THOMYS – siehe Shylair, Bischof-Vollstrecker Thomys.

BISCHOF-VOLLSTRECKER WU-SHAI – siehe Tiang, Bischof-Vollstrecker Wu-Shai.

BISCHOF-VOLLSTRECKER WYLLYS – siehe Graisyn, Bischof-Vollstrecker Wyllys.

BISCHOF-VOLLSTRECKER ZHERALD – siehe Ahdymsyn, Bischof-Vollstrecker Zherald.

BREYGART, COLONEL SIR HAUWERD, ROYAL CHARISIAN MARINES – rechtmäßiger Erbe der Grafschaft Hanth.

BYRKYT, PATER ZHON – ein Oberpriester der Kirche des Verheißenen; Abt des Klosters Sankt Zherneau.

CAHNYR, ERZBISCHOF ZHASYN – Erzbischof von Gletscherherz; Angehöriger der Reformisten.

CHERMYN, GENERAL HAUWYL, RCMC – Ressortoffizier des Marinekorps von Charis.

CLAREYK, BRIGADIER KYNT, RCMC – Kommandierender Offizier der Dritten Brigade des Royal Charisian Marine Corps. Zugleich Urheber des Ausbildungsplans für das Royal Charisian Marine Corps.

CLYNTAHN, VIKAR ZHASPYR – Großinquisitor der Kirche des Verheißenen; Mitglied der sogenannten ›Vierer-Gruppe‹.

DAIKYN, GAHLVYN – Kronprinz Caylebs persönlicher Kammerdiener.

DAYKYN, KRONPRINZ HEKTOR– zweitältestes Kind und Erbe Prinz Hektors von Corisande.

XDAYKYN, PRINZ DAIVYN – jüngstes Kind Prinz Hektors von Corisande.

DAYKYN, PRINZ HEKTOR – Herzog von Corisande.

DAYKYN, PRINZESSIN IRYS – ältestes Kind Prinz Hektors von Corisande.

DUCHAIRN, VIKAR RHOBAIR – Schatzmeister des Rates der Vikare; Mitglied der sogenannten ›Vierer-Gruppe‹.

DYNNYS, ADORAI – Gemahlin von Erzbischof Erayk Dynnys. Nach der Festnahme ihres Ehemannes trägt sie den Tarnnamen ›Ailysa‹.

DYNNYS, ERZBISCHOF ERAYK – ehemaliger Erzbischof von Charis.

DYNNYS, STYVYN – Erzbischof Erayks jüngerer Sohn; elf Jahre alt.

DYNNYS, TYMYTHY ERAYK – Erzbischof Erayks älterer Sohn; vierzehn Jahre alt.

ERAYKSYN, LIEUTENANT STYVYN, ROYAL CHARISIAN NAVY – Admiral Staynairs Flaggleutnant.

ERAYKSYN, WYLLYM – charisianischer Textilfabrikant.

ERZBISCHOF BORYS – siehe Bahrmyn, Erzbischof Borys.

ERZBISCHOF ERAYK – siehe Dynnys, Erzbischof Erayk.

ERZBISCHOF LYAM – siehe Tyrn, Erzbischof Lyam.

ERZBISCHOF MAIKEL – siehe Staynair, Erzbischof Maikel.

ERZBISCHOF ZHEROHM – siehe Vyncyt, Erzbischof Zherohm.

FAIRCASTER, SERGEANT PAYTER, CHARISIAN ROYAL GUARD – ein Mitglied der persönlichen Leibwachen König Caylebs II.; versetzt aus der Marines-Abteilung von Kronprinz Cayleb.

FALKHAN, LIEUTENANT AHRNAHLD, RCMC – Kommandant der Leibgarde König Caylebs.

GARDYNYR, ADMIRAL LYWYS, GRAF THIRSK – Flottenoberbefehlshaber König Rahnylds IV., derzeit in Ungnade gefallen.

GRAF CORIS – siehe Ahzgood, Phylyp.

GRAF GRAY HARBOR – siehe Yowance, Rayjhis.

GRAF HANTH – siehe Mahntayl, Tahdayo.

GRAF LOCK ISLAND – siehe Lock Island, High Admiral Bryahn.

GRAF MAHNDYR – siehe Rahlstahn, Admiral Gharth.

GRAF PINE HOLLOW – siehe Ohlsyn, Trahvys.

GRAF TARTARIAN – siehe Lektor, Admiral Sir Taryl.

GRAF THIRSK – siehe Gardynyr, Admiral Lywys

GRAISYN, BISCHOF-VOLLSTRECKER WYLLYS – Erzbischof Lyam Tyrns Bischof-Vollstrecker.

GROSSHERZOG ZEBEDIAH – siehe Symmyns, Tohmas.

GROSSVIKAR EREK XVII. – weltliches und geistliches Oberhaupt der Kirche des Verheißenen.

HAHLMYN, SAIRAH – Königin Sharleyans Dienstmädchen.

HALCOM, BISCHOF MYLZ – Bischof von Margaret Bay.

HARMYN, MAJOR BAHRKLY, EMERALD ARMY – EMERALDISCHER ARMEEOFFIZIER, IN DIE NORTH BAY ABGEORDNET.

HARYS, CAPTAIN ZHOEL – Kommandant der corisandianischen Galeere *Lanze*.

HERZOG BLACK WATER – siehe Lynkyn, Ernyst.

HERZOG DARCOS – siehe Midshipman Hektor Aplyn-Ahrmahk.

HERZOG HALBROOK HOLLOW – siehe Waistyn, Byrtrym.

HERZOG SOLOMON – siehe Baytz, Hanbyl.

HERZOG TIRIAN – siehe Ahrmahk, Rayjhis.

HOWSMYN, EHDWYRD – wohlhabender Gießereibesitzer und Schiffsbauer aus Tellesberg.

HYNDRYK, COMMODORE SIR AHLFRYD, ROYAL CHARISIAN NAVY – Baron Seamount, Artillerieexperte der charisianischen Flotte.

HYWYT, COMMANDER PAITRYK, ROYAL CHARISIAN NAVY – Kommandant des Schoners HMS *Wave*.

JYNKYN, COLONEL HAUWYRD, ROYAL CHARISIAN MARINES – Ressortoffizier der Marines unter Admiral Staynair.

KAIREE, TRAIVYR – wohlhabender Händler und Landeigner in der Grafschaft Styvyn.

KESTAIR, MADAME AHRDYN – Erzbischof Maikels Tochter, verheiratet.

KESTAIR, SIR LAIRYNC – Erzbischof Maikels Schwiegersohn.

KIELHOLER – Graf Lock Islands Rottweiler.

KNOWLES, EVELYN – eine Eva, die der Zerstörung der Alexandria-Enklave entkommen und nach Tellesberg fliehen konnte.

KNOWLES, JEREMIAH – ein Adam, der der Zerstörung der Alexandria-Enklave entkommen und nach Tellesberg fliehen konnte; dort wurde er der Patron und Gründer der Bruderschaft von Sankt Zherneau.

KÖNIGIN YSBELL – eine frühere Königin von Chisholm, die abgesetzt (und ermordet) wurde, um einen männlichen Regenten den Thron besteigen zu lassen.

LADY MAIRAH LYWKYS – Erste Hofdame Königin Sharleyans; eine Cousine des Baron Green Mountain.

LAYN, MAJOR ZHIM, RCMC – Brigadier Kynts Untergebener bei der Erstellung des urprünglichen Lehrplans. Jetzt Ressortoffizier für die Ausbildung in der Marine-Basis auf Helen Island.

LEKTOR, ADMIRAL SIR TARYL, GRAF TARTARIAN – Prinz Hektors ranghöchster überlebender Flottenkommandant.

LOCK ISLAND, HIGH ADMIRAL BRYAHN, ROYAL CHARISIAN NAVY – Graf Lock Island, Oberkommandierender der Royal Charisian Navy; ein Onkel König Caylebs II.

MAHKELYN, LIEUTENANT RHOBAIR, ROYAL CHARISIAN NAVY – Forth Lieutenant der HMS *Destiny*.

MAHKLYN, DR. RAHZHYR – Rektor der Königlichen Hochschule von Charis.

MAHKLYN, YSBET – Rahzhyr Mahklyns verstorbene Gemahlin.

MAHLYK, STYWYRT – Captain Yairleys persönlicher Bootsführer.

MAHNTAYL, TAHDAYO – unrechtmäßiger Graf Hanth.

MAIGWAIR, VIKAR ALLAYN – Captain General der Kirche des Verheißenen; Mitglied der sogenannten ›Vierer-Gruppe‹.

MAIYR, CAPTAIN ZHAKSYN – einer der Truppenkommandanten unter Colonel Sir Wahlys Zhorj im Dienste Tahdayo Mahntayls.

MYCHAIL, ALYX – Raiyan Mychails ältester Enkel

MYCHAIL, MYLDRYD – eine von Rhaiyan Mychails angeheirateten Enkelinnen.

MYCHAIL, RHAIYAN – Geschäftsparter Ehdwyrd Howsmyns und wichtigster Textilfabrikant des Königreiches Charis.

MYCHAIL, STYVYN – Myldryd Mychails jüngster Sohn.

NYLZ, ADMIRAL KOHDY, ROYAL CHARISIAN NAVY – einer der neu beförderten Flottenkommmandanten König Caylebs.

OHLSYN, TRAHVYS, GRAF PINE HOLLOW – Erster Ratgeber und Vetter Prinz Nahrmahns von Emerald.

OLYVYR, SIR DUSTYN – Leitender Flottenkonstrukteur der Royal Charisian Navy.

OWL – von Nimue Alban verwendete KI – ein Taktik-Computer, Modell RAPIER, Mark 17a; der Name ergibt sich als Akronym der Hersteller: Ordoñes-Westinghouse-Lytton.

PAWALSYN, AHLVYNO, BARON IRONHILL – Intendant der Zivilliste (Schatzmeister) des Königreiches Charis, Mitglied von König Caylebs Staatsrat.

PHONDA, MADAM AHNZHELYK – Eigentümerin eines der diskretesten Bordelle der Stadt Zion.

PRINZ HEKTOR – siehe Daykyn, Prinz Hektor.

PRINZ NAHRMAHN – siehe Baytz, Prinz Nahrmahn.

RAHLSTAHN, ADMIRAL GHARTH, EMERALD NAVY – Graf Mahndyr, Oberkommandierender der Navy von Emerald.

RAICE, BYNZHAMYN – Baron Wave Thunder, Mitglied in König Caylebs Staatsrat, Caylebs Leiter der Spionageabteilung.

RAIMYND, SIR LYNDAHR – Schatzmeister Prinz Hektors von Corisande.

RAIYZ, PATER CARLSYN – Königin Sharleyans Beichtvater.

REICHSVERWESER GREYGHOR – siehe Stohnar, Greyghor.

SAHNDYRS, MAHRAK, BARON GREEN MOUNTAIN – Erster Ratgeber Königin Sharleyans von Chisholm.

SARMAC, JENNIFER – eine Eva, die der Zerstörung der Alexandria-Enklave entkommen und nach Tellesberg fliehen konnte.

SARMAC, KAYLEB – ein Adam, der der Zerstörung der Alexandria-Enklave entkommen und nach Tellesberg fliehen konnte.

SAWAL, PATER RAHSS – Unterpriester des Chihiro-Ordens, Skipper eines der Kurierschiffe des Tempels.

SHAIN, CAPTAIN PAYTER, ROYAL CHARISIAN NAVY – Kommandant der HMS *Dreadful*.

SHUMAY, PATER AHLVYN – Bischof Mylz Halcoms Privatsekretär.

SHYLAIR, BISCHOF-VOLLSTRECKER THOMYS – Erzbischof Borys' Bischof-Vollstrecker.

STAYNAIR, ADMIRAL SIR DOMYNYK, ROYAL CHARISIAN NAVY – Baron Rock Point, jüngerer Bruder von Erzbischof Maikel Staynair.

STAYNAIR, ERZBISCHOF MAIKEL – ranghöchster in Charis geborener Prälat der Kirche des Verheißenen in Charis; durch König Cayleb zum Prälaten von ganz Charis ernannt.

STAYNAIR, MADAME AHRDYN – Erzbischof Maikels verstorbene Gemahlin.

STOHNAR, REICHSVERWESER GREYGHOR – gewählter Regent der Republik Siddarmark.

SYMMYNS, TOHMAS, GROSSHERZOG VON ZEBEDIAH – ranghöchster Adeliger von Zebediah.

SYMYN, LIEUTENANT HAHL, ROYAL CHARISIAN NAVY – Erster Offizier der HMS *Torrent.*

TAYT, KÖNIG SAILYS – verstorbener Vater Königin Sharleyans von Chisholm.

TAYT, KÖNIGIN SHARLEYAN – Königin von Chisholm.

TIANG, BISCHOF-VOLLSTRECKER WU-SHAI – Erzbischof Zherohms Bischof-Vollstrecker.

TRYNAIR, VIKAR ZHAMSYN – Kanzler des Rats der Vikare der Kirche des Verheißenen, Mitglied der sogenannten ›Vierer-Gruppe‹.

TYRN, ERZBISCHOF LYAM – Erzbischof von Emerald.

TYRNYR, SIR SAMYL – Caylebs Sonderbotschafter in Chisholm; in seinem Amt durch Gray Harbors Eintreffen ersetzt/verdrängt/unterstützt.

URVYN, LIEUTENANT ZHAK, ROYAL CHARISIAN NAVY – Erster Offizier der HMS *Wave.*

USHYR, PATER BRYAHN – Unterpriester. Erzbischof Maikels Privatsekretär und engster Vertrauter.

VIKAR ALLAYN – siehe Maigwair, Vikar Allayn.

VIKAR RHOBAIR – siehe Duchairn, Vikar Rhobair.

VIKAR ZHAMSYN – siehe Trynair, Vikar Zhamsyn.

VIKAR ZHASPYR – siehe Clyntahn, Vikar Zhaspyr.

VYNAIR, SERGEANT AHDYM, CHARISIAN ROYAL GUARD – einer der persönlichen Leibwachen König Caylebs II.

WAISTYN, BYRTRYM, HERZOG HALBROOK HOLLOW – Königin Sharleyans Onkel und Schatzmeister. Er steht einem Bündnis mit Charis nicht wohlgesonnen gegenüber, ist Sharleyan jedoch treu ergeben.

WALKYR, SIR STYV – Tahdayo Mahntayls Erster Ratgeber.

WYLSYNN, PATER PAITYR – Priester des Schueler-Ordens, Intendant von Charis. In dieser Funktion diente er bereits Erayk Dynnys und erfüllt diese Aufgabe auch unter Erzbischof Maikel.

YAIRLEY, CAPTAIN ALLAYN, ROYAL CHARISIAN NAVY – älterer Bruder Captain Sir Dunkyn Yairleys.

YAIRLEY, CAPTAIN SIR DUNKYN, ROYAL CHARISIAN NAVY – Kommandant der HMS *Destiny*.

YOWANCE, RAYJHIS, GRAF GRAY HARBOR – Erster Ratgeber von Charis.

ZHAZTRO, COMMODORE HAINZ, EMERALD NAVY – der ranghöchste Flottenoffizier in Eraystor (zumindest theoretisch).

ZHEFFYR, MAJOR WILL, ROYAL CHARISIAN NAVY – Kommandant der Marines-Abteilung an Bord der HMS *Destiny*.

ZHORJ, COLONEL SIR WAHLYS – ranghöchster Kommandant der Söldnerabteilung Tahdayo Mahntayls.

Glossar

Ächtungen der Jwo-jeng – die Definition der statthaften Technologie gemäß der Doktrin der Kirche des Verheißenen. Im Wesentlichen beschränken die Ächtungen die statthafte Technologie auf alles, was durch Wind, Wasser oder Muskelkraft angetrieben wird. Die Ächtungen unterliegen stets der Auslegung, üblicherweise durch Mitglieder der Ordensgemeinschaft von Schueler – die üblicherweise im Zweifelsfalle konservativ entscheidet.

Baumwollseide – auf Safehold einheimische Pflanze, die viele der Eigenschaften von Baumwolle und Seide in sich vereinigt. Die daraus gesponnenen Fasern sind sehr leicht und doch belastbar, doch die Rohfasern werden aus einer Fruchtkapsel gewonnen, die noch samenreicher sind als die der Baumwolle auf Terra. Weil sowohl die Ernte, als auch die Aufbereitung und das Entkernen nur in Handarbeit durchgeführt werden können, ist Baumwollseide äußerst kostspielig.

Drache – das größte auf Safehold heimische Landtier. Von Drachen gibt es zwei Unterarten, den Gemeinen Drachen und den Großen Drachen. Der Gemeine Drache ist etwa doppelt so groß wie ein Elefant von Terra und ernährt sich rein pflanzlich. Der Große Drache ist tatsächlich etwas kleiner – er misst nur etwa zwei Drittel des Gemeinen Drachen –, doch er ist Fleischfresser und besetzt die in der Nahrungskette höchststehende ökologische Nische der Landtiere von Safehold. Die beiden Unterarten sehen einander sehr ähnlich, abgesehen von der Größe und der Tatsache, dass der Gemeine Drache die für Pflanzenfresser charakteristischen breiten Kiefer und entsprechende Mahlzähne aufweist, während der Große Drache mit einem langgestreckten Kiefer mit scharfen, sägeartigen Zähnen zubeißt. Beide Unterarten weisen sechs Gliedmaßen auf und tragen, im Gegensatz etwa zur Peitschenechse, kein Fell, sondern werden durch eine dicke, sehr gut isolierende Haut geschützt.

Dschungeldrache – ein Allgemeinbegriff, um die Drachenarten im Tiefland von den Hügeldrachen zu unterscheiden. Der Graue Dschungeldrache ist der größte Pflanzenfresser auf Safehold.

Erkenntnisse, Die – die verzeichneten Entscheidungen und Beobachtungen der Großvikare und kanonisierten Heiligen der Kirche des Verheißenen. Sie stellen zutiefst bedeutsame spirituelle und inspirative Lehren dar, doch als Werk fehlbarer Sterblicher haben sie keinesfalls den gleichen Stellenwert wie die *Heilige Schrift* selbst.

Fünftag – eine Safehold-›Woche‹; besteht nur aus fünf Tagen: Montag bis Freitag.

Funkelechse – eine kleine, biolumineszierende geflügelte Echse. Auch wenn sie etwa dreimal so groß ist wie ein Glühwürmchen, füllt sie auf Safehold in etwa die gleiche ökologische Nische aus.

Großer Drache – der größte und gefährlichste Landfleischfresser auf ganz Safehold. Tatsächlich ist der Riesendrache nicht mit dem Hügeldrachen oder dem Dschungeldrachen verwandt, obwohl gewisse oberflächliche Ähnlichkeiten unverkennbar sind. Eigentlich ist es eher eine riesige Abart der Peitschenechse.

Hügeldrache – ein etwa elefantengroßes Zugtier, auf Safehold häufig verwendet. Trotz ihrer beachtlichen Größe können sie sich auch über lange Zeit erstaunlich schnell bewegen.

Intendant – der Geistliche, der einer Diözese oder Erzdiözese als unmittelbarer Repräsentant des Offiziums der Inquisition zugewiesen wurde. Der Intendant hat die ausdrückliche Aufgabe, darüber zu wachen, dass die *Ächtungen der Jwo-jeng* nicht verletzt oder übertreten werden.

Katzenechse – eine pelzige Echsenart, in etwa so groß wie die Katze von Terra. Diese Tiere werden gerne als Haustiere gehalten und sind äußerst zutraulich.

Kloster Sankt Zherneau – Mutterkloster und Hauptquartier der Bruderschaft von Sankt Zherneau, ein relativ kleiner und armer Orden in der Erzdiözese Charis.

Kommentare, Die – autorisierte Interpretationen und dogmatische Erweiterungen der *Heiligen Schrift*. Sie stellen die offiziell anerkannte und sanktionierte Interpretation der ursprünglichen Schriften dar.

Kraken – Sammelbegriff für eine ganze Familie von Meeres-Raubtieren. Kraken ähneln einer Kreuzung aus Haien und

Oktopussen. Sie haben kräftige, fischartige Körper, starke Kiefer mit einwärts geneigten Fangzähnen und eine Reihe von Tentakeln unmittelbar hinter dem Kopf, mit denen sie ihre Beute festhalten, während sie diese verschlingen. Die kleinsten Kraken, meist in Küstennähe anzutreffen, sind häufig nicht größer als drei oder vier Fuß, von Tiefseekraken wurde bereits über Exemplare von mehr als fünfzig Fuß Länge berichtet, und es gibt Legenden, denen zufolge noch deutlich größere existieren würden.

›Langhornes Wache‹ – die einunddreißig Minuten dauernde Periode unmittelbar vor Mitternacht, die eingeführt wurde, um die Überlänge des 26.5-Stunden-Tages von Safehold auszugleichen.

Meister Traynyr – eine Figur aus der Unterhaltungstradition von Safehold. Meister Traynyr ist einer der klassischen Charaktere im Puppentheater von Safehold, zugleich ein stümperhafter Verschwörer, dessen Pläne stets fehlschlagen, und der Puppenspieler, der sämtliche Marionetten-›Schauspieler‹ des Stückes steuert.

Offenbarungen, Die – mit Abstand die umfangreichsten Schriften der Kirche des Verheißenen; sie bestehen aus direkten Beobachtungen der ersten Menschengenerationen auf Safehold. Sie haben nicht den gleichen Stellenwert wie die Evangelien des Christentums, da sie keine grundlegenden Lehren und göttliche Inspirationen offenbaren. Vielmehr stellen sie in ihrer Gesamtheit einen wichtigen Beleg der ›historischen Genauigkeit‹ der *Heiligen Schriften* dar und beweisen eindeutig und schlüssig, dass die Ereignisse, die sie kollektiv schildern, sich tatsächlich exakt so zugetragen haben.

Peitschenechse – ein sechsbeiniges, pelziges, eierlegendes Säugetier, das eine gewisse Ähnlichkeit mit Sauriern aufweist. Eines der drei gefährlichsten Raubtiere von Safehold. Im Maul hat es zwei Doppelreihen scharfer Fangzähne, die sogar Kettenhemden durchdringen können; jede der Pfoten läuft in vier Zehen aus, die mit Klauen von bis zu fünf oder sechs Zoll Länge bewehrt sind.

Rakurai – wörtlich »Blitz« oder »Blitzschlag«. Mit diesem Wort beschreibt die *Heilige Schrift* die kinetischen Waffensysteme, die bei der Zerstörung der Alexandria-Enklave eingesetzt wurden.

Rat der Vikare – in der Kirche des Verheißenen das Gegenstück zu einem Kardinalskollegium.

Ritter der Tempel-Lande – der gemeinsame Titel der Prälaten, die über die Tempel-Lande herrschen. Genau genommen sind die Ritter der Tempel-Lande weltliche Herrscher, die rein zufällig auch noch ein hohes Kirchenamt bekleiden. Laut geltendem Kirchenrecht ist jegliches Handeln, das sie in ihrer Funktion als ›Ritter der Tempel-Lande‹ vornehmen, völlig unabhängig von jeglichem offiziellen Handeln der Kirche. Diese juristische Fiktion war für die Kirche in mehr als einer Gelegenheit von beträchtlichem Wert.

Sandmade – ein ekelerregender Fleischfresser, der eine gewisse Ähnlichkeit mit einer sechsbeinigen Nacktschnecke besitzt und sich an Strandgebieten in unmittelbarer Nähe des Anspülbereichs ansiedelt. Normalerweise greifen Sandmaden keine lebenden Opfer an, auch wenn sie keine Schwierigkeiten haben, kleinere Lebewesen zu verschlingen, die in ihre Reichweite gelangen. Dank ihrer Farbe sind sie im Sand kaum zu erkennen, und üblicherweise tarnen sie sich noch weiter, indem sie sich so tief in den Sand eingraben, dass sie nicht mehr zu entdecken sind; gelegentlich ragt noch ein Teil ihres Rückens aus ihrem Versteck hervor.

Sankt Zherneau – Schutzpatron des Klosters Sankt Zherneau in Tellesberg.

Seijin – Weiser, heiliger Mann. Wörtlich aus dem Japanischen entnommen durch Maruyama Chihiro, einen Mitarbeiter von Langhornes Kommandostab, der die Bibel der Kirche des Verheißenen verfasst hat.

SNARC – *(Self-Navigating Autonomous Reconnaissance and Communication platform)* Selbsttätig navigierende, autonome Aufklärer- und Kommunikationsplattform.

›Vierer-Gruppe‹ – die vier Vikare, die den Rat der Vikare der Kirche des Verheißenen dominieren und faktisch beherrschen.

Wyvern – auf Safehold das ökologische Gegenstück zu terrestrischen Vögeln. Es gibt ähnlich viele Arten Wyvern wie von Vögeln, einschließlich (ohne dass diese Aufzählung Anspruch auf Vollständigkeit würde erheben können) der Brief-Wyvern, die eigenständig zu ihrem *Wyvernschlag* zurückfinden, Jagd-Wyvern, die für kleinere Jagdtiere wie in der Falknerei eingesetzt werden können, die Felsenwyvern (ein kleinerer Jäger mit einer Flügelspanne von etwa zehn Fuß), verschiedene Arten Seewyvern und die Königswyvern (ein sehr großer Jäger, dessen Flügelspannweite bis zu fünfundzwanzig Fuß messen kann). Alle Wyvern weisen zwei Flügelpaare und ein sehr kräftiges Beinpaar mit scharfen Klauen auf. Über die Königswyvern ist bekannt, dass sie auch Kinder als geeignete Beutetiere erachten, wenn sie keine andere Nahrung finden oder sich eine gute Gelegenheit bietet, doch an sich sind diese Tiere recht intelligent. Sie wissen, dass der Mensch sich als Beutetier nicht eignet und man ihn bevorzugt in Ruhe lässt, daher meiden sie im Allgemeinen von Menschen besiedelte Gebiete.

Eine Anmerkung zur Zeitmessung auf Safehold

Ein Tag auf Safehold dauert 26 Stunden und 31 Minuten. Ein Jahr beträgt 301.31 lokale Tage, das damit 0.91 Erd-Standardjahre dauert. Die Welt besitzt einen größeren Mond, der den Namen ›Langhorne‹ trägt; dieser umkreist Safehold in 27.6 lokalen Tagen, also ist ein Mond-Monat in etwa achtundzwanzig Tage lang.

Ein Tag auf Safehold wird in sechsundzwanzig Stunden von je 60 Minuten Dauer eingeteilt, dazu kommt eine Periode von 31 Minuten, die als ›Langhornes Wache‹ bezeichnet wird; sie wurde eingeführt, um den lokalen Tag so anzupassen, dass die restliche Zeit des Tages in Standardstunden und -minuten eingeteilt werden kann.

Der Kalender von Safehold kennt zehn Monate: Februar, März, April, Mai, Juni, Juli, August, September, Oktober und November. Jeder dieser Monate besteht aus sechs Fünftage-Wochen, die je als ›Fünftag‹ bezeichnet werden. Die Wochentage heißen: Montag, Dienstag, Mittwoch, Donnerstag und Freitag. Der Tag, der sich in jedem Jahr zusätzlich ergibt, wird in die Mitte des Monats Juli eingefügt, bei der Zählung der Tage jedoch nicht berücksichtigt. Die Einheimischen nennen ihn den ›Gottes-Tag‹; er ist der höchste Festtag der Kirche des Verheißenen. Das bedeutet unter anderem, dass der erstc Tag eines jeden Monats immer ein Montag ist, der letzte Tag eines jeden Monats fällt unweigerlich auf einen Freitag. Jedes dritte Jahr wird als Schaltjahr gezählt, wobei der zusätzliche Tag – der als ›Langhornes Gedenken‹ bekannt ist – in die Mitte des Monats Februar eingefügt wird, ebenfalls ohne bei der Zählung der Tage berücksichtigt zu werden. Weiterhin bedeutet das, dass ein Monat auf Safehold insgesamt 795 Standardstunden dauert, im Gegensatz zu den 720 Standardstunden eines 30-Tage-Monats auf der Erde.

Die Tagundnachtgleichen von Safehold fallen auf den 23. April und den 22. September, die Sonnenwenden auf den 7. Juli und den 8. Februar.

»Eschbachs Bücher haben einen entscheidenden Nachteil: Irgendwann sind sie zu Ende.« UDO SCHÜTTPELZ, N-TV

Andreas Eschbach
QUEST
Roman
560 Seiten
ISBN 978-3-404-24381-5

Das Reich Gheera steht vor dem Untergang. Die Verteidigungskräfte haben keine Chance gegen die übermächtigen Legionen des sagenhaften Sternenkaisers, dessen Machtgier keine Grenzen kennt. Der endgültige Fall ist nur noch eine Frage der Zeit.
In dieser Situation begibt sich der Kommandant Eftalan Quest, ein ehrgeiziger Mann, der sein Schiff mit harter Hand führt, auf eine schier aussichtslose Expedition: Er will den sagenhaften Planeten des Ursprungs finden – die Welt, von der angeblich alles Leben im Universum stammt.
Doch es gibt noch andere Legenden um diese Welt …

Bastei Lübbe Taschenbuch